MW01178323

L'AFFAIRE
DU DAHLIA NOIR

Né à Los Angeles, Steve Hodel, qui exerce aujourd'hui le métier de détective privé, a longtemps travaillé à la police de Los Angeles (LAPD) en qualité d'inspecteur des Homicides. Il a ainsi enquêté sur plus de trois cents assassinats, avec un taux d'élucidation parmi les plus élevés de l'histoire de la police de Los Angeles. Pour des raisons que le lecteur comprendra vite en lisant cet ouvrage, l'enquête la plus difficile de sa carrière fut celle qu'il se sentit contraint de mener sur l'un des meurtres les plus célèbres du XXe siècle, celui d'Elizabeth Short, alias « Le Dahlia noir ».

Steve Hodel

L'AFFAIRE
DU DAHLIA NOIR

suivi de

COMPLÉMENT D'ENQUÊTE :
LES NOUVELLES PREUVES

Traduit de l'anglais (États-Unis)
par Robert Pépin

Préface de James Ellroy

Éditions du Seuil

TEXTE INTÉGRAL

TITRE ORIGINAL
Black Dahlia Avenger
ÉDITEUR ORIGINAL
Arcade Publishing

ISBN original : 1-55970-664-3
© 2003 by Steve Hodel

et pour le chapitre intitulé
Complément d'enquête :
Les Nouvelles preuves
© 2005 by Steve Hodel

ISBN 2-02-082608-9
(ISBN 2-02-062234-3, 1ʳᵉ publication)

© Éditions du Seuil, octobre 2004
et septembre 2005, pour la traduction française

www.seuil.com

Pour les victimes, vivantes et mortes

« Quand je désespère, je me rappelle que tout au long de l'histoire c'est la voix de l'Amour et de la Vérité qui a triomphé. Des tyrans et des assassins il y en a, et l'espace d'un instant ils peuvent paraître invincibles, mais pour finir toujours ils tombent. Ne l'oubliez pas, jamais. »

Le Mahatma Gandhi

Avant-propos

Elle nous appelle.

Elizabeth Short. Le fantôme, la page blanche où inscrire nos peurs et nos désirs. Femme-enfant elle était, volage, vagabonde, gentille gamine et menteuse. Icône du roman noir elle est, mais ce statut cache une vérité clé :

Elle était sa propre page blanche. Et mourut avant d'avoir grandi. Sa mort métamorphosée en énigme, telle fut sa vie. L'être véritable qu'elle fut ne servit qu'à alimenter les spéculations : qu'avait-elle donc fait pour attirer pareille dévastation ?

Elizabeth Short : 29. 07. 1924 – 15. 01. 1947.

Canonisée, damnée, condamnée à enflammer le fantasme scabreux. Douteuse sirène et déesse tout à la fois. Mona Lisa de l'après-guerre. Quintessence de Los Angeles. Pur produit de la presse. Cadavre dans un terrain vague, apparition baptisée « Le Dahlia noir ».

La première mort venue, il n'en est pas d'autre.

Voilà ce qu'écrit Dylan Thomas. Ce vers dit aussi l'assassinat de Betty Short comme métaphore. Il n'est pas de mort publique qu'on ait aussi cliniquement disséquée – parce qu'il n'est pas de mort publique aussi horrible. Des morts publiques aussi étudiées, il en est quelques-unes – parce que pareille boucherie exige qu'on sache qui et pourquoi. Des morts publiques aussi misogynes, il en est aussi quelques-unes. Et des morts publiques aussi riches en symboles aussi – cette pauvre femme-enfant en symbole de toutes les femmes.

Qui elle fut vraiment, nous ne pouvons que l'entrevoir – mais maintenant nous savons qui l'a tuée, et pourquoi.

Ce «qui» et ce «pourquoi» sont les deux bouts d'un périple de cinquante-sept ans. Il commença par un froid matin de L. A. La scène de crime ressemblait à ceci :

Leimert Park : croisement de Norton Avenue et de la 39e Rue. Terrains vagues envahis d'herbe du nord au sud. Le corps est du côté ouest, à égale distance de deux rues.

A cinq centimètres du trottoir, nue, coupée en deux chirurgicalement se trouve Elizabeth Short. Traces de tortures prolongées. La bouche fendue d'une oreille à l'autre.

L'enquête démarre. La victime est identifiée. Les journaux s'emballent sur la sauvagerie du «Loup-garou». La personnalité de la victime est déformée dans l'instant. Cet assassinat en forme de signature de Los Angeles prend des dimensions de pure folie. Cinquante-sept ans durant, la mort de Betty Short suscitera un afflux constant de journalistes en quête de manchettes, de confesseurs fous, de voyeurs et de détectives amateurs. Des théories seront avancées, des théories s'effondreront sous les coups de la logique. Des écrivains isoleront cette mort et la rendront emblématique à profusion. Deux questions ne cessent de se poser d'un bout à l'autre de ce drame. Comment une femme a-t-elle pu à elle seule susciter autant de haine, et qui a bien pu perpétrer cette abomination ?

Maintenant nous le savons.

Betty Short et moi nous connaissons depuis longtemps. Ma mère a été assassinée le 22 juin 1958. J'avais dix ans. Ce crime n'est toujours pas résolu. Pour mes dix ans mon père m'acheta un livre. Il s'intitulait *The Badge*[1]. Écrit par l'auteur/acteur Jack Webb. Le livre détaillait l'affaire du Dahlia noir. J'en devins obsédé. Betty Short et ma mère ne faisaient qu'une. J'entrai dans un monde où les femmes sont disséquées vivantes. Mon roman de 1987,

---

1. Soit «L'insigne» (de policier) *(NdT)*.

Le Dahlia noir, voulait répondre à ces deux questions. Les embellissements de la fiction lui donnaient de la vraisemblance. Un homme m'apprit la dure vérité seize ans plus tard.

Maintenant je sais.

Steve Hodel a grandi à L. A., comme moi. Il a huit ans de plus que moi. Il n'a noué aucun lien avec Betty Short dans son enfance. Il a grandi et a rejoint le LAPD. Mon enfance fut de dépossession et de pauvreté. La sienne fut de dépossession et de baroque. C'est en écrivain que je me suis attaqué à la mort violente, au deuxième degré. Il y est allé plein pot, en flic des Homicides.

Nous nous retrouvons dans un univers d'Œdipe roi partagé. Rescapés nous sommes, et d'une sombre curiosité. J'étais celui qui pose les questions. Il fut celui qui y répondit. J'étais le sceptique. Il fut celui qui prouva.

Steve Hodel m'a convaincu. Tout ce qu'il sait est répertorié, et de manière concluante, dans ce livre. Je commençai à le lire sans être impressionné, je sors de cette lecture converti. Cet ouvrage est tout à la fois étal de preuves innombrables et traité d'esthétique du mal. Riche histoire du Los Angeles de la fin des années 40, il est aussi accusation portée contre les négligences et entraves à la justice perpétrées par les autorités. La folie y égale la rédemption. Un fils y questionne les prérogatives paternelles et découvre l'horreur. Les crimes non résolus enflamment toujours l'imagination. Les assassinats de bon augure exigent des explications détaillées. Notre besoin de savoir entre en concurrence avec l'impact de la mort. Mobiles. Symbolisme et usage des symboles. Le lien victime-tueur. La passion, chaotique et contrôlée. Les fluctuations de la déficience psychologique. Le côté parasite de notre besoin de savoir pourquoi.

Steve Hodel transcende les besoins du professionnel de l'enquête et de celui qui recherche la simple curiosité. Histoire d'une mort vue par la presse à sensation et de ses ramifications jusqu'à nos jours, ce livre ne s'arrête pas là. C'est aussi le carnet de notes d'un homme qui s'est lancé dans une croisade. C'est un rapport sur des morts jamais encore reliées. Dans ce récit, deux présents nous sont faits.

Il y a d'abord les accusations en cascade. Cette accumulation délibérée de faits, de circonstances et de spéculations. Et il y a le portrait d'Elizabeth Short – libre de sous-entendus et de distorsions pour les besoins du mythe. Ce livre a coûté un père à son auteur. Ce livre lui gagne aussi une sœur d'une génération antérieure à la sienne.

Betty Short est vivante.

Triste Betty. Douce Betty. Betty qui voulait avancer. Betty… fantasque et complètement sotte. Betty… accro au sentiment et aux illusions de pacotille du cinéma. Betty et son insatiable besoin d'aimer.

La télé a fait une émission sur Steve Hodel et sa quête. Pour laquelle un documentaliste a déterré une surprenante séquence filmée. Los Angeles, jour de la Victoire sur le Japon… août 1945. La fête déferle dans Hollywood Boulevard. La circulation est complètement bloquée sur des kilomètres. Éclats du Technicolor, esprits échauffés.

Des filles se penchent aux portières des voitures ou se tiennent debout sur des plateaux de camions. Des soldats et des marins courent vers elles pour leur prendre un baiser. Et là, il y a tout d'un coup cette jolie brune en gros plan. Betty Short, c'est plus que vraisemblable.

J'ai visionné cette séquence plus de cinquante fois. Et choisi de croire que c'est bien elle. Chaque fois que je me repasse ce bout d'actualité, ma conviction est plus forte.

Elle est là, vivante, et sans aucune trace de mystification. Elle est présent à celui qui écrivit cet ouvrage aussi brillant que passionné. Elle est prix de consolation pour l'homme qui brisa ainsi le lien avec son père. Elle est présent donné avec amour.

Betty, là. Elle est jeune. Vive. Elle vit.

James Ellroy
23 janvier 2004

Introduction

Pendant presque vingt-quatre ans, de 1963 à 1986, j'ai été officier de police, puis chef des inspecteurs au LAPD[1]. Cette époque est généralement considérée comme l'«âge d'or» de la police de Los Angeles. Je fus un des représentants de la «nouvelle race» de policiers voulue par le chef de police William H. Parker et fis partie de sa «force bleue[2]».

Je passai mes premières années à la patrouille en tenue. Je fus d'abord affecté à la division de Los Angeles Ouest, où, jeune recrue qui en voulait, je me montrai, comme le chef Parker l'exigeait de tous ses hommes, «plein d'initiative». J'excellai dans la lutte contre la petite délinquance en arrêtant un matin après l'autre «tout ce qui bougeait» dans les rues et ruelles de la ville. Pendant ces cinq années de flic de patrouille je travaillai dans trois secteurs : ceux de Wilshire, Van Nuys et Hollywood.

En 1969, je demandai à entrer au bureau des inspecteurs d'Hollywood et y fus accepté. J'y travaillai dans tous les services : Mineurs, Vols de voitures, Crimes sexuels, Crimes contre les personnes, Vols et Cambriolages.

Mes notes étant toujours proches de 10 sur 10, je me vis peu à peu confier les enquêtes les plus difficiles et complexes ainsi que la tâche de coordonner diverses opérations menées par des équipes spéciales, certaines d'entre elles exigeant les direction et coordination de

1. Los Angeles Police Department *(NdT)*.
2. Les policiers américains sont vêtus de bleu *(NdT)*.

quelque soixante-quinze à cent officiers de terrain et inspecteurs en civil afin de capturer tel ou tel cambrioleur ou violeur en série particulièrement rusé (ou chanceux) opérant dans les collines d'Hollywood.

Pour finir, je fus choisi pour rejoindre le service que la plupart des inspecteurs considèrent comme le plus noble : les Homicides. Je me débrouillais bien à l'écrit et, mes bonnes notes aidant, fus accepté en qualité d'inspecteur catégorie 1 après avoir subi le premier examen organisé par le LAPD en 1970. Plusieurs années plus tard, je fus promu au rang d'inspecteur de catégorie 2 et enfin, en 1983, je pus briguer et décrocher le titre d'inspecteur de catégorie 3.

Pendant ma carrière, je menai des milliers d'enquêtes criminelles et me vis personnellement assigné à la résolution de plus de trois cents affaires d'assassinat. Mon pourcentage de réussite fut exceptionnellement élevé. J'eus le privilège de travailler avec certains des meilleurs inspecteurs et officiers de patrouille que le LAPD ait jamais connus. Nous croyions en la police et en nous-mêmes. « Protéger et Servir » n'était pas simplement une devise, c'était aussi notre credo. Nous étions le *Sergent Joe Friday* de Jack Webb[1] et les *Nouveaux Centurions* de Joseph Wambaugh[2] tout ensemble. C'était du sang de policier qui coulait dans nos veines et dans ces décennies, dans ces années de l'« âge d'or », nous croyions au plus profond de notre cœur que le LAPD était très exactement ce que le monde et notre pays croyaient qu'il était : « fier, professionnel, incorruptible et sans question possible le meilleur corps de police du monde ».

J'étais un véritable héros tout droit sorti de l'imaginaire hollywoodien. Lorsque, en tenue et l'arme dégainée, je descendais de ma voiture pie et très prudemment m'approchais d'une banque qu'on cambriolait, le citoyen voyait en moi l'image même qu'il avait du policier à la

---

1. Célèbre acteur-auteur de la télévision américaine *(NdT)*.
2. Illustre auteur de romans policiers américain *(NdT)*.

télévision : grand, svelte et beau, les chaussures parfaitement cirées et l'écusson qui brille à la chemise. Il n'y
avait aucune différence entre moi et mon double télévi-
suel dans les séries *Dragnet* et *Adam-12* de Jack Webb.
Ce que voyait et croyait le citoyen et ce que moi-même je
croyais dans ces premières années étaient une seule et
même chose. Le fait et la fiction se fondaient en ce qu'on
pourrait qualifier de *«faction»*. Ni moi ni le citoyen ne
pouvaient les séparer.

Lorsque je pris ma retraite en juillet 1986, Daryl
Gates, le chef de police de l'époque, me fit remarquer
dans la lettre qu'il m'adressa le 4 septembre suivant :

> Donner plus de vingt-trois ans à la police n'est pas
> un mince investissement, Steve. Mais servir vingt-
> trois ans durant et d'une manière aussi superbe et
> avec autant de diligence et de loyauté que vous n'a
> pas de prix. Sachez donc, je vous prie, que je vous
> remercie personnellement pour tout ce que vous
> avez fait toutes ces années durant et pour toutes les
> enquêtes de première importance que vous avez
> menées. Comme il me l'est rappelé tous les jours, la
> belle réputation dont jouit ce service dans le monde
> entier est entièrement due aux succès répétés de per-
> sonnes telles que vous.

Pendant les années que je passai à Hollywood, nombre
de crimes vedettes donnèrent lieu à des enquêtes légendaires et finirent par être connus dans tout le pays.
Nombre d'hommes avec lesquels je travaillai en qualité
de coéquipier, et certains que je formai au métier d'inspecteur, devaient ainsi prendre part à des enquêtes
connues dans le monde entier : citons celles sur l'assassinat de Robert Kennedy, les massacres de la famille
Manson-Tate-La Bianca, les crimes de l'«Étrangleur des
collines», du «Tailladeur de Skid Row» et ceux du
«Rôdeur de la nuit» et, plus récente et sans doute la plus
connue de toutes, l'affaire O. J. Simpson.

Avant ces crimes «modernes», d'autres meurtres avaient eu droit à une publicité tout aussi abondante. Nombre d'entre eux s'étaient déroulés à Hollywood et étaient liés aux scandales qui touchèrent les premiers studios de cinéma – la police enquêta ainsi sur la mort de l'acteur Fatty Arbuckle, les meurtres de William Desmond Taylor, de Winnie Judd (retrouvée morte dans un coffre de voiture) et de Bugsy Siegel, sans parler des affaires Caryl Chessman et du «Tueur au feu rouge». Mais dans tous ces dossiers et annales poussiéreuses du crime, une affaire se détache, – celle qui, célèbre entre toutes et jamais résolue, se déroula il y a maintenant plus d'un demi-siècle, en janvier 1947. Alors baptisée affaire du «Dahlia noir», elle est toujours connue sous ce nom.

Jeune étudiant à l'Académie de police, j'avais moi aussi entendu parler de ce crime. Plus tard, l'apprenti inspecteur que j'étais devenu apprit que certains des meilleurs flics du LAPD avaient travaillé à l'enquête, y compris le légendaire Harry Hansen. Après son départ à la retraite, tous les grands des Vols et Homicides du centre-ville s'y étaient eux aussi attaqués. Danny Galindo, Pierce Brooks et l'Écusson n° 1, John «Jigsaw[1]» St John, tous étaient célèbres et tous s'y attelèrent – en vain. Jamais le meurtre du Dahlia noir ne trouvait de solution.

Comme la plupart de mes collègues, je ne savais pas grand-chose de l'histoire – elle remontait à seize ans lorsque j'entrai dans la police. A la manière de nombre d'affaires «non résolues» qui suscitent de véritables océans de rumeurs, elle semblait entourée de mystère, même pour nous qui étions de la maison. Pour x raisons, tout ce qui pouvait exister en matière de pistes restait enfermé et bien à l'abri dans les dossiers. Et il n'y avait pas de fuites. On n'en discutait jamais.

En 1975 fut programmé un film conçu pour la télévision et portant le titre de *Qui est le Dahlia noir?*, avec Efrem Zimbalist Jr dans le rôle du sergent Harry Han-

1. Soit «celui qui finit les puzzles» *(NdT)*.

sen et Lucie Arnaz dans celui du «Dahlia». Il racontait l'histoire tragique d'une belle jeune femme venue chercher gloire et fortune à Hollywood pendant la Deuxième Guerre mondiale. Mais en 1947 elle est kidnappée et assassinée par un fou et son cadavre coupé en deux et jeté dans un terrain vague d'un quartier résidentiel, où une voisine horrifiée finit par le découvrir et appeler la police. S'ensuit un ratissage dans tout l'État, mais l'assassin n'est jamais retrouvé. Voilà tout ce que mes collègues inspecteurs et moi-même savions de ce crime – des bouts de dossier mis en fiction pour la télé.

A plusieurs reprises, lorsque je servais aux Homicides d'Hollywood, il m'est arrivé de décrocher le téléphone et de m'entendre dire: «J'ai des tuyaux sur un suspect dans l'affaire du Dahlia noir.» La plupart de ces gens étaient des cinglés vivant dans le passé et incapables de sortir du sensationnalisme de décennies depuis longtemps oubliées. Patient, je les renvoyais sur les Vols et Homicides du centre-ville et leur recommandais de donner leurs renseignements à l'inspecteur chargé du dossier.

Malgré le statut quasiment légendaire de l'affaire, ni moi ni aucun autre inspecteur que je connaissais ne passait beaucoup de temps à discuter du dossier. Le meurtre ne s'était pas produit pendant notre service. Il appartenait à une autre époque et nous appartenions, nous, au présent et à l'avenir.

La police a beaucoup appris depuis les années 60 où, pour la première fois, l'on tenta vraiment de comprendre le phénomène que constituent les tueurs en série. Avant cela, à l'exception de quelques enquêteurs qui voyaient clair mais étaient très dispersés dans le pays, c'était localement qu'on s'occupait des affaires de meurtres, ces derniers étant traités de manière séparée et sans liens entre eux lorsqu'ils avaient lieu dans des États différents ou dépendaient de juridictions distinctes selon qu'il s'agissait de la ville ou du comté. C'est ainsi qu'un meurtre commis sur le trottoir nord du célèbre Sunset Boulevard était du ressort du LAPD, mais qu'un cadavre retrouvé trois mètres plus au sud était, lui, de la responsabilité des services du shérif de Los Angeles. Et jusque dans les années 80, ces deux instances policières ne partageaient que très rarement, sinon jamais, leurs informations sur le *modus operandi*, ou même leurs notes sur des crimes non résolus.

Aujourd'hui, les experts en psychologie et criminologie ont des années-lumière d'avance sur leurs homologues d'il y a à peine dix ans dans leur façon de traiter le problème des tueurs en série. Les autorités policières sont beaucoup plus efficaces et à même de relier entre eux les meurtres à répétition. D'importants progrès en matière d'instruction, de formation, de communication et de technologie – surtout dans les domaines de l'analyse scientifique et de l'informatisation – ont rendu les enquêteurs bien plus conscients de ce que peut révéler une scène de crime. Aussi bien l'inspecteur d'aujourd'hui a-t-il fait ses classes en étudiant des affaires du type Ted Bundy, Jeffrey Dahmer et autres Kenneth Bianchi du monde entier. Analyses indépendantes, études conjointes, regroupement des données, interrogatoires et recoupement des observations ont permis aux experts reconnus dans ce domaine hautement spécialisé d'affiner ce que nous croyions savoir et de développer ce qui autrefois n'était que des idées.

Le *modus operandi*, où l'on ne voyait jadis qu'une espèce de schéma très général, est aujourd'hui divisé en de nombreux domaines d'études spécialisées. Les assassins sexuels de type sadique sont maintenant répertoriés dans la catégorie «assassins à signature», cette catégorie étant elle-même divisée en plusieurs sous-catégories selon la nature du ou des actes de violence perpétrés.

Ces experts ont donné de nouveaux noms à des passions anciennes génératrices de crimes précis et tentent d'identifier des conduites psychotiques individuelles et de les relier à des actes mis en évidence dans de multiples scènes de crime. Des liens sont ainsi établis par identification des actes conscients ou inconscients effectués par le tueur. Ces actes sont si particuliers qu'ils désignent le meurtrier ou la meurtrière comme le seul auteur, ou «écrivain» possible de ces crimes. D'où le terme de «signature».

Aujourd'hui, bien plus de crimes qu'autrefois sont reliés entre eux et ainsi résolus parce que les services de police et des shérifs de tout le pays acceptent d'ouvrir leurs portes et leurs esprits aux formations et informations qui leur sont proposées.

L'existence de liens physiques et mentaux entre divers crimes n'a rien de neuf ni de surprenant. Tous les enquêteurs connaissent le vieil adage du MOM concernant les trois éléments théoriques nécessaires à la résolution d'une affaire de meurtre : Mobile, Occasion et Moyens. Il y a évidemment de nombreuses exceptions à cette règle, surtout aujourd'hui avec ce qui semble bien être une augmentation alarmante des actes de violence gratuite, genre coups de feu tirés d'une voiture en marche. Cela étant, le mobile n'en demeure pas moins une partie intégrante du crime d'assassinat.

La plupart des meurtres ne sont pas résolus grâce à de brillantes déductions à la Sherlock Holmes. C'est en «usant ses semelles» sur les trottoirs, en frappant aux portes et en localisant et interrogeant témoins, amis et associés de la victime qu'on résout la plupart d'entre eux. Dans les trois quarts des cas, c'est une de ces sources qui donnera le renseignement permettant d'identifier un suspect ayant un mobile possible : jalousie de l'ancien amant, gain financier, désir de vengeance suite à un tort subi, qu'il soit réel ou imaginaire. Il est autant de mobiles au crime de meurtre que de pensées nécessaires à les concevoir.

Ce sont nos pensées qui nous relient à nos actes, et les uns aux autres. Nos schémas de pensée déterminent ce que nous faisons tous les jours, à chaque heure et à chaque minute. Même si nos actes paraissent simples, automatiques et routiniers, en réalité ils ne le sont pas. Derrière et à l'intérieur de chacune de nos pensées se cache un but, une intention, un mobile.

Ce qui motive chacun de nous est unique. Dans chacun de nos actes, tous autant que nous sommes, nous laissons des traces de notre moi. Comme les empreintes digitales, ces traces sont identifiables. Je les appelle «empreintes de pensée». Ce sont les crêtes, boucles et verticilles de notre esprit. Tels les points individuels de l'empreinte digitale qu'analyse le criminaliste, elles restent dépourvues de sens, comme les pièces d'un puzzle, jusqu'à ce qu'on les regroupe pour avoir une image claire des faits.

La plupart des gens n'ont aucune raison de masquer leurs empreintes de pensée. Nous sommes, sinon tout le temps au moins pour une bonne part, ouverts et honnêtes dans nos actions : nos intentions sont claires, nous n'avons rien à cacher. Mais à d'autres moments nous nous cachons et dissimulons nos actes – aventure sentimentale, transaction commerciale douteuse, compte en banque clandestin… ou meurtre. Celui qui veut se montrer prudent et malin dans la perpétration de son crime n'oubliera pas de porter des gants afin de ne pas laisser d'empreintes derrière lui. Mais, malins, nous le sommes rarement assez pour cacher nos mobiles et c'est là que nous laissons nos empreintes de pensée. Récapitulatif de nos mobiles et paradigme de nos intentions profondes, ces empreintes sont la signature qui nous relie à telle ou telle séquence de temps, à tel ou tel lieu ou crime particulier, à telle ou telle autre victime.

La résolution du meurtre le plus célèbre du XXe siècle, celui d'une jeune femme connue sous le nom de «Dahlia noir», et d'autres assassinats particulièrement sadiques analysés dans ce livre, est due à la collecte et à la mise en regard de centaines d'empreintes de pensée. Avec les preuves traditionnelles, ces empreintes de pensée prouvent notre hypothèse plus de cinquante ans après les faits et donnent, au-delà de tout doute raisonnable, l'identité de l'assassin – celui qui disait vouloir «se venger du Dahlia noir».

1

Le Biltmore

9 janvier 1947

Milieu de semaine, jeudi soir, 6 h 30. Il n'y a, dans l'entrée de l'hôtel Biltmore, qu'une poignée de clients qui cherchent des garçons d'étage pour les accompagner dans les ascenseurs. Rares sont ceux qui remarquent la jeune femme qui vient d'y pénétrer, absolument superbe avec ses cheveux d'un noir de jais, et escortée par un jeune rouquin à l'air inquiet. Celui-ci ne reste qu'un instant avant de lui dire au revoir et de la laisser. Il se peut qu'une ou deux personnes aient alors vu la jeune femme s'avancer vers la réception et tenter d'attirer l'attention de l'employé qui, apparemment fort occupé, ne cessera d'éviter ses regards que lorsqu'elle se mettra à parler. Debout devant le comptoir, elle saute d'un pied sur l'autre en le regardant fouiller dans une pile de messages. Il hoche la tête, la jeune femme traverse lentement le tapis rouge pour gagner la cabine téléphonique comme si elle l'avait déjà fait des centaines de fois. Deux ou trois personnes se retournent lorsqu'elle raccroche violemment.

Elle se trouve maintenant à l'extérieur de la cabine et semble dépitée, voire désespérée – ou alors… aurait-elle peur ?

La voilà qui repart vers la réception, puis qui revient vers la cabine téléphonique en tripotant sans arrêt son sac et regardant autour d'elle comme si elle attendait quelqu'un. Un rendez-vous galant ? Ils sont déjà plus nombreux à la remarquer. Qui sait ? C'est peut-être une

actrice nouvellement découverte – ou une énième aspi-
rante qui gratte à la porte de la gloire. Elle n'a pas le
look Los Angeles. Peut-être est-elle de San Francisco.
Elle a plutôt l'air de venir de Californie du Nord – elle
est bien habillée, paraît nerveuse et ses doigts gantés de
blanc neigeux s'agitent beaucoup.

De plus en plus de gens sont incapables de détacher les
yeux de cette jeune femme en tailleur noir sans col et que
rehausse un chemisier blanc et froufroutant qui semble
caresser son cou long et pâle. Présence frappante dans ce
lieu, elle a l'air bien plus grande que la plupart des clients
rassemblés dans ce hall d'entrée, sans doute à cause des
chaussures en daim noir à hauts talons qu'elle a enfilées
ce soir-là. Elle porte un grand manteau de couleur beige
– janvier et les coups de froid qui, nuit après nuit, montent de l'océan et courent le long de Wilshire Boulevard
ne sont pas loin.

Le hall de l'hôtel commençant à se remplir, tous les
hommes qui passent devant elle et la voient ainsi toute
seule se disent qu'elle doit attendre quelqu'un. Ses yeux
semblent s'ouvrir plus grand chaque fois qu'un homme
en costume franchit la porte d'entrée. Nul doute que tous
aimeraient être le Prince charmant qu'elle attend pour
dîner tardivement ou aller danser dans un des grands
clubs d'Hollywood.

Le temps passant, la jeune femme devient de plus en
plus inquiète. Où est-il donc ? Elle s'assied. Se relève.
Fait les cent pas dans le hall. Puis la femme sans nom
qu'elle est toujours se dirige vers la réception, où elle
demande à l'employé de lui faire la monnaie de un dollar
en pièces de cinq cents. Et la voilà qui, une fois de plus,
entre dans la cabine téléphonique et compose un numéro
avec encore plus de brutalité qu'avant, le cadran mobile
claquant fort après chaque chiffre. Elle raccroche à toute
volée. Toujours pas de réponse. Où est-il passé ? Elle
s'affaisse dans un des fauteuils du hall et feuillette ner-
veusement une revue sans la lire. Toutes les dix minutes
ou à peu près, elle repart vers la cabine et y recompose

son numéro. Quel genre d'homme pourrait faire attendre une pareille beauté ?

Une heure passe, puis deux. En la regardant depuis l'autre bout du hall, on pourrait voir que sa mâchoire est contractée et que son inquiétude s'est muée en colère. Il ne changera donc pas ? Toujours en retard quand on voudrait qu'il soit à l'heure, toujours en avance quand on préférerait qu'il soit en retard. C'est lui tout craché. Elle repense à l'après-midi du début décembre – il y a tout juste un mois –, où il lui a dit (« ordonné » serait plus juste) de le retrouver à l'hôtel Ambassador, la « grande dame » de Los Angeles, à l'ouest du centre-ville, dans Wilshire Boulevard. « Retrouve-moi à 5 heures pour un drink », lui avait-il dit.

Cette fois-là, il l'avait obligée à l'attendre trois heures au bar. Elle y était restée à tourner et virer sur son tabouret rouge, à faire mumuse avec des fouets à champagne, à faire durer Coca et ginger ales et à repousser les avances de sept hommes – du barman de vingt-trois ans au riche agent immobilier de soixante-dix avec bronzage Palm Springs si intense qu'il en avait la figure comme du cuir. Les cinq autres s'étaient dit que c'était une pute de haut vol, ou alors une femme au foyer qui s'ennuyait et s'était pomponnée pour se payer du bon temps. Tout le sucre qu'elle avait ingurgité en avalant ces boissons pour l'attendre l'avait terriblement énervée, et elle s'en était plainte. Et quand enfin il était arrivé… il ne s'était même pas excusé. « J'ai été retardé », lui avait-il lancé, arrogant et brutal. Et bien sûr, elle avait encaissé.

C'était alors, et elle s'était juré de ne pas revivre ça. Mais maintenant il est tard, dehors la nuit est d'un noir de poix. Dans l'entrée du Biltmore, les lumières scintillent comme si c'était encore la veille du Nouvel An. La jeune femme repense aux huit mois qui viennent de s'écouler. Elle en attendait beaucoup lorsqu'elle est partie du Massachusetts pour venir à Los Angeles. Elle allait épouser le Bon Lieutenant et fonder une famille. Mais rien de tel ne s'est produit.

Et, la situation se détériorant peu à peu, elle a commencé à avoir peur. Mais qui sait ? L'année nouvelle lui apportera peut-être plus de chance.

Elle glisse encore une pièce dans le téléphone et compose une fois de plus le numéro du cabinet qui se trouve à peine à quelques rues de l'endroit où elle se tient. Enfin il décroche. « Oui, je suis là, dit-elle sans manifester d'irritation. Au Biltmore. Ça fait plus de deux heures que j'attends. Oui, bon, d'accord. J'arrive. »

Elle raccroche et toute son attitude change. Elle est radieuse.

Elle traverse l'entrée, s'arrête devant le concierge pour regarder le grand calendrier, puis devant la réception où elle a demandé s'il y avait un message pour elle. Enfin elle prend l'escalier intérieur, qui conduit à Olive Street. Le portier lui tient grand ouvertes les portes en verre lourdement ouvragées, et elle sort dans les ténèbres glacées d'une nuit d'hiver en Californie. Elle se retourne une dernière fois vers l'hôtel, remarque son reflet dans la porte en verre et arrange la grande fleur qui orne, tel un diamant blanc, ses cheveux ramenés en arrière. Elle s'arrête un instant pour la remettre à sa place, sourit aux badauds qui la regardent de l'autre côté de la vitre et prend vers le sud, vers la 6e Rue, où le brouillard s'épaissit et virevolte autour d'elle comme pour l'avaler dans la nuit. Les ténèbres ont une vie propre, elles l'emportent en leur sein.

2

L'inconnue n° 1

Dahlia : plante de la famille des asters cultivée comme fleur d'ornement. Ses feuilles sont souvent segmentées ou dentées.

Pour Los Angeles le temps est particulièrement froid et couvert en ce matin du 15 janvier 1947. Aux environs de 10 h 30, une femme qui se promène avec sa fille aperçoit une masse de chair blanche dans l'herbe jaunie d'un terrain vague. Elle se retourne et découvre ce qu'elle croit être un corps étendu par terre, à quelques centimètres à peine du trottoir. Elle court jusqu'à la première cabine téléphonique et appelle le commissariat de la division University.

Bien que l'officier à l'autre bout du fil essaie d'avoir son nom, elle est tellement troublée qu'elle ne le lui dit pas. Ordre est donné à une patrouille d'aller vérifier « s'il y a bien un 390 dans le terrain vague qui fait le coin de l'avenue Norton et de la 39e Rue ». Un « 390 » est un poivrot en train de cuver. A ce moment-là personne ne se doute qu'il s'agit d'un cadavre. Le terrain vague se trouve dans la partie Leitmert Park de Los Angeles, un quartier résidentiel à l'ouest de la division University du LAPD. L'univers glamour d'Hollywood commence huit kilomètres plus au nord, soit à dix minutes en voiture.

A cette époque, lorsqu'il était lancé, un ordre de ce genre ne s'adressait pas seulement à une patrouille de police. Tous les journalistes qui suivaient les rondes de police l'entendaient ; tous disposaient en effet de radios branchées sur les fréquences de la police et personne n'avait de mal à décrypter les messages envoyés aux patrouilles. En 1947, il n'y avait rien d'inhabituel à ce que les reporters de la presse suivent les appels de la police et des pompiers à l'aide de récepteurs accrochés sous les tableaux de bord de leurs voitures personnelles ; aujourd'hui ils ont des scanners numériques à la ceinture. Dans les années 40, tous ceux qui suivaient les patrouilles de police équipaient leurs véhicules des radios les plus puissantes et d'antennes interminables dans l'espoir d'être les premiers arrivés sur le lieu du crime, de l'incendie ou de tout autre événement digne d'être rapporté dans la presse. Jusqu'à des reporters travaillant pour le même journal qui se tiraient la bourre au moindre espoir d'article à écrire – à cette époque la signature valait droit de propriété. Et ça non plus, ça n'a pas changé depuis ces années-là.

Le reporter Will Fowler (fils du célèbre écrivain Gene Fowler) et son photographe Felix Paegel, attrapant l'appel de la division University juste au moment où il passait sur la fréquence de la police, arrivèrent les premiers sur les lieux. Avant même que les policiers se soient garés et aient posté deux des leurs pour garder la scène de crime, les deux témoins qu'ils étaient contemplaient, bouche bée, non pas un poivrot, mais un cadavre étendu en croix dans l'herbe. Fowler devait raconter plus tard dans son ouvrage *Reporters : Memoirs of a Young Newspaperman*[1] ce qu'il avait découvert ce matin-là :

> Puis quelque chose d'un blanc d'ivoire attira mon attention. « Nous y sommes, dis-je. C'est bien un cadavre. »
> Les cadavres ont tous quelque chose de caractéristique. Je m'approchai de celui-là comme si je m'attendais à ce qu'il se redresse d'un bond et se lance à mes trousses.
> J'approchai encore et criai à Paegel, qui sortait son Speed Graphic du coffre de la voiture :
> – Nom de Dieu, Felix, cette femme est coupée en deux !

1. Soit : « Reporters, mémoire d'un jeune journaliste » *(NdT)*.

Il n'est pas facile de décrire un corps coupé en deux parties comme si elles ne faisaient qu'un. Mais ces deux moitiés étaient tournées vers le ciel. La victime avait les bras tendus au-dessus de la tête. Ses yeux d'un bleu translucide étant à moitié ouverts, je lui fermai les paupières.

En se penchant au-dessus d'elle juste avant l'arrivée de la police, Fowler s'aperçut que la victime n'avait pas pris grand soin de ses ongles et que ses cheveux châtains, du moins à en voir les racines, étaient teints en noir. Il vit aussi que les vertèbres du bas du thorax avaient été très proprement séparées – et non sciées : il n'y avait pas trace de particules osseuses à la jointure. Paegel commença à photographier la scène de crime proprement dite. Il prit un cliché du corps dans le terrain vague et un autre de Fowler agenouillé seul auprès du cadavre. Ces photos, qui devaient être publiées le soir même dans le *Los Angeles Examiner,* furent retouchées, la rédaction du journal voulant épargner à ses lecteurs le choc de découvrir l'horrible état dans lequel se trouvait la victime. Le responsable de la photographie couvrit le bas du corps d'une couverture dessinée à l'aérographe. Il masqua aussi ses terribles blessures au visage, en faisant notamment disparaître les profondes entailles qu'elle avait de part et d'autre de la bouche.

Paegel était en train de prendre ses photos lorsque la première voiture pie arriva. Les deux officiers en tenue s'approchèrent tout doucement de Fowler. Ils ne surent à qui ils avaient affaire qu'au moment où celui-ci leur présenta sa carte d'accréditation auprès des services de police. L'un des policiers avait déjà dégainé son arme. D'autres véhicules arrivant, Fowler quitta la scène de crime pour gagner une cabine téléphonique où dicter son article au responsable du cahier «Métro», James Richardson. Apprenant que la victime avait été coupée en deux, ce dernier ordonna à Fowler de rentrer tout de suite au journal avec les négatifs. Les photos étant aussitôt développées, Richardson prit la décision de devancer tous les autres journaux de l'après-midi en sortant un « supplément spécial » qu'il réussit à faire livrer dans les kiosques tandis que Fowler repartait vers la scène de crime pour suivre les développements de l'affaire.

Les lieux grouillaient de journalistes, de policiers et d'inspecteurs qui avaient ordonné aux policiers en tenue et à certains reporters de jouer le rôle de cordon de sécurité autour de la scène. Sur les ondes de la police, la rumeur s'était vite répandue qu'une femme avait été assassinée et coupée en deux avant d'être jetée dans un terrain vague. La nouvelle avait rameuté une quantité impressionnante de journalistes qui se donnaient des coups de coude pour s'approcher du corps et le regarder de près. Lorsqu'ils arrivèrent enfin sur les lieux, les deux stars de la brigade des Homicides Harry Hansen et Finis Brown, auxquels le capitaine Jack Donahoe avait confié l'enquête, durent se battre non seulement avec journalistes et photographes, mais encore avec les officiers de police en civil des divisions voisines de University qui leur disputaient la juridiction de l'affaire.

La scène de crime resta ouverte à la presse, les photographes étant libres d'aller et venir où bon leur semblait afin de prendre les meilleurs clichés. Aujourd'hui, aucun inspecteur ne tolérerait que des journalistes piétinent des indices et que des photographes de presse prennent le moindre cliché d'une victime d'assassinat. Mais on était en 1947 et la situation était très différente. A Los Angeles, la police et la presse étaient interdépendantes et, dans un certain sens, travaillaient en partenariat. La plupart des journalistes portaient des écussons de la police et n'hésitaient guère à se faire passer pour des inspecteurs afin de savoir ce qui s'était vraiment passé – tous les moyens étaient bons. La presse manquait de pouvoir et avait besoin de l'écusson pour ouvrir certaines portes, la police ayant, elle, besoin de la presse pour faire bonne figure et paraître excellente, même quand elle foirait. Avant notre époque de journalisme grand public et de médias hostiles, les policiers et les reporters de Los Angeles formaient une sorte de société d'admiration mutuelle.

Il suffisait qu'un inspecteur demande à la presse de ne pas publier tel détail que la police ne voulait pas voir divulgué pour que reporters et rédacteurs en chef accèdent à sa demande, dans les trois quarts des cas au moins. A l'inverse, si un journaliste bien introduit demandait à la police un renseignement confidentiel sur tel individu afin d'étoffer son article, il était rare qu'il ne l'ait pas aussitôt. Dans cet univers du donnant-donnant, c'était à ses risques et périls qu'on attentait à ces règles. Pour l'affaire qui nous occupe, les photographies du cadavre massacré devaient être celées au public pendant près de quatre décennies, jusqu'au jour où, personne ne semblant plus y attacher d'importance, les clichés tels qu'ils avaient été pris sur la scène de crime furent enfin reproduits dans la presse. Sauf erreur, ces photos parurent pour la première fois dans le livre de Kenneth Anger intitulé *Hollywood Babylon II*, sorti en 1985. D'autres furent publiées six ans plus tard, dans *Reporters* de Will Fowler; le corps y est montré selon des angles différents et des perspectives plus longues.

Les photographies qu'on trouve dans ces ouvrages montrent bien pour la première fois que la victime était allongée sur le dos et très soigneusement coupée en deux au niveau de la taille. A examiner de près ces clichés, on s'aperçoit que les deux moitiés séparées sont posées très près l'une de l'autre et asymétriquement, le torse paraissant décalé d'environ quinze centimètres par rapport au bas du corps et d'environ sept sur sa gauche. La victime a les deux bras au-dessus de la tête, le droit faisant d'abord un angle de quarante-cinq degrés par rapport au cadavre, puis de quatre-vingt-dix après la pliure du coude. Le gauche est lui aussi tendu selon le même angle et plié de la même façon. Rien à voir avec la manière habituelle de se débarrasser d'un cadavre au plus vite. De fait, il est évident que le corps a été placé par terre avec soin, à une quinzaine de centimètres du

31

trottoir, soit à un endroit où la victime serait sûrement vue et où sa découverte créerait nécessairement un choc.

Ce genre d'acte conscient et glacial était rarissime en 1947. D'après certains chercheurs en criminologie, même aujourd'hui on l'observerait dans moins d'un pour cent des assassinats. Les trois quarts des inspecteurs des Homicides, même ceux qui ont enquêté sur des centaines de meurtres, n'ont jamais l'occasion de découvrir un cadavre dans la position où se trouvait la victime en ce matin de janvier.

Les reporters arrivant et repartant tandis que de plus en plus de policiers répondaient à l'appel, les inspecteurs et les équipes de techniciens continuèrent de rassembler toutes les preuves matérielles qu'ils pouvaient – dont un sac à ciment sur lequel on voit de petites traces de ce qui ressemble fort à du sang dilué d'eau. Ce sac, clairement visible sur les clichés, se trouvant à quinze centimètres de la main droite de la victime, un des inspecteurs se demanda s'il n'avait pas servi à transporter les deux moitiés du corps depuis une voiture garée le long du trottoir jusqu'au coin d'herbe.

La police remarqua alors des traces de pneus au bord du trottoir, tout près du corps. Elle trouva également une marque de talon ensanglanté, la chaussure à laquelle appartenait ce dernier étant très vraisemblablement celle d'un homme. Plus tard, des journalistes révélèrent que ces deux éléments de preuve d'importance n'avaient été ni photographiés ni sécurisés par les inspecteurs arrivés sur la scène de crime.

Les inspecteurs Hansen et Brown parvinrent vite à la conclusion que, vu l'absence de sang sur les lieux, l'assassin avait dû commettre son crime ailleurs et apporter ensuite les deux moitiés du corps au terrain vague de l'avenue Norton. Rien n'étant découvert sur les lieux qui aurait permis d'identifier le cadavre, la victime fut baptisée « l'inconnue n° 1 ».

Les journaux de Los Angeles y allaient déjà à fond lorsque, le lendemain matin, le Dr Frederic Newbarr, légiste en chef du comté de Los Angeles, procéda à l'autopsie. Il conclut à une mort par «hémorragie et choc dû à une commotion cérébrale et à des lacérations au visage». Il arrêta en outre que «les traumatismes à la tête et au visage étaient le résultat de coups multiples portés avec un instrument contondant».

Il était clair à ses yeux que non seulement le corps de la victime avait été très proprement coupé en deux, mais qu'un instrument à lame fine et très tranchant, du genre scalpel, avait été utilisé pour effectuer l'opération. L'incision avait été pratiquée dans l'abdomen, puis à travers le disque vertébral, entre les deuxième et troisième lombaires. La séparation avait été effectuée avec une précision telle qu'on aurait dit du travail de professionnel – le tueur devait avoir de bonnes connaissances en chirurgie. Le criminologue Ray Pinker confirma l'avis du légiste, ses conclusions étant elles-mêmes plus tard confirmées après un examen effectué par le Dr LeMoyne Snyder de la police d'État du Michigan.

Le Dr Newbarr faisait remonter la mort à moins de vingt-quatre heures avant la découverte du cadavre, soit le 14 janvier, peu après 10 heures du matin.

Mais qui était la victime?

Le 16 janvier 1947, le *Los Angeles Examiner* publia le questionnaire suivant:

SIGNALEMENT DE LA VICTIME

Connaissez-vous une jeune femme qui se rongeait les ongles?
Si oui, c'est peut-être la victime du meurtre d'hier.
Signalement de la jeune femme:
Age: entre 15 et 16 ans
Poids: 53 kilos
Yeux: gris-bleu ou gris-vert
Nez: petit et retroussé
Oreilles: petits lobes
Cils: pratiquement incolores

Cheveux : passés au henné, mais châtain foncé à l'origine

Pointure : 37 et demi

Ongles des orteils : rose émail

Cicatrices : cicatrice d'opération de 9 cm dans le dos, à droite ; cicatrice de 4 cm à l'abdomen, suite à appendicite possible ; cicatrice de vaccination à la cuisse gauche ; petite cicatrice au genou gauche et juste au-dessus.

Grains de beauté : six petits grains de beauté sur la nuque, sous la ligne du col ; un autre au creux des reins.

Caractéristiques générales : plutôt bien développée, petits os et jambes élégantes.

S'efforçant de trouver une pièce du puzzle qui lui permettrait de remporter le concours « Qui est l'inconnue n° 1 » et d'imprimer le nom de la victime à la une de son journal, le rédacteur en chef des pages « Métro » du *Los Angeles Examiner* eut brusquement une idée. Au cours d'une rencontre avec des inspecteurs du LAPD, il leur proposa – et ils acceptèrent sur-le-champ – de transmettre, *via* un des ancêtres du fax appelé « Soundex », les empreintes de la victime au bureau du journal à Washington. Les journalistes de Washington étaient en effet en relation avec des agents du FBI prêts à apporter ces empreintes à leur siège pour identification. Que le but de ce rédacteur en chef ait été d'être le premier à dévoiler l'identité de la victime à ses lecteurs n'avait aucune importance, les inspecteurs étant tout aussi avides d'informations que les gens de la presse.

La note de service envoyée à J. Edgar Hoover le 24 juin 1947 et identifiant l'inconnue n° 1 – elle est aujourd'hui accessible au public grâce au Freedom of Information Act [1] – est plus que révélatrice :

_____

1. Loi qui permet le libre accès à certains documents jusqu'alors considérés comme confidentiels *(NdT)*.

FBI. Note de service
I. I # 590

24 juin 1947

LA TRANSMISSION D'EMPREINTES PAR PHOTO-SON PERMET D'IDENTIFIER ELIZABETH SHORT

En janvier 1947, la police d'une ville du sud de la Californie a été non seulement confrontée au problème de résoudre des meurtres de femmes, mais s'est souvent trouvée dans l'impossibilité d'identifier les victimes.

Lorsque, coupé en deux et mutilé de diverses manières, le corps d'une jeune femme a été retrouvé dans un terrain vague de Los Angeles le matin du 15 janvier 1947, c'est à ce même problème qu'a été confrontée la police. La victime, qui semblait avoir trouvé la mort environ dix heures plus tôt, avait été déposée à quelques dizaines de centimètres du trottoir. Les autorités firent quasiment du surplace dans leur enquête jusqu'au moment où la victime put être identifiée.

Les empreintes avaient été prises par la police, qui avait ensuite demandé au *Los Angeles Examiner* de bien vouloir les transmettre par photo-câble au service de l'Identité du FBI à Washington DC. Après avoir obtenu l'aide de l'International News Service, la direction du journal transmit ces empreintes à son siège de Washington. A 11 heures du matin, le 16 janvier, elles arrivaient à l'Identité du FBI. Moins de cinquante-six minutes plus tard, la victime était identifiée grâce à deux fiches entrées au service sous le nom d'Elizabeth Short.

Il manquait deux empreintes et les trois autres étaient très endommagées, mais les techniciens du FBI furent à même d'arriver à une identification en recoupant toutes les combinaisons d'empreintes possibles. A cette époque, il y avait pas moins de cent quarante mille fiches d'empreintes conservées aux archives. Une des fiches soumises au FBI et identifiée comme étant celle de la victime faisait partie de la demande de poste qu'Elizabeth Short avait envoyée le 30 janvier 1943 à l'économat de Camp Cook. La deuxième émanait des Services de police de Santa Barbara, Californie, et faisait état de son arrestation, le 23 septembre 1943, pour violation d'une décision du tribunal pour mineurs, Elizabeth Short ayant alors été confiée aux mains d'un contrôleur des mises à l'épreuve.

Le recours aux équipements de transmission scientifique dans cette affaire fut ainsi salué par le Directeur du FBI : « La transmission par le *Los Angeles Examiner* des empreintes digitales de la victime non identifiée au FBI est un excellent exemple de la coopération entre la presse et les forces de l'ordre – pareille coopération constituant une aide précieuse dans la lutte de la police contre l'augmentation de la criminalité. »

Comme l'indique la note du FBI, quelques heures à peine après leur transmission, ces empreintes étaient reliées à une arrestation opérée à Santa Barbara, petite ville côtière située à quelque 120 kilomètres au nord de Los Angeles, où, trois ans plus tôt, en septembre 1943, la victime avait été placée en détention pour s'être trouvée avec des adultes dans un lieu où l'on servait de l'alcool alors que c'était interdit. Ce procès-verbal d'arrestation fournit à la police de Los Angeles toutes les informations nécessaires concernant son identité et son passé.

Elle s'appelait Elizabeth Short. Le procès-verbal de 1943 de la police de Santa Barbara signale qu'elle était de type caucasien et avait vu le jour le 29 juillet 1924. Sa mère, Phoebe Short, résidait à Medford, État du Massachusetts. La collation de toutes ces archives par la police de Los Angeles permit aux inspecteurs chargés de l'enquête de se faire une idée du passé de la victime avant son arrivée en Californie.

Ils apprirent ainsi qu'elle était née à Hyde Park, une banlieue de Boston, et qu'elle avait grandi dans la localité voisine de Medford. Sa mère était la seule personne à assurer sa subsistance et celle de ses quatre sœurs après que leur père, Cleo Short, les avait toutes abandonnées en 1930 – il devait finir par aller vivre et travailler en Californie du Sud. Aussi exceptionnellement séduisante et aimée qu'elle fût au lycée de Medford, Elizabeth laissa tomber ses études en seconde et, en 1942, partit pour Miami Beach, Floride, où elle trouva un emploi de serveuse.

Ce fut là que, pour la première fois seule, elle fit la connaissance d'un certain major Matt Gordon junior, pilote des Flying Tigers[1] stationné dans cette ville. Il fut vite envoyé outre-mer et Elizabeth commença à correspondre avec lui – elle lui envoya vingt-sept lettres en onze jours.

En janvier 1943, elle gagna Santa Barbara, Californie, où elle demanda, et obtint, un emploi à l'économat de la base militaire de Camp Cooke. Elle n'y resta que peu de temps et partit rejoindre son père qui, elle l'avait découvert, vivait non loin de là, à Vallejo. Elle vécut avec lui un certain temps, mais l'un comme l'autre trouvant l'arrangement difficilement vivable, elle revint à Santa Barbara en septembre 1943.

Elizabeth aimait les soldats et avait envie de se trouver parmi eux. Son attirance pour les hommes en uniforme ne fait aucun doute, ses relations avec le major Gordon et son désir d'aller dans les clubs et boîtes de nuit fréquentés par le personnel militaire le prouvent amplement. C'est dans une de ces boîtes de nuit qu'elle fut arrêtée le 23 septembre 1943 – on y servait de l'alcool et, n'ayant alors que dix-neuf ans, elle était en contra-

---

1. Soit « Les Tigres volants » *(NdT)*.

vention avec la législation californienne sur les boissons. Lorsqu'elle accepta de rentrer chez elle plutôt que de risquer l'inculpation en Californie, les responsables du contrôle judiciaire du comté de Santa Barbara lui payèrent son billet pour retourner à Medford.

Pendant le reste des années de guerre, Elizabeth continua d'écrire au major Matt Gordon, au point que celui-ci lui aurait proposé de l'épouser en avril 1945. Elizabeth accepta, mais avant qu'il puisse réintégrer ses foyers Gordon se tua aux Indes dans un accident d'avion. Préparatifs de mariage et espoirs de vivre la vie de femme d'officier, pour Elizabeth Short tout s'écrasait en flammes avec l'avion du major.

Durant l'hiver 1945, elle resta sur la côte est, puis elle repartit en Floride où elle prit à nouveau un boulot de serveuse à Miami Beach. En février 1946, elle revint à Medford et y travailla comme caissière dans un cinéma jusqu'au 17 avril, jour où elle reprit le chemin de la Californie – mais pour Hollywood cette fois. Pendant les neuf mois qui précédèrent sa mort, elle vécut en nomade dans plusieurs pensions, où elle partageait une chambre avec diverses personnes. L'été venu, elle séjourna plusieurs semaines dans un hôtel de Long Beach, puis elle regagna Hollywood où elle commença par prendre une chambre en colocation dans une résidence privée, avant de s'installer dans un appartement avec sept autres jeunes femmes. Elle partagea aussi brièvement d'autres chambres dans plusieurs hôtels d'Hollywood. En décembre elle partit pour San Diego et revint à Los Angeles le 9 janvier 1947. C'est ce soir-là que, littéralement, elle disparut dans le brouillard après avoir quitté l'entrée Olive Street de l'hôtel Biltmore.

Après la découverte de son cadavre, nombre de détails du rapport d'autopsie furent divulgués à la presse, au point que non seulement Los Angeles, mais le pays tout entier furent hantés par l'assassinat de la jeune femme. Bien avant l'âge de l'Internet, de la télévision et des chaînes d'infos câblées travaillant en continu, une bonne part de l'intérêt porté à une victime d'homicide aussi belle que mystérieuse était alimentée par les gros titres de la presse et les bulletins radio. Le sobriquet d'Elizabeth Short, le « Dahlia noir » – d'après certains journalistes, il lui aurait été donné par les soldats et marins qui avaient vu la séduisante jeune femme à cheveux noirs fréquenter leur bar à sodas de Long Beach –, contribua beaucoup à exacerber la passion que le public éprouva pour elle [1]. En plus de reprendre ce surnom, les journaux publièrent des agrandissements photographiques montrant l'exotique jeune femme en élève de lycée. Sans oublier les horribles détails sur le supplice sadique qui lui avait été infligé avant qu'on la mutile et coupe en deux : de la côte ouest à la côte est, les lecteurs de journaux eurent leur content de macabres fantasmes.

L'enquête sur le meurtre d'Elizabeth Short fit la première page des journaux de Los Angeles pendant trente et un jours successifs, un record. Le *Los Angeles Examiner* vendit plus de numéros de sa première édition du 16 janvier que dans toute son histoire – à l'exception du jour de la victoire en Europe. Cette frénésie était aussi aiguillonnée par la concurrence à laquelle se livraient les six quotidiens de la ville, le groupe Hearst, qui possédait l'*Examiner* et le *Los Angeles Evening Herald and Express*, faisant tout pour supplanter l'empire Chandler, qui, lui, publiait le *Los Angeles Times* et son tabloïd, le *Los Angeles Mirror*. La victoire alla, pour l'essentiel, au *Los Angeles Examiner* dont le responsable nuit du cahier « Métro » avait envoyé les empreintes digitales de la victime au FBI aux fins d'identification rapide, cette manœuvre lui gagnant d'emblée les faveurs du LAPD et des inspecteurs chargés de l'affaire.

De fait, les chroniqueurs judiciaires avaient en général plusieurs longueurs d'avance sur les inspecteurs, surtout

---

1. Plus tard, beaucoup pensèrent que ce surnom lui venait du film *Le Dahlia noir*. Policier écrit par Raymond Chandler et joué par les vedettes Alan Ladd et Veronica Lake, il sortit à Los Angeles pendant l'été 1946 *(NdA)*.

lorsqu'il fallait localiser et interroger des témoins. Ils n'étaient en effet pas tenus de quitter le boulot à 17 heures et continuaient d'enquêter jusqu'au moment où ils tenaient leur article. De plus, ils travaillaient pour des patrons de presse qui avaient de gros portefeuilles et payaient ce qu'il fallait pour que leur journal soit le premier à diffuser une nouvelle d'importance. S'il fallait payer comptant pour aider un témoin qui traversait une mauvaise passe, on trouvait toujours l'argent nécessaire. Ensuite, mais seulement après avoir téléphoné leur article à la rédaction, les journalistes donnaient ce qu'ils avaient appris à tel inspecteur avec qui ils entretenaient une relation amicale. C'est ainsi que la presse et la police avaient la possibilité de se rendre des services mutuels. Pour l'essentiel, elles essayaient de partager leurs informations, mais cela n'en restait pas moins un partenariat compliqué.

Tous ces facteurs jouèrent à un point tel dans l'affaire du Dahlia noir que la couverture du meurtre et la publicité qui lui fut faite se trouvèrent sans égales dans l'histoire de la ville. Ni le kidnapping du bébé Lindbergh ni le procès de Leopold et Loeb n'avaient eu droit à autant d'espace médiatique. La voracité du public pour tout ce qui concernait le passé d'Elizabeth Short gagna tout le pays. Les journalistes retrouvèrent et interviewèrent ses parents, ses amis proches, ses connaissances, ses copines, copains de classe et colocataires, ses anciens amants et toutes sortes de militaires. A quelques exceptions près, et qu'ils aient ou non un lien avec l'affaire, tous les détails qu'ils découvraient dans leurs enquêtes indépendantes se retrouvaient dans la presse le lendemain, aidant ainsi à nourrir l'appétit apparemment insatiable du public.

Après un mois de unes quotidiennes, l'assassinat du Dahlia noir devint ainsi le meurtre non résolu le plus célèbre du siècle.

3

Un décès dans la famille

17 mai 1999, Bellingham, État de Washington

Lorsque le téléphone sonne à 1 heure du matin, on
espère que le correspondant s'est trompé de numéro. Si
ce n'est pas le cas, c'est en général que les nouvelles ne
sont pas bonnes. Et c'est ce qui m'arriva le lundi 17 mai
1999 : une sonnerie aussi forte qu'insistante (j'avais
éteint mon répondeur) me sortit d'un sommeil profond.
Complètement hystérique à l'autre bout du fil, tout là-
bas dans son appartement en terrasse de San Francisco,
June, l'épouse de mon père, hurlait dans l'écouteur.

– Steve, dit-elle enfin en essayant de retrouver son
calme, ton père… Il est mort !

Entre deux sanglots, je réussis à saisir des bribes de ce
qui s'était passé.

– Crise cardiaque. Les infirmiers sont toujours là. Ton
frère Duncan et sa femme sont ici avec moi. Descends,
s'il te plaît. Je t'en prie, descends tout de suite. J'aurais
pu le sauver, Steven. J'aurais dû faire plus. Je suis seule
maintenant.

Du temps où j'étais inspecteur à la brigade des Homicides
du LAPD, j'avais appris à me réveiller instantanément en
pleine nuit lorsqu'il fallait répondre à un appel et partir sur
une scène de crime. C'était une qualité que j'avais peu à
peu perdue depuis que j'avais pris ma retraite, mais elle me
revint tandis que June continuait de me parler. Je tentai de
la rassurer, lui dis que nous nous occuperions de tout et
la réconfortai autant que je pouvais le faire par téléphone.

– June, lui dis-je enfin, j'arrive par le premier avion possible.

Je ne pouvais pas faire plus. Je me préparai du café et décrochai le téléphone pour trouver une place sur le premier vol à destination de San Francisco au départ de Seattle, soit à quelque cent trente kilomètres au sud de la maison de Bellingham, où j'habitais depuis douze ans.

Huit heures plus tard, j'embarquai à l'aéroport de Sea Tac en songeant aux deux heures de vol que j'allais passer seul à ruminer sur le décès du «Grand Homme». A la douleur que je ressentais, que tout fils éprouve à la mort de son père, se mêlait la satisfaction de savoir qu'il avait eu une vie aussi longue que remarquable. Elle avait en effet, pour autant que je le sache, été tout à fait unique et plus étonnante que celle de la plupart des gens que je connaissais. George Hill Hodel, docteur en médecine, semblait avoir vécu quatre vies différentes et avoir inspiré une terreur quasi religieuse à tous les enfants issus de ses quatre mariages. Et voilà qu'il n'était plus.

Tandis que l'avion s'élevait à travers la couverture nuageuse et me conduisait au passage que presque tous les fils doivent inévitablement franchir (l'enterrement de leur père), je me sentis étrangement reconnaissant d'avoir eu l'occasion de renouer des relations avec un père que je n'avais jamais vraiment connu. Je n'avais gardé que des bribes de souvenirs de mon enfance dans notre mystérieuse maison d'Hollywood mais ensuite, après son départ, rien.

J'avais cinquante-sept ans, mais mes relations avec lui n'avaient vraiment commencé que huit ans plus tôt. Avant, nous étions restés étrangers l'un à l'autre, n'échangeant que de temps en temps un petit bonjour par téléphone ou une poignée de main, lorsque j'allais le voir en Asie ou qu'il faisait un saut à Los Angeles pour affaires. Pendant trente-cinq ans nous ne nous étions rencontrés que brièvement dans des halls d'entrée d'hôtels, nos relations n'étant jamais réellement celles d'un père avec son fils.

Ce que nous avions partagé? Des rencontres d'affaires, au cours desquelles sa raideur et ses manières cérémonieuses me rebutaient tout autant qu'elles rebutaient ses autres enfants. A nos yeux il était «le docteur» – clinique, froid et lointain. Il me paraissait passablement étrange que, malgré son intelligence et sa longue pratique de psychiatre, il se soit manifestement toujours senti gêné au milieu de ses enfants. Dans ses conférences, où le bel esprit qu'il était utilisait tout son vocabulaire, il était capable de charmer, voire d'hypnotiser des assistances entières grâce à son charisme et à ses connaissances. Dans son rôle de père au contraire, sa maladresse et son ineptie avaient quelque chose de pénible. Cela dit, c'est sans doute du fait de ce clivage paradoxal que prirent vie et corps les excentricités qui transformèrent son existence en véritable légende aux yeux de ses enfants. Et je ne faisais pas exception à la règle, moi qui avais vécu à Hollywood dans la même maison que lui à la fin des années 40 et qui, quelque vingt-cinq ans plus tard, avais passé un peu de temps avec lui aux Philippines, lorsqu'il avait voulu me faire quitter la brigade des Homicides du LAPD et m'apprendre tout ce qu'il fallait savoir pour reprendre son affaire. Mais cela remontait à plus de vingt années.

Pendant les décennies suivantes, après avoir pris ma retraite et travaillé comme privé spécialisé dans les enquêtes sur les affaires criminelles, j'avais commencé à percer le mystère qu'était mon père. Lentement, graduellement, depuis qu'il était rentré aux États-Unis en 1991 après une absence de quarante ans, j'avais réussi à établir les débuts d'une relation avec lui. J'avais presque cinquante ans et lui quatre-vingt-quatre.

Je crois que d'une certaine manière mon changement de carrière nous avait aidés. Je savais qu'il s'était par moments inquiété pour ma sécurité personnelle. Je n'étais plus l'inspecteur des Homicides attendant qu'on l'appelle en pleine nuit pour rejoindre une scène de crime à Hollywood. Fini les conférences de presse aux infos de 18 heures pour assurer les médias de L. A. qu'«une arrestation est imminente». Ces jours de gloire étaient derrière moi et je savourais ma retraite. Et j'aimais bien mon boulot de privé. J'aimais aussi l'équité qu'il y avait dans tout cela. J'avais donné vingt-quatre ans à l'accusation et presque quatorze à la défense. Remporter une grande victoire pour un client innocent résonnait agréablement dans mon esprit. Mon existence évoluait vers une sorte d'équilibre homéostatique naturel. Mais voilà qu'à regarder mon visage dans le hublot – nous volions à onze mille mètres d'altitude au milieu de nuages si épais qu'on était certain de pouvoir marcher sur eux –, cet équilibre étant bouleversé, je ne voyais plus qu'un grand trou à la place de mon passé. Je n'arrêtais pas de me représenter mon père au fil des ans : le jeune chroniqueur judiciaire des années 20, l'artiste qui adorait la vie de bohème, le speaker radio à la voix de velours, le chirurgien méticuleux, le psychiatre austère mais dominateur et enfin le génie du marketing qui nous avait abandonnés pour gagner l'Asie en 1950.

Mon père et moi n'aurions pu être plus différents l'un de l'autre. Mon travail d'inspecteur de terrain à la brigade des Homicides d'Hollywood m'avait appris à jauger et évaluer les caractères des gens. Je savais y faire, et la plupart du temps ne me trompais pas. Je commettais beaucoup d'erreurs dans d'autres domaines de la vie, mais rarement dans celui-là. Intuitifs et justes, mes jugements étaient pour une part le résultat d'un apprentissage, mais pour une autre inhérents à ma nature.

Où mon père était pierre, j'étais eau. D'esprit clinique, il ne montrait pratiquement aucune passion dans ses relations avec les gens. S'il y avait de l'intuition en lui, elle se cachait si loin sous la surface qu'on n'en aurait même jamais deviné la présence. Dur et froid, il avait un ego énorme et, de fait, se conduisait presque en tyran. «Le roi George», tel était le nom que lui donnaient ses amis en plaisantant, mais ils ne se trompaient pas. Il est possible que son comportement ait été le résultat de toutes les années qu'il avait passées dans un Orient – à Manille –, où il n'y a que deux classes sociales : les très riches et les très pauvres. Mais je ne le pense pas. Je crois que cette dureté était là depuis toujours, qu'elle faisait partie intégrante de son caractère. C'était un homme que je n'avais pas aimé même lorsqu'il m'avait téléphoné pour m'offrir, à l'entendre, la chance de ma vie.

En 1973, il m'avait en effet demandé de venir à Manille afin d'évaluer son affaire. « Viens donc jeter un coup d'œil à ce que j'ai construit en Asie. Viens donc voir si tu ne pourrais pas travailler pour moi, Steven », m'avait-il dit. A l'époque, il avait monté des bureaux de prospection de marchés à Manille, Hong Kong, Tokyo et Singapour, et son offre était tentante. A nouveau célibataire, j'avais trente-deux ans et, sans enfants, étais libre de refaire ma vie. La nuit, des images ensorceleuses de jolies femmes exotiques et d'habitations semblables à des palais dansaient devant mes yeux. Je pris donc un congé de six semaines – je voulais me faire une idée aussi claire de l'opération que possible.

J'avais alors été promu inspecteur. Ç'aurait été une énorme décision que de quitter le LAPD et de renoncer à ma retraite, alors que j'avais déjà effectué la moitié du parcours. Je refusai d'obéir à mes impulsions habituelles – pas question d'y céder pour une décision si importante qu'elle aurait affecté le reste de mon existence. Muni de mon congé, je partis explorer l'univers de mon père et voir un peu la vie qui m'attendait si je choisissais de dire oui.

Ces six semaines que je passai en Orient furent de pur plaisir. Le fils du patron fut gâté et servi au-delà de ses rêves les plus fous. Mais malgré l'excitation, le plaisir et les divertissements, je compris que ce ne pouvait être. Je ne pouvais tout simplement pas travailler pour un homme pareil. Le titre quasi impérial qu'il s'était donné sur ses cartes de visite professionnelles le résumait entièrement : « Docteur George Hill Hodel, Directeur général ». Jamais je n'aurais pu travailler pour un homme pareillement obsédé par le désir de tout contrôler. J'avais l'impression de jouer une grosse partie de poker avec seulement une paire de sept alors que l'adversaire avait nettement plus que ça dans son jeu. Je décidai de plier.

Mais dans les années 90 tout cela avait changé. Mon père n'était plus le mégalomane d'autrefois. Il s'était mué en père prodigue qui rentre au pays repenti et transformé. Alors âgé de quatre-vingt-trois ans, il brûlait encore d'une forte énergie, mais n'était plus chauffé à blanc comme un quart de siècle plus tôt. Enfin assagi, il vivait depuis bien des années avec June, qu'il avait épousée en 1969. Encouragé par cette femme, il avait troqué ses manières de requin de la finance contre une existence plus confortable et en accord avec son âge. Lorsqu'il était revenu aux États-Unis après son long exil en Asie, il était plus enclin à pardonner et accepter. Et moi aussi.

Graduelles, hésitantes et laborieuses au commencement, les tentatives que nous fîmes pour renouer des relations se caractérisèrent par l'envoi de nombreux fax et petites notes. Tels furent les débuts d'une communication qui devait s'affirmer au fur et à mesure que la confiance s'instaurait. Les années passant, je fis de plus en plus régulièrement des petits sauts à San Francisco pour aller le voir, June et lui montant de leur côté à Bellingham pour me rendre visite et goûter aux beautés des îles de San Juan, dans le détroit de Puget.

Pour la première fois depuis que nous étions adultes et nous revoyions, les moments que nous passions ensemble dépassaient le cadre des formalités d'un rendez-vous d'affaire et se muaient en quelque chose de plus social, voire de plus humain. Il nous arrivait même de rire un peu de temps à autre et j'avais enfin la possibilité d'entrevoir un homme qui avait traversé la vie derrière un masque de fer. D'entrevoir seulement, et encore très rarement, mais cela me suffisait. Alors je m'apercevais qu'après toutes ces années où il s'était conduit en étranger envers son fils, mon père commençait à se radoucir.

J'avais réussi à ouvrir une brèche en lui. Bien qu'il se sente encore mal à l'aise et se montre maladroit pour dire ses sentiments et ce qu'il éprouvait dans son cœur, je savais qu'enfin j'allais pouvoir aborder des sujets personnels avec lui et approcher de ce qui pour moi était depuis toujours le plus important dans la vie : la communication et la relation intime. Mais c'était peu et cela venait trop tard.

Une semaine exactement avant qu'il décède, je m'étais inquiété de sa santé : je n'avais plus de fax de lui ni de June depuis un bon moment. Je les avais invités à venir me voir pendant l'été, à passer, disons, une semaine chez moi et faire un petit voyage à Vancouver et des excursions aux alentours.

Pressentant que sa santé se dégradait ou que quelque chose d'autre n'allait pas, je leur envoyai un fax pour lui demander carrément des nouvelles. Le 9 mai 1999, je reçus ceci :

9 mai 1999

Cher Steve,

Je te remercie de ton fax d'hier 8 mai. Tes photos, qui sont arrivées hier elles aussi, nous montrent combien ta nouvelle maison est belle et nous aimerions bien la voir avec toi.

Mais il y a une raison pour laquelle tu n'as eu guère de nouvelles de nous depuis quelques mois. Il est certain que ne pas te voir pendant d'aussi longues périodes nous manque.

Le fait est que je traverse une passe particulièrement difficile côté santé. Nous ne voulons pas t'infliger, ni à quiconque, le spectacle d'un homme aussi affaibli et sans défense que je le suis maintenant. Ce serait humiliant et pourrait te laisser en mémoire une image trop dégradée.

Je suis maintenant cloué sur un fauteuil roulant et ne

puis me déplacer sans l'aide de June, dudit fauteuil roulant ou d'un déambulateur. Les rares fois où je dois aller consulter un médecin, nous sommes obligés d'appeler une limousine avec un chauffeur particulièrement costaud.

Rien de tout cela ne me surprend vraiment. Le tableau clinique général n'est guère différent de celui auquel on peut s'attendre chez un patient qui vient d'entrer dans la phase terminale de l'insuffisance cardiaque œdémateuse. La réalité clinique est que j'ai tout simplement vécu trop longtemps.

Rassure-toi, cette idée ne m'effraie pas le moins du monde. C'est ainsi que, dès demain matin, j'irai à l'hôpital pour y subir ce qu'on appelle une rétroversion cardiaque. On donne deux grands chocs électriques au cœur afin de transformer son arythmie (ou trouble du rythme cardiaque) qui, dans mon cas, a droit au titre de « souffle au cœur », en un rythme plus normal.

Mais si jamais cette procédure, et d'autres, venaient à échouer, je n'en serais pas attristé. J'ai eu la chance de mener une vie très pleine et intéressante, de connaître des femmes proprement merveilleuses et d'avoir de beaux enfants dont je suis vraiment fier. Grâce à l'aide tout à fait remarquable que me prodigue June, ces dernières années comptent parmi les plus heureuses de ma longue existence. June est vraiment un ange.

En attendant, elle et moi t'embrassons fort.

George et June

Au vu de ce fax et sentant que la fin était peut-être proche, même pour cet homme que tous ses enfants pensaient immortel, j'éprouvai le besoin de lui parler du plus profond du cœur et lui expédiai une lettre le lendemain matin.

10 mai 1999

Cher père,

Merci de m'avoir dressé un tableau précis et honnête de ton état de santé actuel. J'ai beaucoup apprécié et sais combien cela t'est difficile et comme naturellement tu répugnes à le faire – pour des raisons aussi nombreuses que valables. Ce que tu me dis restera, bien entendu, confidentiel. Personnellement, je préfère savoir les choses comme elles sont, si différentes soient-elles de ce que moi ou d'autres aimerions pouvoir lire.

Je voudrais que tu saches que, pour moi aussi, ces six ou sept dernières années ont été les plus heureuses de ma vie. J'ai certes été affecté par beaucoup de changements difficiles et pas mal de réajustements sentimentaux vis-à-vis de Marsha et des garçons, mais cela ne m'a pas empêché d'être extrêmement content et satisfait.

La raison de ce bonheur est le développement de notre relation père-fils. En s'approfondissant, elle est, pour moi, devenue très réelle. Ça n'a pas toujours été le cas. Pour des tas de raisons que ni l'un ni l'autre ne pouvions maîtriser, nous n'avons pas eu pendant longtemps l'occasion de partager nos pensées. Ce n'était ni de ta faute ni de la mienne. C'était tout simplement ce qui se passait.

Mais au cours de ces dernières années, grâce à ton ouverture d'esprit, ton acceptation des faits et tes encouragements, tout ceci est devenu tangible. C'était comme si nous suivions le cours inverse des relations fils-père. Ce qui était resté distant dans ma jeunesse est devenu intime aujourd'hui. Je t'en remercie.

Et je te remercie aussi de ton soutien et de la patience que tu m'as témoignée. Je te remercie pour tous les sages conseils que tu m'as donnés ces dernières années. Je te remercie de m'avoir poussé à me préoccuper de ma santé. (Je crois que la façon dont tu m'as encouragé à cesser de fumer m'a donné entre dix et quinze ans de vie supplémentaire et saine.)

Mais je te remercie surtout du temps que tu m'as consacré. Un sage a dit un jour : « Le temps est notre bien le plus précieux », et de ce temps tu m'as beaucoup donné ces dernières années. Je regarde ce que j'ai dans mon ordinateur depuis six ans et j'y vois des centaines et des centaines de fax et de messages venant de toi, chacun ayant exigé de toi temps et pensées.

Les souvenirs que je garde de nos visites me rappellent agréablement ces années et resteront dans mon cœur tant que je vivrai et penserai. Merci de tout cela, mon cher père. Je ne voudrais pas que tout cela ressemble à un adieu. Mais si le destin en décidait autrement, je veux avant toute chose que tu saches combien je t'aime et te suis reconnaissant du présent de la vie que tu me fis et de tous les moments que nous avons partagés.

Tu es vraiment un grand homme et je suis très fier de t'avoir comme père.

Ton fils qui t'aime,

Steven Kent

C'est ce mot qu'il lut le dernier jour de sa vie. Et voilà qu'à peine vingt-quatre heures plus tard l'hôtesse de l'air me faisait signe de remonter ma tablette et de redresser mon siège car nous allions atterrir à l'aéroport de San Francisco dans quelques minutes.

Le chauffeur en livrée m'accueillit à la porte 33 avec un très sincère :

– Je suis désolé pour votre père. C'était un monsieur bien. Il y en a peu comme lui dans le monde.

Je le remerciai de ses condoléances d'un hochement

de tête poli. Nous gagnâmes sans rien dire le centre-ville, où, à quelque quarante étages au-dessus du sol, se trouvait leur appartement en copropriété.

June était en larmes lorsqu'elle m'ouvrit la porte et, tous les deux à notre douleur, nous nous enlaçâmes. Je la tins serrée contre moi tandis qu'elle me disait tout doucement à l'oreille :

– Je suis seule maintenant et j'ai peur, très peur. Il n'avait pas à mourir, Steven. Je croyais que nous serions encore ensemble pendant dix ans et plus. Il est mort dans mes bras. J'ai essayé de le sauver, mais je n'ai pas réussi.

Elle tremblait et paraissait, elle aussi, aux portes de la mort, toute pâle et frêle comme si le décès de son mari l'avait vidée de toute vie. Je sentais qu'en plus de son énorme chagrin elle avait peur de devoir continuer à vivre seule après avoir été sous sa protection et sa domination absolue pendant trente ans. L'appartement me semblait douloureusement vide. Plus de voix rayonnante, plus de grande intelligence, plus rien. Et c'était ce rien qui hurlait l'absence de cet homme. Le sien.

Ils avaient été inséparables pendant les trente années qu'ils avaient passées ensemble. Ils ne s'étaient pas séparés plus d'un jour ou deux, et seulement pour raisons d'affaires. Ils avaient partagé onze mille levers de soleil et pour elle celui-ci ne se lèverait plus jamais de la même façon maintenant que mon père avait disparu.

June Hodel, ma belle-mère, était plus jeune que moi d'environ quatre ans. Elle était sortie *ichichan* – première – de sa promotion universitaire au Japon. Intelligente, enthousiaste et belle, elle avait répondu à une annonce que mon père avait fait passer dans un journal de Tokyo pour trouver une assistante travaillant directement sous ses ordres. Elle l'avait emporté sur quatre cents candidates.

Décrocher cette place n'avait pas été facile : c'était en effet mon père lui-même qui lui avait fait passer tous les tests, comme aux quatre cents autres candidates. Caractère, intelligence et connaissance de l'anglais, il voulait tout savoir. Les épreuves terminées, on avait fait savoir à June qu'«elle serait contactée prochainement». Une semaine plus tard elle recevait le coup de téléphone attendu. Comme en faculté, elle sortait à nouveau *ichichan* – numéro 1 – de l'examen.

Elle accepta le poste et pour la première fois quitta le sud du Japon pour rejoindre le bureau de Tokyo, loin de chez elle et de sa famille. A partir de ce moment-là – elle avait vingt-trois ans –, elle et mon père, alors âgé de soixante-trois ans, ne devaient plus se séparer. Voyageant et travaillant dans le monde entier, ils vécurent à Manille, Tokyo et Hong Kong. Ils visitèrent des dizaines de pays étrangers en Europe et en Asie et finirent par s'installer à San Francisco, toujours inséparables. Jusqu'à ce jour de la mi-mai où, quelques minutes avant minuit, il avait cherché un dernier souffle, s'était effondré dans ses bras et était mort.

Pour la première fois de ses cinquante-quatre années de vie, June allait être seule. Pour elle, l'impression était terrible et, dans ces heures qui suivaient la mort de mon père, alors que je la serrais douloureusement dans mes bras, je sentis toute sa solitude. Et craignis pour elle.

Nous passâmes l'après-midi et toute la soirée à parler du «Grand Homme» et de la vie remarquable qu'il avait menée. Et là, malgré ces huit dernières années pendant lesquelles je lui avais parlé pour renouer des relations avec lui, je m'aperçus que de fait – comme tous ses autres enfants –, je savais très peu de choses sur lui. Tel le sorcier d'Oz, il avait été la toute-puissante entité derrière le rideau. Mais qui avait-il été en réalité?

Mon grand-père paternel, George senior, était né à Odessa, en Ukraine, et avait fui à Paris dans les dernières années du XIXe siècle. C'était là qu'il avait rencontré Esther Leov, une dentiste, qu'il avait épousée. Comme la plupart des immigrants, ils étaient entrés aux États-Unis par Ellis Island. Avant de filer vers la Californie.

Papa naquit à Los Angeles en 1907. Je savais que, prodige de la musique, il jouait ses propres compositions pianistiques à l'âge de sept-huit ans au Shrine Auditorium et, doté d'un QI de génie (dépassant, m'avait-on dit, d'un point celui d'Einstein), avait plus tard fait des études de médecine à San Francisco. Après quoi il était retourné à Los Angeles, où il avait ouvert un cabinet médical, épousé ma mère, eu des enfants et nous avait tous installés dans la célèbre maison Sowden de Frank Lloyd Wright, dans l'avenue Franklin, au cœur même d'Hollywood.

Puis, après un scandale familial, il avait divorcé d'avec ma mère et rejoint Hawaï, où il était devenu psychiatre. Ç'avait ensuite été l'Extrême-Orient, où il avait épousé une riche Philippine, dont il avait eu quatre enfants. Personnage très connu dans la prospection des marchés, il était aussi devenu un chercheur respecté dans le domaine social, avec des bureaux dans toute l'Asie.

C'était là presque tout ce que je savais de lui – des miettes. Lorsque mon père et moi en étions venus à mieux nous connaître dans les dernières années de sa vie, une grande partie de son passé – surtout celui qui touchait à mes frères et à moi – m'était toujours un mystère. Les enfants de ses autres mariages en savaient probablement encore moins que moi, mais c'était sa manière, secrets et vie privée, et je la respectais. Je me disais que c'était ses affaires et que s'il avait choisi de ne pas les partager avec d'autres, y compris avec sa famille, ça le regardait.

Même lorsqu'il avait fini par s'ouvrir à moi au cours de ces dernières années, ce qu'il m'avait dit de sa vie était resté très général. L'inflexion avait changé, mais j'y avais vu plus une modification de son comportement que des indications précises sur son passé. Plus lents, aimables et doux, les moments que nous passions ensemble contrastaient beaucoup avec les brefs déjeuners d'affaires des années précédentes, ceux où mes frères et moi étions à la toute dernière minute sommés de nous présenter à lui pour quelque déjeuner près de l'aéroport de Los Angeles.

C'était là qu'«entre deux avions» il donnait à chacun quelques minutes pour «le mettre au courant des derniers événements» de nos vies.

Au cours de ces dernières années, lorsque j'avais essayé de partager mes pensées, mes sentiments et mes réflexions sur la vie avec eux, June et lui m'avaient paru apprécier ma franchise, mais jamais je ne m'étais senti payé de retour. Les hommes de la Renaissance n'étaient-ils pas pareillement gardiens de leurs secrets? En tout cas, c'était ce que je me disais. Là, je songeais que personne n'avait jamais connu le vrai George Hodel, pas même sa veuve, probablement.

Après avoir consolé celle-ci, je regagnai ma chambre d'hôtel à San Francisco tard le soir et me sentis encore plus lourdement endeuillé. Pendant la plus grande partie de l'après-midi, j'avais joué l'inspecteur des Homicides qui fait face au chagrin d'autrui. Lorsque enfin je compris que mon père n'était plus, mes propres sentiments passèrent au premier plan. Quelles que fussent les guerres encore à livrer entre père et fils et les questions toujours non résolues, tout devrait rester en l'état. Dès cet instant je n'allais plus pouvoir compter que sur mes souvenirs, tous les mystères de son existence restant province de fantômes. A ce moment-là j'éprouvai, moi aussi, l'impression de solitude qui, je le savais, s'était emparée de June. Là, en m'étendant sur le lit de ma chambre d'hôtel, je fus submergé par la mélancolie qu'inspirent le passage des ans, le décompte des occasions perdues et, plus que tout pour moi, la perte d'un père.

Nous vivons tous dans notre existence des jours exceptionnels, des jours qui, touchant au cœur même de ce que nous sommes, nous crient tous la même chose: «Privé, défense d'entrer.» Ces jours, nous ne les reconnaissons en général que rétrospectivement, et c'est seulement après coup que nous y voyons des tournants dans nos vies. Le 18 mai 1999 devait être un de ces jours.

Ce jour-là en effet j'étais retourné très tôt à l'appartement de June et de mon père, en songeant à quel point à

San Francisco les premiers rayons du soleil peuvent être beaux tant ils promettent un complet renouveau. Debout dans la salle de séjour je regardais vers l'est lorsque je vis la baie d'Oakland et le pont du Golden Gate apparaître comme par magie dans les brumes que le soleil commençait à dissiper. L'espace d'un instant, ma tristesse en fut elle aussi allégée. Mais les sanglots de June qui fouillait dans les affaires de mon père brisèrent ma rêverie.

Elle était toujours en état de choc et de grand traumatisme émotionnel. Elle s'accusait encore et, croyant qu'elle aurait pu faire quelque chose pour le sauver, se torturait avec ce genre de questions : « Et si j'avais vérifié plus tôt ? Et si je l'avais obligé à faire un bilan ? Et s'il n'était pas allé se faire opérer pour son arythmie cardiaque ? Et si les infirmiers étaient arrivés plus tôt ? » Rien de ce que je lui disais ne parvenait à la consoler. « June, ne cessais-je de lui répéter, son heure était venue. Il a eu une vie longue et merveilleuse. Peu d'hommes ont droit à quatre-vingt-onze ans d'aventures et de voyages. Les trente années que tu as partagées avec lui étaient plus qu'inespérées. Et elles n'ont été possibles que grâce à l'amour que vous vous portiez. »

Mais je voyais bien que mes paroles ne lui apportaient aucun réconfort. Elle était incapable d'agir, je compris que j'allais devoir m'occuper de tout. Ma première priorité fut d'avertir les autres enfants de mon père, toute ma fratrie, directe ou par alliance. Mon père avait eu dix enfants de ses quatre mariages. Sept d'entre eux vivaient encore. Son fils aîné, Duncan, aujourd'hui âgé de soixante-dix ans et en semi-retraite, habitait non loin de là, dans un faubourg de San Francisco. Le deuxième enfant de mon père était une fille, Tamar, qui vivait alors à Hawaï. Venaient ensuite les quatre enfants de ma mère. Michael, l'aîné, était mort en 1986. J'avais un frère jumeau, John, qui, lui, était mort quelques semaines après sa naissance, ce décès étant dû à une « incapacité à se développer ». Kelvin, de onze mois mon cadet, s'était installé à

Los Angeles. Il y avait aussi les enfants que mon père avait eus de son épouse philippine : Teresa, Diane, Ramon et Mark. Ramon avait succombé au sida à quarante ans, soit tout juste quatre ans plus tôt.

Chaque enfant étant dûment prévenu, il restait à régler les détails de l'enterrement. Je demandai à June si mon père avait laissé des instructions – j'avais du mal à imaginer le contraire. Elle me regarda d'un œil vide, puis, sans dire un mot, elle me tendit une feuille de papier qu'elle avait sortie de ses dossiers. Sous l'en-tête du conseiller juridique de mon père je trouvai ceci, tapé à la machine ainsi qu'il convenait :

CONSIGNES POUR MON ENTERREMENT
A qui de droit

Je ne veux aucune cérémonie funèbre d'aucune sorte. Il n'y aura ni rassemblement, ni discours, musique, stèle ou pierre tombale.
J'ordonne que mes restes soient incinérés et mes cendres dispersées dans l'océan. Il y a plusieurs sociétés de pompes funèbres qui offrent ces services à San Francisco.
Si je venais à mourir à l'étranger, l'incinération et la dispersion de mes cendres pourront être effectuées dans le pays où je me trouvais, mes cendres pouvant aussi être envoyées à San Francisco pour qu'on en dispose, ce choix revenant à mon épouse JUNE ou, si elle n'était pas disponible, à mon exécuteur testamentaire.

Signé : George Hill Hodel
Ce 16 juin 1993

– Il n'y a assurément rien de vague là-dedans, dis-je à June. Aucune cérémonie funèbre d'aucune sorte, ni rassemblement ni discours, musique, stèle ou pierre tombale.

Tout y était. Mon père et moi n'ayant jamais parlé religion ou philosophie, je demandai à June :

– Papa était athée ?

Elle ne répondit pas.

Le corps de mon père fut transporté au crématoire, son médecin personnel ayant signé un certificat de décès indiquant qu'il avait succombé à « une insuffisance cardiaque œdémateuse due à une myocardiopathie ischémique ». L'incinération était prévue quelques jours plus tard.

– Je vais avertir mes frères et sœurs de ces dispositions, dis-je ensuite à June. Et il n'y aura aucune cérémonie. Chacun d'entre nous pourra lui dire adieu à sa façon et au moment qu'il choisira.

Elle garda encore une fois le silence. C'était comme si elle s'était transformée en robot obéissant à un logiciel d'ordinateur. En lisant les instructions de mon père, j'avais senti un frisson parcourir mon dos : j'aurais juré qu'il était dans la pièce. Je me dis alors que, même après sa mort, il contrôlait la situation. Que sa volonté soit faite.

Sur ma liste venaient ensuite divers établissements et institutions à avertir : banques, sociétés de cartes de crédit, Sécurité sociale, tout ce qui fait partie du rituel de la disparition. M'acquitter de ces tâches ne m'ayant pas pris longtemps, je me tournai de nouveau vers June et lui demandai :

– Et ses amis personnels ? On les avertit ? Je serais heureux de passer les coups de fil nécessaires à ta place. Je sais bien que tu n'es pas en état de parler en ce moment.

Son visage restant impassible, comme si encore une fois elle n'avait pas enregistré ce que je lui disais, j'insistai :

– Quels amis personnels veux-tu que j'appelle ?

Elle hocha la tête. Il n'y en avait aucun. Pas un seul. Ils n'avaient pas d'amis. Des associés en affaires, oui, ils en avaient, au fil des ans ils s'en étaient fait beaucoup et ceux-ci seraient navrés d'apprendre la triste nouvelle. Mais des amis personnels, non, aucun. Si June n'avait pas l'air d'en être affectée, l'apprendre me bouleversa. Cet homme, mon père, avait vécu longtemps et eu une vie remarquable. Après avoir fait une belle carrière médicale, il avait été considéré comme un des meilleurs experts mondiaux dans la prospection des marchés. Et pourtant, à en croire sa femme, il n'y avait pas un seul ami à avertir.

Cette révélation soulignait encore plus le caractère définitif de sa mort. Je compris alors que nul monument ne serait érigé à sa mémoire et que personne ne célébrerait ce qu'avait été sa vie. Pas d'enterrement, ni parents ni discours, ni stèle ni souvenirs partagés, et pas un seul ami pour dire l'impact que mon père avait pu avoir dans sa vie. Séparés de lui par ses mariages en série, des milliers de kilomètres et des dizaines d'années d'absence, ses enfants même ne partageraient pas un instant de silence pour dire le respect qu'ils avaient du passé de leur père. En dehors de June, qui avait tout été pour lui – amante, amie, confidente et infirmière –, mon père s'était mis complètement à l'écart du monde des émotions et affections humaines.

Du temps où il vivait, George Hill Hodel avait été élevé au rang de divinité de légende par tous ses enfants. Il était donc raisonnable de se poser des questions, même silencieuses, sur sa fortune. Se montait-elle à quelques millions ou à d'incroyables quantités d'argent cachées sur des comptes offshore ou investies dans des holdings secrètes ? Je m'étais certes livré à quelques spéculations là-dessus en observant le style de vie que June et lui avaient adopté sur la fin de sa vie, mais je ne savais toujours rien de précis sur leur situation financière. C'est alors que June me tendit une copie de son testament. Mes estimations étaient trop élevées. Sa fortune ne dépasserait pas le million de dollars. Confortable sans doute, mais, hélas, de coffre rempli du trésor accumulé pendant sa vie de travail, avec sacs d'or et de bijoux en provenance de l'antique Orient, il n'y avait pas. Mon père avait laissé un petit héritage à chacun de ses enfants, le reste de ses biens allant à June. L'homologation du testament serait simple et conduite par son avocat de longue date et maintenant exécuteur testamentaire. Le cabinet de ce dernier se trouvait à quelques minutes de chez mon père, nous nous fixâmes rendez-vous le lendemain après-midi.

June et moi passâmes la soirée à évoquer des souvenirs. Elle continuait de pleurer à chaudes larmes, comme si celles-ci devaient nettoyer une douleur qui refusait de la quitter. Au fur et à mesure que nous parlions, je me rendis compte à quel point j'avais envie d'en savoir plus sur mon père, d'apprendre tout ce qu'il était possible de savoir sur l'homme qu'il avait vraiment été plutôt que sur son mythe. Je compris aussi que June serait ma seule source d'information. Elle seule savait la ou les vérités. Elle seule pouvait m'aider à combler le fossé creusé par l'absence d'intimité entre lui et moi.

Je sentis alors que notre amitié, et le besoin que l'un comme l'autre nous avions d'un réconfort émotionnel, pourrait ouvrir les portes que mon père avait tenues closes pendant plus d'un demi-siècle. Je savais qu'elle seule détenait la clé de son cœur, et cette clé je la voulais. Très fort.

Mais June restait prudente. Tandis que nous parlions de lui et de la vie qu'ils avaient menée ensemble pendant plusieurs décennies, je me heurtai à ses hésitations, comme si elle essayait d'éviter une franche conversation. Mais je savais aussi que ça ne lui ressemblait pas. Je sentais qu'elle voulait s'ouvrir et partager avec moi ses sentiments les plus profonds. Pourtant étrangère à sa personnalité, sa répugnance à parler demeurait si forte que j'en vins vite à penser que ses réponses étaient conditionnées. C'en était à croire qu'on l'avait programmée à ne rien dire de tout ce qui était personnel et privé. En l'écoutant, je sentais la présence de mon père dans ses paroles. Hésitante, secrète et lointaine, June ne se départissait jamais de sa prudence. Était-ce une réaction culturelle, une manière asiatique de porter sa douleur, interdisant de la partager avec d'autres ? Je n'avais jamais vu ça auparavant, même lorsque, jeune détective privé, j'avais travaillé à la résolution de quelques affaires criminelles avec des collègues japonais. Était-ce spécifique aux veuves ? Je n'en savais rien, mais je sentais aussi qu'il y avait là quelque chose de plus profond – et que ce quelque chose n'avait rien à voir avec la douleur.

Je gagnai le coin de la salle de séjour avec son mur de verre. Il était maintenant près de minuit, le ciel était dégagé et net. Les grands immeubles que nous avions sous les yeux brillaient, même si seules quelques fenêtres de bureaux y étaient éclairées. Derrière ces bâtiments la baie était plongée dans l'obscurité et reflétait les lumières des grandes travées des ponts suspendus. Des faisceaux de phares s'y déplaçaient encore, des centaines de personnes continuant de s'affairer à vivre tandis que je cherchais ce que j'allais demander à June.

Je me retournai en l'entendant marcher sur le tapis. Elle s'approcha de moi et me tendit un petit objet que je n'avais jamais vu. Il s'agissait d'un minuscule album photo qu'on pouvait tenir dans la paume de sa main, avec douze fleurs de lys dorées gravées sur la couverture. L'objet me parut très ancien – du XIXe siècle au moins, à vue de nez. Je le soupesai et m'aperçus qu'il était bien plus lourd que ce à quoi je m'attendais. Et qu'il avait de la force, presque comme un talisman. Je l'emportai à une table basse, m'assis pour l'ouvrir et m'immobilisai en découvrant une photo de moi avec mon père. June me vit sourire et se détourna pour me laisser à ce moment d'intimité avec lui.

Je n'avais jamais vu la photo que j'avais sous les yeux. Âgé de deux ans, j'y étais assis sur les genoux de mon père. Le cliché avait dû être pris à Hollywood pendant l'année 43, puis retaillé pour tenir dans la petite page de l'album. En face d'elle, je trouvai une photo de mes deux frères, Michael et Kelvin. De fait, ce n'était que l'autre moitié du cliché où l'on me voit avec mon

Pièce à conviction n° 1

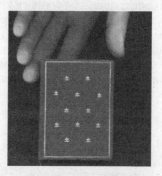

L'album photo privé de George Hodel

père, mes deux frères Michael et Kelvin étant, eux, assis sur les genoux de mon demi-frère Duncan qui, alors âgé d'environ dix-sept ans, était un jeune homme d'une beauté surprenante. Il avait dû descendre de San Francisco (où il vivait avec sa mère et son beau-père) pour nous voir.

Pièce à conviction n° 2

Steven, mon père et Kelvin…
Kelvin, Duncan et Michael

La page suivante contenait un portrait de ma mère, elle aussi d'une beauté frappante et très exotique. Mais on ne pouvait pas ne pas voir la tristesse sur son visage – cette tristesse y était depuis toujours. Je n'avais vu que de très rares clichés où le photographe ne l'avait pas saisie ainsi : c'était son âme qui criait du plus profond de son être, qui dans ses yeux disait la vérité de son malheur.

Pièce à conviction n° 3

Dorothy Hodel

Je marquai une pause et réfléchis : était-ce ce malheur qu'elle avait en elle qui en avait fait l'alcoolique qu'elle était devenue ou l'alcoolisme qui lui avait donné ce regard si triste ? Elle aussi était morte et cela me fit mal de penser à la débâcle qu'avait été sa vie, à tout ce potentiel qu'elle avait gâché. Je tournai la page.

C'était mon grand-père paternel, George Hill Hodel

senior, qu'on y voyait. Il était mort à Los Angeles au début des années cinquante, après le départ de mon père en Asie. Bien des années après, ma mère m'avait décrit son enterrement. Elle m'avait raconté son émerveillement de voir que tant de gens qu'elle ne connaissait pas étaient venus lui rendre un dernier hommage. «On aurait dit que c'était une star du cinéma ou une célébrité qui était morte, sauf que ton grand-père n'avait rien d'une célébrité.» Elle ne connaissait aucune de ces personnes et ne savait toujours pas pourquoi elles étaient venues.

Pièce à conviction n° 4

George Hodel senior

Dès que j'eus tourné à nouveau la page, je restai figé sur place en découvrant deux photos d'une très jeune Eurasienne. Dans la première elle portait ce qui semblait être une tenue d'Indienne d'Amérique. Ces deux clichés représentaient mon ex-épouse, Kiyo, et avaient été pris alors qu'elle sortait à peine de l'adolescence, soit bien des années avant que je fasse sa connaissance lors d'une soirée hollywoodienne. Ma mère, qui m'avait présenté à elle, m'avait bien dit qu'elle et mon père l'avaient connue pendant la guerre, mais pourquoi donc mon père avait-il ces photos dans cet album ?

Pièce à conviction n° 5

Kiyo

Deux autres femmes. Une autre Asiatique, une Philippine, elle aussi photographiée dans sa jeunesse. Elle ressemblait à une ex-épouse de mon père, Hortensia – dont
j'avais fait la connaissance à Manille au début des
années 60. Ce cliché avait dû être pris avant, peut-être
lorsqu'ils vivaient à Hawaï, au début des années 50.

La page d'en face montrait une jeune femme et son
chien.

On aurait dit que le temps lui-même n'avait plus sa
place dans cet album. On y voyait ma mère en eurasienne
pleine d'exotisme, puis Kiyo, qui, elle, était vraiment eurasienne, habillée en Indienne. Et que venait faire mon ex-
épouse parmi ces photos de famille ? Je n'en avais aucune
idée, mais trouvai ça très troublant. Je tournai la page.

Pour tomber sur deux photos, l'une comme l'autre
d'une brune absolument splendide. Jeune et pleine de
vie, elle avait une présence qui, se moquant du temps,
vous donnait un instant l'impression de pouvoir sauter
dans la photo pour vous retrouver avec elle. Le cliché de
droite était apparemment un nu artistique où on lui

Pièce à conviction n° 6

voyait le haut de la poitrine. Elle avait les yeux fermés comme si elle s'était très délicatement endormie, comme si elle était partie dans des rêves pleins de légèreté. Dans l'autre photo, elle se tenait près d'une statue chinoise représentant un cheval. Là aussi elle avait les yeux clos, mais était entièrement habillée. Comme elle était ravissante avec sa robe noire sans col et ses deux grandes fleurs blanches piquées dans ses cheveux noirs ramenés en arrière ! Je n'arrivais pas à en détacher les yeux. On aurait dit qu'elle m'appelait d'un lointain passé que je situai vers la fin de la Deuxième Guerre mondiale. J'en entendais presque la musique d'un big band. Et si je l'invitais à danser ? Peut-être accepterait-elle.

Pièce à conviction n° 7

Je tournai l'album vers June et lui demandai :
– Qui est-ce ?
Elle jeta un coup d'œil à la photo.
– Je ne sais pas. Quelqu'un que connaissait ton père.
Qu'il connaissait il y a très longtemps.
Elle se leva et, les mains tremblantes, prit quelques
mouchoirs en papier dans une boîte posée sur la table
basse en verre. Puis elle se retourna et quitta la salle de
séjour pour regagner sa chambre.
– On se retrouve demain matin, Steven, me dit-elle.
Bonne nuit et merci d'être venu.
Je serrai fort le petit album dans mes mains, bien décidé
à ne pas le lâcher. Je ne savais ni comment ni pourquoi,
mais il m'ouvrait une porte sur un étrange passé, presque
sur un univers parallèle qui s'était jadis mélangé au mien.
J'avais l'impression d'être un voyeur, de plonger les yeux
tout droit dans le cœur d'un autre homme. Dans ces pages
mon père avait très clairement réuni les êtres qui lui
étaient les plus chers. Son père, mes frères, moi, deux de
ses épouses sur quatre, et Duncan, son premier fils. Mais
qui étaient ces autres femmes ? Que faisaient là mon ex-
épouse Kiyo et cette inconnue ?
En revenant lentement à pied à l'hôtel dans les brumes
du petit matin qui recouvraient San Francisco, j'essayai
de comprendre, mais en vain.

Les sentiments qui commençaient à prendre forme en moi étaient d'une nature ancienne et familière. Je les avais éprouvés des centaines de fois par le passé. Très forts et très réels, ils me parlaient directement. Ils étaient mes intuitions et leur puissance, leur intensité me disaient qu'ils s'ancraient dans la réalité. Laquelle, je n'arrivais pas à l'identifier. Mais je savais éprouver des sentiments qu'un autre esprit avait déjà ressentis et compris. Cet autre esprit et moi étions reliés, peut-être même au-delà des frontières de la mort, par ces photos dans l'album secret de mon père. Je me concentrai à nouveau sur les deux photos de la belle jeune femme aux cheveux noirs.

L'hôtel Sir Francis Drake se profila au-dessus de moi dans les ténèbres et le brouillard. Ces photos me disaient quelque chose. Déjà cette femme devenait presque un souvenir. Ses cheveux, ses fleurs, sa robe et ce style années 40… tout cela m'évoquait quelqu'un que je m'efforçais de retrouver. Mais rien ne me venait à l'esprit. Je n'en avais pas moins le sentiment de la connaître et de l'avoir déjà vue quelque part. Mais où ?

Comme perdu dans un rêve, je traversai l'entrée vide de l'hôtel et gagnai les ascenseurs. Je montai dans celui qui attendait, les portes se refermèrent, je ne sentis aucun mouvement et n'entendis aucun bruit jusqu'à ce que la sonnerie m'indique que j'étais arrivé au dix-huitième étage.

J'ouvris la porte de ma chambre, la lumière du couloir vint frapper un vase bleu cobalt rempli de fleurs blanches qu'on avait posé sur ma table de nuit. Une douce odeur de lavande imprégnait la pièce. Je regardai fixement les fleurs blanches. Prises dans le rayon de lumière, elles se détachaient sur le noir de la nuit.

Je tentai de résister au sens qui commençait à se faire jour en moi, à ce que voulaient dire ces photographies dans l'album de mon père. Mais le flic que j'étais s'y était accroché comme un bouledogue et refusait de lâcher prise. Les clichés représentant cette femme – celle où on la voyait avec sa robe noire et ses fleurs blanches et l'autre où elle était nue –, était-ce mon père qui les avait pris ? Et pourquoi les avait-il conservés toutes ces années durant dans cet album ?

C'est alors que tout doucement, dans le silence, comme si une brise m'apportait une image du passé le plus lointain, je me rappelai les fleurs blanches dans les cheveux d'un noir de jais, ces fleurs blanches qui se détachaient sur une robe noire. C'étaient des dahlias.

Et là, comme un bouquet qui fait exploser les limites d'une pièce, la compréhension s'empara soudain de ma conscience : c'était elle, le Dahlia.

Le Dahlia noir.

4

Une voix d'outre-tombe

Une affaire sur laquelle je travaillais alors comme détective privé m'obligeant à déposer devant un tribunal, je ne pouvais pas rester à San Francisco. D'ailleurs je n'avais plus rien à faire en Californie, mon père s'étant montré des plus précis sur la manière dont il avait voulu qu'on dispose de ses restes et, aussi bizarres qu'elles puissent paraître, ses volontés devaient être accomplies. La Neptune Society ayant accepté de disperser ses cendres en mer lors des prochaines funérailles qu'elle devait organiser, son ultime désir serait respecté. Alors, tout ce qui restait de lui aurait disparu, comme s'il avait cru effacer ainsi toute trace de son passage sur cette terre.

Je fis mes adieux à June et lui promis de revenir dans le courant du mois pour l'aider à surmonter ce qui pour elle était une véritable catastrophe. J'avais vu la mort visiter beaucoup de familles, mais jamais encore je n'avais vu quelqu'un d'aussi seul.

J'attendais que le chauffeur habituel de la limousine de mon père me conduise à l'aéroport lorsque June me tendit une feuille de papier blanc entièrement couverte par l'écriture de mon père.

– Il a écrit ça aux environs de son dernier anniversaire, me dit-elle. Ce sont des notes qui m'étaient destinées. En octobre dernier, il a senti que son cœur le lâchait et les avait préparées. Elles devaient faire partie d'un entretien qu'il avait prévu d'avoir avec moi mais qui n'a jamais eu lieu parce que sa santé s'est améliorée. Je les ai trouvées dans son bureau. Il y a là des choses que je comprends, et d'autres qui ne me disent rien. Tu es un bon détective, peut-être pourras-tu m'aider à les déchiffrer. Il est important que je sache tout ce qu'il voulait me dire.

Je l'assurai que je ferais tout mon possible. J'allais les analyser et la rappellerais quelques jours plus tard. Le chauffeur étant arrivé sur ces entrefaites, j'adressai à June un *sayonara* plein de larmes, franchis la porte et m'empressai de regagner mon domicile en espérant être bientôt libéré de la douleur accablante qui submergeait cette femme et l'appartement de mon père.

En soutenant June et me montrant fort, je faisais aussi le tri dans mes émotions contradictoires. C'était juste au moment où je commençais à développer des relations avec lui que mon père avait disparu. Pour la deuxième fois de mon existence, des événements indépendants de ma volonté me l'arrachaient. J'éprouvais de la colère et me sentais frustré par cette occasion perdue, mais n'en pensais pas moins que nous avions réussi quelque chose en essayant, même maladroitement, de combler le fossé creusé par un demi-siècle d'absence.

De retour dans l'État de Washington, je pris quelques jours de congé afin de laisser passer l'impact de sa mort et de tout ce que j'avais été obligé de faire pour June. Je m'autorisai à goûter la solitude de ma maison au bord du lac, annulai mes rendez-vous et utilisai ces instants de liberté pour préparer ma déposition. Puis je revins à l'album de photos de mon père et à tout ce que June m'avait donné le dernier jour de ma visite à San Francisco.

Première chose à vérifier : la photo. Était-ce vraiment celle du Dahlia noir ? Je cherchai vite toutes les photos d'elle sur le Net et trouvai presque instantanément ce que je voulais. Là elle était, dans un véritable petit album de photos numériques auquel on pouvait accéder en tapant sur deux ou trois touches de clavier.

Pièce à conviction n° 7 (agrandissements)

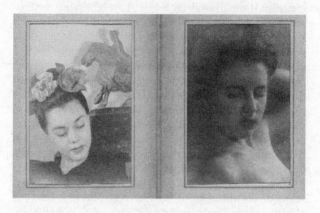

Elizabeth Short

J'étudiai la figure qui était apparue à l'écran : pommettes hautes, nez retroussé, cheveux d'un noir de jais, front remarquablement dégagé et visage très particulier en forme de losange. Aucun doute possible, c'était bien elle.

Les photos ci-dessus sont des agrandissements de celles trouvées dans l'album de mon père. Dans celle de droite Elizabeth Short a les yeux fermés et semble être nue. Dans celle de gauche elle a aussi les yeux fermés et porte une robe noire sans col et des fleurs blanches dans les cheveux. A en juger par la statue chinoise à l'arrière-plan, ces deux clichés ont été très vraisemblablement pris dans notre maison de l'avenue Franklin.

Cette vérification faite, je me replongeai dans l'histoire. Je me ressourçai entièrement afin d'être aussi au courant de l'affaire que les milliers de « fans » du Dahlia noir qui, je fus étonné de l'apprendre, donnaient encore des renseignements aux divers sites web qui lui sont consacrés. Le principal d'entre eux – www.bethshort. com – a été lancé par l'écrivain et journaliste Pamela Hazelton. C'est sur celui-là que je commençai mes recherches sur le meurtre. Il me fournit un lot de renseignements hétérogènes affichés par de prétendus experts de l'affaire.

Le site de Pamela Hazelton contenait aussi des liens photos sur l'assassinat et divers clichés pris par la police et les journalistes sur la scène de crime de l'avenue Norton. Je trouvai ainsi un gros plan du corps de la victime très nettement coupé en deux, son torse se trouvant environ quinze centimètres au-dessus et à gauche de sa moitié inférieure. Sur d'autres clichés je découvris les incisions et mutilations infligées aux deux moitiés du corps et les multiples lacérations portées des deux côtés de la bouche de la victime. On aurait dit que, pour une raison qu'il était seul à connaître, l'assassin lui avait fendu un horrible sourire dans le visage. En regardant ces clichés les uns après les autres, j'essayai de comprendre comment un inspecteur avait pu communiquer gratuitement ou moyennant finances de telles photos au public ou à la presse. Mais elles étaient bien là sous mes yeux, représentations détaillées montrant au monde entier le corps martyrisé et profané d'une jeune femme de vingt-deux ans. J'en étais outré, même en sachant que ces photos avaient été prises plus d'un demi-siècle auparavant, bien avant l'ordinateur et l'Internet, un an même avant l'invention du transistor.

Ma colère fut de courte durée et vite remplacée par l'énormité de ce que j'avais découvert dans l'album de photos de mon père. Et d'un, ces deux clichés d'Elizabeth Short semblaient plus ou moins contemporains d'autres qui avaient été pris peu de temps avant sa disparition. Sur ces deux photos elle avait les yeux baissés, et fermés. Il était clair qu'elle avait accepté d'adopter cette pose. Mais pourquoi donc mon père avait-il gardé pendant plus de cinquante-deux ans ces deux photos d'Elizabeth Short, figurant en bonne place dans un album parmi les êtres qu'il avait aimés ?

Des fragments de souvenirs commencèrent à s'assembler dans ma mémoire. Je me rappelai son besoin écrasant de tout contrôler et dominer, surtout lorsqu'il était question des nombreuses femmes de sa vie. Il les avait toutes quittées l'une après l'autre – d'abord Emilia, puis Dorothy Anthony, puis ma mère, qu'il avait surnommée «Dorero», et enfin son épouse aux Philippines –, avant de s'assagir avec June. June qu'il avait manifestement dominée et qui maintenant semblait absolument incapable de se prendre en charge.

Je savais qu'il pouvait y avoir, et qu'il y avait sans doute, des réponses parfaitement simples à toutes mes questions. Mon père pouvait très bien avoir connu Elizabeth Short dans les semaines ou les mois qui avaient précédé son assassinat et pris des photos d'elle à ce moment-là. Peut-être même avaient-ils été amants, ce que mon père n'aurait jamais révélé après le meurtre, par crainte d'être soupçonné d'un crime qu'il n'avait pas commis. Il y avait, j'en étais sûr, des réponses rationnelles à toutes mes interrogations, je décidai donc de me montrer objectif dans la résolution de ce mystère. Je ne pouvais pas permettre à mes émotions d'entrer en jeu.

Qu'aurait fait le privé que j'étais si un client était venu me voir avec le même genre de problème ? Comment aurais-je procédé ? La réponse était évidente : il fallait s'y prendre de la même façon que dans toutes les enquêtes criminelles que j'avais menées au cours de ma carrière. L'affaire exigeait une stratégie en tenaille : d'un côté une vérification approfondie du passé du suspect potentiel et de l'autre une enquête, elle aussi approfondie, sur la victime. J'ignorais quantité de faits. Et d'un, quel était le passé véritable de mon père ? J'en connaissais les lignes générales, mais très peu d'éléments précis. Que pouvais-je apprendre sur ce qu'il avait fait plus d'un demi-siècle auparavant ? Qui restait-il pour me dire toute l'histoire ? Pourrais-je retrouver des archives et des témoins ? Que restait-il d'accessible ?

J'avais besoin de découvrir ce que June savait de son mari. Je me rappelai sa réponse lorsque je lui avais demandé qui était la femme représentée dans ces deux photos : «Je ne sais pas. Quelqu'un que connaissait ton père. Qu'il connaissait il y a très longtemps.» Dans sa bouche, mon père était toujours un être aimant et plein de compassion.

Cela dit, elle devait savoir des choses sur son passé. Au fil des ans, il avait bien dû lui raconter certaines de ses expériences. Elle devait donc pouvoir m'aider dans mes recherches – m'aider à établir une chronologie de sa vie. Les questions que je lui poserais ne devraient pas prendre la forme d'un interrogatoire, mais exprimer plutôt le désir sincère que j'avais de connaître mon père. Si elle sentait ou soupçonnait que je cherchais davantage, je n'obtiendrais rien d'elle. Peut-être arriverais-je à relever des empreintes de mon père sur tel ou tel objet et, qui sait, à trouver une correspondance ADN.

Je commençai mon enquête en faisant la liste de tout ce qui avait été publié sur l'affaire et, vieux articles de journaux, revues et livres, était accessible. Mais j'étais handicapé par rapport au reste de mes enquêtes criminelles : je ne m'étais pas rendu sur la scène de crime et ne pouvais consulter les notes des officiers de police qui, eux, l'avaient examinée. Je n'avais pas non plus accès au dossier d'homicide qu'ouvre la police de L. A. dès qu'elle enquête sur un meurtre. N'étant plus qu'un parmi des milliers de policiers à la retraite de Los Angeles, je ne bénéficiais plus d'aucun privilège particulier, accès à certaines informations ou autres sésames que confère le port de l'écusson et de l'arme qui va avec. Cela dit, je savais aussi que j'avais beaucoup d'atouts dans mon jeu. De fait, j'avais même un réel avantage – celui d'être en possession de deux pièces à conviction qui n'étaient sans doute jamais sorties dans l'enquête.

Le 2 juin 1999, June Hodel exécuta les dernières volontés de son mari. Une urne verte sur les genoux – elle contenait les cendres et seuls restes terrestres de l'homme qu'elle avait aimé trente années durant –, elle pleura à chaudes larmes tandis que la petite embarcation (*La Naïade*) filait dans le brouillard et passait sous le pont de Golden Gate.

Encore un mile et tout serait dit. Les cendres de mon père dispersées en mer, son corps aurait retrouvé les éléments. Au début de l'après-midi, elle me téléphona pour m'informer qu'elle en avait terminé conformément à ses désirs, à savoir seule et sans cérémonie ni discours.

A l'heure où elle répandait ainsi les cendres de mon père, je me mettais, moi, en quête de tout ce que je pouvais découvrir sur son passé mystérieux. J'étais sûr de trouver des réponses aux innombrables questions qui me travaillaient, si seulement je cherchais assez longtemps, et résolument.

Ma première quête de renseignements sur l'Internet allait se développer et susciter des entrevues avec des amis et connaissances de mon père à l'époque, avec certains membres de ma famille aussi, dont quelques-uns avec lesquels je n'avais plus parlé depuis de nombreuses années. J'allais devoir lire les témoignages publiés de certains témoins qui, parfaitement crédibles, affirmaient avoir vu Elizabeth Short pendant la semaine où on l'avait crue disparue. D'autres entretiens avec des témoins de la région de Los Angeles devraient aussi me fournir des preuves matérielles qui, à mes yeux, avaient un lien avec le crime. Et j'allais devoir dépouiller des centaines d'articles tirés de tous les grands journaux de l'époque et archivés sur microfilms, et aussi demander et obtenir, grâce au Freedom of Information Act, le dossier complet de l'affaire, y compris les interrogatoires des témoins et des proches d'Elizabeth Short menés par le FBI en 1947.

Afin de replacer l'affaire dans son contexte historique, je lus les trois livres de référence publiés sur ce crime : *Severed*, de John Gilmore (1994), *Daddy Was the Black Dahlia Killer,* de Janice Knowlton et Michael Newton (1995) et *Childhood Shadows,* de Mary Pacios (1999)[1]. Plus tard, je devais aussi lire *Le Dahlia noir* de James Ellroy : bien qu'il s'agisse d'un roman, l'auteur y fonde

---

1. Soit respectivement «Coupée en deux», «Mon père a tué le Dahlia noir» et «Ombres de l'enfance» *(NdT).*

en effet son récit sur des faits avérés et n'hésite pas à utiliser des noms de personnes réelles. Je sentais qu'il était
important de connaître les théories et les preuves avancées par ces auteurs afin de décider s'ils avaient vraiment
un suspect possible.

Après avoir soigneusement étudié le contenu de ces
livres, je peux dire haut et fort qu'aucun des trois
ouvrages documentaires cités ci-dessus ne fournit de
preuves suffisantes pour désigner un suspect raisonnable. Les hypothèses de ces auteurs et les efforts qu'ils
déploient pour organiser un faisceau de présomptions
contre leurs trois suspects sont particulièrement faibles
et les preuves qu'ils donnent ne les relient nullement à
l'assassinat d'Elizabeth Short. Cela dit, le livre de Mary
Pacios m'a été des plus utiles au début de mon enquête :
sources et références, sa documentation est importante
et m'a permis de vérifier et revérifier bien des faits que
j'avais moi-même découverts dans mon enquête.

L'aspect le plus frustrant de l'affaire du Dahlia noir
réside sans doute dans les innombrables distorsions de la
réalité qui, dès le début de l'enquête en 1947, commencèrent à noyer les rares noyaux de vérité de cette histoire.

La position officielle du LAPD sur le meurtre d'Elizabeth Short ? Le dossier est toujours « ouvert ». Le fait
qu'on n'ait rien trouvé de nouveau depuis des décennies
dans cette affaire « non classée » n'empêche pas que le
dossier soit régulièrement confié aux derniers enquêteurs
arrivés à la brigade des Vols et Homicides de la division.
Mais pour le public, après avoir interrogé des centaines
de témoins et dépensé des milliers de dollars, le LAPD
n'est pas plus près d'identifier un quelconque suspect
qu'il ne l'était après les premiers mois de recherches
intensives menées en 1947 par un bon millier de policiers
californiens. Harry Hansen est resté affecté à l'affaire du
15 janvier 1947 jusqu'à sa retraite, quelque vingt-trois
ans plus tard. En mars 1971, il a accordé une interview
publiée dans le *Los Angeles Times* et intitulée « *Adieu,
cher Dahlia noir* », où il confie avoir écarté des centaines

de suspects potentiels en leur posant une «question clé».
Pour lui, le suspect devait être un homme ayant de solides
connaissances médicales.

> Il s'agissait là d'un travail propre, écrit-il, d'un véri-
> table boulot de professionnel. Il fallait savoir exacte-
> ment où et comment s'y prendre pour réussir. Lorsque
> je demandai aux autorités médicales quel genre de
> personne pouvait avoir procédé à cette opération, il
> me fut répondu : «quelqu'un ayant un grand savoir
> médical».
> Le meurtre donnait l'impression d'être le résultat
> d'une colère absolument incroyable. Je pense que le
> sexe est le mobile, à tout le moins que le tueur s'était
> vu refuser ce qu'il désirait de la victime.

Sur cette dernière, Hansen fait des remarques surpre-
nantes et inhabituelles d'un point de vue professionnel.
Il déclare notamment :

> Elle donnait l'impression de n'avoir ni buts ni sens
> moral… elle n'a jamais eu d'emploi pendant toute la
> durée de son séjour à Los Angeles. Elle avait manifes-
> tement un QI faible et vivait d'expédients, au jour le
> jour. C'était une coureuse folle des hommes, mais pas
> une prostituée. Il y avait eu toutes sortes d'hommes
> dans sa vie, mais nous n'en avons trouvé que trois qui
> avaient eu des relations sexuelles avec elle. C'était une
> allumeuse. Elle avait énervé bien des types. Elle
> n'avait pas grand-chose d'aimable.

En ce qui concerne son incapacité à résoudre l'affaire,
il avoue que ce fut sa plus grosse déception :

> Nous montrer objectifs ne signifie pas que nous ne
> voulions pas attraper l'assassin. Je n'ai jamais rien
> désiré aussi fort. De temps en temps nous avions
> droit à un nouveau développement, à une piste qui

nous tombait du ciel et nous nous disions : «Ce coup-là, ça y est !» Mais ce n'était jamais vraiment le cas. A repenser à cette affaire aujourd'hui, je dois dire que l'assassin commit son crime et s'en tira sans encombre alors que la plupart des homicides – quatre-vingt-dix-sept pour cent, je crois – finissent par être résolus. Rares sont ceux qui ne le sont pas et celui-ci est le plus important que je connaisse. C'est simplement qu'on ne peut pas gagner à tous les coups.

Interrogé sur la question de savoir pourquoi ce crime avait eu un tel impact sur le public et si cet impact était dû à la sauvagerie du meurtre ou à la jeunesse et à la beauté de la victime, il dit encore :

Il y eut cette même année des crimes tout aussi ignobles et des victimes tout aussi belles, mais rien ne retint autant l'attention du public. C'est ce surnom de «Dahlia noir» qui le fit sortir du lot... ces deux mots mis ensemble et dans cet ordre suffirent à transformer le meurtre d'Elizabeth Short en une affaire qui fit sensation de la côte ouest à la côte est. Le noir, c'est la nuit, la nuit mystérieuse, menaçante même, et le dahlia est une fleur exotique, elle aussi mystérieuse. On n'aurait pu trouver formule plus fascinante. Aucune autre n'aurait eu le même impact, tant s'en faut.

Hansen ayant pris sa retraite, le dossier fut transmis à toute une série d'inspecteurs chevronnés de la brigade des Vols et Homicides, chacun passant le relais au suivant à sa mise à la retraite. Au début de la chaîne, le chef Thad Brown assigna l'affaire à Danny Galindo, qui avait pris part à l'enquête de 1947. Elle revint ensuite à Pierce Brooks, qui avait dirigé l'enquête sur l'affaire des *Tueurs de flics* plus tard immortalisée par Joseph Wambaugh. Pour finir, elle atterrit sur le bureau de John «Jigsaw John» Saint John et de son coéquipier Kirk Mellecker.

Mellecker avait été mon collègue aux Homicides d'Hollywood plus d'une décennie auparavant.

Je dois à la vérité de dire que seul son statut légendaire permit à l'affaire de ne pas être close. Les années 80 arrivant, on n'enquêtait plus vraiment dessus, à l'exception de quelques écrivains qui, de temps à autre, s'efforçaient de vendre leur livre comme un travail d'investigation basé sur quelque théorie de leur cru. Des inspecteurs leur fournissaient alors des informations qui, pendant deux trois semaines, remuaient le brouet spéculatif, mais ce n'était toujours que des théories. L'écrivain pouvait alors aller voir les journaux avec ces spéculations et espérer générer assez de publicité pour un livre ou un article. Souvent, surtout aux dates anniversaires du meurtre, la presse elle-même y allait de ses petits articles sur l'affaire. Tous les cinq ou dix ans, encore une fois aux alentours de la date anniversaire du meurtre d'Elizabeth Short, elle publiait un article de fond, où elle analysait l'affaire et, dans l'espoir d'avoir de nouvelles informations, interrogeait les inspecteurs chargés du dossier à ce moment-là.

De fait, bien que techniquement le dossier ne soit toujours pas clos, aucun travail d'enquête, ou alors très peu, n'a été effectué sur cette affaire depuis un peu plus de cinquante ans. Ce qui a été fait ne l'a été que de manière réactive, en réponse, par exemple, à une lettre envoyée à la police par quelqu'un qui, dans un rêve ou au cours d'une séance de thérapie, s'est brusquement rappelé s'être trouvé sur les lieux au moment du meurtre.

L'affaire est également devenue une manière de plaisanterie, surtout lorsque l'inspecteur de garde aux Vols et Homicides reçoit l'appel d'un prétendu informateur qui a un tuyau à lui communiquer. Le policier qui décroche couvre alors l'écouteur de sa main et hurle à son coéquipier : « Hé, Charlie ! J'ai un témoin qui dit pouvoir nous aider à résoudre le mystère du Dahlia noir. » Ledit coéquipier lui renvoyant aussitôt : « Vas-y, balance ! », tous les autres inspecteurs présents dans la salle éclatent de rire.

Aujourd'hui, les trois quarts des inspecteurs des Vols et Homicides du LAPD n'étaient même pas nés lorsque le crime se produisit. Mentionner le « Dahlia noir » suffit à les faire grimacer. Cela ne sert qu'à rappeler au LAPD que la plus grosse affaire confiée à ses meilleurs inspecteurs se solda par un fiasco.

Trois jours après mon retour de San Francisco, j'ouvris ma mallette et en sortis les notes que June m'avait demandé de l'aider à analyser. Je reconnus tout de suite l'écriture toute particulière de mon père – même pour signer il écrivait en majuscules d'imprimerie plutôt qu'en cursives. Son écriture me parut un peu plus frêle et arachnéenne que d'habitude, mais il est vrai que ces notes avaient été rédigées quelques jours seulement avant son quatre-vingt-onzième anniversaire. June y avait ajouté ce petit mot tapé à la machine :

> C'est en fouillant dans ses papiers en cours que j'ai trouvé ces notes. Elles étaient destinées à un entretien qu'il voulait avoir avec moi, mais qui n'a jamais eu lieu. J'en comprends l'essentiel, mais certaines d'entre elles tiennent de la devinette.
>
> Les ans passant, j'ai été de plus en plus à même de sentir ce qu'il pensait lorsqu'il parlait, et ce dont il avait besoin avant même qu'il ouvre la bouche. Je savais donc qu'il se préparait au pire en rassemblant toutes sortes de somnifères. Mais à partir de ce jour d'octobre il a retrouvé sa force et son énergie.
>
> Jusqu'en avril il a travaillé à une proposition et un plan de marketing pour des œuvres d'art. Et il n'a jamais entamé cette « conversation » qu'il avait prévu d'avoir avec moi. Il n'était pas censé partir cette nuit-là. Il m'a effectivement parlé des malades atteints d'insuffisance cardiaque œdémateuse qu'il avait vus quand il était interne à Laguna Honda. Peut-être pourras-tu m'aider à comprendre certains points de cette liste ?
>
> June

Voici une reproduction de la note que mon père écrivit
à June le 15 octobre 1998 :

Pièce à conviction n° 8

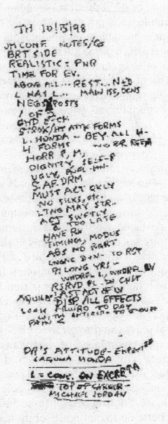

Je commençai à déchiffrer la note, les trois quarts de
son contenu ne me posant pas de problèmes. Mon père
projetait de se suicider en utilisant les somnifères qu'il
avait prescrits à June. Il avait aussi décidé qu'il « devait

agir vite – la foudre pourrait frapper –, agir rapidement avant qu'il ne soit trop tard». Il déclarait encore n'avoir «absolument aucun regret». Il avait vécu «quatre-vingt-onze longues années» et eu «une vie et des amours merveilleuses».

L'essentiel de ce qu'il disait ressemblait à une justification du suicide qu'il projetait. Mais j'y trouvai aussi deux remarques passablement étranges, la première en grandes majuscules, comme s'il avait voulu en souligner l'importance, celle-ci étant encore accrue par son recours à des abréviations. Il avait ainsi écrit: «Dernier acte de ton amour pour moi, tu devras faire disparaître tous mes effets.» Après quoi il avait gribouillé un message encore plus bizarre: «*L = conc. on excreta*». Il avait déjà utilisé la lettre «*L*» pour le mot *life*, vie, j'en conclus qu'il avait écrit: «*Life = conc. on excrement*». Avait-il voulu dire: «La vie est une concentration d'excréments» ou, plus simplement, «La vie est un tas de merde»? Peut-être, mais cela me paraissait bien déplacé et assez peu dans le ton du reste de la note. De plus, pourquoi mon père aurait-il, et de façon aussi théâtrale, demandé à June de détruire tous ses effets personnels et déclaré y voir son «dernier acte d'amour» pour lui? A l'évidence, il escomptait que cette demande l'oblige à faire ce qu'il voulait. Mais June n'en avait jamais rien fait puisque, ainsi qu'elle me l'avait dit, sa santé s'améliorant d'un coup, mon père n'avait plus jugé nécessaire ce dernier entretien qu'il prévoyait d'avoir avec elle.

Sept mois après avoir laissé ces instructions, mon père avait été victime, comme il s'y attendait, d'une sérieuse crise cardiaque. Au contraire de ce qu'il craignait, celle-ci ne l'avait pas laissé impotent, mais, véritable bénédiction, lui avait ôté la vie. Souffrances, infirmité, hospitalisations prolongées, perte de toute dignité et du respect de soi-même, il ne devait rien connaître de ces horreurs. Sauf que maintenant, avec la découverte de ces notes, le destin faisait en sorte que ses dernières volontés soient révélées et qu'il ait avec June la conversation qu'il avait prévue. Par ce billet qu'elle avait découvert en fouillant dans ses dossiers il lui donnait – au nom de l'amour – un dernier ordre, celui de détruire tous ses effets personnels.

Au cours de ma carrière d'inspecteur des Homicides, j'ai vu ce qu'il y a de pire dans les passions humaines se déchaîner en violence désespérée contre l'amant ou l'amante. Et, une scène de crime après l'autre, j'ai vu ce à quoi elles pouvaient conduire. Mais, même après avoir vécu six mille nuits d'inspecteur des Homicides, je n'étais nullement préparé pour ce qui devait m'être révélé au cours de cette enquête. J'allais y découvrir des horreurs comme jamais je n'aurais pu en concevoir. Et ces découvertes allaient me conduire en des lieux que jamais je n'aurais pu imaginer, même en rêve : au tréfonds de mon âme, au cœur de mes propres ténèbres.

5

Le Dr George Hodel junior
1907-1999

Mon grand-père paternel, George Hodel senior, naquit à Odessa, sur les bords de la mer Noire, en 1873. Il était le fils d'un comptable et spécialiste d'allemand, Eli Goldgefter. En 1894, soit à l'âge de vingt et un ans, il fut confronté à l'obligation de servir dans une armée tsariste où les Juifs n'étaient guère mieux traités que des esclaves et arrêta un plan pour fuir la Russie. En usant d'un nom d'emprunt et d'un faux passeport, il réussit, Dieu sait comment, à obtenir un sauf-conduit l'autorisant à se rendre à Vienne où, prétendait-il, sa mère était malade. Passé la frontière polonaise, il sauta dans un train pour Vienne et la liberté, échappant de peu à la suspicion de l'officier de police qui l'interrogeait. Heureusement le billet de première classe et les bagages de prix qu'il avait emportés avec lui convainquirent celui-ci qu'il n'était pas un fraudeur et il put continuer sa route. De Vienne il gagna Paris, où il se fit appeler Hodel (ce nom est assez répandu en Suisse) et commença une nouvelle vie.

A Paris il rencontra Esther Leov, une émigrée russe de Kiev qui, réussite exceptionnelle pour une femme en 1900, exerçait la profession de dentiste. Je n'ai guère de renseignements sur mes grands-parents, mais me suis laissé dire que les Leov étaient des descendants directs d'aristocrates français qui, comme beaucoup d'autres, avaient fui Paris pour gagner la Russie pendant la Révolution et n'étaient revenus en France qu'au XIXe siècle. George senior et Esther se marièrent en France le 5 mai 1901 et entrèrent aux États-Unis vingt-cinq jours plus tard, en passant par Ellis Island. De New York ils parti-rent aussitôt vers l'ouest et gagnèrent la Californie, où ils s'installèrent dans le faubourg encore désertique de South Pasadena, à quelque quinze kilomètres de la capi-tale naissante de la toute nouvelle industrie du cinéma muet, Los Angeles.

Mon père, qui devait être leur seul enfant, naquit le 10 octobre 1907, à l'hôpital Clara Barton du centre-ville de Los Angeles, au coin de la 5e Rue et de Grand Avenue. Sur le certificat de naissance, George senior se déclare « banquier » et Esther « dentiste ».

Mon père grandit dans une famille où on ne parlait que le français. A l'âge de cinq ans, ses parents pensant que ses dons exceptionnels exigeaient une éducation particulière, il fut envoyé à Paris, où on l'inscrivit à l'école Montessori, dirigée par Mme Montessori en per-sonne. Pendant ce séjour, il habita chez des parents ou des amis intimes de sa mère, le comte et la comtesse Droubetskoï, qui occupaient alors un appartement avec terrasse dans le quartier du Champ de Mars, non loin de la tour Eiffel. George junior ne resta qu'un an ou deux à Paris, puis il entra à l'école publique de South Pasadena. Toujours soucieuse de son développement intellectuel, sa mère engagea un professeur de piano réputé, Vernon Spencer, pour lui apprendre la musique. Spencer vit aus-sitôt en mon père un prodige et celui-ci non seulement devint un pianiste accompli en un temps remarquable-ment court, mais commença à écrire ses propres compo-sitions.

A l'âge de neuf ans, George était déjà considéré dans toute la Californie du Sud comme un futur pianiste de concert, son professeur lui prédisant une superbe car-rière musicale. Une vieille photo de famille montre le compositeur russe Rachmaninov de passage chez les Hodel, où, accompagné du ministre de la Culture russe et de sa femme, il avait assisté à un récital privé donné par mon père, alors seulement âgé de neuf ans.

La réputation de mon père grandissant, la presse eut

tôt fait de lui consacrer des articles. C'est ainsi qu'à côté de sa photo le *Los Angeles Evening Herald* publia l'article suivant le 14 juillet 1917 :

UN GARÇON DE NEUF ANS
SOLISTE AU CONCERT ESTIVAL DE SHRINE

Un jeune garçon de neuf ans a été choisi par le Comité français pour jouer devant la mission belge lors des célébrations de la Fête nationale française au Shrine Auditorium.

Cet enfant, préféré à des dizaines de musiciens adultes, est George Hodel, le fils de M. et Mme George Hodel qui habitent au 6440, Walnut Hill Avenue. Élève de Vernon Spencer, il est considéré comme un génie dans le monde de la musique.

Tout gamin qu'il soit, il étudie la musique depuis des années et a été choisi par le Comité français en raison de son grand talent de soliste.

Auteur de plusieurs compositions musicales, il jouera des œuvres de Massenet et Chaminade devant la mission belge.

Les Hodel avaient fait construire une belle demeure à South Pasadena. Sise dans Monterey Road, elle avait été dessinée par le célèbre architecte russe Alexandre Zelenko. De style chalet suisse, elle comportait une dizaine de pièces et un pavillon d'amis qui devait plus tard devenir la retraite de leur fils et lui offrir le calme nécessaire à ses créations intellectuelles. C'est ainsi que, dès ses premières années, les parents de mon père le traitèrent comme s'il était plus qu'exceptionnel, qu'ils lui passèrent tout pour nourrir ce qui, ils en étaient convaincus, était un talent extraordinaire et qu'ils l'élevèrent comme un rejeton de l'aristocratie européenne avec tous les privilèges d'une classe supérieure. En vérité, il n'était qu'un petit Américain grandissant en Californie dans les années 20

– et rien de plus. C'est à cette époque, je le pense, que furent semés les germes de ses futurs problèmes.

En plus de son génie musical, George était intellectuellement très doué, son QI de 186 le plaçant apparemment un point au-dessus d'Albert Einstein. Cette « mentalité de génie » lui faisant traverser les études primaires et secondaires à toute allure, il obtint son diplôme de sortie du lycée de South Pasadena à l'âge précoce de quatorze ans.

En 1923 – il n'avait alors que quinze ans –, George, qui avait décidé d'entamer une carrière d'ingénieur chimiste, commença à suivre les cours de l'Institut de technologie de Pasadena. Même à l'époque, Cal Tech était le centre par excellence des premières expériences du XXᵉ siècle en matière d'électronique, de propulsion magnétique et de propagation antigravifique, et comptait parmi les meilleures écoles d'ingénieurs du pays. Pour des raisons qui ne sont toujours pas claires, George en fut néanmoins expulsé (ou abandonna) au bout d'à peine un an. Il y a deux versions de l'affaire. Dans la première, il aurait quitté l'Institut à cause d'une liaison avec l'épouse d'un professeur, celle-ci se retrouvant alors enceinte, puis répudiée par son époux. Dans la deuxième, le jeu étant interdit sur le campus, il s'en serait fait renvoyer pour avoir joué au poker. Quoi qu'il en soit, il avait dix-sept ans lorsqu'il quitta l'école d'ingénieurs et se lança dans divers petits boulots.

En 1924, essentiellement à cause de ses résultats aux tests de QI exigés par le système scolaire californien, il fut choisi par le célèbre psychologue de Stanford Lewis Terman pour faire partie d'un groupe d'évaluation appelé « Les termites de Terman ». C'était une des premières expériences de longue durée en psychologie du développement, pour laquelle le Pr Terman, connu pour avoir inventé les termes de « QI » et de « doué », menait une étude sur plus de mille étudiants de talent. Débutant en 1924 avec un groupe d'enfants sélectionnés, cette étude se caractérisa par la collecte de renseignements et un suivi de leur développement au fil des ans, le but étant de voir comment leurs dons intellectuels se traduisaient dans leurs existences et leurs carrières. Dans les sept décennies qui suivirent ces premières études très innovantes du Dr Terman, cinq ouvrages d'analyse furent écrits à partir des données collectées auprès de ces premiers élèves.

Les années passant, mon père continua de renvoyer les questionnaires détaillés qu'on lui soumettait ; il est évident qu'à ses yeux avoir été choisi par le Dr Terman était la preuve de son génie. La façon scrupuleuse dont il renvoyait ces questionnaires et acceptait tout ce que cette étude exigeait de renseignements sur lui renforça très certainement les sentiments élitistes que ses parents avaient déjà instillés en lui. Je crois aussi qu'avoir été inclus par le Dr Terman, et ce grâce à son QI de 186, dans le groupe des étudiants les plus doués à étudier fut un des éléments clés de l'extraordinaire amour-propre qui devait beaucoup lui servir dans ses années les plus dures et à la fin de sa vie.

De 1924 à 1928, mon père se lança dans diverses professions normalement réservées à des gens nettement plus âgés et expérimentés de la région de Los Angeles. Son premier emploi fut de tenir la chronique judiciaire du *Los Angeles Record* pendant les années les plus violentes de la Prohibition. Il suivait surtout les activités du Vice Squad du LAPD[1], accompagnant les policiers durant leurs descentes dans les night-clubs et les bars clandestins du centre-ville. Les extraits d'un article qu'il écrivit le 20 août 1924 (il n'avait alors que seize ans) nous donnent un aperçu non seulement de ce qui se passait à Los Angeles pendant la Prohibition, mais aussi de ce que mon père pensait et faisait à l'époque.

---

1. Équivalent de la brigade des Mœurs *(NdT)*.

AU CAFE DE LA VIE
L'ALCOOL EST RAIDE

Une descente au Humming Bird Café [1]

Massés devant le très brillamment éclairé Humming
Bird Café, 1243 12e Est, les officiers attendent, montre
en main, le moment où ils pourront faire leur descente, à minuit pile ce samedi.
Toutes les sorties possibles sont gardées, toutes les
issues surveillées. La descente ne se soldera pas par
un fiasco, ils l'ont décidé, et le plus grand abreuvoir
de Central Avenue sera nettoyé.
Encore cinq minutes avant minuit.
A l'intérieur, une foule bigarrée fait la fête, inconsciente de ce qui se trame au-dehors.
L'odeur des boissons alcoolisées sature l'atmosphère.
A l'intérieur, hommes et femmes passent de l'aimable griserie à la débauche licencieuse. Les alcools
forts sont à l'œuvre...
Plus que trois minutes.
L'orchestre nègre attaque un air très violemment
syncopé. Les musiciens ondulent au rythme de la
musique, jonglent habilement avec leurs instruments...
Sans limite ni honte qui fait rougir, l'abandon règne
dans le café. Mais voilà qu'on frappe fort à la porte.
Quatre hommes entrent dans la salle à grandes
enjambées, tous officiers du Vice Squad chargés de
faire respecter la Prohibition.
Rapidement ils passent de table en table, saisissant
les bouteilles et arrêtant les hommes. Le propriétaire
appelle les garçons, qui se précipitent pour avertir
les clients. Des dizaines de verres sont renversés, des
dizaines de bouteilles se vident et se brisent.

1. Ou Café du colibri (NdT).

Le bruit du verre qui casse remplit la salle.

Le plancher est trempé d'alcool.

Les quatre officiers se sont emparés de cinq hommes, seize auraient pu en arrêter quatre fois plus.

Les sirènes de la patrouille de police meurent dans le lointain.

La musique reprend par à-coups.

On ramasse les bouteilles par terre. Des verres sont de nouveau remplis.

Une femme contemple tristement le goulot brisé d'une flasque de whisky. Elle se lance dans un long sanglot suraigu, comme une pocharde elle reprend son souffle…

Revenant sur cet incident, il écrira encore :

Des soiffards arrêtés

Pendant que des femmes blanches gîtaient comme des pochardes dans les bras des serveurs nègres, les hommes du Vice Squad du LAPD ont très tôt ce mercredi matin effectué une descente au Humming Bird Café, 1243, 20e Rue Est, et arrêté plusieurs citoyens éminents pour possession illégale d'alcools. C'est le troisième raid effectué dans ces lieux en autant de jours (…).

Selon ces officiers, le Humming Bird Café est un des hauts lieux d'une vie nocturne, où des Blancs dînent, dansent et boivent avec des membres de la colonie nègre de la ville. A ce moment-là, un essaim de girls appartenant à une revue déshabillée étaient montées sur scène et goûtaient aux festivités.

La police a reçu de nombreuses plaintes contre le Humming Bird Café où, dit-on, les pires orgies auraient cours chaque nuit. Des femmes blanches du demi-monde y ont installé leur quartier général et, toujours selon la police, y exerceraient leurs talents.

91

En réalité, George ne fait pas que rendre compte de la descente ; il décrit aussi un style de vie et des fantasmes sexuels dans lesquels il s'est complètement investi alors qu'il n'est encore qu'un adolescent. Il recrée une atmosphère de promiscuité en violation ouverte de la morale des années 20. Mon père avait un style si haut en couleur que, de reporter débutant, il fut vite promu responsable de la chronique judiciaire. Il travaillait alors avec les plus grands flics des Homicides de Los Angeles. Dans un article publié en première page du *Record* en 1924, il décrit ainsi une scène de crime qu'il a analysée avec eux, et où la victime, Peggy Donovan, a été battue à mort :

Los Angeles Record

3 juin 1924   2 centimes

LENDEMAIN DE FÊTE

Les taches rouges qu'on découvre dans les pièces commencent à virer au marron (…).
Sur le plancher poussiéreux et couvert de cendres et d'innombrables mégots de cigarettes, on voit des bouts de papier (…) un vrai dépotoir. Il y a là des lettres (…) des journaux intimes d'un passé qui n'est plus (…) des livres de prières (…) des cartes à jouer (…).
Là, par terre, une carte : l'as de carreau. En tombant dessus une grosse goutte de sang a transformé le carreau rouge en une tache floue et informe.

Draps ensanglantés

Des draps ensanglantés sont retrouvés déchirés et froissés sur le plancher jonché de détritus du bungalow.
De la coiffeuse brisée deux dés sont tombés. Sur l'un, une éclaboussure rouge.
En plus de l'odeur reconnaissable entre toutes du sang répandu, celle de l'alcool, du gin de la Jamaïque et du tabac.

Conseils oubliés

«Renonce à l'ami qui pèche et apprends la Vérité qui...»
Tels sont les mots d'espoir, les mots pathétiques écrits en décembre, écrits la veille de Noël à Margaret Donovan, une girl tuée au cours d'une rixe entre pochards...
«Renonce à l'ami qui pèche...»
«Trouve la Vérité.»
«A Toi, ô Seigneur Jésus-Christ, je confesse tous les péchés que j'ai commis jusqu'à cette heure. Puisse le Tout-Puissant m'accorder le pardon, l'absolution et la rémission de tous mes péchés. Amen.»
Tels sont les mots qu'on a retrouvés soulignés dans un petit volume bleu des *Prières à usage quotidien*.
«A lire un jour pour l'amour de Maman» y a été inscrit sur la page de garde...
Des boucles de cheveux châtain foncé – ils sont longs et soyeux – jonchent le plancher. Du sang s'y est collé, on les lui a arrachés.
Comme ses bas en soie couleur chair.

Des inspecteurs atterrés

Dans la pièce voisine des inspecteurs marmonnent.
— Bon Dieu, Archie, ces ... l'ont battue à mort à 3 heures du matin et après, ils sont rentrés chez eux et ont dormi jusqu'à 9 heures!
Entre la taie et l'oreiller du lit de camp où Peggy Donovan a été retrouvée morte, une coupure de journal jaunie par le temps a été découverte. On peut y lire, souligné:
«Au JARDIN DE LA VIE LES FEMMES sont LES FLEURS; certaines sont splendides, gaies et pourtant n'ont pas de PARFUM.»

Quelques mois plus tard, dans un autre article publié dans le *Record*, George transforme sa description de la scène de crime en un morceau de bravoure littéraire en faisant un jeu de mots en latin sur le nom de la victime Teresa Mors. Celle-ci (en latin son nom veut dire «mort») avait été tuée d'une balle par son amant jaloux, le célèbre champion de boxe, catégorie welter, Norman «Kid McCoy» Selby, déjà immortalisé par le surnom de «the real McCoy[1]»: il avait un jour occis d'un seul coup de poing un poivrot qui mettait en doute son identité dans un bar du centre-ville de L. A. L'illustrissime avocat au criminel Jerry Giesler devait donner un coup d'accélérateur à sa carrière en défendant ce tout premier dossier d'assassinat à Los Angeles et en obtenant une qualification de meurtre sans préméditation alors que l'État de Californie réclamait la peine de mort.

Pour rendre compte de la scène de meurtre, George écrit ceci:

Los Angeles Record

Jeudi 14 août 1924   2 centimes

LES MOTS DE LA MORT

La mort.
Mors, mortis, morti, désinvolte, l'écolier décline ce mot en latin. Sans même y penser.
Comme la cage où le canari meurt d'asphyxie est cet appartement au deuxième étage du Nottingham – le grand immeuble de prix avec sa façade en carreaux blancs.
Au moment où l'oiseau jaune vivait encore, où il chantait et virevoltait...
La cage semblait mignonne. Mais maintenant que le

---

1. Soit «Le vrai McCoy» *(NdT)*.

canari est mort, ce n'est plus qu'une cage sale, cra-
poteuse, encrassée de déjections.

Le canari est mort et repose sur le plancher de cette
pièce qui semble si fermée – les murs et le plafond y
sont écrasants –, fermée comme une cage…

Elle est morte et repose dans un déballage qui n'est
pas de l'art, seulement la mort. Et les deux batiks de
Larry Darwin – des monstres de la nouvelle Niobé –
sont immenses et la vision bien ordonnée du Rubens
s'efface dans l'insignifiance devant l'horreur de ce
qu'on voit par terre. Les nus de Larry Darwin sont des
fantasmes – des succubes. L'un fume une cigarette,
les jambes croisées sur la tête du diable. L'autre,
jambes et bras bouffis de graisse, danse dans un jardin
de fleurs de lotus exotiques. L'un et l'autre contem-
plent d'un œil mauvais la forme allongée par terre.

Sur le sol elle repose. Cheveux ondulés et passés au
henné, peut-être. D'un rouge froid et mouillé
– panache pour un visage défiguré par la balle. Yeux
violacés. Il y a du sang sur ses bras nus. Et cette
photo… du «Kid». Serrée comme un rosaire sur sa
poitrine, sa poitrine maintenant plate et dure, comme
l'est la poitrine d'une femme allongée sur le dos.

C'est le Kid qui a placé cette photo dans sa main
blanche.

Geste théâtral, touche d'un romantisme futile qui
souligne encore la cruauté de la scène, qui pousse les
succubes nus des batiks à la regarder d'un œil plus
mauvais encore.

Ôtez-la… ôtez cette image. Comme si les journalistes pouvaient s'empêcher de la photographier !
Oui, c'est la photo du Kid.

Taches de sang sur le verre. Jeune et fier, le Kid se
dresse.

Les ongles qui se sont refermés dessus crissent sur le
cliché. Pouac ! Remettez-la dans cette main. Qu'elle
la tienne…

Sur leur piédestal, la nymphe et le satyre de Perl pas

un instant n'ont relâché la tension de leur éternel
enlacement...
La Mort.
Mors, mortis, morti... de quel genre est la mort ?
Du genre féminin, bien sûr. Et de cette déclinaison-
là. Oui, la mort est du féminin.

Plus tard, en 1924, George décida d'abandonner le
journalisme et de devenir éditeur. Le mois suivant, il
entreprenait de créer une revue littéraire avec un de ses
amis. Dans le studio indépendant où il habitait alors
dans la propriété de ses parents à South Pasadena, il mit
sous presse qui lui appartenait un magazine intitulé
Fantasia. Dans la préface qu'il rédigea pour le lance-
ment du premier numéro publié en janvier 1925, il fait
les remarques suivantes :

DÉDICACE

A l'évocation du beau et du bizarre dans les arts, à la
présentation des harmonies les plus étranges et des
parfums les plus rares nous consacrons cette revue
qui est la nôtre.
Pareille beauté est peut-être à trouver dans un
poème, un dessin, ou le fatras du collectionneur ;
dans la musique des cloches de prières dans quelque
lointain minaret, ou dans les bruits d'une rue cita-
dine ; dans un temple, un bordel ou une geôle ; dans
la prière, la perversité ou le péché.
Et toujours nous tenterons dans nos pages de dire cet
art avec vivacité, où et de quelque manière qu'on le
trouve – toujours nous consacrerons cette revue au
dire de la beauté anomale, fantasmagorique.

George Hodel voulait explorer les fantasmes les plus
bizarres, ceux qui fleurissent au bord du gouffre et ont
essentiellement à voir avec le sexe et la violence inter-
dits. Sa revue tint deux numéros ; la seule contribution

d'intérêt qu'on y trouve est le compte rendu qu'il y fit du *Royaume du Mal*, ouvrage tout récemment publié par un Ben Hecht qui à l'époque n'était pas très connu. Le livre faisait suite à son premier opus, *Fantazius Mallare – le serment,* où, sous la forme d'un journal écrit par l'artiste de génie reclus Fantazius Mallare, l'auteur décrit ses visions de décadence, de folie et, pour finir, de meurtre. Mallare y invente une superbe maîtresse, Rita, qui devient son fantôme ou son amante hallucinatoire. Dans ce récit passablement tordu, l'illusion devient réalité, celle-ci se dissolvant en rêves jusqu'à ce que, tout à la fin de l'histoire, Mallare, qui s'est alors mué en un amant d'une folle jalousie, se venge de Rita en la battant à mort – en sa présence, la jeune femme s'est en effet ouvertement lancée dans la séduction la plus éhontée de Goliath, son serviteur à la Caliban. Jamais le lecteur ne sait si Rita est réelle ou pur fantasme sorti des tourments psychotiques de Mallare.

Dessinées à l'encre et à la plume, les illustrations, toutes fortement érotiques, sont l'œuvre de Wallace Smith, qui, comme Hecht, fut journaliste et dessinateur à Chicago avant de devenir écrivain. Smith devait être arrêté, poursuivi pour ce que le gouvernement prenait pour de la pornographie et, le livre ayant été jugé obscène, faire un bref séjour en prison. Ces deux auteurs devaient plus tard aller à Hollywood pour y écrire des scénarios, où Hecht finit par devenir un des scénaristes les mieux payés de l'industrie cinématographique.

L'article que mon père consacre au *Royaume du Mal* montre qu'il est complètement pris par le système de croyances de Ben Hecht et rend parfaitement compte de sa psychologie. Il y écrit par exemple : « Des formes macabres, encore plus visqueuses et putrescentes que dans les anciennes images de Ben Hecht, tâtonnent aveuglément et follement dans le brouillard empoisonné d'où montent les fantasmes pourrissants de son *Royaume du Mal*. »

La revue cessa de paraître au printemps 1925. Quelques mois plus tard mon père décida de travailler comme chauffeur de taxi. Il avait alors dix-sept ans, mais réussit à faire croire qu'il en avait vingt et un et obtint du Bureau municipal des services publics (médaillon municipal n° 1976, médaillon de l'État n° 34879) l'autorisation de conduire un taxi dans les limites de la ville. Avec son mètre quatre-vingts, ses soixante-quinze kilos, ses cheveux noirs et ses yeux marron foncé, il avait l'air plus âgé qu'il n'était. Son service le conduisait essentiellement en centre-ville, où il assurait la navette entre les grands hôtels, dont le Biltmore, et emmenait ses clients à Hollywood. De manière assez ironique, un de ses collègues attachés à la même station de taxis, et très probablement une de ses premières connaissances dans ce milieu, était un jeune homme qui s'était lancé dans des études de droit et qui, vingt-cinq ans plus tard, devait devenir le plus célèbre des chefs de police du LAPD, William H. Parker.

Vers la fin de l'année 1925, un autre article fut consacré à mon père. Œuvre de Ted Le Berthon, le critique de théâtre du *Los Angeles Evening Herald,* il est, chose rare, très éclairant sur sa personnalité. L'auteur y change Hodel en « Morel » et le titre de sa revue *Fantasia* en *Tourbillons.*

Cet article révèle un autre côté de mon père. Fils à sa maman, et pourri par elle, intellectuel élitiste, poète et pianiste, c'était aussi quelqu'un qui à la moindre provocation n'hésitait pas à frapper et faire le coup de poing avec son adversaire.

Los Angeles Evening Herald   9 décembre 1925

TOURNE, TOURNE, LE MANÈGE
par Ted Le Berthon

Le passé brumeux d'un poète

Grand, le teint olive et les cheveux noirs ondulés, George Morel a un nez fort. Ses yeux sont grands et de couleur marron, et son regard somnolent. D'allure romantique, avec des airs hautains de faucon, il est pianiste et poète et publie une revue trimestrielle aussi bizarre que sombrement poétique, *Tourbillons*. «George est un gentil garçon, mais…»

Combien de fois n'avons-nous pas entendu cette rengaine!

Ce que ses amis veulent dire par là est que, jeune, George avait déjà tendance à écrire sur des sujets mélancoliques.

Bien sûr, George aurait pu se réclamer de Keats, Rupert Brooke ou Stephen Crane, mais… «Ce n'est pas sa morosité, ni même son penchant pour Huysmans, de Gourmont, Poe, Baudelaire, Verlaine et Hecht qui nous chagrine, nous renvoyaient ces "amis", mais bien plutôt son élégance raide et sa voix méticuleuse!»

George, parfois, se noyait dans des océans de rêves. Seule une part de lui-même semblait présente.

Souvent il rêvassait devant son interlocuteur et, vêtu d'une robe de chambre noire à fleurs doublée de soie rouge, en oubliait la présence.

Mais voilà que, son regard s'allumant comme des signaux, soudain il disait: «L'informe minutie des parfums dans un boudoir du XVIIe siècle est, à mes yeux, tout à fait comparable à mon esprit en présence du crépuscule.»

On eût pu lui répliquer: «Et alors?»… mais on ne le faisait tout simplement pas.

Comme le dit un de ses «amis»: «Il est jeune. Ça lui passera. C'est d'un contact avec la dure réalité qu'il a besoin. Pour l'heure ce qu'il écrit est ténu, rêveur et monotone… tout à fait à son image.»

Un futur romancier réaliste

Je n'avais pas revu George depuis un an environ… Et hier soir, alors que, moi aussi plongé dans une manière de rêverie morélienne, je me promenais

dans Spring Street, je fus surpris d'entendre une voix familière. Aussitôt après je vis un grand jeune homme en uniforme de chauffeur de taxi attraper par les revers de son veston un gros homme qui râlait et lui crier d'un ton menaçant : «Tu me donnes le prix de la course ou je te cogne le nez ici et maintenant.»
Ce grand jeune homme était GEORGE MOREL.

A la fin de l'année 1925, George avait changé de service et travaillait la nuit – le jour il écrivait des réclames pour un magasin de surplus local de l'armée et de la marine et, plus tard, pour la SoCal, Compagnie du gaz de la Californie du Sud. C'est par l'intermédiaire de cette dernière société qu'il s'initia à la publicité et au marketing et se trouva un autre boulot, cette fois comme speaker dans une station radio, où il présenta en direct de la musique classique en début de soirée. La SoCal sponsorisait en effet une émission d'une heure. Employé au service publicité, mon père avait toutes les qualités requises pour ce travail : outre qu'il était un prodige de la musique et avait une connaissance encyclopédique de son sujet, sa voix était superbe. Ses phrases au rythme méticuleux et son recours à la rime et au mètre devaient rester une de ses particularités jusqu'à la fin de ses jours. La voix de George Hodel était tout aussi unique et distincte que ses empreintes digitales. Malgré tout, après avoir fermé son micro pour la journée, il remettait sa casquette de chauffeur de taxi et recommençait à attendre le client devant le Biltmore.

Alors qu'il n'était même pas encore âgé de vingt ans, mon père avait déjà accumulé l'expérience d'hommes nettement plus âgés et mené plusieurs vies : génie enfant, prodige de la musique, chroniqueur judiciaire, spécialiste de la publicité et des relations publiques, speaker radio, rédacteur-éditeur d'une revue, poète, intellectuel élitiste et chauffeur de taxi, il avait tout fait.

6

George et Dorero

Été 1927

Le premier amour de ma mère, et peut-être le seul, fut John Huston, le fils de l'acteur Walter Huston et, plus tard, l'un des metteurs en scène les plus célèbres de l'Amérique. Ils s'étaient rencontrés à Los Angeles alors qu'ils n'étaient encore que des adolescents, étaient tombés amoureux, s'étaient mariés, puis lancés dans une aventure artistique commune à Greenwich Village, John peignant et faisant de la boxe tandis que ma mère écrivait de la poésie. Tous les deux buvaient. Puis ils étaient revenus à Hollywood, où l'un comme l'autre ils étaient devenus scénaristes à la pige pour les studios, fréquentant les gens beaux et talentueux des milieux du spectacle dans la Los Angeles des années 20. Ils vivaient dans une bulle où, toute la nuit, on faisait la fête, buvait et discutait.

Les années 30 arrivant, ils s'étaient transformés en boxeurs qui se battent sur un ring où il n'y a ni arbitre ni cloche pour sonner la fin des rounds. L'alcool et les infidélités commençant à faire leur œuvre, après un long séjour en Angleterre, ma mère décida de renoncer au combat pour de bon. Huston, lui, devait continuer à se battre contre bien d'autres femmes, et remporter victoire sur victoire. Après la mort de ma mère, je trouvai dans ses effets personnels les trois paragraphes suivants qu'elle avait tapés à la machine :

Toute sa vie durant il fut fasciné par les boxeurs. Il adorait aussi les toreros et ce, bien avant d'avoir lu Hemingway. Il eut une brève passade pour les champions des six jours cyclistes et se documenta même sur les marathons de danse et les concours où il faut rester le plus longtemps possible assis en haut d'un mât de drapeau. Pour lui, néanmoins, les boxeurs étaient ce que la race humaine produisait de mieux. Il avait dix-neuf ans la première fois qu'il essaya de me parler de tout ça. J'en avais dix-neuf aussi et nous nous trouvions dans une fête où cette activité absolument choquante venait de commencer, enfin je veux dire… choquante pour moi. Des séances de boxe John sortait toujours dans un état de grande excitation et d'inhabituelle volubilité. Il y avait du sang par terre et sur les meubles, j'étais verte et faisais de mon mieux pour ne pas vomir.

« Tu n'y comprends rien », me disait-il en me remettant debout et me conduisant à la véranda de devant. Et là, tandis que l'odeur nauséabonde s'envolait avec le vent et que tout retrouvait ses contours précis, je lui disais : « Vraiment ? »

Ma mère connaissait mon père, George Hill Hodel, depuis longtemps. Ils s'étaient rencontrés dans la Los Angeles des années 20, avant qu'elle épouse John Huston. De fait, John Huston et mon père avaient été de très bons amis pendant leur adolescence et étaient souvent sortis avec des filles ensemble. A l'époque, John fréquentait Amilia, une jolie jeune femme qui travaillait à la toute nouvelle bibliothèque du centre-ville, alors que George sortait avec ma mère. Après, ils avaient échangé leurs conquêtes, George tombant amoureux d'Emilia tandis que John s'éprenait de Dorothy. Après le mariage de John et de Dorothy et leur départ pour New York, Emilia et mon père poursuivirent leur idylle et ouvrirent ensemble une librairie spécialisée dans les livres rares au centre de Los Angeles.

Mon père avait toujours beaucoup aimé la photographie. Au milieu des années 20, il avait passé une grande partie de son temps libre à photographier des gens et les environs de Los Angeles. Il avait chez lui une chambre noire, où il pouvait développer ses pellicules. En 1925 on lui demanda de sélectionner ses meilleures photos et une galerie de Pasadena lui permit d'exposer en solo.

Un autre ami intime de John Huston et de mon père à cette époque était un jeune poète-dessinateur italien du nom de Fred Sexton, qui sortait beaucoup avec eux. Lui aussi chauffeur de taxi, il gagnait surtout sa vie en organisant des parties de craps[1] clandestines. Quinze ans plus tard, en 1941, Huston devait mettre à contribution les talents artistiques de son ami Fred Sexton en lui donnant à créer la statue de l'«Oiseau noir» pour son film *Le Faucon maltais*. Fred Sexton et mon père devaient rester amis jusqu'au jour où mon père quitta Los Angeles, en 1950.

Au printemps 1927, Emilia était enceinte de mon demi-frère Duncan, qui naquit en mars 1928. Duncan ne passant que très rarement nous voir au fil des décennies, il était encore quasiment un étranger pour moi lorsque je le revis à San Francisco quelques jours après la mort de mon père.

Avec leur nourrisson, George et Emilia allèrent s'installer à San Francisco, où mon père s'inscrivit en prépa de médecine à l'université de Californie, campus de Berkeley. Pendant qu'il faisait sa licence, il prit un boulot de docker, se remit au volant d'un taxi et retrouva les rues et les gens de la nuit avec leurs repaires secrets.

Au printemps 1932, il recommença à écrire lorsque le *San Francisco Chronicle* les engagea, Emilia et lui, comme échotiers. Ensemble ils tinrent une rubrique hebdomadaire intitulée «Sortez à San Francisco», rubrique dans laquelle ils passaient en revue les diverses activités de la ville. Leur chronique devint vite populaire grâce

---

1. Jeu de dés qui ressemble au zanzi *(NdT)*.

aux photos de mon père et aux descriptions hautes en couleur qu'ils y faisaient des nombreux quartiers et cultures qu'on trouve à San Francisco.

En juin 1932, George obtint son diplôme de prépa et s'inscrivit aussitôt en médecine à l'université de Californie, campus de San Francisco. C'est à cette époque que, tout en vivant avec Emilia et en élevant Duncan avec elle, il s'amouracha d'une autre femme, Dorothy Anthony. Ne voulant pas rompre avec Emilia, il convainquit celle-ci – et cela dit bien son énorme pouvoir de persuasion – de se lancer dans une alliance sentimentale et de partager sa maison avec sa rivale. Cet arrangement se termina vite par une autre grossesse, Dorothy donnant à George une fille, Tamar, au printemps 1935.

L'exceptionnelle coordination œil-main de mon père faisant de lui un chirurgien-né, ses professeurs se battirent pour obtenir ses services d'assistant dans nombre d'opérations. Mon père ayant enfin, du moins semblait-il, trouvé son *métier*[1], en juin 1936 il obtint son diplôme de sortie de l'École de médecine de l'université de Californie, plus connue aujourd'hui sous le nom d'université de Californie San Francisco.

Selon la tradition en vigueur lors de la cérémonie de remise des diplômes de médecine, en cette douce journée d'été de juin 1936, George Hill Hodel – c'était alors un grand et bel homme de vingt-huit ans – se tint sur la pelouse d'UCSF et, main droite levée en l'air, fit le serment d'Hippocrate. A cette époque, les médecins récitaient encore le serment d'origine. Plus long que celui qu'on fait aujourd'hui, il contenait notamment ces mots :

> Je m'abstiendrai de faire tout ce qui pourrait être délétère et malveillant. Je ne remettrai aucun poison à quiconque pourrait me le demander, ni non plus ne conseillerai d'y recourir ; et de la même manière je ne donnerai point à une femme un remède abortif.

1. En français dans le texte *(NdT)*.

Avec pureté et sainteté je passerai ma vie et pratiquerai mon art.

Je ne taillerai point le calculeux, mais en laisserai le soin à ceux qui pratiquent cet art. Dans toute maison où je serai appelé, j'entrerai pour le bien du malade et m'abstiendrai de tout acte de malveillance et corruption volontaires ; et m'abstiendrai encore de séduire femmes et hommes, libres ou esclaves.

Que tout le temps que je respecterai ce Serment sans le violer, il me soit accordé de jouir de la vie et de la pratique de mon art et d'être respecté à jamais par tous les hommes. Mais si je venais à le violer, qu'un sort contraire me frappe.

George avait juré de consacrer sa vie à soigner et préserver la santé d'autrui. Il était maintenant de son devoir de soulager la peine et la souffrance.

Il n'avait pas encore trente ans que, docteur en médecine ayant fait son internat en chirurgie, il avait déjà ajouté d'autres vies à sa biographie : docker, dessinateur/photographe, chroniqueur de la vie urbaine pour le *San Francisco Chronicle* et père de deux enfants qu'il avait eus de deux femmes avec lesquelles il vivait en même temps.

En 1936, il acheva son internat au General Hospital de San Francisco et accepta un poste d'inspecteur de district au ministère de la Santé publique du Nouveau-Mexique. Avec Emilia et Duncan, qui était alors âgé de sept ans, il alla s'installer dans une petite ville voisine de Prescott (Arizona), où il fut le très solitaire médecin d'une exploitation forestière. Passé officier de la santé publique détaché auprès des *pueblos* et réserves indiennes proches de Gallup (Nouveau-Mexique), il se lia d'amitié avec le chef des Navajos.

Sans doute parce qu'il leur avait fait comprendre qu'il voulait être plus libre, Emilia et Duncan revinrent sans lui à San Francisco, où elle allait bientôt épouser un artiste peintre populaire, Franz Bergmann. Elle reprit un travail de chroniqueuse, cette fois pour le *San Francisco News,* où, devenue chef de la rubrique théâtre, elle fit une longue et belle carrière. Elle venait de quitter George lorsque Dorothy et Tamar rejoignirent ce dernier au Nouveau-Mexique, où tous les trois vécurent brièvement près de Taos.

Encore une fois cependant, mon père se sentit envahi et convainquit Dorothy de retourner à San Francisco avec sa fille.

En 1938, il se vit offrir un poste d'hygiéniste au service Santé du comté de Los Angeles. Il l'accepta et revint à L. A., où il commença par réintégrer la maison d'amis de son père à South Pasadena. Plus tard cette année-là, il fit une spécialisation en contrôle des maladies vénériennes à l'École de médecine de l'université de Californie, campus de San Francisco, et fut diplômé dans ce domaine.

L'année 1939 le vit accéder au poste de chef du service Santé du comté de Los Angeles, puis de directeur du service du contrôle des maladies vénériennes. A la même époque, il ouvrit un cabinet privé dans le centre-ville et, directeur médical de cette 1rst Street Medical Clinic, y engagea plusieurs médecins. Il y soignait surtout les maladies vénériennes qui, à cette époque où l'on ne connaissait pas encore la pénicilline, avaient atteint des proportions quasi épidémiques à Los Angeles.

George fut alors réuni à ma mère, Dorothy Harvey Huston, qui entre-temps avait divorcé d'avec John Huston. Mes parents connaissant alors une aventure tumultueuse, mon frère aîné Michael naquit au mois de juillet suivant. George rebaptisa Dorothy «Dorero» – mélange de deux mots grecs, le premier, *dor*, signifiant «cadeau, présent» et l'autre, Eros, étant le nom du dieu du désir sexuel – afin d'éviter toute confusion avec sa première petite amie et mère de Tamar, Dorothy Anthony.

Et George acheta une maison dans Valentine Street. Sise dans le quartier d'Elysian Park, elle n'était qu'à dix minutes en voiture de son cabinet du centre-ville et ma mère et mon frère y emménagèrent aussitôt. D'après une rumeur familiale, John Huston, qui n'est pas mon père, aurait peut-être engendré Michael. Toujours est-il que tout de suite après la naissance de Michael, John et son père, Walter, qui à cette époque-là était très désireux d'avoir un petit-fils mais n'en avait toujours pas, venaient à la maison tous les jours. Comme ma mère devait me le raconter plus tard : « John et Walter s'asseyaient et regardaient fixement Michael dans son berceau en essayant de voir si oui ou non, il ressemblait à John. » Elle ajoutait que c'était même devenu tellement gênant qu'elle avait fini par leur ordonner de quitter la maison en lançant : « Laisse tomber, John, ce n'est pas ton fils. » Michael devait devenir un des speakers radio FM les plus célèbres de la station KPFK de Los Angeles ainsi qu'un écrivain et éditeur de romans policiers et de science-fiction.

Bien que de tempérament très bohème, Dorero était aussi une mère qui voulait que son jeune fils se fasse un nom et ne soit pas mis à l'écart de la fortune grandissante de son père. La maison était son territoire et elle le faisait sentir. Elle voulait que George l'épouse, ce qu'il finit par faire au cours d'un petit week-end à Sonora, au Mexique. Mon jumeau, John Dion, et moi-même naquîmes au mois de novembre suivant, Kevin, le cadet des quatre fils de ma mère, voyant le jour onze mois plus tard.

Le 18 mai 1942, soit six mois après l'entrée en guerre des États-Unis, mon père fut mobilisé comme chirurgien au service de la Santé publique. Voulant servir dans l'armée comme son ami John Huston, il démissionna de son poste, mais, à cause d'une maladie de cœur chronique, échoua aux tests d'aptitude physique et resta à Los Angeles pendant toutes les années de la guerre. Il y pratiqua la médecine, essentiellement en qualité de chef du service de l'Hygiène sociale du comté. Il continua aussi d'exercer à son cabinet et fut engagé comme directeur médical du Ruth Home and Hospital d'El Monte, où il soigna des jeunes femmes atteintes de maladies vénériennes.

C'est pendant ces années de guerre que le couple de mes parents se désintégra. Malheureuse et désemparée, ma mère commença à boire beaucoup, mon père restant les trois quarts du temps loin de la maison. Au bout de quatre ans de mariage, ils se séparèrent en septembre 1944, ma mère demandant le divorce pour «extrême cruauté».

Pendant les trois années qui suivirent, nous vécûmes séparés de mon père, la police venant, entre décembre 44 et mars 46, à trois reprises à la maison pour arrêter ma mère pour abandon d'enfants, ivresse et trouble à l'ordre public. Deux fois nous fûmes remis à la garde de notre père, la troisième nous fûmes placés au MacLaren Hall, foyer où l'on s'occupait des enfants abandonnés. Pour finir, on nous rendit à ma mère.

Le Dr Hodel n'eut l'occasion de servir à l'étranger en qualité d'officier de santé qu'après la guerre, lorsque, ayant fondé l'UNRRA, organisme destiné à distribuer de l'aide et des soins médicaux aux populations ravagées par la guerre, le Congrès américain commença à chercher des volontaires. Mon père fit une demande et, le 3 août 1945, envoya un dossier dans lequel il fournit une mine de renseignements sur ce qu'il faisait et avait fait par le passé, toutes informations qui ont un rapport direct avec mon enquête sur le meurtre du Dahlia noir et d'autres affaires liées à cet assassinat. J'ai en outre découvert d'autres rapports sur ce qu'il fit à l'UNRRA, rapports dans lesquels il est question de son travail et de ce qui mit fin à son emploi.

Dans sa demande de poste, mon père fait ainsi mention de son cabinet médical et du bureau qu'il avait au Roosevelt Building, 727, 7e Rue Ouest, suite 1242, au centre de Los Angeles (tout près de Flower Street) et déclare y exercer depuis 1939. Il se déclare aussi directeur médical et responsable de la 1rst Street Medical Clinic, 369, 1re Rue Ouest, située, elle aussi, en centre-ville, et directeur médical du Ruth Home and Hospital d'El Monte, 831, North Gilman Road, dispensaire où l'on soignait et remettait dans le droit chemin les filles et jeunes femmes atteintes de maladies vénériennes. Ses revenus annuels nets s'élèvent alors à vingt et un mille dollars. Mon père demande à être employé «hors des États-Unis, de préférence en Extrême-Orient».

Il dit encore «mesurer un mètre quatre-vingts et peser quatre-vingt-quatre kilos, être marié, avoir un fils de dix-sept ans dans la marine marchande (Duncan), une fille âgée de dix ans (Tamar) et trois fils plus jeunes, respectivement âgés de six ans (Michael), quatre ans (Steven) et deux ans (Kelvin)». Sous l'intitulé «langues», il assure pouvoir «parler, lire et écrire le français pour avoir vécu à Paris enfant». Plus loin, il dit aussi «étudier le chinois, mais ne pas être encore assez versé dans cette langue».

Sa demande étant acceptée, mon père fut engagé par l'UNRRA, son affectation devenant effective le 3 décembre 1945. Nommé responsable médical régional en Chine, avec une adresse américaine à Washington D. C., il fut envoyé au quartier général de Hankéou, avec un salaire annuel de 7 375 dollars.

Le président Truman ayant affirmé que la Chine était «la plus grande de nos responsabilités en matière de soins», mon père fut expédié dans ce pays au début de l'année 1946 avec le grade honorifique de lieutenant général – et un uniforme des Nations unies de style quasiment militaire.

Bien qu'il n'existe aucun document permettant d'établir la date exacte de son départ en Chine, je pense qu'il quitta le territoire américain au début de l'année 46. En me fondant sur une de ses notes que j'ai retrouvées dans son dossier, je peux affirmer qu'il gagna son centre de Washington D. C. entre la fin 45 et le début de l'année 46, juste avant son départ pour la Chine. Pendant son absence, il garda son cabinet médical à la même adresse.

En sa qualité de responsable régional des services de santé de Hankéou, il se vit affecter une Jeep avec chauffeur et fanion à trois étoiles, un cuisinier personnel et deux assistants administratifs. Les pièces à conviction 9 et 10 sont des photos de mon père prises pendant sa mission en Chine en 1946.

Pièce à conviction n° 9

Le Dr George Hodel (deuxième à partir de la droite) avec des soldats chinois, 1946

La pièce à conviction n° 9 est légendée « médiateur ». Cela signifie que tout diagnostic posé par mon père sur l'état de santé d'un prisonnier communiste avait valeur d'arrêt de vie ou de mort. Si l'homme était déclaré malade, il pouvait dans l'instant traverser les lignes nationalistes et trouver la sécurité ; dans le cas contraire, il devait rester avec ceux qui l'avaient capturé, ce qui équivalait à peu près sûrement à une condamnation à mort. D'après les règlements régissant la mission de mon père, l'UNRRA et ce dernier avaient les responsabilités suivantes :

Pièce à conviction n° 10

Le Dr George Hodel, mission de l'UNRRA
en Chine, 1946

MÉDIATEURS UNRRA

A la demande de l'équipe de paix n° 9 (secteur d'Hankéou), l'UNRRA agit en tant qu'arbitre lorsqu'il faut déterminer quels malades et soldats communistes blessés ont le droit de franchir les lignes nationalistes. C'est ainsi que, suite à un accord passé avec l'équipe de paix, 618 soldats communistes blessés et 120 femmes et enfants ont été mis dans des trains en partance de Kian Tsi, province de Houpeh, à destination de Anyang, dans le nord du Hounan, où il y a de meilleurs hôpitaux.
Des officiers de santé nationalistes ont mis en doute le droit de 75 personnes à voyager dans ces convois.

111

Leurs cas ont été étudiés par un médecin américain, le Dr G. Hill Hodel, responsable santé du secteur UNRRA de Hankéou. Le Dr Hodel a accepté la décision des officiers nationalistes dans 26 cas, mais est passé outre dans les 49 autres.

En 1946, mon père travaillait avec des généraux chinois aussi bien communistes que nationalistes. Sa position de «soldat de la paix» au centre de la photo (pièce à conviction n° 10), entre les représentants des deux pouvoirs, est tout à fait significative et montre pourquoi il était important que l'UNRRA lui accorde le rang de général trois étoiles – ainsi les deux côtés ne pouvaient-ils le considérer que comme un égal et non pas comme un inférieur hiérarchique dans son rôle d'arbitre médical.

Le dossier UNRRA de mon père contient aussi un rapport de quatorze pages tapées à la machine et daté du 20 mars 1946. Mon père y répond à un certain Dr Victor Sutter, qui, de toute évidence, lui avait demandé une brève analyse du problème alors très courant du contrôle des maladies vénériennes en Chine.

Dans l'un de ses paragraphes, sous l'intitulé «Prostitution et maladies vénériennes», mon père fait part d'observations qui révèlent bien ce qu'il pense des femmes, des maladies vénériennes, de la prostitution et des efforts entrepris par les autorités pour améliorer la moralité publique:

> Neuf ans durant, en ma qualité d'officier de santé et de directeur d'un programme officiel de contrôle des maladies vénériennes, j'ai eu tout loisir d'observer comment fonctionnent la «réglementation» et la répression de la prostitution. Pour moi, la prostitution est un mal qu'on ne saurait enrayer à coups de mesures législatives ou policières et qui ne peut être que détourné dans d'autres canaux…
> Cela étant, mon expérience américaine m'a appris que laisser des policiers corrompus pourchasser les

femmes de petite vertu d'un bout à l'autre de la ville ne contribue ni à la paix ni à la santé ou moralité d'une communauté.

Lorsqu'il parle de son «expérience américaine» de la «réglementation» et de la «répression» de la prostitution par «des policiers corrompus», mon père se réfère très certainement à ce dont il a été témoin à Los Angeles et, plus que toute autre chose, à la corruption alors générale dans les forces de l'ordre.

Le Dr Hodel démissionna de l'UNRRA de manière aussi soudaine qu'inattendue le 19 septembre 1946. La raison qu'il donne dans son dossier est de nature «personnelle», même si de fait il se peut très bien qu'elle ait été d'ordre médical. J'ai de fortes raisons de croire que pendant son séjour en Chine mon père souffrit d'une brusque et sévère crise cardiaque et que, de fait, il fut renvoyé à Los Angeles aux fins d'hospitalisation. Je pense aussi que, toujours à cause de cette crise cardiaque, il fut obligé de rester à l'hôpital pendant un mois, sinon plus, avant d'être autorisé à revenir à la maison de l'avenue Franklin dans le courant du mois d'octobre ou de novembre 1946.

Il est clair que mon père appréciait les prérogatives attachées à son rang : dès son retour à Los Angeles en 1946, il fit l'acquisition d'une Jeep Willis Army de type militaire identique à celle dans laquelle on l'avait promené en Chine. Ces Jeep des surplus de l'armée n'avaient été proposées à la vente qu'après la guerre, à la fin 45 ou 46. Ce véhicule n'est qu'un des éléments de l'attachement un rien romantique que mon père vouait à la chose militaire.

En 1946, il posa pour une série de photos de style protocolaire prises par son ami intime et illustre artiste surréaliste Man Ray. Sur ces clichés on le voit porter son manteau à épaulettes de l'UNRRA, tenue qui lui donne l'air d'un officier de l'armée.

Pièce à conviction n° 11

George Hodel, 1946

J'ai des raisons de croire que, pendant et après la guerre – jusqu'à la fin 49, peut-être –, George Hodel se fit passer pour un lieutenant de l'aviation lors de ses entreprises de séduction auprès de nombreuses femmes. Il est également tout à fait vraisemblable que ces dernières n'aient rien su de ce camouflage ou qu'avec lui elles l'aient vu comme une couverture protégeant sa véritable identité à cause de son statut d'homme marié.

Fasciné par l'Asie comme il l'était devenu, mon père avait acheté beaucoup d'objets rares pendant son séjour en Chine – on pouvait en trouver à très bas prix à Shanghai quand on était en possession de dollars américains. Ainsi investit-il de fortes sommes dans des œuvres d'art anciennes : peintures, tapisseries en soie et statues de divinités chinoises en bronze.

Peu de temps avant de partir pour l'Asie, il avait fait un autre investissement : en 1945 il avait acheté la Sowden House construite par Lloyd Wright dans l'avenue Franklin. C'est là qu'à l'époque où il vivait outremer il fit expédier tout ce qu'il achetait en Asie. A son retour de Chine, il essaya aussi de se réconcilier avec ma mère, et nous emménageâmes tous dans cette maison lorsqu'il revint aux États-Unis en 46. Bien que mes frères et moi-même ayons alors cru reformer une famille, nous comprîmes vite que nous n'étions de fait que ses invités dans cette maison – nous ignorions que nos parents avaient divorcé et que nous n'habitions cette maison qu'à titre d'essai.

Aujourd'hui notre ancienne demeure est encore inscrite au registre des maisons historiques de Los Angeles et compte parmi les plus inhabituelles par son architecture. Nous l'appelions « la Franklin House » à cause de l'avenue dans laquelle elle se trouve, mais son nom officiel est « Sowden House ».

Cette bâtisse, qui porte le nom de celui qui en finança la construction, est une merveille d'architecture conçue et réalisée par un Lloyd Wright[1] qui vivait dans l'ombre de son illustre père, Frank Lloyd Wright. Avec ses voûtes de pierre propices à la méditation, ses longs cou-

---

1. Après avoir construit la Sowden House en 1926, Lloyd Wright devait, entre 1927 et 1928, concevoir les plans de ce qui devint un des monuments les plus connus de Los Angeles, le Hollywood Bowl. Cet amphithéâtre absolument magnifique se trouve à cinq kilomètres à peine à l'ouest de la Franklin House *(NdA)*.

loirs, sa vaste cour et sa grande piscine en son centre et ses chambres cachées, on dirait un décor tout droit sorti des films à cinq bobines de l'Hollywood des années 30 : exotique en diable. Les gens arrêtaient souvent leurs voitures devant pour la regarder d'un air étonné. Nombre de passants n'arrivaient pas à se figurer que c'était bel et bien la réincarnation, tout en énormes blocs de béton, d'un temple maya vieux de trois mille ans qu'ils avaient sous les yeux. Aucune fenêtre n'y était visible. Avec ses hauts murs, c'était une forteresse impénétrable en plein cœur du quartier résidentiel d'Hollywood, à seulement un quart d'heure de la clinique de mon père.

En venant de l'avenue Franklin, artère des plus animées, il fallait gravir de hautes marches en pierre pour accéder à l'entrée de la maison, protégée par un imposant portail orné de fleurs en fer forgé. Une fois cet obstacle franchi, on devait tourner tout de suite à droite et suivre un passage sombre, et de nouveau tourner à droite pour arriver à la porte. C'était comme de pénétrer dans une grotte pleine de tunnels cachés, où seuls les initiés peuvent se sentir à l'aise. Les autres doivent avancer avec précaution, sans jamais savoir où tourner. Pour mes frères et pour moi qui y habitions, cet endroit était proprement magique. A nos yeux, un intrus aurait pu y être accueilli à coups de flèches empoisonnées ou par des serpents mortels, devoir franchir des fosses remplies de feu, peut-être même affronter un garde du corps enturbanné et armé d'une épée gigantesque. Un vrai repaire des mille et une nuits.

Une fois dans le temple, c'était un véritable embrasement de lumière qui s'abattait de tous côtés sur le visiteur – toutes les pièces donnaient en effet sur une cour centrale à ciel ouvert. Massifs, les blocs de ciment formaient un gigantesque ensemble rectangulaire depuis la rue jusqu'à l'allée du fond. Il n'y avait pas de jardin devant la maison, seulement cet atrium intérieur où débouchaient les quatre couloirs de l'édifice. On pénétrait d'abord dans

Pièce à conviction n° 12

La Franklin House, Hollywood, Californie

une entrée à haut plafond. Plus loin, à l'ouest, se trouvait la salle de séjour avec sa cheminée décorée et les rayonnages qui montaient jusqu'au plafond et cachaient une pièce secrète dans laquelle ne pouvaient pénétrer que ceux et celles qui savaient en ouvrir la porte, elle aussi cachée. L'aile ouest comprenait la salle à manger, la cuisine, les chambres d'amis et les appartements des domestiques.

Dans l'aile est se trouvaient la chambre principale avec sa salle de bains et quatre autres chambres en enfilade, jusqu'à l'aile nord abritant l'énorme salle que Sowden y avait fait construire pour y donner des fêtes et des spectacles. De toutes ces pièces on pouvait entrer directement dans la cour centrale, où poussaient nombre de plantes exotiques et de magnifiques cactus géants qui montaient jusqu'au ciel. Et là, à l'intérieur de cette maison remarquable, c'était, complètement à l'abri du monde extérieur, la plus grande intimité qui régnait.

Pour mes frères et moi qui jouions aux Trois Mous-
quetaires au service de notre père qui, lui, jouait le roi,
cette époque tenait du conte de fées. Mon père était
élégant et sûr de lui. Avec son mètre quatre-vingts, ses
cheveux noirs, sa moustache bien taillée, ses habits
impeccables et le maintien de rigueur pour un médecin
très respecté, il était d'une beauté exceptionnelle. Il se
déplaçait avec toute la hauteur d'un aristocrate et semblait faire partie de ces hommes qu'on n'oublie jamais,
même si on ne les rencontre qu'une fois dans sa vie. Il
avait un charisme et une force qui retenaient l'attention.
Quand il parlait, sa voix avait des accents et une autorité
qui disaient un homme promis à un grand destin. Son port
et ses manières laissaient entendre qu'il était sûr de lui et
que rien ne lui était impossible. Et s'il était roi, nous
étions, nous, ses enfants, sa cour.

J'avais quatre ans lorsque nous emménageâmes dans
la Franklin House et nous y vécûmes jusqu'à ma neu-
vième année. Je n'ai gardé de cette époque que des souvenirs fragmentaires et ce n'est qu'en redécouvrant
tardivement mon père que je pus en vérifier la véracité,
pour certains en tout cas. Il n'en reste pas moins que,
telles des ombres, ces souvenirs m'ont accompagné toute
ma vie durant et qu'il m'a fallu attendre aujourd'hui pour
commencer à en comprendre la signification.

Je me rappelle bien combien j'aimais la Jeep de mon
père : pensez, une vraie Jeep de la Deuxième Guerre
mondiale avec un moteur qui rugissait et des vitesses qui
passaient en craquant ! J'adorais m'asseoir devant quand
il la sortait par l'allée de derrière et que nous traversions
le terrain vague qui jouxtait la propriété, puis que nous
descendions du trottoir pour nous mêler à la circulation,
au croisement des avenues Franklin et Normandie. Kelvin et moi accompagnions mon père à tour de rôle quand
il allait faire ses visites. Assis dans la Jeep décapotée, je
le regardais manœuvrer au milieu des voitures, sa mystérieuse sacoche noire de médecin posée entre nous sur le
siège. L'occasion se présentant, je regardai plusieurs fois

dedans – sans que mon père le sache. J'étais trop jeune pour savoir de quoi il s'agissait, et pouvais encore moins dire les noms des objets qui s'y trouvaient. Ce ne fut que bien plus tard, lorsque j'eus rejoint la marine, que je découvris ce que c'était. Cela dit, même enfant, j'en savais l'importance : c'était d'eux que se servait mon père. Mystérieux à l'œil et froids au toucher, ces instruments me fascinaient. Il y avait là son stéthoscope, un rouleau de bandages très serré, un hémostatique, le très étrange sphygmomanomètre et un garrot. Il y avait encore des flacons étiquetés de noms tels que pénicilline, Benadryl et morphine que je ne pouvais pas comprendre. Je me rappelle surtout combien j'aimais les odeurs qui montaient de cette sacoche – les odeurs propres, fortes et antiseptiques de tout ce qui touche à la médecine.

Je n'ai pas oublié les moments où je restais assis dans la Jeep devant les maisons où mon père faisait ses visites. Au bout d'une heure, parfois de deux, il ressortait avec une femme qui, sa patiente sans doute, le raccompagnait jusqu'à la porte. J'avais l'impression que toutes ses malades prononçaient les mêmes mots – et ces mots me faisaient toujours peur : « Oh, c'est donc votre fils ? Un vrai trésor, ce petit. Je peux le garder ici avec moi ? » Alors je regardai mon père qui se tenait déjà près de la Jeep et, sans savoir ce qu'il allait dire, retenais mon souffle jusqu'à ce qu'enfin il déclare, après une hésitation : « Non, pas cette fois-ci. Un autre jour, peut-être, nous verrons. » Alors la femme lui touchait le bras – elles le faisaient toujours –, puis elle nous souriait et tandis qu'il montait dans la Jeep elle lui lançait : « Merci, docteur. Je me sens beaucoup mieux après cette visite. » Mon père souriait, faisait démarrer le moteur et hop, nous repartions. Michael avait neuf ans et n'accompagnait pas mon père dans ses visites. Jamais celui-ci ne le lui proposait et je n'ai jamais compris pourquoi.

Fern Dell Park, voilà un autre de mes bons souvenirs des années que je passai à la Franklin House. Jour après jour et du matin jusqu'au soir, mes frères et moi y passâmes des étés entiers. Mon père nous conduisait à l'entrée, à quelque huit cents mètres de la maison. C'était le matin, il nous déposait avec un «Je vous reprends à 16 heures, ne me faites pas attendre» des plus sévères et nous commencions à explorer les lieux. Nous en connûmes vite tous les arbres, recoins et grottes cachées. Il y avait un ruisseau qui courait sur des kilomètres du nord au sud, nous y cherchions des écrevisses et des grenouilles-taureaux, puis nous faisions semblant d'être des explorateurs partis à la découverte de terres nouvelles, dont ils s'emparaient.

Michael, qui ne quittait jamais ses livres adorés, nous faisait la lecture à l'ombre d'un grand chêne au bord du ruisseau. L'été 49 il fut Robin des Bois, Kelvin étant frère Tuck et moi, qui étais pourtant bien plus gros et grand qu'eux, Petit Jean. Fern Dell était devenu notre forêt de Sherwood. Nous nous moquions de la férocité avec laquelle notre père nous dictait notre conduite : «Soyez à l'entrée à 16 heures et ne me faites pas attendre.» Dans notre monde de faux-semblants, il avait tôt fait de se transformer en shérif de Nottingham.

Je me rappelle aussi que beaucoup de gens – des adultes, hommes et femmes – riaient jusque tard le soir dans notre Franklin House. Certains visages me reviennent, mais j'ai oublié la plupart de ces personnes. Parfois aussi la colère montait et mon père criait, puis ma mère – puis c'était ma mère qui pleurait. Cela dit, je me souviens surtout des rires. Je me rappelle Duncan – il était grand, avait vingt ans et portait l'uniforme de marin –, descendant de San Francisco avec ses copains pour venir voir mon père et ses trois demi-frères. Aujourd'hui encore je le revois debout dans la cour, en train de rire et de jouer avec les adultes, de s'amuser avec mon père et ses amis. Duncan ne pouvait rester qu'un ou deux jours avant de remonter à San Francisco.

Tamar, notre demi-sœur, descendait elle aussi de San Francisco pour venir nous voir en cet été 49. Avec ses quatorze ans, ses cheveux blonds et ses jolis yeux bleus, elle me faisait presque l'effet d'une adulte. Tamar était belle et j'adorais qu'elle vienne jouer et passer un moment avec nous. C'était l'amie secrète en qui l'on a toute confiance et elle en savait bien plus long que nous sur le monde des grands. Elle était intelligente et nous racontait des histoires, que j'ai pour la plupart oubliées.

Mais un jour, il y eut avec elle un incident que je n'oublierai jamais. C'était au début de l'après-midi, par une chaude journée d'août 1949. Tamar et moi étions assis sur les marches devant la maison. Je sens encore la petite brise qui soufflait de l'ouest et l'odeur des eucalyptus qui montaient la garde à l'entrée. Tamar et moi étions assis côte à côte et elle fumait une cigarette comme le faisaient les vrais adultes. A un moment donné elle se tourna vers moi et me demanda : « Tu veux essayer ? » Et comment ! Elle me tendit sa Lucky Strike allumée, je la tins un instant entre mes doigts, puis la portai à mes lèvres. J'avais commencé à tirer dessus lorsque je levai les yeux et m'aperçus que mon père était là. Sa sacoche noire à la main, il s'approcha, là – il n'était plus qu'à un mètre. Complètement pétrifié, je tenais ma cigarette à la main. Il nous regarda tous les deux de haut, hocha la tête, nous dit seulement : « Steven… Tamar », et passa devant nous. Il ne m'avait pas vu tenir la cigarette. Nous restâmes tous les deux assis sur les marches, muets et parfaitement immobiles comme si ne faire aucun bruit pouvait changer notre sort. Lorsqu'il fut hors de vue, nous nous regardâmes et éclatâmes de rire en pensant à la chance que nous avions eue. Je jetai la cigarette par terre et l'écrasai du pied, puis nous repartîmes jouer.

Les dîners protocolaires étaient tout ce qu'il y a de plus courant pour notre famille. Nous avions une femme de ménage et un cuisinier à demeure et ce soir-là, lorsque mon père revint de son cabinet, nous prîmes nos places à la grande table : Papa à l'extrémité sud, la place d'honneur, ma mère au nord, moi à droite de mon père, mes frères en face de moi et Tamar à ma droite. Nous venions de terminer le dessert, après un repas copieux à quatre plats, lorsque, s'adressant à nous avec sa raideur habituelle, mon père nous lança : «J'ai une petite annonce à vous faire.» Il attendit que nous ayons tous tourné la tête dans sa direction afin de lui prêter une attention sans mélange. «Il semblerait que Steven, qui n'a pas encore tout à fait huit ans, ait décidé de fumer», enchaîna-t-il.

Je jetai un regard inquiet à Tamar en comprenant qu'il m'avait bel et bien surpris la cigarette à la main. Il plongea la main dans sa poche et en sortit un cigare. «Et donc, reprit-il, nous allons tous rester ici jusqu'à ce qu'il ait fini de fumer ceci.»

Et lentement, cérémonieusement, il ôta l'emballage du grand havane qu'il aimait fumer après le dîner, en coupa le bout, l'alluma avec soin jusqu'à ce que la braise soit d'une belle couleur orangée et me le tendit dans un nuage de fumée. Tous les regards étaient sur moi lorsque je m'emparai du cigare et le tins dans ma main.

«Allons, Steven, fume-moi ça», dit-il d'un ton ferme et dur.

Je le regardai en retenant mes larmes, les mains tremblantes, tandis que sa colère se faisait menaçante, quoique encore dominée : «Fume-le !»

J'en tirai une bouffée et toussai fort. Ma mère essaya d'intervenir en ma faveur :

– George, dit-elle, je ne crois pas…

– Allons, allons, lui répliqua-t-il aussitôt. Nous allons tous rester assis ici même jusqu'à ce que Steven termine ce cigare.»

Le silence se fit autour de la table tandis qu'il me forçait à tirer une bouffée après l'autre de son cigare. J'avais envie de vomir, j'étais devenu tout vert et j'avais peur de lui, mais je tentai de n'en rien montrer. Croyant qu'il m'avait fait bien comprendre ce qu'il pensait de cette affaire, mon père me dit enfin :

– Bien, Steven. Alors, ça te plaît de fumer ?

J'essayai de le regarder droit dans les yeux, mais n'y étais pas tout à fait arrivé lorsque je lui répondis :

– C'était bon, Papa. Je pourrais en avoir un autre ?

Mes frères et ma sœur éclatèrent de rire, mon père me fixa du regard, puis se tourna vers eux.

– Vous êtes tous excusés. Steven, je te rejoins à la cave dans cinq minutes.

Mes frères et moi haïssions la cave. C'était un endroit où nous n'allions jamais et que nous tenions à l'écart de nos pensées parce que c'était là qu'on nous punissait. « Aller à la cave » signifiait que mon père allait sortir son cuir à rasoir et que la douleur serait cuisante jusqu'à ce qu'il décide que nous en avions assez encaissé.

Comme je l'ai déjà dit, au nombre des amis les plus chers de mes parents pendant les années de guerre se trouvaient Man Ray et sa femme, Juliet. Né à Philadelphie en 1890, Man Ray – de son vrai nom Emmanuel Radnitsky – était un des plus grands surréalistes au monde. Il n'avait encore qu'une vingtaine d'années lorsque, sous l'influence des poètes français d'*avant-garde*[1] Charles Baudelaire et Arthur Rimbaud, il se mit au dessin et à la peinture. C'est aussi à cet âge qu'il fit la connaissance du poète américain William Carlos Williams, des peintres et dessinateurs Marcel Duchamp, Francis Picabia et de quelques autres artistes du mouvement Dada. Après plusieurs expositions en solo à New York, il fut vite associé aux destinées du mouvement des peintres modernistes américains.

En 1921, il partit pour la France, où Marcel Duchamp le présenta à un certain nombre de dadaïstes. C'est à Paris qu'il se lança dans la photographie et se fit connaître comme portraitiste – en photographiant notamment des célébrités littéraires telles que l'écrivain américain Gertrude Stein, James Joyce, Ezra Pound et Jean Cocteau. C'est ce dernier qui l'appela au chevet de Marcel Proust mourant afin d'immortaliser son agonie. Sa célébrité ne faisant que croître, Man Ray devint rapidement un artiste

1. En français dans le texte *(NdT)*.

établi du dadaïsme et du surréalisme, ces deux mouvements pesant de leur poids dans les relations qu'il noua avec mon père.

Le surréalisme soulignait l'importance de l'inconscient et de l'irrationnel et, pour ce faire, présentait des œuvres où étaient juxtaposés des objets inattendus, le but de l'opération étant de lancer un défi à la réalité. Les dadaïstes, eux aussi, dénonçaient le caractère incongru de toute représentation artistique et défiaient les conventions et la moralité traditionnelle.

Outre leur passion commune pour la France, son peuple et sa langue, mon père partageait avec Man Ray un grand intérêt pour la vie et l'œuvre du marquis de Sade. Au milieu des années 30, Man Ray consacra ainsi sept ou huit de ses tableaux et sculptures à cet écrivain et débauché notoire en qui il voyait sa source d'«inspiration». Pendant les vingt années qu'il passa à Paris, Man Ray lut et étudia tous les écrits érotiques de Sade et, interprétation toute personnelle, vit en lui «un des penseurs les plus libres du monde». Man Ray révérait ce qu'il croyait être l'entière liberté de Sade par rapport aux conventions, à la morale qu'impose la vie en société, voire aux contraintes du goût littéraire. C'est au début des années 20 qu'on lui aurait demandé de photographier, aux fins de préservation, un manuscrit rare du marquis de Sade intitulé *Les 120 jours de Sodome*, que l'on venait de découvrir dans les archives du gouvernement français à l'orée du XXe siècle.

La célébrité de Man Ray ne cessait de croître tandis qu'avec son appareil photo il faisait le portrait de personnalités aussi riches et célèbres que Virginia Woolf, Henri Matisse, Coco Chanel, Henry Miller, Salvador Dali et Pablo Picasso. Belle source de revenus, ces portraits n'exprimaient pourtant pas vraiment ce qu'il disait être. Man Ray était un artiste, et d'un genre très spécial. Mais déjà, l'ombre portée de la guerre à venir s'étendant à travers toute l'Europe, il se disait que l'heure était venue de rentrer au pays.

Vu le succès qu'y avait remporté son exposition en 1935, il décida de s'installer à Los Angeles. Il se peut aussi qu'il y ait été attiré par le cinéma suite aux expériences qu'il avait faites dans ce domaine à Paris. Toujours est-il qu'il arriva à Hollywood en novembre 1940. Son come-back artistique ne fut pas une réussite. En 1941, l'exposition qu'il avait organisée dans un musée de Los Angeles ne fut pas bien accueillie. Dans l'article d'*Art Digest* qu'il lui consacra, le critique artistique du *Los Angeles Time,* H. Millier, ne vit dans son *Portrait imaginaire de D. A. F. de Sade* qu'un sujet digne des « revues consacrées au crime et à la torture ».

L'adoration de Man Ray pour Sade se retrouve dans toute son œuvre. Dans une photographie argentique intitulée *Monument à D. A. F. de Sade,* il montre une fesse de femme encadrée par une croix inversée, référence claire aux préférences sodomites de Sade et à son mépris complet pour l'Église.

C'est peu de dire qu'aussi bien philosophiquement qu'esthétiquement Man Ray était un chaud partisan du sadisme. Jamais il ne tenta de cacher ce qu'il pensait de la subjugation et de l'humiliation des femmes. Tout au contraire, il adorait les montrer dans la situation d'objets de plaisir destinés à satisfaire les appétits du vrai sensuel. Comme Sade, en effet, il pensait que la femme n'existe que pour le plaisir de l'homme, qui ne peut être accru que par les humiliations, atteintes physiques et douleurs que l'homme inflige à ses partenaires.

Où et comment Man Ray et Juliet firent-ils la connaissance de mon père et de ma mère, je ne le sais pas. Il est très vraisemblable qu'ils se soient rencontrés peu après l'arrivée de Man Ray à Los Angeles ; selon un témoignage non confirmé, mon père l'aurait croisé à New York en 1928, époque où il rendait souvent visite à ma mère et à John Huston au Village.

Que ces quatre personnes – Man Ray, Juliet, George et Dorero – finissent par se rencontrer était presque inévitable. Tous étaient des sensualistes, dont les préférences et puissants désirs devaient les attirer tels des papillons de nuit vers une même et unique flamme de passion. Pour mon père, c'était la vie même qui était surréelle, rêve dans lequel chacun devait vivre selon ses propres lois. Tel le sinistre «Magicien noir» d'Aleister Crowley du début du XXe siècle, mon père vivait sa vie selon le principe : «Fais ce que tu veux sera ton unique loi.»

D'après moi, les premières photos que Man Ray prit de ma famille remontent à 1944, époque où nous habitions Valentine Street dans l'Elysian Park, quartier où se trouve aujourd'hui le Dodger Stadium, à un lancer de balle du centre-ville. De 1945 à l'automne 1949, Man Ray et Juliet furent de toutes les soirées organisées à la Franklin House – les invités de mon père pouvaient s'y détendre et savourer cocktails, courtisanes et cocaïne.

C'est pendant ces années qu'il prit un certain nombre de photos de ma mère à la Franklin House – et de portraits pour lesquels elle posa à son studio de Vine Street, à quelques rues du célèbre Hollywood Ranch Market. Sur certains de ces clichés, ma mère est seule ; sur d'autres, elle pose avec Juliet. En 1946, Man Ray fit cadeau à mon père et à ma mère d'un autoportrait, dont il devait plus tard se servir pour la couverture de son autobiographie, *Self Portrait,* publiée en 1963.

Voici ce qu'il a écrit pour mes parents sur cette photo :

> Pour Dorero et George, en hommage – je suis bien plus heureux qu'on me demande mon portrait que de faire celui d'une célébrité plus grande que moi. C'est vous que je fête,
>
> Man

En 1947, à peine quelques mois après l'assassinat d'Elizabeth Short, alors même qu'on en était au plus brûlant de l'enquête, Man Ray quitta Hollywood pour Paris. Il y revint plus tard et y demeura jusqu'à la fin de l'année 1950, date à laquelle il repartit à Paris avec

Pièce à conviction n° 13

Man Ray, 1946

Juliet, pour s'y établir définitivement. C'est là qu'il mourut en novembre 1976.

On ne saurait sous-estimer l'influence de Man Ray sur
George Hodel. Photographe amateur de quelque renom,
mon père admirait beaucoup le très célèbre Man Ray.
Malgré sa pléthore de professions et de réussites, tout au
fond de son cœur George Hodel voulait être un artiste.

7

Le scandale d'Hollywood

Malgré ses quatorze ans, notre demi-sœur Tamar aurait pu être la doublure de la jeune Marilyn Monroe qui, un an plus tard, devait lancer sa carrière en jouant dans *Quand la ville dort* de John Huston.

C'est sa maturité physique qui frappait le plus. Elle aurait facilement pu se faire passer pour une femme d'une vingtaine d'années. Et c'est très exactement comme cela qu'elle se conduisait. Intelligente et forte tête, elle avait faim d'attention et d'affection. Sa mère, qui vivait toujours à San Francisco et s'était remariée, l'envoya passer l'été 1949 avec son père et ses demi-frères. A la fin de 1949, la vie telle que nous la connaissions et appréciions prenait fin.

Nuit après nuit, pendant l'été 1949, le bruit des gens qui faisaient la fête de l'autre côté de la cour intérieure ne cessait d'augmenter. Comme celui que faisaient mes parents en se disputant – les échos de leurs cris se répercutaient dans les couloirs toute la nuit durant.

Jusqu'au 1er octobre, où brusquement Tamar s'enfuit de la maison et disparut. Papa commença par essayer de la retrouver en contactant ses amis et camarades de classe afin de savoir si on ne l'avait pas vue. Mais à force de rentrer bredouille, il fut obligé de s'adresser à la police. Un dossier de disparition étant officiellement ouvert, ma demi-sœur fut retrouvée deux jours plus tard chez une de ses amies.

Tamar fut alors remise entre les mains des inspecteurs de la brigade des Mineurs de Los Angeles, ceux-ci lui demandant, avant de la ramener à son père, pourquoi elle s'était enfuie. Elle leur dit simplement : « Parce que ma vie à la maison est trop déprimante. » Étant donné la réputation brillante du Dr Hodel, c'était une réponse incompréhensible pour les policiers, qui entreprirent de la questionner : pourquoi était-elle malheureuse chez elle ? Finalement, Tamar craqua : « A cause de toutes ces parties de sexe à la Franklin House. » Comment était-elle au courant de ces séances, demandèrent les policiers, en avait-elle vu ? « Pas seulement vu, répondit Tamar, j'y ai participé. »

Lorsque l'interrogatoire prit fin, elle avait accusé non seulement mon père, mais encore Fred Sexton et deux femmes de s'être livrés à des activités sexuelles avec elle, allant jusqu'au coït. Abasourdis par ces révélations, les policiers s'empressèrent de procéder à des inculpations.

Tamar étant détenue à Juvenile Hall, mon père fut un des premiers à être arrêté cinq jours plus tard. Il déposa immédiatement une caution de cinq mille dollars et fut relâché le jeudi 6 octobre 1949 à 10 h 15 du matin. Mais la nouvelle du scandale était déjà arrivée dans les rédactions. Le *Los Angeles Times* du 7 octobre 1949 publia l'article suivant, accompagné d'une photo de Papa debout à côté de son avocat après sa libération :

UN MÉDECIN ACCUSÉ DANS UNE AFFAIRE DE MŒURS
Les révélations de sa fille ont permis l'arrestation de treize jeunes gens

Suite à de folles soirées auxquelles un médecin d'Hollywood et sa fille de quatorze ans auraient pris part, il a été procédé à l'arrestation de ce médecin et de treize jeunes gens.

Le père, le Dr George Hill Hodel, âgé de trente-huit ans et résidant 5121, avenue Franklin, a été incarcéré au dépôt d'Hollywood après deux plaintes pour atteinte aux bonnes mœurs déposées contre lui par le district attorney[1].

Camarades de classe

Selon le sergent L. A. Bell et l'inspecteur Shirley Maxwell, la fille du médecin aurait accusé ce dernier ainsi que dix-neuf autres personnes, certaines d'entre elles n'étant autres que ses propres camarades de lycée.

D'après l'adjoint du district attorney, William L. Ritzi, la fille du médecin s'est sauvée de chez elle vendredi dernier parce que « la vie à la maison était trop déprimante », mais a été retrouvée dimanche chez une amie. Elle est maintenant détenue à Juvenile Hall.

Toujours d'après Ritzi, des hommes aussi bien que des femmes prenaient part à ces soirées. Hodel étant passionné de photographie, les policiers ont saisi chez lui nombre de clichés douteux et d'objets artistiques à caractère pornographique.

L'auteur de l'article ajoutait que le docteur aurait dit à Ritzi « vouloir explorer les mystères de l'amour et de l'univers » et que les actes dont on l'accuse étaient « peu clairs, comme dans un rêve… car je ne sais pas si c'est quelqu'un qui m'hypnotise ou moi qui hypnotise quelqu'un d'autre ».

Tous les garçons arrêtés – tous étaient mineurs – furent remis à la garde de leurs parents et l'audience préliminaire du procès de George Hodel fut fixée au 14 octobre.

Dans un article sur le même sujet publié dans le *Los Angeles Evening Herald and Express* le 7 octobre, sous le titre « Un médecin pincé pour inceste », le journaliste précisa quelques détails importants :

1. Équivalent américain du procureur *(NdT)*.

La jeune fille de quatorze ans a déclaré aux policiers que son père la violait depuis trois ans.

Interrogé par les adjoints au district attorney Ritzi et S. Ernest Roll, le Dr Hodel, officier de santé de la mission des Nations unies en Chine, a reconnu : «Ces faits ont dû se produire, en effet.» Il a déclaré vouloir consulter son psychiatre.

Toujours en détention par «mesure de protection», Tamar fut réinterrogée par des inspecteurs de la brigade des Mineurs, auxquels elle révéla que son père avait aussi payé l'avortement subi par elle dans le cabinet d'un médecin de Beverly Hills. Suite à ces déclarations, quatre jours après l'arrestation de George Hodel, la police arrêtait ledit médecin de Beverly Hills, Francis C. Ballard, âgé de trente-six ans, et son «associé» Charles Smith, également âgé de trente-six ans, pour avoir fait avorter Tamar. Dans la plainte, il est spécifié que cet avortement aurait eu lieu en septembre 1949, soit un mois avant la fugue de Tamar.

Quelques jours après l'arrestation de mon père, des inspecteurs de la brigade des Mineurs procédèrent à une fouille de la Franklin House. L'opération se solda par la saisie de divers articles jugés de nature «pornographique», dont des livres, des photographies et diverses statues de nymphes et de satyres «en train de batifoler ensemble». C'est dans la pièce secrète située derrière les rayonnages de livres, pièce dont Tamar leur avait révélé l'existence, qu'ils découvrirent ces statues.

Un médecin aussi connu que sémillant, sa fille mineure du genre Marilyn Monroe, des orgies, des quantités d'objets à caractère pornographique – certains planqués dans des pièces secrètes –, une bonne douzaine d'adolescents du lycée d'Hollywood cités à comparaître dans une affaire de réseau sexuel, un avortement clandestin et, arrivant juste à temps pour le procès, les plus grands avocats de la défense de l'époque Jerry Giesler, dit «Coincemoi », et son associé vedette Robert Neeb, tous les éléments d'un beau scandale hollywoodien étant réunis, l'événement suscita un énorme intérêt.

Une audience préliminaire se tint au tribunal municipal une semaine après l'arrestation. Sur la base du témoignage de Tamar, toujours en détention à Juvenile Hall, et ceux d'autres personnes présentes dans la chambre à coucher lors de la perpétration des faits, mon père fut déféré devant la Cour supérieure pour inceste et fellation. Un jury de huit femmes et de quatre hommes étant alors sélectionné, le procès « État de Californie contre le Dr Hodel » démarra le 8 décembre 1949.

L'accusation se sentait en confiance, vu la force inhabituelle de son dossier. Dans les affaires d'inceste il est rare d'avoir plus que la plainte de la victime/témoin. Les parents forniquent rarement avec leurs enfants en présence ou avec la participation d'autres personnes. Or, le procureur Ritzi avait, lui, trois témoins adultes sur les lieux – à savoir dans la chambre de mon père –, deux d'entre eux ayant pris part à ces crimes. Ritzi avait en outre les déclaration et confession accablantes d'un accusé qui disait « vouloir explorer les mystères de l'amour et de l'univers » et que « les faits avaient dû se produire, en effet ». A quoi s'ajoutait cette potentielle « défense par le rêve » qui avait fait déclarer à mon père que tout cela était « peu clair… car je ne sais pas si c'est quelqu'un qui m'hypnotise ou moi qui hypnotise quelqu'un d'autre ». Enfin, Ritzi détenait le « butin » saisi par les inspecteurs à la Franklin House.

La première personne appelée à témoigner fut Tamar. Étant donné son âge, la presse n'eut pas le droit de publier sa photo, mais les journalistes présents dans la salle d'audience ne se gênèrent pas pour décrire la jeune victime blonde ; elle fut ainsi traitée de « blonde sulfureuse aux yeux bleus et fort loquace » et de « jeune femme précoce » qui « s'adresse fréquemment et de manière théâtrale aux jurés ».

Interrogée par William Ritzi, Tamar déclara être revenue chez elle le soir du 1er juillet 1949. Après s'être changée, elle aurait rejoint la chambre de son père vêtue d'une blouse verte, d'un blue-jean, d'un soutien-gorge et de pantoufles dorées. Dans la pièce se trouvaient son père, son ami Fred Sexton et deux femmes, Barbara Sherman, vingt-deux ans, et Mme Corrine Tarin, vingt-sept ans. Tamar ayant bu un gobelet de xérès, Fred Sexton l'aurait déshabillée, puis l'aurait léchée, mon père l'imitant ensuite, puis la pénétrant, avant que Barbara Sherman la lèche à son tour.

Le témoignage de Tamar fut suivi par ce que les journaux qualifièrent de «deux jours de contre-interrogatoires brûlants de la part de l'associé de Giesler, l'avocat Robert A. Neeb». Le deuxième jour, Tamar était sur le point de quitter la barre lorsque Neeb lança :

– Juste une dernière question, monsieur le président.

Puis il s'approcha de la jeune fille, se retourna, regarda les jurés dans les yeux, marqua une pause pour ménager son effet, et dit ceci :

– Tamar, vous rappelez-vous d'une conversation que vous avez eue avec un certain Joe Barrett ? Vous rappelez-vous avoir déclaré ceci au cours de cette conversation : «Cette maison a des passages secrets. Mon père est l'assassin du Dahlia noir. Mon père va me tuer, moi et le reste de ma famille, parce qu'il a le goût du sang. Il est fou» ?

Abasourdie, la salle se tut, tous les regards se tournant vers le témoin. Tremblante et apeurée, Tamar baissa les yeux et fut incapable de répondre. Sommée de le faire par le juge, elle déclara seulement :

– Je ne me rappelle pas avoir dit ça à Joe.

Le lendemain matin, 17 décembre, le *Daily News* intitulait ainsi ce témoignage dramatique dans ses colonnes : «La jeune fille accusée de vouloir charger son père du meurtre du Dahlia noir». Le titre de l'article du *Los Angeles Mirror* fut le suivant : «Les fantasmes de la jeune fille à l'audience de ce jour». Après quoi le journaliste déclara :

Agée de quatorze ans, la fille d'un médecin d'Hollywood de premier plan « trame la chute » de son père
en racontant des histoires insensées sur son compte
– dont celle-ci : il aurait tué Elizabeth Short, alias le
Dahlia noir. C'est du moins la thèse qu'a tenté de
démontrer aujourd'hui l'avocat du médecin, Robert
A. Neeb.
Celui-ci n'a pas cessé de mettre en pièce les « fantasmes » de la blonde Tamar Hodel lors du contre-
interrogatoire qu'il lui a infligé au cours du procès
pour atteinte aux bonnes mœurs intenté au Dr George
Hill Hodel, trente-huit ans.
Le Dr Hodel, qui nie cette accusation, devrait tenter
de montrer que sa fille est une « menteuse pathologique » avérée pour tout ce qui concerne les relations
qu'elle entretient avec les hommes.

Les jours suivants, d'autres témoins à charge furent
appelés à la barre. Corrine Tarin déclara s'être effectivement trouvée dans la chambre, mais nia avoir pris part aux
faits. Elle affirma avoir vu Tamar embrasser « passionné-
ment » Fred Sexton, après quoi ce même Sexton, en sa présence et celle de George Hodel, aurait déshabillé la jeune
fille et l'aurait léchée avant de lui faire l'amour. Elle reconnut ensuite que, Sexton en ayant fini, le Dr Hodel l'aurait
alors écarté de Tamar, ce qui aurait donné lieu à de violents échanges verbaux, le médecin finissant par ordonner
à Sexton de quitter la chambre. Tarin serait alors restée
pendant qu'Hodel léchait sa fille et commençait à lui faire
l'amour. Et d'achever son témoignage sur ces paroles : « Je
suis la mère de deux filles et, à ce moment-là, j'ai commencé à être très troublée et j'ai quitté la chambre. »
Appelé à la barre, Fred Sexton reconnut à contrecœur
qu'il y avait bien quatre personnes dans la chambre et
que Tamar était déshabillée. Il l'aurait alors « embrassée
et aurait tenté de lui faire l'amour, mais sans y parvenir
complètement ».

Pièce à conviction n° 14

Tamar à dix-sept ans (1952)

Appelée à témoigner à son tour, la troisième adulte présente dans la chambre, Barbara Sherman, vingt-deux ans, refusa de comparaître devant les jurés. Elle revint sur ses déclarations à la police et sur le témoignage sous serment qu'elle avait fourni lors de l'audience préliminaire du 14 octobre. Le procureur Ritzi la menaça d'arrestation si elle persistait dans son refus de dire la vérité, mais Sherman s'obstina. Aussitôt arrêtée en plein prétoire, elle fut accusée de parjure et d'atteinte aux bonnes mœurs pour avoir déclaré sous serment s'être livrée à des actes sexuels avec Tamar et avoir assisté à ceux infligés à la jeune fille par son père et par Sexton. L'inspecteur de la brigade des Mineurs M. H. Brimson fut ensuite appelé à la barre et déclara avoir « trouvé des écrits pornographiques et de la statuaire obscène au manoir du 5121 avenue Franklin ».

L'accusation ayant conclu, la défense appela quatorze témoins qui, tous, déclarèrent que Tamar était une « menteuse pathologique » et qu'on ne pouvait pas la croire. Les trois premiers étaient tous des membres de sa famille : sa grand-mère, sa propre mère et son demi-frère Duncan, et tous répétèrent encore et encore qu'on ne devait rien croire de ce qu'elle avait pu déclarer sous serment. Les journaux qui rapportaient le procès en firent aussitôt leurs choux gras en y allant de manchettes telles que : « Grand-mère traite Tamar Hodel de "Menteuse" », « "Une horrible menteuse", dit la mère de Tamar ». Tous les témoins adjuraient les jurés de ne rien croire de ce qu'elle disait.

Le 21 décembre, qui est le jour le plus court de l'année, fut le plus long pour mon père : ce jour-là en effet le riche médecin d'Hollywood au centre de cette tempête médiatique fut appelé à témoigner pour sa défense. Calme et digne alors qu'il donnait sa version des événements qui avaient conduit à son arrestation, il tint le jury sous son charme en lui racontant comment il avait « montré ce qu'était l'hypnose aux quatre adultes présents dans sa chambre ». Barbara Sherman étant le sujet, Sexton et Corrine Tarin l'avaient regardée lever les mains sur son ordre tandis qu'il lui suggérait qu'il s'agissait de « barres d'acier ». Il dit ensuite aux jurés qu'« en se tournant vers les autres pour leur demander de noter ces faits », il s'était aperçu que Tarin avait les bras tendus de la même manière et que sa fille et Sexton se vautraient sur le lit. D'après lui, Tamar avait « ôté son corsage et son soutien-gorge, Sexton étant tout habillé ». Il aurait tout de suite « écarté [celui-ci] de sa fille et [lui aurait] ordonné de quitter sa chambre ». Après le départ

137

de Sexton, il aurait également ordonné à Tarin de partir et renvoyé Tamar dans sa chambre.

Puis il affirma que Tamar se trompait dans les dates et que cette séance d'hypnose ne s'était pas déroulée le 1er juillet, mais le 18 juin, le soir même où elle était arrivée de San Francisco pour s'installer à la Franklin House. Il dit encore aux jurés avoir demandé à sa mère, Dorothy Anthony Barbe, de ne pas la lui envoyer parce que, ayant très récemment souffert d'une crise cardiaque, il ne se sentait pas en état d'offrir à sa fille la stricte surveillance dont elle avait besoin. Il conclut enfin son témoignage en déclarant que celui de Tamar n'était qu'un tissu de «non-sens, que fantasmes d'une enfant incorrigible qui veut se venger».

C'était donc la parole de mon père contre celles de Tamar et des autres témoins, essentiellement Corrine Tarin et Fred Sexton – à quoi s'ajoutaient les cartons pleins de pièces à conviction saisis à la Franklin House, toutes montrant clairement l'intérêt profond que mon père portait à des fantasmes sexuels de type pervers. Malgré les attaques de la mère et de la grand-mère de Tamar sur la crédibilité des témoignages de leur fille et petite-fille, il restait ceux de Corrine Tarin et de Fred Sexton qui, l'un comme l'autre, corroboraient celui de Tamar et disaient clairement la nature sexuelle des actes commis ce soir-là – la jeune fille avait bel et bien été violée par des adultes. La défense allait devoir tirer mon père d'une situation où les preuves de sa culpabilité étaient accablantes. Si elle ne parvenait pas à lui trouver une issue dans ce dédale, il irait en prison et perdrait le droit d'exercer, sa carrière de médecin étant alors définitivement terminée.

Dans ses conclusions, Neeb mit directement en cause les témoignages des adultes présents dans la chambre non seulement en s'attaquant à leur crédibilité, mais aussi en argumentant que les jurés ne pouvaient pas prendre en compte leurs déclarations:

Vous êtes priés de remarquer que, même si à vos yeux il y avait assez de preuves pour vous convaincre au-delà de tout soupçon raisonnable de la véracité de ces faits, vous ne pourriez quand même pas déclarer l'accusé coupable en vous fondant sur le témoignage de Tamar Hodel qui dans ces circonstances, et si ces faits étaient avérés, devrait alors être déclarée complice. Or l'on ne saurait rendre un quelconque verdict de culpabilité contre qui que ce soit en se fondant sur le témoignage non corroboré d'un complice.

Vous êtes encore priés de remarquer que le témoin Corrine Tarin, du fait même de sa conduite, serait elle aussi complice. Or un complice ne saurait corroborer les dires d'un autre complice, la même règle s'appliquant au témoignage de Fred Sexton.

Et il dit encore au jury :

Selon les témoignages entendus dans cette affaire, le témoin Fred Sexton a *de facto* reconnu avoir tenté d'avoir des rapports sexuels avec Tamar Hodel, qui n'a pas dix-huit ans ; il pourrait donc être accusé de tentative de viol, ce qui est un crime ; vous devrez également prendre en compte, lorsque vous voudrez décider du poids et de la crédibilité qu'il convient d'accorder à son témoignage, la question de savoir s'il a été arrêté et accusé de tentative de viol, ce qui pourrait très bien avoir influé sur son état d'esprit lorsqu'il a témoigné, au sens où il pourrait avoir nourri des espoirs d'immunité en témoignant à charge plutôt qu'à décharge dans cette affaire.

Et enfin ceci :

Vous êtes aussi priés de remarquer qu'en aidant, protégeant et encourageant quelqu'un à commettre un crime, tout individu peut être reconnu coupable des mêmes crimes et délits que la personne qui a commis le crime. C'est ainsi que vous devrez déterminer si, oui ou non, le témoin Corrine Tarin ne s'est pas mis dans le cas d'aider, protéger ou encourager le témoin Fred Sexton à commettre une tentative de viol, ce qui est un crime, sur la personne de Tamar Hodel, et si vous décidez que ladite Corrine Tarin est de ce fait complice dudit Fred Sexton et pourrait donc être elle aussi poursuivie pour tentative de viol, il vous faudra alors tenir compte du fait que ladite Corrine Tarin n'a pas été arrêtée ou accusée de complicité avec ledit Fred Sexton dans la perpétration de cette tentative de viol et voir en quoi cet état de choses a pu entacher sa crédibilité et l'influencer dans un témoignage que, dans cette affaire, elle a préféré faire pour l'accusation plutôt que pour la défense.

Belle stratégie de défense que celle de Neeb : il forçait les jurés à ne pas oublier que, Tamar Hodel étant partie prenante des crimes reprochés à son client, ils ne pouvaient pas utiliser son témoignage sans autres preuves pour le corroborer. De fait, la loi les obligeait à ne pas tenir compte du témoignage de la victime. Neeb pressait également les jurés de ne pas condamner le Dr Hodel sur la foi des témoignages de Fred Sexton et de Corrine Tarin qui, l'un comme l'autre, avaient reconnu être complices de ces crimes sexuels et avaient probablement passé des accords avec la police – cette dernière leur promettant, s'ils disaient ce qu'elle voulait entendre, qu'ils ne seraient ni inculpés ni envoyés en prison.

Dans ses conclusions, l'avocat de la défense Robert Neeb ne cessa d'enfoncer ce clou : parce que c'est une « menteuse pathologique », Tamar n'aurait jamais dû avoir le droit de témoigner. « A l'heure qu'il est, elle devrait être à l'hôpital et soignée comme psychopathe », déclara-t-il en rappelant aux huit femmes et quatre hommes du jury le long défilé des témoins affirmant que Tamar Hodel était incapable de dire la vérité.

Le juge de la Cour supérieure Thomas L. Ambrose
leur ayant donné ses dernières instructions, les jurés se
virent confier la tâche de délibérer le 24 décembre 1949
en fin d'après-midi. Au bout d'à peine quatre heures de
débats, ils revinrent dans la salle d'audience et déclarèrent que l'accusé n'était pas coupable des deux crimes
qu'on lui reprochait. Le *Mirror* titra: «Les jurés déclarent le Dr Hodel innocent de tout crime sexuel», l'auteur de l'article poursuivant ainsi:

> L'éminent médecin d'Hollywood a fondu en larmes
> à l'énoncé du verdict (…).
> La jeune Tamar, dont l'horrible témoignage sur le
> véritable cirque sexuel qui se serait déroulé dans la
> chambre de son père a déclenché le scandale, n'était
> pas présente à l'audience. Elle se trouve actuelle-
> ment en détention à Juvenile Hall (…).
> Dans ses conclusions, Neeb a demandé qu'on fasse
> subir des soins psychiatriques à la jeune fille. Nous
> ignorons toujours à cette heure les dispositions qui
> seront prises à son encontre.

Le 12 janvier 1950, soit quelque trois semaines après
l'acquittement de mon père, le juge de la Cour supérieure
Thomas Ambrose ordonna que certains objets soient
confiés aux enquêteurs du district attorney. Parmi ceux-ci,
on trouve les livres à caractère pornographique, la statue
du satyre centaure et une quinzaine de «photographies»[1].

---

1. C'est cette remarque apparemment anodine dans les minutes
du procès qui attira mon attention. Pourquoi donc les enquêteurs
du district attorney avaient-ils demandé au juge qu'il leur confie
des pièces à conviction en possession du LAPD? C'était là une
procédure bien peu orthodoxe. Normalement seuls les premiers
enquêteurs – dans cette affaire les inspecteurs de la brigade des
Mineurs du LAPD – ont le droit de détenir les preuves matérielles. Il me fallut bien des mois de recherche pour trouver la
réponse à cette question *(NdA)*.

Cinq semaines plus tard, le 1er février 1950, un petit article fut publié dans le *Los Angeles Times* sous le titre : « Mise à l'épreuve dans une affaire d'atteinte aux bonnes mœurs ».

> Figure centrale dans le procès du Dr George Hill Hodel pour atteinte aux bonnes mœurs, Barbara Shearman, vingt et un ans [*sic*], s'est vu infliger une mise à l'épreuve de trois ans après avoir plaidé coupable d'incitation de mineure à la débauche.

Le juge Ambrose condamna Barbara Sherman à un an de prison, puis lui accorda un sursis avec mise à l'épreuve et lui ordonna de ne plus fréquenter en quelque manière que ce soit le Dr Hodel ou l'un quelconque de ses amis.

Le procès avait pris fin. Mon père était acquitté. Tamar n'était plus avec nous. Et les folles soirées avaient cessé. Mais juste au moment où je pensais que notre vie de famille allait reprendre comme avant l'arrestation et le procès, mes frères et moi nous retrouvâmes, sans la moindre explication de nos parents, inscrits à la Page Academy, école militaire des plus sévères de Los Angeles. Bannis d'un palais, nous étions jetés dans un endroit qui ne se distinguait guère d'une prison. Pire, mon père n'était plus là. Il semblait tout simplement avoir disparu sans un mot. Jusqu'à notre mère (de temps en temps elle venait nous voir aux week-ends) qui refusait de nous dire où il était passé. Tout ce que nous savions se réduisait à ceci : il était en train de vendre, ou avait déjà vendu, la Franklin House et avait décidé de partir. De quitter le pays. Après un long silence, j'appris enfin qu'il avait gagné Hawaï, et s'y était remarié.

Rétrospectivement parlant, j'étais trop jeune pour comprendre ce qui se passait vraiment pendant toutes ces années, en dehors de la perception que peut avoir un enfant d'une foule de gens défilant à la Franklin House, du bruit, de la musique, des rires et du mélange de joie et de tristesse que je sentais chez ma mère. Avec ce que je sais maintenant sur mes parents, je comprends qu'elle faisait de la corde raide sans filet. Mes parents étant divorcés, mon père pouvait courir le jupon sans aucune restriction. Parce qu'elle buvait trop, et sans doute aussi se droguait, ma mère dépendait de lui tant pour ses besoins propres que pour les nôtres. Je sais en plus qu'étant bisexuelle et d'un tempérament hédoniste, elle n'était pas en reste sur les autres fêtards. Je sais encore qu'au contraire de mon père elle avait ses limites, et n'aurait certainement jamais inclus Tamar ou d'autres mineurs dans ses soirées. Je vois maintenant mon père comme un flagorneur qui se servait des faiblesses et de la dépendance de ma mère pour le sexe, la drogue et l'alcool pour satisfaire ses appétits et ceux d'autres personnes. Il la contrôlait comme le font les trois quarts des souteneurs – par les menaces et l'intimidation. Son arrestation et son procès en inceste furent la goutte d'eau qui fit déborder le vase et poussèrent très vraisemblablement ma mère à rompre et fuir avec ses petits. Aucun retour en arrière n'était possible. A mon avis, aussi bien elle que la plupart des amis de la famille étaient persuadés que mon père serait condamné et envoyé en prison.

Je ne pose ici aucun jugement moral sur ma mère. Je l'aimais et l'aime toujours comme la majorité des fils – inconditionnellement. D'une forte personnalité, elle avait aussi de grandes faiblesses, mais avant tout elle protégea et éleva ses trois fils du mieux qu'elle pouvait dans des circonstances particulièrement difficiles.

Quelques mois après notre arrivée à la Page Academy, elle vint nous rendre visite avec un ami que nous connaissions de la Franklin House. Scénariste et metteur en scène, il s'appelait Rowland Brown, était grand et avait les cheveux blancs, ce qui lui donnait des airs de grand-père. Maman nous apprit qu'elle avait divorcé de mon père et que mes frères et moi allions aller vivre chez elle dans le désert, loin d'Hollywood et près de

Rowland Brown et de sa famille. Nous n'avions pas encore recouvré nos esprits – voilà que soudain nous étions libres et que nos parents avaient divorcé –, qu'on nous ordonnait d'aller déposer nos affaires dans un grand camion que Rowland avait garé devant l'école. Maman pleurait en essayant de nous dire comme la vie allait être merveilleuse sans notre père, tous nous nous mîmes à pleurer avec elle. Nous savions qu'elle mentait, mais nous n'avions pas d'autre choix que celui de monter à l'arrière du camion de Rowland, de quitter la ville et de nous enfoncer dans la solitude du désert californien – vers un lieu que nous n'avions jamais vu et qui s'appelait Rancho Mirage.

C'était là, continuait de nous promettre ma mère en pleurant toutes les larmes de son corps, qu'allait commencer pour nous une vie entièrement différente.

8

Bohèmes

Si la vie que nous avions vécue dans la beauté féerique de la Franklin House, avec un père qui chaque soir réunissait sa cour, avait été riche et proprement magique, celle que nous connûmes avec Maman jusqu'à ce que je quitte la famille pour m'engager dans la marine fut marquée par des périodes de privations et d'errance d'un désespoir absolu. Nous commençâmes par nous installer dans l'impitoyable désert de Californie, dans une petite ville poussiéreuse sise à quelque quarante minutes de Palm Springs et envahie de scorpions et de crotales.

C'était différent et cela nous plut. La nuit, le ciel déployait un million d'étoiles qui scintillaient sur fond de coyotes hurlant dans le lointain, par-delà les buissons et la broussaille. Pendant la journée des vents brûlants poussaient les amarantes comme une armée en mouvement. Mais parmi toutes les bribes de souvenirs que j'ai gardés de ces premiers mois à Rancho Mirage – Maman au bureau de l'agence immobilière, Maman et nos voisins, Maman saoule sur le canapé tandis que nous devions porter les bouteilles vides à la poubelle –, c'est la visite de quelques heures que nous rendit Papa qui se détache. Il arrivait d'Hawaï et nous offrait une chienne appelée Aloha.

Nous l'adorions, mais très vite elle s'enfuit et disparut dans le désert, où elle fut probablement dévorée par un puma. Et Papa avait lui aussi disparu, s'en était allé retrouver sa nouvelle famille.

Nous ne restâmes pas très longtemps dans le désert et

revînmes à Los Angeles moins d'un an après l'avoir quittée. Nous avions aussi découvert que Maman buvait en
cachette – sauf que ce n'était déjà plus un secret pour personne. Ses cuites duraient parfois des jours entiers et
après le deuxième ou le troisième elle se retrouvait incapable de travailler, faire la cuisine, laver et repasser nos
habits d'école, de nous aider pour nos devoirs du soir,
voire tout simplement de se tenir debout et de marcher
droit. Nous n'avions alors que neuf, dix et onze ans, mais
nous dûmes organiser la vie de la maison autour d'une
mère toujours à moitié comateuse. Nous ne pouvions
même pas ramener des copains de peur qu'ils ne la
découvrent vautrée sur le canapé, absolument incapable
de se lever et de faire quoi que ce soit. Nous avions fait le
pacte de la protéger et de faire aller, en espérant être sau-
vés un jour, voir la fin de ce mauvais rêve et pouvoir
revenir au château. Il n'en fut jamais rien.

En 1951, nous nous étions transformés en nomades qui
n'arrêtaient pas de déménager : chaque fois qu'elle se lançait dans une beuverie, ma mère finissait par perdre son
travail, prendre du retard dans le paiement des loyers et se
retrouver avec un avis d'éviction collé sur la porte. Heureusement, lorsqu'il lui arrivait de travailler, c'était invariablement dans l'immobilier, ce qui lui permettait de
sauter sur les occasions avant qu'elles soient rendues
publiques. C'est ainsi que nous passâmes d'une ville à
une autre dans tout le comté de Los Angeles, au rythme
d'un déménagement tous les trois mois ou à peu près. Au
début des années 50, ma mère fut arrêtée plusieurs fois
pour abandon d'enfants – les voisins l'avaient trouvée
inconsciente après une cuite de quinze jours. A plusieurs
reprises même, nous lui fûmes enlevés par les services
sociaux et placés dans divers foyers du comté, mais toujours elle se débrouillait pour nous reprendre. Alors nous
filions ailleurs, découvrions une autre ville et recom-
mencions encore une fois tout à zéro.

Cette existence de nomades dura deux ans, jusqu'au
jour où, ayant atterri à Pasadena avec nous, ma mère

réussit à rester sobre assez longtemps pour économiser un peu d'argent et louer une grande maison dans Robles Avenue, dans un des quartiers ouest de la ville. Mais juste au moment où nous commencions à nous détendre et apprécier cette nouvelle maison, elle se remit à boire – et avant longtemps reperdit son travail, un énième avis : «Payez ou filez» se trouvant à nouveau collé sur la porte. Désespérément à court d'argent après avoir tapé tous ses amis habituels et demandé une avance d'un mois de salaire à son patron, elle eut alors la chance de tomber sur un article du journal où l'on signalait le retour de John Huston à Los Angeles pour la remise des Oscars.

Être saoule les trois quarts du temps n'empêchait pas ma mère de sauter sur l'occasion dès qu'il s'en présentait une. Elle nous demanda de venir dans sa chambre, nous y fit revêtir une chemise et un pantalon froissés mais propres, brossa rapidement notre boxer Koko et lui passa son collier. Après quoi elle écrivit vite un petit mot, le plia et le glissa dans une enveloppe, qu'elle accrocha à ma chemise. Puis elle appela un taxi et nous dit de sa voix toujours pâteuse : «Bon alors, les enfants, je veux que vous soyez extrêmement polis. Vous allez voir John. Et toi, Steven, tu vas lui donner ce petit mot de ma part et vous rentrerez ici dès que vous aurez fini votre visite.»

Le taxi arriva et le chauffeur regarda ma mère.

– Je peux pas emmener le chien, madame, dit-il.

Ma mère ouvrit la portière arrière et nous fit à tous signe de monter.

– Bien sûr que si, lui répliqua-t-elle. Vous inquiétez pas. Conduisez-les tous à l'hôtel Beverly Hills, attendez-les et ramenez-les-moi.

Les yeux du chauffeur brillèrent fort et il sourit : il savait que c'était une course de quarante kilomètres aller et quarante kilomètres retour.

Monument classé, l'hôtel Beverly Hills se trouve au croisement de Sunset Boulevard et de Beverly Drive et, tout rouge et vert, ressemble plus à un country club élégant qu'à un hôtel. Au milieu des années 50, c'était un

des derniers bastions de la vieille aristocratie hollywoodienne. Quand mes deux frères et moi pénétrâmes dans
l'entrée de ce club pour gentlemen, nous sentîmes les
regards de tout le monde peser sur nous. Nous gagnâmes
la réception en tenant fermement Koko en laisse. La
chienne, dont le « grand-père » avait été champion national et déclaré « Meilleur animal de spectacle », savait
parfaitement se tenir quand elle était en laisse.

– Assise, Koko, lui lançai-je lorsque nous arrivâmes
au comptoir.

Koko s'assit. L'employé sourit.

– Que puis-je faire pour vous, messieurs ? nous
demanda-t-il.

J'essayai de cacher ma nervosité.

– Nous aimerions voir John, lui répondis-je.

Soudain plus prudent, il me scruta des yeux. Puis il me
demanda :

– Qui ça ?

Ce fut mon frère aîné Michael qui lui répondit.

– M. Huston. Nous venons voir John Huston.

L'employé fut encore plus sur ses gardes.

– Qui le demande ?

Ce fut encore une fois Michael qui répondit :

– Dites-lui que ce sont les Hodel, Michael, Steven et
Kelvin. Et Koko.

En entendant son nom, la chienne se mit à remuer
furieusement la queue. L'employé passa un bref coup de
fil à la chambre, eut l'air surpris, hocha la tête, et nous
fûmes escortés jusqu'à l'ascenseur qui nous emmena jusqu'à la suite en terrasse. La portière de l'ascenseur s'étant
rouverte, nous entrâmes.

Cela faisait plus de deux ans que nous n'avions pas vu
John. Nous le connaissions de la Franklin House, où son
père, Walter, et lui étaient régulièrement invités aux soirées. Debout dans sa chambre du Beverly Hills, grand et
mince comme il l'était, il me fit l'effet d'une tour gigantesque d'où tomba sa voix tonnante :

– Bonjour, les enfants ! Et celui-là serait ?

Ce fut Kelvin qui répondit le premier :

– C'est notre chien, Koko. C'est un boxer.

John saisit tout de suite le jeu de mots et rit très fort.

– Koko…, dit-il, comme dans double K. O. ? K. O., K. O. ?

Michael qui avait trouvé le nom de la chienne fut très impressionné.

– Oui, c'est ça. Vous êtes la seule personne qui l'ait jamais compris. Il faut toujours qu'on l'explique.

John rit encore plus fort.

Excitée d'entendre son nom aussi souvent, Koko courut jusqu'au milieu de la pièce, s'accroupit sur le superbe tapis blanc comme s'il ne s'agissait que de vagues broussailles dans un terrain vague, et y fit sa crotte. Pétrifiés, nous regardâmes la scène en silence jusqu'à ce qu'une grosse voix, puis de grands rires montent du canapé derrière nous :

– Je m'en occupe, dit la voix.

Sur quoi un très bel homme à cheveux noirs qui était manifestement d'encore meilleure humeur que John se leva, tituba jusqu'à une salle de bains et en ressortit avec un gros rouleau de papier hygiénique. Puis il se mit à genoux près de l'endroit où Koko s'était laissé aller et se mit en devoir de nettoyer les dégâts.

– Les enfants, dit alors John, je vous présente Gregory Peck. Quand il ne ramasse pas les merdes de chiens, il est acteur.

Et tous les deux d'éclater de rire. John prit ensuite mon petit mot, le lut, gagna un bureau, rédigea un chèque et un billet, les replaça dans l'enveloppe et me rendit le tout.

– Tiens, Steven, dit-il, donne ça à ta mère.

Le grand homme à la grosse voix nous reconduisit jusqu'à l'entrée, puis jusqu'au taxi qui nous attendait. Huston tendit alors quelques billets au chauffeur.

– Tenez, monsieur, dit-il, ramenez-les chez eux.

Moins d'une heure plus tard nous retrouvions notre mère, qui était sortie sur le pas de la porte en entendant le taxi s'arrêter. Avant même que j'aie pu en descendre, elle m'arracha l'enveloppe, l'ouvrit, lut le billet et sourit.

– Cinq cents dollars ! On va pouvoir payer le loyer et acheter de quoi manger. Vous pourrez aller au cinéma et moi me payer un manteau neuf.

Pour nous, cela signifiait surtout que nous pouvions rester à Pasadena et que nous n'aurions pas à fuir les hommes du shérif en pleine nuit.

Pendant les quelques mois qui suivirent, Maman but encore plus, ses cuites semblant même augmenter en durée. Au lieu d'être ivre cinq jours de suite, il lui arrivait maintenant de ne pas dessaouler jusqu'à des dix jours d'affilée, mais nous nous étions fait des amis et nous couchions chez eux le plus souvent possible. Les parents de nos camarades de classe avaient l'air de comprendre et souvent nous prenaient chez eux et nous donnaient à manger quand ils voyaient que nous n'avions pas changé de vêtements et que nous avions faim. Mais même cela ne fut pas d'un grand secours : l'argent de John Huston ayant vite filé, nous dûmes déménager encore une fois.

C'est aux environs de minuit que, par une chaude journée de l'été 1954, nous entrâmes dans notre nouvelle maison de Lake Street. Ma mère nous avait déclaré que son esprit nomade avait exigé d'elle que nous changions de domicile, mais nous savions bien que ce déménagement faisait suite à une éviction demandée par le précédent propriétaire au bout de trois mois d'impayés. Ma mère avait aussi trouvé un nouvel « ami » pour nous aider, quelqu'un que nous n'avions encore jamais vu. Il était grand, il avait un vieux camion, de grandes mains graisseuses et portait une salopette bleue – on aurait dit « Farmer John » sur les emballages de saucisses. Le déménagement nous prit deux jours d'allers et retours, mais nous réussîmes enfin à tout rapatrier dans la nouvelle maison.

L'électricité n'avait pas encore été remise lorsque, sur le coup de minuit, j'avançai précautionneusement au milieu du dédale de caisses qui se trouvaient dans la salle de séjour. La maison était silencieuse.

– Maman ? lançai-je.

Pas de réponse. Je criai plus fort :

– Maman, t'es là ?

J'entendis des bruits étouffés dans la chambre et m'approchai de la porte. Et l'ouvris.

– Maman ?

A peine si j'arrivai à distinguer les deux formes sur le lit.

– Maman, ça va ?

Je courus vers elle dans le noir. Le grand costaud qui avait fait le déménagement était couché sur elle, ses vêtements empilés par terre.

– Casse-toi ! cria-t-il. Fous-lui la paix !

J'attrapai le premier objet qui me tomba sous la main (une lampe) et commençai à lui en frapper le dos. Il se retourna et me flanqua une telle gifle que je valdinguai jusqu'à l'autre bout de la pièce.

– Fous le camp d'ici avant que je te fasse vraiment mal, bordel !

Puis j'entendis la voix de ma mère, pâteuse et indistincte.

– Tu oses toucher mon fils ? Dégage ! Dégage de cette maison !

Ils étaient tous les deux ivres.

– Tu parles comme je vais dégager, hurla le type, mais c'est plus la peine de me demander du fric ou de l'aide ! Avec tes beaux habits et tes grands airs, t'es quand même qu'une pute, et pas très bonne, en plus !

Silencieux et apeuré, je regardai la silhouette sombre chercher ses vêtements, se rhabiller et tituber jusqu'à la porte. L'inconnu s'arrêta, se tourna vers moi et, le ton rageur, me lança :

– Faut que tu le saches, gamin ! Ta mère… ta mère baise comme un pied !

Et il partit. Maman remonta les couvertures, alluma une cigarette et me dit :

– C'est un sale type, Steven. Il est ignoble. Je n'aurais jamais dû lui demander de faire le déménagement.

Je la regardai essayer de se redresser alors que, saoule, elle arrivait à peine à tenir sa cigarette. Pour finir elle s'effondra. Je n'en pouvais plus de haine.

– Il a raison, M'man ! lui hurlai-je. T'es qu'une pute ! Une pute et une ivrogne ! Je te veux plus comme mère ! Je te déteste. Je ne veux plus jamais te voir. Jamais ! Je veux aller vivre avec mon père. Je veux aller vivre avec lui aux Philippines. Si tu ne me laisses pas partir, je m'enfuirai et je ne reviendrai jamais.

Sa voix se fit plus forte tandis qu'elle me renvoyait :

– Tu ne sais pas ! Tu ne sais rien ! Ton père !… Ton père est un monstre ! Il est immonde et il a fait des choses terribles !

Elle se mit à crier tellement fort que sa voix se fêla.

– Ton père prétend être médecin et soigner les gens, reprit-elle, en réalité il est fou ! Si tu connaissais la vérité, tu le haïrais !

– Tu dis ça juste parce qu'il t'a quittée ! lui répliquai-je. Parce que lui aussi, il te détestait ! Il haïssait tes cuites et tes mensonges !

Je m'enfuis, loin de ses paroles plutôt que de la maison, et restai quatre jours chez un ami. Je ne rentrai qu'après m'être juré de partir dès que j'aurais trouvé le moyen de rejoindre mon père. Et quand je revins, ce fut pour trouver Maman affaiblie, vacillante même, mais sobre – et c'était déjà ça. Devant ses trois fils, elle promit d'arrêter de boire et de «ne plus jamais toucher une goutte d'alcool». Nous avions déjà entendu ça des centaines de fois, mais nous étions naïfs et la croyions à chaque coup.

Lorsque nous fûmes à nouveau seuls ce soir-là, je lui demandai ce qu'elle avait voulu dire en parlant de mon père. Elle me regarda.

– J'ai parlé de ton père ?

Je lui répétai ce qu'elle avait dit. Déjà pâle, son visage vira au gris cendre.

– Je n'ai jamais rien dit de pareil.

Je la regardai d'un air incrédule.

– Si, Maman ! Tu l'as traité de monstre et tu as dit qu'il était fou. C'est exactement ce que tu as dit !

Il y avait maintenant de la peur, et de la peur vraie, dans sa voix.

– Steven, me dit-elle, des fois, quand je bois, je dis des trucs qui sont que des fantasmes, des inventions. Je les invente. C'est comme les mauvais rêves qui viennent aux gens qui ont bu. Connais-tu l'abréviation DT ? Ça signifie *delirium tremens* et le *delirium tremens* est quelque chose qui vous arrive quand on boit beaucoup. Ça fait voir et dire des choses imaginaires. C'était peut-être ça ; en tout cas, rien de ce que je t'ai dit là n'était vrai. Ton père est un brillant médecin, un homme bon, et peut-être que je n'étais plus vraiment moi-même parce qu'on n'a pas d'argent et parce que tu m'avais dit que tu me détestais.

Elle me prit dans ses bras et me serra fort sur son cœur.

– Je veux que tu oublies tout ça. Ce sont des trucs irréels et laids. Ce qui est vrai, c'est que je t'aime et je te promets que je ne boirai plus jamais et que tout rentrera dans l'ordre.

Je regardai son visage au teint pâle, ses mains qui tremblaient et ses yeux remplis de larmes, que je crus être des larmes de remords. Alors je me dis qu'elle ne m'avait parlé ainsi de mon père que parce qu'elle était saoule. Et si c'était à cause de ce qu'elle appelait le « DT », eh bien soit. Si elle cessait vraiment de boire, peut-être que nous redeviendrions une famille comme les autres. Peut-être que nous pourrions être normaux, nous aussi. Penser qu'elle allait arrêter de boire pour toujours, voilà ce que je voulais et je n'avais pas besoin de plus. C'était la seule chose que mes frères et moi désirions et voilà que c'était sur le point d'arriver.

– Moi aussi, je t'aime, Maman, lui dis-je.

Mais, bien sûr, rien de tel ne se produisit et nous fûmes bientôt de nouveau jetés à la rue. De fait même, nous déménageâmes si souvent au milieu des années 50 que nous en vînmes à ne plus déballer les caisses : nous savions que nous ne resterions pas là très longtemps. De Pasadena nous allâmes à Santa Monica. De Santa Monica nous gagnâmes la San Fernando Valley (et, pour moi, le lycée de Van Nuys pendant deux trimestres), puis Glendale. Soudain je me retrouvai âgé de seize ans et une fois encore mon père débarqua sans prévenir. Il avait dû découvrir que c'était mon anniversaire, car il m'apporta un cadeau. J'ôtai le papier d'emballage blanc et tombai sur un jeu de construction Tinkertoy. Papa ne se doutait même pas que j'avais seize ans.

Et ce fut novembre 1958, mois de mon dix-septième anniversaire. Enfin je me sentais libre. Je mourais d'envie de partir. Ma mère me suppliait d'attendre la cérémonie de remise des diplômes de fin d'études secondaires au mois de juin suivant, mais je n'y tenais plus. Je voulais m'en aller. Je la persuadai de signer un document m'autorisant à lâcher l'école. Trois semaines plus tard, je m'engageais dans la marine. J'étais grand, je me promis de trouver le moyen d'aller voir mon père. Je ne savais pas comment y arriver, mais m'engager ne me paraissait pas une solution pire qu'une autre.

9

Subic Bay

En janvier 1959, je fis mes classes au camp de San Diego et, mon entraînement de base effectué, fus transféré quelques kilomètres au nord, à l'hôpital de Balboa, où je fis six mois de médecine pour être attaché au corps médical. Je voulais faire des études pour devenir docteur comme mon père lorsque je serais démobilisé, et me disais que cela me donnerait de bonnes bases pour attaquer la médecine en fac. Cela me permettrait peut-être d'établir une relation avec mon père et de faire exister une part de moi-même qui avait été étouffée par le procès et le divorce.

Je savais très peu de chose sur la nouvelle vie de mon père. Je savais que pendant son séjour à Hawaï il avait fait des études pour devenir psychiatre et qu'il avait enseigné à l'université avant de gagner Manille pour y entamer une nouvelle vie avec sa nouvelle épouse. Bien que passant les trois quarts de son temps à boire et à se laisser aller à l'amertume, ma mère se sentait en droit de se plaindre que mon père, qui nous envoyait rarement de l'argent, ait, selon elle, épousé une femme très riche. « Sa famille possède une grande plantation de canne à sucre, nous disait-elle. Elle appartient à une famille qu'on dit proche des Marcos et des gros bonnets de la politique aux Philippines. »

A la fin de l'année 1958, mon père et sa femme habitaient à Manille et avaient déjà quatre enfants : deux fils et deux filles que je n'avais jamais rencontrés. Ma mère nous disait aussi que mon père était « président d'une grosse société de marketing» et que, «maintenant très riche», il vivait «comme un rajah, un empereur, ou un roi».

Il est certain que la façon dont elle nous décrivait son style de vie avait contribué à me faire détester cet homme qui nous avait abandonnés. Ma mère n'avait rien alors qu'il avait tout. Elle vivotait à la petite semaine dans la crasse et la pauvreté, il se vautrait dans le confort et habitait un palais avec serviteurs et cuisiniers qui, dans mon imagination, tapaient sur de gros gongs en cuivre pour dire que le dîner était prêt. Mon père ne nous avait pratiquement jamais envoyé d'argent. Après trois ou quatre suppliques de ma mère quand la situation devenait vraiment critique, il nous télégraphiait des «fonds d'urgence» pour «nous remettre à flots». Mais jamais rien de régulier, rien qu'il n'ait d'abord fallu lui arracher, rien qui vienne du cœur – pour elle comme pour nous. Jamais un mot pour dire : «Tiens, Dorero, pour toi et les enfants. Dis-leur bien que je les aime.» De lui, je n'avais jamais eu qu'un jeu de construction quand j'avais seize ans. Et voilà que, par le truchement de l'US Navy, je me mettais en devoir de le retrouver.

Comme je l'avais espéré et comme le voulait le destin, après l'école du corps médical, je fus expédié pour deux ans dans un petit hôpital à côté de la base navale de Subic Bay, aux Philippines. Ce n'était pas le résultat d'une manœuvre de ma part – je n'aurais, de toute façon, pas été en mesure de manœuvrer quoi que ce soit. Je n'avais fait que me jeter dans les courants de la vie en espérant qu'ils veulent bien me rapprocher de mon père. Maintenant que l'événement était sur le point de se produire, j'étais très partagé, mais me disais que ce n'était pas là quelque chose que j'avais combiné consciemment. Je n'étais rien de plus qu'un moussaillon qui n'avait pas vraiment les moyens de poser des questions, ni même d'avoir ses opinions. Le devoir du marin était de partir et d'agir.

Une fois livré à moi-même dans la marine, j'eus tôt fait de découvrir que s'il est vraiment un gène qui prédispose à la boisson, être entré dans la vie militaire l'avait bel et bien réveillé. Il me fallut moins d'un mois dans la petite ville d'Olongapo, tout à côté de l'énorme base US de Subic Bay, pour le mettre en fonction. Il suffisait de trois dollars américains pour se payer douze scotchs, de cinq pour s'offrir Toni, une beauté philippine de dix-neuf ans. Je me saoulais et baisais au comptant. Danser au club Oro avec elle, sur l'air de *Misty* de Johnny Mathis, était gratuit.

Mais l'heure était venue d'aller voir Papa. Il avait cinquante-deux ans lorsque je décidai de le rencontrer après toutes ces années. Nous étions étrangers l'un à l'autre et je ne savais même pas ce que je ressentais vraiment à son endroit. Était-ce de l'amour ? de la haine ? Les deux, sans doute. La propagande dont m'avait abreuvé ma mère pendant ces dix dernières années était plus qu'ambiguë. D'un côté, elle m'avait vanté son intelligence et ses talents de médecin – à l'entendre, rares étaient ceux qui connaissaient son véritable génie en matière de diagnostic. Mais de l'autre, elle n'avait pas cessé de vilipender l'homme qui avait abandonné ses enfants.

Je retrouvai pour la première fois mon père un mois après mon arrivée aux Philippines. J'eus droit à un déjeuner au club Army-Navy qui donne sur la baie de Manille. J'avais revêtu mon uniforme, il portait un costume blanc en peau d'ange. Je fondais sous ces tropiques tandis qu'il se tenait là, assis devant moi, impassible et la tête froide, sans un seul cheveu qui rebique. Son aspect surpassait toutes les légendes et images que je m'étais fabriquées. J'avais trois centimètres de plus que son mètre quatre-vingts, mais ça ne l'empêchait pas de paraître me dominer, tant physiquement que par son comportement. D'une beauté frappante, il était encore aussi solide que dans sa jeunesse et se comportait comme s'il avait sous les doigts toute la puissance du monde. Dans son costume immaculé, il faisait immédiatement sentir non seulement sa richesse, mais encore toute son impérieuse présence. Et il y avait plus : on sentait une autorité derrière ses paroles qui lui permettait de dominer toutes les situations possibles, jusque dans les moindres détails. Qu'il soit en train de prendre une décision financière importante pour sa société, engageant des millions de pesos, ou qu'il commande un verre de thé glacé, c'était pareil.

Son arrogance, je m'en aperçus vite, voilà ce qui le plaçait au centre de son univers et exigeait qu'on lui prête une totale attention. C'est pour ça qu'on le craignait et respectait. Intimidé, certes je l'étais, mais je n'éprouvais pas la peur de ceux et celles que je voyais se courber devant lui, aussi exorbitantes que soient ses exigences. Mes relations avec lui étaient toujours prudentes et polies – jamais obséquieuses. Pendant ces deux années que je passai aux Philippines, j'eus maintes fois l'occasion de voir comment, d'entrée de jeu, il congédiait les trois quarts des gens d'un méprisant : « Laissez-nous. » Moi, il me traitait autrement. Nous étions certes étrangers l'un à l'autre, mais j'étais de son sang et c'était peut-être cela qui changeait tout.

J'eus aussi l'occasion de faire la connaissance des enfants qu'il avait eus de sa nouvelle femme, mes jeunes demi-frères et demi-sœurs qui, à cette époque-là, avaient cinq, six, sept et huit ans. Tous les quatre étaient très beaux. Quand leur père leur présenta un grand marin américain en disant que c'était leur frère, ils marmonnèrent en anglais et en tagalog, tout en pouffant et en s'agitant beaucoup.

Je découvris alors que Papa et son épouse Hortensia, ma belle-mère[1], résidaient dans des lieux différents. Elle habitait avec ses enfants une grande maison d'un faubourg de Manille qui faisait beaucoup penser à Beverly Hills. Papa, lui, vivait et avait ses bureaux aux Admiral

---

1. Hortensia Laguda Hodel Starke obtint au début des années 60 un divorce par dispense papale, se remaria et fut élue au Parlement philippin, où elle représenta le Negros occidental au début des années 80. Elle y possédait et dirigeait en effet une plantation de canne à sucre de quelque 250 hectares *(NdA)*.

Apartments, qui dominent la baie de Manille et avaient jadis été le quartier général de Douglas McArthur lorsque celui-ci était revenu aux Philippines. Ç'avait été assez bon pour le général, ce devait l'être assez pour l'empereur. La société de mon père fonctionnait sans accroc, gérée par une responsable omniprésente, une très belle Chinoise qui s'appelait Diana, semblait approcher de la trentaine et parlait l'anglais comme si elle avait fait ses études dans une des Seven Sisters[1].

Pendant tout le temps que je travaillai à mon hôpital de la marine, Papa resta distant et secret, comme complètement absorbé dans son univers. Hortensia, qui, je l'appris plus tard, avait fait sa connaissance lors d'une soirée à la Franklin House, se montrait, elle, toujours gracieuse et m'accueillait chez elle comme si j'étais de la famille. Mon père passait les trois quarts de son temps à bâtir sa société en voyageant partout en Asie et en Europe. Brèves, superficielles et sentimentalement vides, nos rencontres ne m'apprenaient rien de ce que je cherchais en lui. Je vérifiai certes de mes propres yeux qu'il avait réussi, qu'il était riche, bien introduit dans les milieux politiques, charmant, talentueux dans de multiples domaines, coureur de jupons plein de séduction et aussi qu'il voulait toujours tout diriger avec une arrogance insupportable, mais je n'appris que peu de choses sur son être profond. Cela dit, ce qui me laissait le plus perplexe et me troublait le plus en lui n'avait pas grand-chose à voir avec sa personnalité – quels qu'ils soient, j'étais à l'aise pour accepter ses points forts autant que ses défauts.

De fait, c'était sa cécité morale qui me troublait, celle qui l'empêchait de voir les besoins et les soucis des êtres qui l'entouraient. Le psychiatre qu'il était avait été formé à sonder les besoins de ses patients, mais il restait émotionnellement inaccessible à sa famille, manière de forteresse d'un seul tenant, avec des douves autour du cœur.

---

1. Nom jadis donné à sept universités féminines prestigieuses de la côte Est des États-Unis *(NdT)*.

Le fils et le jeune homme que j'étais respectaient son autorité, son pouvoir et sa réussite. Je me sentais très fier en sa présence, comme si je partageais sa gloire. Mais lorsque je n'étais pas avec lui, lorsque je me trouvais loin de son monde, je sentais sa tristesse, sa solitude et sa douleur, et savais que tout cela était sombre en profondeur. Je croyais aussi que, personnellement ou professionnellement, jamais il ne dirait ou partagerait cette douleur secrète avec quiconque et pour moi il n'y avait rien de plus triste. Lorsque, un an et demi après mon arrivée, je le quittai enfin, j'en savais peut-être encore moins sur lui qu'avant.

La fin de mon engagement se profilant à l'horizon, je fus détaché au bataillon des Constructions mobiles des Seabees[1] stationné à Port Hueneme, Ventura, Californie. J'étais devenu le fils de ma mère plutôt que celui de mon père. Peut-être était-ce mes gènes d'Irlandais assoiffé qui s'étaient développés pendant les longues cuites de ma mère ou alors, plus simplement, peut-être avais-je appris à boire par la vertu de l'exemple. Mais pour boire, je buvais, et beaucoup. « Johnnie Walker » était devenu mon meilleur ami.

Par l'intermédiaire de l'alcool, j'avais fini par mieux comprendre ma mère. Tout se passait comme si j'avais rencontré l'ennemie et qu'elle était moi. Je me joignis à elle. Avec l'argent dont je disposais, je nous achetais nos doses quotidiennes de tord-boyaux. « Je me prends une bouteille de Johnnie Walker, étiquette noire, et tiens, M'man paie-toi ce que tu veux. »

La relation familiale avait pris un tour nouveau. Son fils s'étant mis à picoler, Maman se montra bientôt plus détendue et fit même preuve de tempérance pendant un temps. C'était maintenant moi, et pas elle, qui ne me contrôlais plus. Ne buvant pas, mon frère aîné, Michael, se conten-

1. Bataillon du génie maritime affecté, dès 1941, à la construction des pistes d'envol et d'atterrissage des avions de la Navy dans les zones de combat *(NdT)*.

160

tait de hocher la tête en me regardant avant de replonger dans ses livres adorés. Il devait un jour devenir un des plus célèbres animateurs de la station radio KPFK-FM avec son émission de science-fiction, «La 25e heure», ainsi qu'écrivain et directeur de collection de science-fiction. *Enter the Lion : A Posthumous Memoir of Mycroft Holmes* est toujours considéré comme un ouvrage culte de *detective-fiction* pour les fans de Conan Doyle.

Un après-midi qu'elle était de bonne humeur, Maman se tourna vers moi et me dit : «Steven, et si on allait à une vraie fête hollywoodienne ? Ça fait des années que ça ne m'est plus arrivé. Ce sera comme au bon vieux temps. J'ai reçu un coup de fil d'une amie qui m'invite. C'est chez elle, dans les collines. Elle est actrice et connaît beaucoup de monde dans les studios. Ça sera bien.»

J'étais moi aussi de bonne humeur et prêt à m'amuser. Elle n'eut pas de mal à me convaincre. Ce que je découvris ce soir-là dépassa tout ce à quoi je m'étais préparé. De fait, cela devait changer le cours de ma vie.

0

10

Kiyo

Je ne me souviens guère de ce qui se passa à cette fête dans les collines d'Hollywood : tous ceux que j'y rencontrai et tout ce que j'y vis fut effacé par la présence d'Amilda Kiyoko Tachibana McIntyre, plus connue de ses amis sous le surnom de Kiyo. Kiyo était une splendide Eurasienne. Avec son visage rond, ses yeux d'onyx et des cheveux noirs qui lui dégringolaient en cascade jusque sous ses fesses bien fermes, elle était magie proprement irrésistible pour un marin depuis peu revenu chez lui en permission.

Kiyo avait chanté, dansé et joué dans plusieurs longs métrages. En plus d'enseigner le piano, elle était l'astrologue de nombre d'artistes et autres personnalités du show-business. Elle avait trente ans et, raffinée, intelligente et éloquente comme elle l'était, comprit tout de suite que j'étais cuit dès que j'eus franchi sa porte et posé les yeux sur elle. Nous nous lançâmes dans de petits papotages tandis que très habilement elle écartait les avances des autres invités. Puis, l'après-midi finissant par passer et les invités s'en allant, nous commençâmes à nous taper sans arrêt l'un dans l'autre et à nous trouver toutes sortes d'excuses pour nous rencontrer dans des endroits où personne ne pouvait nous déranger. Peut-être y avait-il des gens qui nous regardaient, mais il semblait bien qu'elle et moi ayons été transportés dans un monde à part. Ma mère s'en alla, je restai et, paralysé par la beauté de Kiyo et l'intérêt qu'elle semblait me porter, décidai d'en savoir plus long sur elle. Jamais encore je n'avais vu quelqu'un d'aussi enchanteur.

Je passai la nuit avec elle, puis tout le week-end qui s'ensuivit. Je ne me lassais pas d'elle. Pour la première fois de ma vie j'étais amoureux. Ce dimanche matin-là, elle me servit du thé brûlant, des fruits frais et des pâtisseries maison et toujours et encore elle avait les yeux qui brillaient en me parlant.

– Hier soir, j'ai fait ta carte astrale, me dit-elle en versant le thé. Tu es Scorpion ascendant Taureau.

Je lui renvoyai son sourire.

– Non, lui répondis-je, mon ascendant, c'est toi.

Elle rit.

– Oui, bon, y a aussi ça. Non, sérieusement, Steven. Ta carte est stupéfiante. Tu vas gagner des tonnes d'argent dans l'immobilier et tu...

Je lui effleurai le bras, elle se tut.

– Kiyo, lui dis-je, je n'y connais rien ! Et, pour être honnête, je m'en fous. La seule chose qui compte, c'est toi et moi. Je n'ai jamais rencontré quelqu'un comme toi et j'adore ce que je ressens quand je suis avec toi.

Elle se fit sérieuse.

– Steven, il ne faut parler de nous à personne, me lança-t-elle, ni à ta mère, ni à tes frères, à personne. Tu comprends ?

Je hochai la tête.

– Mais pourquoi ? demandai-je sans vouloir vraiment savoir la vérité. Tu es mariée ?

– Non, non. C'est juste qu'il faut absolument me promettre que tu ne parleras jamais de nous à quiconque. Promets-le-moi. Donne-moi ta parole d'honneur.

Je la lui donnai.

Puis, alors que je me désespérais de la lenteur avec laquelle passaient mes derniers mois d'armée, je découvris un jour que Kiyo ne manquait pas d'assurance. Elle avait même des manières d'une rudesse qui commençait à m'inquiéter. Mais je les ignorai en me disant que j'étais amoureux. Sans que je le sache, elle s'était rendue à la base, avait exigé de voir mon officier supérieur pour lui dire que nous allions nous marier et lui demander s'il n'y aurait pas moyen de me faire démobiliser en juillet. Elle voulait que je commence mes études supérieures à la fin du mois d'août.

– Tu lui as dit quoi ? m'écriai-je, abasourdi. Pourquoi lui as-tu dit un truc pareil ?

– Oh, me répondit-elle, ce doit être mes manières Lion. J'ai six planètes dans ce signe et des fois ça me rend un peu commandant, mais ce n'est pas vraiment moi.

Sauf que ça l'était, et vraiment. C'est ainsi que, le week-end suivant, elle insista pour que nous nous rendions dans le premier État où nous pourrions nous marier sans le consentement de nos parents – il me restait encore quatre mois à tirer avant d'être majeur. Je n'avais pas parlé d'elle à ma mère et n'avais pas repris contact avec mes frères. J'avais tout simplement disparu de la circulation pour être avec Kiyo. J'ignorai l'instinct qui me criait « Attention ! Attends ! », comme j'ignorai mes émotions en regardant, avec un rien de lasciveté, la personne qui présida à notre mariage, lors d'une cérémonie à un seul témoin… j'ai nommé Miss Idaho 1954. Après avoir remporté le concours de beauté de son État, celle-ci était en effet devenue juge de paix à Twin Falls, Idaho. Nous reprîmes la voiture et nous arrêtâmes pour la nuit au Yosemite National Park, où nous nous enlaçâmes tout au bord de la corniche ainsi qu'il convient à des jeunes mariés.

Un vieil homme qui nous observait et semblait prospecter dans les montages avoisinantes depuis la ruée vers l'or de 1849, me lança soudain :

– Va falloir faire attention, fiston ! Je te donne pas deux ans avant qu'elle te balance par-dessus bord.

Kiyo et moi nous retournâmes tandis qu'il s'éloignait en silence. Je regardai mon épouse et taquin, lui dis :

– Gentil, le mec. Ça doit encore être un de ces Lions commandants !

Aurais-je été un peu plus au courant des mystères de l'astrologie que j'aurais tout de suite su que les Scorpions et les Lions ne font pas bon ménage. Kiyo était feu et j'étais eau, ct durant les trois années suivantes beaucoup de vapeur en résulta, chacun de nous tentant de forcer l'autre à caler. Kiyo connaissait beaucoup de monde à Hollywood et certaines de ces personnes, dont Jane Russell, suivaient ses cours d'astrologie, respectaient ses connaissances et s'intéressaient vraiment à ce qu'elle enseignait. C'étaient ces relations qui nous permettaient d'assister à nombre de réceptions données par des célébrités d'Hollywood, en particulier Jane Russell et son mari, Bob Waterfield, le célèbre ex-*quarterback* des Los Angeles Rams.

J'étais légèrement étonné de constater que les trois quarts des amis de Kiyo paraissaient beaucoup plus âgés qu'elle. Et bien sûr, ayant dix ans de moins qu'elle, je me sentais mal à l'aise avec nombre d'entre eux. Invariablement ils me lançaient :

– Steven ! Comme vous avez l'air jeune ! Quel âge avez-vous donc ?

Et toujours ils semblaient surpris par ma réponse :

– Oui, je suis jeune. J'ai vingt et un ans.

Tant et si bien que je commençai à comprendre que parler d'âge en présence de Kiyo et de ses amis était tabou.

Un dimanche matin, environ trois mois après notre mariage, Kiyo me lança les pages des petites annonces du *Los Angeles Times* et me dit :

– Regarde, le Los Angeles Police Department embauche. Salaire de début, cent dollars par mois. C'est plus que ce que tu gagnes en ce moment.

Je lus l'offre d'emploi à haute voix :

LE LAPD A BESOIN DE VOUS !

Serez-vous un des quatre demandeurs d'emploi sur cent qui réussiront à entrer à l'Académie de police ? Avez-vous envie de vous lancer dans une carrière aussi excitante que gratifiante dans le maintien de

l'ordre ? Avez-vous envie de prendre votre retraite
dans vingt ans ?
Si oui, envoyez-nous tout de suite votre candidature
à la mairie !

A l'époque, je travaillais comme aide-soignant au Kai-
ser Hospital d'Hollywood et passais mon temps à vider
des bassins hygiéniques, à déplacer des malades et à
m'assurer que tout ce qu'un patient pouvait produire
comme déchets était nettoyé avant qu'on m'amène le
suivant. C'était un boulot que je détestais et qui ne cor-
respondait guère à l'idée que je me faisais d'une carrière
« aussi excitante que gratifiante ». Je regardai Kiyo, qui
m'observait sans rien dire, et lui demandai :
– Qu'est-ce que ça fait, un flic ? Ça fout des contre-
danses ? Ça dirige la circulation ?
Flic. Je ne savais rien de ce métier et m'en foutais
complètement. Mais être inspecteur, me dis-je, comme
Joe Friday dans le feuilleton *Dragnet* ? Au bout d'une
semaine pendant laquelle Kiyo ne cessa de m'asticoter
et de me balancer des petites phrases du genre « Moi, les
types en uniforme, je trouve ça sexy » et autres « Ce fric-
là serait pas de trop », j'en eus assez et postulai pour un
emploi à la fois au LAPD et aux services du shérif.
Quinze jours plus tard, je passai les deux examens
d'entrée et fus aussitôt recalé à l'entretien d'embauche
du bureau du shérif : j'étais trop jeune. Mais le LAPD me
convoqua à un oral – qui se passa beaucoup mieux. Je
correspondais aussi bien à leur profil que si je leur avais
été envoyé par une agence de casting. Grand et jeune
WASP[1] d'allure soignée, j'avais eu de bons résultats à
l'écrit, étais marié et avais quatre ans de discipline militaire derrière moi. A l'époque, la police de Los Angeles
déployait tous ses efforts pour essayer de faire oublier
l'image du gros flic qui vole des pommes et cherchait à
recruter de jeunes idéalistes dont elle pourrait faire des

1. Soit White Anglo Saxon Protestant *(NdT)*.

professionnels. J'appartenais bien à cette «nouvelle race» de flics dont on me parlait.

Je passai le test de psychologie et réussis à persuader l'examinateur que, même si mon père était psychiatre, je n'étais pas névrosé, ou pire. Puis on examina mon passé, les inspecteurs vérifiant tout ce que j'avais fait depuis mon arrivée sur la planète et allant même jusqu'à interroger d'anciens copains de la marine qui habitaient dans d'autres États et des voisins que je n'avais pas revus depuis dix ans. Le seul accroc à mon passé était une bagarre de poivrots à laquelle j'avais été mêlé pendant mon séjour à Guam – j'y avais expédié un marin au tapis et m'étais fait arrêter par la PM. De fait, j'ai l'impression qu'on apprécia plutôt : ça me donnait juste ce qu'il fallait de crédibilité macho.

Mais, plusieurs mois s'étant écoulés depuis ma première demande sans que la police me fasse signe, je commençai à m'inquiéter. Je pensais avoir fait bonne impression aussi bien personnellement que sur le papier et dans les pénibles examens d'aptitude physique. Ce qui m'avait fait évoluer d'une attitude blasée, genre «c'est à prendre ou à laisser», à un fort désir de décrocher ce boulot. Pour finir, un vendredi après-midi de la mi-janvier 1963, je reçus un coup de fil d'une secrétaire du service du personnel m'informant que je devais me présenter à son bureau le lundi suivant 14 janvier, à 9 heures du matin, afin d'y rencontrer le capitaine.

J'avais une demi-heure d'avance et me sentais très nerveux lorsque je m'assis sur le grand banc à l'extérieur de la salle 311 du bâtiment administratif de la police. D'autres postulants m'avaient dit qu'on avertissait par courrier les candidats de leur réussite ou de leur échec à l'examen d'entrée à l'Académie de police. Pourquoi donc étais-je convoqué pour un entretien personnel avec le capitaine ? J'en étais à ce point de mes réflexions lorsqu'un homme d'une cinquantaine d'années et passablement corpulent longea le couloir, s'arrêta devant la porte fermée à clé, se tourna vers moi, fronça les sourcils et me demanda :

– Hodel ?

Je me levai.

– Oui, monsieur.

Il glissa sa clé dans la serrure et la tourna d'un geste décidé.

– Capitaine Sansing, dit-il haut et fort par-dessus le claquement du verrou. Vous êtes en avance… entrez. On ferait aussi bien d'en finir avant que les autres arrivent.

Rien qu'au ton qu'il avait pris et à la façon dont il avait dit « d'en finir », je compris que j'avais échoué. Mais pourquoi ? Qu'avais-je donc fait ? Le capitaine bien en chair ayant ouvert la porte, je le suivis jusqu'au fond de la salle, où nous entrâmes dans son bureau. Il referma la porte derrière moi.

L'esprit en alerte, je me postai devant son bureau et regardai sa plaque : « Capitaine Earle Sansing, commandant, bureau du Personnel ». Il s'assit dans son grand fauteuil en cuir et me dit :

– Je ne vais pas mâcher mes mots, fiston. Il n'est pas question que je te donne mon accord pour entrer à l'Académie de police. Tu n'as rien à faire chez nous. Je sais tout ce qu'il faut savoir de ton père et de ta famille. Ce serait gaspiller l'argent du contribuable que de te laisser entrer à l'Académie. Ça serait une perte de temps pour eux, pour toi et pour moi. Bref, je refuse de te certifier.

Abasourdi et intimidé par cet homme qui avait le dernier mot, je lui répondis avec un mélange de passion et de colère maîtrisée. Je lui parlai avec une émotion sincère et, avant même d'en prendre conscience, lui adressai une véritable supplique :

– Capitaine, lui lançai-je, je viens de passer cinq mois à me préparer pour cet instant. J'ai passé tout ce temps à essayer de me concentrer, cœur et âme, sur un seul but : celui d'entrer à l'Académie. Et j'y suis enfin arrivé. J'ai prouvé que j'avais ce qu'il fallait de caractère, d'esprit, de forme physique et de moralité. Vous me dites savoir tout de mon père et je ne comprends pas ce que ça signifie. Je n'y vois qu'une allusion à son procès de 1949. Je n'en sais, moi, rien d'autre que ceci : il a été lavé de toutes les accusations que ma demi-sœur Tamar avait lancées contre lui. Sachez que mon père nous a quittés immédiatement après ce procès et que ma mère n'en a plus jamais parlé. Je sais aussi que je ne suis pas mon père. Je suis moi-même. Je sais encore que c'est moi, et non mon père, qui veux entrer dans la police. C'est moi, et non mon père, qui ai travaillé, transpiré et bagarré pour passer tous les examens nécessaires. Je vous en prie, capitaine, ne m'ôtez pas cette chance aujourd'hui. Permettez que je montre ce que je suis à l'Académie. Je ne vous demande rien de plus que de me donner la chance de me prouver à moi-même.

Le capitaine ne m'avait pas lâché des yeux, m'examinant sous toutes les coutures comme s'il me passait aux rayons X, me jaugeant avec autant d'intensité que s'il s'était lancé dans une division à virgule dans sa tête. J'avais aussi l'impression qu'il s'efforçait de recourir à son instinct et à son intuition de flic qui connaît la rue, ceux-là mêmes qu'acquiert tout bon policier en prenant de la bouteille. Et qui lui permettent de s'en remettre à sa première impression au lieu de raisonner à n'en plus finir lorsqu'il doit prendre la décision de tirer ou pas. Le capitaine Sansing prenait ma photo morale et y cherchait de quoi confirmer la décision à laquelle il tentait d'arriver. Une petite minute passa, mais elle me fit l'effet d'une éternité de silence. Enfin il cligna les paupières et je crus voir sa dureté se changer en un regard lumineux.

– Hodel, dit-il, je vais donner mon aval pour que tu entres à l'Académie. Je ne devrais pas et je le sais, mais bon. Je le répète, tout cela est une perte de temps et d'argent. Tu commences les cours dans trois semaines. Et maintenant, débarrasse-moi le plancher, bordel !

Ainsi commença ma carrière au LAPD.

Maintenant que j'avais un boulot sûr de fonctionnaire et qu'elle avait, elle, cent dollars de plus par mois dans sa bourse, Kiyo décida que nous devions acheter une maison – et presque aussitôt une occasion se présenta. Une bonne amie à elle – elle avait épousé le vieux héros des films de cow-boys Lash LaRue, dont le fouet noir était aussi rapide que son six-coups – venait de mettre en vente sa maison de Laurel Canyon. Tout en haut des cent marches de son escalier, celle-ci ressemblait plus à un manoir et avait un toit à la Hansel et Gretel.

C'était, disait-on, l'ancien metteur en scène Tay Garnett qui l'avait construite pour une jeune et belle actrice dont il était tombé amoureux, l'affaire lui revenant à plus de cent mille dollars, l'équivalent de plusieurs fortunes à la toute première époque des studios. Malheureusement, on était en train de poser les dernières briques lorsque le conte de fées avait pris fin, la jeune starlette filant à Malibu avec un jeune et bel acteur. Le cœur brisé, Garnett avait vendu la maison, qui avait fini par être rachetée par Lash et son épouse.

J'aimais beaucoup Laurel Canyon, avec ses maisons haut perchées dans les collines d'Hollywood. Il y avait là énormément d'acteurs, de scénaristes, d'artistes et de bohèmes qui devaient plus tard renaître sous la forme de hippies – on fonctionnait avec la partie droite du cerveau. Et j'aimais aussi beaucoup l'énergie qu'ils dégageaient. Kiyo fit à Lash et à son épouse une offre de 37 500 dollars, montant exact de la somme qu'ils avaient déboursée pour acheter la maison quinze ans plus tôt. Ils l'acceptèrent avec joie en se disant que ce n'était déjà pas si mal d'avoir récupéré la mise et Kiyo et moi y emménageâmes quelques mois plus tard. Je ne savais absolument pas comment nous allions pouvoir régler les traites, mais Kiyo me dit seulement de lui confier ma paie tous les quinze jours – elle s'occupait du reste.

Un an plus tard, j'avais fini ma période d'essai tant au LAPD qu'avec mon épouse. J'avais obéi à toutes les règles de Kiyo, à toutes celles de mon chef de stage et à celles de tous les sergents de patrouille que le hasard avait mis derrière les bureaux des divisions auxquelles j'avais été affecté. Et j'avais tenu la promesse que j'avais faite à Kiyo : ni mes frères ni ma mère ne savaient que nous vivions ensemble – encore moins que nous étions mari et femme. Pour ma famille, j'avais cessé d'exister. J'avais néanmoins écrit un petit mot à mon père à Manille pour l'informer simplement que j'avais épousé « une Japonaise », mais sans autre précision. Je ne me souviens plus s'il y répondit ou pas.

Si j'avais des doutes sur mon mariage avec Kiyo et les différences de plus en plus fortes qui se faisaient jour entre nous, tout cela fut balayé par les émeutes de Watts, qui bouleversèrent nos existences pendant l'été 65. En une nuit, toute l'agglomération se transforma en une capitale du tiers-monde avec incendies, émeutes gigantesques et échanges de tirs continuels. Avec cinq ou six autres officiers en tenue, je reçus l'ordre de patrouiller dans les rues de South Central. Entassés dans une voiture pie, nous étions tous armés d'une carabine. Car nous n'avions qu'une tâche : faire étalage de notre force. De fait, nous étions des cibles vivantes qui tournaient en rond douze heures par jour sans jamais tirer une balle, arrêter quiconque ou descendre de voiture pour aller boire un café ou pisser un coup. Nous ne faisions que tourner et virer à l'intérieur de « notre périmètre de contrôle » et avions plus peur de nous-mêmes et des carabines chargées que nous portions que de tous les émeutiers. La municipalité finissant par réquisitionner la troupe et les blindés pour que l'ordre soit enfin rétabli, le mythe de l'invincibilité du LAPD en prit un coup.

Les émeutes étaient déjà terminées lorsque, au mois d'octobre, mon père m'envoya un mot pour m'avertir de son passage à Los Angeles : il n'y resterait que deux jours et voulait nous voir à l'hôtel Biltmore pour faire la connaissance de ma « nouvelle épouse ». En apprenant la nouvelle, Kiyo me parut étrangement surexcitée et me poussa à l'appeler tout de suite afin de fixer le rendez-vous. Nous décidâmes de nous retrouver le lendemain à 18 heures dans l'entrée du Biltmore, afin de dîner ensemble.

Tout cet après-midi-là, Kiyo se comporta d'une manière bizarre. Elle avait fait l'acquisition d'une robe rouge pour l'occasion et passé trois heures à se coiffer et maquiller comme si elle allait auditionner pour un rôle de premier plan. Elle était d'une beauté tellement stupéfiante que toutes les têtes se tournèrent sur son passage lorsque, à 17 h 55, elle fit son entrée par la grande porte d'Olive Street. Elle devant un chardonnay et moi devant un double scotch, nous attendîmes au bar que Papa veuille bien apparaître en haut du grand escalier qui descendait des ascenseurs au hall d'entrée. Comme à son habitude, mon père arriva avec un quart d'heure de retard et s'approcha de nous, la très belle Diana à son bras. Je clignai des yeux en remarquant que Diana et Kiyo se ressemblaient beaucoup. Ou plutôt non : elles ne se ressemblaient pas vraiment, mais avaient le même port. J'eus l'impression de voir des étincelles voler entre elles.

Papa et Diana n'étant plus qu'à un mètre de nous, Kiyo regarda mon père droit dans les yeux et avec bien plus d'intimité qu'aurait osé une inconnue elle lui lança :

– Bonjour, George !

Mon père commença par la regarder d'un œil rond, puis, à mesure que les souvenirs lui revenaient, son regard passa de la surprise au choc. Fait qui ne lui ressemblait vraiment pas, il se mit à bégayer, puis sa voix se brisa tandis qu'il lui renvoyait :

– Bonjour, Kiyo.

Diana et moi nous regardâmes, l'un comme l'autre soudain conscients que quelque chose de très étrange venait de se passer.

– Bonjour, Diana, lui dis-je. Ça fait plaisir de vous revoir après cinq ans. Je vous présente ma femme, Kiyo.

Diana tendit la main à Kiyo, mais celle-ci l'ignora et continua de dévisager mon père en souriant. Pour essayer de dissiper le malaise, j'enchaînai sur un insignifiant :

– Papa, je crois savoir que vous vous connaissez d'une époque où Kiyo était très jeune.

Il avait retrouvé son aplomb, il y eut comme du feu dans ses yeux lorsqu'il me répondit :

– Mais oui. Elle était effectivement très jeune, très très jeune. Steven, j'ai essayé de t'appeler avant que tu ne partes de chez toi pour t'informer que nous n'allons malheureusement pas pouvoir dîner ensemble. Une urgence de boulot à laquelle je ne m'attendais pas vient de se produire et nous allons devoir partir immédiatement afin d'éteindre les flammes de l'incendie. Nous partons demain pour New York et donc… peut-être aurons-nous un peu plus de temps à nous la prochaine fois.

Il attrapa Diana par le bras et tous deux firent demi-tour et regagnèrent le grand escalier qui conduisait aux ascenseurs. Et, sur le ton du renvoi définitif et sans se retourner, il cria :

– Au revoir, Kiyo.

Désemparé, je me tournai vers elle pour essayer de comprendre ce qui venait de se produire en moins de quatre-vingt-dix secondes. Elle avait les larmes aux yeux. Je l'accompagnai à une table, l'aidai à s'asseoir, nous commandai une autre boisson et, incapable de faire preuve de compassion alors que je le voulais, je lui criai :

– C'était quoi, ce truc ? Qu'est-ce qui se passe, Kiyo, nom de Dieu ?

– Pas ici, me répondit-elle avec un mélange de dégoût et de défaite dans la voix. Pas ici. Pas maintenant. Rentrons à la maison d'abord.

Je n'avais jamais vu mon père perdre son sang-froid et chercher ses mots. C'était une première. Il était clair que découvrir Kiyo l'avait secoué. Lorsque nous fûmes revenus à Laurel Canyon, j'exigeai des réponses.

– Quel gamin tu fais encore ! commença-t-elle. Tu ne sais rien de la vie, de l'amour ou des sentiments. Oui, j'ai connu ton père et ta mère quand j'étais jeune. J'ai fait la connaissance de ton père en attendant le bus sur un banc à Hollywood. J'étais toute seule, il a arrêté sa voiture, en est descendu et s'est approché de moi. Il portait un costume marron impeccable et un manteau en cashmere. Je n'avais jamais vu un homme aussi beau. Il m'a tendu sa carte de visite professionnelle et m'a dit : «Excusez-moi, mademoiselle, mais je suis médecin et aussi photographe professionnel. Vous êtes la plus belle jeune fille que j'aie jamais vue. J'aimerais vous photographier et, bien sûr, vous paierez le temps que vous voudrez bien m'accorder.» Il était d'un charme irrésistible. Il m'a ramenée chez moi et nous sommes devenus amis. J'étais très jeune et très impressionnable et je suis vite tombée amoureuse de ton père. Voilà, c'est tout.

Va savoir pourquoi, ce «c'est tout» ne m'avait pas convaincu. J'étais bien décidé à savoir la vérité. A l'époque, je suivais trois fois par semaine des cours du soir au Los Angeles City College et, le lendemain, je quittai la maison comme à mon habitude pour assister à mon cours de sociologie. Mais je n'avais guère envie d'aller en classe ; j'avais envie de boire. Je garai ma voiture dans le parking de la taverne locale, tout en bas du canyon, près de Sunset Boulevard, et pris la décision de boire au lieu de penser. Il me fallut quatre doubles scotchs pour trouver le courage de remonter à la maison et tenter d'arracher le reste de l'histoire à Kiyo. Je me garai et grimpai quatre à quatre les cent marches qui conduisaient à notre véranda hypertrophiée. En approchant de la porte, je jetai un coup d'œil par la fenêtre et vis qu'un feu était allumé dans la cheminée.

Puis je regardai une deuxième fois et restai pétrifié. Il y avait deux silhouettes allongées devant la cheminée. Kiyo était nue et, la chemise ôtée, son compagnon était allongé contre elle et l'embrassait. Je glissai la clé dans la porte et entrai juste au moment où Kiyo attrapait sa robe de chambre sur le canapé. Le jeune homme, lui, s'empara de sa chemise posée devant l'âtre. Kiyo se releva et se rhabilla en me regardant d'un air de défi.

– Ce n'est pas ce que tu crois, me dit-elle. Tom est acteur. Il doit jouer une scène d'amour dans un film. Nous étions seulement...

Tom pâlit en découvrant l'arme que je portais à la ceinture – elle était on ne peut plus visible sous ma veste de sport ouverte. Il bafouilla :

– C'est vrai. J'ai un rôle. J'ai le scénario chez moi… je p-peux v-vous le montrer.

Le type, dont les mains tremblaient alors qu'il essayait de reboutonner sa chemise, était pratiquement aussi jeune et grand que moi. Je posai la main sur mon arme et, oui, je pesai le pour et le contre. J'avais envie de dégainer et de tirer. J'avais envie de faire entrer toute la haine que je sentais courir en moi dans le canon de mon revolver. Rien qu'à voir sa poitrine nue, j'avais envie d'y faire d'énormes trous. Mais, même saoul comme je l'étais, je savais que ni lui ni elle ne valaient que je termine en prison. Je luttai contre l'envie qui me tenait.

– Si tu n'es pas hors d'ici en cinq secondes, lui lançai-je dans un grondement que je ne m'étais jamais entendu, je te fais sauter la tête, espèce de petit con. Et si jamais tu appelles ou revois jamais ma femme, Dieu m'est témoin que je te tuerai.

Il se rua vers la porte et descendit les cent marches six à six. Alors je tournai toute ma haine contre Kiyo.

– Espèce de pute ! Dis, combien t'en as baisé d'autres quand j'avais le dos tourné ? Combien de bites t'as sucées pendant que je suivais mes cours du soir, hein ? Dis-moi ! Réponds !

Kiyo se détourna et se dirigea vers la salle à manger.

– Ce que tu peux être naïf, Steven ! me dit-elle. Tu n'es pas mon mari… tu es mon gamin.

Mes mains tremblaient tandis que je faisais tout ce que je pouvais pour dominer la colère et la haine que j'éprouvais envers cette femme. Je savais que j'allais devoir filer avant de perdre la tête. Mon travail m'avait montré ce qui arrive lorsque des hommes et des femmes ne se contrôlent plus et là, le boulot, je risquais fort d'en faire partie. Je ne sortis pas mon arme de son étui et quittai la maison.

Le lendemain après-midi, je demandai à mon coéquipier de remonter à la maison avec moi et nous chargeâmes mes affaires dans la voiture pie garée en bas des marches. Déménagement. Je savais que Kiyo était partie donner une leçon de piano. Tout ce que je voulais reprendre se réduisait à des habits et à quelques papiers personnels. En moins d'une heure nous empilâmes tous mes effets à l'arrière de la voiture. Je remontai chercher mon passeport, mon certificat de naissance et d'autres documents. J'ouvris les tiroirs de son bureau, mais constatai que tous mes papiers avaient disparu. Par contre, je tombai sur un carnet de compte d'épargne à son nom : « Kiyo Hodel ».

Je l'ouvris et, complètement estomaqué, regardai le montant du solde : quatre mille cinq cents dollars. Putain de Dieu ! Mais d'où venait tout cet argent ? J'étais fier de notre compte d'épargne joint – j'avais réussi à y verser quatre cents dollars –, mais là, c'était comme de découvrir une deuxième comptabilité. Que se passait-il ? La chemise que je découvris ensuite dans son bureau s'intitulait : « Cartes astrologiques ». Je me dis : « Qu'elle aille se faire foutre ! Il n'est pas question qu'elle garde la mienne. » J'ouvris la chemise et trouvai ma carte au-dessus de la pile. Je la pris et regardai le deuxième horoscope avec ses cercles et ses symboles. C'était celui d'« Amilda Kiyoko Tachibana, née à Boston, Massachusetts, le 2 août 1920 ». Je contemplai la date encore et encore : « 1920 ». Cela signifiait qu'elle n'avait pas trente-trois ans, mais… quarante-cinq ?! Comment était-ce possible ?

Je lâchai mon coéquipier au commissariat de Van Nuys, où j'avais été nommé, pris le reste de mon après-midi, me rendis à l'appartement de ma mère, à North Hollywood, et lui racontai tout. Après s'être remise du choc de me voir, elle resta comme paralysée d'horreur lorsque je lui dis mon aventure, puis mon mariage avec Kiyo et lui répétai l'insistance avec laquelle elle m'avait fait jurer de ne rien dire de notre mariage à personne, surtout pas à ma famille. Je lui racontai encore ma récente entrevue avec mon père, l'étrange réaction qu'il avait eue, puis mon retour inopiné à la maison deux soirs auparavant et comment j'y avais trouvé Kiyo dans les bras d'un autre homme. Pour finir, je lui dis comment j'avais découvert la carte astrologique où la date de naissance de ma femme était portée. 1920 ? Était-ce vrai ? Kiyo avait-elle vraiment quarante-cinq ans ? Que savait-elle de Kiyo ?

Ma mère resta assise sans rien dire pendant plusieurs minutes, puis elle se mit à pleurer en me racontant la vraie histoire de Kiyo et de mon père.

— Le jour où je t'ai proposé d'aller à une fête chez elle, me dit-elle, je ne me doutais absolument pas que tout ça puisse arriver. Je n'arrive toujours pas à y croire.

Elle alluma une cigarette en cherchant les mots justes pour continuer son récit.

— Oui, Kiyo a bien quarante-cinq ans, reprit-elle. Ton père l'a amenée à la maison un soir après l'avoir vue à un arrêt de bus ou de taxi, quelque chose comme ça, je ne sais pas trop comment ils se sont rencontrés, ça remonte à une éternité. Elle était étudiante au Chouinard Art Institute et c'était la guerre. Ils arrêtaient tous les Japonais dans les rues et chez eux et elle habitait dans Valentine Street. Elle était très jeune et très belle et il avait pitié d'elle ; il avait peur qu'on l'interne comme les autres. Un jour, elle est partie et nous avons perdu sa trace. Après la guerre, on a appris qu'elle s'était mariée et elle et son mari, Brook, ont commencé à venir à la Franklin House quand on donnait des soirées. Plus tard, Brook et elle ont divorcé et elle s'est remariée. Je ne l'avais pas vue depuis des années quand je t'ai emmené à cette fête.

J'appelai un avocat et demandai le divorce dans la semaine. Il devint officiel un an après. Kiyo et moi ne nous reparlâmes plus jamais. La rumeur publique m'apprit par la suite qu'elle s'était encore remariée, ou qu'elle vivait avec un homme encore plus jeune que moi. Elle continua d'enseigner l'astrologie et eut son quart d'heure de gloire avec photo et petit article dans un *Time magazine* où on lui donnait le titre d'« astrologue des vedettes d'Hollywood ». Elle mourut d'un cancer alors qu'elle arrivait sur ses cinquante-cinq ans, soit dix ans après notre divorce.

Je ne vois qu'une explication à l'intérêt qu'elle m'avait porté : le moment de vérité qu'elle connut pendant ces quelques minutes passées dans l'entrée du Biltmore après que je l'eus présentée à mon père. Pour elle, pouvoir lui lancer «Bonjour, George !» valait bien tout ça.

Dans ce bref instant, elle s'était vengée des griefs qu'elle avait contre lui. Vingt ans plus tôt, alors qu'elle était jeune et innocente, elle l'avait aimé et avait succombé à sa séduction. Sa conquête une fois faite, mon père l'avait jetée pour passer vite à d'autres femmes et à d'autres amours. Pour elle, la route avait été longue, mais elle avait réussi à se venger. C'était dans l'entrée du Biltmore qu'elle avait eu satisfaction, lorsque je l'avais présentée à mon père en lui disant que la femme de son fils s'appelait Kiyo Hodel. Et moi qui restais là sans rien savoir de tout ce drame et espérais, que dis-je ? priais le ciel que mon père soit impressionné par la femme que je m'étais choisie ! Ça, il n'était pas le seul Hodel à savoir choisir des femmes belles et raffinées !

Je venais de découvrir l'infidélité de Kiyo et ses mensonges sur son âge lorsque ma mère me révéla la vraie nature de ses relations avec mon père pendant les années de guerre – je fus ébranlé jusqu'au plus profond de mon être et rempli d'une rage et d'une colère comme seul on peut en éprouver dans sa jeunesse. Mais il me fallut attendre trente-quatre années de plus pour découvrir la photo de Kiyo dans l'album secret de mon père, peu après sa mort. Alors seulement la vérité de ses relations avec Kiyo commença à se faire jour en moi. J'en vins peu à peu à savoir toute la vérité. L'amour qu'il avait eu pour elle n'avait pas été l'affaire d'un petit week-end ou deux. C'était là, dans son album, que cachée avec les autres se trouvait sa photo. C'était là, dans ce *sanctum sanctorum*, qu'il l'avait portée pendant un demi-siècle. Mon père l'avait aimée !

11

Les témoins du Dahlia

Mi-juillet 1999. Bellingham, État de Washington

J'avais déjà examiné assez de documents sur l'état du corps d'Elizabeth Short pour savoir que l'assassin ne s'était pas livré à une pure et simple boucherie. Seul un médecin, et un bon, pouvait avoir pratiqué pareille séparation. M'avait également fort impressionné le fait que le meurtrier avait exécuté une hystérectomie *post mortem*. Il connaissait parfaitement l'anatomie féminine, mais avait aussi, côté chirurgie, une dextérité bien supérieure à celle de l'étudiant en médecine ordinaire, voire, ainsi qu'on l'avait fait remarquer à l'époque, à celle d'un embaumeur. Le ou les meurtriers s'étaient en plus montrés d'un sadisme invraisemblable : ils n'avaient tué Elizabeth Short qu'après l'avoir longuement torturée et humiliée.

A supposer qu'il n'y ait eu qu'un assassin, le temps qu'il avait passé à tuer sa victime et la fureur qu'il avait éprouvée à son endroit me disaient clairement qu'il la connaissait intimement. Tout dans ce crime dénotait la vengeance et la rage. Il me fallait donc comprendre, et précisément, quelle avait pu être la relation entre ces deux êtres pour qu'il en résulte une explosion d'une violence et d'une brutalité telles que même les inspecteurs dépêchés sur la scène de crime ne puissent se rappeler avoir vu spectacle aussi horrible et dégradant.

Les réponses à ces questions étaient à trouver dans la dynamique de leurs relations et dans les vies qu'ils avaient menées avant que leurs chemins ne se croisent. Ni la victime ni le crime ne pouvant disparaître, les traces de ces vies étaient toujours là. A y songer, je me persuadai qu'il y avait forcément des réponses à mes interrogations et que c'était dans les archives officielles, les dépositions des témoins, les articles publiés dans la presse et les souvenirs de ceux et celles qui avaient connu Elizabeth Short qu'on allait pouvoir les trouver. Essayer de brosser un portrait de la victime, ainsi commencerait ma quête. Pour moi en effet, la police n'avait pas effectué correctement ce travail en 1947. Je me mis donc en devoir de retrouver des indices qui me permettent de comprendre la vraie nature de la victime et, pour ce faire, me plongeai dans tous les témoignages existants.

Dans le premier groupe de témoins, je mettrais tous les gens qui l'avaient connue de son vivant et qui pourraient m'aider à établir une chronologie des événements ayant conduit à son assassinat. La période ainsi couverte irait de 1943 au 9 janvier 1947. Parmi ces gens il y aurait les membres de sa famille, ceux et celles qui l'avaient connue avant qu'elle aille à Los Angeles et tous les gens qu'elle avait rencontrés dans cette ville lorsqu'elle y cherchait du travail et un endroit où loger.

Phoebe May Short

Phoebe Short, la mère d'Elizabeth, apprit que sa fille avait été retrouvée morte et mutilée dans un terrain vague lorsque deux journalistes du *L.A. Examiner* l'appelèrent chez elle à Medford (Massachusetts), après que la direction du journal eut reçu copie d'empreintes digitales attestant que la victime s'appelait Elizabeth Short. Cet appel téléphonique fut particulièrement cruel : les reporters commencèrent en effet par lui annoncer que sa fille avait remporté un concours de beauté et qu'ils avaient besoin de renseignements supplémentaires pour étayer leur article. Tout excitée, Phoebe s'était répandue en compliments sur sa fille et leur avait parlé de sa beauté, de ses espoirs et de ses rêves jusqu'au moment où l'un des deux journalistes avait fini par lui révéler l'horrible vérité. Écrasée par la nouvelle, Phoebe n'en avait pas moins continué de répondre aux questions qu'on lui posait, les deux journalistes tenant enfin leur exclusivité.

Les renseignements rassemblés par ces deux reporters et ceux recueillis plus tard par le coroner lorsqu'elle vint déposer pour l'enquête établissent que, le 2 janvier 1947, Phoebe Short avait reçu de sa fille une lettre dans laquelle celle-ci lui disait « vivre à San Diego, Californie, avec une amie, Vera French, et travailler au Naval Hospital ». D'après Mme Short, Elizabeth aurait été « séduite par le cinéma, tous les gens de Medford lui disant combien elle était belle ». Elle avait quitté le lycée un an avant la fin de ses études secondaires.

« Elizabeth faisait de l'asthme, avait encore déclaré Phoebe Short aux journalistes, et tous les hivers elle partait dans le Sud, en Floride, où elle travaillait comme serveuse de bar, avant de rentrer à l'été. » Dans ses lettres, Elizabeth lui disait aussi avoir « été figurante dans des films à Hollywood et avoir décroché des petits rôles » lorsqu'elle habitait à Los Angeles. En dehors de ses fiançailles avec Matt Gordon, Phoebe Short n'avait connaissance d'aucune relation sérieuse que sa fille aurait pu avoir avec d'autres hommes. Dans sa déposition, elle déclare que « le major Gordon s'était fiancé avec [sa] fille, mais avait trouvé la mort en revenant au pays après la guerre ».

Le 22 janvier 1947, soit sept jours après la découverte du corps, Phoebe Short devait identifier formellement sa fille et déclarer au coroner que celle-ci avait « vingt-deux ans, travaillait comme serveuse et n'avait, à sa connaissance, jamais été mariée ». Elle n'avait pas revu Elizabeth depuis le 19 avril 1946, jour où celle-ci avait quitté Medford pour la Californie. Elle avait aussi déclaré à l'enquête que jamais sa fille n'avait eu d'ennemis du temps où elle vivait avec elle et qu'elle était tombée amoureuse d'un certain Gordon Fickling. Elle avait enfin précisé que sa fille lui avait écrit toutes les semaines depuis son départ.

Inez Keeling

C'est à Santa Barbara que Mme Keeling fait la connaissance d'Elizabeth Short. A l'époque, elle y dirige l'économat de la base militaire de Camp Cooke où Elizabeth, alors âgée de dix-huit ans, a été embauchée comme employée au début de l'année 1943. A l'entendre, Elizabeth lui aurait dit «être venue en Californie pour raisons de santé. Ses médecins craignaient qu'elle contracte la tuberculose si elle restait dans un climat froid et c'était pour ça que ses parents l'avaient autorisée à partir seule en Californie. J'ai été tout de suite conquise par son charme et sa beauté. C'est une des jeunes filles les plus gentilles et timides dont j'aie jamais fait la connaissance». Aux journaux, Mme Keeling dit encore qu'Elizabeth «n'allait jamais voir les hommes de l'autre côté du comptoir et qu'elle ne sortait jamais. C'était une employée modèle; elle ne fumait pas et ne buvait que rarement». Elle aurait vu Elizabeth pour la dernière fois lorsque celle-ci quitta la base en 1943.

Cleo Short

La police découvre alors que le père d'Elizabeth, Cleo Short, âgé de cinquante-trois ans, habite à Los Angeles où il exerce la profession de réparateur de réfrigérateurs. Dans leurs déclarations à la presse, les policiers parlent d'un homme «peu coopératif». Il leur dit ainsi n'avoir voulu aucun contact avec sa fille qui avait traversé les États-Unis pour venir vivre avec lui et lui avoir payé son retour en bus jusqu'à Medford. D'après Mme Short, c'est en effet en 1930 que son mari l'abandonne avec ses cinq filles et «disparaît» du Massachusetts. Mme Short élève alors ses enfants toute seule et n'a aucun désir de voir ou de parler avec son ex pendant l'enquête.

C'est à son appartement du 1020, South Kingsley Drive, soit à moins de cinq kilomètres du terrain vague où le corps de sa fille a été découvert, que la police et les journalistes interrogent Cleo Short. Celui-ci déclare ne rien savoir de sa fille et de ses activités. «J'ai vu ma fille pour la dernière fois il y a trois ans, à Vallejo, Californie. Je lui avais donné deux cents dollars et elle était venue du Massachusetts. Elle voulait vivre avec moi à Vallejo, mais comme elle passait son temps à cavaler à droite et à gauche au lieu de tenir la maison en ordre, je lui ai demandé de partir. Je ne voulais plus la voir, ni elle ni aucun autre membre de ma famille. Pour moi, c'était fini.» Il fait aussi clairement comprendre à la police que, ne disposant d'aucun renseignement sur sa fille, il n'a aucune envie d'être mêlé à l'enquête sur sa mort.

Les interrogatoires de Phoebe Short et de son ex-mari Cleo révèlent une mère incapable de contrôler la bougeotte, même innocente, de sa fille et un père qui abandonne sa famille et ne veut plus jamais en entendre parler. Ils montrent aussi qu'Elizabeth recherchait sans doute une figure paternelle, quelqu'un qui ait de l'autorité et, en uniforme pourquoi pas, puisse stabiliser son existence. Elle pensait l'avoir trouvé en Matt Gordon, mais la mort de son fiancé avait brisé ses espoirs et l'avait obligée à reprendre sa quête. Aussi bien pendant la période où elle vivait dans le fantasme de ses fiançailles avec le major Gordon, alors qu'elle se trouvait à Hollywood et à San Diego, que lorsque, par la suite, elle refusait simplement d'affronter sa propre réalité, Elizabeth était-elle passée de relation en relation jusqu'au jour où elle devait finir par faire la connaissance de son assassin.

De fait, c'est déjà tout au bord du précipice qu'elle danse lorsque, en 1944, soit trois ans avant sa mort, elle rencontre Arthur Curtis James et accepte de poser pour lui.

Arthur Curtis James Jr (*alias* Charles Smith)

Artiste peintre qui a déjà fait de la prison, Arthur James a cinquante-six ans et attend sa condamnation pour faux et usage de faux lorsqu'il fait la connaissance d'Elizabeth Short dans un bar d'Hollywood en août 1944. «Elle a montré de l'intérêt pour mes dessins», dit-il à la police qui l'interroge en 1947 après avoir découvert qu'il la connaissait. A l'entendre, il était en train de dessiner dans un bar lorsqu'elle s'était assise à côté de lui. Peu après qu'elle lui eut dit bien aimer ce qu'il faisait, ils étaient devenus amis. «Elle posait pour moi et j'ai fait plusieurs portraits d'elle», précise-t-il. Pour corroborer ses dires, il donne alors aux inspecteurs les noms de plusieurs personnes qui possèdent ces œuvres. «Parmi ces dernières, une huile de grande taille que j'ai plus tard vendue à un certain Frank Armand qui habitait à Artesia.» La deuxième œuvre est un dessin qui «représente Elizabeth et que j'ai vendu à Mme Hazel Milman, Star Route 1, Boîte postale 24, Rodeo Grounds, Santa Monica, district de Palisades.» James déclare ensuite que ses contacts avec Elizabeth prennent brutalement fin trois mois plus tard, en novembre 1944, lorsque, se faisant passer pour un certain Charles Smith, il est arrêté à Tucson, Arizona, pour violation du Mann Act [1]. Plus tard, la presse devait établir que les accusations de «transport de filles avec franchissement de frontières entre les États à des fins immorales» portées contre lui par les autorités fédérales n'étaient en aucune façon liées au meurtre d'Elizabeth Short.

Reconnu coupable, James fut condamné à deux ans de prison, qu'il purgea au pénitencier de Leavenworth. Après sa libération en 1946, au mois de novembre de cette même année, il tomba sur Elizabeth à Hollywood et lui acheta plusieurs bagages. Le chèque avec lequel il avait réglé cet achat étant en bois, il se retrouva à nou-

1. Loi votée par le Congrès américain en 1910 (*NdT*).

veau en délicatesse avec la loi et fut arrêté. A l'époque
où il parlait à la presse, soit en janvier 1947, Arthur Curtis James attendait d'être jugé pour ces délits.

Mme Matt Gordon Sr

C'est chez elle, à Pueblo, État du Colorado, que la
presse interroge Mme Gordon, la mère de Matt Gordon
Jr, le fiancé d'Elizabeth Short, l'entretien se passant par
téléphone. Peu de temps auparavant, un télégramme
qu'elle a envoyé à Elizabeth a été retrouvé dans les
bagages que celle-ci a déposés à la consigne de la gare
routière de Los Angeles. Mme Gordon dément les
rumeurs selon lesquelles Elizabeth et son fils auraient été
mariés, mais confirme que son fils a fait connaissance
d'Elizabeth à Miami, Floride, en 1944. C'est en effet
dans cette ville que Matt se trouve en garnison après son
retour de Chine. Elle confirme aussi qu'Elizabeth et son
fils se sont écrit après le départ de ce dernier pour les
Indes et dit sa fierté en apprenant que Matt s'est vu décer-
ner «la médaille de l'Air avec palmes, la Distinguished
Flying Cross et les médailles de bronze et d'argent».

Dès que le ministère de la Guerre l'avise du décès de
son fils dans un accident d'avion survenu en Inde en août
1945, Mme Gordon envoie le télégramme suivant à Elizabeth : «Avisée par ministère Guerre décès Matt dans
accident d'avion. Avez toute ma sympathie. Lettre suit.
Priez que ce ne soit pas vrai. Amitiés.» Dans l'interview
qu'elle donnera à la presse quatre jours après la découverte du corps d'Elizabeth, elle déclarera : «Mon cœur est
plein de sympathie pour cette jeune femme et sa mère.»

Anne Toth

Agée de vingt-quatre ans, Anne Toth, ex-colocataire
d'Elizabeth Short, est une actrice de cinéma qui a joué

des petits rôles dans divers films. Pendant une courte période elle a partagé un appartement avec Elizabeth à la résidence de Mark Hansen, lequel Mark Hansen est copropriétaire des Florentine Gardens, night-club d'Hollywood des plus populaires où l'on peut assister à ce que les journaux appellent alors une «revue de charme». Selon Anne Toth, Hansen a en effet pour habitude de louer des chambres dans sa résidence d'Hollywood (au 6024, Carlos Avenue) à «toutes les filles désireuses de percer dans le spectacle».

C'est en juillet ou en août 1946 qu'Anne Toth fait la connaissance d'Elizabeth qui vient d'emménager dans l'appartement. «Elle a vécu plusieurs mois à cet endroit, l'a quitté pendant environ trois semaines et y est revenue.» Anne Toth ne sait pas où Elizabeth s'est rendue pendant ces trois semaines, mais déclare que «Marjorie Graham, l'amie d'Elizabeth, était partie pour Boston», mais qu'Elizabeth ne l'y avait pas accompagnée parce que, disait-elle, «plutôt mourir que d'endurer le froid de la côte Est».

« Environ trois semaines avant Noël, poursuit Anne Toth, Elizabeth m'a dit vouloir se rendre à Berkeley pour y voir sa sœur. Au lieu de quoi elle est allée à San Diego – pourquoi ? je n'en sais rien.» C'est pendant ces vacances de Noël qu'elle reçoit un télégramme d'Elizabeth dans lequel celle-ci lui dit être à court d'argent. «Elle voulait vingt dollars. Trois semaines plus tard, j'ai reçu un deuxième télégramme où elle me disait vouloir rentrer. Une lettre suivrait.» De fait, ce fut la dernière communication d'Elizabeth. Anne Toth ne devait jamais recevoir la lettre promise.

«Elle s'est liée d'amitié avec plusieurs hommes pendant son séjour à la maison de Carlos Avenue, dit encore Anne Toth. Un officier de l'armée de l'Air originaire du Texas, un speaker de la radio qui s'appelait Maurice et un professeur de langues. Celui-ci avait dans les trente-cinq ans, mesurait un mètre soixante-dix, était de corpulence moyenne et conduisait une Ford ou une Chevrolet noire. Je me rappelle qu'il avait promis à Elizabeth de lui trouver un appartement à Beverly Hills si elle quittait celui de Carlos Avenue.» Et d'ajouter: «On avait tous une très haute opinion de cette fille. Elle était toujours très gentille et bien élevée.»

Sergent X (soldat de l'armée américaine non identifié)

Le dossier du FBI sur Elizabeth Short auquel j'eus accès en application du Freedom of Information Act contient la transcription, en date du 27 mars 1947, du long interrogatoire d'un soldat de l'armée américaine dont les nom, grade et adresse privée ont été effacés. Mené par les agents spéciaux du FBI de l'antenne de Pittsburgh, il donne des renseignements importants sur les voyages et sur le passé d'Elizabeth Short. Le compte rendu des journées des 20 et 21 septembre 1946, que ce sergent passa avec elle, éclaire bien le caractère d'Elizabeth.

L'homme y déclare qu'ayant eu droit à une permission exceptionnelle de quatre jours à Los Angeles, il se rendit au croisement de la 6ᵉ Rue et d'Olive Street, où il arriva aux environs de 2 heures de l'après-midi. Il était en grand uniforme, avec décorations et épaulettes permettant d'identifier le corps d'armée auquel il appartenait. Deux jeunes femmes l'auraient alors abordé, dont une qu'il dit être Elizabeth Short lorsque les agents lui montrent sa photo.

Remarquant ses épaulettes, Elizabeth lui demande s'il connaît un certain Y, soldat dont le nom est barré dans le rapport. Le sergent lui répond qu'ils ont tous les deux servi dans le même corps outremer. Elizabeth lui dit alors qu'enfants à Medford, Massachusetts, elle et ce Y étaient «amoureux». Elle ajoute avoir entendu dire qu'il aurait rempilé, mais ignorer où il est en garnison.

Le sergent raconte ensuite aux agents du FBI qu'il a demandé à Elizabeth de sortir avec lui ce soir-là, celle-ci lui précisant s'appeler «Betty Short». Elle lui présente son amie, mais le sergent ne se rappelle plus le nom de cette demoiselle. Le sergent et les deux jeunes femmes font le court trajet qui les sépare de l'hôtel Figueroa, où Elizabeth est descendue. Ils passent un petit moment à bavarder dans l'entrée, puis Elizabeth s'excuse et monte dans sa chambre. Dans ce compte rendu, le sergent déclare aux agents du FBI être «sûr et certain que Betty Short est inscrite au registre de l'hôtel sous le nom de [barré]».

Restée dans l'entrée avec le sergent, l'autre jeune femme informe celui-ci qu'elle «a été mariée, s'est séparée de son mari et a fini par divorcer». Elle ajoute qu'elle a travaillé à Hollywood, le nom de son employeur étant lui aussi barré dans le document. Elle précise ensuite qu'Elizabeth étant présentement sans emploi, elle doit lui prêter de l'argent de temps en temps. Le sergent lui demande alors si elle sait où il pourrait trouver une chambre pour la nuit. La jeune femme lui répond que ça ne sera pas facile, mais qu'Elizabeth «a deux lits dans sa chambre et qu'elle pourrait l'autoriser à y dormir». Le sergent la prie de «demander à Elizabeth si elle ne verrait pas d'inconvénient à ce qu'il passe la nuit dans sa chambre». La jeune femme le laisse dans l'entrée et monte dans les étages.

Un peu plus tard cet après-midi-là, les deux jeunes femmes rejoignent le témoin dans l'entrée, puis tous marchent un peu et prennent un bus pour Hollywood. Le sergent X est assis à côté de l'amie d'Elizabeth, laquelle Elizabeth a pris place à côté d'un marine avec lequel elle engage aussitôt la conversation. Le sergent signale aux agents du FBI qu'Elizabeth était «le genre de fille à se montrer très ouverte et à parler à tout le monde». Toujours d'après lui, pendant le trajet, l'amie d'Elizabeth lui dit avoir transmis sa demande à Elizabeth et que sa réponse est oui: il pourra passer la nuit dans sa chambre. Le bus arrivé à Hollywood, l'amie d'Elizabeth leur dit bonsoir et les laisse.

Elizabeth et le sergent assistent à une émission de Tony Martin enregistrée en direct aux studios radio de CBS, puis ils décident d'aller dîner au restaurant Chez Tom Breneman, au croisement d'Hollywood Boulevard et de Vine Street. En arrivant, ils découvrent une longue file d'attente, mais, toujours selon le témoin, dès qu'il aperçoit Elizabeth, le chef de rang les fait vite entrer et leur trouve une table. Le sergent comprend alors qu'Elizabeth « était une habituée vu que les serveurs se montraient gentils avec elle et que tous la reconnaissaient ».

Pendant le repas, Elizabeth recommence à lui parler de son petit copain d'enfance et lui raconte que celui-ci « était très jaloux et lui avait ordonné de ne jamais avoir d'autres petits amis ». Elle semblait trouver cela « tout à fait amusant ». Le sergent dit alors à Elizabeth qu'il n'a connu son ami qu'au combat et que « de fait, il ne le connaissait pas bien ».

Le dîner se prolongeant, le sergent s'aperçoit que beaucoup de clients du restaurant ne cessent de regarder Elizabeth, qui leur semble très bien habillée. Ils n'arrêtent pas de chuchoter comme s'ils « reconnaissaient une actrice de la RKO ou d'un autre studio ». Elizabeth et le sergent finissent leur repas et quittent le restaurant aux premières heures du 21 septembre 1946.

Ils prennent un tram qui les ramène au centre-ville et en descendent à quatre ou cinq rues de l'hôtel Figueroa. Ils sont en train de marcher lorsqu'une voiture noire commence à les suivre. A l'intérieur, le sergent dit apercevoir cinq hommes, « tous basanés, des Mexicains sans doute ». C'est alors que trois d'entre eux bondissent hors du véhicule et se mettent à hurler : « C'est elle ! C'est elle ! » Le sergent se tourne vers Elizabeth et lui propose « de les dérouiller ». « Non, lui répond-elle, il vaudrait mieux partir en courant… », ce qu'ils font.

Une fois qu'ils sont arrivés à l'hôtel, Elizabeth demande au sergent « d'attendre dehors pendant une vingtaine de minutes », le temps qu'elle monte à sa chambre parce que, dit-elle, « l'hôtel a un règlement strict ». Le sergent

attend à peu près une demi-heure avant de monter et frapper à sa porte. « Elizabeth [lui] ouvre vêtue d'un négligé
plus que léger. » Cette nuit-là, le sergent lui fera l'amour.
De fait, il déclare ensuite avoir eu « de nombreux rapports avec elle pendant la nuit » et ajoute qu'« à aucun
moment Elizabeth ne s'est montrée passionnée ».

Dans la matinée du 21, l'amie d'Elizabeth revient à
l'hôtel et tous tombent d'accord pour sortir à quatre, le
sergent promettant à l'amie d'Elizabeth de lui trouver un
copain de l'armée. Ils décident de se retrouver au drugstore en face du Figueroa entre 2 et 3 heures de l'après-
midi – ce qu'ils feront. Mais au moment où ils quittent le
drugstore, Elizabeth propose de jouer un tour à Y. Le sergent et elle vont lui écrire une carte postale dans laquelle
ils lui diront être « mariés et vivre à Hollywood ». Le sergent achète des cartes et des timbres au drugstore, écrit le
message et les expédie à Y, à son adresse de Medford,
Massachusetts.

Tous les quatre se retrouvent ensuite dans une « brasserie voisine ». Le sergent et son ami, dont le nom est barré,
proposent ensuite à Elizabeth et à sa copine de retourner
à l'hôtel, mais les deux jeunes femmes refusent en disant
qu'elles « ont rendez-vous avec d'autres un peu plus
tard ». Elizabeth dit devoir sortir avec un « type qui a une
voiture », ledit « type » ayant promis de l'emmener à un
endroit dont le sergent ne se rappelle plus le nom. Comprenant alors qu'il ne reverra plus Elizabeth, il lui
demande s'il pourra lui écrire et la revoir. Il lui donne son
adresse et, ajoute-t-il à l'intention des agents du FBI,
c'est « l'amie d'Elizabeth qui la note dans son carnet ».

Les deux soldats ramènent les jeunes femmes au
Figueroa et les quittent aux environs de 7 heures du soir.
Le sergent remarque alors qu'au moment même où elle
va entrer dans l'hôtel, Elizabeth tombe sur un homme
qu'elle semble connaître et avec lequel elle se dispute
aussitôt très violemment. « Petit et râblé, l'homme était
bien habillé et donnait l'impression d'avoir entre quarante et cinquante ans. »

Le sergent X confie ensuite aux agents du FBI qu'il n'a plus jamais entendu parler d'Elizabeth Short, ni même correspondu avec elle après ce jour et que dès le lendemain, 22 septembre, il regagnait la côte Est. Mais quatre mois plus tard il apprend son assassinat par les journaux et écrit aussitôt au LAPD pour signaler la soirée qu'il a passée avec elle. Il craint en effet «que son nom ne soit découvert dans le carnet d'adresses de l'amie de la victime et c'est pour cette raison qu'[il] a pris contact avec le LAPD dès qu'il a eu connaissance de la nouvelle». La police ne devait jamais lui faire signe. Cela dit, ne se trouvant pas en Californie entre les 9 et 15 janvier, le sergent X ne pouvait pas être tenu pour suspect.

A la fin de leur interrogatoire, les agents du FBI demandent au sergent X s'il se rappelle autre chose des conversations qu'il a pu avoir avec la victime pendant les quelque trente heures qu'ils ont passées ensemble. Le sergent leur fait alors trois remarques, qu'ils portent au dossier :

Elizabeth lui aurait confié «avoir peur d'être seule le soir dans les rues de Los Angeles». Lorsqu'ils se retrouvent dans l'entrée de l'hôtel, «Elizabeth me montre un journal où l'on fait le compte de tous les viols et meurtres qui se sont produits à Los Angeles en un rien de temps». Elle lui dit aussi sortir avec quelqu'un qu'elle «n'aime pas beaucoup, mais qu'elle ne veut pas blesser en coupant court à leurs relations». Le sergent est incapable de se rappeler le nom de cet homme.

Le sergent assure enfin les deux agents qu'il n'a jamais été marié avec Elizabeth et que l'histoire des cartes postales n'était qu'«une blague destinée à son ancien copain».

Marjorie Graham

Amie d'Elizabeth originaire du Massachusetts, Marjorie Graham a fait sa connaissance à Cambridge, où elles ont toutes les deux travaillé comme serveuses dans un restaurant proche du campus d'Harvard. Le 17 janvier, la presse de Los Angeles contacte Marjorie Graham dans le Massachusetts et obtient d'elle les renseignements suivants au cours de l'interview qu'elle leur accorde.

Elle est allée à Hollywood afin d'y rendre visite à Elizabeth en octobre 1946 et à cette occasion a partagé une chambre avec elle. Elle rapporte aux journalistes qu'«Elizabeth m'a dit que son petit ami était lieutenant dans l'US Air Force et se trouvait alors à l'hôpital de Los Angeles». Elle aurait ajouté «s'inquiéter pour lui et espérer qu'il se rétablisse et puisse sortir de l'hôpital pour se marier avec elle le 1er novembre».

Marjorie dit être «rentrée à Cambridge, Massachusetts, le 23 octobre 1946» et ajoute avoir «reçu une lettre d'Elizabeth depuis [son] retour, mais que dans cette lettre Betty ne lui dit pas si elle s'est mariée ou pas». Et Betty n'y «mentionne pas non plus le nom de son futur époux».

Lynn Martin (de son vrai nom Norma Lee Myer)

Agée de quinze ans, Lynn Martin est une fugueuse originaire de Long Beach (Californie) qui, aux dires de tous, semble avoir au moins vingt ans. Lorsqu'elle fait la connaissance d'Elizabeth, elle a déjà passé un an au Centre de détention pour filles d'El Retiro. Elle se déclare orpheline, connaît bien la rue et admet avoir déjà subi sept arrestations à Los Angeles et Long Beach lorsque la police l'interpelle. Elle dit alors aux enquêteurs être une des sept femmes qui ont partagé avec Elizabeth la suite 501 de l'hôtel Chancellor, sis à Hollywood, dans l'avenue North Cherokee. Lynn Martin a aussi brièvement partagé une autre suite avec Elizabeth et Marjorie Graham à l'hôtel Hawthorne, également sis à Hollywood, au 1611, North Orange Drive.

Parce que ses gardiens de Long Beach ont déposé une demande de recherche de personne disparue à la police, elle a peur d'être arrêtée et tente d'échapper à la police plusieurs jours après le meurtre. Presque une semaine plus tard, elle sera repérée dans un motel de North Hollywood (au 10822, Ventura Boulevard), arrêtée, internée au Centre de détention juvénile et interrogée par des inspecteurs de la brigade des Mineurs du LAPD.

Elle déclare alors ne connaître Elizabeth que « par hasard ». D'après elle, Marjorie Graham serait venue du Massachusetts et Elizabeth l'aurait convaincue de partager une suite avec elle à l'hôtel Hawthorne. Les trois jeunes femmes y auraient vécu ensemble pendant une courte période jusqu'au jour où, après une « petite dispute » avec Martin, « Short et Graham ont lâché la suite pour en prendre une autre dans le même hôtel ». Lynn Martin aurait appris la mort d'Elizabeth le 17 janvier, « quand une amie m'a arrêtée dans une rue d'Hollywood pour me montrer sa photo dans le journal ».

Joseph Gordon Fickling

Pilote de l'US Air Force, le lieutenant Joseph Gordon est libéré avec les honneurs à la fin de la guerre. Il trouve aussitôt du travail dans une compagnie aérienne de Charlotte, en Caroline du Nord. A cause des lettres qu'il a échangées avec Elizabeth et qui ont été retrouvées dans ses bagages le 17 janvier, la police de Los Angeles le contacte aussitôt et demande à des inspecteurs de Charlotte d'aller l'interroger.

Cette correspondance révèle des amours « longue distance », et plus pour elle que pour lui. D'après les notes de la police, Fickling dit avoir rencontré Elizabeth en Caroline du Sud en 1944, soit avant d'être expédié outremer, et nie « avoir jamais été fiancé avec elle ou jamais envisagé de l'épouser ».

Dans une lettre datée du 24 avril 1946 et retrouvée dans la malle d'Elizabeth, il lui écrit :

Dans ta lettre tu dis vouloir qu'on soit amis, mais tu sembles vouloir beaucoup plus dans ton télégramme. Es-tu vraiment sûre de savoir ce que tu veux ? Pourquoi ne pas marquer une pause et penser à ce que pourrait signifier que tu viennes me voir ici ? Dans ta lettre, tu mentionnes une bague de Matt. Mais tu ne donnes pas d'explication. Je ne comprends vraiment pas. Je ne voudrais pas me mettre en travers.

Dans une deuxième lettre, elle aussi retrouvée dans la malle d'Elizabeth, il écrit encore :

Il y a des moments où je me sens terriblement seul et où je me demande si nous ne sommes pas très bêtes et puérils dans toute cette affaire. Le sommes-nous ?

Puis il lui déclare qu'il n'est pas question de mariage ou de fiançailles :

Mes plans sont très vagues et incertains. Je n'ai rien à gagner à rester dans l'armée et il ne semble pas y avoir grand-chose d'intéressant ailleurs. Ne crois pas que je te tienne en moindre estime en agissant ainsi, parce que ce ne serait pas vrai.

Fickling dit enfin aux inspecteurs de Charlotte avoir reçu une dernière lettre d'Elizabeth le 8 janvier 1947, lettre dans laquelle elle lui demande de ne plus lui écrire à l'adresse de San Diego parce qu'elle a l'intention de partir pour Chicago.

Cinq jeunes inconnus

Tout de suite après avoir découvert que leur « inconnue n° 1 » est en fait Elizabeth Short, les inspecteurs du LAPD retrouvent trois jeunes gens et deux femmes qui la connaissaient et qui ont séjourné à Hollywood en 1946.

Ils les interrogent, mais refusent de donner leurs noms à la presse. Les notes qu'ils prennent et les dépositions des témoins qui ont dû être versées au dossier d'enquête du LAPD n'ont jamais été rendues publiques et n'existent peut-être plus. De la même manière, personne ne sait où se trouvent les conclusions auxquelles sont arrivés ces enquêteurs. De tout cela il ne reste qu'une déclaration faite conjointement par ces cinq témoins. Brève mais importante, elle a été communiquée à la presse le lendemain de la découverte du cadavre d'Elizabeth. Dans ce document publié par le *L.A. Times,* le LAPD déclare : « Les cinq témoins affirment que la victime est Betty Short. Ils l'ont vue à Hollywood en décembre 1946 et sont allés avec elle dans un night-club à l'automne. » Ces connaissances d'Elizabeth Short la décrivent comme quelqu'un qui a « de la classe » et se rappellent l'avoir entendue déclarer « qu'elle allait épouser George, un pilote de l'armée originaire du Texas ».

Juanita Ringo

Juanita Ringo est la gérante de l'hôtel Chancellor d'Hollywood (1842, avenue North Cherokee), où Elizabeth a partagé la suite 501 avec sept autres filles, chacune de ces dernières ne payant qu'un dollar de loyer. Dans les interviews qu'elle donne à la presse après l'identification de la victime, Juanita Ringo déclare : « Elizabeth est venue à l'hôtel Chancellor le 13 novembre 1946 » et ajoute qu'« elle était moins sociable que les autres filles qui y logeaient ». Elle était « plutôt du genre raffiné ».

Le 5 décembre 1946, Mme Ringo dit avoir voulu se faire régler le loyer par Elizabeth, mais celle-ci n'avait pas assez d'argent. Elle a alors décidé de lui confisquer ses bagages « en guise de garantie ». Elizabeth demande à une de ses colocataires de l'accompagner jusqu'à un immeuble d'appartements de Crescent Drive sis dans

Beverly Hills, où, dit-elle, «un homme lui paiera le loyer». Elizabeth s'y rend, obtient l'argent dans la soirée, paye la propriétaire le lendemain et déménage. Mme Ringo dit encore à la presse : «Ça me faisait de la peine de la voir prendre du retard dans le paiement du loyer. Elle avait l'air inquiète et fatiguée.»

Linda Rohr

Agée de 22 ans, Linda Rohr travaille à «La Chambre rouge» de chez Max Factor et compte parmi les sept colocataires d'Elizabeth aux Chancellor Apartments. Dans les interviews qu'elle accorde à la presse trois jours après la découverte du corps d'Elizabeth, elle déclare : «Elizabeth était bizarre. Elle avait de jolis yeux bleus, mais il y avait des fois où elle exagérait sur le maquillage, jusqu'à s'en mettre deux centimètres d'épaisseur ! Elle avait les cheveux bruns et se les teignait en noir, puis en rouge.» A l'entendre, Elizabeth fréquentait beaucoup d'hommes. «Elle sortait pratiquement tous les soirs et recevait beaucoup de coups de fil d'hommes à l'appartement.»

De ce 6 décembre 1946 où Elizabeth déménage, Linda Rohr dit encore : «Le matin où elle est partie, elle était très inquiète. Elle m'a dit : "Il faut que je me dépêche. Il m'attend."» Personne n'a jamais su qui était ce «il». Rohr avait l'impression, et le confie aux journalistes, qu'«Elizabeth allait rendre visite à sa sœur à Berkeley».

Vera et Dorothy French

La dernière adresse connue d'Elizabeth Short (avant qu'elle revienne à Los Angeles le 9 janvier 1947 et tombe dans les bras de son assassin) est à San Diego. La jeune femme habite chez Elvera (Vera) French, dont la fille Dorothy s'est liée d'amitié avec elle après avoir fait sa connaissance dans un cinéma du quartier. En apprenant qu'elle n'a ni argent ni endroit où dormir, Dorothy, qui a pitié d'elle, l'a en effet invitée à rester chez elle et sa mère. Après avoir appris l'existence de Vera et de Dorothy en interrogeant la mère d'Elizabeth, les journalistes prennent la route du Sud et font vite les trois heures de route nécessaires pour aller interviewer les deux femmes.

Vera French leur dépeint une Elizabeth «timide et passablement mystérieuse». Telle est la jeune femme que «ma fille, Dorothy, m'a amenée un soir parce qu'elle n'avait plus un sou vaillant». Elizabeth dit aux French avoir «été mariée à un major de l'armée tué au combat» et ajoute qu'elle «lui a donné un enfant, mais que celui-ci est mort».

Elle leur parle aussi de son «amitié avec une célébrité d'Hollywood qui l'a déjà aidée», mais ne leur révèle jamais son identité. Mme French rapporte aux journalistes, et plus tard au LAPD, que pendant ce mois de décembre 1946 où elle est restée chez elle Elizabeth est sortie «tous les soirs avec un homme différent du 21 jusqu'au Nouvel An». Pendant ce séjour, la mère et la fille remarquent «qu'Elizabeth s'est fait des mèches au henné dans ses cheveux noirs».

Mme French se rappelle aussi qu'Elizabeth «a reçu un mandat poste de cent dollars d'un ami, un certain lieutenant Fickling, originaire de Caroline du Nord». Celui-ci le lui a envoyé à l'adresse des French dans le courant du mois de décembre 1946. Mme French donnera aussi aux inspecteurs un chapeau noir qu'Elizabeth a laissé chez elle, chapeau que, d'après ce qu'elle aurait dit à Vera, «elle aurait reçu en guise de paiement pour avoir posé pour un chapelier de Los Angeles».

C'est le 8 janvier 1947 que Vera French voit Elizabeth pour la dernière fois. Celle-ci est partie de la maison en compagnie d'un certain «Red» qui, à ses dires, aurait été «employé par une compagnie d'aviation». Elizabeth aurait reçu un télégramme de ce Red le 7 janvier, soit la veille du jour où il est passé la prendre. Les French n'auront plus de nouvelles de la jeune femme jusqu'au jour où, plus d'une semaine plus tard, on découvrira que la victime mutilée qui a fait tant couler d'encre dans la presse de Californie n'est autre qu'Elizabeth Short.

Les deux French se rappellent avoir fait la connaissance de Red – ou de « Bob », comme il se présentait parfois –, chez elles, peu après le jour où Dorothy a ramené Elizabeth chez elles. Elles le disent bel homme et bien habillé. Âgé d'environ vingt-cinq ans, il est sorti avec Elizabeth après que celle-ci l'a présenté aux French lorsqu'il est passé la prendre chez elles. Il semble avoir une élocution soignée et s'est montré assez aimable pour ramener Elizabeth à Los Angeles le 8 janvier 1947.

Pendant son séjour chez les French, Elizabeth a « souvent parlé d'un ex-petit ami dont elle se cache parce qu'elle le craint ». Cela étant, elle n'a jamais dit pourquoi elle avait peur de lui.

Ayant reconnu un certain Robert Manley en ce « Red » (identité que corroborent les French), les inspecteurs du LAPD réinterrogent les deux femmes au commissariat de la division University – le lieutenant Jess Haskins confiant alors aux journaux que les deux femmes ont corroboré ce que Manley a raconté à la police. Tous les trois répètent qu'Elizabeth « vivait dans la crainte d'un petit ami jaloux ». Mme French rapporte ainsi à la police un événement « alarmant » qui s'est déroulé la veille du jour où Elizabeth est partie. L'incident a été vu par la voisine de Mme French, voisine que personne n'a identifiée jusqu'à ce jour.

Cette dame raconte à Mme French que, très tard le soir du 7 janvier 1946, elle a « remarqué trois individus – deux hommes et une femme –, qui se sont garés devant chez les French et ont frappé à la porte d'entrée ». C'est sans doute parce qu'il est très tard que la voisine continue de regarder. « Les trois individus ont attendu quelques minutes, puis ils sont revenus à leur voiture en courant et sont partis. » Le lendemain matin, après que sa voisine lui a raconté l'incident, Mme French demande à Elizabeth ce qu'elle en pense. Elizabeth lui annonce alors qu'elle aussi a vu les visiteurs nocturnes : elle a jeté un coup d'œil par la fenêtre quand ils se sont approchés de la porte, mais n'a fait aucun geste pour leur ouvrir ou leur faire savoir qu'elle les avait vus.

Mme French dit aux inspecteurs, en particulier au lieutenant Haskins, la peur qu'éprouve Elizabeth en apprenant cet incident et ajoute qu'elle « avait toujours peur de quelqu'un et semblait très inquiète dès qu'on frappait à la porte ». Elle essaie de savoir de quoi ou de qui elle a peur, mais faute d'y parvenir, déclare seulement : « Elle était toujours très évasive et ne voulait parler de personne, si bien que j'ai fini par renoncer à le lui demander. »

Glen Chanslor

Bien qu'elle ait vécu dans la maison de Vera French à San Diego du 12 décembre 1946 au 8 janvier 1947, Elizabeth Short – ceci d'après les dépositions d'autres témoins – est revenue passer quelques nuits à Los Angeles aux environs de la Noël. Un de ces témoins est Glen Chanslor : il reconnaît Elizabeth Short en la jeune femme qu'il a conduite à un hôtel du centre de Los Angeles le 29 décembre. Chanslor, qui gère une station de taxis et a un bureau au 115, avenue North Garfield, à Los Angeles Est, décrit alors un incident qui s'est déroulé ce 29 décembre aux environs de 19 h 30. A cet instant précis, Elizabeth Short se précipite à sa station de taxis en lui demandant de la protéger d'un individu qui vient de l'agresser.

La jeune femme, en qui il reconnaît formellement Elizabeth Short, se rue jusqu'à la station « complètement hystérique et le regard fou ; elle a les genoux qui saignent ». Elle « a aussi les vêtements déchirés et a perdu ses chaussures ». Il se rappelle que la jeune femme lui a dit être montée dans la voiture d'inconnus qui l'ont jetée devant la station. Elle ajoute qu'un « homme bien habillé qu'elle connaissait et avec lequel elle travaillait lui a proposé de l'emmener à Long Beach pour qu'elle puisse y toucher sa paie hebdomadaire ». Mais, au lieu de ça, « cet homme l'a emmenée dans une rue déserte au sud de Garvey Boulevard, près de Garfield Avenue, s'y est garé et a essayé de l'agresser ».

Chanslor calme la jeune femme, puis la ramène à un hôtel du centre-ville où elle est descendue, au 512, South Wall Street. Il attend qu'elle monte à sa chambre et en revienne « toute peinturlurée, mais sans un sou pour payer la course ». Chanslor comprend qu'il n'aura pas son argent et laisse tomber. Il est sûr et certain que cette femme, qui lui a dit « être serveuse », est Elizabeth Short.

Il ajoute ne pas se rappeler si la jeune femme « s'est fait taillader ou a des égratignures sur le corps » : il ne l'a vue saigner que des genoux.

Robert « Red » Manley

Un des témoins les plus importants que la police ait été en mesure d'identifier et d'interroger est Robert Manley, qui fit la connaissance d'Elizabeth à San Diego, passa une nuit avec elle dans un hôtel et la ramena à Los Angeles le jour de sa disparition. Au début, la police crut que c'était peut-être la dernière personne à l'avoir vue. Ce vendeur de vingt-cinq ans originaire de Huntington Park, Californie, est d'entrée de jeu le suspect n° 1 du LAPD, mais après plusieurs jours d'interrogatoires serrés et de passages au détecteur de mensonges sous la direction du criminaliste Ray Pinker, on finit par le blanchir de tout soupçon.

Les policiers du commissariat de Hollenbeck autorisent alors la patronne de la rubrique judiciaire du *Herald Express* à baratiner Manley dans l'espoir de le voir se confier à une femme. Elle commence l'entretien avec un grand sourire, une cigarette et une chaude poignée de main, et en moins d'une heure elle obtient toute l'histoire avec photo à l'appui, juste à temps pour l'édition du soir. Sous l'intitulé «Red raconte son histoire d'amour avec le Dahlia», le journal publie alors en exclusivité un article de quatre pages sur l'affaire. Les autres quotidiens ne tarderont pas à le reprendre en résumant les déclarations de Manley à la police et à la presse.

Manley commence par nier avoir pris part au meurtre d'Elizabeth Short et fournit une chronologie de ses contacts avec la victime à partir du moment où il fait sa connaissance à la mi-décembre jusqu'à celui où il la laisse à l'entrée du Biltmore, le 9 janvier 1947 en fin d'après-midi. Il déclare «s'être rendu à San Diego environ dix jours avant la Noël 1946» parce que son patron l'y a envoyé faire des affaires. C'est «après avoir effectué la tournée de tous ses points de vente qu'il voit Elizabeth Short debout à un coin de rue, en face du bureau de la Western Airlines».

Il reconnaît avoir été séduit par cette femme d'une beauté frappante, mais précise qu'il est marié et «que sa femme vient d'avoir un bébé et qu'elle et lui traversent une période de réajustement». Après quoi il explique qu'il y a de la logique dans sa folie: «J'ai décidé de voir si je pouvais l'emballer, pour me tester, pour voir si j'aimais encore ma femme ou pas.» Il aborde Elizabeth au coin de la rue et lui demande si elle veut monter dans sa voiture.

Elizabeth l'ignore, se détourne et «refuse de me regarder», mais Manley insiste et lui dit qui il est «et continue d'essayer de lui parler». Elizabeth tourne autour de lui et lui répond: «Vous ne croyez pas que c'est mal de demander à une fille debout à un coin de rue de monter dans votre voiture?» Il en convient, mais répète qu'il «veut seulement la ramener chez elle». Il affirme ensuite qu'Elizabeth finit par accepter de monter dans sa voiture et lui demande de gagner Pacific Beach où «elle vit avec des amies».

Manley l'invite à dîner pour le même soir et elle accepte;

mais, explique-t-il aux inspecteurs, «elle s'inquiétait de ce qu'elle allait pouvoir dire aux deux femmes de la maison où elle habitait de manière temporaire». Elle décide alors de leur présenter Manley et leur raconte que «c'est un ami qui travaille à la Western Airlines». Elizabeth lui avait dit travailler dans cette compagnie. Puis, comme convenu, Manley la dépose chez les French et trouve un motel dans les environs. Il reconnaît «se sentir nerveux de tromper [sa] femme», mais «c'était la première fois, et [ils ne sont] mariés que depuis novembre 1945».

Il se rend chez les French à 7 heures du soir, est présenté à Elvera et Dorothy et part avec Elizabeth. Ils prennent l'apéritif et dînent, puis il la ramène chez les French. Il se gare devant la maison et bavarde avec la jeune femme. Il reconnaît l'avoir embrassée, mais l'avoir trouvée «sans réaction, voire un peu froide». Il lui annonce qu'il est marié, Elizabeth lui confiant alors qu'elle a «été mariée à un major, mais qu'il a été tué». Manley la raccompagne jusqu'à la porte et lui demande s'il pourra lui envoyer des télégrammes si jamais il doit revenir à San Diego. Elle lui répond: «Oui, mais il se pourrait que je ne sois pas là. San Diego ne me plaît pas beaucoup.» Il rentre à Los Angeles après ce seul et unique rendez-vous galant.

En apprenant qu'il doit revenir à San Diego pour affaires le 8 janvier 1947, il envoie un télégramme à Elizabeth chez les French et lui demande s'il peut la revoir.

Parce qu'il croit qu'elle travaille au bureau de la Western Airlines, il s'y rend aux environs de 5 heures de l'après-midi et attend de la voir sortir du bâtiment. Ne travaillant pas là, la jeune femme ne se montre pas et il gagne la maison des French. Elizabeth l'y accueille et, dira-t-il plus tard à la police, lui demande s'il peut l'emmener passer un coup de fil. Ils se sont déjà mis en route lorsqu'elle change d'avis et lui demande s'il ne pourrait pas plutôt la conduire jusqu'à Los Angeles. Il accepte, mais l'informe qu'il ne pourra pas le faire avant le lendemain parce qu'il a des affaires à régler à San Diego.

Ils reviennent chez les French, où Elizabeth fait ses adieux à Vera et Dorothy, prépare ses valises et part avec Manley.

Celui-ci trouve une chambre de motel et y remplit une fiche, puis ils vont au centre-ville pour boire et danser. Elizabeth envisage de prendre un bus pour rentrer à Los Angeles dès le soir même, mais ils finissent par décider de « s'acheter des hamburgers et de retourner au motel ». Elle lui dit « avoir froid », il lui allume un feu dans la cheminée de la chambre. Elle se plaint d'« avoir des frissons et de ne pas se sentir bien », ils se couchent sans même essayer de faire l'amour.

Le lendemain matin, Manley va voir ses clients, revient au motel à midi et demi et ramène Elizabeth à Los Angeles en s'arrêtant une première fois pour acheter des sandwichs et une deuxième pour prendre de l'essence à Redondo Beach. Ils ont repris la route lorsque Elizabeth lui demande si elle pourra lui écrire. « Bien sûr », lui répond-il et il lui donne son adresse, qu'elle note dans son carnet. Elle lui dit alors se rendre « à Los Angeles pour y retrouver sa sœur, Adrian West ». Manley lui demande si elle doit la retrouver au Biltmore. « Oui, au Biltmore », lui répond-elle.

Dès qu'ils arrivent à Los Angeles, Elizabeth demande à Manley de la conduire à la gare routière des autocars Greyhound afin qu'elle puisse y mettre ses bagages à la consigne. Manley les lui porte, elle les dépose, puis il la conduit au Biltmore qui ne se trouve qu'à quatre rues de là. Ils entrent tous les deux dans le hall, Elizabeth lui demandant alors « d'aller voir à la réception si sa sœur a pris une chambre pendant qu'[elle ira] aux toilettes ». Manley fait ce qu'elle lui demande, apprend qu'aucune Mme West n'est descendue à l'hôtel et demande « à deux femmes qui se trouvent dans l'entrée si l'une d'elles ne serait pas Mme West ». L'une et l'autre répondent que non. Après l'avoir attendue encore quelques minutes, Manley quitte Elizabeth. Il ne devait plus jamais la revoir – c'est du moins ce qu'il déclare à la police.

Red Manley jure dire la vérité et ne varie pas dans sa déposition, bien que les inspecteurs le cuisinent durement afin de déceler des failles dans son histoire. De fait, plus l'interrogatoire se durcit, plus il se montre ferme, au point de demander qu'on le fasse passer au détecteur de mensonges, voire qu'on lui injecte du sérum de vérité, pour pouvoir prouver son innocence.

La police lui ayant demandé s'il ne se rappellerait pas autre chose de ses conversations avec Elizabeth, il déclare avoir vu le soir du 8 janvier, lorsqu'ils étaient au motel, «de grosses égratignures sur les bras d'Elizabeth, au-dessus du coude». Il ajoute que la jeune femme lui aurait dit «avoir un petit ami très jaloux». Ce serait un «Italien aux cheveux noirs qui habite à San Diego».

Il se rappelle aussi que «le 8 janvier Elizabeth a passé un coup de fil longue distance de la cabine téléphonique du café qui fait l'angle de Balboa Drive et de Pacific Highway, juste à la sortie de San Diego, pour appeler un homme à Los Angeles». Il en a assez entendu pour savoir qu'elle veut fixer un rendez-vous à cet homme pour le lendemain soir, 9 janvier, au centre-ville de Los Angeles. Manley ne l'a pas entendue prononcer le nom de l'individu, mais se doute que c'est ce dernier, et non sa sœur, qu'Elizabeth se prépare à retrouver. Pour finir, il dit avoir appris le meurtre et la découverte du corps en lisant les journaux lors d'un voyage d'affaires qu'il effectuait à San Francisco à la mi-janvier.

Le 25 janvier 1947, les inspecteurs de police affectés au dossier reprennent contact avec lui et le conduisent au commissariat de la division University pour lui demander s'il reconnaît un sac à main et des chaussures à talons hauts qui auraient pu appartenir à Elizabeth Short. On lui montre deux douzaines de chaussures et dix sacs à main différents, il identifie le sac et les chaussures d'Elizabeth sans difficulté : elle avait ce sac et portait ces chaussures lorsqu'il l'a laissée au Biltmore. Aux inspecteurs qui lui demandent comment il peut être aussi sûr pour les chaussures, étant donné que toutes celles qu'on lui a montrées se ressemblent beaucoup, il répond : « Ses chaussures avaient des fers et je me rappelle qu'elle m'avait demandé de l'emmener chez un cordonnier de San Diego parce qu'elle voulait s'en faire mettre d'autres. » Manley reconnaît aussi « les effluves de parfum qui montent de son sac : c'est bien celui qu'elle portait ».

En étudiant les dépositions de ces vingt-deux premiers témoins interrogés par la police et par la presse, je me suis aperçu que seuls quelques-uns avaient joué un rôle important dans l'enquête. La police semblait avoir ignoré la plupart des autres, ce qui ne manquait pas de m'inquiéter. Particulièrement déconcertantes étaient les références faites à ce lieutenant de l'armée ou de l'Air Force qui, originaire du Texas, se prénommait « George » et avait été hospitalisé à Los Angeles – celui-là même qu'Elizabeth disait espérer épouser en novembre.

La police semblait aussi avoir ignoré les renseignements cruciaux fournis par le propriétaire de la station de taxis, Glen Chanslor, dans sa déposition : l'incident du 29 décembre 1946 au soir, au cours duquel Elizabeth se fait violemment agresser par un homme bien habillé (l'ami qui lui a offert de la prendre en voiture) donne l'impression d'être passé à la trappe. Les déclarations de Chanslor coïncident pourtant en tous points avec ce que Manley dira plus tard à la police en décrivant les balafres qu'il a remarquées sur les bras d'Elizabeth quelque onze jours plus tard – balafres qu'elle aurait récoltées suite à une agression de son petit ami jaloux.

Plutôt que de fournir des réponses, ces informations paraissaient pourtant soulever bien des questions. On a l'impression, en surface au moins, que le LAPD a ou bien laissé tomber ou bien celé au public, et délibérément, des renseignements d'importance donnés par les témoins. Pourquoi ?

Peut-être, me dis-je alors, la réponse à ces interrogations, ainsi qu'à d'autres questions de procédure policière particulièrement troublantes, était-elle à trouver dans une reconstitution jour par jour des enquêtes menées conjointement par la police et par la presse, reconstitution qui devait commencer par la découverte du corps le 15 janvier 1947.

12

Le LAPD et la presse :
l'enquête conjointe

Los Angeles était habituée aux crimes bizarres et, même si celui-là dépassait les bornes de la cruauté pour passer dans l'univers du mal absolu, les instances supérieures du LAPD tentèrent, dans la mesure du possible, de ne pas se laisser démonter. Cela dit, même en 1947, Los Angeles, tout comme New York, était une capitale des médias et disposait d'un corps de journalistes spécialisés qui savaient parfaitement combien le sang peut faire vendre du papier et avancer la carrière de tel ou tel reporter. Voilà pourquoi, dans les toutes premières heures de l'enquête, alors même que le côté sensationnel de l'affaire commençait à prendre le pas sur la routine des enquêtes de la brigade des Vols et Homicides du LAPD, ces journalistes assurant la couverture des crimes de sang s'impliquèrent sans tarder. Pendant les quelques semaines qui suivirent, ce sont eux qui vont prendre la direction des opérations en ouvrant des pistes et recherchant des témoins et des suspects pour la police, en échange d'informations à publier en exclusivité. Le LAPD sait en effet très bien que, dès qu'on aura arrêté le « Black Dahlia Avenger [1] » (c'est le titre qu'il se donne dans un mot qu'il adresse à la police pour se moquer d'elle), le dossier qu'il montera contre lui devra résister à l'examen d'un avocat de la défense des plus retors. C'est pour cette raison qu'il a peur de divulguer trop d'informations sensibles. Du travail bâclé au niveau de l'arrestation ou de l'enquête pour-

---

1. Littéralement : « celui qui se venge du Dahlia noir » *(NdT)*.

rait fort bien donner lieu à un acquittement et ce, quelle que puisse être la force des preuves avancées. Le haut commandement de la police n'en est pas à sa première expérience dans ce domaine et n'a aucune envie de se faire ridiculiser en voyant un avocat aussi malin que Jerry Giesler prendre son client par le bras et le faire sortir libre de la salle d'audience. Cette fois, on va procéder autrement parce que l'individu auquel on a affaire est plus qu'un assassin : c'est un « diable », « un tueur que la folie du sexe pousse à torturer » comme le disent les journaux.

Le LAPD avait donc besoin de s'en remettre à la presse s'il voulait aller aussi vite que les journalistes, mais il savait aussi qu'il fallait lui cacher certaines cartes.

Pour voir quels aspects de l'enquête étaient passés dans le domaine public, j'allais donc devoir étudier la manière dont le dossier avait été établi, quels témoins on avait convoqués et ce qu'ils avaient déclaré. Je devais absolument essayer de déterminer ce qui était solide et ce qui ne tenait pas la route.

C'est pour cette raison que j'établis une chronologie des premiers mois de l'enquête – non seulement pour voir comment la police avait procédé tout au début de l'affaire, mais aussi pour me faire une idée de la manière dont le meurtre du Dahlia noir s'insère dans le tableau général des innombrables assassinats de femmes seules perpétrés à Los Angeles à cette période.

Mercredi 15 janvier 1947 : début de l'enquête du LAPD

Les inspecteurs qui se rendent sur la scène de crime à Leimert Park savent sans doute que l'endroit où le corps a été découvert (à quelque huit kilomètres au sud d'Hollywood) est un terrain vague qu'on qualifie souvent d'« allée des amoureux ». Ils savent donc aussi que le ou les individus qui l'y ont déposé doivent connaître assez bien les lieux pour être sûrs de ne pas être vus. Qui plus est, ils ne tarderont pas à remarquer que le corps de la victime a été délibérément et soigneusement placé à quelques centimètres du trottoir, comme si l'on avait recherché l'effet maximum.

Si l'herbe qui entoure le cadavre est sèche, celle qui se trouve sous chacune des deux parties du corps est humide et permet aux enquêteurs d'affirmer que le cadavre a été déposé à cet endroit après la nuit tombée, lorsque la rosée s'est formée par terre[1]. La police qui recherche des témoins potentiels procède aussitôt à une enquête de voisinage. Il ne faudra que quelques jours pour que ces témoins commencent à se manifester.

Betty Bersinger

Betty Bersinger, une femme au foyer habitant dans le quartier de Leimert Park, a découvert le corps de l'« inconnue n° 1 » en descendant Normandie Avenue avec Anne, sa petite fille âgée de trois ans. Mme Bersinger, qui n'a pas donné son nom en appelant la police le matin du 15 janvier, finit par prendre contact avec elle le 24 janvier, après avoir lu dans les journaux que celle-ci cherchait à la joindre et voyait en elle « un suspect possible ».

Mme Bersinger dit que lorsqu'elle a vu le corps, elle a attrapé sa fille par la main et couru jusqu'à la première maison, qu'elle décrit comme « la deuxième de Norton Avenue en venant de la 39e Rue, et qui appartient à un

1. Une autre théorie, que le LAPD ne semble pas avoir retenue, est que l'assassin qui, nous le savons, avait lavé le corps, aurait pu le placer à cet endroit alors qu'il était encore mouillé – ce qui pourrait expliquer les observations des policiers sans pour autant infirmer la théorie selon laquelle le corps aurait été déposé plus tard, soit entre 6 heures et demie et 7 heures du matin, idée qui s'accorde assez bien avec le fait qu'on aurait repéré un véhicule suspect garé près du corps à ce moment-là *(NdA)*.

médecin ». Betty Bersinger appelle la police, mais celle-ci « ne me demande pas mon nom et j'étais bien trop bouleversée pour penser à le lui donner. Je me souviens que le policier m'a demandé le numéro de téléphone d'où j'appelais, que j'ai alors regardé le cadran et lui ai donné celui que j'y lisais ».

Ce sont des inspecteurs du LAPD fort embarrassés qui devront plus tard admettre devant la presse que l'officier de service qui a reçu l'appel de Mme Bersinger non seulement a négligé de prendre son nom, mais a aussi perdu le numéro qu'elle lui donnait. Dix jours après cet appel, suite à un audit de leurs archives, les policiers du commissariat de la division University découvriront la mention de l'appel et en déduiront qu'elle l'a passé le 15 janvier 1947, à 10 h 54 du matin.

Robert Meyer

Interrogé par la police et par la presse le matin du 15 janvier, Bob Meyer, qui lui aussi habite Leimert Park, déclare avoir vu entre 6 h 30 et 7 heures « une conduite intérieure noire de marque Ford, modèle 1936 ou 1937 » venir se garer le long du trottoir, près de l'endroit où le corps sera retrouvé. Le véhicule est resté là pendant « environ quatre minutes, puis a quitté les lieux ». Des herbes hautes lui obstruant la vue, M. Meyer n'a malheureusement pas pu voir clairement le conducteur.

Sherryl Maylond

Sherryl Maylond, une des sept filles qui partageaient la suite 501 avec Elizabeth Short, travaillait elle aussi à Hollywood comme « fille de bar » dans un établissement non identifié. Elle déclare à la police et à la presse que, ce mercredi 15 janvier 1947, un homme qui se fait appeler « Clement » est passé à son bar et a demandé au barman de nuit s'il pouvait «parler à Sherryl». Le barman lui a répondu qu'elle ne travaillait pas ce soir-là, sur quoi l'inconnu est reparti. Mais il est revenu le lendemain soir et une fois encore a demandé à parler à Sherryl Maylond. Elle travaillait ce soir-là et a accepté de lui parler. Clement – «il est frêle et fringant, a le teint olive et les tempes grisonnantes» – dit vouloir lui parler de Betty Short. Malgré ses demandes réitérées, elle refuse si nettement qu'il finit par s'en aller.

Jeudi 16 janvier 1947

Dès que l'identité de la victime fut établie, l'enquête s'accéléra. Que dans une ville qui avait plus que son compte d'homicides sanglants et d'assassinats de femmes particulièrement violents, le LAPD considère le meurtre d'Elizabeth Short comme «le crime le plus brutal auquel il ait jamais eu affaire» rendit la presse encore plus avide de nouvelles, jusqu'à en déclencher si nécessaire.

Alors que le labo du LAPD continuait à découvrir de nouvelles informations sur le meurtre, la police se trouva en proie à une pression grandissante de la part des médias soucieux de nourrir un public assoiffé de sang et fut obligée de laisser entendre que la victime avait été «tuée ailleurs». Elle précisa qu'Elizabeth avait été assassinée par un sadique, puis transportée jusqu'à une scène de crime devant laquelle le «véhicule du suspect s'était arrêté, ainsi que le prouvent des traces de pneus dans le caniveau».

Le jour où le LAPD laissait ainsi filtrer des renseignements sur ces traces de pneus, des inspecteurs convoquèrent l'officier de police Myrl McBride afin de l'interroger sur la femme qu'elle disait avoir vue près du dépôt d'autobus du centre-ville. McBride identifia catégoriquement la victime de la photo comme étant la femme qui était venue vers elle «en sanglots tellement elle avait peur» le 14 janvier et qu'elle avait plus tard vue quitter un bar du centre-ville en compagnie de deux hommes et d'une femme. La police eut alors, grâce à ce témoin fiable, le signalement de trois personnes qui s'étaient trouvées avec la victime quelques heures à peine avant que celle-ci se fasse assassiner.

Les «cinq jeunes inconnus» dont il est fait état dans les communiqués de presse du LAPD déclaraient, eux, s'être trouvés avec la victime dans divers night-clubs d'Hollywood en décembre 1946, et encore quelques mois plus tôt lorsque celle-ci leur avait parlé de son intention «d'épouser George, un pilote de l'armée originaire du Texas». Ce même 16 janvier, la police interroge à Hollywood deux anciennes colocataires d'Elizabeth, Anne Toth et Linda Rohr, et encore Inez Keeling, l'ancienne patronne de l'économat de Camp Cooke.

Vendredi 17 janvier 1947

Deux jours après le crime, le psychiatre consultant dépêché auprès du LAPD au moment du meurtre, le Dr Paul De River, déclare dans le *Los Angeles Evening Herald Express* que, quel qu'il soit, le suspect «hait les femmes» et qu'il s'agit d'un «démon sadique». L'assassin, déclare-t-il encore, ressemble peu aux meurtriers que le LAPD est susceptible de croiser parce que «dans cet acte il fait preuve d'un sadisme caractéristique du complexe sado-masochiste. Il est clair qu'il obéit aux impératifs de la vengeance analytique, celle qui dit: "Ce qui m'a été fait, je te l'infligerai." Les tueurs de ce genre, poursuit-il, sont en général très pervers et ont recours à toutes sortes de perversions et manières de torturer leurs victimes afin de satisfaire leurs pulsions».

Ce psychiatre fait encore remarquer que «les suspects de ce type cherchent avant tout à infliger des douleurs physiques et morales et à humilier et maltraiter leurs victimes». Et d'ajouter: «Ces grands sadiques sont d'une curiosité inépuisable et susceptibles de passer encore beaucoup de temps avec leurs victimes après que l'étincelle de la vie s'est éteinte en elles.» Qui plus est, précise-t-il, «le suspect peut même très bien être du genre studieux et prendre plaisir à éprouver l'humiliation de sa victime. Analyste et expérimentateur, voilà ce qu'il est dans les formes les plus brutales de la torture».

Samedi 18 janvier 1947

Le week-end arrivé, l'enquête s'était déjà étendue à toutes sortes de témoins, y compris Dorothy et Elvera French de San Diego, que les reporters de l'*Examiner* avaient pu localiser grâce à une adresse d'expéditeur portée par Elizabeth sur l'enveloppe d'une lettre qu'elle avait envoyée à sa mère. Les French déclarèrent alors aux journalistes qu'Elizabeth avait mis une malle à la consigne de la gare Railway Express de Los Angeles. Les journalistes ayant tôt fait de la retrouver, le rédacteur en chef en charge du cahier «Métro» de l'*Examiner* conclut un marché avec le capitaine Donahoe : il lui dirait où se trouvaient les bagages de la victime s'il acceptait de lui en révéler le contenu en exclusivité. Le capitaine n'appréciait guère de devoir ouvrir la malle dans les bureaux du journal, mais mettre la main dessus étant plus important que de se battre avec un rédacteur en chef gourmand, il accepta, quoique à contrecœur.

Les journalistes et inspecteurs qui ouvrirent la malle tombèrent sur d'innombrables photos d'Elizabeth en compagnie de toutes sortes d'hommes, la plupart en uniforme, du simple soldat au général trois étoiles. Ils trouvèrent aussi les lettres d'amour qu'elle avait écrites au major Matt Gordon et au lieutenant Joseph Fickling, ainsi que des télégrammes qu'on lui avait envoyés.

L'un de ces derniers – qui n'est pas daté – est expédié à «Beth Short, 220, 21e Rue, Miami Beach, Floride», sans doute par un prétendant inconnu. Originaire de Washington D. C., ce monsieur ne donne ni son nom ni son adresse. On peut seulement lire :

Pièce à conviction n° 15

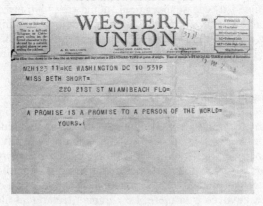

Pour un homme d'expérience une promesse est une promesse = Bien à toi.

Le LAPD envoya des inspecteurs à Miami Beach, mais s'ils trouvèrent quelque chose, rien n'en fut communiqué au public. Aussi curieux que puisse nous paraître ce télégramme aujourd'hui, il est clair que son expéditeur était certain qu'Elizabeth saurait de qui il émanait. Il était d'un ton trop assuré et familier pour qu'elle ne le prenne pas au sérieux. C'est là le message vrai de quelqu'un qui entretient une relation suivie avec elle, de quelqu'un qui est en colère parce que Elizabeth est revenue sur sa promesse. Étant donné sa crainte maintes fois exprimée d'un petit ami jaloux et la description que Myrl McBride fait à ses supérieurs d'une Elizabeth trop effrayée pour oser aller récupérer son sac dans un bar du centre-ville, il ne fait aucun doute qu'elle avait très peur de quelqu'un bien avant la deuxième semaine de janvier.

Lui téléphonant dans le Colorado, la police interroge aussi Mme Matt Gordon à propos du télégramme que celle-ci a envoyé à la victime pour lui faire part de la mort de son fils, télégramme retrouvé dans les bagages d'Elizabeth alors même que des inspecteurs de Charlotte

(Caroline du Nord) procédaient à l'interrogatoire de Joseph Fickling. Ce dernier interrogatoire est important dans la mesure où il révèle qu'Elizabeth, qui croit enfin pouvoir échapper à celui qui la traque, demande qu'on « ne lui écrive pas en Californie parce qu'elle va bientôt partir pour Chicago ».

Ce samedi 18 janvier voit aussi des reporters de l'*Examiner* se livrer à du travail d'enquête de premier ordre lorsqu'ils interrogent les French à San Diego à propos d'un certain Red Manley. Ils obtiennent de Vera et de Dorothy un signalement de sa voiture, cherchent partout dans les environs, retrouvent le motel où il a payé une chambre, épluchent le registre de l'établissement, y découvrent son numéro de permis de conduire et le téléphonent au responsable du cahier « Métro », James Richardson. Celui-ci appelle aussitôt le Department of Motor Vehicles[1] de Californie, obtient l'adresse de Manley dans la banlieue de Los Angeles, à Huntington Park pour être exact, et y dépêche des journalistes pour repérer les lieux. En rentrant de son voyage d'affaires à San Francisco ce 18 janvier, Manley tombe sur ces journalistes – et sur les flics qui l'embarquent pour l'interroger. Il est cuisiné pendant les douze heures qui suivent, sans avocat pour le représenter, mais aucune charge n'est retenue contre lui. Il s'en tient fermement à son histoire : il ne sait rien de l'assassinat et supplie les inspecteurs de le faire passer au détecteur de mensonges ou de lui faire une piqûre de sodium de pentothal pour qu'on ne puisse plus douter de son innocence.

Dimanche 19 janvier 1947

Alors qu'il est encore entre les mains de la police, Manley est passé une première fois au détecteur de mensonges, l'examen se révélant, d'après le LAPD, « peu concluant ».

1. Équivalent US de notre service des cartes grises *(NdT)*.

Il continue à nier toute participation au meurtre, mais les inspecteurs ne sont toujours pas convaincus par ses propos et le font passer une deuxième fois au détecteur de mensonges, sous la direction du criminaliste Ray Pinker – test pendant lequel Manley finit par s'endormir. On le réveille et le presse encore de questions, mais finalement Pinker doit reconnaître que Manley s'en est sorti sans encombre, ce qui, temporairement au moins, le raye de la liste des suspects.

Sur la demande de la police, Agness Underwood, la journaliste du *Herald Express* spécialisée dans les affaires criminelles, devait plus tard interroger Manley au commissariat afin de voir si les inspecteurs n'auraient pas laissé passer quelque chose d'important. Au cours de cet entretien, elle apprit qu'Elizabeth avait donné un coup de fil à un inconnu depuis un restaurant où elle s'était arrêtée avec Manley. C'est durant cet appel qu'elle avait accepté de retrouver cette personne dans le centre de Los Angeles, le 9 janvier au soir [1].

Lundi 20 janvier 1947

Dans ce qui pourrait bien être la première piste solide donnée par des témoins oculaires, M. et Mme William Johnson, propriétaires et gérants du Washington Boulevard Hotel, déclarent à la police et à la presse qu'Elizabeth et un homme se faisant passer pour son mari ont pris une chambre dans leur établissement sous les noms de « M. et Mme Barnes » le dimanche 12 janvier 1947, soit seulement quarante-huit heures avant le meurtre. Les Johnson décrivent ensuite ce qu'ils appellent « la conduite bizarre » de l'homme et insistent en particulier sur son agitation et sa nervosité lorsqu'il revient à l'hô-

1. Dans les semaines qui suivirent, le LAPD devait envoyer des inspecteurs à San Diego afin de suivre cette piste et de retrouver la trace écrite de ces appels *(NdA)*.

tel le 15 janvier. Lorsque « M. Barnes » reparaît dans l'entrée, M. Johnson lui dit en plaisantant que, ne les voyant pas pendant trois jours ils se sont demandé « s'ils n'étaient pas morts ». Visiblement choqué, M. Barnes fait demi-tour et sort de l'hôtel.

Les inspecteurs leur montrant alors des photos retrouvées dans les bagages d'Elizabeth Short, les Johnson identifient catégoriquement à la fois la victime et l'homme qui les avait inscrits à l'hôtel comme M. et Mme Barnes. Cette identification constitue un indice capital pour la police, dans la mesure où c'est la première fois que quelqu'un déclare avoir vu la personne qui se fait passer pour le mari d'Elizabeth Short en compagnie de cette dernière seulement deux jours avant le meurtre. De plus, lorsqu'il revient tout seul à l'hôtel, « M. Barnes » se conduit d'une manière tellement bizarre que M. Johnson s'en souvient très clairement. C'est ainsi que, dès le 20 janvier 1947, les inspecteurs du LAPD ont dans leur dossier la photographie d'un individu qui aurait dû être leur premier suspect dans l'affaire du Dahlia noir, la photo de quelqu'un que deux témoins oculaires ont identifié comme s'étant trouvé seul avec la victime dans une chambre d'hôtel quarante-huit heures seulement avant le meurtre. Qui était cet homme ? Où est passée sa photographie aujourd'hui ?

Outre les interrogatoires de M. et Mme Johnson, le LAPD réexpédie cinquante officiers de police sur la scène de crime afin de la passer au peigne fin. Cette fouille permet de retrouver une montre de style militaire dans le terrain vague proche de l'endroit où le corps de la victime a été découvert. D'après les comptes rendus parus dans la presse, « des chimistes de la police sont aussitôt chargés de rechercher l'identité du propriétaire » de l'objet que l'on décrit ainsi : « Montre Croton 17 rubis avec bracelet métallique recouvert cuir. Inscription gravée : "Swiss made, waterproof, brevet, stainless steel back". »

Mercredi 22 janvier 1947

A l'appel ce matin-là, les inspecteurs des Homicides font circuler un bulletin spécial du LAPD (pièce à conviction n° 16) contenant une photo d'Elizabeth Short et une description détaillée de ses vêtements et en font plus tard distribuer des exemplaires à tous les policiers en tenue patrouillant à pied dans toutes les divisions de la ville. Cet avis donne ordre aux policiers de retrouver quiconque a pu savoir où se trouvait la victime dans les semaines qui ont précédé son assassinat. Le document est placardé dans les terminus de bus et dans les dépôts de taxis afin d'obtenir l'aide du public.

Pièce à conviction n° 16

SPECIAL
Daily Police Bulletin

OFFICIAL PUBLICATION OF POLICE DEPARTMENT, CITY OF LOS ANGELES, CALIFORNIA

WANTED INFORMATION ON ELIZABETH SHORT
Between Dates January 9 and 15, 1947

Description: Female, American, 22 years, 5 ft. 6 in., 115 lbs., black hair, green eyes, very attractive, bad lower teeth, finger nails chewed to quick. This subject found brutally murdered, body severed and mutilated January 15, 1947, at 39th and Norton.

Subject on whom information wanted last seen January 9, 1947 when she got out of car at Biltmore Hotel. At that time she was wearing black suit, no collar on coat, probably Cardigan style, white fluffy blouse, black suede high-heeled shoes, nylon stockings, white gloves full-length beige coat, carried black plastic handbag (2 handles) 12 x 8 in which she had black address book. Subject readily makes friends with both sexes and frequented cocktail bars and night spots. On leaving car she went into lobby of the Biltmore, and was last seen there.

Inquiry should be made at all hotels, motels, apartment houses, cocktail bars and lounges, night clubs to ascertain whereabouts of victim between dates mentioned. In conversations subject readily identified herself as Elizabeth or "Beth" Short.

Attention Officers H. H. Hansen and F. A. Brown, Homicide Detail.

KINDLY NOTIFY C. B. HORRALL, CHIEF OF POLICE, LOS ANGELES, CALIFORNIA

Bulletin spécial du LAPD, janvier 1947

Signalement : sexe féminin, américaine, 22 ans, 1,70 m, 53 kilos, yeux verts, très séduisante, dents inférieures en mauvais état, ongles rongés jusqu'au sang. Le sujet a été assassiné avec une grande brutalité. Corps retrouvé coupé en deux et mutilé le 15 janvier 1947, croisement 39ᵉ Rue et Norton Avenue.

Le sujet sur lequel des renseignements sont recherchés a été vu pour la dernière fois le 9 janvier 1947, date à laquelle elle est descendue d'une voiture devant l'hôtel Biltmore. Elle portait alors un tailleur noir à veste sans col, probablement de style cardigan, un chemisier blanc à dentelles, des chaussures en daim noir à talons hauts, des bas Nylon, des gants blancs et un grand manteau de couleur beige. Elle tenait un sac à main en plastique noir (à deux poignées) de format 20 × 40, dans lequel se trouvait un carnet d'adresses noir. Le sujet se liait facilement d'amitié avec hommes et femmes et fréquentait les bars et les boîtes de nuit. Après avoir quitté la voiture, elle est entrée dans le hall du Biltmore, où elle a été vue pour la dernière fois.

Questions à poser dans tous les hôtels, motels, immeubles locatifs, bars et night-clubs afin de déterminer présence de la victime aux dates mentionnées ci-dessus. Dans la conversation, le sujet disait facilement s'appeler «Elizabeth» ou «Beth» Short.

Rapport à faire aux officiers H. H. Hansen et F. A. Brown, brigade des Homicides.

APPELER LE CHEF DE POLICE C. B. HORRALL, LOS ANGELES, CALIFORNIE.

Est aussi faite à la presse locale une brève déclaration concernant les empreintes découvertes sur une bouteille de vin retrouvée dans la chambre qu'Elizabeth et son «mari» ont occupée à l'East Washington Boulevard Hotel. La presse reproduit les propos de deux inspecteurs (probablement du Gangster Squad[1]) appelés en renfort dans l'enquête, selon lesquels «ils pensent à une erreur d'identification» dans la mesure «où ces empreintes ne sont pas celles de la victime, Elizabeth Short[2]».

Il faut ici donner quelques explications sur l'organisation du LAPD de l'époque. Le Gangster Squad n'existe plus aujourd'hui. Mais, en 1947, il était composé d'une douzaine d'inspecteurs rattachés à la brigade des Homicides. Les hommes de cette unité étaient dirigés par un lieutenant. Sous son autorité, ils surveillaient et rassemblaient des renseignements sur les «gangsters notoires», et menaient des enquêtes afin d'identifier et de déférer à la justice tous les avorteurs de la ville. Les inspecteurs de cette unité étaient les premiers officiers qu'on détachait lorsqu'une division venait à manquer de personnel dans des affaires criminelles à grand retentissement. Il y avait toujours des tensions entre les brigades régulières et ces unités interservices, chacun agissant dans son fief avec un lieutenant en guise de seigneur à sa tête. C'était particulièrement vrai dans les années 40, époque à laquelle le LAPD était en proie à la corruption, de nombreux policiers se sucrant au passage. Tout homme n'appartenant pas à ces unités particulières, y compris les «officiers frères», était objet de suspicion. Après la nomination de Parker au poste de chef de la Police en 1950, le Gangster Squad fut divisé en deux unités: l'OCID (Organized Crime Intelligence

1. Soit: brigade de lutte contre le grand banditisme *(NdT)*.
2. Note de l'enquêteur: cette déclaration officielle me troubla tout de suite énormément lorsque j'en pris connaissance pour la première fois. Un inspecteur des Homicides n'aurait en effet jamais fait pareille déclaration. Qui plus est, ces inspecteurs n'envisagèrent jamais l'idée que ces empreintes non identifiées aient pu appartenir au suspect, «M. Barnes». A croire qu'en faisant cette déclaration ils voulaient discréditer les dépositions et identifications formelles de M. et Mme Johnson. Pourquoi donc? *(NdA)*.

Division[1]) et le PDID (Public Disorder Intelligence Division[2]).

Jeudi 23 janvier 1947

D'autres inspecteurs chargés de l'enquête avaient manifestement pris très au sérieux le témoignage des Johnson. La presse rapporte en effet que tous les officiers du LAPD reçurent pour consigne de «rechercher un homme qui aurait pu prendre une chambre dans un hôtel sis au 300, East Washington Boulevard, le 12 janvier, et se faire passer pour le mari de Mlle Short». Un signalement précis de ce «M. Barnes» que les Johnson avaient vu prendre une chambre avec la victime fut aussi donné aux policiers, signalement qui ne devait pas être révélé au grand public.

La police se livra également, et pour la troisième fois, à une enquête de proximité dans le quartier de Leimert Park, près de la 39e Rue et de Norton Avenue. Une fouille porte à porte fut pratiquée dans le but de retrouver quelqu'un qui aurait pu voir quelque chose le matin du 15 janvier. Dans ce suivi d'enquête, les deux questions suivantes furent posées aux voisins proches :

> Connaissez-vous quelqu'un qui ne soit pas sain d'esprit dans le quartier ?
> Connaissez-vous un étudiant en médecine ?

Cette nouvelle enquête de voisinage ne permit pas de trouver de nouveaux témoins oculaires dont les noms auraient pu être fournis à la presse, qui commençait à se retourner contre la police, l'accusant de piétiner. Le 23 janvier, Agness Underwood écrit ainsi dans le *Herald*

1. Chargé de la surveillance du crime organisé, en particulier de la Mafia *(NdT)*.
2. Chargé de la surveillance des rues *(NdT)*.

Express un article intitulé «Le meurtre du Dahlia noir ira-t-il rejoindre la cohorte des affaires non résolues?», dans lequel elle cite les noms et donne les photos d'Ora Murray, Georgette Bauerdorf et Gertrude Evelyn Landon, trois victimes d'assassinats toujours sans solution. L'article laisse clairement entendre qu'il pourrait d'ailleurs y avoir un lien entre ces trois homicides non résolus et le meurtre d'Elizabeth Short.

Los Angeles Herald Express du 23 janvier 1947 [1]

L'article d'Underwood commence ainsi :

DES LOUPS-GAROUS LAISSENT
DES FEMMES ASSASSINÉES SUR LEUR PASSAGE

Dans le livre sanglant des meurtres non résolus, des kidnappings et autres crimes perpétrés contre les

1. Titre de l'article : «Opération porte-à-porte pour retrouver des indices dans le meurtre du Dahlia» *(NdT)*.

femmes, il se pourrait bien que la police de Los Angeles ait à insérer une nouvelle page – « Le mystère du sadique assassinat d'Elizabeth Short, dite le Dahlia noir ». Pour l'instant, toutes les pistes ont échoué. Ce dernier meurtre, qui a provoqué la plus grande mobilisation d'experts en criminalité de toute l'histoire de la ville, est le dernier d'une longue série d'assassinats. La découverte du corps démembré d'Elizabeth Short a été en effet précédée par celles de nombreuses autres femmes assassinées par désir sexuel, esprit de vengeance ou pour des raisons inconnues.

Underwood donne ensuite les noms de sept femmes seules récemment assassinées à Los Angeles au cours de meurtres à caractère sexuel toujours non résolus.

Le matin du 23 janvier, James Richardson, le responsable du cahier « Métro » du *Los Angeles Examiner,* reçoit l'appel d'un homme qui dit être l'assassin du Dahlia noir. Dans son autobiographie *For the Life of Me : Memoirs of a City Editor* [1], il raconte l'étrange conversation qui s'ensuivit. Il explique qu'il ne l'a pas tout de suite rendue publique parce qu'il voulait garder cette preuve par-devers lui, même si les journalistes spécialisés dans les affaires criminelles étaient pris d'une véritable frénésie de nouvelles, jusqu'aux plus infimes. Pour moi, ce coup de fil fut une véritable révélation. Me bouleversèrent en particulier le compte rendu textuel qu'il donne de sa brève conversation avec le tueur et ce qu'il dit de l'impression que lui fait celui-ci. Que cet appel ait été passé par l'assassin ne fait en effet aucun doute. Pendant leur entretien, celui-ci promet à Richardson de lui envoyer « quelques effets appartenant à Elizabeth ». Voici ce que Richardson dit de cette conversation :

1. Soit « Au prix de ma vie : mémoires d'un rédacteur en chef du cahier Métro » *(NdT).*

L'affaire [du Dahlia noir] ne donnait plus lieu qu'à quelques paragraphes et s'apprêtait à disparaître entièrement des journaux lorsque, répondant à un appel, j'entendis une voix que je n'oublierai jamais.
– Vous êtes bien le responsable du cahier «Métro» de l'*Examiner*? me demanda-t-elle.
– Oui.
– Donnez-moi votre nom, s'il vous plaît.
– Richardson.
– Sachez donc, monsieur Richardson, que je vous félicite pour votre couverture de l'affaire du Dahlia noir.
– Merci, dis-je.
Puis il y eut une légère pause avant que la voix ne reprenne.
– Mais on dirait que vous êtes à court de munitions.
– C'est exact.
Petit rire dans l'écouteur.
– Je peux peut-être vous aider.
Il y avait quelque chose de glaçant dans le ton qu'avait pris l'inconnu. J'en eus des frissons dans le dos.
– Ça ne serait pas de trop, répondis-je et le petit rire se fit entendre à nouveau.
– Voilà ce que je vais faire, reprit la voix. Je vais vous envoyer certaines choses qu'elle avait avec elle quand elle a disons… disparu ?
J'avais du mal à me contrôler. Je commençai à griffonner les mots «remonter l'appel» sur une feuille de papier.
– Quel genre de choses? demandai-je en lançant la feuille de papier sur le bureau de mon assistant.
Je le vis y jeter un coup d'œil et commencer à appuyer sans arrêt sur la fourche de son appareil téléphonique afin d'attirer l'attention de la standardiste.
– Oh, disons… son carnet d'adresses, son certificat

de naissance et d'autres petites choses qu'elle avait dans son sac.

– Et je les recevrai quand ? demandai-je en entendant mon assistant dire à la standardiste Mae Northern de remonter l'appel.

– Oh, d'ici un jour ou deux. On verra où ça vous mène. Mais maintenant, il faut que je vous dise au revoir. Vous pourriez avoir envie de remonter cet appel.

– Attendez une seconde ! m'écriai-je, mais j'entendis un déclic et la communication fut coupée.

Richardson conclut son livre sur quelques observations et réflexions sur le tueur auquel il avait parlé sept ans plus tôt. D'après lui, il s'agit d'un égocentrique qui a conçu son assassinat pour prouver à tous que, véritable superman, il est capable de se montrer «plus astucieux et intelligent que le monde entier». Richardson déclare aussi – et là encore il a raison – que pour lui le tueur a positionné le corps de façon à ce qu'on le découvre tout de suite et qu'il l'a horriblement mutilé afin d'attirer le plus possible l'attention de la police et du grand public. Il écrit que le tueur montre ainsi qu'il «veut être seul contre tous, celui qui aura commis le crime parfait».

Richardson était également sûr et certain que le meurtrier frapperait encore, et de la même manière, mais qu'il finirait par commettre une erreur qui le perdrait. Il espérait que l'assassin du Dahlia noir décrocherait de nouveau son téléphone, composerait le numéro du journal et demanderait à lui parler. Il nous révèle que les standardistes avaient acquis une manière de sixième sens pour filtrer les appels «des cinglés et des givrés», mais que de temps à autre elles ne lui en passaient pas moins des coups de fil importants. Pour lui, il n'y avait aucun doute : un jour il décrocherait son téléphone et entendrait à nouveau «cette voix douce et trompeuse».

Vendredi 24 janvier 1947

La police déclare avoir fait un grand pas en avant en apprenant que le suspect a laissé le sac à main et les chaussures d'Elizabeth Short dans une poubelle ouverte, devant un restaurant-motel sis au 1136, South Crenshaw Boulevard, soit quelque vingt rues au nord du croisement de Norton Avenue et de la 39e Rue. Robert Hyman, le gérant de l'établissement qui a retrouvé ces objets, déclare avoir aperçu une paire de chaussures de femme dans un sac à main noir juste au moment où l'éboueur ramassait ses ordures. Il ajoute que le sac était « large et de forme rectangulaire, et les chaussures noires avec de très hauts talons ».

Il interpelle l'éboueur et lui dit qu'il « faudrait peut-être donner le sac et les chaussures à la police ».

« Oh, des trucs comme ça, on en trouve tout le temps, lui répond l'éboueur municipal, et ça ne va jamais bien loin. »

Puis il jette le sac et les chaussures dans son camion avec le reste des ordures et s'éloigne.

Hyman appelle aussitôt le LAPD et des officiers de police sont envoyés au dépotoir municipal où, après des recherches approfondies, ils finissent par retrouver le sac et les chaussures. Une unité du LAPD les rapporte au commissariat de la division University, où, comme il est dit plus haut, Red Manley les reconnaît.

13

Le LAPD et la presse :
les messages du tueur

Samedi 25 janvier 1947

Ce jour-là, le *Los Angeles Examiner* rapporte que quelqu'un – l'assassin, probablement – lui a envoyé une partie des objets contenus dans le sac à main d'Elizabeth Short. Le cachet indique que l'envoi a été enregistré à la poste centrale de Los Angeles, le 24 janvier à 18 h 30. Le paquet contient un document prouvant l'identité de la victime, son carnet d'adresses, son certificat de naissance et sa carte de Sécurité sociale. En plus de ces objets personnels, le tueur a confectionné une note à l'aide de lettres de diverses tailles découpées dans des numéros du *Los Angeles Examiner* et d'autres journaux locaux. On peut y lire :

Pièce à conviction n° 17

Voici les affaires du Dahlia. Lettre suit

Le paquet est ouvert en présence de policiers du LAPD et des inspecteurs de la poste qui l'ont intercepté avant qu'il soit distribué au bureau du journal. Les inspecteurs chargés de l'enquête y découvrent des empreintes, qui sont aussitôt envoyées au bureau du FBI aux fins d'examen et d'identification.

Parce qu'il contient plus de soixante-quinze noms, le carnet d'adresses est d'un intérêt primordial pour la police. D'une grande importance est aussi le nom « Mark Hansen » porté à l'or et en relief sur la couverture de l'objet. Une page en a été arrachée. La police avance l'idée que l'assassin l'a peut-être déchirée lui-même avant de poster son envoi.

Le même jour, en réponse à certaines questions que lui posent les journalistes, le capitaine Donahoe dit de l'enquête qui s'élargit : « Nous y allons à fond. Nos hommes se sont déployés partout afin d'appréhender l'assassin. Nous allons interroger toutes sortes de gens et nous les éliminerons de la liste des suspects s'ils peuvent se disculper eux-mêmes. »

Mark Hansen

Mark Hansen est, pour une part, propriétaire des Florentine Gardens, haut lieu d'Hollywood et boîte de nuit des plus à la mode ; on y donne des vaudevilles devant des parterres d'édiles municipaux très puissants, de grands noms de la pègre et nombre de célébrités de l'industrie du spectacle. Au moment où se produit le meurtre, Hansen est le petit ami d'Anne Toth. Celle-ci fait partie d'un groupe de jeunes beautés qu'il emploie dans un club qui se veut la réponse d'Hollywood à une New York célèbre pour sa vie nocturne et ses danseuses de comédies musicales. Le gérant et maître de cérémonies d'Hansen est un certain Nils Thor Granlund. Plus connu sous l'appellation « N. T. G. », celui-ci est illustre dans l'univers des clubs d'Hollywood. Beaucoup de danseuses essaient alors de percer dans le cinéma et, comme Toth, arrivent à peine à payer leur loyer. Certaines d'entre elles, telles Yvonne De Carlo, Marie «le Corps» McDonald, Jean Wallace, Gwen Verdon et Lili St Cyr devaient passer de la scène des Florentine Gardens au grand écran et aux comédies musicales données à New York. Mark Hansen était donc très exactement le genre de personnes que cherchait à rencontrer Elizabeth, qui disait vouloir trouver «les gens qu'il faut à Hollywood», ceux qui pourraient l'aider à «percer dans le business».

Hansen est donc une des premières personnes contactées par les inspecteurs du LAPD après qu'ils ont ouvert l'envoi du tueur. Dans ses déclarations, Hansen explique à la presse et à la police que le carnet d'adresses lui a été volé chez lui, à l'époque où Elizabeth y habitait, à savoir dans le courant de l'été 46. Il est aujourd'hui clair que c'est elle qui le lui a pris.

Hansen déclare encore être le propriétaire du 6024, Carlos Avenue, juste derrière son club, et y résider. Il y loue souvent des chambres à des filles, surtout à celles qui désirent travailler pour lui ou qui essaient de percer. Il reconnaît en avoir loué une à Elizabeth pendant environ un mois dans le courant de l'été 46, mais pratiquement dans la même phrase il nie avoir été son amant, ou même être sorti avec elle. Il ajoute avoir tout de suite su qu'elle sortait avec beaucoup d'hommes pendant son séjour aux Gardens, y compris avec «un professeur de langues que je connais, et bien d'autres personnes, essentiellement des voyous que je n'aurais même pas laissés entrer chez moi».

Présente à l'entretien, Anne Toth se montre offensée par cette dernière remarque. «Elizabeth, dit-elle, était une fille bien. Elle était discrète, elle ne buvait pas et ne fumait pas, et l'on devrait toujours chercher à voir le bon côté des gens.»

Hansen reconnaît ensuite le carnet d'adresses en cuir brun comme étant le sien et déclare qu'on le lui «a envoyé du Danemark, [son] pays natal». A l'entendre, on lui aurait dérobé l'objet dans son bureau; il se deman-

231

dait d'ailleurs où il avait bien pu passer avant d'en voir la photo dans le journal. Quant aux noms qui s'y trouvent… «Je n'y avais mis personne… il n'y avait aucun nom dedans la dernière fois que j'ai posé les yeux dessus.»

Pour lui, c'est Elizabeth Short qui le lui a volé, en plus d'«une note de service et d'un agenda» qui, eux aussi, ont disparu de son bureau à peu près à l'époque où elle déménageait. Interrogé sur ses relations avec la victime, il insiste sur le fait qu'elles se limitaient à celles d'un propriétaire avec sa locataire et que les journaux se trompent en le présentant comme quelqu'un qui est sorti avec elle. Qui plus est, il prétend ne pas avoir eu vent du meurtre, ni avant ni après. «C'est à Noël dernier que j'ai vu Elizabeth Short pour la dernière fois, soit trois semaines avant qu'elle se fasse assassiner.»

Lundi 27 janvier 1947

Dans un deuxième envoi à l'*Examiner* – une carte postale expédiée du centre-ville le 26 janvier –, le suspect écrit ceci :

Pièce à conviction n° 18

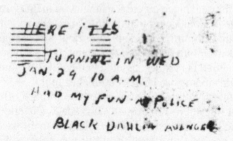

La voici
Me rendrai mer.
20 janv. à 10 h.
Me suis bien moqué de la police
Black Dahlia Avenger

Dans la déclaration qu'il fait aussitôt à la presse, le capitaine Donahoe dit que pour lui cette carte est « authentique » et pourrait bien être cette « lettre suit » que le tueur avait promis d'envoyer dans son premier message. « Le fait que cette carte postale soit écrite en caractères d'imprimerie plutôt que confectionnée à partir de lettres découpées dans des journaux corrobore la théorie selon laquelle l'assassin a l'intention de se rendre à la police et n'a donc plus besoin de se donner du mal pour masquer son identité. » Qui plus est, s'avance-t-il, la signature « Black Dahlia Avenger » indique bien qu'il a tué Elizabeth Short pour se venger d'un tort, réel ou imaginaire. « Pour l'instant nous n'en avons toujours pas la preuve, mais nous espérons que le tueur qui nous envoie ces messages tiendra sa promesse et se rendra mercredi. » Dans un communiqué, Donahoe fait encore la promesse suivante à l'assassin : « Si vous voulez vous rendre comme vous le dites dans la carte postale qui est maintenant entre nos mains, je promets de vous retrouver à n'importe quelle heure et en n'importe quel lieu public que vous choisirez, y compris au bureau de l'unité des Homicides de l'hôtel de ville. Entrez tout de suite en communication avec nous en nous écrivant ou en nous appelant au MI 5211, poste 2521. »

Ce même jour, la police devait examiner un autre message tapé à la machine, qu'elle suppose écrit par une femme – des traces de rouge à lèvres sont visibles sur le papier – et qui a été envoyé au bureau du district attorney de Los Angeles. L'auteur de la lettre y décrit en détail un incident auquel Elizabeth Short a été mêlée, incident qui s'est très vraisemblablement déroulé dans un night-club d'Hollywood un jour ou deux avant le meurtre. Le capitaine Donahoe refuse d'en divulguer le contenu, sinon qu'il « relate un incident qui pourrait avoir un lien avec l'assassinat d'Elizabeth Short. Nous allons envoyer des inspecteurs au lieu mentionné dans la lettre afin de vérifier d'autres détails. Après quoi seulement nous en rendrons public le contenu ». La mention manuscrite suivante est portée sur le devant de l'enveloppe : « Désolé, Greenwich Village, pas Cotton Club ».

Pièce à conviction n° 19

Lettre dactylographiée envoyée au district attorney[1]

Les détails de cette lettre ne devaient jamais filtrer de la rencontre entre le capitaine Jack Donahoe et le district attorney Simpson.

Ce jour-là aussi, la police devait faire la déclaration suivante : « Un examen complet des soixante-quinze noms inscrits dans le carnet d'adresses de Mark Hansen a été effectué hier, mais ne nous a pas permis d'ajouter le moindre détail à la triste histoire que nous connaissons. »

Mardi 28 janvier 1947

L'analyse de la carte postale écrite en caractères d'imprimerie – celle où le suspect promettait de se rendre – fait apparaître qu'il s'est servi d'un « stylo à bille neuf » pour y rédiger l'adresse du *L. A. Examiner*. Pour la police, ce détail a son importance dans la mesure où les

---

1. Lire « Lettre exprès » en haut à gauche de l'enveloppe. Lire en bas à gauche, sous l'adresse du district attorney : « Peut-être important, s'il vous plaît ! Re : affaire du Dahlia » *(NdT)*.

stylos à bille sont encore très rares en 1947. S'ils ont été fournis à certains officiers de l'armée pendant la guerre, ils ne passeront dans la grande distribution commerciale qu'à la Noël 45, et au prix vertigineux de douze dollars cinquante (soit, en gros, cent vingt-cinq de nos dollars d'aujourd'hui). Ce sont surtout les membres des professions libérales qui les utilisent, médecins, avocats et cadres supérieurs des grandes entreprises.

Mercredi 29 janvier 1947

La police et les journaux reçoivent deux autres messages du suspect – messages qui sont reproduits en première page des quotidiens. Le premier est encore une fois confectionné à l'aide de lettres découpées dans des journaux et déclare :

Pièce à conviction n° 20

L'assassin du Dahlia craque
Il veut savoir conditions

Le deuxième est confectionné de la même manière et promet :

Pièce à conviction n° 21

Au Los Angeles Herald Express
Me rendrai dans
meurtre du Dahlia si j'obtiens
10 ans
N'essayez pas de me retrouver

Une photo de ce dernier message sera publiée en première page de la dernière édition du *Herald Express*, avec cette manchette :

LES ANALYSES MONTRENT QUE LES MESSAGES
DE L'ASSASSIN DU DAHLIA NOIR
SONT L'ŒUVRE DU MÊME HOMME

Les tests du laboratoire d'analyse criminelle du LAPD font en effet vite le lien entre les enveloppes et le papier dont s'est servi l'expéditeur. Ils montrent également que c'est bien le même suspect qui a envoyé le paquet contenant les carnet d'adresses et papiers d'identité de la victime et a proposé de se rendre en échange d'une condamnation à dix ans de prison. D'autres indices importants ont été découverts dans ces messages, en particulier plusieurs cheveux noirs pris dans le ruban adhésif utilisé par l'assassin pour coller ses lettres découpées. Suite à certaines comparaisons, on devait s'apercevoir qu'il ne s'agissait pas des cheveux de la victime, mais cela n'en restait pas moins un élément important permettant des comparaisons avec les cheveux de suspects à venir.

Les inspecteurs déclarent alors : « Nous avons affaire à un maniaque du meurtre qui veut attirer l'attention sur son crime et pourrait bien venir saluer le public à la fin de la pièce, lorsqu'il aura exprimé la dernière goutte de mélodrame de son forfait. »

Ce mercredi-là, les inspecteurs fédéraux de l'Annexe de la poste de L. A. Centre reçoivent un sixième message. Pour eux il s'agit de la « menace de mort d'un quasi illettré (…) griffonnée sur une feuille de papier glacé arrachée à un bloc-notes ». Ce mot, qui ne sera pas reproduit dans les journaux, dit ceci :

> Y en a une qui va se prendre la même chose qu'E. S. si elle nous cafte.
> On va à Mexico… attrapez-nous si vous pouvez.
> 2Tueurs

Au dos de l'enveloppe quelqu'un, sans doute l'expéditeur, a écrit :

> E. y a eu droit. C'est au tour de Carla Marshall.

L'*Examiner* fait appel à l'expert en analyse de documents douteux Clark Sellers (il est considéré comme un des meilleurs graphologues du pays), afin d'examiner les cartes postales reçues au journal. Sellers s'est fait sa réputation en témoignant dans le procès de l'enlèvement du bébé Lindbergh : il a en effet réussi à faire le lien entre des spécimens d'écriture du suspect, Bruno Richard Hauptmann, et le billet de rançon reçu par les Lindbergh et a ainsi aidé l'accusation publique à obtenir sa condamnation.

Dans son rapport, Sellers déclare :

> Il est évident que l'auteur de ce message s'est donné beaucoup de mal pour déguiser sa personnalité en écrivant en majuscules d'imprimerie plutôt qu'en cursives et en essayant de se faire passer pour un illettré. Mais le style et la calligraphie des majuscules indiquent qu'il s'agit de quelqu'un d'instruit.

L'*Examiner* révélera encore que Sellers s'est livré à des « examens microscopiques » sur le message et y a fait « plusieurs découvertes importantes dont nous préférons ne pas divulguer la nature ».

Un deuxième expert en analyse de documents douteux, Henry Silver, est lui aussi contacté pour procéder à l'examen du premier message que l'assassin a joint aux affaires de la victime et de plusieurs cartes postales reçues par la presse. Silver déclare alors :

> L'expéditeur est un grand égocentrique et peut-être un musicien. La ligne de base de ses mots est fluctuante et trahit quelqu'un en proie à de grandes sautes d'humeur, avec une tendance à la mélancolie. L'auteur de ces messages est en proie à un conflit psychologique dû au ressentiment ou à une haine ayant pour origine la frustration de ses appétits sexuels. Les dernières lettres de nombre de ses mots sont plus grandes que les autres, indiquant une extrême franchise. Il dit la vérité. Il est en outre incapable de garder son secret et nourrit son ego en rapportant ce qu'il a fait. Il y a un grand sens du rythme dans cette écriture et cela montre que son auteur pourrait être un musicien, voire un danseur. Il est d'un tempérament méthodique et calculateur.

Jeudi 30 janvier 1947

Un jour après avoir promis de se rendre, l'assassin envoie un autre message avec lettres collées au capitaine Donahoe :

Pièce à conviction n° 22

Ai changé d'avis.
Vous ne me feriez pas une
offre réglo. L'assassinat du Dahlia
était justifié.

Le même jour, Daniel S. Voorhees – âgé de trente-trois ans, il est portier dans un restaurant – appelle la police, demande qu'un inspecteur vienne le retrouver en ville, au croisement de Hill Street et de la 4e Rue, et avoue avoir assassiné Elizabeth Short. Mais il est vite éliminé de la liste des suspects après comparaison entre son écriture et celle des messages. Psychologiquement et émotionnellement instable, Voorhees est le premier d'une longue liste de ce que la police qualifiera de «fans de l'aveu», tous individus qui recherchent cinq minutes de «gloire» en essayant de s'associer à ce crime sensationnel.

Vendredi 31 janvier 1947

Le *Herald Express* publie les photos de six autres messages, tous censément écrits par l'assassin. Le premier, confectionné à l'aide de lettres découpées dans des journaux, dit ceci :

Pièce à conviction n° 23

« Y aller doucement »
dit le Tueur
Affaire du Dahlia noir

Dans le suivant, on trouve :

Pièce à conviction n° 24

*J'ai décidé de ne pas
me rendre. Trop de
plaisir à tromper la police
Black Dahlia Avenger*

Un autre message, lui aussi confectionné à l'aide de
lettres découpées dans des journaux, est encore envoyé.
Il contient la photo d'un homme jeune qui s'est couvert
la tête d'un bas afin de camoufler son identité. Les mots
collés disent ceci :

Pièce à conviction n° 25

*Légende : voici la photo du loup-garou assassin
je l'ai vu la tuer
un ami*

241

Le *Herald Express* publie encore les photos de trois messages écrits en majuscules « grossières », chacun sur une carte postale différente. Les deux premiers se réfèrent aux aveux de Daniel Voorhees :

Pièces à conviction n°s 26 & 27

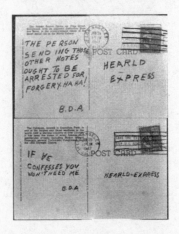

L'individu qui vous envoie ces messages devrait
être arrêté pour faux et usage de faux. Ha ha ! B.D.A.[1]
S'il avoue vous n'aurez plus besoin de moi. B.D.A.

Dans le troisième, il est dit :

---

1. Soit « Black Dahlia Avenger » *(NdT)*.

Pièce à conviction n° 28

Demandez indices marchand journaux croisement Hill et 5ᵉ pourquoi ne pas laisser tomber ce cinglé je lui ai parlé B.D.A.

Pièce à conviction n° 29

Armand Robles, 17 ans

Accompagnant son article en une, le *Herald Express* publie la photo d'un jeune homme suivie de la requête suivante à l'adresse de ses lecteurs :

> Un « corbeau » utilise la photo de ce jeune homme dans les lettres liées à l'affaire du Dahlia noir. Nous demandons à ce jeune homme de contacter le bureau de l'*Evening Herald and Express* afin de localiser le corbeau qui fait courir la police pour rien.

Le jour suivant, Armand Robles et sa mère, Florence Robles, contactent le journal et sont interviewés par des reporters qui, dès le lendemain, publient un article dans lequel Armand explique que c'est bien sa photo qui est parue dans le journal et qu'elle lui a été dérobée environ trois semaines plus tôt par un étrange assaillant. Vers le 10 janvier, il se promenait aux alentours du 4300, Eagle Street et arrivait « près d'un chemin de terre » lorsqu'il a « été mis K. O. par un homme qui lui a pris son portefeuille ». Or, les photos envoyées à l'*Examiner* – photos qui avaient été prises « environ trois semaines plus tôt à un stand de tir de Main Street dans le centre de L. A. » – se trouvaient dans ce portefeuille. Le signalement qu'il donne de son assaillant est celui d'un « homme grand et bien habillé (…) au volant d'une voiture d'un modèle récent ».

Le *Herald Express* recevra alors un autre message avec lettres collées, dans lequel il est dit :

Pièce à conviction n° 30

oui ou non ?

Samedi 1er février 1947

En réponse à ce renseignement rendu public par Armand Robles, un autre message avec lettres collées arrive au *Herald Express* accompagné d'une autre photo de Robles.

Cette fois-ci l'expéditeur a dessiné une flèche pointée sur la photo du jeune homme et porté l'inscription « au suivant » au-dessus de sa tête. Le message est ainsi formulé :

Pièce à conviction n° 31

un peu jeune ! Je me le ferai
comme je me suis fait le « Dahlia noir »
« Black Dahlia Avenger »

Ce même jour, dans une déclaration à la presse portant sur le lieu où le crime s'est produit, le capitaine Donahoe émet les hypothèses suivantes :

Il me semble impossible qu'Elizabeth Short ait été assassinée en ville. Nous sommes obligés d'en arriver à cette conclusion dans la mesure où personne ne nous a donné d'indication sur un lieu *intra muros* où elle aurait pu être tuée. Si elle a été effectivement assassinée dans une maison, une chambre ou un motel de la ville, il ne me paraît pas possible qu'on n'en ait pas retrouvé trace. Cela nous porte à croire qu'elle a été tuée à l'extérieur de la ville. L'assassin ne peut pas être sorti de l'endroit où il a commis son forfait habillé comme il l'était lorsqu'il a tué sa victime et l'a vidée de son sang. Il aurait été repéré trop facilement et les taches auraient attiré l'attention.

Donahoe pense aussi que :

L'assassin s'est servi d'une brosse en fibres de noix de coco épaisses pour nettoyer le corps avant de le sortir du lieu du meurtre.

Les pièces à conviction ci-dessus sont des photos publiées dans divers journaux de l'année 1947 et montrent les messages (écrits à la main ou réalisés avec des lettres collées) envoyés par le Black Dahlia Avenger. Mis à part le télégramme de Washington D. C. et la lettre dactylographiée expédiée au district attorney, le suspect aurait posté en moins de quinze jours un total assez incroyable de treize messages où il se moque de la presse et de la police[1].

---

1. Je ne prétends pas être un expert sur le célèbre tueur en série de Londres «Jack l'Éventreur». Cela dit, en surface au moins, il apparaît que l'assassin du Dahlia avait une connaissance rien moins que superficielle de l'affaire et le montra après avoir tué Elizabeth Short. Comme leurs confrères d'aujourd'hui, les journalistes des années 1880 avaient en effet publié les lettres sarcastiques du tueur. Celles-ci sont écrites à la main et on y trouve des termes, tournures de phrases et croquis tout à fait semblables à ceux dont se sert l'assassin du Dahlia noir. Jack l'Éventreur écrit ainsi : «Attrapez-moi quand vous pourrez.» Dans nombre de ses messages, il écrit aussi «Ha ha !» et fait des croquis enfantins de lames de couteau. Ne pas oublier que l'Éventreur envoyait à la police des objets ayant appartenu à ses victimes – dont un fragment de rein, certaines autorités en concluant que l'assassin était peut-être chirurgien *(NdA)*.

Lundi 3 février 1947

Les journaux cherchant désespérément de la copie à publier sur le meurtre pour satisfaire l'appétit de leurs lecteurs, un certain nombre de rédacteurs en chef demandent alors aux scénaristes et aux auteurs de romans policiers les plus célèbres de la ville ce qu'ils pensent de l'affaire. Ben Hecht, Craig Rice, David Goodis, Leslie Charteris, Steve Fisher et d'autres se voient priés de brosser le portrait psychologique de l'assassin pour le grand public. Quelque deux décennies après avoir publié son étrange policier *Fantazius Mallare* – roman que le jeune critique littéraire George Hodel a encensé dans sa revue *Fantasia* en 1924 –, Ben Hecht est devenu un des scénaristes de policiers les mieux payés d'Hollywood. Bref mais sérieux, le profil de l'assassin qu'il donne à la presse est tout aussi bizarre que sa première œuvre : pour lui, il s'agit d'«une gouine avec un problème de thyroïde hypertrophiée».

Le scénariste-devenu-écrivain Steve Fisher sera, lui, bien plus juste dans l'analyse qu'il enverra au *Herald Express*. Celui qui a écrit les scénarios de *I Wake Up Screaming, Destination Toky, Song of the Thin Man* et *Winter Kill* pour la MGM et adapté *La Dame du lac* de Raymond Chandler pour l'écran prend en effet l'affaire du Dahlia noir pour ce qu'elle est et dit ce que le personnage de Nick Charles aurait fait pour forcer le suspect à se livrer. Voici quelques extraits du «profil» très approfondi qui parut dans le *Herald Express* le 3 février 1947 sous le titre : «Un scénariste de renom prédit que l'assassin du Dahlia sera bientôt dans les filets de la police.»

A suivre l'affaire dans l'*Evening Herald,* je crois savoir qui est l'assassin, pense que la police le sait elle aussi et qu'elle aura son nom dans peu de temps. Je crois également que lorsque ce nom sera rendu public, nombre d'amis de l'assassin seront très surpris et terrifiés. Pour moi, le tueur n'a pas quitté Los Angeles. Dès qu'il sera arrêté, ses avocats plaideront la folie, mais cet homme n'aura pire ennemi que lui-même ; il ne voudra jamais qu'on le prenne pour un fou. C'est un grand égocentrique (...).

A mon avis, l'assassin a cru que le Dahlia l'avait trompé et, son ego s'en trouvant meurtri, a décidé qu'il devait le révéler à la face du monde. Il fallait qu'on le sache. Il fallait que la vengeance s'accomplisse. Voilà pourquoi il a torturé et mutilé cette femme d'une manière si horrible que nombre de détails n'en ont pas été divulgués à une presse qui a pourtant publié beaucoup d'articles sur cette affaire.

Fisher continue en disant que l'assassin éprouve le besoin d'être «reconnu» et adore la publicité : c'est son ego qui le pousse à écrire à la police. (Pour Fisher, les messages et les cartes postales envoyés aux autorités sont authentiques.) Avec pas mal de prescience, il lance ensuite l'hypothèse selon laquelle, s'il a dû être furieux de voir toutes sortes de «cinglés» avouer son meurtre, il n'a pu que trouver du réconfort en constatant que la police les éliminait tous les uns après les autres de la liste des suspects. Cela étant, ajoute Fisher, si jamais «un suspect "légitime" faisait des "aveux" (...) et que la police déclare l'affaire résolue», le tueur véritable serait tellement frustré et troublé que «tôt ou tard, il se livrerait afin de démonter le caractère frauduleux de ces prétendues confessions (...). Je crois néanmoins que la police a d'ores et déjà l'assassin dans son collimateur et que ce genre de "mise en scène" ne sera pas nécessaire. Attendez-vous à un final haletant».

Ce même jour, l'*Express* consacre un article à un viol et publie la photo de la très séduisante victime, Sylvia Horan. Celle-ci est décrite de la façon suivante : «trente ans, cheveux blond miel, silhouette harmonieuse». Au premier abord, le crime paraît n'avoir aucun lien avec l'affaire du Dahlia noir et tomber dans la catégorie des agressions sexuelles isolées. Le journaliste n'en fait pas moins remarquer que le crime s'est produit «non loin de l'endroit où le cadavre du Dahlia noir a été découvert». Sylvia Horan aurait pu être un témoin important pour les inspecteurs chargés de l'affaire si la police avait fait le lien entre le lieu du viol et celui où a été retrouvé le corps d'Elizabeth Short.

Bien que le viol se soit produit dans Los Angeles, Mme Sylvia Horan, qui habitait ailleurs dans le comté, rapporta les faits au shérif du lieu après avoir été jetée de la voiture de son agresseur. Aux shérifs adjoints qui prenaient sa déposition par courtoisie envers les policiers de Los Angeles, elle déclara être mariée et avoir appartenu aux corps auxiliaires de l'armée, mais que son époux se trouvait alors à New York en voyage d'affaires. Elle était donc descendue seule à Los Angeles afin d'y voir un spectacle. Après celui-ci, elle se tenait au coin de la 7e Rue et de Broadway lorsqu'un «inconnu aux manières affables et conduisant un coupé noir s'est arrêté à sa hauteur et lui a offert de la ramener chez elle». «Vu l'heure tardive, j'ai accepté.» L'inconnu, qui disait seulement s'appeler «Bob», la conduisit alors dans un coin désert de Stocker Boulevard, entre les avenues Crenshaw et La Brea, soit à huit rues de l'endroit où le cadavre d'Elizabeth Short avait été découvert, et la viola.

Mme Horan dit encore :

> Il m'a prise dans ses bras de force... il s'était garé dans une rue très sombre... J'étais paralysée par la peur... J'ai pensé au Dahlia noir, à son corps coupé en deux... J'étais coincée... je me suis donc laissé faire. Je savais que nous nous trouvions près de l'endroit où le cadavre du Dahlia noir avait été découvert et j'étais terrifiée. Je ne pensais qu'au moyen de lui échapper et de rentrer chez moi vivante.

Mme Horan ajouta qu'après l'agression l'inconnu l'avait conduite vers Inglewood et l'avait « jetée brutalement de la voiture avant de filer. J'avais tellement peur que j'ai oublié de noter son numéro d'immatriculation ». L'affaire fut rapportée dans l'*Examiner,* mais d'après les archives elle ne fut jamais jointe au dossier du Dahlia noir et ne dépassa pas la qualification d'agression sexuelle isolée.

Mardi 4 février 1947

La police fait savoir à la presse qu'elle recherche un « individu de type latin aux cheveux gominés. Dans la foule d'admirateurs attirés par la beauté du Dahlia noir, il compte parmi les favoris ». Les inspecteurs du LAPD précisent qu'« en coopération avec les autorités de San Diego, ils recherchent tous les indices qui pourraient leur révéler l'identité du bel homme et qu'ils vérifient aussi de nouvelles pistes ».

Dans une déclaration séparée faite le même jour, les policiers ajoutent qu'« étant donné la précision chirurgicale avec laquelle le corps a été coupé en deux, ils vérifient l'hypothèse selon laquelle Elizabeth Short aurait pu être assassinée chez un embaumeur ».

Mercredi 5 février 1947

Le célèbre auteur de romans policiers Leslie Charteris, créateur du détective amateur « le Saint », est appelé à analyser le meurtre du Dahlia noir pour les lecteurs du *Herald Express*. Dans le profil qu'il donne au journal, il parle d'« un loup solitaire », souffrant peut-être d'impuissance. Voici un bref extrait de son article :

> Que l'impuissance de l'assassin soit ou non due à l'alcool et que la fureur qu'il en éprouve ait été elle

aussi ravivée ou non par l'alcool, je l'imagine bien en train de dire à sa victime quelque chose du genre : « Alors comme ça, tu croyais pouvoir te moquer de moi, c'est ça ? Eh bien, ton petit sourire, je vais te l'imprimer à jamais sur la figure », et il lui ouvre les joues des lèvres aux oreilles et lui découpe l'horrible grimace qu'on découvre sur les photos prises à la morgue…

Je suis pratiquement sûr qu'il se fera prendre, et ce pour une raison passablement épouvantable : même s'il devait s'en sortir sans encombre pour cet assassinat, il est presque certain qu'il voudra le répéter et qu'alors il courra le risque de commettre une erreur.

Jeudi 6 février 1947

Pour ne pas être en reste sur son concurrent du matin, l'*Evening Herald* fait appel à son propre auteur à gages, le très célèbre David Goodis qui vient alors d'écrire le best-seller *Les Passagers de la nuit*, mis en production dans les studios de la Warner au moment de l'affaire du Dahlia. Ce grand classique du film noir devait sortir quelques mois après la publication de cet article et nous donner à voir le duo de légende Humphrey Bogart-Lauren Bacall. Dans le profil très fouillé qu'il livre à la presse, David Goodis émet l'hypothèse selon laquelle l'assassin a rencontré sa victime dans un bar :

L'homme – car je suis sûr que c'est un homme – a fait sa connaissance dans la rue ou dans un bar. Ils se sont mis à parler. Et se sont trouvés intéressants. A un moment donné de la conversation, ils sont tombés sous l'emprise d'un sujet érotique. Voilà l'étincelle première. Elle grandit. Dans l'esprit de l'homme elle ne cesse de croître et forme une chaîne qui relie le conscient à l'inconscient.

Brusquement, il devient fou – complètement fou. Mais Elizabeth Short ne s'en rend pas compte. L'homme l'intrigue. Il y a en lui quelque chose qui aimante sa personnalité. Lorsqu'il l'invite « chez lui », elle n'a rien à lui opposer.

Comme s'il écrivait une fin à ce récit de fiction, Goodis concocte alors un étrange scénario dans lequel le LAPD essaie d'attirer l'assassin dans ses filets en ayant recours à un « appât » qui serait comme un double du Dahlia noir et porterait un micro-émetteur sur elle. La police pourrait ainsi sauter sur le tueur au moment même où il s'apprêterait à frapper.

Ce jour-là, l'*Evening Herald Express* publie en première page un article sur un nouveau suspect : âgé de vingt-neuf ans, il est caporal dans l'armée, s'appelle Joseph Dumais et serait entre les mains de la police de Fort Dix, dans le New Jersey. Les révélations se multipliant dans la presse, les quatre jours qui suivent verront cet homme devenir un suspect de première importance aux yeux du public, surtout après qu'il sera passé aux aveux. Les lecteurs de Los Angeles sont de plus en plus fascinés par cette histoire, à mesure qu'à la manière d'un roman-feuilleton elle se dévoile dans leurs quotidiens.

6 février, *Herald Express* :

AFIN D'ÉCLAIRCIR L'EMPLOI DU TEMPS
DU DAHLIA NOIR
UN G.I. DE L.A. EST CUISINÉ SUR SON RENDEZ-VOUS
AVEC ELLE

6 février, *Examiner* :

AFFAIRE DU DAHLIA NOIR :
UN SUSPECT EMPRISONNÉ PAR L'ARMÉE À FORT DIX

8 février, *Daily News* :

ASSASSINAT DE BETH SHORT :
UN SOLDAT PASSE AUX AVEUX
MAIS SE TAIT SUR D'HORRIBLES DÉTAILS
LE CAPORAL DUMAIS SIGNE
UNE CONFESSION DE 50 PAGES

8 février, une du *Herald Express* en lettres de dix centimètres de haut :

**LE CAPORAL DUMAIS EST L'ASSASSIN
DU DAHLIA NOIR
Au cours d'une longue confession, il explique
les marques sur le cadavre de la victime**

9 février, *Examiner* :

D'APRÈS UN CAPITAINE DE L'ARMÉE,
LA POLICE EST CONVAINCUE
DE TENIR L'ASSASSIN DU DAHLIA NOIR

9 février, *Examiner* :

NOUVEAUX AVEUX
DANS L'AFFAIRE DU DAHLIA NOIR

Lundi 10 février 1947

Après une semaine d'articles consacrés à un Dumais en qui, maintenant qu'il est passé aux aveux, les journaux voient le «véritable assassin du Dahlia noir», les lecteurs de la presse de Los Angeles sont brusquement secoués par un revirement de situation ahurissant. On leur révèle soudainement que Dumais n'était pas l'assassin ! Toute cette histoire n'était qu'un vaste canular, une ruse concoctée par la presse pour coincer le tueur en lui «fabriquant» un suspect qui avoue – tactique qui se rapproche assez de l'idée suggérée à la police par Steve Fisher : on « invente un faux assassin » pour essayer d'attraper le vrai. Sinon que dans ce cas ce sont les médias, et non la police, qui ont lancé de fausses rumeurs.

Malgré ses « aveux » et cela, ni la police ni la presse ne l'ont dit au public, les inspecteurs du LAPD ont en effet été tout de suite quasiment sûrs et certains que Dumais n'était pas l'assassin du Dahlia noir : quatre de ses camarades de l'armée ont témoigné que le jour du crime, soit le 15 janvier, il se trouvait à Fort Dix, État du New Jersey. Les journaux le savaient, mais ont publié l'histoire en espérant que, si Fisher ne s'était pas trompé dans son évaluation psychologique de l'assassin, son ego le forcerait à se livrer à la police afin de dévoiler la supercherie du caporal.

Le canular devait effectivement pousser l'assassin à se manifester, mais pas dans le sens espéré : au lieu de se livrer, il frappa à nouveau.

14

Le « meurtre au Rouge à lèvres »

Le lundi 10 février 1947, soit à peine deux jours après avoir annoncé les aveux du caporal Joseph Dumais et déclaré close l'affaire du Dahlia noir, le *Herald Express* sort une édition spéciale sous le titre :

LE LOUP-GAROU A ENCORE FRAPPÉ !
IL TUE UNE FEMME DE LOS ANGELES
ET INSCRIT LES LETTRES
« B.D. » SUR SON CORPS

Cette fois, le cadavre nu de la victime a été retrouvé dans un terrain vague isolé, à environ dix kilomètres de l'endroit où le corps d'Elizabeth Short a été découvert trois semaines plus tôt. D'après les premières constatations, la victime « a été battue à coups de pied, puis piétinée à mort ». Comme le Dahlia noir, elle a la bouche entaillée et l'assassin s'est servi du rouge à lèvres de sa victime pour écrire des obscénités sur son corps et signer avec les initiales déjà tristement célèbres « B.D. ». Ainsi entend-il faire savoir à la police, ou la pousser à croire qu'il est bien celui qui lui a envoyé des messages après le meurtre du Dahlia noir. La presse locale a tôt fait de trouver deux noms à cette nouvelle affaire : pour elle il s'agit de l'assassinat de « Jeanne French, l'infirmière volante » ou du « meurtre au Rouge à lèvres ».

C'est au début des années 30 que Jeanne French commence à se faire connaître comme starlette dans le tout L. A. mondain. Après avoir travaillé pour les studios de cinéma sous le nom de Jeanne French, elle est devenue infirmière diplômée et a été une des premières Américaines à décrocher un brevet de pilote d'avion. Les journaux l'adorent et la surnomment l'« Infirmière volante ». Promise à une carrière de premier plan au tout début du parlant, mais constamment poursuivie par une véritable meute de prétendants, elle finira par se marier et renoncer au cinéma.

Dans les cercles huppés d'Europe, Jeanne French s'est aussi rendue célèbre en étant l'infirmière et la compagne de voyage de Millicent Rogers, une illustre héritière de l'industrie du pétrole des années 20. Jeanne French a aussi été l'infirmière de Marion Wilson, plus connue du grand public sous le surnom de « la Femme en noir », celle-là même qui, mystérieuse sous son voile, venait chaque année, après la mort de Rudolph Valentino, déposer des fleurs sur la tombe de l'acteur le jour anniversaire de son décès.

Et voilà que, quatre semaines après l'assassinat du Dahlia noir, le lundi 10 février 1947, peu après 8 heures du matin, Hugh Shelby, un ouvrier du bâtiment, découvre le cadavre nu de Jeanne French. La victime a été rouée de coups et son corps lacéré jeté dans un terrain vague, à la hauteur du 3200, Grandview Avenue.

Les inspecteurs qui examinent le corps sur la scène de crime découvrent que l'assassin a écrit une obscénité (qui ne sera jamais divulguée à la presse) sur son torse avec du rouge à lèvres et a ensuite signé « B. D. ». Près du cadavre, ils retrouvent le tube de rouge à lèvres usé, ainsi que le sac à main (vide) de la victime.

Des marques de talons et de pieds sont clairement visibles sur la figure, la poitrine et les mains de Jeanne French, ce qui donne à penser que la jeune femme a été piétinée par un agresseur fou furieux. Le capitaine Donahoe déclare à la presse que l'infirmière a été sauvagement frappée à l'aide d'«un outil lourd, probablement un démonte-pneu ou une clé à molette, alors qu'elle était accroupie toute nue sur la chaussée ».

Les bas et les sous-vêtements de Jeanne French ont disparu, mais l'assassin a très cérémonieusement déposé son manteau bleu à revers en renard et sa robe rouge sur son cadavre avant de quitter les lieux. Un mouchoir blanc d'homme est retrouvé près du corps, ainsi qu'une bouteille de vin que des inspecteurs chargés de l'enquête de proximité apportent au labo dans l'espoir d'y relever des empreintes digitales.

La police photographie les inscriptions portées sur le corps et fait faire un moulage en plâtre des traces de pied parfaitement nettes trouvées sur la scène de crime. Des experts en graphologie sont dépêchés sur les lieux pour examiner le macabre message laissé par l'assassin sur le torse de la victime avant que le corps soit expédié à la morgue. Ils remarquent d'autres lettres sous les initiales « B. D. », mais elles sont difficiles à déchiffrer. Ils croient néanmoins pouvoir lire « Tex », « O » ou « D », voire « Andy D » ce qui amène la police à croire que le meurtre pourrait être l'œuvre de deux hommes.

Les criminalistes découvrent aussi des éléments de preuve importants, dont, sous les ongles de la victime, des follicules de cheveux noirs qui pourraient indiquer qu'elle s'est violemment battue avant d'être tuée. Dans la reconstitution qu'ils font du meurtre, les inspecteurs des Homicides déclarent à la presse que pour eux « la victime a été complètement déshabillée dans la voiture garée, puis battue à mort ».

Ils concluent également, après la découverte d'une grande flaque de sang sur la chaussée près de la scène de crime, que l'assassin a dû tirer la victime de la chaussée jusqu'au terrain vague, endroit où il a écrit son message sur son corps avant de recouvrir ce dernier de sa robe et de son manteau. Dernier acte, il a ensuite soigneusement disposé les chaussures de Jeanne French à environ trois mètres de chaque côté de sa tête avant de s'enfuir.

C'est le Dr Newbarr, le légiste des services du coroner, qui procède à l'autopsie. Pour lui, le décès est dû « à des côtes brisées sous les coups, dont une qui a transpercé le cœur et déclenché l'hémorragie et la mort». Il déclare encore que la victime «avait mangé du chop suey au dîner, moins d'une heure avant sa mort». Il atteste que Jeanne French a été assassinée le jour même où son corps a été retrouvé, entre minuit et 4 heures du matin. Les résultats d'une analyse de sang font apparaître un taux d'alcoolémie deux fois supérieur à ce qui était alors considéré comme le seuil de l'ivresse – seuil aujourd'hui trop fois moins élevé en Californie.

La police décrit la scène de crime comme une «espèce de lieu de rendez-vous des amoureux» – ce qui est très exactement l'expression dont on s'est servi pour caractériser le terrain vague où le corps d'Elizabeth Short a été découvert. La police lance aussi un avis de recherche général à toutes les agences et unités de maintien de l'ordre, FBI compris: «L'assassin pourrait avoir du sang sur les chaussures et le pantalon, et il doit y en avoir dans sa voiture.»

En établissant l'emploi du temps de Jeanne French quelques heures avant sa mort, témoins et inspecteurs découvrent que le dimanche soir à 19 h 30, la jeune femme s'est rendue au Plantation Café, 10984, Washington Boulevard à Los Angeles, en compagnie de deux hommes. D'après la serveuse Christine Studnicka, l'un d'eux «avait les cheveux noirs et une petite moustache». Dans l'article qu'il consacre à l'affaire, le *Los Angeles Examiner* rapporte aussi que ce signalement correspond à celui d'un homme à cheveux noirs avec lequel Jeanne French a dîné cinq heures plus tard. Christine Studnicka a aussi remarqué que «les deux hommes se sont installés dans un box et ont commandé tandis que la victime allait donner un coup de fil à un téléphone payant du restaurant». Ce coup de fil a duré environ dix minutes.

Pendant cet appel, déclare encore Christine Studnicka, les gens qui se trouvaient à côté de Jeanne French ont pu l'entendre aboyer: «N'apportez pas de bouteilles, la propriétaire l'interdit.» Alors qu'elle était encore au téléphone, la victime a aussi crié aux deux hommes assis dans son box : « Pas d'alcool dans la voiture » et « Ne prenez pas d'alcool ». La serveuse a également remarqué que les deux hommes semblaient « se disputer », son impression étant que l'objet de la dispute était de savoir « qui allait raccompagner la victime ».

Après avoir mangé, les deux hommes quittent le restaurant, bientôt suivis par Jeanne French. Christine Studnicka ignore où le trio s'est retrouvé devant l'établissement et se montre incapable de donner le signalement de l'homme qui accompagnait celui « aux cheveux noirs ».

Plus tard ce même soir, à 21 h 30, des témoins voient Jeanne French partir de chez elle en voiture, au volant de sa Ford Roadster modèle 1928. Une demi-heure plus tard, Ray Fecher, le propriétaire du Turkey Bowl, 11925, Santa Monica Boulevard à Los Angeles, voit la jeune femme dans son restaurant : elle « était saoule et parlait fort en buvant une tasse de café ».

A 22 h 30 un témoin reconnaît Jeanne French dans un bar sis 10421, Venice Boulevard, soit du côté ouest de Los Angeles. L'infirmière déclare au barman Earl Holmes vouloir « mettre son mari à l'asile de fous du Sawtelle Veteran's Hospital dès le lendemain matin ». Ces propos sont avérés lorsque, après enquête, la police apprend que le mari de Jeanne French, dont elle avait l'intention de divorcer, l'a giflée une semaine plus tôt, ce qui a poussé la victime à le flanquer hors de chez elle.

A 10 h 45 du soir, les officiers de police de Santa Monica Chapman et Aikens reçoivent un appel radio dans leur voiture de patrouille : on leur signale « un chauffeur ivre au volant d'une Ford Roadster modèle 1928 ». Ils sillonnent le quartier et finissent par retrouver la voiture garée le long du trottoir à la hauteur du carrefour de Stanford Avenue et de Colorado Boulevard. Mais, le véhicule étant vide, ils ne peuvent localiser le chauffeur et repartent.

Ce que ces officiers ignorent, c'est qu'à ce moment-là Jeanne French se trouve dans un appartement du 1547,

Stanford Avenue, où elle est venue voir son mari Frank. Elle lui signifie de la «retrouver au cabinet de son avocat le lendemain matin à 11 heures; elle a décidé de demander le divorce et veut le faire enfermer à l'hôpital pour psychose». Toujours saoule, elle se dispute encore une trentaine de minutes avec son mari, puis elle repart et arrive au restaurant drive-in Piccadilly, 3932, Sepulveda Boulevard à Los Angeles, peu après minuit.

Entre minuit dix et 1 heure du matin, le lundi 10 février, Toni Manalatos, une des serveuses du Piccadilly, sert à la victime ce qui sera son dernier repas. Elle dit à la police avoir vu Jeanne French en compagnie d'un «homme avec des cheveux noirs et une petite moustache».

La Ford Roadster de Jeanne French devait être retrouvée à 2 heures du matin (et toujours garée dans le parking du Piccadilly) par M. Anzione, un homme de service venu nettoyer au restaurant. Il ne fait aucun doute que la victime a laissé sa voiture au Piccadilly pour partir avec l'homme aux cheveux noirs. Son cadavre sera découvert à peine quinze rues plus loin et, vu l'heure du décès donnée par le légiste, cet homme est probablement la dernière personne a l'avoir vue vivante. Toujours en se fondant sur l'heure du décès et la courte distance qui sépare le restaurant de la scène de crime, c'est sans doute aussi l'individu qui l'a tuée.

Après avoir identifié la victime et appris qu'elle demandait le divorce, les inspecteurs chargés de l'affaire font porter leurs premiers efforts sur le mari, Frank. Pour eux, c'est le suspect le plus vraisemblable. Mais il ne faudra que quelques jours au capitaine Donahoe pour l'éliminer: Frank French ne savait pas conduire et n'avait pas de voiture; en outre, ses chaussures sont d'une taille différente de celles dont on a retrouvé les empreintes sur la scène de crime et son écriture ne correspond pas à celle des mots que l'assassin a écrits sur le corps de la victime. Si la police n'en divulgue rien, on peut quand même se dire que les autres éléments de preuve – cheveux et empreintes peut-être retrouvés sur les lieux du crime –

l'ont aussi convaincue que Frank ne peut pas être soupçonné du meurtre de sa femme.

Après avoir relié le meurtre au Rouge à lèvres à l'assassinat du Dahlia noir, les enquêteurs envisagent que l'individu qui a tué Elizabeth Short pourrait bien avoir été rendu fou de colère en apprenant les «aveux» de Joseph Dumais et avoir tué Jeanne French pour réduire à néant les déclarations du caporal. Cela, déclare-t-elle à la presse, pourrait aussi expliquer l'«obscénité moqueuse écrite sur la poitrine de la victime». Un officiel dit ainsi : «Deux jours avant que Mme French soit battue à mort, les journaux ne parlaient que des aveux d'un Joseph Dumais qui prétendait avoir tué Elizabeth Short. Or, nous savons que l'assassin est un grand égocentrique ; il est donc tout à fait possible qu'il n'ait pas supporté les assertions de Dumais et qu'il ait voulu nous montrer que le vrai meurtrier était toujours là.» Ainsi, et d'une manière tragique et certainement pas voulue par son inventeur, la stratégie de Steve Fisher, qui espérait débusquer l'assassin du Dahlia noir en lui servant une fausse confession, s'avère-t-elle d'une glaçante efficacité.

Le 12 février 1947, le *Herald Express* publie un article intitulé «Le mystérieux assassin partageait une boîte postale avec la victime». Il y est déclaré qu'un individu non identifié aurait partagé une boîte postale avec Jeanne French et que la police l'interroge. Aucun autre détail sur son identité ou sur ses relations avec Jeanne French n'a été révélé depuis et je n'ai moi-même retrouvé aucun renseignement permettant de dire que le LAPD aurait communiqué quoi que ce soit de plus à la presse sur ce sujet pendant les semaines ou mois qui suivirent.

En procédant à mon enquête, je suis tombé sur la référence d'un livre intitulé *Death Scenes : a Homicide Detective's Scrapbook*[1]. Édité par Sean Tejaratchi, l'ouvrage contient plus de cent photographies de meurtres

---

1. Soit «Scènes de mort : l'album de photos d'un inspecteur des Homicides» *(NdT)*.

non résolus remontant à l'époque où Jack Huddleston était inspecteur au LAPD, soit de 1921 à 1950.

Dans cet album on découvre une compilation de photos de toutes sortes de suicides, assassinats et morts accidentelles que l'inspecteur Huddleston y a consignée en une espèce de témoignage macabre et passablement fétichiste de sa carrière. Photos d'hommes tatoués, de folles entièrement nues, d'enfants et de prostituées assassinés, jusqu'à une décapitation due à un accident de train, tout y est. En marge de nombre de ces photos, l'inspecteur a écrit ses observations personnelles, certaines d'un humour de corps de garde.

Dans l'introduction qu'elle a rédigée pour ce livre, Katherine Dunn nous apprend que cette collection de photos, découverte lors d'une vente d'héritage suite à la mort de Huddleston, a fini par faire l'objet d'une vidéo intitulée *Death Scenes*. Bien qu'il ne s'agisse, en gros, que de clichés montrant la fascination de Huddleston pour la violence de tout homicide, l'ouvrage contient trois photos en marge desquelles l'inspecteur a dactylographié les remarques suivantes :

LE MEURTRE AU ROUGE À LÈVRES

Mme Jeanne Axford French, 40 ans. (Infirmière) demeurant 3535, Military Avenue, Sawtelle L. A. Tuée par ???? Son corps a été retrouvé dans un champ près du croisement de Grand View Avenue et de National Boulevard, L. A.
Elle a été piétinée à mort par un démon qui a écrit un message obscène (FUCK YOU) en grossières majuscules d'imprimerie sur sa poitrine.

Les trois photos sortent manifestement des archives de l'enquête menée par le LAPD de 1947. L'une d'elles – prise en gros plan – montre la victime allongée sur le dos dans le terrain vague. Elle est entièrement nue et l'inscription est clairement visible sur sa poitrine. C'est en grosses majuscules d'imprimerie que l'assassin y a porté l'inscription «FUCK YOU, B. D.» au rouge à lèvres. Ce que le LAPD avait celé à la presse se trouve ainsi involontairement révélé au public, après sa propre mort, par cet inspecteur Huddleston que le crime obsédait.

Pièce à conviction n° 32

Jeanne French, le «meurtre au Rouge à lèvres»,
10 février 1947

Alors que s'ouvre l'enquête sur le meurtre au Rouge à lèvres, celle qui concerne l'assassinat du Dahlia noir se poursuit, ainsi que le déclare le capitaine Donahoe : pour lui, les deux meurtres sont liés. Pendant tout le mois de février 1947, les pistes et éléments de preuves supplémentaires ne tariront pas.

Mardi 11 février 1947

Imaginez la surprise du chauffeur de taxi Charles Schneider lorsqu'il découvre un billet mystérieux dans sa voiture, billet qui pourrait bien avoir été écrit par l'assassin du Dahlia noir. A la police et à la presse, Schneider déclare avoir dîné dans un restaurant aux environs du 500, Columbia Street – soit à dix rues du Biltmore –, et trouvé un mot dans la boîte à gants de son véhicule en y revenant. Adressé à l'*Examiner* mais jamais divulgué dans la presse, ce billet, où l'on peut voir le dessin grossier d'un couteau et d'un pistolet, dit ceci :

> Apportez ça tout de suite à l'*Examiner*. J'ai noté le numéro d'immatriculation de votre taxi. 20 000 dollars et je livre B. D. Ça marche ?
>
> B. D.

La police relève immédiatement les empreintes sur la boîte à gants du taxi, qui n'appartient pas à Schneider. Elle procède aussi à des comparaisons entre le billet et l'enveloppe envoyée à l'*Examiner* et contenant les affaires d'Elizabeth Short – ce qui lui permet d'éliminer les empreintes de Schneider sur la boîte et le billet. Les autres n'ont toujours pas été identifiées à ce jour.

Mercredi 12 février 1947

Ica Mabel M'Grew, âgée de vingt-sept ans et habitant à Los Angeles, dit avoir été kidnappée et violée aux premières heures du 12 février, alors qu'elle quittait un café de South Main Street, dans le centre-ville. Elle déclare que deux hommes l'ont forcée à monter dans leur voiture et conduite dans un coin isolé d'East Road, où ils l'ont violée tous les deux. Après l'agression, l'un des deux violeurs l'a menacée en ces termes : « Ne va pas raconter ça à la police, sinon je te ferai ce que j'ai fait au Dahlia noir. » Après quoi, ils l'ont ramenée près de chez elle à Culver City, à moins de cinq kilomètres de l'endroit où Jeanne French a été assassinée. Le seul élément de signalement révélé dans la presse sera que les deux hommes « ont le teint basané ».

Dimanche 16 février 1947

A la mi-février, le LAPD reconnaît ne plus avancer dans ses enquêtes sur les meurtres d'Elizabeth Short et de Jeanne French. Il déclare aussi qu'il ne lui reste plus qu'une manière de résoudre les deux homicides : retrouver l'homme aux cheveux noirs et à la petite moustache qui, on le sait, a dîné avec Jeanne French deux heures avant que celle-ci se fasse assassiner.

Les policiers déclarent également surveiller étroitement un témoin important – Mme Antonia Manalatos, la serveuse qui a vu le suspect aux cheveux noirs dîner avec la victime.

Le même jour, Otto Parzyjegla, un linotypiste de trente-six ans qui travaille dans une imprimerie de Los Angeles, est arrêté pour avoir tué à coups de gourdin son employeur âgé de soixante-dix ans, le propriétaire de journal d'origine suédoise Alfred Haij. Il avoue avoir « découpé le torse [de sa victime] en six morceaux et les avoir entassés dans trois caisses au fond de l'atelier », ajoute que « tout cela tient du rêve », et insiste : « [Je dois] être en train de rêver et attendre de me réveiller. »

Le capitaine Donahoe ouvre aussitôt une enquête en pensant que Parzyjegla est peut-être un candidat idéal pour l'assassinat du Dahlia noir et le meurtre au Rouge à lèvres. A ses yeux, la violence qu'a déployée Parzyjegla pour tuer et mutiler son patron pourrait bien être le véritable lien entre les trois affaires. Il informe donc la presse que Parzyjegla travaillait dans un atelier d'imprimerie et ajoute qu'« une des lettres reçues par le suspect retenu dans le meurtre du Dahlia noir aurait été expédiée par quelqu'un qui travaillait dans une imprimerie ». L'enquête préliminaire une fois faite, Donahoe dira enfin que « Parzyjegla est pour l'instant le suspect le plus probable dans le meurtre du Dahlia noir ».

Mardi 18 février 1947

Le capitaine Donahoe organise pour 2 heures de l'après-midi la « présentation » du suspect Parzyjegla à Toni Manalatos. Il veut que celle-ci assiste « à la présentation de Parzyjegla » avec les témoins « qui disent avoir vu Elizabeth Short en compagnie de divers hommes pendant les six derniers jours de son existence ». Il entend que le plus grand nombre possible de témoins puissent détailler Parzyjegla ; il espère ainsi que quelqu'un ayant vu ou Elizabeth ou Jeanne French en compagnie d'un homme pourra reconnaître en Parzyjegla la personne qui s'est trouvée en présence d'une des victimes ou des deux. Le signalement donné du suspect est celui d'un « homme de trente-six ans, grand, teint clair, cheveux d'un blond plutôt foncé et mains puissantes ». Cela dit, si, selon la presse, il reconnaît volontiers avoir assassiné son employeur, Parzyjegla « nie farouchement tout lien avec le meurtre des deux femmes ».

Au moment même où Donahoe s'apprête à montrer Parzyjegla à ses témoins, le labo du LAPD commence à examiner les preuves susceptibles de l'impliquer dans les autres meurtres. Le chimiste Ray Pinker analyse en particulier une épreuve saisie à l'imprimerie parce que, aux dires de Donahoe, « au moins un des messages envoyés par l'assassin du Dahlia noir a été écrit sur une feuille de papier à épreuves couramment utilisé dans l'imprimerie ». De fait, Donahoe espère grâce à l'atelier, et parce que Parzyjegla avait accès à du papier à épreuves, établir un lien entre le suspect et les trois meurtres.

Jeudi 20 février 1947

Le suspect Otto Parzyjegla étant officiellement inculpé de ce qu'il appelle son « meurtre en état de rêve », le dossier de police consacré à l'assassinat de son employeur est clos. Et lors de la présentation de Parzyjegla organisée le 19 février au commissariat de la division Wilshire, les six femmes victimes de tentative d'agression auxquelles on a fait appel, ainsi que d'autres témoins interrogés dans le cadre des enquêtes sur l'assassinat du Dahlia noir et le meurtre au Rouge à lèvres l'éliminent tout de suite de la liste des meurtriers possibles.

Parzyjegla étant mis hors de cause, la recherche de la ou des personnes responsables de l'assassinat du Dahlia noir et du meurtre au Rouge à lèvres repart vers San Diego, où il semblerait bien qu'un autre indice ait été découvert. Quatre inspecteurs ont en effet été dépêchés à San Diego, mais le LAPD et les enquêteurs de San Diego ont tenu secret, même pour la presse, ce que peut être cet indice.

Comme je l'ai dit plus haut, le capitaine Donahoe avait publiquement confirmé que pour le LAPD les affaires du Dahlia et du meurtre au Rouge à lèvres étaient liées. Mais, quelques jours après cette annonce, une série d'événements bizarres, tous liés à ces enquêtes et jamais expliqués, se produit.

Et d'un, le capitaine Donahoe est relevé de la direction de ces deux enquêtes par le chef des inspecteurs Thad Brown et muté du commandement de la brigade des Homicides à celui de la brigade des Vols, entités distinctes à l'époque. Cette mutation met officiellement fin à son travail sur les deux assassinats. Qu'y a-t-il donc de si troublant dans ces deux affaires pour que la hiérarchie décide de démettre de ses fonctions le seul officier de police capable de les résoudre ? Donahoe est-il trop près de la solution ?

Et de deux – au moins pour moi –, il semble y avoir une fermeture simultanée de toutes les sources d'information sur les deux fronts de l'enquête. D'abord, la «San Diego connection» laissait en effet supposer que le LAPD avait réussi à remonter l'appel téléphonique qu'Elizabeth Short avait passé le 8 janvier. Ensuite, pour ce qui est des derniers articles de presse consacrés au «mystérieux individu» qui aurait partagé une boîte postale avec Jeanne French, là encore le LAPD reconnaissait avoir identifié, interrogé puis rayé l'individu de la liste des suspects. Mais au contraire de celles de témoins « non impliqués dans le meurtre » cette identité était tue, et l'est restée jusqu'à ce jour.

En outre, le haut commandement de la police fait une autre révélation qui a de quoi surprendre. Tout de suite après que Donahoe a été relevé de l'enquête, le LAPD révise ses conclusions sur l'assassinat de Jeanne French. Il n'y voit plus un deuxième homicide perpétré par le même suspect, mais un crime d'imitation. En moins d'un an, le meurtre au Rouge à lèvres est complètement dissocié de l'affaire du Dahlia noir et sombre rapidement dans l'oubli. La position officielle du LAPD ? En fait, le meurtre du Dahlia noir ne serait qu'un crime isolé, n'ayant aucun rapport avec d'autres assassinats ou viols de femmes. Cette position officielle du LAPD n'a d'ailleurs pas changé jusqu'à aujourd'hui : l'assassin d'Elizabeth Short n'a jamais tué personne d'autre avant et ne devait plus jamais tuer quiconque après. Pourquoi une prise de position si tranchée ? Comment se fait-il qu'immédiatement après le transfert de Donahoe à la brigade des Vols le lien entre les deux meurtres ait été coupé ? Tout cela n'a rien d'une coïncidence, mais, comme cela apparaîtra clairement bientôt, fait au contraire partie d'une conspiration organisée au sein même du LAPD pour protéger l'identité de celui qui dit avoir tué le Dahlia noir pour se venger d'elle. En procédant de la sorte, les conspirateurs étouffent un des plus grands scandales de corruption dans l'histoire de la police de Los Angeles. Ces actes commis de manière ouverte et délibérée par les plus hauts responsables du LAPD devaient faire de ces gardiens de l'ordre respectés des complices d'assassinat.

15

Tamar, Joe Barrett
et Duncan Hodel

Peut-être est-ce à dessein et non pas seulement en laissant le temps faire son œuvre que, des années durant, je fus incapable de comprendre la vérité – et le scandale familial – que constitua le procès de Tamar. Même lorsque je fus devenu adulte, pour moi, Tamar continua d'incarner l'image d'une Lolita allumeuse. Du milieu des années 50 à la fin des années 60, elle devait passer de l'ère du folk à celle des droits civiques et devenir une mère pour la génération des «flower people» des années 70.

Dans son livre *California Dreamin' : The True Story of the Mamas and the Papas* [1], la chanteuse Michelle Phillips la décrit comme «sa meilleure amie, [celle] qui sut m'intéresser à la musique populaire, à tout le moins à ceux et à celles qui la pratiquaient». La description qu'elle fait de Tamar est une véritable photo de la jeune fille qui, dix ans plus tôt, avait, et sans le vouloir, failli jouer un rôle capital dans l'enquête sur le meurtre du Dahlia noir. Michelle Phillips écrit ainsi :

> Et donc, nous allâmes voir Tamar. Dès que j'eus posé les yeux sur elle, je sus que jamais encore je n'avais vu de fille aussi fabuleuse et chic. Elle avait une chambre d'une merveilleuse teinte lavande, avec rideaux et oreillers de la même couleur, des cendriers lavande à l'oxyde de plomb, tout ça. Je trouvai

---

1. Soit «La Californie qui rêve : la véritable histoire du groupe The Mamas and the Papas» *(NdT)*.

ça génial. Elle venait de s'acheter une Rambler rose et lavande, à crédit.

Elle traînait avec des gens tout ce qu'il y a de plus dans le vent – Josh White, Dick Gregory, Odetta, Bud et Travis. Elle était incroyable. C'est elle qui me fournit mes premiers faux papiers et mes premières amphètes pour rester éveillée en cours lorsque je me couchais tard. C'était une fille comme je les aimais et nous sommes devenues très proches... c'était mon idole.

Pourtant, ce qu'elle était devenue dans les années 60, Tamar l'était déjà lorsque, dans le courant de l'été 1949, l'incorrigible adolescente qu'elle était entra dans mon existence et déclencha une série d'événements qui devaient mettre fin à la seule vie de famille que j'avais jamais connue.

Au tribunal, pendant le procès pour inceste intenté à George Hodel, l'accusation ne voyait en elle qu'une mineure innocente débauchée par son dépravé de père. Dans le brillant contre-interrogatoire mené par Robert Neeb, elle fut au contraire présentée comme une menteuse pathologique, comme un être capable de triturer la vérité de façon à satisfaire et manipuler tous les adultes autour d'elle. Après l'acquittement de mon père, elle dut grandir dans la honte de n'être rien de plus qu'une menteuse.

Je pense avoir été le seul (en dehors de ses enfants) à voir en elle une victime. Ma mère, bien sûr, savait ce qui s'était passé ce soir-là, mais elle ne pouvait pas le dire à la police et finit par emporter ce secret dans la tombe. Je sais maintenant qu'elle vivait dans la terreur quotidienne de ce dont mon père était capable lorsqu'il se mettait en colère. Mais le soutien qu'elle ne pouvait pas apporter à Tamar, je pus, moi, le lui témoigner dès que j'eus connaissance des grandes lignes du scandale. Au fur et à mesure que nous grandissions, je lui fis ainsi comprendre que je la croyais, tout en laissant penser à mon père que c'était lui que je croyais. Chez nous le scandale n'était jamais discuté, ni même seulement abordé. Toutes ces années, il plana au-dessus de nos têtes comme un gros nuage d'inconnu. Palpable et bien réel, il nous enveloppait tous, mais restait ignoré parce que personne ne voulait le reconnaître.

« Tamar la Menteuse » devint la ligne officielle adoptée par mon père lorsqu'il s'adressait à nous, à la famille proche et lointaine ainsi qu'à toutes ses femmes présentes et passées. On ne parlait pratiquement jamais du « scandale », mais la position de mon père était claire : il avait été faussement accusé par sa fille de quatorze ans, sa fille perturbée, sa fille fourbe et de mœurs légères, sa fille qui avait menti à la police et aux procureurs, sa fille qui avait menti à la barre. Bien que le tribunal l'ait acquitté, il fit comprendre à ses enfants que notre sœur avait terni sa bonne réputation et sa personnalité morale. Chez la plupart des membres de ma famille, le nom de Tamar ne suscitait même pas la pitié, seulement le mépris. Papa avait décrété que sa fille était un paria, le mouton noir de la famille, celle qui méritait l'ostracisme et le bannissement pour avoir menti et s'être montrée déloyale.

Après la mort de mon père, alors que j'essayais de mieux comprendre ce qu'il avait été et d'avoir plus de détails sur sa vie, je me tournai vers Tamar pour obtenir de l'aide : pour moi, elle en savait plus sur lui que n'importe lequel d'entre nous. Plus important encore, à la lumière de l'enquête que j'avais entreprise, je lui demandai de me dire tous les souvenirs qu'elle avait gardés des années passées à la Franklin House, du procès pour inceste (dont nous n'avions jamais parlé ensemble) et tout ce qui, dans son passé, concernait mon père et les relations qu'il avait eues avec elle.

Je découvris alors que, même âgée de soixante-six ans, Tamar avait gardé des souvenirs remarquablement clairs et précis de ces années lointaines et que même si, comme je commençais à m'en apercevoir, le tableau général lui échappait entièrement, les événements isolés mais significatifs dont elle se souvenait donnaient une image absolument incroyable de notre père. Les éléments qu'elle me fournissait sur sa conduite, sa psychologie et sa personnalité se fondaient parfaitement avec ce que je découvrais dans mon enquête clandestine, avec ces fortes « empreintes de pensée » qui, un signal après l'autre, allaient me conduire à ma stupéfiante conclusion.

Tamar, en sœur aînée qui parle à son frère cadet, me raconta des histoires toutes simples sur l'homme qui nous inspirait une grande admiration mais ne savait exiger de ses enfants que la peur et l'adoration.

Tamar ne se doutait évidemment pas que je menais une enquête criminelle. Je ne lui donnai aucun renseignement là-dessus et les seules allusions faites à l'assassinat du « Dahlia noir » vinrent d'elle. Pour elle, je n'étais rien de plus que quelqu'un qui l'écoutait.

Elle était pour la première fois descendue de San Francisco à Los Angeles lorsqu'elle avait onze ans, mais était vite repartie chez sa mère pour ne revenir chez nous qu'à l'âge de quatorze ans. C'est en me parlant de ce second séjour qu'elle me dit : « C'est la seule fois où j'ai couché avec George. Je pensais que ç'allait être une belle histoire romantique parce qu'il m'avait promis que je deviendrais une femme lorsque j'aurais seize ans et qu'alors il me ferait l'amour. »

Mais mon père n'avait pas prévu que sa fille de quatorze ans tomberait enceinte.

« George m'a dit qu'il allait m'expédier dans un foyer de filles-mères, enchaîna-t-elle. L'idée qu'on puisse me chasser de la maison était insupportable. J'étais terrifiée. Mon amie Sonia m'a dit : "Oh, il va falloir que tu te fasses avorter." Je ne savais même pas ce qu'était un avortement. Après, j'ai parlé à d'autres amies de mon âge et toutes m'ont dit la même chose : "Il va falloir que tu te fasses avorter." Alors, je suis allée voir George et j'ai fait pression sur lui en lui disant que j'allais devoir me faire avorter. » Il a arrangé le coup avec un médecin. Ç'a été horrible. Ils ne m'ont donné aucun anesthésiant, rien. Au

milieu de l'opération je hurlais : "Arrêtez ! Arrêtez !"
Mais on ne peut pas s'arrêter au milieu d'un avortement.
C'était immonde, la pire expérience physique de ma vie.
J'étais en état de choc et je vomissais. C'est cet ami
bizarre de Papa qui m'a ramenée à la Franklin House en
voiture. »

Tamar raconta alors l'avortement à ma mère, et lui
parla de sa douleur, de sa peur et de l'ami de Papa qui
l'avait ramenée en voiture à la maison après l'opération.
Quand elle entendit ça, ma mère explosa.

Tamar me rapporta ensuite une histoire absolument
incroyable que lui avait racontée ma mère, sa seule amie
et la seule personne en qui elle avait confiance, celle qui,
pendant cette brève période, lui servit de mère de rem-
placement. Cette histoire est celle d'une jeune femme
qui avait travaillé des années durant pour mon père
– peut-être comme infirmière –, à sa clinique médicale
de 1ʳˢᵗ Street. Tamar n'avait jamais su son nom, mais,
selon l'expression de Dorero, « la demoiselle était amoureuse de George ». Ils avaient eu des relations intimes et
mon père, comme c'était dans sa nature, était passé à
d'autres femmes. Peu après qu'ils avaient rompu, la fille
s'était mise à écrire un livre, de fait « une mise à nu » de
tous les secrets de mon père, dans sa vie comme dans
ses activités. Ma mère dit alors à Tamar qu'elle avait
reçu un coup de téléphone de George lui ordonnant de
venir immédiatement à l'appartement de cette fille. Là,
il l'informa que celle-ci avait « fait une overdose de
cachets ». D'après ma mère, il est clair qu'elle « était
vivante et respirait encore ». Mon père avait alors tendu
à Dorero les cahiers écrits par la fille et lui avait donné
l'ordre de « les brûler ». Ma mère avait obéi, quitté l'appartement et détruit les écrits. Toujours d'après ma
mère, George aurait pu sauver son ex-maîtresse, mais il
avait préféré la laisser mourir. Cette histoire fut plus tard
confirmée par les policiers qui, après avoir mis Tamar
sous bonne garde en tant que fugueuse, lui avaient dit
« trouver douteuse la mort de cette fille et soupçonner

George d'avoir contribué à son overdose, mais être incapables de prouver quoi que ce soit». Tamar n'avait jamais su le nom de la jeune femme, ni appris autre chose sur son compte.

Tamar se souvient encore : elle avait onze ans – c'était peu après l'assassinat du Dahlia noir –, elle vivait alors à la Franklin House quand, un jour, sa mère lui envoya une poupée aux cheveux bouclés. Tamar l'apporta à mon père afin qu'il lui donne un prénom parce qu'il avait le don d'en trouver de formidables. «Il m'a dit de l'appeler Elizabeth Anne. Ça m'a paru bizarre dans la mesure où il ne choisissait jamais des prénoms de ce genre. Il en trouvait toujours d'étranges. Il avait dit ça en riant, comme si c'était une plaisanterie. J'ai donc appelé ma poupée Elizabeth Anne. Mais bien des années après, un jour que je lui racontais cette histoire, une amie m'apporta une revue. Je l'ouvris et tombai sur un très joli visage avec ce nom, Elizabeth Anne, en dessous. J'ai crié : "Ah, mon Dieu !" Je ne savais pas que la fille s'appelait comme ça. Moi, je n'avais jamais entendu parler que du Dahlia noir.»

Tamar me révéla aussi que Man Ray avait fait des portraits de mes parents et venait souvent aux folles soirées organisées par mon père. Tous les deux avaient des tendances à l'hédonisme et, l'un comme l'autre, satisfaisaient leurs appétits en défiant clairement la société dans laquelle ils vivaient. Man Ray habitait alors à Hollywood, à dix-huit cents mètres à peine de la Franklin House, lorsque le scandale éclata, mais, d'après Tamar, «lui et sa femme avaient quitté le pays lorsque s'ouvrit le procès. Il avait peur qu'on ouvre une enquête sur lui[1]». Toujours d'après elle, Man Ray l'avait photographiée nue alors qu'elle n'avait que treize ans.

Si elle appréciait ses talents d'artiste, ma demi-sœur admettait volontiers que l'homme lui déplaisait. «Ce

---

1. La source de Tamar sur les activités de Man Ray était Joe Barrett, un jeune peintre qui loua une chambre dans la Franklin House au milieu des années 40 *(NdT)*.

n'était qu'un énième vieux cochon.» Pas davantage elle n'aimait le grand ami de mon père et premier mari de ma mère, John Huston. «Je me moque de savoir le génie qu'il pouvait bien être. Il a essayé de me violer quand j'avais onze ans. C'est ta mère, Dorero, qui l'a obligé à me lâcher. Il était grand. Il m'était monté dessus dans la salle de bains de la Franklin House et il était complètement saoul. Mais ta mère est arrivée, l'a forcé à me lâcher et m'a sauvée. La seule fois où je l'ai revu, il tenait le rôle de ce type dans *Chinatown*.»

Tamar se souvenait aussi de Kiyo comme de la belle et très exotique petite amie de notre père. A l'entendre, la Franklin House était toujours pleine de femmes : «A la maison, George avait toujours toutes sortes de femmes qui attendaient de le voir. Elles faisaient littéralement la queue devant la porte de sa chambre. J'avais l'impression d'avoir de la chance quand je pouvais entrer lui parler. C'était l'exemple parfait d'un ego devenu fou. Je suis persuadée que Huston faisait des trucs sexuels avec Fred Sexton et toutes les femmes qui traînaient à la maison. Je sais que John filmait des cochonneries à la maison.»

Et sur la violence physique de Papa, elle me dit : «George était terrifiant lorsqu'il se mettait à vous punir, vous trois les garçons. Il était très cruel. C'était toujours Michael qui morflait le plus. Ça me brisait le cœur de voir comment il vous traitait. Surtout Mike. Et Dorero ! Ce qu'il pouvait être méchant avec elle ! Je me rappelle être allée vous rendre visite à la maison de Valentine Street, c'était avant Franklin, et l'avoir vu traîner ta mère par les cheveux.»

Pour moi, dans les souvenirs que Tamar avait gardés de l'année 1949, le plus important n'était pas le procès (il était passé dans le domaine public), mais bien l'attitude des procureurs qui l'avaient interrogée deux ans après le meurtre d'Elizabeth Short. Là elle se trouvait, au cœur d'un des plus grands scandales d'Hollywood jamais rapportés dans la presse (et dans cette histoire aussi bien Man Ray que John Huston auraient pu être impliqués), et sous le ferme contrôle de procureurs qui pensaient pouvoir coincer mon père pour des crimes qu'ils le soupçonnaient d'avoir commis mais n'arrivaient pas à prouver. Tamar était bel et bien celle qui aurait pu faire que George Hodel finisse derrière les barreaux.

Lorsque Tamar lui parla de l'avortement – en 1949, avorter était totalement illégal –, ma mère comprit que ma demi-sœur était une véritable pièce à conviction ambulante et pensa que sa vie était en danger. Ma mère vivait dans la terreur quotidienne de George et savait que sortir Tamar de la maison lui sauverait probablement la vie. C'est alors que Tamar fugua.

« Je me suis enfuie, me dit-elle. Et on m'a retrouvée parce que Dorero avait appelé ma mère pour l'avertir : "Tamar s'est enfuie et tu ferais bien de venir l'aider." Ma mère étant donc descendue sans prévenir, mon père n'a pas pu se contenter de lui dire : "Je ne sais pas où elle est." C'est pour ça qu'il a fini par aller chez les flics et déclarer que j'avais disparu. Mais moi, comme je n'avais jamais fugué, je suis juste allée dormir chez des copines. »

Les parents de l'amie de Tamar chez qui elle s'était réfugiée étaient partis en Europe, mais des amies à elle vivaient dans la maison avec les domestiques. Ça lui semblait sûr. Tamar savait que la police la recherchait, ce qui la terrifiait parce qu'elle n'avait jamais eu affaire à la loi. Ses amies ont donc décidé de la protéger. « Ce petit groupe de copines me faisait passer de maison en maison et me cachait. C'est pour ça qu'il y a eu l'histoire avec les garçons. Ils m'aidaient tous et me planquaient à droite et à gauche. »

C'est en parlant avec ces divers adolescents que la police finit par découvrir que Tamar se cachait chez une copine. Aussitôt emmenée au commissariat comme « fugueuse », Tamar fut interrogée et ne tarda pas à parler. « Les flics m'ont emmenée, et comme je venais juste de me faire avorter je croyais qu'ils pouvaient le deviner. Alors, je le leur ai dit. Après, les questions n'ont pas arrêté. »

En un rien de temps c'est toute l'histoire de l'inceste et de ce qui se passait à la Franklin House qui sort – bref, les procureurs tenaient leur inculpation. Mais il leur fallait autre chose : que Tamar témoigne contre son père. Ils avaient besoin qu'elle leur fasse confiance. Tamar se rappelle qu'une équipe du bureau du district attorney – mari et femme – la conduisait tous les jours au tribunal et lui promettait soins et protection. « Ils me disaient qu'on ne m'avait jamais aimée, que je ne savais pas ce qu'était l'amour et que lorsque tout ça serait fini, ils allaient m'adopter. C'était sans doute la manière qu'ils avaient trouvée de me pousser à tout déballer. Je les croyais vraiment lorsqu'ils me disaient qu'ils allaient m'adopter et me donner beaucoup d'amour. »

Ajoutant un aspect politique au procès pour inceste et aux poursuites intentées contre George Hodel, William Ritzi, le plus grand avocat du ministère public, s'était mis en campagne pour décrocher le poste de district attorney pour le comté de Los Angeles. Et il semblerait que Ritzi en ait su plus long sur mon père que ce qu'il y avait dans son dossier d'accusation. Tamar se rappelle : « Il m'a dit que Papa était peut-être un suspect dans l'affaire du Dahlia. "On sait tout ce qu'il faut savoir de ton père et de vous autres", a-t-il ajouté. C'est comme ça qu'ils ont réussi à me faire parler.

« Et je sais que les flics ont parlé à George en 1947 parce qu'il m'a dit un jour : "Il va falloir qu'on fasse attention quand on prendra des bains de soleil nus parce que la police surveille la maison." Je suis à peu près sûre que c'est l'année où le Dahlia noir s'est fait assassiner que la police est venue à la maison. George ne m'a jamais parlé de l'affaire. J'ai le sentiment qu'il savait et qu'il avait rencontré cette fille, mais je ne peux pas l'assurer. »

Malgré l'accusation de viol portée contre lui par Tamar, mon père fit attention à la manière dont il la traitait à la maison. Elle me confirma que tout ce qu'elle

avait dit au procès sur ce qui s'était passé le soir du
1er juillet 1949 était vrai. Elle s'en souvenait clairement.
Jusqu'aux témoins Corrine et Barbara qui avaient dit la
vérité à la police et aux procureurs. Mais les avocats de
Papa n'en avaient pas moins réussi à faire croire aux
jurés que tout cela n'était que fantasmes issus de l'imagination de Tamar.

Dans les conversations que j'avais avec elle, il m'apparaissait de plus en plus clairement qu'elle ne se rappelait
pas les questions que l'avocat Robert Neeb lui avait posées
sur le fait que Papa aurait été l'assassin du Dahlia noir et
qu'il aimait le sang. Elle ne se rappelait pas davantage
avoir dit craindre que, pour reprendre ce qu'elle avait
déclaré cinquante-deux ans plus tôt, « mon père me tue
avec tous les autres membres de cette famille ». Qui plus
est, du fait de son incarcération à Juvenile Hall, elle n'avait
pas eu accès aux journaux et ne sait toujours pas ce que
Neeb avait dit d'elle au prétoire après lui avoir fait subir
son contre-interrogatoire. Pour moi, cet « amour du sang »
et les accusations de meurtre que, selon Neeb et Giesler,
Tamar aurait portées contre Papa dans l'affaire du Dahlia
noir, c'est Dorero qui les lui a soufflés parce que ce sont
ces termes mêmes d'« amour du sang » et de « folie » dont
elle s'était servie pour me parler de lui un jour qu'elle était
ivre à l'époque où nous habitions Pasadena.

Il est très probable que ma mère, en état d'ébriété, ait
dit à Tamar, après que celle-ci lui eut révélé l'inceste,
craindre ou soupçonner Papa d'avoir tué Elizabeth Short.
Ma mère avait manifestement peur qu'en apprenant que
Tamar avait parlé, mon père ne décide de tuer sa fille
avant que celle-ci ait la possibilité d'avertir les autorités.
Ma mère savait que mon père était capable de tuer n'importe qui, jusques et y compris un membre de sa famille
susceptible de dévoiler ses secrets. Parce qu'elle était sincère dans les craintes qu'elle nourrissait pour Tamar, ma
mère lui dit ses soupçons et, pour faire en sorte que
Tamar ne soit plus sous le toit familial, il est tout à fait
possible qu'elle l'ait encouragée à s'enfuir. C'est à ce

moment-là que tout se mit en marche : les recherches entreprises pour retrouver Tamar, l'arrestation de mon père, le procès et la fuite de mon père après son acquittement.

Tamar, Papa, Michelle Phillips et le groupe The Mamas and the Papas

Tamar se rappelle un soir de 1967 où Papa vint la voir à San Francisco alors que Michelle Phillips et le groupe The Mamas and the Papas venait d'arriver en ville, où il devait donner son premier concert live au Pan Pacific. Tamar emmena George et deux superbes Asiatiques qu'il avait avec lui au Saint Francis Hotel, où Michelle était descendue. « Quand je les lui ai présentées, elle s'est presque évanouie. Ses yeux se sont révulsés, elle a salué George et lui a dit : "J'ai l'impression de vous connaître depuis l'âge de douze ans", à cause de tout ce que je lui avais raconté sur lui.»

Dès cet instant, mon père a tout pris en main tel un impresario. Après avoir découvert qu'ils avaient demandé qu'on leur monte un copieux repas à la chambre, il a informé tout le monde « qu'il ne fallait pas manger beaucoup avant un grand concert ». Sur quoi, « il a ordonné aux garçons d'étage de tout remballer et a commandé des hors-d'œuvre à la place, genre *poupou*[1] et autres. Tout le monde a commencé à fumer du hasch et Papa a fait passer les joints, mais n'a pas fumé lui-même ».

Plus tard, se souvient encore Tamar, « j'ai retrouvé Papa et ses deux copines et nous sommes allés dîner Chez Enrico. George s'est tellement saoulé que j'ai dû l'aider à remonter la côte. C'est là qu'il m'a lâché : "Pourquoi l'as-tu fait ?" Ce que je pouvais être bête ! Je ne savais pas de quoi il parlait parce que je l'aimais toujours. J'ai cru qu'il voulait savoir pourquoi je l'aimais

---

1. Amuse-gueule servis chauds ou froids en Polynésie *(NdT)*.

et le poursuivais toujours. Alors, je lui ai dit : "Parce que je t'ai toujours aimé, voilà pourquoi." Ce qui, bien sûr, était une réponse très étrange à quelqu'un qui voulait seulement savoir pourquoi je l'avais dénoncé. Qu'est-ce qu'il était saoul ! Nous ne nous sommes jamais vraiment compris ».

Après, Tamar demanda à l'une des Asiatiques que Papa avait amenées avec lui pourquoi il n'avait pas fumé de hasch et précisa qu'autrefois il en fumait toujours et que son refus lui avait paru bizarre. La femme lui avait répondu : « Oh non, il ne fume plus maintenant. » Et d'expliquer : « Avant, quand il fumait du hasch, il m'obligeait à l'enfermer dans sa salle de bains. Il disait que, des fois, fumer lui faisait des trucs horribles. Alors il me demandait de le boucler dans la salle de bains, se mettait à pleurer et restait enfermé toute la nuit. »

« J'en ai eu les cheveux qui se dressaient sur la tête, reprit Tamar. J'ai eu terriblement peur de lui parce que, oui, je crois qu'il a fait des tas de choses horribles dans le passé. »

L'hôtel de Los Angeles, 1969

Environ deux ans après le concert du groupe The Mamas and the Papas, Papa revit Tamar à Los Angeles au cours d'un de ses voyages d'affaires. Tamar était enceinte lorsqu'il l'emmena déjeuner dans un hôtel de Beverly Hills. Ils traversaient le hall lorsque George s'était arrêté brusquement, lui avait montré un motif du tapis et lui avait demandé : « Ça te rappelle quoi ? » Tamar avait regardé le tapis et lui avait répondu : « Je ne sais pas… un genre de fleurs… Des rhododendrons ? » George lui avait alors dit : « Non, non », en caressant le bord du motif du doigt. Puis il avait ajouté : « Non, regarde encore, c'est un vagin avec des lèvres. Des lèvres inférieures. » Sur quoi il avait piétiné fort le motif et demandé : « Ça fait mal ? » « Mon Dieu, me dit Tamar, je n'en croyais pas mes oreilles. Ça m'a fait froid dans le dos. "Des lèvres inférieures." Il n'avait jamais prononcé cette expression avant[1]. »

Le lendemain il sortait avec la fille de Tamar, Deborah, qui avait alors treize ans. Deborah est la deuxième fille de Tamar, celle qu'elle a eue avec le chanteur folk Stan Wilson.

Toujours est-il que Deborah tint longtemps secret ce qui s'était passé ce soir-là et ne rapporta les faits à sa mère que lorsqu'elle eut atteint l'âge adulte. Au dîner ce soir-là, elle s'était brusquement sentie complètement groggy, avait tenté de se lever et s'était presque effondrée par terre. Dans la description qu'elle fit de ces événements à sa mère, George et le serveur s'étaient précipités à ses côtés, Papa la rattrapant juste avant qu'elle tombe. Son souvenir suivant était de s'être réveillée dans une chambre d'hôtel. Elle était allongée sur un lit, complètement nue : on l'avait déshabillée pendant qu'elle était inconsciente. Elle avait les jambes écartées et George était en train de prendre des photos d'elle. Deborah était sûre d'avoir été droguée.

Tamar fut stupéfaite d'entendre les révélations de sa fille. Maintenant, se dit-elle, avec le témoignage de Deborah peut-être ma mère me croira-t-elle. Mais elle n'eut pas cette chance. « Elle ne nous a crues ni l'une ni l'autre et nous a dit qu'elle ne voulait plus jamais nous revoir. Elle refusait de croire tout autant sa fille que sa petite-fille. » Ainsi qu'elle l'a dit à sa mère, Deborah « espère toujours qu'on croira à la vérité de ce qui lui est arrivé avec son grand-père dans cette chambre d'hôtel ». Pour ce qui est de Tamar, la vérité ayant été enfouie depuis plus de cinquante ans, je me doute bien qu'elle a renoncé à tout espoir qu'on lui donne jamais raison.

1. Soit *nether lips* en anglais. L'adjectif *nether* signifie bien « inférieur », mais aussi « de l'enfer » *(NdT)*.

Joe Barrett et les années Franklin

Au début de 1948, soit un an après le meurtre d'Elizabeth Short, un jeune peintre talentueux de vingt ans, Joe Barrett, loua le studio qui se trouvait à l'extrémité nord de la Franklin House, devint ami avec mon père et vécut dans cet appartement pendant toute la durée du procès. Même après que la famille se fut dispersée et que Papa eut quitté le pays, il resta ami avec ma mère et renoua le contact avec elle chaque fois qu'il réussissait à nous retrouver dans nos errances. Cette amitié dura jusqu'à la mort de ma mère, en 1982.

Joe et moi ne nous étions rencontrés que peu de fois du temps où je travaillais pour le LAPD et nous nous étions perdus de vue après que j'avais pris ma retraite et déménagé dans l'État de Washington. Mais Joe avait gardé le contact avec mon frère Kelvin à Los Angeles. Lorsque je sentis que l'heure était venue de lui parler, ce fut d'ailleurs par l'intermédiaire de ce dernier que je parvins à le joindre en 1999 alors que, mon père étant mort depuis peu, je n'en étais encore qu'aux préliminaires de mon enquête.

Pour moi, Joe était une fenêtre importante sur le passé. C'était à l'époque même du viol, du procès, des allées et venues de Man Ray et des enquêtes du district attorney sur les activités de mon père que, jeune adulte, il vivait à la maison. Comme je l'avais fait en interrogeant Tamar, je ne lui dis rien de mon enquête. Je me contentai de lui parler dans l'espoir de mieux comprendre un père que je venais de perdre et sur lequel je voulais en savoir davantage. Je lui racontai que je cherchais à avoir une image précise de George Hodel tel qu'il était, tel qu'il le connaissait, lui, pendant les années Franklin.

Ses révélations furent renversantes dans la mesure où, en plus de me décrire le personnage de mon père en détail, il m'informa que, bien avant que je ne l'aie moi-même découvert grâce à mes recherches, le bureau du district attorney de Los Angeles lui avait officiellement demandé de collaborer à l'enquête sur mon père qu'ils considéraient comme «le suspect n° 1 dans l'assassinat du Dahlia noir». En l'interrogeant, j'appris ainsi qu'au début de l'année 1950 il fut embarqué par les enquêteurs du district attorney, conduit à leurs bureaux et instamment prié d'être leur taupe au sein de la Franklin House – « d'y être leurs yeux et leurs oreilles», comme ils le lui dirent alors. Ils déployaient tous leurs efforts pour établir que le Dr Hodel était bel et bien l'assassin du Dahlia noir.

Le procès

Pendant presque deux ans, de 1948 à 1950, Joe avait vu, et du dedans, tout ce qui se passait à la Franklin House. Il me rapporta que mon père était doué d'une mémoire photographique absolument parfaite qui lui permettait de digérer les idées des autres et de faire croire ensuite que c'était les siennes. Il était très intelligent, mais manquait d'originalité.

Joe n'était pas invité aux fêtes données par mon père, mais voyait beaucoup de gens aller et venir dans la maison et se promener dans la grande pièce sise entre la salle de séjour et la chambre de mon père. Il y avait des soirées, me dit-il ainsi, où l'activité sexuelle était intense et des tas de gens y assistaient. Il me rappela que la clinique de soins contre les maladies vénériennes dirigée par mon père dans le centre-ville était aussi fréquentée par bon nombre de personnalités importantes. A cette époque-là on ne connaissait pas encore les médicaments d'aujourd'hui et, comme les maladies vénériennes étaient endémiques, ceux et celles qui pouvaient se payer des soins privés dépendaient beaucoup des médecins en mesure de les leur fournir. Or mon père comptait à leur nombre.

Barrett me dit encore qu'il connaissait aussi Man Ray, qui passait souvent à la Franklin House. Joe l'avait ainsi vu le jour même de son départ. Man Ray était venu voir mon père et avait aussi rendu visite à Joe dans son studio, où ils avaient bavardé environ une heure. « Man Ray, me dit-il, quittait la ville, sans doute pour regagner l'Europe, après que la merde avait fait péter les tuyaux. C'était à la fin 49 ou au tout début de l'année 50. Il habitait près du Hollywood Ranch Market. » Le procès venait juste de se terminer et, bien que mon père eût été acquitté, tous ceux qui gravitaient autour de lui étaient maintenant surveillés de près par les services du district attorney. Sa réputation n'étant plus à faire, Man Ray n'avait aucune envie de tomber dans leurs filets. Il devait aussi être passablement inquiet que Tamar s'en aille révéler qu'il l'avait photographiée nue à la Franklin House ou que la police découvre ses tirages.

Parmi d'autres connaissances de Papa – et de Man Ray –, se trouvait le romancier Henry Miller. Joe se rappelait bien l'avoir vu bavarder avec mon père dans sa bibliothèque. A cette époque, la Franklin House était devenue une espèce de salon littéraire où les artistes qui méprisaient les conventions sociales en matière de moralité se réunissaient autour de mon père, qui avait les moyens de les distraire.

« Tamar, me dit-il encore, avait donné tellement de noms au district attorney que des tas de gens furent arrêtés. » Y compris l'ami le plus intime de mon père, Fred Sexton, auquel le procureur proposa un arrangement s'il acceptait de témoigner contre George et de dévoiler les relations de celui-ci avec Tamar. Mais, ajouta-t-il, « Man Ray, lui, Dieu sait comment, ne se trouvait pas sur la liste des témoins ». Toujours d'après Joe, les avocats Giesler et Neeb, que mon père avait engagés pour le défendre, lui coûtaient tellement cher qu'il avait été obligé de vendre tous ses objets d'art importés. « Je me rappelle qu'un célèbre jockey de l'époque, M. Pearson [1], lui en racheta l'essentiel. »

---

1. Jockey fort célèbre dans les années 40, Billy Pearson était aussi un fin connaisseur en matière d'objets d'art et un grand

Le meurtre du Dahlia noir

Joe Barrett se rappelait aussi qu'un certain Dr Ballard fut arrêté pour avoir fait avorter Tamar. Il fut acquitté, en partie suite à la mise hors de cause de mon père, mais aussi parce que le témoignage de Tamar avait été décrédibilisé. Sans prévenir, Barrett me dit alors : « Saviez-vous que votre papa était un suspect dans l'affaire du Dahlia noir ? Ça, c'est un fait. Elle avait été assassinée environ un an avant que j'emménage à la Franklin House. D'après ce que j'avais entendu dire, votre papa l'aurait connue. »

Après le procès, me confia-t-il encore, lorsqu'ils l'avaient embarqué pour le conduire à leurs bureaux du centre-ville, les enquêteurs du bureau du district attorney « étaient vraiment furieux ». « Bon sang de bon Dieu, il l'a emporté en paradis ! » s'étaient-ils écrié en parlant du procès de Tamar. Et d'ajouter : « On le veut, ce fils de pute ! Pour nous, c'est lui qui a tué le Dahlia noir. » « Je suis certain, ajouta Joe, qu'il s'agissait d'enquêteurs du district attorney et pas d'inspecteurs du LAPD. Ils voulaient que j'espionne George pour eux. Je me rappelle que l'un de ces enquêteurs s'appelait Walter Sullivan. Je crois qu'ils essayaient aussi de faire espionner votre père par deux ou trois filles. »

Joe se trouvait chez lui lorsque la police procéda à la fouille de la Franklin House après l'arrestation de mon père pour inceste. « Thad Brown était dans les parages avec les enquêteurs du district attorney. Je me souviens de sa photo dans les journaux. C'était un grand ponte de la police, à l'époque. »

---

ami de John Huston. Dans sa biographie des Huston, Lawrence Grobel écrit que Pearson, un des premiers concurrents à avoir empoché le grand prix du jeu télévisé truqué des années 50 « La question à 64 000 dollars », aidait John Huston à faire sortir des objets d'art précolombien du Mexique *(NdA)*.

Les souvenirs de Duncan Hodel

J'étais stupéfait par la teneur des entretiens que j'avais eus avec Tamar et Joe Barrett. Leurs incroyables révélations sur ce qui passait à la Franklin House à l'époque où Elizabeth Short s'était fait assassiner et pendant les deux années suivantes comblaient bien des vides dans les souvenirs que j'avais moi-même gardés de cette période.

Encouragé par ce que j'avais appris grâce à Tamar et à Joe Barrett, je décidai donc de passer à une autre source de renseignements.

Mon demi-frère aîné, Duncan, aujourd'hui âgé de soixante et onze ans, avait, lui aussi, vu ce qui se passait à la Franklin House vers la fin des années 40 et témoigné au procès de mon père.

Lorsque je le retrouvai à San Francisco en octobre 1999, il me donna beaucoup de détails sur le style de vie de notre père avant ma naissance.

Duncan était venu très régulièrement à la Franklin House avant l'arrestation de George Hodel et avait vingt et un ans lorsque le scandale éclata. A ce jour, il croit toujours que Tamar a inventé ses accusations d'inceste pour essayer de détruire la vie de notre père. Qu'il ait toujours douté de la parole de Tamar ne l'empêcha pas de me faire une révélation confondante sur un autre assassinat qui survint peu après qu'on eut découvert le cadavre d'Elizabeth Short. L'empreinte de pensée qu'il me confia ainsi était même tellement impressionnante que, si le meurtre au Rouge à lèvres avait donné lieu à un procès, il aurait assurément été appelé à témoigner contre mon père. Dans notre conversation, Duncan l'avait en effet lié à un élément capital de cette affaire :

Dad donnait de folles soirées à la Franklin House. Dès qu'il l'a achetée, j'ai commencé à y descendre avec mes copains de San Francisco, et Dad nous trouvait à tous des femmes. C'est drôle, je me souviens qu'un jour il m'a demandé de dire à toutes ces femmes que j'étais son frère. Lorsqu'il y avait des femmes à la Franklin House, il ne voulait pas qu'elles sachent qu'il était assez vieux pour avoir un fils de mon âge. A l'époque, j'avais vingt ans.

Je me souviens d'une soirée où tout le monde riait et s'amusait bien. A un moment donné, il a sorti un tube de rouge à lèvres et a écrit avec sur la poitrine d'une de ces femmes. Elle avait des seins absolument superbes. Il a pris le tube et a dessiné de grosses cibles autour ; on a tous rigolé. On s'amusait bien. Je me rappelle avoir fait la connaissance d'Hortensia, sa future femme des Philippines, à la Franklin House. Elle était en visite aux États-Unis et venait assister aux soirées de Papa à la maison. Pour moi, c'est là qu'il a fait sa connaissance. Ils se sont mariés après le procès.

Je lui demandai s'il se rappelait ou avait connu les copines de Papa à cette époque. Après avoir réfléchi un instant, il me répondit :

Je me rappelle qu'une de ses copines s'est fait assassiner. Elle s'appelait Lillian Lenorak. C'était une danseuse. Mais son assassinat ne s'est produit que bien des années après qu'elle eut rompu avec lui. Je crois que c'est son jeune copain qui l'a tuée à Palm Springs.

Je reconnus ce nom que j'avais vu dans les minutes du procès et savais qu'elle avait été appelée à la barre pour témoigner à charge contre mon père. Je demandai ensuite à Duncan s'il avait d'autres noms en tête. Il me répondit ceci :

Je me rappelle qu'après avoir cessé de sortir avec Kiyo vers 1942, il a commencé à voir une autre femme. Je crois qu'elle s'appelait Jean Hewett. C'était une jeune actrice d'une beauté à tomber raide. Elle avait tout d'une star de cinéma. Je ne sais pas ce qu'elle est devenue.

Le procès

Appelé à la barre comme témoin de moralité, Duncan témoigna à décharge en évoquant ce qu'il pensait être les tendances de Tamar à la promiscuité sexuelle. Mais il se rappelle avoir entendu Papa lui dire quelque chose d'étrange après le procès.

> Il m'a raconté ce que lui avait dit le district attorney, qu'«ils allaient le pincer». Ils avaient décidé de l'avoir et, à mon avis, c'est pour ça qu'il a quitté le pays tout de suite après et qu'il est parti pour Hawaï. C'est ce qu'il m'a dit à l'époque, juste avant de quitter les États-Unis.

Ainsi donc, en plus de ce que m'avaient appris Tamar et Joe Barrett, tout ce que Duncan savait des activités de mon père corroborait le fait qu'à l'époque celui-ci était bel et bien soupçonné non seulement d'avoir violé sa fille, mais encore d'avoir assassiné Elizabeth Short. Aussi bien Tamar que Joe Barrett m'avaient dit que, pour la police, c'était lui qui avait tué le Dahlia noir. S'il ne semblait pas être conscient de ce qui reliait mon père au Dahlia, Duncan, lui, venait bel et bien, et indépendamment de sa volonté, de dire le lien qui reliait mon père au meurtre de Jeanne French.

Pour moi, ces entretiens étaient dévastateurs. Jusqu'à ce moment-là, j'avais procédé avec prudence, comme je l'avais déjà fait des centaines de fois auparavant. J'avais mené mon enquête à la manière d'un inspecteur des Homicides impartial et objectif, amassant faits et preuves, bâtissant lentement, soigneusement, mon dossier. Mais à ce stade, une vérité aussi terrible qu'indéniable me frappait au plus profond : mon père, l'homme que j'avais admiré, craint et pris pour modèle, celui-là même qui, pilier de la communauté, avait à mes yeux tout d'un génie, était un tueur sadique qui assassinait de sang-froid. Un tueur en série.

Arrivé à cette conclusion horrible, je souhaitai soudain n'avoir jamais entrepris ce voyage. Une partie de mon être voulait refermer le petit album de mon père, y détruire toutes les photos et se sauver loin de la vérité. J'avais peur et me sentais tout-puissant. Que le fils se livre à quelques petits actes tout simples et indécelables et les péchés du père seraient à jamais détruits – comme lui réduits en cendres. Le nom et la réputation des Hodel ne seraient pas entachés. Quelques actes tout bêtes et ses crimes resteraient à jamais inconnus. J'avais les moyens de frauder avec l'infamie. De tout étouffer pour le bien de la famille. Je n'aurais eu aucun mal à faire ce qu'avait déjà fait le haut commandement du LAPD – et en mieux. Car cette fois tout serait étouffé à jamais. Mais une partie de moi-même savait bien que je ne pouvais et ne voulais pas fuir ou celer la vérité.

16

Fred Sexton, le « suspect n° 2 »

Au vu de nombreux témoignages et signalements donnés lors des enquêtes sur les assassinats d'Elizabeth Short et de Jeanne French, les enlèvements et les viols et tentatives de viol de Sylvia Horan (par le suspect du meurtre du Dahlia noir) et d'Ica M'Grew par « deux hommes au teint basané », ces deux derniers crimes étant perpétrés à quelques jours du meurtre au Rouge à lèvres, il me semblait clair qu'il y avait deux criminels à l'œuvre dans ces affaires, criminels que je soupçonnais d'avoir agi seuls ou ensemble, selon l'humeur du moment. Si George Hodel était le suspect n° 1, qui était le n° 2 ? A m'en tenir aux signalements qu'on donnait de lui, à une amitié avec mon père qui remontait à 1924 et au fait qu'il avait lui-même reconnu être le complice de George Hodel dans le viol de Tamar en 1949, Fred Sexton était, manifestement et logiquement, le meilleur candidat à ce titre.

Comprenant que je ne pouvais plus enquêter à distance et que j'avais besoin de m'entretenir en face à face avec tous les témoins que je pourrais trouver, je me réinstallai à Los Angeles en juin 2001. Parce qu'il connaissait bien Sexton, Joe Barrett se trouvait tout en haut de la liste des personnes que je voulais interroger. Une fois installé dans mon nouvel appartement d'Hollywood, je lui téléphonai, pris ma voiture et, me dirigeant vers le nord, fis le court trajet qui me séparait de Ventura, où nous devions déjeuner.

Je lui demandai de me dire l'impression qu'il avait gardée du Sexton des années Franklin et lui dis la vérité : je me souvenais à peine du bonhomme. D'après Joe, bien qu'étant artistes tous les deux ils avaient peu de chose en commun. Joe n'aimait pas Sexton et me le dit carrément. Voici le portrait qu'il me brossa de lui :

> Il était grand et maigre, comme votre papa. Il avait le teint foncé. Je crois qu'il était d'origine italienne. Il était très ami avec votre père et passait beaucoup de temps à la Franklin House. Sexton et moi avons travaillé ensemble un petit moment, à la Herb Jepson Art School, en centre-ville, au croisement de la 7e Rue et de Hoover Street. Sexton n'y a tenu que deux mois. Il se comportait mal. Il draguait toutes les filles. La moitié d'entre elles, voire plus, a quitté l'école à cause de ça. Beaucoup d'étudiantes se plaignaient de lui. Pour finir il y en a eu tellement qui sont parties que l'école a fini par le virer.

Lorsque Sexton avait refusé de partir, Jepson et deux ou trois de ses «amis de poids» l'avaient expulsé *manu militari*. Et Barrett de conclure :

> Je l'ai retrouvé un an ou deux plus tard, dans le centre-ville. Il habitait dans Main Street, un appartement au deuxième étage. Il a essayé de m'éviter, sans doute parce qu'il ne se sentait pas très fier d'avoir témoigné contre votre père au procès. C'est ce jour-là que je l'ai vu pour la dernière fois. Je n'ai plus eu de ses nouvelles depuis.

Joe ne connaissait et n'avait fréquenté que peu Fred Sexton, mais confirmait ainsi qu'il avait des habitudes de prédateur sexuel et ce «teint basané» qui revenait si souvent dans le signalement donné par ses victimes. De fait, on ne savait pas grand-chose sur lui, mais je découvris qu'il était né dans la petite ville minière de Gold-field, dans l'État du Nevada, le 3 juin 1907, soit à peine quatre mois avant mon père. C'était le deuxième fils de Jeremiah A. Sexton et de Pauline Magdalena Jaffe, qui avaient eu deux autres fils et trois filles. Fred Sexton avait épousé sa première femme, Gwain Harriette Noot, le 13 juin 1932, à Santa Monica, Californie.

Sexton demanda son affiliation à la Sécurité sociale le 23 mai 1939 et donna comme employeur la Columbia Pictures Corporation, 1438, N. Gower Street, Hollywood, Californie, son lieu de résidence étant alors situé dans White Knoll Drive, dans le quartier d'Elysian Park de Los Angeles, soit à un kilomètre et demi du centre-ville. Cette maison est toujours la propriété de sa première épouse.

Sexton mourut à l'âge de quatre-vingt-huit ans, le 11 septembre 1995, à Guadalajara, au Mexique. Je ne savais de lui que ce que Tamar et Joe Barrett m'avaient dit. L'heure était venue de voir ce que pouvaient me raconter les membres de sa famille qui lui avaient survécu.

Je m'entretins avec sa fille à l'occasion de deux rencontres, la première se déroulant à Los Angeles en octobre 1999. A ce moment-là, je n'étais nullement en mesure de lui faire part des doutes que je nourrissais à l'encontre de son père, encore moins de lui dire qu'il avait peut-être commis des crimes avec le mien. Au printemps 2000, soit cinq mois après notre premier entretien, elle m'envoya deux photos de Sexton qui, me dit-elle, avaient été prises à Los Angeles vers le milieu des années 40. Dans cet envoi, elle inclut aussi des photos où on la voit jouer avec Tamar, qui a alors huit ou neuf ans. De trois ans l'aînée de ma demi-sœur, la fille de Sexton devait rester amie avec elle du début des années 40 jusqu'à l'arrestation, puis l'incarcération de Tamar en 1949. Elle avait connu Kiyo à l'époque où mon père avait une aventure avec elle, les photos qu'elle m'envoyait ayant été prises, ironie du sort, peu de temps après leur rupture : on y voit les deux enfants jouer devant la maison de Kiyo, sur la plage de Venice.

Je la recontactai en août 2001, l'informai que j'habitais désormais à Los Angeles et fis en sorte que nous

nous retrouvions chez elle : j'avais des choses importantes à lui dire. Sachant que ce que j'allais lui dire
aurait sur elle un impact émotionnel similaire à celui des
nombreuses notifications de décès dont j'avais dû m'acquitter pendant ma longue carrière aux Homicides, je
demandai que son mari soit présent à l'entretien, ce
qu'elle m'accorda. Je commençai par lui révéler que,
suite à l'enquête que je menais depuis deux ans, j'étais
persuadé que nos pères avaient été complices de crimes
allant de l'enlèvement au meurtre de femmes seules à
Los Angeles et dans la région du milieu à la fin des
années 40. Je l'informai ensuite que je m'étais beaucoup
documenté et que je me préparais à révéler toute l'histoire dans un livre que j'étais en train d'écrire. Je ne lui
donnai aucun nom de victime et me montrai très prudent
en parlant de ces crimes. Plus précisément, je ne lui
indiquai pas que mon ouvrage tournait essentiellement
autour de l'assassinat d'Elizabeth Short, le Dahlia noir.

D'une manière assez compréhensible, elle fut profondément choquée par mes révélations. Elle eut du mal à
croire que son père ait pu être impliqué dans des crimes
d'une telle barbarie. Elle mit particulièrement en doute
mes affirmations sur le côté sadique de son père et du
mien. Elle reconnaissait volontiers que le sien voulait
toujours tout contrôler, mais le croyait incapable de s'être
montré aussi cruel avec les femmes.

Au cours de cet entretien, elle m'apprit une quantité
de choses importantes. Elle était précise et me donna
une connaissance nettement plus approfondie du caractère de son père – et par là me fit comprendre qu'il était
encore plus probable qu'il ait été l'acolyte de son grand
ami George Hodel.

Mary Moe

Mary Moe – tel est le nom que j'ai donné à la fille de
Sexton afin de protéger son identité – avait soixante-

cinq ans la première fois que nous nous rencontrâmes. Elle connaissait ma famille avant ma naissance et, incroyable énième caprice du hasard, était à l'âge de huit ans allée voir ma mère à l'hôpital, avec son père, le jour même où mon jumeau John et moi étions venus au monde.

Fred Sexton était d'origine irlandaise, juive et italienne. Il avait environ treize ans lorsque la police avait arrêté son père la veille de Noël et l'avait sorti brutalement de sa maison, incident qui avait laissé à son fils une haine éternelle des flics. La famille Sexton vivait alors en Californie, mais son père avait fait de la contrebande d'alcool dans le Nevada dans les années 20 et 30.

Sexton avait été un grand ami de John Huston au lycée et cette amitié avait perduré. Mary se souvenait de John Huston comme d'une espèce de « parrain » qui faisait soudain son apparition avec des cadeaux extravagants pour la petite fille qu'elle était, puis disparaissait. Mary pensait aussi que son père avait connu le célèbre joueur Tony Cornero, mais n'en était pas absolument sûre. Par contre, elle savait très bien que le père de Fred, lui, avait, comme Cornero, beaucoup joué et fait dans le trafic d'alcool.

J'appris alors que, comme mon père, Sexton avait un passé aussi secret que mystérieux et qu'il avait caché une grande partie de la vérité à sa fille. Ceci, par exemple : par sa mère, Mary avait découvert que, dans les années 20, son père avait eu une aventure avec une femme mariée qui travaillait comme journaliste à San Francisco. Cette femme était tombée enceinte et avait donné naissance à un fils. Alors qu'elle était enfant, Mary avait vu des photos d'un petit garçon au teint foncé et s'était entendu dire qu'il s'agissait de son père. Elle n'avait appris qu'à l'âge adulte qu'il ne s'agissait pas de son père mais de son demi-frère ! De ce dernier elle ne sait d'ailleurs toujours rien, ne l'a jamais rencontré et ignore s'il est mort ou vivant. Son nom même lui est inconnu.

Elle se rappela aussi que son père organisait des par-

ties de dés à Los Angeles, parties où il «gagnait beaucoup d'argent». Comme mon père, il avait conduit des
taxis dans sa jeunesse, à Los Angeles et à San Francisco.

Côté femmes, Mary me dit ceci: «Mon père avait
beaucoup de petites copines quand j'étais jeune. Pour ce
qui est des femmes, il ressemblait beaucoup à votre
père. Lui aussi en avait des tas et ça n'arrêtait pas.»

Au début des années 30, Fred Sexton était allé passer
un an ou deux en Europe, puis il était revenu à Los
Angeles, où il avait épousé Gwain et eu une enfant
d'elle, Mary. Il avait continué son travail d'artiste,
s'était fait une petite réputation et aurait donné plusieurs
expositions en solo qui lui auraient valu d'excellentes
critiques dans la presse de Los Angeles.

Mary se rappela encore qu'en 1938 George Hodel avait
emménagé dans une maison voisine de la leur. «Nous
avons été voisins dans la rue de White Knoll pendant
environ un an», me dit-elle. C'est à cette époque-là que
mon père vivait avec les deux Dorothy. «Dorothy
Anthony, la mère de Tamar et votre mère à vous vivaient
avec lui, juste à côté de chez nous. Après, environ un an
plus tard, le trio a emménagé un peu plus loin mais pas
beaucoup, dans Valentine Street.»

Pendant la guerre, Sexton, comme mon père, était
resté à Los Angeles:

> Mon père travaillait dans tous les studios de cinéma
> et aux chantiers navals. Après, il a recommencé à
> conduire des taxis, en 43 et 44. Mon père n'a pas fait
> la guerre parce qu'il devait s'occuper de ma mère
> qui était clouée au lit depuis des années. Votre père,
> qui l'avait connue et était un bon ami depuis long-
> temps, la soignait aussi. C'était son médecin.

Fred Sexton avait un atelier dans un immeuble du
centre-ville, au croisement de la 2e Rue et de Spring
Street. Par Mary, j'appris alors que mon père avait eu un
appartement au dernier étage du même immeuble et qu'en

prenant les escaliers on pouvait passer sur le toit d'une brasserie allemande. D'après elle, c'était dans cet appartement que George donnait *rendez-vous* [1] à toutes ses petites amies. Elle y était allée une fois avec son père en 1948 et se rappelait que l'endroit était très beau et, pour reprendre son expression, « le décor vraiment superbe ».

Je lui demandai alors si elle se rappelait quelque chose sur une femme, sans doute une des copines de mon père, qui se serait suicidée dans ces années-là. Voici sa réponse :

> Je crois que la personne dont vous parlez était la gérante de la 1^{rst} Street Clinic de votre père. Je ne suis pas très sûre de son nom, mais je crois qu'elle s'appelait Ruth Dennis. D'après ce que j'ai entendu dire, voyant qu'elle n'était pas venue travailler à la clinique un matin, votre père serait allé à son appartement et l'y aurait trouvée morte. J'ai gardé le souvenir d'un suicide, d'une histoire d'overdose.

Sur quoi, elle me rapporta un incident révélateur auquel, encore une fois, nos deux pères étaient mêlés :

> A la fin des années 40, il y a eu une certaine Trudy Spence qui, à l'époque, était la copine de mon père. Son mari a découvert le pot aux roses et s'est mis en tête de passer au studio de Spring Street pour le tuer. Pour lui échapper, mon père a dû sauter du toit et a atterri dans le parking. Il s'est esquinté la jambe et a dû rester couché pendant des mois. C'est là que votre père lui a apporté une arme parce qu'il croyait que le mari allait revenir. Tout ça me rendait très nerveuse.

Bien qu'elle m'ait dit ne pas connaître les détails du scandale de l'inceste, Mary reconnut que pour elle il n'y avait aucun doute : Tamar avait dit la vérité. Ce qu'elle me révéla ensuite me prit complètement par surprise :

1. En français dans le texte *(NdT)*.

Moi aussi, j'ai été victime d'inceste. Mon père a abusé de moi dès que j'ai eu huit ans. Ça a duré trois ans. Je sais très bien ce qu'a enduré Tamar. Quand j'ai eu seize ans, soit un an avant le procès, je me suis disputée violemment avec mon père qui essayait encore une fois de coucher avec moi. Je lui ai dit que s'il ne quittait pas immédiatement la maison, c'était moi qui le ferais. Il est parti et s'en est allé vivre à Hollywood, chez John Huston et Paulette Goddard. L'année d'après, il y a eu le truc avec Tamar. Papa a mis du temps à le faire, mais il a fini par avouer à ma mère qu'il avait couché avec moi.

« Tamar était une adolescente incorrigible, reprit-elle. Elle était complètement obsédée par le sexe. »

Cela dit, Mary croyait, et sans aucune réserve, à ce que Tamar avait raconté à la police sur la soirée où elle avait été molestée par Fred, Barbara Sherman et mon père.

« Quand j'étais avec votre père, le mien ne le lâchait jamais des yeux. Il voulait s'assurer que George ne me touche pas, jamais. Mon père était très protecteur quand le vôtre était dans les parages. »

C'était de la bouche même de son père qu'elle avait appris les détails du scandale, dans lequel, toujours selon son père, Man Ray était impliqué. « Les flics ont parlé à Man Ray, lui avait dit son père, et Man Ray aurait été arrêté et accusé avec eux s'il n'avait pas eu un certificat de son médecin affirmant qu'il ne pouvait pas avoir fait quoi que ce soit à Tamar parce qu'il était impuissant. » Mary me fit alors remarquer que « Man Ray avait beaucoup d'entregent. Pour moi, mon père était un grand artiste et Huston un brillant metteur en scène, mais, l'un comme l'autre, c'étaient des pourris ».

Après s'être séparé de sa femme Gwain, dans les années 50, Fred Sexton avait fait de nombreux allers-retours entre les États-Unis et le Mexique. Au début des années 60, il s'était remarié, avait vécu quelque temps à Palos Verdes, puis avait divorcé à nouveau. Il était revenu au Mexique en 1969 et, en 1971, à l'âge de soixante-trois ans, il avait épousé sa troisième femme, qui n'était encore qu'une adolescente. Tous les deux avaient vécu à Guadalajara jusqu'à son décès, en 1995. Et Mary d'ajouter qu'à sa mort « sa femme avait détruit tous ses papiers ». Toujours d'après Mary, Fred Sexton passait souvent pour un Italien ou un Espagnol et parlait les deux langues.

Avant de repartir au Mexique pour la dernière fois, Fred Sexton avait donné à sa fille une liste de divers comptes en banque ouverts sous différentes identités. Sur son passeport, me dit Mary, il avait inscrit le nom de son frère, Robert, qui était mort. Il se servait aussi d'autres pseudonymes, l'un d'entre eux étant « Sigfried Raphael Sexton ».

Afin d'établir encore plus sûrement que mon père et Sexton avaient été amis toute leur vie durant, je lui montrai la photo d'un jeune homme au teint foncé qui m'avait été donnée par June après la mort de Papa. Elle faisait partie d'un ensemble de clichés pris par mon père en 1925. Bien que le tirage fût de mauvaise qualité, je pensais que la personne qu'on y voyait ressemblait à un Sexton qui aurait alors eu environ dix-huit ans. J'avais déjà envoyé une copie de la photo par e-mail à Mary, avant de lui montrer l'original lors de notre deuxième rencontre. Elle me dit :

> Je ne peux pas dire si c'est une photo de mon père. C'est vraiment difficile à voir. Ça pourrait être lui parce que la bouche et les lèvres ressemblent aux siennes, mais je n'en suis pas sûre. Papa avait le même teint que sur la photo. Je sais qu'ils se connaissaient déjà à cette époque parce que… c'est vraiment étrange. Devinez un peu qui a fait la critique d'une des œuvres de mon père… l'ex-femme de votre père, Emilia Hodel ! Je suis tombée sur cet

article dans un journal de San Francisco. Elle l'avait bien descendu ! Tout le monde lui jetait des fleurs sauf Emilia, qui lui a fait une critique absolument déplorable. J'essaierai de vous en trouver un exemplaire.

Dans sa grande candeur, Mary me décrivait quelqu'un qui ressemblait à mon père à en avoir froid dans le dos. Les deux hommes avaient été pratiquement inséparables pendant trente ans, de leur enfance jusqu'au départ de mon père en 1950. Les années de médecine de mon père exceptées, ils avaient toujours vécu à quelques kilomètres l'un de l'autre et avaient tous les deux des bureaux au centre de Los Angeles. Lorsque Sexton avait eu des ennuis, c'était mon père qui, sans la moindre hésitation, l'avait soigné et lui avait donné une arme. Ils avaient partagé les faveurs de plusieurs femmes et, dans le cas de mon père, cette amitié était allée jusqu'à lui offrir sa propre fille encore adolescente. Il est clair que ces deux hommes avaient la plus grande confiance l'un dans l'autre – et qu'ils se protégeaient.

Aperçus glanés au cours de mon enquête, propos d'un Joe Barrett me racontant comment Sexton était obsédé par les jeunes femmes de l'institut d'art et détails biographiques que me confiait Mary Moe, tout me portait à croire que Sexton était le suspect n° 2.

La plupart des crimes que j'avais analysés avaient été commis par deux inconnus. Le premier était quelqu'un d'affable et de bien élevé, quelqu'un qui, grand, mince et bien habillé, avait été vu en compagnie de ses victimes juste avant qu'elles disparaissent ou soient assassinées. Le second, qui, physiquement, était du même gabarit, était souvent décrit comme une personne « au teint basané ».

Je crois important de bien se représenter l'aspect de ces deux hommes entre le milieu et la fin des années 40, de les comparer aux signalements donnés par leurs victimes et certains témoins que nous connaissons déjà et à d'autres à venir. Voici les photos de mes deux suspects tels qu'ils étaient à la fin des années 40 et leurs portraits aussi bien physiques que moraux :

Pièce à conviction n° 33

George Hodel vers 1952

En 1947, le Dr George Hill Hodel avait trente-neuf ans. Grand (1,80 m) et svelte (soixante-quinze kilos), il avait des cheveux frisés noirs, le teint olive et une moustache bien taillée qui lui donnait l'air méditerranéen ou moyen-oriental. Résultat, en partie, de son expérience de speaker à la radio, sa voix était douce et sonore.

Toujours habillé avec soin et recherche, il était très conscient de son aspect et savait à quel point cela lui permettait de contrôler la situation. C'était tout son être qui exigeait le respect. Toujours à vouloir dominer et contrôler, c'était un intellectuel raffiné et à la personnalité pleine de charisme. C'était aussi, de son propre aveu, un coureur de jupons accompli et plein d'expérience.

Pièce à conviction n° 34

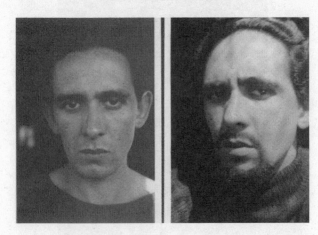

Fred Sexton vers 1947

Avec son teint basané, Fred Sexton aurait aisément pu passer pour un Hispanique, un Italien ou un Portugais. Autodidacte et intelligent, il était de tempérament bohème et avait un regard tout à la fois pénétrant et menaçant.

Il avait la réputation de parler couramment l'italien et l'espagnol. Yeux de braise et l'air de toujours ruminer, il ressemblait beaucoup à certaines stars du cinéma muet. Âgé de trente-six ans, il était grand (1,85 m), pesait quatre-vingts kilos et, les cheveux gominés et ramenés en arrière, avait lui aussi une moustache (et de temps en temps un bouc) et courait tout aussi assidûment les femmes que mon père.

17

Les secrets du LAPD
et le marquis de Sade

«Le crime est l'âme du désir. Que
serait le plaisir s'il ne s'accompagnait
du crime? Et je suis parfaitement sûr
que ce n'est pas l'objet du libertinage
qui nous excite, mais l'idée du mal.»

Marquis de Sade

Dans l'enquête sur le meurtre du Dahlia noir, le LAPD
détenait certains «indices clés» qu'il réussit à garder
secrets pendant quarante ans et que la presse et le grand
public ne découvrirent enfin que grâce à des fuites. Certains de ces secrets avaient à voir avec les photos non
retouchées du cadavre d'Elizabeth Short. D'autres, qui
se trouvaient dans les dossiers de la police et des services
du coroner, auraient été des «copies d'originaux[1] faites à
la main». Tous ces «renseignements secrets» tournaient
autour des conclusions de l'autopsie et de certains détails
monstrueux expliquant exactement où et comment ce ou
ces assassins sadiques avaient torturé leur victime.

Découvrir ces atrocités m'ébranla au plus profond. En
ma qualité d'ex-inspecteur des Homicides qui avait

---

1. Le rapport officiel du coroner n'ayant, à ma connaissance,
jamais été publié, je ne puis confirmer la validité de certaines
conclusions «recopiées à la main». Néanmoins, tout ce qui
se trouve dans ce document correspond bien aux traumatismes
corporels révélés par les photos publiées en 1980 *(NdA)*.

assisté à des centaines d'autopsies, je croyais avoir tout vu. De fait, rien n'aurait pu me préparer à ce que j'appris alors. Voilà pourquoi, aussi horribles soient-elles, les conclusions auxquelles parvint le coroner doivent être révélées : il en va de la vérité, de l'exactitude des faits et de la pertinence de certains détails.

Le rapport du Dr Newbarr dit en effet une victime qui dut endurer une mise à mort particulièrement horrible aux mains d'un ou de plusieurs suspects dont la cruauté atteignit des extrêmes jamais égalés. Les mains et les pieds ligotés, la jeune femme commença par recevoir des coups de couteau sur tout le corps et plus particulièrement au sexe, son ou ses bourreaux lui arrachant ensuite les poils pubiens pour les lui enfouir plus tard dans le vagin. Elle fut ensuite rouée de coups par tout le corps et, humiliation suprême, forcée de manger leurs ou ses propres excréments. Elle fut enfin battue à mort, son visage et son corps étant vicieusement lacérés et profanés. Le ou les tueurs découpèrent de grands pans de chair dans son corps et les lui enfoncèrent dans le vagin et/ou le rectum. Son ou ses assassins lui ouvrirent la bouche jusqu'aux oreilles en un sanglant sourire, lui lacérèrent les seins et très proprement et chirurgicalement la coupèrent en deux. Pour un légiste averti, la coupure de dix centimètres qui part de l'ombilic de la victime et descend jusqu'au-dessus de son pubis et les nombreuses lacérations en hachures qu'on découvre dans cette région sus-pubienne sont d'une signification particulièrement importante. Longueur, lieu et manière, cette incision correspond en effet en tout point à celle opérée par un chirurgien procédant à une hystérectomie. Ces opérations une fois terminées, le ou les meurtriers vidèrent le cadavre de son sang – par exsanguination, les cheveux et le corps de la victime étant ensuite entièrement nettoyés. Le Dr Newbarr y trouva des fibres qui, selon lui, auraient pu faire partie d'une brosse et déclara plus tard à la presse : « La nature des incisions nous fait penser que la victime était à moitié allongée dans une baignoire. »

Il ne s'agit pas là de violences infligées au hasard, mais bien d'actes de torture destinés à satisfaire un ou des assassins qui veulent se repaître des souffrances de leur victime. Avilissement, humiliation, terreur, torture et profanation, c'est par un abaissement précis et gradué de la victime qu'ils l'amènent à renoncer à son humanité. Enfin ils la tuent et se lancent aussitôt dans un autre protocole, d'actes nécrophiles celui-là.

Ces actes, uniques dans leur exécution, dénotent clairement une grande familiarité avec la philosophie et la pratique du sadisme classique.

Qui plus est, en disposant le cadavre de façon à ce qu'il ne passe pas inaperçu, le ou les assassins entendaient bien jouir de l'horreur que susciterait cette découverte et de l'enquête qui s'ensuivrait. Doué de la dextérité nécessaire à tout acte chirurgical, l'un de ces assassins était aussi non seulement assez psychotique pour se régaler de la douleur d'autrui, mais devait encore savoir avec exactitude ce que donnerait l'enquête et comment la presse s'en emparerait. Que savait-il donc ?

Quiconque connaît un tant soit peu les procédures d'enquête en matière d'homicide ou la littérature qui y a trait comprendra tout de suite qu'il ne s'agissait pas là d'un meurtre de hasard ou sans suites ni précédents. Cet assassinat était d'une tout autre nature et très éloigné de la grande majorité d'homicides qui, souvent dus à un déchaînement incontrôlé des passions, sont des actes de violence répondant à un autre crime ou forfait ou des meurtres perpétrés de propos délibéré et que l'assassin n'a aucune envie de révéler à la police ou au grand public. Et ce n'est pas que les violences sexuelles et les sévices physiques seraient absents de ces types d'homicides. De fait, c'est que l'assassin soit allé bien au-delà des normes établies en matière de violences qui pose problème. De caractère rituel, les actes de torture perpétrés au cours de cet assassinat sont bel et bien systématiques et voulus et, précisément définis, disent un sadique raffiné, habile et actif.

Particulièrement influent sur mon père – et sur Man Ray –, était le personnage du marquis de Sade, dont la vie et les écrits ont beaucoup à voir avec cette affaire. C'est en effet dans sa philosophie de l'asservissement violent d'autrui qu'on trouve une des motivations les plus fortes des quatre personnes que je vois au cœur des événements qui se déroulèrent à la Franklin House : mon père, Man Ray, John Huston et Fred Sexton. Beaucoup de gens savent qui était Sade et ce que recouvre le terme de « sadisme ». Mais ce n'est qu'en lisant certains de ses écrits qu'on peut vraiment comprendre la nature des déviances psycho-sexuelles qui caractérisent sa pensée. Il s'agit là d'une forme de nihilisme sexuel qui va bien au-delà des frontières de la déviance ordinaire.

La description que le marquis de Sade nous fait de ses visions toutes de violence et marquées de psychopathie sexuelle est à nulle autre pareille en littérature, rien n'y égalant la dépravation et la cruauté des tortures et sévices sexuels qu'il entend infliger à ses victimes. Véritable modèle du Mal, l'image qu'il nous donne de ce qu'il appelle ses « plaisirs » sexuels est si sombre et horrible qu'on en vient à croire qu'elle a pour but de dégoûter et horrifier ses contemporains.

Même brève, la comparaison entre le texte des *120 jours de Sodome* et les découvertes que fit le légiste en procédant à l'autopsie du cadavre d'Elizabeth Short en dit long sur ce que fabriquait le tueur : c'était, jusque dans les moindres détails, les instructions du marquis de Sade qu'il suivait au plus près. Pour preuve l'entrée, dans ce texte, datée du 15 janvier (jour où Elizabeth Short fut assassinée), où l'on voit clairement que les recommandations du marquis (jusques et y compris la saignée) ont été exécutées par le ou les tueurs. (Autre entrée à la même date : « Il écrit des lettres et des mots sur ses seins. » C'est ce qui sera infligé à sa (ou leur) victime suivante, Jeanne French.)

Il est clair, même à la lecture superficielle de l'ouvrage du marquis de Sade, que celui-ci était la grande source d'inspiration de mon père, de Man Ray et de leurs amis. Y compris la caractérisation du château comme une forteresse ouvrant sur une cour intérieure, qui est la description exacte de la Franklin House. Cela pourrait d'ailleurs être, consciemment ou pas, la raison pour laquelle George Hodel fit l'acquisition de cette propriété. Que mon père, comme Man Ray, ait lu et étudié de près tous les écrits de Sade ne fait guère de doute. Sans oublier qu'avec la «mémoire photographique parfaite» que lui prête son locataire Joe Barrett, mon père en retint probablement les six cents images de cruauté dans son esprit.

Même les dernières volontés de mon père, telles qu'elles sont exprimées dans son testament, font écho à celles de Sade :

> Il n'y aura ni rassemblement, ni discours, musique, stèle ou pierre tombale.

> J'ordonne que mes restes soient incinérés et mes cendres dispersées dans l'océan.

A comparer à ces instructions écrites du marquis de Sade :

> Cinquièmement enfin : je défends absolument que mon corps soit ouvert sous quelque prétexte que ce puisse être.

> Je veux qu'il soit placé, sans aucune espèce de cérémonie (...).

Les amis de mon père, John Huston et Fred Sexton, faisaient eux aussi partie d'un cercle d'intellectuels fortement influencés par le marquis de Sade. L'amour de John Huston pour cet écrivain est bien connu et attesté. Il aimait ses écrits et s'autorisait le plaisir de vivre sa vie légendaire «de monstre et de génie». Que dans son roman *White Hunter, Black Heart*[1] l'écrivain Peter Viertel en fasse un personnage d'égoïste sadique l'indique assez. Afin de dire la personnalité du cinéaste et, pour ce qui nous concerne, son penchant au sadisme, Lawrence Grobel rapporte dans son livre intitulé *The Hustons* une conversation que John Huston eut avec John Milius, le scénariste d'*Apocalypse Now*, qui écrivit aussi le scénario de son film *Judge Roy Bean*[2] :

> Lorsque Milius lui demanda ce qu'il y avait de mieux dans le métier de metteur en scène, John lui répondit seulement : «Le sadisme.» Il lui recommanda ensuite de lire les écrits du marquis de Sade le soir et ceux de Jim Corbett pendant la journée. «Lisez Corbett le soir et il vous flanquera des trouilles à chier. Sade, on peut le lire à toute heure.» Milius l'ayant ensuite interrogé sur les femmes, John lui donna les conseils suivants : «Soyez tout ce qu'elles veulent. Moulez-vous dans leurs caresses. Dites-leur n'importe quoi. Mais baisez-les, juste ça ! Baisez-les toutes ! » (p. 641).

Fred Sexton, nous le savons, était un ami intime de mon père, si intime même qu'à la Franklin House ils partageaient souvent les mêmes expériences et fantasmes sexuels avec leurs femmes. Or Sexton était aussi un ancien camarade d'école et un grand ami de John Huston, auquel il vendait certaines de ses œuvres. L'amitié de Sexton pour Man Ray sortait en droite ligne de leurs passions communes en matière d'art et des relations qu'ils entretenaient avec mon père. En m'appuyant sur les témoignages de personnes telles que ma sœur, je puis assurer que ce «gang des quatre» se retrouvait souvent,

---

1. Soit «Chasseur blanc, cœur noir» *(NdT)*.
2. Soit «Le juge Roy Bean» *(NdT)*.

faisait la fête ensemble et, dans le cas de mon père, de Fred et de John, allait jusqu'à partager les mêmes femmes.

En gardant présents à l'esprit le passé de mon père, ses prédilections, la déviance sexuelle toute de violence qui teintait les relations qu'il avait avec pratiquement tout le monde et le groupe d'amis avec lequel il partageait une fascination artistique pour tout ce qui est perversions sexuelles de type sadique, certains aspects du meurtre d'Elizabeth Short deviennent plus clairs. Cela dit, et pour moi cette remarque est cruciale, aucun délinquant sexuel capable d'infliger les violences qui furent faites à Elizabeth Short ne saurait se contenter d'un seul assassinat. Les meurtriers de ce type sont des tueurs en série qui, comme l'écrit le Dr Joel Norris dans son ouvrage *Serial Killers : A Growing Menace*[1], s'adonnent à des « violences épisodiques » et reprennent le même genre de psychodrame de crime en crime. Ils narguent la police afin de jouir plus longtemps de leur crime et non seulement cherchent des victimes, mais vivent au milieu d'elles tel le prédateur qui attend la prochaine occasion.

Voilà pourquoi si mon père correspond bien, même seulement en partie, à ce profil psychologique, on devait pouvoir retrouver de nombreuses preuves des crimes qu'il avait commis – très probablement contre le même genre de victimes et très probablement aussi dans un périmètre géographique et un intervalle de temps restreints. En d'autres termes, trente ans avant Ted Bundy, l'Étrangleur des collines, le Fils de Sam et le Tueur de la rivière verte, mon père, très vraisemblablement avec l'aide de Fred Sexton dans certains cas, fut un tueur en série qui assassina des femmes sans défense dans le triangle Hollywood-Beverly Hills-centre de Los Angeles.

Chose surprenante entre toutes, non seulement ces meurtres en série ne sont toujours pas résolus, mais le LAPD ne reconnaît même pas qu'ils pourraient faire partie d'un ensemble. Mais, comme le montreront mes

1. Soit « Les tueurs en série, une menace grandissante » *(NdT)*.

preuves, les liens entre ces assassinats sont tellement forts qu'ils hurlent à la résolution de toutes ces énigmes même entre les couvertures poussiéreuses des dossiers où le LAPD les remisa il y a un demi-siècle.

18

La « semaine manquante »
dans l'emploi du temps
d'Elizabeth Short

Dans les rapports officiels qu'ils acceptèrent de communiquer au grand public sur les activités d'Elizabeth Short pendant la période qui conduit à son assassinat, les inspecteurs du LAPD déclarent que c'est le 9 janvier 1947, au moment où elle quitte l'hôtel Biltmore par la sortie Olive Street, qu'Elizabeth Short est vue pour la dernière fois. La « semaine manquante », telle qu'elle fut reconstituée et défendue par les inspecteurs Finis Brown et Harry Hansen, est devenue légendaire et n'a jusqu'à ce jour jamais été remise en cause par le LAPD. Comme nous le verrons plus tard, cette chronologie devint essentielle lorsqu'il fallut étouffer le scandale.

Mon travail d'enquête et mes recherches personnelles disent en effet une histoire passablement différente. En reprenant les comptes rendus reproduits dans la presse afin de voir si d'autres personnes ne se seraient pas manifestées pour donner leur témoignage à la police, je me suis ainsi aperçu qu'un certain nombre d'entre elles affirmaient, et catégoriquement, avoir vu et reconnu Elizabeth Short pendant « la semaine manquante » si chère au LAPD. Ce que ces témoins déclarent à la police montre que la victime fit beaucoup d'allers et retours entre Hollywood, la San Fernando Valley et le centre-ville de Los Angeles du 9 au 14 janvier et fut alors vue non seulement par des inconnus qui l'identifièrent plus tard, mais encore par de nombreuses connaissances et par l'agent de police femme à laquelle elle dit craindre pour sa vie. En réalité, le LAPD sait très bien qu'il ne lui manque absolument pas la moindre semaine dans l'emploi du temps d'Elizabeth Short.

Iris Menuay, une connaissance d'Elizabeth Short au Chancellor Hotel, est la première personne à l'avoir vue après son retour à Los Angeles le 9 janvier. Dans la déposition qu'elle fait à la police, elle déclare en effet l'avoir vue dans l'entrée de cet établissement (sis au 1842, North Cherokee Avenue, Hollywood) le 9 ou 10 janvier, aux environs de 20 h 30. Toujours d'après elle, Elizabeth «enlaçait un homme habillé comme un pompiste». Était-ce un pompiste ou quelqu'un habillé de cette façon qu'elle enlaçait, ce n'est pas très clair.

La deuxième est Buddy La Gore, le barman du Four Star Grill (6818, Hollywood Boulevard), où Elizabeth Short venait assez régulièrement. Il déclare à la police et à la presse qu'elle est passée tard le soir du 10 janvier 1947 et qu'elle était accompagnée par deux femmes. Selon lui, elle n'a pas pris d'alcool. Bien qu'elle ait souvent passé de longues heures au comptoir, «elle avait pour habitude de ne consommer que des boissons non alcoolisées... Elle était toujours impeccablement habillée; vêtements, maquillage et cheveux, tout était parfait».

Mais ce soir-là, La Gore remarque que son aspect et ses manières sont totalement différents.

«Lorsqu'elle est entrée le 10 janvier, on aurait dit que ça faisait des jours et des jours qu'elle dormait tout habillée. Sa robe noire était tachée, sale et chiffonnée.» La Gore insiste sur son étonnement. «Je l'avais déjà vue des tas de fois et elle portait toujours les plus beaux bas en Nylon, mais là elle n'avait même pas de bas.»

Et il n'y a pas que ses vêtements.

«Elle avait les cheveux hirsutes et des taches de rouge à lèvres autour de la bouche comme si elle s'était maquillée au hasard. Elle avait aussi du fond de teint collé sur la figure.»

Et de décrire un changement complet d'attitude chez sa cliente: «Elle avait l'air effrayée et non pas gaie et vive comme avant. En plus, ce soir-là, elle a été gentille et amicale avec moi. Les autres fois, elle se conduisait comme une "grande dame" et se montrait autoritaire.»

La Gore dit enfin à la police avoir déjà vu les deux femmes qui l'accompagnent ce 10 janvier, mais précise que c'était toujours avec elle.

Ce même jour, Elizabeth est aussi vue par un témoin anonyme que Donahoe appelle «inconnu n° 1». Celui-ci déclare avoir vu Elizabeth Short garer un «coupé noir» le long du trottoir, aux environs du 7200, Sunset Boulevard, soit dans le Strip. Elle est accompagnée de deux femmes. Il affirme encore les avoir entendues dire qu'elles «étaient descendues dans un motel de Ventura Boulevard et qu'elles voulaient rejoindre le Flamingo Club de La Brea Avenue».

Et il donne le signalement de ces deux femmes : «La première avait vingt-sept ans, mesurait 1,70 m, pesait cinquante-cinq kilos et avait de longs cheveux noirs. La deuxième semblait être âgée d'une vingtaine d'années et avait les cheveux châtains.» Pendant l'interrogatoire, le témoin n'a aucun mal à identifier Elizabeth Short en voyant des photos d'elle.

Mme Christenia Salisbury, elle, compte au nombre des connaissances qui ont reconnu Elizabeth Short lorsqu'elle se trouvait à Los Angeles la semaine du 9. Salisbury connaissait Elizabeth Short depuis 1945, année où celle-ci avait travaillé comme serveuse dans son restaurant de Miami Beach, où les deux femmes étaient devenues amies. D'origine amérindienne, Christenia Salisbury était actrice et avait fait plusieurs saisons dans les Ziegfield Follies en qualité de danseuse, son nom de scène étant «Princesse Aile blanche». Après avoir quitté le show-biz, elle avait acheté un café à Miami Beach, établissement qu'elle avait géré jusqu'à la Noël 1946, date à laquelle elle avait fait ses bagages et décidé de s'installer à Los Angeles pour raisons de santé. Elle y arrive au début janvier 1947.

Et le 28, dans les bureaux du *Los Angeles Examiner*, elle dit à des journalistes être «tombée sur Elizabeth» le 10 janvier, aux environs de 22 heures. Elizabeth «sortait du Tabu Club de Sunset Strip à Hollywood, en compagnie de deux autres femmes». Elle donne ensuite le signalement de la première: «une très grande blonde, trente ans, soixante-dix kilos», puis de la seconde: «environ vingt-sept ans, cheveux très noirs et maquillage très lourd». Elizabeth et Salisbury se mettent à bavarder pendant que les deux autres femmes se dirigent vers une voiture garée plus loin. Salisbury remarque que la blonde est «très saoule et que c'est elle qui prend le volant».

Elizabeth et elle poursuivent leur conversation pendant une dizaine de minutes sur le trottoir, les deux copines d'Elizabeth attendant toujours dans la voiture. Elizabeth a l'air «heureuse et pleine d'entrain». Salisbury lui demande son numéro de téléphone, Elizabeth lui répond: «Je loge avec ces deux filles dans un motel de la San Fernando Valley. Nous n'avons pas le téléphone. Donne-moi ton numéro, c'est moi qui t'appellerai.» Salisbury le lui donne, Elizabeth se dépêche de rejoindre la voiture.

Entrepreneur en peinture, Paul Simone habite à Hollywood et, précédemment employé par le Chancellor Hotel, y travaille le samedi 11 janvier. C'est dans cet hôtel qu'Elizabeth a partagé la suite 501 avec sept femmes au mois de décembre. Simone effectue des travaux de peinture dans le bâtiment lorsque, dit-il aux policiers, «j'ai entendu une grosse bagarre» à l'arrière de l'hôtel. En essayant de comprendre ce qui se passe il voit Elizabeth et une autre femme en train, selon lui, de se «disputer violemment». Cette dernière «insulte très fort Elizabeth» et Simone craint que les deux femmes n'en viennent aux mains. La deuxième femme le voit approcher, le regarde, lui crie: «Oh, allez vous faire foutre!», se détourne et sort de l'hôtel. Lorsqu'elle est partie, Elizabeth demande à Simone: «Il y a une sortie par-derrière?» Il lui répond que non et l'accompagne jusqu'à l'entrée, où elle monte dans un taxi qui attendait.

Chauffeur de taxi à Los Angeles, I. A. Jorgenson dit, lui aussi, avoir vu Elizabeth Short, mais le soir du 11 janvier. Aux policiers qui l'interrogent, il déclare être garé devant le Rosslyn Hotel, au croisement de la 6e Rue et de Main Street dans le centre de Los Angeles, lorsqu'un homme et une femme en qui il reconnaît formellement Elizabeth Short montent dans sa voiture. L'homme lui demande de les conduire à un motel d'Hollywood. La police refusera de donner le signalement de l'homme et le nom de ce motel à la presse en arguant qu'elle doit d'abord « remonter la piste jusqu'au bout en interrogeant les employés de l'établissement ».

Pompiste au Beverly Hills Hotel, l'« inconnu n° 2 » (encore un témoin dont la police cache l'existence à la presse) a vu Elizabeth Short dans le quartier aux premières heures du 11 janvier. Il déclare aux inspecteurs du LAPD avoir vu un « coupé Chrysler modèle 1942 de couleur marron » entrer dans la station-service vers 2 h 30 et, sur des photos que lui présente la police, il reconnaît formellement Elizabeth Short comme étant la passagère assise sur la banquette arrière du véhicule. D'après lui, « elle avait l'air bouleversée et semblait avoir peur ». Il remarque aussi la présence d'une autre femme dans la voiture, mais précise seulement qu'elle « portait des habits de couleur sombre ». L'homme, lui, a « une trentaine d'années, mesure aux environs d'un mètre quatre-vingt-cinq et pèse dans les quatre-vingt-cinq kilos ».

Comme il l'a été dit plus haut dans le chapitre consacré à la chronologie établie par le LAPD, M. et Mme William Johnson, les propriétaires et gérants de l'hôtel sis 300, East Washington Boulevard, dans le centre de Los Angeles, sont les deux témoins les plus importants cachés à la presse : ce sont en effet eux qui, le 12 janvier, ont vu Elizabeth avec l'homme qui est vraisemblablement son assassin. Ils ont revu ce suspect le 15, après la découverte du cadavre d'Elizabeth. D'après leur déposition, ils étaient en train de travailler à l'hôtel lorsque le dimanche 12 janvier 1947, aux environs de 10 heures du matin, ils ont vu un homme (« entre vingt-cinq et trente-cinq ans, teint et taille moyens ») venir à la réception et leur « demander une chambre ».

Une heure plus tard, une femme en qui ils reconnaissent catégoriquement Elizabeth Short arrive à l'hôtel et rejoint l'homme qui vient de réserver la chambre. M. Johnson décrit ainsi cette femme : « Elle portait un pantalon beige ou rose, un manteau beige, un chemisier blanc, un bandana sur la tête et tenait un sac à main en plastique à deux poignées. »

M. Johnson dit encore à la police que « l'homme a refusé de signer le registre à son arrivée et m'a dit d'écrire seulement "M. Barnes et Mme" ». L'inconnu aurait ajouté qu'ils venaient juste de déménager d'Hollywood. Les Johnson regardent le couple monter dans sa chambre – c'est la dernière fois qu'ils verront Elizabeth Short.

Les inspecteurs du LAPD montrent à M. et Mme Johnson des photos retrouvées dans les bagages d'Elizabeth Short. Après les avoir regardées séparément, l'un comme l'autre ils identifient Elizabeth Short et son compagnon comme étant la victime et l'homme qui a pris une chambre sous le nom de « M. Barnes ». La police refusera de donner la véritable identité de ce « M. Barnes ».

D'après ce qu'il déclare à la police et à la presse, dans l'après-midi du 12 janvier, C. G. Williams, barman au Dugout Café (634, South Main Street, Los Angeles centre), est debout derrière le comptoir lorsqu'il voit entrer une femme – en qui il reconnaît formellement Elizabeth Short –, accompagnée d'une « blonde séduisante ». Elizabeth Short est une cliente régulière et il la connaît bien. Il se souvient parfaitement de sa visite dans la mesure «où il y a soudain de la bagarre» et des cris lorsque deux hommes essaient d'emballer les deux femmes de force et sont repoussés.

L'ex-jockey John Jiroudek a connu Elizabeth Short lorsqu'elle travaillait à l'économat de Camp Cooke ; il y était alors affecté comme G. I. S'il se souvient bien d'elle, dit-il à la police, c'est parce qu'il était là lorsqu'elle a été élue «Beauté de la semaine». Il déclare ensuite l'avoir revue brièvement le 13 janvier, jour où ils se sont rencontrés au croisement d'Hollywood Boulevard et de Highland Avenue. C'était une blonde qui se tenait au volant de la conduite intérieure Ford modèle 1937 dans laquelle elle se trouvait. Ils bavardent un peu au croisement et les deux femmes repartent.

Elle aussi répertoriée plus tôt dans la chronologie du LAPD, l'agent de police Myrl McBride qui fait sa ronde dans le centre de Los Angeles compte sans doute au nombre des dernières personnes à avoir vu Elizabeth Short en vie. Elle va voir spontanément sa hiérarchie en découvrant les photos de l'inconnue n° 1 que, grâce aux archives du FBI, on vient d'identifier comme étant Elizabeth Short. Elle aussi l'identifie formellement comme étant la femme qui, craignant pour sa vie, s'est portée à sa rencontre en courant, la scène se déroulant près du dépôt de bus.

D'après McBride, elle est en train de faire sa ronde aux environs du dépôt de bus de Los Angeles centre lorsque Elizabeth Short s'approche d'elle en courant et «sanglotant de peur» et lui dit que «quelqu'un veut la tuer». Short précise qu'elle sortait d'un bar au bas de la rue lorsqu'elle est tombée sur un ex-petit ami. Elle dit encore à McBride «vivre dans la terreur» d'un ancien soldat qu'elle a rencontré dans un bar. Et McBride d'ajouter : «Elle m'a dit que son prétendant menaçait de la tuer si jamais il la trouvait en compagnie d'un autre homme.»

McBride raccompagne la jeune femme jusqu'au bar de Main Street, où elle reprend son sac. Quelques instants plus tard, l'agent de police voit la victime « rentrer à nouveau dans le bar, puis en ressortir avec deux hommes et une femme ». McBride reparle brièvement avec Elizabeth Short, celle-ci lui disant avoir l'intention « de retrouver ses parents à la gare routière plus tard dans la soirée ».

Le 16 janvier, jour où le corps est identifié et où les photos sont retrouvées, McBride identifie formellement Elizabeth Short comme étant la personne qui s'est précipitée vers elle en courant parce qu'elle craignait d'être assassinée. Un ou deux jours plus tard, son identification n'est plus qualifiée que d'« incertaine » par les inspecteurs du LAPD. Pour moi, le fait que cette identification passe du statut de « formelle » à celui d'« incertaine » est dû à la hiérarchie qui, selon la terminologie en vigueur dans la police, veut que McBride « CSA » – « couvre ses arrières ». Pour le LAPD, il n'est en effet pas possible de dévoiler au public qu'un agent de police n'a de fait absolument rien entrepris pour empêcher la victime de retomber entre les mains des bourreaux qui vont l'assassiner à peine quelques heures plus tard. Mieux valait l'obliger à revenir sur ses déclarations et faire croire aux gens que la personne qui est entrée en contact avec elle n'était pas Elizabeth Short. (Il est triste de dire que ce n'était pas le cas.) Que le LAPD ait eu besoin de minimiser, voire d'inverser la teneur du témoignage de McBride révèle des arrière-pensées nettement plus sinistres.

A reprendre les témoignages de tous les gens qui ont vu Elizabeth Short entre le 9 et le 14 janvier 1947, il est clair qu'il n'y eut jamais de « semaine manquante » dans l'emploi du temps du Dahlia noir. Au contraire, cette semaine-là, nombreux furent ceux, connaissances et inconnus, qui la virent et sont en mesure de parler de ses humeurs et mouvements quelques jours et heures seulement avant son assassinat. Et tous l'ont vue dans un rayon de dix-huit kilomètres par rapport au centre de Los Angeles. Sélectionnés parmi d'autres qui le sont nettement moins, ces douze témoins sont absolument sûrs.

Que l'agent McBride ait vu Elizabeth à peine vingt heures avant la découverte de son cadavre et moins de huit avant l'heure de son assassinat avancée par le Dr Newbarr aurait dû attirer l'attention de tous sur les trois individus en compagnie desquels elle a été vue. Qui étaient donc ces deux hommes et cette femme qui se trouvaient avec elle ? Quels sont les signalements donnés par l'agent McBride et jamais divulgués ? Une de ces deux personnes serait-elle celle dont lui a parlé Elizabeth « en sanglotant de terreur » au dépôt de bus ? S'agit-il de l'homme qu'elle a fui dans le bar de Main Street, ce « prétendant jaloux qui menaçait de la tuer » ?

Cette « semaine manquante » comporte encore un aspect intéressant qui, peut-être, échappa au LAPD sur le moment, mais qui paraît évident aujourd'hui. Dans la déclaration qu'elle fait à la police, Linda Rohr, la colocataire d'Elizabeth Short au Chancellor Hotel d'Hollywood, affirme avoir vu celle-ci pour la dernière fois le 6 décembre 1946, ce qui confirme la déposition de la propriétaire, Juanita Ringo. Linda précise en effet qu'Elizabeth faisait ses bagages, qu'elle était bouleversée et qu'elle lui dit « Il m'attend », mais Linda ajoute : « Nous n'avons jamais su qui était ce "il". »

C'est le 12 décembre, au cinéma de San Diego, qu'Elizabeth rencontre ensuite Dorothy French, qui lui propose de dormir chez elle. S'il est effectivement une semaine qui manque dans l'emploi du temps d'Elizabeth Short, c'est celle qui va du 6 au 12, soit avant qu'elle se rende à San Diego et pas du tout après qu'elle a quitté le Biltmore.

Étant donné qu'au début de cette deuxième semaine de décembre nous savons qu'elle se dépêchait de retrouver son mystérieux petit ami – il l'« attendait » –, nous pouvons sans risque de nous tromper affirmer qu'elle passa une partie sinon la totalité de la semaine manquante avec lui. Car c'est à ce moment-là qu'elle disparaît des écrans radars. Qui était cet homme ? Où sont-ils descendus ? Qu'est-il arrivé au Dahlia noir ? Ce n'est que cinq jours plus tard qu'Elizabeth Short refait surface à San Diego et cherche chaleur et réconfort dans un cinéma de San Diego ouvert toute la nuit. Alors elle est seule et sans ressources – et a peur.

19

Les derniers fils :
les empreintes de pensée de Man Ray

Plus j'avançais dans mes recherches et plus j'avais conscience de l'importance de Man Ray aux yeux d'un George Hodel qui le prenait manifestement pour une âme sœur. Cela dit, il me fallut un certain temps pour comprendre le degré d'intimité de leurs relations et le rôle qu'elles jouèrent dans cette affaire. En d'autres termes, cette influence profonde avait-elle quelque chose à voir avec le meurtre du Dahlia noir ?

C'est l'individu même qui veut se « venger du Dahlia noir » qui déclare à la police avoir tué Elizabeth Short et, dans ses messages, justifie son meurtre et ses actes de torture. Comme dans la *Ballade de Frankie et Johnny*, où Frankie dit à son amant qu'« il lui a fait du tort », il n'est pas impossible que l'assassin d'Elizabeth se soit mis en tête que celle-ci l'avait trompé. Pour moi, ils étaient amants et allaient se marier. Je crois aussi qu'Elizabeth lui avait promis quelque chose – cf. ce « pour un homme d'expérience une promesse est une promesse » dans le télégramme anonyme envoyé de Washington D. C. en 1945 –, mais qu'elle avait rompu sa promesse. Et ce faisant elle « lui avait fait du tort » et comme Johnny devait le payer de sa vie.

Caractéristiques essentielles de la vengeance sont les souffrances que l'assassin se doit d'infliger à sa victime, la différence étant qu'aux yeux de celui qui se venge ces actes de torture constituent une punition méritée et donc moralement justifiée. Le bourreau se prend pour un exécutant de l'État, quelqu'un qui prend la vie de son prisonnier au nom du peuple et qui, toujours en son nom, lui inflige la peine que lui a value son offense capitale. Comme l'indique le message en lettres collées qu'il envoie à la presse : « L'assassinat du Dahlia était justifié. »

Ce qui distingue le meurtre d'Elizabeth Short de l'assassinat de nombreuses autres femmes seules dans les années 40 à Los Angeles, c'est la manière dont la victime a été exécutée et dont son assassin l'a horriblement mutilée avant de disposer son cadavre afin qu'il soit découvert.

Les années passant, une des questions les plus curieuses et frustrantes auxquelles la police ne put jamais répondre était en effet la suivante : pourquoi donc l'assassin s'était-il donné autant de peine pour disposer le corps d'Elizabeth Short ainsi qu'il l'avait fait ? Il devait y avoir là une empreinte de pensée, un message que le monde allait devoir déchiffrer si du moins il en était capable. C'était surréel, diaboliquement surréel... Il y avait manifestement de la méthode dans la folie de l'assassin – il avait une raison pour disposer le corps de sa victime comme il l'avait fait. En jouant au chat et à la souris avec le public et la police et en positionnant le cadavre de cette manière passablement bizarre, l'assassin lance un message. Tout se passe comme s'il mettait la police au défi de s'en emparer et de trouver la solution à l'énigme qu'il lui pose, lui, le maître criminel.

Étant donné les relations que George Hodel entretenait avec lui et vu l'amour qu'il portait à son travail, j'ai examiné des centaines de photographies de Man Ray. J'allais abandonner lorsque je trouvai ce que je cherchais : un tableau, *Les Amoureux* (1933-1934) et une photo, *Le Minotaure* (1936), soit deux de ses œuvres les plus célèbres. Dans la première deux lèvres sont représentées comme deux corps qui s'enlacent et s'étendent d'un bout à l'autre de l'horizon ; la deuxième œuvre montre une victime du monstre mythologique à tête de taureau et corps d'homme. Rappelons que le Minotaure était prisonnier dans le labyrinthe d'une île de la Crète, où on le nourrissait de jeunes vierges afin de le satisfaire et maintenir en vie.

Dans le *Minotaure* de Man Ray, on voit une femme nue

avec les bras levés au-dessus de la tête – le droit plié au coude selon un angle de quarante-cinq degrés et formant un angle droit avec son corps. Le bras gauche est semblablement plié au coude et forme, lui aussi, un angle de quatre-vingt-dix degrés avec le corps de la victime. Ce positionnement recrée celui des cornes qui ornent la tête du taureau. Le corps, lui, est sectionné à la taille, seul le torse restant dans le cadre du tableau. On n'a aucun mal à voir dans les deux seins de la jeune femme les yeux de goule du monstre et sa gueule dans l'ombre au-dessus du ventre, comme si le visage de la bête carnivore était superposé au corps de la victime.

Je sortis aussitôt de mon dossier la photo du cadavre d'Elizabeth Short que prit la police lors de sa découverte dans le terrain vague de Norton Avenue, le matin du 15 janvier 1947. La position de ses bras est très exactement la même que celle des bras du Minotaure représenté par Man Ray ! En les disposant de la sorte, l'assassin reproduit les cornes du monstre de la manière même dont le photographe l'a voulue dans son œuvre. Mais il y a plus. Le morceau de chair arraché sous le sein gauche d'Elizabeth reprend l'ombre que Man Ray fait apparaître sous les seins de la jeune vierge assassinée. Pour preuve ces pièces à conviction n° 35a et 35b.

Pièces à conviction 35a et 35b

 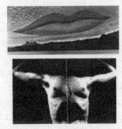

Cadavre d'Elizabeth Short sur la scène de crime
Les Amoureux *et* Le Minotaure *de Man Ray*

La position du corps dans la photo 35a ne permet pas de voir si de la chair a été arrachée de la même façon du côté droit. Plus révélatrice est la blessure portée au visage d'Elizabeth ; elle lui ouvre la bouche d'une oreille à l'autre, les lèvres devenant hideusement semblables à celles qui barrent l'horizon des *Amoureux* de Man Ray.

Le tueur se devait de rendre la mort de sa victime aussi extraordinaire dans sa conception que dans son exécution. Dans son rôle d'artiste surréaliste, l'assassin décide donc de donner au monde un chef-d'œuvre du macabre, un crime si choquant qu'il restera dans les mémoires et sera immortalisé dans les annales de l'horreur. Pour se venger, il fait du cadavre une toile et se sert de son scalpel de chirurgien comme d'un pinceau !

Aussi fort que j'aie voulu le nier et que j'aie cherché d'autres explications, j'étais bien obligé de reconnaître les faits : dans cet hommage qu'il rendait, et consciemment, à Man Ray George Hodel révélait que c'était bien lui l'assassin d'Elizabeth Short. Aussi bien du point de vue artistique que psychologique, c'est sa signature qu'on découvre sur le cadavre de sa victime et dans la façon dont il est disposé dans ce chef-d'œuvre surréel où il juxtapose l'inattendu dans l'hommage en forme de « nature morte » rendu à son maître... à l'aide de morceaux de corps humain ! La référence aussi préméditée que délibérée à ces deux photographies – l'une faisant d'Elizabeth et de mon père des « amoureux » symboliques et l'autre le représentant en être qui se venge, en Minotaure, en monstre à tête de taureau qui consomme et détruit la jeune vierge, Elizabeth, par le sacrifice –, tel est le lugubre message que nous laisse un George Hodel nous disant les fantasmes de violence sexuelle qu'il partageait avec Man Ray. Avec, vu son ego proprement mégalomaniaque, un rien de « je fais mieux que toi ».

Autre exemple de l'influence morbide qu'avaient les photos de Man Ray sur mon père, la pièce à conviction n° 36 : sur ce cliché pris par le photographe en 1945, on voit son épouse, Juliet, la tête enfermée dans un bas de soie. Pour moi, c'est en s'inspirant de cette œuvre que mon père modifie la photo de la victime de dix-sept ans qu'il vient d'agresser, Armand Robles (pièce à conviction n° 36):

Pièce à conviction n° 36

Juliet Man Ray   *Armand Robles*
                          (pièce à conviction n° 25)

Au début des années 70 – cela fait déjà vingt ans qu'il vit et travaille à Manille –, George Hodel assiste à une exposition donnée au Centre culturel des Philippines et intitulée *Les dessins érotiques et non érotiques de Modesto*. Il découvre un artiste plein de promesses et à peine âgé de vingt-deux ans et se trouve immédiatement attiré par des œuvres érotiques où il dira plus tard avoir vu «une esthétique des plus brillantes». A partir de cette date et jusqu'à son retour aux États-Unis en 1990, mon père sera son mécène et lui achètera pratiquement toutes ses œuvres. Et Fernando Modesto est prolifique: mon père lui achètera pas moins de mille six cents tableaux et dessins, dont quatre-vingt-dix pour cent à caractère érotique.

Quelques mois avant sa mort, George Hodel se prépare à mettre sa collection privée sur le marché, ce qui exige de lui qu'il développe une stratégie de vente. Sa première démarche sera de parler de cet artiste qui s'est fait une certaine réputation en Europe et en Asie, mais est moins connu aux États-Unis. Dans son programme de marketing, on trouvera ainsi la description d'une vision artistique qui, une étape après l'autre, a pas mal changé en quelque vingt et un ans. Dans la brochure qu'il fait publier, mon père reproduit des œuvres remontant à des périodes différentes et les accompagne de descriptions appropriées. Mais dans ce catalogue, ce ne sont pas les interprétations de l'artiste lui-même qui sont publiées ; ce sont celles de son mécène, le pionnier du marketing, le businessman et psychiatre tout à la fois.

FERNANDO MODESTO
par le Dr George Hodel

Page 2, 1976 – (Exemples 17-21)
Plusieurs niveaux de sens paraissent s'y révéler. L'un d'eux semble traduire ce que l'artiste pense de l'universalité d'un désir érotique qui meut toutes les créatures et les unit en une identité cosmique.

Page 3, 1982 – (Exemples 35-36)
Hommage à Man Ray. Modesto a toujours beaucoup admiré l'œuvre de Man Ray, qui continue de l'inspirer. Il a rassemblé nombre d'ouvrages sur cet artiste et regarde souvent ses photos, tableaux et sculptures.

Dans la collection privée de mon père, une seule œuvre a un rapport précis avec l'assassinat d'Elizabeth Short. Je l'intitulerai *Les Amoureux de Modesto* (pièce à conviction n° 37). C'est pour la comparer à celle qui l'a inspirée – à savoir *Les Amoureux* de Man Ray (1934) – que je la reproduis ici. Je ne l'ai découverte qu'après la mort de mon père, alors que j'aidais June à photographier et cataloguer toute sa collection.

Pièce à conviction n° 37

En haut : Les Amoureux *de Man Ray*
En bas : Les Amoureux *de Modesto*

June m'apprit alors qu'elle et George s'étaient rendus à Paris en 1986 ou 1987 et que mon père y avait offert une œuvre identique à Juliet Man Ray.

George Hodel a-t-il passé commande de ce tableau à l'artiste en lui donnant tous les détails qu'il devait y inclure, ou bien Modesto s'est-il contenté d'y faire appel à son imagination et à son énergie créatrice indépendamment de son mécène ? Il se pourrait bien que la réponse à cette question soit cachée dans l'œuvre et ce qu'elle semble représenter. Et d'un, ce travail est une forme de flatterie : on y imite les « lèvres des amoureux » dont Man Ray barre tout l'horizon. Cela dit, à la différence de celles de Man Ray, les lèvres qu'on découvre dans l'œuvre de Modesto font plus penser à du sang qui dégoutte qu'à du rouge à lèvres. Et juste au-dessus, ce sont trois phallus humains qui sont représentés. A la gauche de ces lèvres s'ouvre un canal bleu en forme de vagin, au-dessus duquel semble voler un escadron de dix-neuf objets ovoïdes, dix bleus et neuf jaunes, chacun muni d'une queue à la manière d'un spermatozoïde. Les couleurs différentes sont-elles

329

celles de George Hodel et de Fred Sexton ? Telle est une des questions que je me posai en réexaminant ce tableau à la lumière de ce que je venais de découvrir. Je suis également persuadé que le voyage de mon père à Paris ne ressortissait pas au simple voyage, mais bien à un pèlerinage au cours duquel il fit très cérémonieusement présent des *Amoureux de Modesto* à Juliet Man Ray afin d'honorer la mémoire de son défunt mari et l'amitié qui avait uni les deux hommes.

A lui seul, le tableau de Modesto n'a au mieux qu'un rapport lointain avec le dossier que j'instruis ici. Mais, partie intégrante du test de Rorschach appliqué au psychiatre/suspect, ces *Lèvres* révèlent la personnalité et les émotions de celui qui écrit avec du rouge à lèvres à la Franklin House, réitère ce geste sur le cadavre de Jeanne French, ouvre les lèvres d'Elizabeth Short et dit voir dans les motifs d'un tapis d'hôtel d'autres lèvres qu'il faut piétiner. Sous ce jour-là, l'érotisme violent qui s'exprime dans *Les Amoureux de Modesto* n'est plus qu'une énième variation sur un thème qui parcourt toute la vie de George Hodel et qui, pièce d'une grande importance, deviendra capitale lorsqu'il faudra évaluer sa culpabilité dans les meurtres d'Elizabeth Short et de Jeanne French.

Dans le livre intitulé *Reporters : Memoirs of a Young Newspaperman* qu'il publie en 1991, le chroniqueur judiciaire Will Fowler clôt ainsi le chapitre sur le Dahlia noir :

> L'intérêt pour le mystère que constitue ce meurtre reste intense parce que l'affaire est toujours aussi obscure. Et c'est cette fascination qui lui vaut une place toute particulière dans les annales du crime, où on lui réserve l'honneur d'être le plus grand meurtre toujours pas résolu du XXe siècle.
>
> Il se peut que l'assassinat d'Elizabeth Short le soit un jour, mais franchement je ne le souhaite pas. Il a tout du cadeau qu'on n'a pas encore ouvert. Celui-ci demeure en effet sujet d'émerveillement tant que le papier d'emballage n'est pas déchiré.

Oui, l'assassinat du Dahlia noir est bien l'«énigme au cœur d'un mystère» dont on parle.

Je m'élève violemment contre la comparaison qu'ose faire Will Fowler entre le meurtre avec torture d'une jeune femme et «un cadeau qu'on n'a pas ouvert» et qui ainsi demeurerait «sujet d'émerveillement». Il n'en reste pas moins qu'il a raison de parler d'«énigme au cœur d'un mystère» et d'y voir ce qui caractérise pratiquement toute l'enquête sur cet assassinat. Beaucoup de gens croient que cette expression serait de Winston Churchill, qui l'aurait utilisée pour décrire la Russie au cours d'une interview à la radio en 1939. Lorsque je tombai dessus en lisant l'ouvrage de Fowler au tout début de mon enquête, je me dis que j'avais déjà entendu ça quelque part mais où, je n'arrivai pas à m'en souvenir. La deuxième fois, je réussis à en trouver l'origine et mis en lumière un schéma d'empreinte de pensées qui me conduisit droit à mon père et à Man Ray.

Le rappel de mémoire à l'«énigme au cœur du mystère» remonte à l'hiver 1980. Je venais alors de passer doyen des inspecteurs des Homicides à la division d'Hollywood. Quelques mois seulement me séparant de mon quarantième anniversaire, je m'étais radouci et pouvais enfin me représenter mon père dans une gamme de gris plutôt qu'en noir et blanc. Je décidai de lui tendre la main.

Le 27 janvier 1980, je lui envoyai une lettre extrêmement personnelle aux Philippines. Je lui fis part des pensées qui me venaient dans divers domaines de ma vie et lui dis comment, dans ma maturité, j'en étais arrivé à comprendre combien je l'aimais et respectais malgré notre éloignement. Je joignis à mon envoi des photos et un article de l'*Hollywood Independent* où l'on rapportait que mon coéquipier Rick Papke et moi avions été choisis pour recevoir le prix de «l'inspecteur Clouseau» après avoir résolu l'affaire Charles Wagenheim, un très ancien acteur de cinéma qui avait été assassiné chez lui à l'âge de quatre-vingt-trois ans.

Voici la réponse que je reçus environ quatre mois plus

tard, en juin de cette année-là. C'est la seule fois où mon père se confia pareillement à moi.

Cher Steve

Ça m'a fait du bien de recevoir ta dernière lettre si pleine de vastes pensées. Communiquer est un processus assurément mystérieux, à quelque niveau que ce soit. Et communiquer vraiment est rare. Je suis heureux que tu t'en sois donné la peine, et que tu aies réussi. Que tu aies réussi à commencer cette percée. Un de ces jours, si le temps nous le permet, essayons donc, ensemble, de pousser plus loin.

Il ne m'est pas facile de t'expliquer ce que je veux dire. Mais permets que je donne un exemple. Une parabole. Mais un exemple vrai. Quand tu viendras nous revoir ici à Manille, je te montrerai les oiseaux, et le verre, et les observateurs (nous) et ensemble nous pourrons essayer de percer les secrets de ce trio. Ou alors… y aurait-il un quatrième personnage ?

Bien à l'abri de tout danger, dans les poutres du toit de mon appartement en terrasse de l'Excelsior, vit une tribu de petits oiseaux. Ce sont peut-être des moineaux, des moineaux domestiques. C'est là qu'ils construisent leurs nids, qu'ils se glissent entre les courbes de la toiture galvanisée pour entrer dans leurs paradis séparés, là qu'ils s'accouplent, et élèvent leurs petits.

Chaque année, une nouvelle génération d'oisillons tout neufs et pleins de courage s'extrait des courbes du toit et découvre son cosmos. On s'entraîne à sautiller à droite et à gauche, à se becqueter et voleter le long du balcon. On en vient même à découvrir une balançoire minuscule que je leur ai montée tout exprès (les oiseaux adorent jouer, tu sais) et on se met à sauter du cadre de la fenêtre à la balançoire en métal, à pousser d'avant et d'arrière, à retrouver d'un bond ravi sa piste de décollage.

Jusqu'au moment – c'est en général assez tôt – où,

tous, ils font une découverte. Une découverte qui relève de la haute technologie. Une découverte qui leur est totalement incompréhensible, mais qui les remplit de joie, d'espoir et de grande excitation.

A Manille, comme tu t'en souviens peut-être, mon appartement est orienté à l'ouest et donne sur la Baie. Toute l'après-midi durant, et jusqu'à ce qu'il se couche derrière les montagnes de Bataan et l'île de Corregidor, les rayons du soleil frappent sans relâche ma baie vitrée. Les climatiseurs ont du mal à rivaliser avec ce véritable tir de barrage céleste.

Voilà pourquoi, self-défense oblige, nous avons fait poser une fine pellicule de plastique synthétique – – qui agit comme un miroir réfléchissant – – sur toutes les vitres donnant à l'ouest, cela afin que, les rayons du soleil étant renvoyés, les pièces soient un peu plus fraîches. C'est à travers ces parois de verre que nous contemplons la baie, les montagnes et le coucher du soleil, mais comme avec des lunettes aux verres légèrement teintés de bleu. Et tout semble beau ; encore plus beau sous ces lueurs bleutées.

Pour toute personne extérieure (et c'est ici que nous revenons à nos braves petits moineaux), ce revêtement en plastique est un miroir. Car c'est à cela qu'il sert – à détourner la lumière et la chaleur. Il n'a pas été conçu pour tromper les petits oiseaux. Mais trompés, ils le sont, et ravis et tout excités.

Que voient-ils dans ce miroir teinté ? Ils voient de beaux oiseaux qui leur ressemblent d'étonnante façon, des oiseaux qui sautillent partout exactement comme eux, des oiseaux pleins de vie et de curiosité. Et, plus que tout, nos petits moineaux ont envie de se joindre à leurs compagnons pour jouer avec eux, voler avec eux, voire s'accoupler avec eux et continuer à voler dans leurs éternités de temps et d'amour. Mais à tous ces espoirs il est une barrière. Et ils ne savent pas, et ne peuvent pas croire que cette barrière, que ce mur de verre soit infranchissable. Il doit bien y avoir, se disent-ils, un moyen de passer au travers, d'entrer dans ce paradis rempli de beaux oisillons qui les attendent, les tentent et, tels des danseurs, reproduisent chacun de leurs gestes. Comment entrer dans ce paradis qui est là, à portée de main ? Comment ? se demandent-ils. Il doit sûrement y avoir un moyen, il suffira de persister. Sûrement ils vaincront, se disent-ils. Et ce paradis sera à eux. Car c'est le paradis qui attend les êtres courageux, ceux qui sont forts et ont le cœur pur, se disent-ils.

Ainsi, des heures durant, nos petits oiseaux se ruent-ils sur le verre silencieux. Un raid après l'autre, ils fondent des lanternes vénitiennes près du toit et se heurtent à la paroi de verre. Les plus courageux et les plus patients repartent à l'assaut toute la journée, parfois. Le verre teinté est couvert de mille traces aux endroits où leurs petits becs se sont écrasés, heure après heure.

Et alors voici le troisième larron de ce mystère. Nous-mêmes. Les oiseaux infatigables, le verre qui se tait, et nous. Derrière le verre nous nous tenons et nous émerveillons du spectacle de cette bataille. Tels des dieux nous regardons et savons... en particulier que l'issue de la bataille est courue d'avance. Mais comment communiquer ce savoir aux braves bataillons des oiseaux ? Comment les mettre en garde, comment les consoler ? Les envoyer vers d'autres missions plus prometteuses ?

Tristement, là, tandis que nous contemplons le verre et ces petits oiseaux déterminés, nous devons composer avec la vérité. Et cette vérité est que nous ne pouvons pas les avertir, que nous ne pouvons rien leur dire, que nous pouvons seulement les prendre en pitié et les aimer pour leur courage.

Mais ne sommes-nous vraiment que trois ? Les oiseaux, le verre et nous ? N'y aurait-il pas un quatrième partenaire ? Quelqu'un qui se tiendrait derrière notre vitre, quelqu'un qui, invisible et intouchable, gravement observerait les courageux assauts que nous lançons contre les murs que nous ne voyons pas ? Y a-t-il une cinquième présence qui observerait tout le monde ? Et une sixième, et d'autres encore, cachées dans les mystères qui sont au-delà de nos rêves ?

Quand tu viendras à Manille, je te montrerai les marques innombrables laissées sur le verre par les oiseaux. Et si tu viens à la bonne saison, tu les verras, eux-mêmes et les efforts qu'ils déploient pour franchir la barrière.

Il est aussi d'autres façons dont les secrets de la vie sont projetés comme des ombres. As-tu jamais regardé l'insecte qui vole d'avant et d'arrière dans la cabine d'un avion à réaction parce qu'il veut en sortir ou y trouver une miette infime ? Comment pourrais-je l'informer qu'il est en train de voler d'Amsterdam à Tokyo et que son existence est liée à celles de gens, nous autres, qui voient plus loin que la miette infime. Plus loin, mais pas beaucoup. Nous ne savons guère plus sur notre destination véritable que l'insecte sur les vols transpolaires.

Il est bon de savoir que tu m'aimes, car pour toi ce n'est pas chose facile, et pour de multiples raisons. Tu en as cité quelques-unes et il est bien que tu sois capable de commencer à les comprendre et surmonter. Pour ce qui est de notre amour, d'autres raisons sont peut-être plus difficiles à comprendre, car ensevelies dans des mystères aussi complexes que celui des oiseaux et de la paroi de verre.

Moi aussi, je t'aime, mais pour moi c'est plus facile parce que tu es le produit même, le vivant témoignage de cet amour. Je songe au vieux dicton irlandais qui déclare : « Ah, mon garçon, je te connaissais déjà quand tu n'étais encore qu'une étincelle dans l'œil de ton père. »

Il m'est également facile (et obligatoire) de t'aimer parce que j'ai certains souvenirs que tu n'as pas. Je n'ai pas oublié le petit garçon joyeux, sérieux, beau et bien discipliné que nous aimions tant. Et que nous n'aimons pas moins aujourd'hui, mais d'une manière différente. A peine différente.

Je te joins un chèque pour Dorero, pour les six mois de juin à décembre compris. J'aimerais pouvoir faire plus. Essaie donc de trouver le moyen de lui donner – – un peu d'argent, de temps et d'amour… beaucoup d'amour. N'oublie pas – – c'est elle qui répondit à cette étincelle. Ne l'aurait-elle pas fait…

Elle m'a demandé de lui renvoyer un autre agrandissement (je lui en avais apporté un en 1974) de sa merveilleuse photo par Man Ray. Je l'ai fait tirer et le lui enverrai bientôt. Si tu en veux un tirage, je t'en ferai un autre. Et d'autres encore pour Mike et Kelv, s'ils ne les ont pas et en veulent.

Félicitations pour ton travail dans les affaires Wagenheim et Stephanie Boone. Là aussi, il doit y avoir une énigme au cœur d'un mystère.

J'espère être bientôt par chez toi. Je suis curieux de savoir ce que tu feras dans trois ans. Il se peut que ta vie ne fasse que commencer à ce moment-là.

Mes amitiés à tous !

> Toujours bien à toi,
> Papa

On y était. Enfouie dans une lettre qui remontait à vingt ans se trouvait la réponse automatique et inconsciente de mon père à mon enquête sur l'affaire Wagenheim. Je n'avais fait que mentionner brièvement ce meurtre à Hollywood. Dans sa lettre, parce que je la relisais à la lumière de mon enquête, je voyais enfin comment il avait inconsciemment réagi selon la programmation toute personnelle de son esprit après que je l'avais ramené sur la piste de l'expression «une énigme au cœur d'un mystère». «*Là aussi* (c'est moi qui souligne), il doit y avoir une énigme au cœur d'un mystère», avait-il écrit.

A l'époque, sa réaction n'avait revêtu aucun sens particulier à mes yeux, hormis celui, bien évident, de la référence au mystère qu'on résout. Mais à la lumière de ce que je venais de découvrir, ce «là aussi» prenait soudain une grande importance. A quel autre meurtre mon père pouvait-il donc ainsi comparer l'assassinat de Wagenheim? Pour moi, c'était de l'affaire du Dahlia noir qu'il parlait ainsi inconsciemment, pas du tout parce que Will Fowler avait repris cette formule dix ans plus tard, mais parce que l'assassinat d'Elizabeth Short n'avait toujours pas été résolu et occupait toujours l'esprit de mon père. Je pense qu'il s'était trahi, mais je n'avais alors aucun moyen d'apprécier cette référence à sa juste valeur. Au contraire de maintenant.

C'est en juin 2001 que je découvris ce que je crois être l'origine véritable de cette «énigme au cœur d'un mystère» et encore une fois cela me conduisit directement à Man Ray. De fait, cette expression qui ne devait être utilisée par Churchill que quelque dix-neuf années plus tard est à relier à une photographie très provocatrice et sujette à controverse intitulée *Le Mystère, ou l'Énigme d'Isidore Ducasse* (pièce à conviction n° 38)

Pièce à conviction n° 38

Le Mystère, ou l'Énigme d'Isidore Ducasse

La photo représente un ou plusieurs objets enveloppés dans un tapis et attachés par une corde. Après avoir pris sa photo, Man Ray avait abandonné aux gens le soin de deviner ce qui se cachait sous la couverture. Était-ce un corps humain ou quelque chose de moins sinistre ? Certains sont d'avis que Man Ray a laissé un indice permettant de résoudre « l'énigme au cœur du mystère ». Son biographe écrit :

A cette époque-là, Man Ray s'intéressait à la littérature française d'avant-garde. L'œuvre qui illustre le mieux cette influence nouvelle – et révèle ses liens avec les sources mêmes de ce qui avait de l'importance pour le dadaïsme – est *Le Mystère, ou l'Énigme d'Isidore Ducasse,* photographie qui représente un ou plusieurs objets enveloppés dans un tapis lui-même entouré de corde. Bien que cet assemblage ait été détruit juste après qu'il eut pris sa photo, Man Ray voulait que le spectateur croie que c'était bien deux objets ordinaires qui se cachaient sous la couverture. Malheureusement, la seule façon dont ledit spectateur aurait pu deviner de quoi il s'agissait – et d'ainsi résoudre l'énigme – aurait été de connaître les écrits de l'écrivain français relativement obscur mais très influent Isidore Ducasse, plus connu sous le nom de comte de Lautréamont…

Deux déclarations de ce poète avaient déjà atteint au légendaire en 1920 : un mot d'ordre selon lequel « La poésie doit être l'œuvre de tous, pas d'un seul » et une comparaison très souvent citée : « aussi beau que la rencontre fortuite d'un parapluie et d'une machine à coudre sur une table de dissection ». C'était, bien sûr, cet exemple de beauté bizarre mais visuellement provocant que Man Ray voulait illustrer dans son *Énigme.* « En lisant Lautréamont, devait-il expliquer plus tard, j'ai été fasciné par la juxtaposition d'œuvres et d'objets inhabituels. » Plus important encore, l'attirait « le monde de liberté totale » du comte [1].

Man Ray n'a jamais révélé la nature de ces objets cachés, préférant laisser au spectateur le soin de juger ces obscures références à une table de dissection, une machine à coudre et un parapluie. Pour ce qui est de mon enquête sur le meurtre du Dahlia, il suffira de noter ce énième lien avec la citation de Man Ray et de rapprocher celle-ci de la réaction de mon père lorsque je lui annonçai avoir résolu l'affaire Wagenheim – à savoir : « Là aussi, il doit y avoir une énigme au cœur d'un mystère. »

Cette photo de Man Ray qui, aux yeux du plus grand nombre, représente un corps ou des morceaux de corps humain enveloppés dans une couverture attachée à l'aide d'une corde, devient ainsi la quatrième œuvre du photographe à avoir fortement influencé mon père et ce qu'il fit dans le meurtre du Dahlia noir. Avec les trois autres citées plus haut – *Les Amoureux, Le Minotaure* et *Juliet en bas de soie* –, elles annoncent les images que l'on découvrira plus tard dans toute l'affaire. De fait, ce sont ces images mêmes qui aident à comprendre le mystère que mon père a offert au monde pendant plus d'un demi-siècle.

Pour mon sujet, un des portraits les plus révélateurs jamais pris par Man Ray est celui de mon père tenant une statue de Yamantaka (pièce à conviction n° 39). Elle résume en effet ce que furent leurs relations et la nature de leurs fantasmes sexuels les plus intimes [2].

C'est en 1946 que Man Ray a pris cette photo de mon père revêtu de son manteau de « lieutenant général » de

1. *Perpetual Motif : The Art of Man Ray,* par Foresta, Merry, etc., New York, Abbeville Press, 1988, p. 80 *(NdA)*.
2. Ne sachant trop qui représentait cette statuette, je consultai le Dr Momi Naughton, professeur d'arts asiatiques à l'université de Western Washington, qui m'en donna l'identité *(NdA)*.

l'UNRRA. Sachant que mon père ne se lançait que rarement dans des actes n'ayant aucun contenu symbolique, j'étais sûr que cette photo disait une intention cachée. De fait, ce cliché est important en ce qu'il illustre la collaboration entre mon père et Man Ray, qui croyait que toutes ses photos deviendraient… des œuvres d'art.

Pièce à conviction n° 39

George Hodel et Yamantaka

Voilà pourquoi l'objet que tient George Hodel a une si grande importance pour les deux hommes.

Divinité tibétaine des plus complexes au panthéon du lamaïsme, Yamantaka est un dieu puissant à neuf têtes, la principale étant une tête de taureau. Sa venue aurait été si terrible qu'il aurait vaincu le dieu de la mort, Yama, ce dernier étant, en gros, l'équivalent de Satan ou du maître des enfers. Cette statuette particulière représente Yamantaka en train de s'accoupler avec son partenaire dans la position dite « du *yab-yum* ».

Dans cette photo, mon père semble être en adoration devant la divinité et comme paralysé par elle. C'est vrai que, comme elle, George Hodel se croyait tout-puissant et pensait que le médecin qu'il était saurait venir à bout de la mort. Il se croyait en outre sexuellement tout-puissant et infligeait cette croyance à toutes les femmes qu'il rencontrait, jusques et y compris sa propre fille – d'où le choix de cette statuette où l'on voit Yamantaka en pleine copulation. Aux yeux de Man Ray, cette fascination pour Yamantaka est celle qu'on doit à la divinité à tête de taureau, soit à l'équivalent asiatique du tueur de jeunes vierges, le Minotaure en personne.

Dans ce portrait, George Hodel et Man Ray juxtaposent ainsi leurs représentations de la toute-puissance, en particulier sexuelle, et de la victoire sur la mort. Mais cette œuvre va plus loin encore : elle objective tous les éléments déterminants de leurs relations et des visions qu'ils partageaient.

A cela s'ajoute, je crois, une deuxième déviance psychologique qui explique la position dans laquelle on a retrouvé le corps d'Elizabeth Short. Dans l'esprit de mon père, la scène de ce crime est comme l'épanouissement de toutes celles sur lesquelles il a écrit lorsqu'il était reporter en 1920, époque à laquelle, je le pense, remontent ses premiers fantasmes de violences sexuelles.

Plus encore, mon père adorait Charles Baudelaire, auquel il s'identifiait et qu'il avait lu et étudié en français. Il n'est pas impossible qu'il ait lu ces lignes extraites de *Mon cœur mis à nu*, les ait enfouies au plus profond de lui-même et en ait appliqué la substance à son propre crime chirurgical :

> Je crois avoir déjà dit dans mes notes que l'amour ressemble beaucoup à un acte de torture ou à une opération chirurgicale. Mais cette idée peut être

développée de la manière la plus amère. Quand
même les deux amants seraient très épris et très
pleins de désir réciproque, l'un des deux sera toujours plus calme ou moins possédé que l'autre.
Celui-là, ou celle-là, c'est l'opérateur, ou le bourreau ; l'autre, c'est le sujet, la victime.

Il convient enfin d'examiner et de comparer la pièce à
conviction n° 40, que j'appellerai « Le rêve », avec les deux
photos originales d'Elizabeth Short que possédait mon
père (pièce à conviction n° 7). Sur ce cliché pris en 1929,
on voit certains des surréalistes les plus importants réunis
à Paris – dont André Breton, René Magritte, Max Ernst et
Salvador Dali. Tous les membres du groupe y posent les
yeux fermés, affirmant ainsi leur préférence pour l'état de
rêve contre tout ce qui est conscient et rationnel.

Pièce à conviction n° 40

Les surréalistes, 1929

Dans les années 20, André Breton devint le porte-
parole du mouvement surréaliste et en rédigea le premier
manifeste en 1924. C'est ce qu'il pense de l'importance
du rêve et du sommeil qui est analysé dans ce document :

L'esprit de l'homme qui rêve se satisfait pleinement de ce qui lui arrive. L'angoissante question de la possibilité ne se pose plus. Tue, vole plus vite, aime tant qu'il te plaira. Et si tu meurs, n'es-tu pas certain de te réveiller d'entre les morts ? Laisse-toi conduire, les événements ne tolèrent pas que tu les diffères. Tu n'as pas de nom. La facilité de tout est inappréciable...

Je crois à la résolution future de ces deux états, en apparence si contradictoires, que sont le rêve et la réalité, en une sorte de réalité absolue, de *surréalité*, si l'on peut dire [1].

Les empreintes de pensée les plus révélatrices de mon père sont ces deux photos d'Elizabeth Short qui le condamnent (pièce à conviction n° 7). Ici encore l'artiste/photographe a signé son œuvre, sauf que celle-ci est privée et destinée à le rester.

Dans ces photographies de son amante, George Hodel dit son « mariage » ésotérique avec Elizabeth Short en l'initiant personnellement à son univers. Après lui avoir fait prendre une position précise dans les deux clichés, mon père lui ordonne de fermer les yeux, comme si elle dormait ou se trouvait en plein rêve. Avec son objectif il saisit alors ce rêve et la transporte dans son monde, celui du surréel, celui où le rêve est réalité, celui où le rationnel et le conscient ne sont qu'arrière-plans et, par renversement, ne doivent plus être qu'ombres de l'irréel.

Fidèle à sa philosophie, George Hodel fut un parfait surréaliste toute sa vie durant et resta à jamais le jeune poète de dix-sept ans décrit dans le *Los Angeles Evening Herald* du 9 décembre 1925 :

George, parfois, se noyait dans des océans de rêves. Seule une part de lui-même semblait présente.

1. Manifeste du surréalisme *(NdA)*.

Souvent il rêvassait devant son interlocuteur et, vêtu d'une robe de chambre noire à fleurs doublée de soie rouge, en oubliait la présence.

Ajoutez à cela la déclaration qu'il fait à la police lors de son arrestation pour inceste en 1949, celle où il dit « vouloir explorer les mystères de l'amour et de l'univers » et affirme que les actes dont on l'accuse sont « peu clairs, comme dans un rêve… car je ne sais pas si c'est quelqu'un qui m'hypnotise ou moi qui hypnotise quelqu'un d'autre ».

Sans oublier sa « parabole des moineaux » dans cette lettre de 1980 où son questionnement se fait proprement mystique :

> Mais ne sommes-nous vraiment que trois ? Les oiseaux, le verre et nous ? N'y aurait-il pas un quatrième partenaire ? Quelqu'un qui se tiendrait derrière notre vitre, quelqu'un qui, invisible et intouchable, gravement observerait les courageux assauts que nous lançons contre les murs que nous ne voyons pas ? Y a-t-il une cinquième présence qui observerait tout le monde ? Et une sixième, et d'autres encore, cachées dans les mystères qui sont au-delà de nos rêves ?

Ces deux photos d'Elizabeth Short prises par celui qui était alors son amant, très probablement à la Franklin House et un mois avant le crime, sont uniques et macabres à l'extrême, véritables présages des horreurs qui vont s'abattre sur la jeune femme. De la dernière des ironies surréalistes, elles saisissent tout à la fois le passé et l'avenir de la maîtresse-victime et de l'amant qui va se venger d'elle.

20

Retour à la Franklin House

J'avais commencé mon enquête en pensant que les photos d'Elizabeth Short retrouvées dans l'album de mon père disaient assez innocemment sa jeunesse libertine, celle que je lui avais toujours connue et qui avait fait tant souffrir ma mère. Elizabeth Short, pensais-je, n'était probablement qu'une femme parmi les dizaines d'autres qu'il avait connues, celles qui à ses yeux n'étaient qu'«aventures de trois mois».

Mais en explorant plus profondément le passé d'Elizabeth et celui fort mystérieux de mon père, je fus amené à remettre en place bien des pièces du puzzle géographique et temporel de leurs deux existences et me vis peu à peu contraint d'arriver à une conclusion inexorable : qu'il l'ait tuée seul ou avec un complice, mon père était bel et bien coupable du meurtre d'Elizabeth Short.

Dans les pages et les chapitres qui suivent, j'entends vous soumettre toutes les preuves, photographies à l'appui, qui démontrent au-delà de tout doute raisonnable que le Dr George Hill Hodel est bien celui qui entendait se venger du Dahlia noir.

En octobre 1999, soit au tout début de mon enquête, j'entrai en contact avec les propriétaires de la Franklin House, que j'avais rencontrés trente ans plus tôt alors que je travaillais à la division d'Hollywood. Leur père avait acheté la maison au mien par l'intermédiaire de ses avocats en 1950, après le procès pour inceste.

«Bill Buck» (tel est le nom que je lui donnerai pour

protéger son anonymat) et son épouse avaient emménagé à la Franklin House au début des années 70 et aussitôt commencé à la restaurer. C'est en 73 (je travaillais encore à la division d'Hollywood) que je les rencontrai par hasard : ils faisaient du jardinage devant la résidence. Après avoir appris ce qui me rattachait à ce lieu, ils me proposèrent très gracieusement de le visiter à nouveau. En 1999, après la mort de mon père, je découvris qu'ils y habitaient toujours et leur demandai un rendez-vous pour y revenir. Nous passâmes plusieurs heures à parler de l'histoire de la maison et de ses anciens propriétaires et je leur fis part de quelques souvenirs que j'en avais gardés. Comme ils l'avaient fait bien des années plus tôt, ils me donnèrent la permission de revisiter les lieux et m'autorisèrent à photographier l'intérieur et l'extérieur de la bâtisse. J'eus même le droit de descendre à la cave, qui n'avait pratiquement pas changé depuis la vente de la maison une cinquantaine d'années plus tôt.

En fouillant de manière très superficielle dans les restes de ce passé poussiéreux, je tombai sur deux objets intéressants, le premier étant une caisse en bois expédiée de Chine au « Dr George Hill Hodel, 5121, Franklin Avenue, Los Angeles, Californie ».

A l'intérieur, je découvris un connaissement daté du 16 octobre 1946 et faisant état de la présence de huit paquets.

Pièce à conviction n° 41

Connaissement retrouvé à la Franklin House

Le document attestait que les objets d'art achetés en Chine et expédiés par mon père étaient arrivés à la Franklin House à l'automne 1946. Que cette caisse l'ait suivi par fret maritime ou par avion militaire, ce reçu renforce mes soupçons sur le retour de George Hodel en Californie : mon père y arriva bien en septembre 46, après avoir été rendu à la vie civile pour ce que l'UNRRA qualifiait de « raisons personnelles ». Le séjour que mon père fit alors à l'hôpital correspond bien au témoignage de l'amie qu'Elizabeth Short avait dans le Massachusetts, Marjorie Graham. Celle-ci déclare en effet dans l'interview qu'elle donne par téléphone le 17 janvier 1947 :

> Elizabeth m'a dit que son petit ami était lieutenant dans l'US Air Force et se trouvait à l'hôpital de Los Angeles. Elle m'a aussi dit s'inquiéter pour lui et espérer qu'il se rétablisse et puisse sortir de l'hôpital pour se marier avec elle le 1er novembre.

Bill Buck m'apprit alors que mon père avait laissé de vieilles revues à la cave, mais qu'on avait dû finir par les bazarder. Pendant ma petite visite dans un sous-sol qui me rappelait de très mauvais souvenirs de fessées et de raclées à coups de cuir à raser, je tombai sur une boîte couverte de toiles d'araignée dans laquelle se trouvaient de vieilles revues médicales remontant au milieu des années 40. En les examinant, je découvris un vieil agenda médical de 1943 qui avait appartenu à mon père. Je demandai à Bill si je pouvais le prendre, il me répondit que oui, « bien sûr ».

Le volume s'intitulait *Warner's Calendar of Medical History, for the use of the Medical Profession, 1943* [1]. L'examen approfondi de chacune de ses pages me permit de faire des découvertes intéressantes, dont celle de

---

1. Soit « L'agenda Warner de l'histoire médicale, à l'usage des professionnels de la santé, année 1943 » *(NdT)*.

Pièce à conviction n° 42

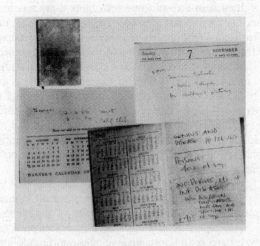

L'agenda médical de George Hodel
pour l'année 1943

notes manuscrites de mon père au dos de la couverture et plusieurs entrées de la main de ma mère. Écrites en majuscules d'imprimerie au verso de la première de couverture, on trouve la notation suivante : «Le Génie et la Maladie : p. 126-269». La p. 126 du volume est cornée et contient ce passage :

LE GÉNIE ET LA MALADIE

On a souvent tenté de définir le génie. D'après certains il ne s'agirait que d'une «infinie capacité à se donner du mal» ; d'autres, comme Lombroso, affirment que le génie touche à la folie ou n'est qu'une question d'hérédité. La fascination qu'exerce ce sujet réside dans le fait que toutes ses approches donnent lieu à des spéculations aussi intéressantes que futiles. Bien sûr, tous les grands hommes ne furent pas d'une nature instable, mais il n'en demeure pas moins que trop souvent les génies ont dû se débrouiller d'anomalies physiques ou mentales de toutes sortes. Les biographies suivantes ont été choisies pour illustrer le fait qu'il arrive souvent aux personnes les plus extraordinairement douées dans toutes sortes de domaines d'être apparemment bloquées par d'insurmontables obstacles physiques, mais d'y découvrir des défis exigeant de plus grands efforts de leur part, même si, dans certains cas, lesdits obstacles s'avèrent trop importants pour l'endurance humaine.

Après cette introduction, on trouve à toutes les pages, à partir du 24 avril, une brève notice biographique des génies de l'histoire classés par ordre alphabétique – beaucoup d'entre eux ayant effectivement souffert de crises de folie. Dans cette liste on retrouve la plupart des grands héros littéraires de la jeunesse de mon père. Dont, entre autres, Baudelaire, Dostoïevski, Flaubert, Guy de Maupassant, Napoléon Bonaparte, Néron, Nietzsche, Pierre le Grand, Poe, Richard Porson, Rousseau, Schopenhauer, A. C. Swinburne, Tchaïkovski, Van Gogh, Paul Verlaine et François Villon.

Puis vient cette notation de la main de mon père : « Poisons : page 402 *et sq.* », ladite page 402 contenant ceci :

SYMPTÔMES ET TRAITEMENT DE L'EMPOISONNEMENT

Hormis mention spéciale, c'est de l'empoisonnement par voie orale qu'il est ici question.

La dose fatale – prise en une seule fois – est bien sûr indéfinissable. On doit comprendre que des doses plus légères ont été ingérées avec la mort pour conséquence alors que des quantités de poison plus importantes n'ont pas été suivies de mort.

Dans les pages suivantes, on trouve un tableau des poisons les plus connus avec doses fatales, symptômes et traitements appropriés.

Toutes les entrées suivantes sont de la main de ma mère :

> 7 novembre 1943 – École du marin. Gelkka Scheyer pour photos enfants.
>
> 8 novembre 1943 – George 10-11 h. 727 [Référence probable au bureau de mon père en centre-ville, à savoir 727, 7ᵉ Rue Ouest.]
>
> 9 novembre 1943 – George 19-22 h. Conférence sur l'œil, General Hospital.
>
> 11 novembre 1943 – George 14-18h. Cœur [Soit 4 heures sans doute prévues pour un examen cardiaque par un spécialiste en relation avec sa maladie de cœur.]
>
> 11 novembre 1943 – 20-23h. California Club.
>
> 12 novembre 1943 – 12-14h. Réunion Comité Chambre commerce.
>
> 13 novembre 1943 – KFI – Syphilis.

Dans ces trois dernières entrées, deux sont importantes : elles montrent en effet que mon père fréquentait aussi bien le très prestigieux California Club – fondé à l'origine par la dynastie des Chandler –, que ce qui en sortit plus tard, à savoir la Chambre de commerce de Los Angeles. Ces deux réunions consécutives montrent aussi qu'il était très lié à certains des hommes les plus influents de la ville, ceux qui, de fait, la gouvernaient.

La dernière entrée, elle, fait référence au KFI qui était une des stations radio de la chaîne NBC à Los Angeles. Ma mère, avec le concours de Bob Purcell, David Eli Janison, Karl Schlichter et celui du producteur Jack Edwards, avait écrit une série de pièces radiophoniques intitulée *13 Against Syphilis : The Unseen Enemy*[1] et parrainée par les services de la santé publique de la ville,

---

1. Soit « 13 contre la syphilis, l'ennemi invisible » *(NdT)*.

du comté de Los Angeles et de l'État de Californie qui, tous, entendaient « dissiper le brouillard d'ignorance » entourant les maladies vénériennes. Étant donné son poste d'officier chargé du contrôle des maladies vénériennes auprès des services de santé du comté de Los Angeles, mon père était le consultant attitré de ces dramatiques.

Pour moi, le connaissement et l'agenda pour l'année 1943 que je découvris dans la cave de la Franklin House en 1999 sont des pièces à conviction d'une grande valeur. La première certifie que les objets d'art chinois de mon père, son butin de l'après-guerre à Hankéou, sont arrivés à Los Angeles à la mi-octobre 1946. La seconde dit l'intérêt que, dès 1943, mon père portait aux doses fatales de nombreux poisons. Ces deux documents montrent aussi sa fascination pour le phénomène du génie et le besoin qu'il éprouve de se rassurer en se disant que nombre de génies ont eu des existences tourmentées et se sont beaucoup torturés sur le plan émotionnel, certains au point de s'infliger des violences ou de les infliger à d'autres. Ils confirment aussi, par ailleurs, que mon père avait de sérieux problèmes cardiaques.

En revenant à Los Angeles en juillet 2001, je tombai sur un article du *Los Angeles Times* du dimanche 8, où la Franklin House était présentée comme « la Maison de la semaine » et où j'appris qu'elle avait été mise en vente pour 1 500 000 dollars. Je redemandai aussitôt un rendez-vous à Bill Buck afin d'avoir un dernier entretien avec lui et de prendre quelques photos de plus.

Lors de notre rencontre, je lui expliquai que j'écrivais un livre sur le passé mystérieux de mon père et ajoutai que les recherches que je menais depuis deux ans m'amenaient à conclure qu'il avait fréquenté des individus de la pègre d'Hollywood des années 20 jusqu'à la fin des années 40.

Buck n'avait aucun renseignement sur les liens qui auraient pu unir les anciens propriétaires de la maison aux gangs criminels de Los Angeles, mais il me donna la possibilité de photographier la pièce secrète, l'installation électrique du bureau et la caisse provenant de Chine, qui se trouvait toujours à la cave.

Buck m'apprit alors que nos pères s'étaient connus – professionnellement parlant, au moins –, tous deux étant des médecins fort célèbres de Los Angeles. Ils avaient fait connaissance à la Franklin House dans les années 40, un jour que mon père avait organisé une réunion de six médecins sous les auspices des services de santé du comté de Los Angeles. « D'après ce que m'a raconté mon père, une fois la réunion terminée, votre père a frappé fort dans ses mains et deux geishas en grande tenue sont apparues. Ce devait être l'heure de "faire la fête". Mon père a consulté sa montre d'un air nerveux, remercié votre père et filé au plus vite. Il faut croire que d'autres médecins ont choisi de rester. »

Buck me précisa encore qu'après avoir acheté la Franklin House, son père y avait trouvé des objets pornographiques et des photos de femmes nues. « Ça s'est passé un an après qu'il eut emménagé, dit-il, ce qui nous amène vers 1951-1952. Il était en train de changer des ampoules dans l'applique au-dessus de la cheminée quand il a découvert une boîte cachée dans un coin. Il l'a descendue et s'est aperçu qu'elle contenait des "photos cochonnes". Je suis certain qu'il les a détruites. »

Autre incident bizarre : Buck me parla aussi d'une mendiante qui avait frappé à la porte de la maison à la fin des années 70 ou au début des années 80. « Elle avait l'air très âgée, mais avec les clochards ce n'est pas facile à dire. » Je lui ai parlé un moment jusqu'à ce qu'elle me sorte ceci : « Cette maison est un lieu du mal. » Il ajouta que normalement il l'aurait simplement congédiée, mais qu'elle s'était mise en devoir de lui décrire l'intérieur de la maison. « "C'était très effrayant", avait-elle insisté. Il était clair qu'elle y était entrée avant que nous en soyons les propriétaires. Elle me l'a décrite en détail : la grande cheminée en pierre, la chambre dorée de votre père et la cuisine qu'il avait fait entièrement peindre en rouge. Il ne fait pas de doute que sa connaissance des lieux remontait à l'époque où votre père y habitait. Elle m'a regardé et a répété : "C'est une maison du mal." Dieu sait ce qui avait pu la lier à ce lieu. Elle est partie et je ne l'ai plus jamais revue ou eu de ses nouvelles. »

En me fondant sur une conversation que j'ai eue avec l'ex-locataire de la maison Joe Barrett, je crois pouvoir dire que la personne que Buck qualifiait de « mendiante » n'était autre que notre bonne, Ellen Taylor, l'ancienne domestique/amante de mon père qui vécut à la Franklin House de 1945 à 1950. Quelques années plus tard, Joe Barrett est en effet tombé sur elle dans une rue du centre-ville et a découvert qu'elle avait fait plusieurs séjours en hôpital psychiatrique. A l'entendre, elle « était limite folle, délirait pas mal et prétendait avoir eu des aventures avec un certain nombre de personnages importants de la région ». (Maintenant que nous savons ce que nous savons, il se peut tout à fait qu'Ellen n'ait pas « déliré » autant qu'il le pensait.)

Bill Buck me raconta encore qu'un certain Edmund Teske était venu visiter la maison à trois reprises. « Il était photographe et faisait pour ainsi dire partie des meubles à Hollywood. Il avait une maison juste en bas de la rue, dans Hollywood Boulevard. Il est venu ici trois fois et m'a dit avoir été très ami avec votre père et Man Ray[1]. »

Dans l'applique où papa avait caché des photos qui échappèrent manifestement à la fouille menée par les inspecteurs de la brigade des Mineurs en 1949 et ne furent découvertes qu'un ou deux ans après son départ pour les Philippines se trouvaient à peu près sûrement les études de nu que Man Ray avait faites de ma sœur Tamar (alors seulement âgée de treize ans) et d'autres clichés qui le condamnaient.

---

1. Quelques années plus tard, Teske devait devenir un photographe très célèbre à Los Angeles. Qualifié de surréaliste romantique, il a vu certaines de ses œuvres exposées au Getty Museum *(NdA)*.

Je remerciai Bill Buck pour sa générosité et pour les innombrables services qu'il m'avait rendus au fil des ans et quittai la Franklin House en me disant qu'il s'agissait plus que probablement de ma dernière visite dans ces lieux. Je sortis de l'énorme bâtisse et m'arrêtai en haut des marches, à l'endroit même où, naïf et innocent petit garçon de huit ans, j'avais fumé ma première cigarette avec Tamar et m'étais fait prendre par mon père. Je me retournai et contemplai une dernière fois ce temple maya qui s'était transformé en un palais hanté d'horreurs et, réflexion finale, me demandai combien d'autres mystères non résolus resteraient à jamais enfouis dans le ventre de cette bête.

21

La montre, les feuilles de papier à épreuves, les dossiers du FBI et la Voix

La montre militaire

Pièces à conviction 43a et 43b

a   b

Les montres de George Hodel – a)1946 et b)1947

La photo prise par Man Ray en 1946, où l'on voit mon père serrer Yamantaka dans ses mains (pièce à conviction 43 a), fait apparaître à son poignet gauche ce qui semble être une montre militaire à cadran noir du même type que celle que portaient couramment les officiers pendant la Deuxième Guerre mondiale. Comme nous le savons, George Hodel adorait se montrer en officier et donner à voir tout ce qu'il y avait de puissance et de prestige associés à son rang d'officier supérieur à trois étoiles.

Cette montre comptait au nombre des accessoires disant son ancien statut et il la chérissait. Nous savons aussi que cette photo fut prise par Man Ray après que mon père fut rentré de Chine, très probablement après l'arrivée de la statuette de Yamantaka à Los Angeles, soit à la mi-octobre 1946. Cela signifie qu'il portait cette montre quelques semaines à peine avant le meurtre d'Elizabeth Short.

La pièce à conviction 43b montre mon père sur une photo de famille sans doute prise au printemps ou dans le courant de l'été 1947 – en tous les cas très peu de temps après le crime. Il a posé la main gauche sur l'épaule de mon frère Kelvin et porte une autre montre, celle-là à cadran blanc.

Nous savons que, lors du deuxième examen de la scène de crime (à la hauteur du croisement de la 39e Rue et de Norton Avenue) et de l'enquête de voisinage menés par «50 nouvelles recrues du LAPD» le 19 janvier 1947, il fut trouvé «une montre de type militaire dans le terrain vague proche de l'endroit où le corps de la victime a été découvert». Cette montre était une «Croton 17 rubis avec bracelet métallique recouvert cuir. Inscription gravée: "Swiss made, waterproof, brevet, stainless steel back".» Or la presse ne signale aucun effort de la police tendant à en retrouver le propriétaire.

Pour l'instant toutes les tentatives que j'ai effectuées pour retrouver une Croton que je pourrais comparer à celle décrite dans l'article ont été vaines. En 1946, la Croton Watch Company se trouvait dans la 48e Rue à New York, mais cette société semble bien avoir disparu du marché. En dehors de cet unique article où l'on signale la découverte de cette montre par la police, je n'ai rien vu d'autre concernant cet objet. Cette montre constituant une preuve d'une importance capitale, il aurait été normal de la photographier, d'en contacter le fabricant et d'essayer d'en retrouver la trace dans les dépositions des divers témoins. Qu'il ne soit fait état d'aucun autre renseignement ou suivi de cet article est très préoccupant. Il semblerait en effet que le LAPD n'ait demandé à personne de l'aider à identifier cet objet. Et l'on dirait bien qu'aucun bulletin spécial n'a été rédigé ou distribué à ce sujet dans les commissariats de la région Californie Sud.

Si mon père a effectivement perdu cette montre et si, comme on le voit sur la photo, c'en est une autre qu'il porte au poignet, il n'est pas du tout impossible que ce soit sa Croton modèle militaire qu'on ait découverte près du cadavre. Qui plus est, la montre photographiée par Man Ray n'a pas refait surface dans l'héritage de mon père. Elle a tout simplement disparu, probablement au coin de la 39e Rue et de Norton Avenue, soit sur le lieu du crime. L'objet se trouverait-il donc toujours dans quelque armoire à scellés où il attendrait qu'on l'identifie ?

Les feuilles de papier à épreuves

Nous savons que le criminologue en chef du LAPD, Ray Pinker, procéda à l'examen de « feuilles de papier à épreuves » dans l'affaire d'Otto Parzyjegla, les compara à celles sur lesquelles l'assassin du Dahlia noir rédigeait les messages qu'il envoyait ensuite à la presse et conclut que ce n'était pas les mêmes.

Or, en janvier 1947, mon père avait bel et bien une imprimerie à bras à la cave. Il la possédait depuis son adolescence et s'en était servi pour procéder au premier tirage de son *Fantasia* en janvier 1925. Il détenait aussi des feuilles de papier à épreuves d'une taille et d'un genre similaires à celles qui servirent de support aux messages envoyés à la presse en janvier 1947. J'en ai moi-même une feuille parce qu'en 1995 mon père me renvoya des dessins que j'y avais faits enfant – cf. la pièce à conviction 44, ou « Le poulet chinois » que je dessinai et sur laquelle il a porté la mention « Steven, avril 1949 ». Cette feuille provient de ce lot.

Pièce à conviction n° 44

Poulet chinois-montagnes-soleil

Je trouvai une deuxième feuille de ce papier à épreuves dans un exemplaire de la brochure que mon père conçut et imprima à la fin 49-début 50 pour mettre la Franklin House sur le marché.

Ces deux feuilles devraient être considérées comme des éléments de preuves et s'il est certes possible – parce que deux ans s'écoulèrent entre l'assassinat du Dahlia noir et le jour où mon père écrivit sur mon dessin et celui où il imprima sa brochure – qu'elles n'appartiennent pas au stock d'où sortent les feuilles utilisées par l'assassin du Dahlia noir, une analyse chimique et spectrographique et une comparaison avec les feuilles en ma possession permettraient de vérifier s'il s'agit du même stock ou d'un stock similaire. Ce genre d'analyse ayant beaucoup progressé en qualité, je suis certain que de telles comparaisons donneraient des résultats concluants. Je soupçonne ces feuilles de papier aujourd'hui en possession de la police d'appartenir au stock de mon père et d'avoir les mêmes forme, taille et contenu en fibres que celles sur lesquelles l'assassin du Dahlia noir envoya ses messages.

Ces feuilles sont celles des pièces à conviction n° 20, 21, 22, 24, 25, 30 et 31. Ces messages avec lettres collées devraient toujours se trouver sous séquestre à la police, toute destruction des pièces ayant un lien avec la plus célèbre affaire non résolue par le LAPD ne pouvant avoir été que délibérée. La destruction ou la «perte accidentelle» de ces éléments de preuve ne pourrait que renforcer la thèse d'un complot destiné à étouffer l'affaire et à protéger le ou les assassins du Dahlia noir et de Jeanne French.

Les dossiers du FBI

Comme je l'avais fait pour Elizabeth, j'invoquai le Freedom of Information Act pour exiger communication de tout ce que le FBI savait sur mon père. Cela prit beaucoup de temps, mais je finis par recevoir les renseignements suivants :

> Aucune enquête n'a été menée par le FBI sur le sujet mentionné (George Hill Hodel) ou sur son père. Nos dossiers n'en font pas moins ressortir les renseignements suivants qui pourraient avoir un lien avec le sujet mentionné.
> 1. Un informateur confidentiel de fiabilité inconnue nous a fait savoir en octobre 1924 que [effacé]… était membre du Severance Club. D'après l'informateur, ce club était fréquenté par les plus importants «bolcheviks de salon» et autres «roses» de Pasadena, Los Angeles et Hollywood, les membres de ce club ne pouvant appartenir, selon lui, qu'à «la crème des intellectuels radicaux».
> 2. En mai 1947, un certain George Hodel, 5121, Franklin Avenue, Hollywood, Californie, a pris contact avec l'ambassade d'Union soviétique à Washington pour avoir le «Bulletin d'information de l'URSS».

Le FBI me fit encore savoir qu'il gardait par-devers lui deux autres feuillets ayant trait à une demande de renseignements sur George Hodel formulée le 8 octobre 1956 par une agence non spécifiée.

En me basant sur cette date, je penche pour une demande de renseignements tout à fait ordinaire émanant du ministère de la Défense ou de l'Agence de renseignements des États-Unis, organismes avec lesquels mon père était en contrat pour pouvoir mener ses recherches de marchés. Il n'en demeure pas moins que la demande de renseignements formulée clandestinement par mon père auprès de l'ambassade d'Union soviétique peu de temps après l'assassinat d'Elizabeth Short présente un grand intérêt.

Bien que le message envoyé par le tueur à la presse le 29 janvier 1947 fasse état d'un départ pour le Mexique, il est tout à fait possible que mon père ait aussi envisagé de trouver asile dans le pays d'origine de sa famille – à savoir la Russie.

Le dossier du département de la Justice sur « Elizabeth Ann Short, alias le Dahlia noir » contient, lui, quelque deux cents pages de documents jusqu'alors classés secrets. On y trouve la transcription de l'important interrogatoire du « sergent X » mené par les agents du FBI. Rappelons que ce « sergent X » est l'homme qui sortit et dîna avec Elizabeth Short au Figueroa Hotel à la fin du mois de septembre 1946.

Dans ce dossier, on trouve encore d'autres faits jusqu'ici inconnus et qui ont leur importance.

Les déclarations de la police et les articles publiés dans la presse locale tout de suite après le meurtre firent croire en effet qu'il n'y avait pas d'empreintes digitales du suspect et ce, pour deux raisons :

un) avant de renvoyer les effets personnels d'Elizabeth Short aux journaux, celui-ci « les avait imbibés d'essence » et

deux) si on avait effectivement trouvé des empreintes sur les messages, « c'était celles des inspecteurs de la poste qui les avaient eus en main ».

Or les documents que j'ai reçus établissent clairement que le FBI n'avait pas moins de quatre empreintes parfaitement lisibles, toutes relevées sur un ou plusieurs messages du suspect, et qu'il ne cessa pas de les comparer avec celles de suspects potentiels jusqu'en 1949. Étant donné que les noms de ces suspects ont été barrés, il m'a été malheureusement impossible de les identifier. A ce sujet, l'agent spécial Hood de l'antenne de Los Angeles déclare néanmoins dans une lettre envoyée à la section Empreintes digitales de Washington D. C. :

31 janvier 1947

Au directeur du FBI

Re : Elizabeth Short

Cher Monsieur,
Veuillez trouver ci-jointes trois photos d'empreintes digitales relevées sur une lettre anonyme adressée au Los Angeles Police Department et concernant l'assassinat avec mutilations d'ELIZABETH SHORT. Il est demandé que ces empreintes soient vérifiées par la section Empreintes et que si l'on arrive à une identification mon antenne en soit aussitôt avertie par télétype. Au cas où aucune identification ne pourrait être faite à partir de ces empreintes, il est demandé qu'elles soient conservées à la Section aux fins d'identification ultérieure.
                    Respectueusement à vous,

      P. B. Hood (agent spécial, antenne de Los Angeles)

Le 15 février 1947, la section Empreintes du Bureau de Washington répondait à l'agent spécial Hood en ces termes :

Avons pris bonne note de votre lettre du 31 janvier 1947, avec soumission de trois photos d'empreintes

pour examen en rapport avec le sujet ci-dessus
– dossier n° 62-2928. Vous êtes ici avisé que les
quatre empreintes photographiées ont été examinées
et comparées à nos dossiers, mais qu'aucune identification n'a pu être faite. Vos clichés seront gardés
pour toutes comparaisons qui pourraient être souhai-
tées ultérieurement.

D'après certains documents, des comparaisons d'empreintes furent effectuées jusqu'au 19 janvier 1949, ce
qui signifie que ces empreintes non identifiées n'étaient
pas celles des inspecteurs de la poste qui, bien sûr,
auraient été consignées dans les dossiers. S'agit-il ou
non des empreintes du suspect, se trouvent-elles toujours dans les archives du FBI aux fins de comparaisons
éventuelles, nous ne le savons pas.

Le dossier d'Elizabeth Ann Short contient aussi de
nombreuses notes de service échangées entre le LAPD
et le FBI et montrant que les deux organismes recher-
chaient un suspect ayant des connaissances en chirurgie.
Ayant obtenu les noms de trois cents étudiants de la
faculté de médecine de l'université de Californie du Sud,
le LAPD demanda qu'on compare leurs empreintes à
celles relevées sur les messages de l'assassin du Dahlia
noir. Une note de J. Edgar Hoover montre qu'il essaya
d'utiliser la grande visibilité de l'affaire du Dahlia noir
pour accéder aux dossiers de l'administration de la Sécurité sociale. La demande de renseignements sur Elizabeth
Short qu'il fit parvenir à cet organisme fut refusée. Le
directeur de la Sécurité sociale lui rappela que les dossiers des citoyens étaient sacro-saints, la seule exception
à leur confidentialité étant un état de guerre entraînant
des risques pour la sécurité du territoire.

La Voix

Le responsable du cahier « Métro » du *Los Angeles
Examiner* James Richardson est la seule personne à avoir

jamais entendu la voix de l'individu qui affirma avoir tué Elizabeth Short. Il la caractérise comme étant celle d'un «égocentrique» et précise qu'elle était «douce et trompeuse» et qu'il ne «l'oublierait jamais».

Il ajoute que, même lorsque l'intérêt extrême qu'on portait à l'affaire se fut affaibli, cette voix lui resta en mémoire et qu'il espérait toujours qu'un jour l'assassin décrocherait de nouveau son téléphone, composerait le numéro du journal et demanderait à lui parler.

Rien de tel ne se produisit, mais à m'en tenir à ce qu'affirment d'autres personnes qui avaient entendu une voix correspondant à la description de James Richardson, je crois pouvoir affirmer que cette voix, je la connais bien – et que c'est celle très professionnellement exercée de mon père.

Divers témoins d'autres crimes décrivent la voix de l'assassin comme «douce et cultivée». Dans sa jeunesse déjà, les collègues et amis de mon père avaient signalé le caractère très particulier de sa voix au critique de théâtre Ted Le Berthon qui leur demandait de le lui décrire et qui, en 1925, rédigea sur lui un article intitulé «Le passé brumeux d'un poète» pour le compte de l'*Evening Herald*. Que lui avaient-ils dit exactement ?

«Ce n'est pas sa morosité, ni même son penchant pour Huysmans, De Gourmont, Poe, Baudelaire, Verlaine et Hecht qui nous chagrine, nous renvoyaient ces "amis", mais bien plutôt son élégance raide et sa voix méticuleuse !»

Le Berthon devait lui aussi caractériser cette voix un peu plus loin dans son article : elle aurait été si particulière qu'il en aurait reconnu le propriétaire avant même de se retourner et de découvrir mon père dans son uniforme de chauffeur de taxi.

Moi qui connais la voix de mon père pour l'avoir entendue résonner durant les dîners de la Franklin House et en avoir remarqué le ton autoritaire lorsqu'il était directeur de société à Manille et même dans ses dernières années à San Francisco, je n'ai aucun mal à dire que les descriptions qu'en font Le Berthon et Richardson me la rappellent plus que précisément. C'est bien la même voix qu'eux et moi avons entendue.

22

L'analyse graphologique

Au cours de mon enquête, je reconnus l'écriture très particulière de mon père à deux reprises – dont la première fois sur le message où il promet de se rendre. D'après le LAPD, cette carte postale expédiée du centre-ville le 26 janvier 1947 par l'assassin du Dahlia noir (cf. la pièce à conviction n° 18, p. 191) aurait été écrite à l'aide d'un instrument nouveau, cher et relativement rare à l'époque, à savoir un stylo à bille. Dans ce courrier, le suspect promettait de se rendre à la police trois jours plus tard.

Je reconnus dans cette écriture non déguisée les majuscules d'imprimerie particulières à mon père et je déclare ici, catégoriquement, qu'il s'agit bien de la sienne.

Au contraire d'un certain nombre d'autres messages expédiés à la police et à la presse, dans celui-là l'assassin n'a fait aucun effort pour altérer ou masquer son écriture en quelque manière que ce soit. Je crois vraiment qu'à l'époque où il le rédigea il avait pleinement l'intention de se rendre et qu'il ne changea d'avis qu'au tout dernier moment. Dans les messages ultérieurs par contre – ceux où il essaie de négocier « un arrangement » avec la police –, il a effectivement déguisé son écriture.

Comme un retour aux premiers jours de sa carrière de journaliste, les messages qu'il envoie aux journaux sont du genre grosse manchette, tel cet « Assassin du Dahlia craque, veut savoir conditions ».

C'est en découvrant sur une photo publiée dans *Death Scenes*, la collection de clichés passablement morbides de l'inspecteur des Homicides Huddleston, l'inscription portée au rouge à lèvres sur le corps nu de Jeanne French que je reconnus pour la deuxième fois l'écriture de mon père. J'étais certes absolument sûr qu'il s'agissait bien de la sienne dans ces deux cas, mais je n'en avais pas moins besoin d'une confirmation indépendante, de quelque chose qui prouve, sans le moindre doute, que mon père avait à voir avec ces deux meurtres.

En ma qualité de membre associé de l'Association des avocats de la défense de Washington, je demandai à cette institution de m'indiquer un expert en graphologie. On me recommanda un membre de l'Association nationale des analystes de documents et de la Fondation américaine pour l'analyse graphologique, Mlle Hannah McFarland. J'appris qu'elle était très compétente pour déterminer l'authenticité et la paternité de documents douteux et experte en évaluation de la personnalité au moyen de la graphologie. Elle avait déjà analysé des centaines de documents manuscrits et avait été souvent appelée à la barre en qualité d'expert certifiée auprès des tribunaux de l'État de Washington.

J'engageai Mlle McFarland sans lui révéler ni les noms des victimes ni les liens qui pouvaient les unir. Je ne lui communiquai pas non plus le nom du suspect et ne lui dis rien de ses liens de parenté avec moi. La seule chose que je lui appris fut que le meurtre s'était produit quelque part en Californie au milieu des années 40, et que le suspect avait écrit sur le corps de la victime avec du rouge à lèvres. Je ne lui dis pas davantage que mes envois avaient à voir avec deux crimes différents. Ni non plus que certains de mes documents avaient déjà été analysés par des experts à l'époque. Je voulais qu'elle me donne ses opinions à elle.

Je lui demandai donc d'analyser certains documents manuscrits et de les comparer à ceux qui me posaient problème. Parmi ces derniers, plusieurs messages envoyés à la presse et une partie de la photographie de la scène de crime où l'on voit l'inscription « FUCK YOU, B.D. ».

Dans les pièces que je lui soumis, les signatures «Black Dahlia Avenger» avaient été effacées, cela pour interdire à Mlle McFarland toute possibilité d'identification de la scène de crime. Il y avait assez d'exemples d'écriture dans ces messages pour qu'elle puisse les examiner en regard de «pièces de comparaison» sans avoir à identifier les affaires d'où ils sortaient. Pour ces dernières, j'avais choisi des textes écrits par mon père dans les années 1924, 1943, 1953, 1974, 1997 et 1998. Je demandai enfin à Mlle McFarland de simplifier la terminologie employée dans ses analyses techniques et de me présenter ses conclusions dans une langue accessible à tous.

Je lui confiai donc neuf «pièces de comparaison» (C) et neuf «pièces de question» (Q[1]). Elle les examina et analysa toutes au microscope. Les «pièces de comparaison» furent d'abord comparées entre elles afin de déterminer si elles étaient toutes du même scripteur. Elles furent ensuite comparées aux «pièces de question». J'inclus le document C-10 dans mon envoi, mais n'en parlerai qu'après analyse.

Les pièces de comparaison

C-1 : Note manuscrite de George Hodel du 15 octobre 1998 pour «consultation» avec sa femme, «J. H.», en vue de son suicide. Cette «consultation» n'eut jamais lieu, mais ces notes furent retrouvées dans ses papiers personnels après sa mort.

C-2 : «DAD[2]», signature en majuscules d'imprimerie sur lettre envoyée à moi en 1997.

C-3 : «Tendrement à Dorero, décembre 1974.»

---

1. Sur les photos, ces documents sont référencés «Q» (comme *question*) et K (*known* – connus –, en anglais) pour «C». Il est à noter qu'il s'agit en fait de photocopies et non des pièces originales qui, en France, ont seules droit au titre de «pièces de comparaison» dans la terminologie de la police scientifique *(NdT)*.

2. Soit «Papa» *(NdT)*.

C-4 : « Tendrement et Aloha à Papa et Alice, Honolulu, 25 septembre 1953. »

C-5 : Dessin du « Poulet chinois », note manuscrite de George Hodel, avril 1949.

C-6 : Note manuscrite de George Hodel en 1943, agenda médical, « Le Génie et la Maladie » et « poisons », etc.

C-7 : Note manuscrite de George Hodel retrouvée au dos d'un autoportrait photographique : « portrait d'un type brusquement conscient des écrits de Sigmund Freud ».

C-8 : Note manuscrite de George Hodel retrouvée au dos d'un autoportrait photographique : « Merlin contemple des miroirs fêlés ».

C-9 : Agrandissement du mot « STEVEN » dans C-5 (1949).

Pièces de question (toutes remontent à l'année 1947)

Q-1 : Carte postale envoyée au *Los Angeles Examiner* (dos de D-5, adresse).

Q-2 : Carte postale envoyée au *Herald Express*.

Q-3 : Carte postale envoyée au *Herald Express* (dos de Q-2, adresse).

Q-4 : Carte postale envoyée au *Herald Express*.

Q-5 : Carte postale envoyée au *Los Angeles Examiner* : l'assassin du Dahlia noir promet de se rendre le 29 janvier.

Q-6 : Carte postale envoyée aux journaux de L. A.

Q-7 : Carte postale envoyée au *Herald Express*.

Q-8 : « FUCK YOU, B. D. » écrit au rouge à lèvres sur le corps de la victime, Jeanne French.

Q-9 : Carte postale envoyée au *Herald Express*.

Dans une lettre datée du 6 avril 2000, Hannah McFarland me détailla le résultat des comparaisons auxquelles elle avait procédé :

RE : Examen de graphie

Cher M. Hodel,

Vous m'informez que les majuscules d'imprimerie manuscrites portées sur neuf images scannées sont à analyser en vue de l'identification de leur auteur. Vous m'informez également que toutes les pièces référencées de Q-1 à Q-9 ont été écrites sur papier, hormis la Q-8 qui, elle, a été écrite sur un corps humain à l'aide d'un tube de rouge à lèvres. Tous ces derniers documents me sont présentés comme ayant été écrits en 1947.

Pièces de comparaison

Aux fins de comparaison, j'ai examiné huit documents scannés qui m'ont tous été présentés comme provenant d'un auteur connu. Ces pièces seront ici référencées de C-1 à C-8. Elles ont été écrites entre 1924 et 1998.

Tâche

Vous me demandez une évaluation de Q-1 à Q-8 aux fins de déterminer si ces documents ont été écrits par l'auteur des pièces de comparaison C-1 à C-8.

Conclusions après examen

Après une étude détaillée, je me suis fait une opinion sur les pièces de question. Cette opinion sera exprimée sans parti pris ni responsabilité légale.

Certaines particularités d'écriture dans les pièces de question sont présentes dans les pièces de comparaison. J'identifie 4 caractéristiques communes aux pièces de comparaison et aux pièces de question. Ces caractéristiques concernent les lettres B, O, D, S, E et P. Il n'y a pas de différences inexplicables entre les pièces de comparaison et les pièces de question. Pour moi, il est donc hautement probable

369

que le scripteur de Q-8 (inscription sur le cadavre) soit aussi l'auteur des pièces C-1 à C-8. Pour moi, il est tout aussi hautement probable que le scripteur de Q-2, Q-4, Q-7 et Q-9 soit l'auteur des pièces C-1 à C-8.

Il n'est pas impossible que le scripteur de Q-3 et Q-6 soit aussi l'auteur des pièces de comparaison, mais les preuves ne sont pas assez fortes pour asseoir fermement mon opinion. Je n'arrive pas à une conclusion ferme sur l'auteur de Q-1 et Q-5, toute caractéristique particulière en étant absente.

N'hésitez pas à me contacter si vous avez besoin de renseignements supplémentaires sur mes conclusions.

> Bien à vous,
>
> Hannah McFarland

En termes plus simples, cela signifie qu'après avoir comparé soigneusement toutes les pièces de comparaison avec toutes les pièces de question, Mlle McFarland arrive aux conclusions suivantes :

un) il est hautement probable que ce soit le même individu qui ait écrit au moins quatre des messages sur cartes postales et porté l'inscription «FUCK YOU, B.D.» sur le corps de Jeanne French avec du rouge à lèvres, et

deux) il est hautement probable que ce soit le même individu qui ait écrit les dix pièces de comparaison.

Cette analyse confidentielle menée par une Mlle McFarland qui n'avait aucun moyen de savoir que ces pièces avaient été écrites par mon père confirme, avec force de preuve légale, que c'est bien le Dr George Hill Hodel qui a écrit les messages envoyés à la presse suite au meurtre d'Elizabeth Short et porté l'inscription «FUCK YOU, B.D.» sur le cadavre de Jeanne French.

Dans ses conclusions sur la paternité des écrits, Mlle McFarland recourt à l'expression «hautement probable » parce qu'« en l'absence de documents originaux et du fait qu'il n'a été possible de travailler qu'avec des photocopies et des documents scannés que l'on peut modifier par coupé-collé, il est de pratique courante de ne pas donner de conclusion définitive ». Cela étant, me précisa-t-elle, son « hautement probable » signifiait bien qu'elle était « pratiquement certaine que les pièces de comparaison et les pièces de question avaient été écrites par la même personne ». Elle était arrivée à cette conclusion lorsque je lui avais affirmé que les documents que je lui avais envoyés étaient des copies exactes des originaux et qu'aucun de ceux que je lui avais soumis aux fins de comparaison n'avait été altéré ou modifié de quelque manière que ce soit.

Voici les pièces que Mlle McFarland prépara aux fins d'examen ainsi que ses explications écrites pour chaque document séparé. Pour moi, ces conclusions ont valeur légale et, caractéristiques uniques propres à son écriture et points d'identification spécifiques, prouvent bien que George Hodel est l'auteur des écrits où il dit être le « Black Dahlia Avenger ».

Comme je le lui avais demandé, Hannah McFarland me fournit le résumé de ses analyses en langage simple :

> L'identification d'une graphie (ici en majuscules d'imprimerie) résulte de la reconnaissance de certaines caractéristiques uniques dans la pièce soumise. Après quoi on regarde si ces particularités se retrouvent dans les pièces de comparaison et les pièces de question. Si c'est le cas et à condition qu'il n'y ait aucune différence inexplicable, il est alors probable que l'auteur des pièces soit la même personne.
>
> Vous trouverez ci-dessous l'agrandissement de Q-8, à savoir l'inscription en majuscules d'imprimerie portée sur un corps humain en 1947. On y lit « FU. YOU B.D. », deux lettres du premier mot étant illisibles. Dans cette pièce trois particularités sont à remarquer :

1) La lettre «O» dans «YOU» est fortement incli-
née vers la gauche alors que les autres restent ou ver-
ticales ou légèrement inclinées vers la gauche.
2) La lettre «B» est ouverte dans sa partie inférieure.
3) La Lettre «D» se caractérise par de longs traits
horizontaux qui partent et arrivent loin sur la gauche.

Ci-dessous se trouvent deux agrandissements d'une
graphie dont on sait qu'elle a été effectuée par le

Pièce à conviction n° 45

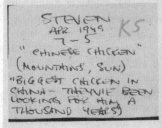

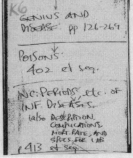

suspect. La pièce C-5 a été écrite par le suspect en 1949 et la C-6 toujours par le suspect mais en 1943. Il est toujours préférable (quand c'est possible) de comparer des pièces de comparaison et des pièces de question (telles que celles-là) écrites à peu d'années de distance. Ces deux pièces (C-5 et C-6) montrent elles aussi un « O » incliné vers la gauche.

Une écriture est susceptible de changer avec le temps. C'est pour cette raison qu'il est toujours préférable de comparer des pièces de comparaison avec des pièces de question dont on sait qu'elles ont été écrites à la même époque.

Les pièces de comparaison ci-dessous ont été écrites plus de cinquante ans après les pièces de question. Malgré le passage des années, les trois particularités graphiques qu'on remarque dans les pièces de question se retrouvent dans C-1. Les traits tremblés de la graphie sont dus à l'âge, ou à l'infirmité, puisqu'on me dit que le scripteur était âgé de quatre-vingt-onze ans lorsqu'il a écrit C-1.

Malgré le passage des ans et la perte d'une certaine dextérité dans la graphie, on retrouve dans la pièce ces trois particularités, qui nous permettent d'identifier l'individu comme étant l'auteur de la pièce de question.

La pièce C-2 a été écrite un an avant la C-1 et témoigne de l'utilisation de ce « D » caractéristique. Le scripteur avait encore une bonne coordination motrice que l'on remarque dans le coulé des traits.

Pièce à conviction n° 46

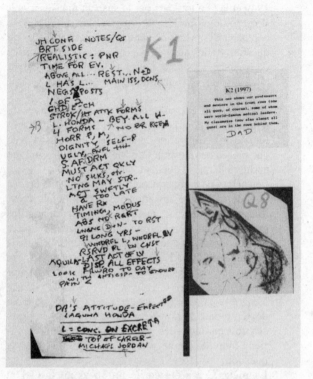

Après être arrivée à la conclusion qu'il était hautement probable que l'inscription portée sur le corps
– référencée Q-8 – soit l'œuvre d'un suspect qui
est aussi l'auteur de C-1, C-2, C-5 et C-6, j'ai cherché, selon votre demande, à déterminer si d'autres
pièces de question ayant trait à l'enquête sur le
meurtre auraient pu être écrites par ce même suspect.
Parce que j'avais déjà conclu que Q-8 avait été
très probablement écrit par le suspect, j'ai pu m'en
servir comme document source et en user comme
avec les autres pièces de comparaison pour détermi-

ner si d'autres pièces de question étaient l'œuvre du suspect.

Vous trouverez ci-dessous la pièce de question référencée Q-2. Je suis arrivée à la conclusion qu'il était hautement probable que la personne qui a écrit les pièces C-8, C-1, C-2 et C-5 ait aussi écrit Q-2. Le «B» qui se trouve à la fin de Q-2 est ouvert en bas comme il l'est dans C-8 et aux lignes 2 et 11 de C-1. Les agrandissement et examen microscopique du «O» de «NOT» (troisième ligne de Q-2) font apparaître que la lettre penche légèrement vers la gauche. Cela correspond au «O» de «YOU» dans Q-8. La similitude entre le «O» de Q-2 et le «O» très particulier de Q-8 est hautement significative. C'est ce «O» que l'on voit aussi dans C-1, C-5 et C-6. (Cf. C-1 ci-dessous. C-5 et C-6 à examiner dans les illustrations suivantes.)

Même si elle n'est pas aussi significative que celle du «B» ou du «O», il y a une autre particularité dans le «S» de «SAID», ligne 6 de Q-2. La partie médiane de la lettre est droite avec formation d'un angle aux deux extrémités du trait droit. Ce «S» se retrouve dans C-1, C-5, C-6 et dans les pièces Q-7 et Q-9, ainsi que suit.

Vu la présence de ces «O» et «B» si particuliers dans les pièces de comparaison et les pièces de question – en plus du «S» –, je suis arrivée à la conclusion qu'il était hautement probable que Q-2 ait été écrit par le scripteur de Q-8 et des pièces de comparaison, autrement dit le suspect.

Le recours aux initiales «B. D.» que l'on trouve dans Q-2 et Q-8 serait significatif pour une identification si ces initiales n'avaient pas été rendues publiques. Vu la possibilité d'une imitation, ces initiales ne peuvent donc pas être considérées comme significatives dans cette comparaison.

Pièce à conviction n° 47

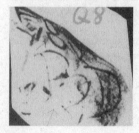

La graphie de Q-7 a été très vraisemblablement effectuée par l'auteur de Q-8 et des pièces de comparaison C. Le « P » de « Express » dans Q-7 contient de longs traits horizontaux qui commencent et finissent à gauche du corps de la lettre.

Le « B » de « B. D. » dans Q-8 est, lui aussi, caractérisé par de longs traits horizontaux. Ce « D » bien particulier (avec les mêmes caractéristiques que le « P ») est également présent dans C-1 et C-2 ainsi que montré dans les illustrations précédentes.

D'importance secondaire pour identifier l'auteur de Q-7 sont les deux « S » au bout de « Express ». La partie médiane des deux « S » est droite et forme ainsi un angle non brisé aux deux extrémités du trait droit. Cette particularité se retrouve dans les « S » de C-1, C-5, C-6 (ci-dessous), Q-2 (montré précédemment) et Q-9 (cf. illustration suivante).

Pièce à conviction n° 48

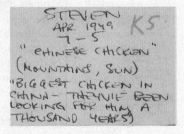

Je suis d'avis que le document Q-9 a été très vrai-semblablement écrit par l'auteur de Q-8, Q-7, Q-2 et de la série C.

Le «O» de «Los Angeles» dans Q-9 est incliné vers la gauche, ce qui correspond aux «O» de Q-1-, Q-2 et de toute la série C (illustration précédente).

Les «S» de Q-9 ont tendance à être droits dans leur partie médiane et à former des angles (dont certains sans brisure) à une extrémité du trait droit ou aux deux. Cela est semblable aux «S» de Q-7, de Q-2 et de toute la série C (illustration précédente). Le dernier trait du «S» est extrêmement long dans Q-9 et Q-7, ce qui permet une meilleure identification des deux échantillons.

Le «E» d'«Express» dans Q-9 contient des traits horizontaux inhabituels. Le trait horizontal supérieur part très à gauche, l'horizontal médian partant, lui, légèrement à gauche du trait vertical. La même organisation se retrouve sur le côté droit du «E». Cette particularité du «E» de Q-9 se retrouve dans le mot «Express» de Q-7. Q-7 pouvant être relié (par d'autres particularités graphiques) à Q-8 et à la série C, les ressemblances (les «S» et «E» dans «Express») entre Q-7 et Q-9 nous donnent un lien de plus, certes indirect mais significatif, entre Q-9 et la série C.

L'aspect général de la graphie dans Q-2, Q-7 et Q-9 me fait l'effet d'avoir été déguisé. Une écriture naturelle (c'est-à-dire non déguisée) offre au regard une certaine fluidité spontanée qui reflète le caractère inconscient de la graphie normale. Les lettres de Q-2, Q-7 et Q-9 ont été écrites lentement parce que leur auteur réfléchissait soigneusement à la manière de les tracer une à une. D'autres tentatives de masquage sont manifestes dans Q-2 – mauvaise construction de la phrase et faute d'orthographe dans le mot «Hearld». Le fait que la ligne de base ondule montre aussi, c'est probable, une tentative de déguisement de ces pièces de question.

La présence de caractéristiques permettant une identification bien que l'auteur de ces documents ait tenté de les déguiser montre bien la nature inconsciente de l'écriture.

Autre particularité intéressante dans ce dossier, la présence de caractéristiques de longue durée. Il arrive que l'écriture change avec le temps. Dans le cas présent, le suspect a gardé ses particularités d'écriture pendant cinquante ans.

Pièce à conviction n° 49

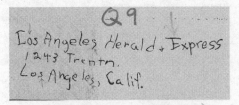

Pièce à conviction n° 50

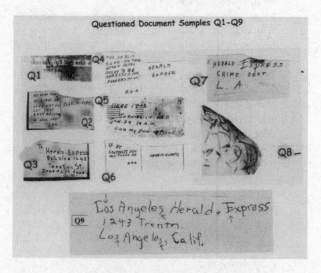

Pièces de question QI-1 à Q-9

Après avoir ainsi vérifié de manière indépendante que
dans ces deux meurtres l'écriture du suspect était bien
celle de mon père, je demandai à Mlle McFarland de
procéder à l'évaluation psychologique de l'auteur.

Comme précédemment, aucun renseignement sur le
passé de l'homme qui avait écrit ces documents ne lui
fut donné.

ÉVALUATION DE PERSONNALITÉ
PAR ANALYSE GRAPHOLOGIQUE,
POUR STEVE HODEL, 25 AVRIL 2000

Les échantillons que j'ai analysés – ils ont été écrits
entre 1924 et 1998 – montrent que leur auteur est
extrêmement intelligent. A la vitesse de l'éclair, le

scripteur va à l'essentiel de toute question. Intégrer
des informations nouvelles lui vient facilement. Il
n'y a pas besoin de lui en expliquer la teneur en
détail : il sait et préfère comprendre tout seul. Il
excelle dans la résolution des problèmes et tire une
grande satisfaction de faire ainsi travailler son intelligence. Il a l'esprit si rapide et agile qu'il n'a aucun
mal à anticiper plusieurs coups d'avance. C'est un
stratège astucieux. Ce scripteur est capable de mener
plusieurs projets à la fois et s'adapte aisément à tout
changement de circonstances. Il veut des résultats
immédiats et n'est pas du genre à attendre que les
situations évoluent. Il préfère agir rapidement et ne
perd pas de temps pour parvenir aux résultats qu'il
désire. Pour moi, il comprend l'importance des
détails, mais n'aime pas s'y engluer parce qu'il a
trop envie de passer à la suite.
Certaines indications me font penser qu'il a des goûts
très raffinés et qu'il est très averti côté visuel.
Dans sa façon de se comporter avec les gens, il peut
être absolument tout ce qu'ils veulent si cela sert ses
desseins. Cela étant, si l'on ne comprend pas assez
vite et n'est pas essentiel à sa réussite, il est capable
de se montrer coupant et méprisant. Il ne supporte pas
les sots et n'aime pas qu'on lui dise ce qu'il doit faire.
Je pense que sa mère, ou sa figure maternelle, s'est
montrée émotionnellement distante envers lui, que
cet état de choses ait été dû à de la négligence, au
stress, à une maladie, un accident ou à la mort. Les
soins qu'il a reçus manquaient tellement de chaleur
qu'il n'a jamais réussi à s'attacher à sa mère ou à la
personne qui s'occupait de lui. Cette carence dans le
lien originel mère-enfant a eu pour résultat de lui
rendre difficile tout attachement à autrui, même s'il
est par ailleurs tout à fait capable de bien fonctionner
dans des situations sociales informelles. Il a toujours
conscience de la distance qui le sépare des autres.
Ce scripteur sait qu'il a une intelligence et un goût

supérieurs. La conséquence en est qu'il éprouve le besoin de laisser sa marque. Sous ses airs de grand raffinement, il est beaucoup moins sûr et invulnérable qu'on pourrait croire. Il prend les choses bien plus à cœur qu'il ne le laisse voir. Qu'il fasse l'effet d'être objectif et froid ne l'empêche pas d'être plus sensible qu'il n'y paraît.

Parce que je n'avais jamais eu l'occasion de recourir à la graphologie comme outil d'investigation dans ma carrière d'inspecteur des Homicides, je lui envoyai la réponse suivante :

Chère Hannah,
Merci pour cette analyse de personnalité, que j'ai reçue hier.
Je vous demande de me pardonner mon ignorance en ces matières, mais je n'avais encore jamais demandé une analyse de personnalité par graphologie. Pourriez-vous me dire si ces analyses sont en général acceptées sans problème ?
Pour prendre un exemple : cette grande intelligence dont vous parlez dans votre analyse se voit-elle dans ses propos ou dans sa manière d'écrire ? Cf., dans les pièces de comparaison, ce «portrait d'un type brusquement conscient des écrits de Sigmund Freud». Pour moi, il y a peu de chances qu'une telle phrase ait été écrite par un plombier de Sedro Woolley. Cela dit, sait-on jamais…
Bref, ma véritable question est sans doute la suivante : la source de vos conclusions est-elle à trouver dans les mécanismes de sa graphie plutôt que dans certaines connaissances ou informations extérieures qu'on peut trouver dans sa phraséologie et dans les textes eux-mêmes ?
              Bien à vous,
                                        Steve Hodel
                                        Hodel Investigations

A quoi elle répondit :

A : Steve Hodel
De : Hannah McFarland
Date : 6 mai 2000

Cher Steve
Vous désirez savoir si ces analyses (profils de caractère) sont acceptées « en général ». La question est
épineuse. Parlez à des psychologues universitaires et
vous verrez des gens plutôt sceptiques sur la valeur
de l'analyse graphologique. Certes, celle-ci s'est
créée dans les unités de psychologie des grandes
universités d'Europe et des États-Unis, mais bien
peu de psychologues en sont conscients. Sans parler
du fait que la plupart d'entre eux n'y connaissent
rien et ne parlent que du haut de leur ignorance
quand ils la critiquent.
Le grand public, lui, en a une opinion très différente.
Nombre de gens y sont tout à fait réceptifs et s'y
intéressent. Des affaires importantes (telle celle de
Jon Benet Ramsey) où il a été fait appel à l'exper-
tise graphologique ont été relayées par les médias
récemment, ce qui a permis de faire mieux connaître
ces techniques.
Même si l'évaluation de personnalité par analyse
graphologique (AG) est une discipline différente de
l'analyse de pièces de question (pour en déterminer
la paternité), le grand public ne fait guère la distinction entre les deux. Voilà pourquoi, même si elle
tourne essentiellement autour de l'identité de celui
ou celle qui a écrit la lettre de rançon, l'affaire Ramsey a suscité un tel intérêt pour la graphologie (évaluation de personnalité).
D'après le magazine *Inc.*, six mille sociétés américaines ont recours à la graphologie au cours du processus d'embauche. Que la graphologie n'ait pas

reçu l'aval de la psychologie traditionnelle n'empêche pas l'Amérique des grandes corporations de la trouver précise.

Une des raisons qui font que la graphologie n'est toujours pas acceptée par tout le monde réside dans le fait qu'il n'existe pas de diplôme reconnu en autorisant la pratique. N'importe qui pouvant se déclarer «expert» graphologue, il y a pléthore d'amateurs qui se proclament professionnels. Leur travail est de qualité inférieure et n'améliore guère la réputation des vrais graphologues.

J'espère que tout ce que je viens de vous écrire a un sens à vos yeux. Le sujet n'est pas simple !

Votre deuxième question concernait le problème de l'analyse des sources. Le compte rendu que je vous ai fait est fondé sur la seule et unique analyse graphologique. Parce que je savais que le scripteur avait commis un meurtre, j'aurais pu avoir envie d'écrire qu'il était enclin à la violence. Or je n'en vois guère de signes dans ses graphies et n'en parle pas dans mon rapport. Son intelligence, elle, se voit dans sa façon d'écrire et pas dans le contenu de ce qu'il écrit. Si vous le souhaitez, je pourrai aussi vous expliquer comment j'en suis arrivée à mes conclusions sur sa personnalité.

> Bien à vous,
> Hannah McFarland

Dans l'écriture du suspect, Mlle McFarland me faisait aussi remarquer une caractéristique extrêmement inhabituelle qui démontre l'existence d'une passerelle entre le côté psychologique de la graphologie et ce qui, à mes yeux, est la science nettement plus empirique de l'analyse des pièces de question.

L'analyse graphologique ressort bien au domaine du «profiling» psychologique et, en tant qu'outil d'investigation, a une grande valeur potentielle dans la détection et la sélection des suspects. Cela dit, la subjectivité et la complexité de l'esprit humain sont telles que sa valeur en tant que preuve juridique doit être prise avec une bonne dose de scepticisme. Dans le cas qui nous occupe, vu ce que nous savons du scripteur, les conclusions auxquelles cet expert est arrivé dans son évaluation psychologique nous paraissent d'une grande justesse.

Cette passerelle entre les deux branches de l'analyse graphologique est d'un grand intérêt pour le document C-5 («le poulet chinois») et ce que mon père écrivit sur ce dessin en 1949.

Dans l'illustration ci-dessous, j'ai agrandi le prénom «STEVEN». En procédant à son évaluation de personnalité à partir de cette pièce de comparaison, Mlle McFarland tomba sur une particularité d'écriture tellement rare que c'était la première fois qu'elle la remarquait dans son travail. Cette particularité avait à voir avec la façon dont les trois lettres «TEV» de «STEVEN» étaient écrites. Comme elle me l'expliqua alors:

> Ces trois lettres sont clairement unies par le haut. La barre du T est reliée directement au sommet de la lettre E alors qu'à cet endroit les trois quarts des gens lèveraient leur stylo pour terminer le E. Au lieu de cela le scripteur continue son geste de façon à former le V avant de revenir en arrière pour finir le E.

Et d'ajouter que si trouver deux lettres écrites d'un seul trait n'est pas rare, en voir trois réunies est extraordinaire et relève du genre d'intelligence et de capacité à anticiper que l'on trouve chez les grands champions d'échecs du type Boris Spassky ou Bobby Fischer. Confirmer son observation ne me fut pas difficile dans la mesure où, ayant encore le dessin original en ma possession, je pus vérifier que ces trois lettres étaient effectivement réunies par le haut. Voilà pourquoi, grâce à cette remarque très précise et parce que nous pouvions regarder la pièce de comparaison, les résultats de son analyse ne sont plus seulement hautement probables, mais bel et bien avérés.

Pièce à conviction n° 51

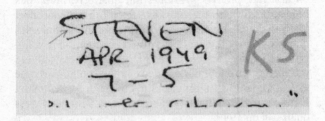

Ci-dessus la pièce C-5 où, le prénom « STEVEN » ayant été agrandi, on voit clairement que les trois lettres « TEV » sont reliées et d'un seul tenant.

Voici enfin un dernier document (C-10) que je ne soumis pas à l'expert. Cette pièce est la photocopie d'un contrat écrit et daté par George Hodel le 11 janvier 1999, soit quatre mois avant sa mort. Je l'inclus ici parce qu'on y voit nettement à quel point le scripteur est constant dans sa façon toute particulière d'écrire une lettre. Dans cet échantillon très restreint (il n'y a écrit que cinq phrases), nous voyons que sept fois sur huit il a ouvert ses « B » dans le bas.

Pièce à conviction n° 52

C-10 (1999)

Ce «B» ouvert n'est qu'une des quatre particularités d'écriture de mon père qui permettent de l'identifier comme étant l'auteur des messages envoyés après les meurtres du Dahlia noir et de Jeanne French.

Les conclusions d'Hannah McFarland se retrouvent très largement dans celles de deux experts en graphologie ayant travaillé séparément sur ces affaires en 1947. Comme leur collègue d'aujourd'hui, ils combinaient les qualités de graphologue et celles d'analyste de pièces de question. Lorsqu'on leur demanda de procéder à une évaluation de la personnalité du suspect, l'un comme l'autre ils déclarèrent qu'un nombre non précisé des cartes postales envoyées avaient été écrites par le même individu.

Clark Sellers, le graphologue de réputation internationale dont les analyses eurent pour résultat de faire condamner puis exécuter Bruno Hauptmann pour le meurtre du bébé Lindbergh, avait été prié d'analyser les documents ayant trait à l'assassinat du Dahlia noir. Il déclara à la police et au grand public que pour lui «il était évident que le scripteur s'était donné beaucoup de mal pour dissimuler sa personnalité en écrivant en majuscules d'imprimerie plutôt qu'en cursives et en essayant de se faire passer pour un illettré». Mais, ajouta-t-il, «son style et sa façon de former les lettres disaient quelqu'un d'instruit».

Après avoir examiné les mêmes documents, le graphologue expert Henry Silver déclara à la police : «L'expéditeur est un grand égocentrique et peut-être un musicien. La ligne de base de ses mots est fluctuante et trahit quelqu'un en proie à de grandes sautes d'humeur, avec une tendance à la mélancolie. L'auteur de ces messages est en proie à un conflit psychologique dû au ressentiment ou à une haine ayant pour origine la frustration de ses appétits sexuels.»

Le profil psychologique de George Hodel fait également apparaître trois des caractéristiques énumérées ici : il était très cultivé, musicien et d'un égocentrisme pathologique.

L'accumulation de toutes ces données ne nous permet plus de douter : mon père fut bien le psychopathe sadique qui assassina Elizabeth Short et Jeanne French.

Cela étant, il est important d'analyser le «pourquoi» de ces crimes et d'établir si oui ou non George Hodel, et très vraisemblablement son associé Fred Sexton, furent dans les années 40 également responsables de la mort d'autres femmes seules à Los Angeles même et dans la région. Est-il possible que George Hodel n'ait pas seulement assassiné Elizabeth Short et Jeanne French, mais qu'il ait fait d'autres victimes ? Fut-il vraiment, comme je commençais à le craindre, un tueur en série ?

23

Autres assassinats de femmes
dans les années 40

Étant donné la couverture exceptionnelle accordée au meurtre du Dahlia noir par la presse de tout le pays à la fin des années 40, bien peu de gens ayant suivi l'affaire ont conscience que cet assassinat ne fut jamais qu'un crime parmi une série d'autres commis à l'encontre de femmes seules, à partir de 1943 jusqu'à la fin de la décennie. Ces affaires présentent des ressemblances frappantes non seulement dans le profil des victimes, mais encore dans la nature et la proximité des scènes de crime, dans le type d'éléments de preuve qui furent retrouvés, dans le signalement des hommes avec lesquels ces femmes furent vues en dernier lieu et dans la manière dont la police fut narguée après la perpétration de ces crimes.

En enquêtant sur nombre de ces assassinats – dont certains avaient déjà été étudiés par d'autres chercheurs et auteurs –, je m'aperçus que des agences de maintien de l'ordre autres que le LAPD, tels les services du shérif de Los Angeles et les polices de Long Beach et de San Diego, avaient elles aussi envisagé que ces crimes puissent avoir, pour reprendre l'expression utilisée dans les journaux de l'époque, «des liens avec l'affaire du Dahlia». C'est à cause de la résistance têtue du LAPD et, dans certains cas, de son refus catégorique de partager des renseignements avec les forces de police d'autres lieux proches que rien ne sortit de ces liens pourtant évidents.

En relatant les progrès d'une enquête destinée à la convocation d'un jury d'accusation en 1949, la presse fit état de déclarations de certains officiers du LAPD se

389

plaignant d'avoir été éjectés de leur enquête et transférés dans d'autres services dès qu'ils avaient voulu travailler sur des indices ayant un lien possible avec l'affaire du Dahlia noir. A moins que tel ou tel haut gradé n'ordonne le partage des renseignements avec d'autres, la règle générale était la suivante : « Cette affaire n'appartient qu'à nous. » Pas question d'échanger des informations, ou alors très peu, avec des services de police hors juridiction, voire à l'intérieur même de tel ou tel service du LAPD. Cette règle de l'exclusivité et cette espèce de blocage informel prévalurent pendant plus d'un demi-siècle. Pour ce qui est de l'affaire du Dahlia noir, rien n'a changé depuis le premier jour. Voilà pourquoi, je le crois fermement, malgré des éléments de preuve très convaincants, les assassins d'Elizabeth Short, de Jeanne French et de trois autres femmes que je vais vous présenter maintenant – Ora Murray, Georgette Bauerdorf et Gladys Kern –, et très vraisemblablement de beaucoup d'autres, ne furent jamais appréhendés. Comme nous le verrons, ce ne furent ni l'ignorance ni le manque d'efficacité qui empêchèrent la résolution de ces crimes, mais bel et bien les agissements d'un LAPD qui fit tout pour étouffer ces affaires.

Voici le résumé des enquêtes menées après les assassinats d'Ora Murray, Georgette Bauerdorf et Gladys Kern, les deux premiers crimes s'étant produits avant le meurtre du Dahlia noir et le dernier en gros un an après.

Ora Murray (27 juillet 1943) : Le meurtre du Gardénia blanc

Tôt dans la matinée du mardi 27 juillet 1943, le fils de quinze ans d'un ouvrier chargé de l'entretien du terrain de golf de Fox Hills découvrit le corps nu d'Ora Elizabeth Murray, quarante-deux ans, près du parking du parcours. La robe de la victime avait été enroulée autour du cadavre à la manière d'un sarong et un gardénia blanc placé sous son épaule gauche. Ora Murray avait été sévèrement battue au visage et par tout le corps. Sa montre-bracelet avait été brisée pendant l'agression, la victime ayant très probablement levé les bras en l'air pour protéger sa tête des coups que son agresseur lui assénait sans relâche avec un instrument contondant. Le bris de la montre nous donne à peu près sûrement le moment exact où le meurtre a été commis, soit 1 h 50 du matin, ce que corrobore la découverte du corps six heures plus tard. Sur les lieux du crime, les inspecteurs découvrent ce que les journaux diront être « une carte de crédit déchirée délivrée par une compagnie pétrolière et comprenant un numéro de série ». Cette carte est un élément de preuve important et les inspecteurs déclarent vouloir en remonter la piste.

L'autopsie révélera que la mort est due à « une constriction du larynx par strangulation » et à « une commotion cérébrale suivie d'hémorragie sous-durale ». Le corps ayant été trouvé hors des limites de la ville de Los Angeles, l'affaire tombe sous la juridiction des services du shérif du comté.

Les inspecteurs découvrent rapidement que la victime, qui était mariée à un sergent de l'armée en garnison dans le Mississippi, n'est arrivée à Los Angeles que le mardi précédent – elle est venue voir sa sœur, Latona Leinann, et son mari, Oswald –, et c'est au moment même où Oswald est en train de déposer une demande de recherche de personne disparue au bureau du shérif qu'on retrouve le cadavre de sa belle-sœur.

En aidant la police à dresser l'emploi du temps de la victime la veille de son assassinat, Latona fournit les renseignements suivants :

Ce lundi soir 26 juillet 1943, Ora et sa sœur décident d'aller danser au Zenda Ballroom, au croisement de Figueroa Avenue et de la 7ᵉ Rue, en plein centre de Los Angeles (et plus précisément à une rue du cabinet médical de mon père, à l'intersection de Flower Street et de la 7ᵉ). Au Zenda Ballroom, Ora et Latona font la connaissance de deux hommes. D'après Latona, le premier s'appellerait «Preston» et serait sergent dans l'armée, et le second «Paul»; ce dernier aurait les cheveux noirs et «grand, mince et très affable» serait «très bon danseur». Elle précise encore qu'il portait «un costume croisé et un chapeau mou, tous les deux de couleur sombre». Puis elle se rappelle ceci : «Paul nous a dit habiter à San Francisco et ne passer que quelques jours à Los Angeles.»

Le quatuor danse un moment, puis Paul propose aux deux jeunes femmes de leur «montrer Hollywood et d'aller danser au Palladium». Sur quoi Preston s'éclipse, laissant Ora et Latona seules avec Paul.

Latona n'accepte qu'à contrecœur d'accompagner sa sœur et Paul, et seulement à condition que celui-ci passe prendre son mari chez elle. Paul n'y voit pas d'inconvénient et conduit les deux femmes jusque chez Latona dans ce que celle-ci décrira comme «un coupé bleu décapotable qui en jette». Au *Los Angeles Examiner*, elle déclare : «Nous sommes passés prendre Oswald à la maison, mais il était à moitié endormi et n'a pas voulu sortir, ma sœur finissant par dire à Paul qu'elle sortirait quand même avec lui.» Latona voit alors sa sœur quitter sa maison en compagnie du bel inconnu. Elle ne la reverra plus avant de devoir identifier son cadavre le lendemain après-midi.

Les services du shérif continuent leurs recherches dans l'espoir d'identifier ce Paul qu'elles considèrent comme leur suspect principal. Une semaine plus tard, ils reçoivent la déposition d'un témoin, Jeanette Walser, trente et un ans, secrétaire, qui déclare avoir rencontré quelqu'un qui pourrait bien avoir un lien avec l'enquête. L'homme, qui dit s'appeler Grant Terry, lui aurait affirmé être attorney fédéral sur la côte Est. Au bout d'une «cour effrénée de dix jours», ils se fiancent et décident de se marier cinq jours plus tard. Malheureusement pour elle, il s'avère que ledit «Terry» n'est qu'un voyou qui lui dérobe sept cents dollars en liquide et sa bague en diamant avant de disparaître.

La fiancée plaquée révèle alors aux inspecteurs que, la veille du meurtre, elle a aussi prêté sa décapotable bleue à Grant Terry, qui la lui a rendue le lendemain. Celui-ci lui aurait alors dit qu'il « devait se rendre à San Diego avec un certain *George* (c'est moi qui souligne) pour une affaire à juger, mais qu'il reviendrait deux jours plus tard ». Mais Grant Terry ne reviendra jamais.

Jeanette Walser fournit aussi aux inspecteurs une photo de ce Grant Terry, photo qui est publiée en première page du *Los Angeles Examiner* le 5 août 1943, juste à côté de l'article consacré à l'histoire de la jeune femme.

Les inspecteurs montrent cette photo à Latona et à plusieurs autres femmes qui ont aperçu « Paul » en compagnie de la victime le soir du meurtre. Sans pouvoir arriver à une identification catégorique, toutes ces femmes déclarent que l'homme représenté sur la photo ressemble beaucoup à « Paul », mais qu'elles ne se rappellent pas l'avoir vu avec des lunettes (c'est ainsi qu'il est représenté sur le cliché).

Le dossier est présenté au district attorney. En se fondant sur les circonstances du meurtre et sur les identifications faites par les témoins, l'adjoint au district attorney Edwin Myers lance un mandat d'arrêt contre le fugitif « Grant Terry, trente-quatre ans » pour le meurtre d'Ora Elizabeth Murray.

Dans un article publié trois jours plus tard sous le titre « La justice fédérale se joint à la traque de l'assassin du Gardénia blanc », un reporter du *Los Angeles Examiner* rapporte qu'un mandat d'arrêt fédéral a été aussi lancé par le FBI en date du 7 août, d'autres crimes étant reprochés au « fugitif Grant Terry ». Dans ce mandat, qui se fonde sur les renseignements donnés par Jeanette Walser, Grant Terry est accusé de « s'être fait passer pour un attorney du ministère de la Guerre et d'avoir en cette capacité d'emprunt dérobé sept cents dollars à Mlle Jeanette J. Walser, 8019 South Figueroa Street ».

Lors d'une séance du jury d'accusation du coroner, le 5 août, la sœur d'Ora Murray hésite, mais finit par dire que la photo de « Grant Terry » fournie par le témoin

Jeanette Walser pourrait bien être celle de Paul, mais qu'elle ne peut pas l'affirmer. Aux jurés, elle déclare encore que « si l'homme de la photo ressemble beaucoup à Paul, à aucun moment de la soirée, ni au dancing ni alors qu'il conduisait la décapotable bleue, il ne portait de lunettes comme on le voit sur le cliché ».

Dans un article du *Los Angeles Examiner* du 6 août, un journaliste rapporte alors que si un mandat d'arrêt a bien été lancé contre un suspect du nom de « Grant W. Terry », les jurés convoqués par le coroner ont rendu un verdict dans lequel il est dit que l'assassinat d'Ora Murray a été « commis par une personne inconnue du jury ». Cette décision est fondée sur le fait que, pour eux, Latona Murray n'a pas identifié de manière convaincante le suspect Grant Terry comme étant le meurtrier de sa sœur.

Après quoi l'enquête ne progresse plus jusqu'à l'arrestation d'un certain Roger Lewis Gardner, alias « Grant Terry », suite à un mandat d'arrêt lancé à New York en mars 1944. Gardner est extradé en Californie où, Latona l'ayant cette fois identifié de manière catégorique, il est officiellement accusé du meurtre d'Ora Murray.

Le procès en assassinat s'ouvre à Los Angeles en octobre 1944, dure quinze jours et voit l'accusé assurer lui-même sa défense. Il reconnaît bien avoir « promis d'épouser Jeannette Walser et lui avoir dérobé sa bague », mais nie avec la plus grande fermeté avoir jamais connu ou même seulement vu Ora Murray ou sa sœur Latona. A l'entendre, il n'aurait jamais mis les pieds au Zenda Ballroom et n'aurait absolument rien à voir avec l'assassinat d'Ora Murray.

Il déclare ensuite, et son alibi est confirmé par des témoins de la défense, être resté avec sa « fiancée » Jeanette Walser jusqu'à 20 h 15 le soir du meurtre, ce qui lui interdit toute possibilité d'arriver au dancing du centre-ville à 20 h 30. D'autres témoignages feront alors apparaître qu'au moment où l'on voyait « Paul » danser avec la victime, Gardner se trouvait à trente kilomètres de là et qu'il portait « une tenue de sport » au lieu des costume et feutre mou de couleur sombre que portait « Paul ».

Le 11 novembre, les jurés sont dans l'« impasse la plus totale », la moitié d'entre eux trouvant qu'il y a erreur sur la personne. Si pour certains Gardner est sans doute, et de son propre aveu, un escroc, un don Juan et un voleur, il n'a cependant rien à voir avec ce Paul très élégant et raffiné qui a emmené la sœur de Latona faire un tour à Hollywood et l'a plus tard battue et étranglée près du parcours de golf de Fox Hills.

La photo de « Grant Terry » prise par Walser et parue dans le journal – celle qui, plus tard, fut reconnue comme étant celle de Roger Lewis Gardner – était de mauvaise qualité. En allant voir dans les archives, je m'aperçus que le négatif de la photo qui accompagnait l'article publié dans le *Los Angeles Times* du 5 août 1943 était toujours conservé à UCLA. Un tirage 20x25 de ce négatif (pièce à conviction n° 53) nous donne le portrait de ce Gardner photographié par Walser pendant ces dix jours de « cour effrénée » de juillet 1943. Quoique légèrement floue, l'image, une fois les lunettes à monture métallique enlevées, montre une ressemblance frappante entre Roger Lewis Gardner et George Hodel et permet de comprendre à quel point il aurait été facile à n'importe quel témoin de les prendre l'un pour l'autre.

Pièce à conviction n° 53

Roger Gardner   George Hodel

Ces deux photos ont été prises la même année, à savoir en 1943. La photo de mon père – avec moi sur les genoux – a été prise en novembre 1943, soit trois mois après l'assassinat d'Ora Murray.

Sur la scène de crime, la police a aussi découvert un bracelet indien autour du poignet de la victime – bracelet du même genre que ceux qu'avait collectionnés mon père quand il travaillait chez les Indiens navajos et hopis pour le compte des services de la Santé publique. Il avait donné un bracelet semblable à ma mère (pièce à conviction n° 54a), bracelet qu'elle porte sur la photo prise à Hollywood par Man Ray en 1944. Sur ce dernier cliché on voit très clairement les bracelets indiens et la bague du Dieu du Tonnerre que mon père lui avait donnés à l'époque de leur mariage, soit trois ans avant que la photo ne soit prise. Les inspecteurs des services du shérif n'ont jamais montré une photo ou fait une description complète des bijoux amérindiens que « Paul » avait donnés à Ora Murray le soir où ils se sont rencontrés et ont dansé ensemble ; le bracelet véritable, ou les photos qui en ont été prises, se trouve peut-être encore dans le dossier de cette affaire non résolue.

Pièce à conviction n° 54

Dorothy Hodel   Jeanette Walser

La photographie B montre un bracelet indien du sud-ouest des États-Unis donné au témoin Jeanette Walser par l'escroc Roger Gardner. Il est similaire à celui de ma mère et du même genre que celui offert à la victime, Ora Murray, par celui qu'on soupçonne de l'avoir assassinée.

Nombre d'informations concernant l'enquête sur le meurtre d'Ora Murray sont toujours aussi confuses. Beaucoup de questions qu'on se pose n'auront de réponse que lorsqu'on aura enfin accès aux vrais dossiers. Celle-ci, par exemple : à qui appartenait la carte de crédit déchirée retrouvée près du corps ? Et encore : les inspecteurs ont-ils jamais remonté cette piste facilement exploitable ainsi qu'ils l'avaient promis à la presse ? Il est certain que cette carte n'appartenait pas à leur suspect Roger Gardner, ce renseignement n'ayant jamais été porté à l'attention du tribunal. Se pourrait-il qu'elle ait fait partie des preuves à décharge et de ce fait ait été cachée à la défense ainsi que c'était pratique courante à l'époque ?

En me renseignant sur cette enquête et sur les témoignages donnés à la barre avant la libération de Gardner, je découvris que, la nuit du meurtre, celui-ci avait emprunté la décapotable bleue de Jeanette Walser, l'avait conduite jusqu'à l'hôtel Ambassador et l'y avait garée pour la nuit. Or, en se préparant à la ramener à Jeanette Walser le lendemain matin, il s'aperçoit qu'il a un pneu crevé. Et Gardner a, lui aussi, donné à Jeanette Walser un bracelet indien semblable à celui retrouvé au poignet de la victime Ora Murray. Ayant mené à bien son escroquerie et volé les bijoux de la jeune femme, Gardner dit à sa fiancée – qui est à ce moment-là devenue sa victime – qu'il s'est produit quelque chose à quoi il ne s'attendait pas et qu'il doit « se rendre à San Diego avec un certain George pour une affaire à juger ». Ce mystérieux George ne serait-il donc pas George Hodel ?

Cette série de faits n'est peut-être qu'une accumulation de coïncidences, mais il se peut tout à fait, au contraire, que Gardner et Hodel se soient connus et que George

Hodel, à l'insu de Gardner ou pas, lui ait «emprunté» la décapotable garée à l'hôtel Ambassador. Ses salons étaient un des endroits préférés de mon père. Il se peut très bien qu'après avoir pris la voiture, George Hodel, se faisant passer pour «Paul», ait emmené Ora Murray faire un tour à Hollywood, commis son crime aux toutes premières heures du matin et ramené le véhicule à l'hôtel, où Gardner le retrouvera le lendemain avec un pneu crevé.

Il est très vraisemblable que nous ne connaîtrons jamais exactement toutes les circonstances de ce meurtre. Je n'en soupçonne pas moins Hodel et Gardner de s'être connus – et Hodel d'avoir assassiné Ora Murray.

Car le nom d'Ora Murray ne disparut pas complètement après le procès et l'acquittement de Gardner. Il resurgit deux ans plus tard, le 23 janvier 1947, lorsque la chroniqueuse judiciaire Agness Underwood le mentionna dans un article qui avait pour titre ô combien rhétorique : «Le meurtre du Dahlia noir va-t-il donc rejoindre les autres dans le grand livre des affaires non résolues ?» Et de soulever l'hypothèse selon laquelle les assassinats d'Ora Murray en 1943, de Georgette Bauerdorf en 1944, de Gertrude Evelyn Landon en 1946 et d'Elizabeth Short en 1947 auraient très bien pu être liés.

Georgette Bauerdorf, 12 octobre 1944

«Le mystère de l'héritière du pétrole retrouvée morte dans sa baignoire», titre le *Los Angeles Examiner* dans son édition du vendredi 13 octobre 1944 au matin. Agée de vingt ans, Georgette Bauerdorf était la très jolie fille du magnat du pétrole George Bauerdorf, lui-même grand ami de William Randolph Hearst. Elle vivait seule dans un appartement de standing sis dans le West Side d'Hollywood, au 8493, Fountain Avenue. L'immeuble étant situé hors juridiction du LAPD, c'est là encore aux services du shérif du comté de Los Angeles que va revenir l'enquête.

Le cadavre de Georgette est découvert par M. et Mme Charles Atwood, le concierge de l'immeuble et sa femme, le matin du 12 octobre. C'est en travaillant avec son mari dans un appartement voisin, vers 10 h 30 du matin, que Mme Atwood a entendu des bruits d'eau chez Georgette Bauerdorf. Elle frappe à sa porte, qu'elle trouve entrouverte, et, personne ne lui répondant, appelle son mari pour entrer dans l'appartement avec lui ; tous les deux ne tardent pas à découvrir le cadavre de la victime allongé dans la baignoire qui déborde. Georgette Bauerdorf a cessé de vivre.

Les Atwood, qui habitent de l'autre côté du couloir, déclarent ensuite avoir été réveillés en pleine nuit par « du vacarme » dans l'appartement de Bauerdorf, ajoutent avoir entendu quelque chose de métallique « s'écraser par terre », mais ne peuvent préciser à quelle heure exactement.

L'analyse de la scène de crime menée par les inspecteurs de West Hollywood et leurs collègues de la brigade des Homicides des services du shérif détermine qu'après être rentrée chez elle la veille au soir, Georgette Bauerdorf s'est préparé un en-cas, s'est mise en pyjama et a écrit quelques mots dans son journal. Peu après, elle est agressée, battue et étranglée. Son corps est ensuite placé dans la baignoire et le robinet d'eau ouvert. Lorsqu'on la découvre, la victime n'est plus vêtue que de sa veste de pyjama ; le pantalon, qui est déchiré, est retrouvé près du lit. L'assassin lui a enfoncé un bâillon dans la bouche.

L'enquête du coroner permet d'établir que la mort est due à une « obstruction des voies aériennes supérieures par insertion de tissu », qu'il y a bel et bien homicide et que celui-ci s'est produit peu après minuit, soit aux premières heures du 12 octobre 1944. Le Dr Frank Webb déclare aussi dans son rapport d'autopsie que « les écorchures visibles sur les phalanges de la jeune femme prouvent qu'elle s'est battue désespérément contre son agresseur. Les marques de pouce et d'index retrouvées sur son visage, ses lèvres, son ventre et ses cuisses démontrent que cet agresseur est très fort et a presque des mains de primate ». Le légiste établit encore que la victime ne s'est pas noyée, mais a été assassinée par asphyxie avant d'être déposée dans la baignoire.

Nombre d'objets personnels appartenant à Georgette Bauerdorf, dont ses bijoux, n'ayant pas été pris par l'agresseur, le mobile du vol n'est pas retenu. Son sac à main est retrouvé sur les lieux du crime et on constate que seule la clé de sa voiture y manque. Il apparaît peu à peu que le suspect s'est emparé du véhicule, qu'on retrouvera quelques jours plus tard devant le 728, 25e Rue Est, près du croisement de la 25e Rue et de San Pedro Street, soit quinze cents mètres au sud du centre-ville. Il n'y a plus d'essence dans le réservoir et la clé de contact est toujours là.

Georgette Bauerdorf est diplômée des très prestigieuses écoles de filles de Westlake et Marlborough. Cette dernière se trouve dans un quartier résidentiel du sud d'Hollywood, à seulement quelques kilomètres au sud-est de son appartement. Georgette, qui participe à l'effort de guerre, s'est portée volontaire pour servir et distraire les soldats à la Hollywood Canteen, établissement où ceux-ci viennent se détendre et danser avec de jolies filles. Tous les mercredis soir, elle est hôtesse d'accueil junior au club, où tous l'apprécient et la trouvent gentille et généreuse. Grâce à certains passages de son journal, on apprend qu'elle avait un petit ami, un certain Jerry qui devait bientôt sortir d'une école d'aviation de l'US Air Force à El Paso, Texas. Elle avait prévu de lui faire la surprise d'aller le voir le jour de la remise des diplômes.

Georgette a été vue le vendredi soir 11 octobre, à 22 h 30, au moment où elle quittait la Hollywood Canteen pour rentrer chez elle, son appartement ne se trouvant qu'à trois kilomètres à l'ouest d'Hollywood. Ses amies de la Canteen diront l'avoir vue danser comme à son habitude avec divers soldats ce soir-là. L'une d'elles, June Ziegler, vingt et un ans – elle a travaillé avec elle ce soir-là –, déclare ceci aux inspecteurs des Homicides des services du shérif :

Elle (Georgette) était assise dans sa voiture près de la Canteen quand je suis arrivée sur le coup de 18 h 30. Elle tricotait et semblait très nerveuse. Je suis montée dans sa voiture et nous avons bavardé environ une demi-heure avant d'entrer dans l'établissement. Elle m'a dit être inquiète et m'a demandé de passer la nuit chez elle. Sur le moment je n'y ai pas prêté attention parce que je pensais qu'elle se sentait nerveuse à cause de ce voyage en avion dont, je le savais, elle n'avait parlé qu'à moi.

Dans son livre *Severed,* John Gilmore rappelle que pour la journaliste Agness Underwood les meurtres du Dahlia noir et de Georgette Bauerdorf ont un rapport. Il parle aussi d'un tuyau anonyme qu'Agness Underwood aurait reçu environ une semaine après l'assassinat de Bauerdorf, son correspondant lui signalant alors qu'un homme blanc aurait été vu s'éloignant de la voiture de Bauerdorf garée au croisement de la 25e Rue et de San Pedro Street. Le signalement donné est celui d'un homme grand, mince et vêtu de ce qui semblerait être un uniforme militaire, mais sans la veste. Underwood pense que cet homme s'est peut-être fait passer pour un soldat afin d'emballer des filles à la Hollywood Canteen.

D'après d'autres rumeurs, il y aurait eu d'autres passages, dans le journal de Bauerdorf retrouvé chez elle par les inspecteurs du shérif, qui feraient état de la présence de l'ami d'un soldat. Plus âgé, celui-ci aurait dansé avec elle ce mercredi soir. D'après des connaissances de Georgette, celle-ci aurait dit à d'autres amies de la Canteen qu'elle ne l'aimait pas beaucoup parce qu'il était agressif et n'arrêtait pas de vouloir danser avec elle.

Des empreintes digitales ayant été trouvées près du cadavre dans la salle de bains, dans tout l'appartement et dans la voiture de la victime, les inspecteurs espéraient beaucoup arriver à une identification du suspect. Des traces papillaires découvertes sur une ampoule de l'entrée que, pense-t-on, le suspect aurait enlevée ne firent qu'ajouter aux spéculations selon lesquelles l'homme aurait été plus grand que la moyenne.

Les taches de sang trouvées sur des vêtements pourraient avoir appartenu à la victime ou à son agresseur et, s'ils n'ont pas été jetés, ces vêtements devraient encore présenter suffisamment d'intérêt pour qu'on procède à une analyse de sang, voire à une recherche d'ADN.

C'est en analysant tous les éléments de l'enquête rendus publics que je fis la découverte d'un élément de preuve de la plus haute importance, à savoir l'arme du crime. Dans la plupart des comptes rendus on ne parle que d'un «bâillon» ou d'un morceau de tissu. Mais, dans un article du *Los Angeles Herald Express,* le journaliste qui rapporte les détails de l'autopsie pratiquée le 20 octobre 1944 se montre plus précis et écrit :

LES SHÉRIFS ADJOINTS TÉMOIGNENT

D'après les déclarations faites par les shérifs adjoints A. M. Hutchinson et Ray Hopkins sur l'enquête en cours, rien ne permettrait d'identifier l'assassin de la jeune femme.

> Les pièces à conviction montrées aux jurés incluent un bâillon, qui a été enfoncé dans la gorge de Mlle Bauerdorf. L'étoffe dont il est fait serait de la gaze élastique pour pansement médical utilisé par les orthopédistes ou les athlètes victimes de foulures (…). Sur une intuition, le shérif adjoint Howard Achenbach est entré dans le magasin de fournitures orthopédiques du 309, South Hill Street et s'est vu confirmer que ce tissu était bien celui dont on fait les pansements. Il a néanmoins appris que cette bobine d'une longueur de vingt-trois centimètres n'était plus vendue dans cette ville depuis vingt-deux ans.

L'assassin avait apporté cette arme plutôt inhabituelle à l'appartement et, après l'avoir battue, aurait suffoqué sa victime en la lui enfonçant dans la gorge. Or, qui donc, hormis un professionnel de la santé, pouvait avoir pareille « arme » sur lui ?

Pièce à conviction n° 55

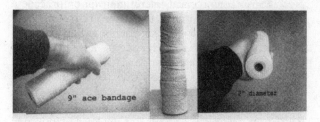

| Rouleau de pansement de 23 cm de long | Diamètre du rouleau 5 cm |

Ci-dessus, les photographies du rouleau de pansement tel qu'il devait être d'après les renseignements fournis par les shérifs adjoints.

Si les quotidiens de Los Angeles couvrirent bien l'enquête sur l'assassinat de Georgette Bauerdorf plusieurs semaines durant, ceux affiliés au groupe de Randolph Hearst le firent en sourdine, sans doute parce que ce dernier était très lié au père de la victime et avait beaucoup de respect pour lui.

Près d'un an après le meurtre, un article parut dans l'*Examiner* du 21 septembre 1945 et se lit quasiment comme une épitaphe. On y trouve un court message tapé à la machine par quelqu'un qui dit être l'assassin de la jeune femme. Sous la manchette, le journal a pris soin de publier la photo de Georgette, juste à côté du billet dans lequel le meurtrier se moque de la police et déclare qu'il reviendra à la Hollywood Canteen avant la fin du mois. Ce message – ici reproduit à l'identique –, dit ceci :

```
A la police de Los Angeles — —

Il y a presque un an Georgette
Bauerdorf, 20 ans, hôtesse à la Hol-
lywood
Canteen, a été assassinée
dans son appartement de West Holly-
wood — —
Au plus tard le 11 octobre — — soit un
an
après sa mort — —, celui qui
l'a assassinée se montrera à la
Hollywood Canteen. L'assassin
sera en uniforme. Depuis qu'il
a commis ce crime, il a en effet
servi à Okinawa. Le meurtre de
Georgette Bauerdorf n'est que Ven-
geance
Divine — —

Que la police de Los Angeles arrête
donc le meurtrier si elle en est
capable — —
```

C'est une élève de onze ans, une certaine Marilyn Silk, qui a trouvé ce billet en rentrant de l'école. Écrit sur une feuille de papier à lettres glissée dans une enveloppe sale, il a été posé sur un mur de soutènement près de la Fairfax High School d'Hollywood. L'article mentionne encore un indice qui n'a pas été révélé à l'époque du meurtre un an plus tôt, à savoir que « d'après certains amis, elle (Georgette Bauerdorf) s'était fait raccompagner chez elle par un homme en uniforme ».

C'était bien évidemment la ressemblance manifeste avec le meurtre du Dahlia noir qui m'avait frappé, l'assassin se moquant là encore de la police en lui envoyant des messages. Le suspect lui promettait ainsi de se montrer en uniforme à la Hollywood Canteen au plus tard le 11 octobre – et l'anniversaire de mon père était le 10. De plus, la phrase «Que la police de Los Angeles arrête donc le meurtrier si elle en est capable...» ressemble beaucoup au message envoyé après le meurtre du Dahlia noir deux ans plus tard : «On va à Mexico... attrapez-nous si vous pouvez...». Le besoin qu'éprouvait l'assassin d'être reconnu et adulé pour ses crimes était une façon de contrôler aussi bien la police que sa victime. Déclarer que l'assassinat de Georgette n'était pas un crime mais «une vengeance divine» par lui dispensée ressemble là encore de manière étonnante au message que l'assassin d'Elizabeth Short voulut faire passer deux ans plus tard en déclarant qu'il ne faisait que «se venger du Dahlia noir».

Le message

D'autres similitudes entre le meurtre d'Elizabeth Short et celui de Georgette Bauerdorf me semblent assez frappantes pour qu'on y voie des empreintes de pensée reliant le même suspect à ces deux crimes.

Dans les deux cas, les messages envoyés à la police donnent à penser que le suspect a une connaissance certaine du journalisme. Le message méprisant envoyé à la police après le meurtre de Bauerdorf commence en effet par un paragraphe d'un style très semblable à celui d'un journal du matin où les questions «quoi?», «quand?» et «qui?» doivent toutes trouver une réponse.

```
A la police de Los Angeles
```

(quand?)

```
Il y a presque un an
```

(qui?)

```
Georgette Bauerdorf, 20 ans,
```

(quoi ?)
```
Hôtesse à la Hollywood Canteen, a été
assassinée
```

(où ?)
```
dans son appartement de
West Hollywood...
```

L'assassin nous dit « pourquoi » dans la phrase suivante, où il parle de son crime comme d'une « vengeance » et, ce faisant, se pare indirectement du titre d'instrument de cette « vengeance ».

Dans les messages avec lettres collées envoyés à la police après le meurtre du Dahlia noir, l'assassin fait de nouveau preuve d'une bonne connaissance des règles du journalisme – cette fois en qualité de rédacteur de unes :

« ALLEZ-Y DOUCEMENT »,

DIT LE TUEUR

AFFAIRE DU DAHLIA NOIR

Et quelques jours plus tard, il lance :

L'ASSASSIN DU DAHLIA CRAQUE

IL VEUT SAVOIR CONDITIONS

Ce n'est pas là le message d'un voyou, mais bel et bien le travail d'un professionnel. Et d'un professionnel tel que le critique et auteur de romans policiers Joseph Wambaugh pourra dire, dans l'émission intitulée « Le Dahlia noir, reprise de l'enquête », produite par le Learning Channel :

> Il est clair que ce sont des journalistes qui ont envoyé ce message. Ce coupé-collé rappelle les clichés des films de série B de l'époque. On y retrouve

la même cruauté et le même manque de scrupules des reporters qui obtinrent des renseignements sur le passé de la victime en déclarant à sa mère qu'Elizabeth Short avait remporté un concours de beauté. En fin de compte, ils ne purent quand même pas empêcher que l'affaire soit résolue.

Un autre indice permettant d'identifier l'auteur de cette lettre est, bien sûr, sa façon tout à fait particulière de dactylographier son message. On en a six exemples dans la lettre envoyée à la police après l'assassinat de Georgette Bauerdorf : c'est en effet de manière tout à fait inconsciente qu'il laisse des «doubles tirets» à la fin de certaines de ses phrases. Ainsi après les mots «Los Angeles», «Hollywood», «11 octobre», «mort», «Divine» et «capable».

Dans la longue lettre que mon père m'envoya le 4 juin 1980, celle que j'ai intitulée «la parabole des moineaux» et qu'il dactylographia lui-même au lieu d'en confier la frappe à son épouse ou à sa secrétaire, c'est à quatre reprises qu'il termine ses phrases sur un «double tiret».

```
Page 2
pellicule de plastique synthétique —
—
miroir réfléchissant — —

Page 3
lui donner — —
n'oublie pas — —
```

Cette utilisation du double tiret est si rare que les voir dans le message de l'affaire Bauerdorf et dans les lettres que mon père m'envoya plus tard m'alarma au plus haut point.

La pièce à conviction 56 nous montre, en plus de la photo de Georgette Bauerdorf, comment ce message fut publié dans l'*Examiner* du 21 septembre 1945. Un autre article paru le même jour dans le *Los Angeles Times* informe les lecteurs que le suspect aurait laissé tomber des gouttes de teinture d'iode sur la feuille de papier pour représenter du sang.

Pièce à conviction n° 56

Los Angeles Examiner, *21 septembre 1945*

Gladys Eugenia Kern (14 février 1948)

Le 17 février 1948, la une du *Los Angeles Times* fait ainsi état du dernier assassinat commis dans la Cité des Anges :

UNE FEMME EST MYSTÉRIEUSEMENT ASSASSINÉE
À HOLLYWOOD. LA POLICE RECHERCHE
L'AUTEUR D'UNE LETTRE ANONYME

La victime, Gladys Eugenia Kern, est âgée de cinquante ans et travaille dans l'immobilier. Elle a été poignardée à mort alors qu'elle faisait visiter une maison à un acheteur potentiel. Son corps a été retrouvé deux jours plus tard, au 4217, Cromwell Avenue – dans le quartier hyper chic des Hollywood Hills appelé Los Feliz –, par un autre agent immobilier qui faisait lui aussi visiter la maison à un client.

Laissée par l'assassin sur les lieux du meurtre, l'arme du crime est découverte dans l'évier de la cuisine. Il s'agit d'un poignard de combat utilisé par les soldats pendant la guerre. Enveloppée dans un mouchoir d'homme couvert de sang, la lame fait vingt et un centimètres de longueur. La police a découvert des empreintes digitales non identifiées sur les lieux – empreintes qui, si on n'en a pas disposé depuis lors, devraient pouvoir donner des indices dans cette affaire toujours non résolue.

L'emploi du temps de Gladys Kern tel qu'il a été reconstitué par les inspecteurs du LAPD fait apparaître que la victime a été vue pour la dernière fois le samedi précédent 14 févier, jour de la Saint-Valentin, en compagnie d'un homme, à son agence immobilière du 1307, North Vermont Avenue. La gérante d'un drugstore situé à l'angle de Fountain Street et de Vermont Avenue, soit juste en face du bureau de la victime, a vu celle-ci entrer dans son magasin aux environs de 2 heures de l'après-midi avec un homme dont elle donne le signalement suivant : « cheveux très noirs et bouclés, vêtu d'un costume bleu foncé ». L'homme et la femme se seraient assis à un comptoir pour boire un soda avant de repartir ensemble.

Il n'est pas impossible que la dernière personne à avoir vu la victime soit l'ingénieur radar William E. Osborne, dont le laboratoire se trouvait à côté du bureau de Mme Kern. Osborne l'aurait vue parler avec un homme à son bureau de Vermont Avenue le 14 février 1948, aux environs de 16 heures. D'après ce témoin, la victime aurait « passé la tête à la porte de mon laboratoire pour me dire qu'elle partait. Il y avait un grand type avec elle dans le bureau». Osborne a l'impression que la victime le connaissait car, déclare-t-il à la police, «ils parlaient de choses et d'autres, pas du tout d'affaires».

Voici le signalement qu'il donne de cet homme, signalement envoyé à tous les commissariats de Los Angeles par le LAPD :

«Homme, environ cinquante ans, un mètre quatre-vingts, visage long et plein, cheveux grisonnants, costume d'homme d'affaires de coupe classique, propre et bien habillé, d'aspect new-yorkais dans ses manières et sa façon de s'habiller.»

Suite à ces premiers communiqués, la police déclare, mais sans les révéler, avoir les noms de cinq autres témoins qui auraient vu la victime en compagnie d'un homme dont tous donnent à peu près le même signalement.

Deux témoins supplémentaires, des jardiniers japonais qui travaillaient en face du lieu du crime – le manoir dans les collines –, sont ensuite retrouvés par des inspecteurs de police et déclarent avoir vu «deux hommes sortir du manoir et en descendre les marches» ce samedi après-midi-là, jour du meurtre. Ils les auraient ensuite vus monter dans une voiture garée non loin de là et s'éloigner, la police ne donnant aucun signalement ni de ces deux hommes ni de leur véhicule.

En procédant à la fouille du bureau de la victime, les policiers découvrent qu'un «registre des clients» contenant les rendez-vous de Mme Kern et les noms de ses clients a disparu de sur son bureau. En fouillant celui-ci, ils tombent sur un petit instantané où l'on voit la victime à côté d'un inconnu qu'ils tenteront d'identifier plus tard.

La piste la plus prometteuse est offerte par une lettre manuscrite passablement bizarre. Destinée à la police, elle est retrouvée par elle dans une boîte aux lettres du centre-ville – au croisement de la 5e Rue et d'Olive Street –, le dimanche 15 février, soit le lendemain du meurtre et la veille du jour où l'on découvrira son corps. Écrit sur du «papier vierge bon marché», le message ne contient ni adresse ni timbre, mais, plié en deux et fermé par un point de colle, lance cet avertissement : «Donner à la police, vite.» Il a été déposé dans une boîte aux lettres desservant le pâté de maisons où se dresse l'hôtel Biltmore. La façon dont il est plié en deux et fermé par un point de colle est d'une ressemblance frappante avec le message laissé dans le taxi du centre-ville après l'assassinat du Dahlia noir et qui disait : «Apportez ça tout de suite à l'*Examiner*. J'ai noté le numéro d'immatriculation de votre taxi.» Ne pas oublier que, dans cette dernière affaire, c'est à la police et à la presse que le suspect envoie ses messages en alternance.

Trouvé par le facteur, le billet est transmis à la police. La boîte aux lettres (elle n'est qu'à deux carrefours du cabinet médical de mon père dans la 7e Rue) se trouve dans le pâté de maisons où un autre message (pièce à conviction n° 28) a été laissé à l'attention de la police par le meurtrier du Dahlia noir en 1947. Ce message disait ceci :

«Demandez indice marchand journaux croisement Hill et 5e pourquoi ne pas laisser tomber ce cinglé je lui ai parlé B. D. A.»

Les inspecteurs du LAPD et les experts du labo conclurent que le message avait été très vraisemblablement rédigé par le suspect qui, croyaient-ils, aurait maquillé son écriture et volontairement utilisé des tournures bizarres en plus de faire des fautes d'orthographe. Ce billet fut reproduit à l'identique (orthographe et ponctuation) dans le *Los Angeles Examiner* du 17 février 1948 :

J'ai fait connaissance d'un homme y a trois semaines à Griffith Park m'avait l'air génial sommes devenus amis vendredi soir m'a demandé si je voulais me faire dans les trois cents dollars. Il m'a dit qu'il voulait acheter une maison pour sa famille mais qu'il était racketteur et qu'aucun agent immobilier ferait affaire avec lui il m'a suggéré d'y acheter sa maison en mon nom et après il irait avec la personne regarder la maison pour être sûr que ça y plaisait et que moi je dise à l'agent immobilier que vu qu'il me prêtait du liquide il fallait qu'il regarde alors j'ai attendu dehors et au bout d'un moment je suis monté voir et c'est là que je l'ai trouvée étendue par terre, et lui il essayait d'y arracher ses bagues des doigts et il m'a mis en joue avec une arme et m'a dit qu'il l'avait juste étalée mais qu'il savait que j'avais du fric et m'a pris mon portefeuille avec tout l'argent dedans et m'a attaché les mains avec ma ceinture laissé allongé sur évier et attaché ceinture à robinet.

Après son départ je me suis libéré et j'ai essayé de la ressusciter l'ai retournée j'étais couvert de sang sorti couteau puis brusquement je suis revenu à moi et me suis lavé les mains et le couteau et couru dehors pendant que j'étais dedans j'ai découvert qu'il avait mis petit carnet dans ma poche de veste et jeté, aussi dans ma poche il y avait un vieux cuir à rasoir.

Je savais que cet homme s'appelait Louis Frazer il a Pontiac quat portes de 36 ou 37 plaques très sombres on dirait plaques de 1946 mais avec des décalques de 48 environ 1,55 m cheveux bouclés noir corbeau porte costume gabardine bleu ou marron m'a dit être boxeur et en a l'air je me repose plus avant de le retrouver je connais tous les endroits où nous sommes allés ensemble je sais que cet homme est mon seul alibi et sans lui je me sens également coupable.

Dans l'article de l'*Examiner*, il est aussi dit que l'auteur de la lettre «a déclaré avoir été lui aussi dévalisé et attaché par l'assassin, un grand basané de type latin».

Le 17 février 1948, un dessinateur du LAPD parvient à faire un portrait-robot du suspect en s'appuyant sur les signalements donnés par ces témoins anonymes. Ce portrait (pièce à conviction n° 57) est publié en première page du *Daily News* le 18 février 1948.

Pièce à conviction n° 57

George Hodel,   *Portrait-robot,*   *George Hodel,*
1946   *LAPD 1948*   *1954*

Ces deux photos de George Hodel ont été prises en 1946 et 1954. Le seul changement apporté à ces clichés est la suppression de la moustache au moyen d'un aérographe, ceci afin de pouvoir les comparer avec le portrait-robot établi par la police.

Faire un portrait-robot dans une enquête criminelle est un art particulièrement difficile dans la mesure où le dessinateur est tenu de retrouver les traits du suspect en se fondant sur les signalements éminemment subjectifs (et très souvent modifiés) donnés oralement par les témoins. Alors que ces portraits ont fréquemment un petit air commun, dans l'affaire Kern, à l'évidence, le dessinateur de la police avait un talent inhabituel. Comme on peut le voir, l'aspect général du suspect présente une ressemblance frappante avec le Dr Hodel. Sont à remarquer plus particulièrement : la forme du visage, le nez, l'oreille gauche, quelque chose d'asiatique dans les yeux, et le style et les reflets de la coiffure.

Cinq jours après le meurtre, le *Los Angeles Times* rapporte qu'un associé de la victime, « un homme drapé dans l'anonymat, un homme mystérieux mais qui détient des informations capitales, aide la police dans son enquête ». L'article précise encore que cet homme, qui a connaissance de « détails intimes » sur la transaction reliant la victime à la vente de la maison où elle a été assassinée, n'a accepté de coopérer avec les autorités qu'à la condition expresse que son identité soit tenue secrète. Qui plus est, tous les documents et papiers ayant trait à la vente de la maison ont disparu – en plus du « carnet de clients » appartenant à la victime.

C'est en échange de tous ces détails et renseignements que les inspecteurs du LAPD se sont engagés à ne pas divulguer l'identité de leur informateur au public.

Malgré ce qui normalement semblerait indiquer des pistes potentiellement fortes et pointant toutes vers un suspect – le portrait-robot, la photo d'un homme non identifié retrouvée dans le tiroir du bureau de la victime, les renseignements fournis à la police par un informateur anonyme sur l'identité même du « client secret » de Gladys Kern, les signalements détaillés du suspect donnés par divers témoins et ce billet manuscrit passablement décousu –, l'enquête du LAPD est toujours « ouverte » plus de cinquante ans après les faits.

Les preuves matérielles : l'arme du crime

Comme cela arrive souvent dans les enquêtes criminelles, il fallut attendre des années, et dans ce cas des décennies, pour découvrir une preuve matérielle de première importance. Coup de chance, elle surgit cinquante ans plus tard, suite à une remarque qui n'avait absolument rien à voir avec l'enquête.

En juillet 2001, j'avais appelé Joe Barrett et nous nous étions retrouvés à Santa Barbara pour déjeuner. Joe s'était alors mis à évoquer des souvenirs sur son vieil ami Rowland Brown et à parler de ce qui se passait à la

Franklin House à la fin des années 40, époque où il y louait un studio. Et soudain il me dit :

> Steve, vous savez qu'un jour votre frère Mike m'a piqué un couteau et ne me l'a jamais rendu ? A l'époque, il n'avait que huit ou neuf ans et m'a juré l'avoir « perdu ». C'était bien dommage, car ce couteau, j'y tenais. C'était un de mes amis qui m'en avait fait cadeau pendant la guerre, quand nous étions stationnés outre-mer. Mike me l'avait pris dans ma chambre. Il m'a dit avoir joué avec dans le terrain vague à côté et l'avoir perdu. Ce devait être en 1948.

Ses paroles me tintant très fort aux oreilles, j'essayai de ne pas paraître trop pressé d'en savoir plus et de ne pas avoir l'air trop professionnel et lui demandai seulement :
– Quel genre de couteau était-ce, Joe ?
– C'était un poignard de combat, me répondit-il. Un pote de la marine, un mécanicien, me l'avait fabriqué à l'époque où nous servions tous les deux à bord d'un destroyer, au début 1945.
– Le reconnaîtriez-vous si on vous le montrait ? lui demandai-je encore.
Il me jeta un regard interrogateur.
– Bien sûr que oui. Il n'y en a pas deux comme ça au monde.
Je promis de lui envoyer une photo, « juste par curiosité », et nous nous séparâmes.
Me rappelant la description qu'on avait faite de l'arme utilisée pour tuer Gladys Kern en février 1948, je sortis le dossier de l'affaire et y cherchai la photo.
Il y en avait bien une. L'inspecteur des Homicides tenait l'arme dans ses mains pour le photographe du *Daily News*, le cliché devant être reproduit dans l'édition du matin : c'était un poignard de combat, comme celui que Joe m'avait décrit. Ayant supprimé tout ce qui avait trait à l'assassinat de Gladys Kern, j'envoyai une copie de la coupure de journal à Joe.

Il me rappela deux jours plus tard.

– Steve, dit-il, c'est mon couteau. Qu'est-ce que ça signifie ?

– Vous en êtes sûr et certain ? Comment savez-vous que c'est le vôtre ? Qu'est-ce qui le différencie de tous les autres poignards de combat ?

Sa réponse fut mesurée, mais ferme :

– Je suis sûr que c'est le mien parce qu'il l'a fabriqué spécialement pour moi. Si je le voyais, je pourrais vous l'assurer parce qu'il en avait travaillé le manche. Celui-ci comportait plusieurs rondelles peintes de couleurs différentes, bleu, vert, rouge, jaune et orange, je crois. Il les avait recouvertes d'une espèce de couche de Plexiglas et comme les anneaux n'avaient pas complètement séché, ça avait bavé un peu à l'intérieur, mais ça ne me gênait pas. Je pourrais reconnaître ce poignard dans la seconde, même si ça fait aujourd'hui plus de cinquante ans que je ne l'ai pas revu. Votre photo est en noir et blanc mais l'on voit bien que le manche est de plusieurs couleurs, même si on ne peut pas savoir lesquelles. Je vais vous dessiner mon couteau avec les couleurs dont je me souviens et tout le reste. Cela dit, je suis sûr que c'est mon poignard. De quoi s'agit-il, Steve ? Où est ce poignard ? D'où sortez-vous cette photo ?

Sentant que je ne pouvais plus le laisser dans le noir, je lui révélai que le poignard dont je lui avais envoyé la photo avait servi à tuer quelqu'un en 1948. J'ajoutai que je ne pouvais pas lui donner plus de renseignements pour l'instant, mais lui promis que « tout serait clair dans un avenir proche ». Il me réitéra sa promesse de m'envoyer le dessin de son poignard, avec les couleurs du manche.

La pièce à conviction n° 58 est ce dessin, que je reçus le 26 juillet 2001.

Pièce à conviction n° 58

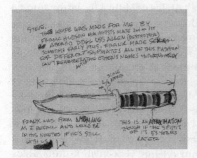

Le dessin de Joe Barrett

Meurtre
de Gladys Kern :
l'arme du crime

Joe accompagnait son dessin du texte suivant :

> Cher Steve…
> Ce poignard a été fabriqué spécialement pour moi
> par Frank Hudson, quartier maître machiniste à bord
> du DD 66 USS Allen (destroyer) au début de l'an-
> née 1945. Frank en a fabriqué plusieurs de ce genre
> pour d'autres matelots. Malheureusement, je ne me
> rappelle plus leurs noms.
> Frank était originaire du Wyoming et aurait dans les
> quatre-vingt-dix ans – s'il vit encore.
> Ce dessin est approximatif, mais bien dans l'esprit
> de l'objet tel que je m'en souviens cinquante-trois
> ans plus tard.
>
> Joe

Il est à espérer que l'arme du crime, ou une photo la
représentant, se trouve encore en possession de la police
afin qu'on puisse les comparer à ce dessin.

Cela étant, même avant cette découverte, beaucoup
d'indices concouraient à relier George Hodel à l'assassi-

nat de Gladys Kern : le portrait-robot, le mouchoir, les signalements donnés par les témoins, la lettre bizarre – sans même parler du fait que la Franklin House ne se trouvait qu'à un kilomètre et demi de la scène de crime et du lieu où Gladys Kern avait été vue vivante pour la dernière fois. Et maintenant ce témoin qui, sans rien savoir du crime, déclare que l'arme lui a appartenu et que c'est mon frère Michael qui, croit-il, la lui a volée ?

Au contraire de Joe Barrett, nous pouvons, nous, très bien imaginer ce qui s'est vraiment produit. Il ne fait aucun doute en effet que, trouvant son fils de huit ans en possession du poignard de Joe, mon père le lui confisqua et le garda. Et que, quelques semaines ou quelques jours plus tard, il s'en servit pour tuer Gladys Kern. Sûr et certain que ce couteau ne permettrait pas à la police de remonter jusqu'à lui, il le laissa tout bêtement sur les lieux du crime – à savoir dans l'évier de l'appartement –, après en avoir lavé le sang à l'eau du robinet et ôté toutes les empreintes avec son mouchoir blanc.

Le LAPD est-il toujours en possession de l'arme du crime ? Il le devrait, dans la mesure où il a pour pratique « de laisser ouverts tous les dossiers tant que l'affaire n'est pas résolue ». Et si elle a disparu, en reste-t-il au moins une photo dans le dossier d'enquête ? Cette photo est-elle en couleurs ? Si elle ne l'est pas, il devrait y avoir une description détaillée du manche de l'arme telle que Joe m'en fit le croquis. Dernière question : cette arme en possession de la police a-t-elle été faite à la main et, les couleurs en ayant bavé, est-elle unique en son genre ? Si la réponse est oui, on ne pourrait pas la confondre avec les milliers de poignards de combat fabriqués à la main pendant la Deuxième Guerre mondiale.

Ces questions, en plus de toutes celles que cette enquête a soulevées, c'est au LAPD d'y répondre. Pour l'heure, il suffit de savoir qu'un témoin reconnaît formellement ce qu'on pense être l'arme du crime et qu'il en fait une description des plus précises. Qui plus est, c'est à la Franklin House et à Steve Hodel qu'il en fait remonter la piste.

Le mouchoir

Pour présenter les crimes analysés dans ce chapitre, nous avons dû nous en remettre aux comptes rendus qui en ont été donnés dans la presse de l'époque. Mais il est certains faits que la police n'a jamais communiqués aux journaux parce qu'il était de pratique courante, et cela n'a pas changé depuis, que les inspecteurs affectés à l'enquête gardent certaines découvertes pour eux afin de pouvoir s'en servir dans les interrogatoires auxquels ils se proposaient de soumettre témoins et suspects par la suite. Afin de confondre tous ceux qui sont prêts à avouer des crimes qu'ils n'ont pas commis, les enquêteurs gardent en réserve un certain nombre de questions clés qu'ils leur posent en les faisant passer au détecteur de mensonges. Le meurtre du Dahlia suscita bon nombre de ces aveux, la plupart des gens qui les proféraient présentant des troubles mentaux ou cherchant quelques instants de célébrité.

Aussi bien dans le meurtre de Jeanne French que dans celui de Gladys Kern, des mouchoirs blancs furent retrouvés près des corps – ce qui est tout à fait inhabituel. Dans toute mon expérience d'inspecteur des Homicides – et j'ai enquêté sur plus de trois cents assassinats –, je n'ai jamais eu à traiter une affaire où le suspect aurait laissé un mouchoir sur les lieux de son crime. Cela ressemble beaucoup à une «carte de visite» – à une manière d'as de pique déposé sur le cadavre. Normalement, un tel détail n'aurait pas été divulgué au public – et si l'assassin avait à nouveau laissé pareille «carte de visite» sur x autres scènes de crime, la police de Los Angeles aurait très bien pu garder ce détail pour elle dans nombre d'affaires non résolues.

D'un intérêt tout particulier sont donc les commentaires suscités par la découverte de ce mouchoir blanc près du corps de Gladys Kern. C'est ainsi qu'à en croire le *Los Angeles Times* du 21 février 1948 :

LE MOUCHOIR RETROUVÉ PRÈS DU CADAVRE
NE FOURNIT AUCUN INDICE

Un seul indice, et minime, a été découvert hier dans l'enquête sur le meurtre de Mme Gladys Kern – le tueur est un homme qui fait sa lessive chez lui. C'est à cette conclusion qu'est arrivé l'inspecteur A. W. Hubka.

Dans l'enquête qu'il mène avec le sergent C. C. Forbes sur le meurtre qui s'est déroulé dans la maison inoccupée du 4217, Cromwell Avenue, quartier de Los Feliz, celui-ci déclare en effet avoir trouvé un mouchoir d'homme roulé en boule dans l'évier de la cuisine, tout près du corps. Aucune marque de blanchisserie n'y était visible.

Le Dr Hodel n'envoyait pas son linge à la blanchisserie parce qu'il avait une domestique à demeure, Ellen Taylor, et que celle-ci faisait la lessive et le ménage. Voilà pourquoi tout comme celui retrouvé près du corps de Gladys Kern, et peut-être sur les scènes de crime des assassinats de Jeanne French et de Marian Davidson Newton, ses mouchoirs ne pouvaient avoir de marques de blanchisseur susceptibles d'aider les enquêteurs.

Ora Murray, Gladys Kern et Georgette Bauerdorf ne sont jamais que trois des femmes assassinées à la même époque que le Dahlia noir, tous ces meurtres étant, à mon avis, à relier dans la mesure où le suspect s'y conduit d'une manière identique, les témoins s'accordent dans leurs signalements et les victimes sont du même genre.

Tout aussi convaincants sont les assassinats de Mimi Boomhower et de Jean Spangler : eux aussi se déroulèrent à Los Angeles dans ces mêmes années – celles marquées par le meurtre du Dahlia noir. Tout comme les trois crimes mentionnés plus haut, ils laissent des empreintes de pensée bien distinctes, voire absolument uniques.

24

Les assassinats-kidnappings
de Mimi Boomhower et Jean Spangler

Mimi Boomhower (18 août 1949)

C'est dans leurs éditions du matin du 24 août 1949 que les journaux de Los Angeles signalent la disparition de Mimi Boomhower. Grande mondaine du quartier de Bel Air et «héritière de premier plan», Mimi Boomhower aurait, selon eux, disparu de sa demeure six jours plus tôt. Mimi, que ses amis appellent «la Veuve joyeuse» à cause de sa passion pour «les folles soirées» et autres fêtes données dans divers night-clubs d'Hollywood, vit seule depuis la mort de son mari en 1943. Les inspecteurs du LAPD qui se présentent chez elle découvrent que toutes les lumières sont restées allumées, que sa voiture se trouve toujours au garage, que le réfrigérateur est plein de légumes frais et qu'on lui a, dès le lendemain de sa disparition, livré les articles qu'elle avait commandés dans divers magasins. Le chef des inspecteurs Thad Brown publie une déclaration dans laquelle il dit notamment: «Nous ne savons tout simplement pas ce qui lui est arrivé.»

C'est un témoin anonyme qui a retrouvé le sac à main blanc de la victime dans une cabine téléphonique du supermarché du 9331, Wilshire Boulevard, à Beverly Hills. Sur ce sac un mot a été écrit à la main en grands caractères:

POUR LA POLICE –
ON A TROUVÉ ÇA À LA PLAGE JEUDI SOIR

En établissant l'emploi du temps de Mimi Boomhower, la police apprend que la dernière personne à l'avoir vue vivante est son directeur commercial, Carl Manaugh – celui-ci lui a parlé à son bureau d'Hollywood le jeudi 18 août dans l'après-midi. D'après Manaugh, Mme Boomhower lui aurait dit avoir l'intention de «retrouver un monsieur chez elle à 19 heures», monsieur qui, toujours selon Manaugh, serait susceptible de lui acheter son château. Un article publié dans le *Mirror* révèle que «la police écarte certaines rumeurs selon lesquelles un joueur au visage balafré aurait été très en colère après Mme Boomhower lorsque celle-ci aurait refusé de lui vendre sa demeure pour en faire un casino».

Un suspect, que le journal désigne sous le nom de «Tom E. Evans, ancien trafiquant de drogue et ex-hôte d'accueil à bord du casino flottant de Tony Cornero» doit être «interrogé aujourd'hui au commissariat de Los Angeles Ouest».

Joueur professionnel, Tom Evans a un casier judiciaire à Los Angeles depuis le début des années 20. Il a notamment été arrêté pour vol et trafic d'alcool et condamné pour «écoulement d'opium». Ancien associé et employé de Tony Cornero – véritable empereur du vice de Los Angeles, celui-ci est propriétaire d'un casino flottant –, Evans est bien connu du LAPD, qui lui a interdit de remettre les pieds en ville après que ledit Cornero a été blessé par balle à Hollywood en 1948. L'agresseur de Cornero n'a jamais été identifié ou arrêté.

Après son identification dans le journal, Evans est interrogé par la police et déclare: «Bien sûr que j'étais au bar de l'hôtel la semaine dernière... j'y suis tous les jours.» Emmené au commissariat de la division de Los Angeles ouest, il nie connaître la victime. Pour les inspecteurs, qui en font part à la presse, Evans «a le nez propre et il y a des chances pour que quelqu'un lui en ait voulu». Ils ajoutent avoir reçu d'innombrables tuyaux et coups de fil anonymes et se trouver à la tête d'une liste de quatre-vingts suspects possibles. En menant mon enquête, j'apprendrai plus tard que Tom Evans n'était pas seulement le garde du corps de Tony Cornero, mais aussi une connaissance, voire un associé de mon père depuis 1925.

Après avoir interrogé les amis et associés de Mme Boom-hower, la police découvre qu'à peine quelques jours avant sa disparition la victime a par mégarde laissé entendre à son fourreur William Marco qu'« elle est secrètement mariée ». Elle ne peut pas lui passer commande de la fourrure qu'elle envisage d'acheter parce qu'« il faut d'abord que j'en parle avec mon mari ». D'après Marco, Mimi Boomhower se reprend aussitôt et précise : « J'en parle avec ma famille et je reviens. »

Le seul indice important rendu public est le sac à main de la victime – sac à main qui, d'après les techniciens de la police, ne contient aucun grain de sable permettant de confirmer qu'on l'aurait effectivement trouvé à la plage. La police pense au contraire qu'il a été laissé dans la cabine du téléphone par le suspect en personne : la cabine téléphonique n'est qu'à quelques kilomètres de la mai-son de la victime et le sac a été découvert quelques heures à peine après l'enlèvement. Un citoyen qui aurait voulu fournir anonymement un élément de preuve à la police y aurait plus vraisemblablement joint un mot.

Le 30 septembre 1949, le tribunal déclare que Mimi Boomhower est morte, mais jusqu'à ce jour son corps n'a jamais été retrouvé et, toujours pas résolue, l'affaire dort encore dans les dossiers du LAPD.

Les preuves matérielles

Comme je l'ai déjà indiqué, il est tout à fait inhabituel qu'un témoin écrive un message sur le sac à main de la victime. En général, les gens qui font ce genre de décou-vertes attachent un billet à l'élément de preuve. Les trois plus grands journaux de Los Angeles – le *Times,* le *Herald*

Express et l'*Examiner* – se contentent de reproduire le texte du message. Seul le *Los Angeles Mirror* publie une photo de l'objet, cela afin de montrer comment le message se présentait matériellement.

25 août 1949

Quelque temps plus tôt, j'avais envoyé à Hannah McFarland les pièces de comparaison et les pièces de question ayant trait aux assassinats du Dahlia noir et de Jeanne French. Parvenu à ce point de mon enquête, soit en septembre 2000, je lui envoyai une copie de cette photo et l'informai seulement que le texte de question avait été écrit sur le sac à main en 1949 et que, pour la police, ce dernier était en cuir. Sur la photo ci-dessous (celle qui parut dans le journal), Hannah McFarland a porté un certain nombre de flèches pour expliquer les divers points de son analyse.

Pièce à conviction n° 59

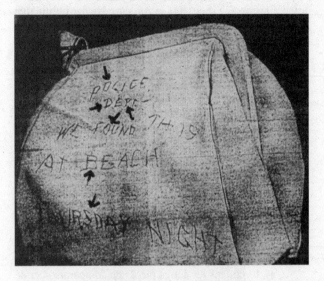

*Le sac à main de Mme Boomhower
– pièce de question n° 10*

Voici sa réponse :

28 septembre 2000
Re : analyse de la pièce de question 10.

Message sur sac à main

Cher M. Hodel,

Vous m'informez que la pièce de question n° 10 a
été écrite sur un sac à main en cuir. Cette pièce, qui
date de 1949, présente trois caractéristiques qu'on
retrouve dans les autres pièces de comparaison et de
question :

425

1) Les « O » de *police* et de *found* sont inclinés à gauche. C'est ce « O » qu'on retrouve dans les pièces de comparaison n° 1 et 5 et les pièces de question n° 2, 8 et 9.

2) La pièce de question n° 10 présente des lettres avec traits horizontaux qui partent loin sur la gauche du corps de la lettre. On retrouve cette caractéristique dans les lettres « D » et « P » de *dept* et dans le « B » de *beach*. On la trouve aussi dans les pièces de comparaison n° 1 et 2 et les pièces de question n° 7 et 8.

3) Le « S » de *Thursday* dans la pièce de question n° 10 présente un trait droit au milieu de la lettre, ce trait se transformant en un angle à chaque extrémité. Ce « S » se retrouve dans les pièces de comparaison n° 1, 5 et 6 et les pièces de question n° 2, 7 et 9.

La présence de ces trois caractéristiques individuelles qu'on retrouve dans la pièce de question n° 10 et dans les autres pièces de comparaison et de question me porte à penser que c'est la même personne qui a écrit les autres pièces de comparaison et de question.

Les différences entre la pièce de question n° 10 et les pièces de comparaison s'expliquent par les altérations volontaires (irrégularités) apportées à la pièce de question n° 10.

Il n'est pas impossible que la difficulté qu'il y a à écrire des majuscules d'imprimerie sur un sac en cuir explique certaines des différences relevées entre la pièce de question n° 10 et les pièces de comparaison.

L'analyse graphologique de Hannah McFarland relie de façon irréfutable l'écriture de George Hodel telle qu'on la voit sur le sac à main au meurtre de Mimi Boomhower, énième victime dans la série de femmes seules qui se firent assassiner à la fin des années 40.

Un mois après la disparition de Mimi Boomhower, celui qui voulait se venger du Dahlia noir frappait à nouveau.

L'enlèvement-assassinat de Jean Spangler

Le mardi 11 octobre 1949, le *Los Angeles Daily News* avait pour une :

PAR CRAINTE D'UN NOUVEAU MEURTRE
DU TYPE DAHLIA NOIR 200 POLICIERS
SE LANCENT À LA RECHERCHE D'UNE ACTRICE

La victime, une actrice de premier plan, a été enlevée en plein Hollywood, des indices retrouvés dans le parc de Fern Dell poussant la police à lancer deux cents hommes à la recherche de son cadavre.

Âgée de vingt-sept ans, Jean Elizabeth Spangler est une actrice en passe de devenir une véritable star. Belle, intelligente et pleine de promesses et de vitalité, elle est très aimée des milieux de l'industrie du cinéma et de la toute nouvelle télévision, où elle vient de commencer à travailler.

L'article passant en première page du *Daily News* en début de semaine, les autres journaux locaux ne tardent pas à se lancer sur la piste à leur tour. Les manchettes sinistres se multiplient rapidement : « Le mystère Spangler s'épaissit », « Message sibyllin dans la mystérieuse disparition de l'actrice », « La danseuse avait un rendez-vous secret avec la mort », « Le cadavre de la vedette est activement recherché ; on craint un parallèle avec le meurtre du Dahlia noir », « L'actrice de télévision serait victime d'un crime sexuel ».

L'échec lamentable de la police soumettant les services du district attorney à des pressions grandissantes, le chef Thad Brown réunit tous les inspecteurs des Homicides et déclare à la presse que tout semble « indi-

427

quer que la disparition [de l'actrice] est due à une mort violente ». Le drapeau rouge de l'assassinat est levé.

L'affaire Spangler présente un problème intéressant aux inspecteurs des Homicides lorsque, en remontant dans son passé, ceux-ci s'aperçoivent qu'elle a plusieurs fois croisé le chemin d'Elizabeth Short. De fait même, elle aurait travaillé comme danseuse aux Florentine Gardens de Mark Hansen.

C'est en juin 1941 que Jean Elizabeth Spangler épouse Dexter Benner, soit six mois avant le début de la Deuxième Guerre mondiale. Une fille, Christine, naît de leur union le 22 avril 1944. Peu après cette naissance, Benner est appelé à servir et envoyé dans le Pacifique sud.

D'autres documents en possession des tribunaux montrent que Jean a demandé à son mari d'entamer une procédure de divorce en 1943, soit avant sa grossesse et la naissance de Christine. A l'époque, elle précise à son avocat qu'elle « ne veut pas paraître devant la cour » et lui révèle ses infidélités avec un « beau lieutenant de l'aviation » qu'elle a l'intention d'épouser. Elle reconnaît sans difficulté avoir « une liaison avec ce pilote » et « vivre de temps en temps avec lui dans un motel de Sunset Boulevard ». En 1943, soit quelques mois après avoir fait ces révélations, Jean tombe enceinte et se réconcilie avec son mari, leur fille, Christine, naissant au mois d'avril suivant. D'autres documents en possession des tribunaux montrent qu'après que Dexter a été expédié outre-mer, Jean recommence à voir le « lieutenant Scott ». Elle en avertit son mari dès qu'il rentre, le couple se séparant aussitôt pour divorcer. Après leur séparation, Jean et Dexter se lancent dans une grande bagarre pour obtenir la garde de l'enfant, la cour finissant par l'accorder entièrement à Jean.

Albert Pearlson, l'avocat de Jean Spangler, devait déclarer plus tard (après l'enlèvement et la disparition de sa cliente en 1949) que « pendant toute la durée de leur liaison, Scott la battait et menaçait de la tuer si jamais elle le quittait ». Dans ces mêmes documents du tribunal, le lieutenant de l'aviation est décrit comme « un homme grand et beau, d'environ un mètre quatre-vingts, élancé et présentant bien ». Jean Spangler refusera toujours de révéler son nom à la cour. Après la disparition de l'actrice, son avocat indiquera qu'il n'arrive plus à se rappeler son nom, mais que « tout le monde l'appelait Scottie, tout simplement ».

Sentant un nouveau meurtre à la Dahlia noir dans l'air, les journaux lancent vite tous leurs reporters sur l'affaire. Voici la chronologie de leurs découvertes telle que j'ai pu la reconstituer.

Mercredi 5 octobre 1949

Alors qu'elle travaille avec lui dans les studios de la Columbia Pictures, Jean Spangler dit à l'acteur Robert Cummings « qu'elle s'est lancée dans une nouvelle aventure » et qu'elle s'amuse comme une folle. Mais elle ne lui dit pas le nom de son nouvel amant.

Jeudi 6 octobre 1949

L'inspecteur du LAPD en charge de l'enquête W. E. Brennan déclare à la presse que « Mlle Spangler est sortie avec un homme la veille de sa disparition ». Des journalistes apprennent en outre qu'un couple ami de la victime a brièvement parlé à cette dernière devant le Hollywood Ranch Market. On a vu Jean Spengler assise avec « un homme bien habillé âgé d'une trentaine d'années » dans une conduite intérieure noire garée dans le parking du Ranch Market. Un petit moment plus tard, des témoins voient Spangler et son compagnon debout devant un stand de hot dogs, juste en face du studio où vivent Man Ray et son épouse Juliet, soit à environ quinze cents mètres de la Franklin House.

Vendredi 7 octobre 1949. 17 h 30-19 h 30

Jean Spangler quitte son appartement d'Hollywood (6216, Colgate Avenue) à 17 h 30 après avoir dit à sa belle-sœur Sophie Spangler, qui garde Christine, qu'elle rentrera bien ce soir-là, mais tard. Jean appelle à l'appartement deux heures après, vers 19 h 30, pour voir si tout va bien pour sa fille, parle brièvement avec sa belle-sœur et lui confirme à nouveau qu'elle rentrera ce soir-là.

Samedi 8 octobre 1949. 13 h 30

Le témoin Terry Taylor – propriétaire du Cheese Box Restaurant sis au 8033, Sunset Boulevard, à Hollywood, il connaît personnellement la victime –, se rappelle l'avoir vue assise à une table de devant avec un homme dont il donne le signalement suivant : « trente-trente-cinq ans, cheveux bruns, bien habillé, assez grand, de constitution moyenne ». Ce renseignement est confirmé par un deuxième témoin, Joseph Epstein. Celui-ci vendait des journaux devant l'établissement et déclare lui aussi avoir vu Jean Spangler à cet endroit samedi matin, aux environs de 2 heures.

2 heures du matin

Le témoin Al Lazaar, dit « le sheik », vedette de la radio qui enregistre son émission en direct du Cheese Box Restaurant, déclare avoir vu Jean Spangler en compagnie de deux hommes qu'il ne connaît pas. Il s'approche du trio pour les interviewer et s'aperçoit que « Miss Spangler semble se disputer avec eux ». En le voyant se diriger vers leur table un des deux hommes lui fait signe qu'il n'a aucune envie de lui parler et « le sheik », selon ses propres mots, « fait aussitôt demi-tour sans essayer de les interviewer ».

9 heures du matin

Jean Spangler n'étant toujours pas rentrée, sa belle-sœur, qui craint un acte criminel, finit par contacter le LAPD et remplit une demande de recherche de personne disparue. Dexter Benner passe prendre sa fille à l'appartement de son ex-épouse et l'emmène chez lui. Il a l'intention de la ramener dès le lendemain.

Dimanche 9 octobre 1949

Le dimanche 9 octobre au matin, le sac à main de Jean Spangler est retrouvé par terre, à trois mètres de la chaussée, juste à l'entrée du parc de Fern Dell – c'est-à-dire à l'endroit exact où pendant l'été 1949 mon père nous lâchait, mes frères et moi, pour que nous allions nous amuser tandis qu'il gagnait son bureau du centre-ville ou partait faire des visites à domicile. Le parc se trouve à exactement neuf cents mètres de la Franklin House. C'est un employé du parc, Hugh Anger, qui appelle la police après avoir trouvé le sac à main.

La poignée a été arrachée et le sac déchiré, ce qui indique qu'il y a eu lutte. Un petit mot écrit au crayon par la victime est découvert dans le sac :

Kirk,
Je ne peux pas attendre plus longtemps. Vais voir le Dr Scott.
Ça ira mieux comme ça, pendant que Maman n'est pas là.

La manchette du *Daily News* du 11 octobre 1949 proclame : « On craint un parallèle avec le meurtre du Dahlia noir », le journaliste se demandant s'il n'y a pas lieu de relier la disparition de Jean Spangler à d'autres assassinats :

431

… certains des policiers qui enquêtent sur l'affaire inclinent à penser qu'elle pourrait être la dixième victime d'une série de meurtres de femmes toujours pas résolus. Ce massacre avec mutilations a commencé avec le très célèbre assassinat du Dahlia noir en 1947, époque à laquelle on retrouva le corps torturé et horriblement déchiqueté de la brune Elizabeth Short dans un terrain vague envahi de mauvaises herbes.

Tout comme dans la disparition de Jean Spangler, un sac à main apparaît dans l'affaire du Dahlia noir, un inconnu l'envoyant à la police qui enquête sur le sort mystérieux de la victime.

Et, plus récemment, un sac à main contenant un petit mot a aussi été retrouvé dans l'affaire toujours pas résolue de la disparition de Mimi Boomhower, la très riche et très aguichante veuve de Bel Air.

La mère de Jean, Mme Florence Spangler, est partie rendre visite à des parents dans le Kentucky lorsqu'elle apprend la disparition de sa fille. Elle rentre aussitôt en Californie et, aux dires des inspecteurs, leur donne le nom d'un homme qu'elle pense être l'auteur du crime. Le *Daily News* déclare en première page de son numéro du 12 octobre 1949 que «La mère de l'actrice est sûre que sa fille a été assassinée», l'article précisant notamment :

> Convaincue que sa fille a été assassinée, la mère de l'actrice de cinéma Jean Spangler, qui a très mystérieusement disparu il y a cinq jours, a donné à la police le nom de l'homme qui, à ses yeux, est responsable du meurtre : «Je suis sûre que cet homme a payé quelqu'un pour liquider ma fille», nous a déclaré Mme Florence Spangler de retour d'un voyage dans le Kentucky.
>
> La police refuse de divulguer ce nom, mais déclare avoir déjà longuement interrogé le suspect.

Menées à pied et à cheval, les recherches entreprises par quelque deux cents policiers du LAPD restent sans résultat. Le corps de la victime ne sera jamais retrouvé et la police ne révélera jamais non plus le nom que lui a donné Florence Spangler lors des interrogatoires auxquels elle a été soumise après la disparition de sa fille. Bien qu'aucun progrès ne soit enregistré dans l'enquête, le chef Thad Brown – et ce geste a plus à voir avec l'image du LAPD qu'avec l'investigation elle-même – interroge l'acteur Kirk Douglas pour s'assurer qu'il n'est pas le « Kirk » mentionné dans le billet. Kirk Douglas déclare n'avoir pas connu personnellement la victime et ne pas être en mesure de fournir quelque renseignement que ce soit sur sa disparition. Le 13 octobre 1949 – soit six jours après le début de l'enquête –, les inspecteurs du LAPD arrêtent à nouveau Tom Evans. Motif purement technique, ils l'inculpent de vol après l'avoir trouvé en possession d'une grosse somme d'argent en liquide alors qu'il « n'a visiblement pas les moyens de gagner sa vie ».

Les journaux font aussitôt savoir qu'Evans est en détention provisoire pour vol et que ce sera le nouveau patron des Vols et Homicides, le capitaine Jack Donahoe, qui l'interrogera en personne pour les affaires Spangler et Boomhower. Donahoe dit alors à la presse : « Nous n'avons rien qui le relie à l'un ou l'autre de ces meurtres, mais nous savons qu'il manipule souvent les femmes pour obtenir de l'argent. » La photo d'Evans est publiée en bonne place dans trois journaux locaux, mais le suspect nie encore une fois avoir le moindre lien avec ces deux crimes. « Ces femmes, dit-il, je ne les connaissais ni l'une ni l'autre. Je vois assez bien la police me coller l'assassinat de Robin des Bois sur le dos. Je suis sur une affaire de sucre et de chanvre aux Philippines et je me doute bien que toute cette publicité va casser mon deal à Manille. » A l'adresse des journalistes, il précise encore qu'une précédente arrestation par le LAPD le mois d'avant (affaire de Mimi Boomhower) lui a déjà « bousillé un deal à Las Vegas ». C'est « un inspecteur du

LAPD à la retraite, qui travaille maintenant comme privé» qu'il accuse de lui causer tous ces ennuis.

Ainsi qu'il l'avait prédit, aucune charge ne sera retenue contre lui dans le meurtre de Jean Spangler et, bien que la presse fasse sans arrêt pression sur le LAPD pour que celui-ci résolve enfin l'affaire, tout comme dans les enquêtes sur les assassinats du Dahlia noir et de Jeanne French, la traque du meurtrier ne donnera rien.

Cela étant, un certain nombre d'articles font état de fortes dissensions au sein du LAPD sur la manière dont est traité le dossier Spangler – et plus précisément sur la façon dont la police cherche ce «Scott» dont Spangler parle dans son billet. On peut ainsi lire dans le *Los Angeles Times* du 12 octobre 1949 :

> Hier, les enquêteurs se sont réunis avec la hiérarchie pour discuter de l'affaire. Se sont notamment retrouvés le chef Thad Brown, l'inspecteur Hugh Farnum, le capitaine Harry Elliott de la brigade centrale des Homicides, le lieutenant Harry Didion, commissaire divisionnaire de Wilshire, et les inspecteurs M. E. Turlock et William Brennan en charge du dossier. A l'issue de cette réunion, Didion nous a déclaré que l'enquête confirmait l'existence d'un certain «Scotty» ou «Dr Scott» que Miss Spangler et sa bande d'habitués des night-clubs auraient bien connu. «Ce qui ne l'est malheureusement pas, c'est l'endroit où se cache cet individu», a ajouté le lieutenant.

Chargés de traquer et tenter d'identifier ce «Dr Scott», les inspecteurs du Gangster Squad[1] diront plus tard avoir vérifié les identités de six «Dr Scott» différents durant leur enquête, mais sans trouver celui dont parlait Spangler dans son billet, aucun de ces messieurs ne disant connaître la victime ou avoir eu des relations avec elle. De la même manière, les inspecteurs du

1. Équivalent du grand banditisme *(NdT)*.

LAPD diront n'avoir jamais pu identifier le moindre individu ou ami de Jean Spangler comme étant le «Kirk» auquel elle avait adressé son message.

Dans cette affaire, je crois que le vrai «Scottie» – celui qui deviendra plus tard le «Dr Scott» – pourrait très bien être un George Hodel qui colle parfaitement avec tout ce qu'on sait de ce mystérieux personnage. Tout comme George, le fiancé d'Elizabeth Short, et le petit ami de Georgette Bauerdorf, le Scottie de Jean Spangler est un lieutenant de l'armée de l'air originaire du Texas. C'est aussi pendant les années de guerre (le mari de la belle est alors stationné dans le Pacifique) qu'il a une aventure avec elle. Et ils ont tous les deux partagé une chambre de motel dans le Strip. Il est, en plus, grand et beau et ne cesse d'agresser Jean Spangler et de se montrer extrêmement jaloux et violent avec elle.

A cause de cette aventure et des menaces que son amant profère à son encontre, Jean Spangler se voit contrainte de tout avouer à son mari – avec les conséquences que l'on sait. Dans son premier entretien avec les inspecteurs du LAPD, Mme Florence Spangler donne le nom du petit ami de sa fille, ce «Scott» qui, violent lieutenant dans l'armée, a joué un rôle capital dans le divorce de Jean. Les inspecteurs ne révéleront jamais son nom et diront même «douter qu'il ait un lien [avec l'affaire]».

Mais, parce qu'ils travaillent dans différents bureaux, certains inspecteurs du LAPD vont, sans le savoir, fournir des renseignements contradictoires sur ce «Scottie» ou «Dr Scott». D'un côté, on trouvera des inspecteurs du Gangster Squad de la division des Homicides pour dire avoir vérifié les identités de tous les «Dr Scott connus à Los Angeles et avoir été incapables de trouver le moindre docteur de ce nom ayant eu des relations avec Mlle Jean Spangler», mais, de l'autre, un lieutenant inspecteur Harry Didion pour qui l'enquête «confirme l'existence d'un certain "Scotty" ou "Dr Scott" que Miss Spangler et sa bande d'habitués des night-clubs ont bien connu. Ce qui ne l'est malheureusement pas, c'est l'endroit où se cache cet individu », ajoute-t-il.

Qui dit la vérité ? Plus grave, qu'est-il advenu du suspect dont la mère de Jean Spangler a donné le nom à la police ? S'agissait-il de George Hodel ? Jean Spangler a-t-elle été assez intime avec mon père pour avoir eu connaissance de tout ce qui avait trait à Tamar et au procès en inceste et menacer de le charger en apprenant son arrestation ? Sa dispute publique avec les deux inconnus et sa disparition quelques minutes plus tard (quelques heures à peine après l'arrestation et la remise en liberté sous caution de mon père) ont-elles un lien, et lequel ?

En admettant que ce « Scottie » soit mon père, qu'est-ce que Jean Spangler pouvait bien savoir d'autre sur lui qui la mette en danger ? Était-elle donc la petite amie de 1944 dont me parlait mon demi-frère Duncan lorsqu'il me disait : « Je me rappelle qu'après avoir cessé de sortir avec Kiyo vers 1942, il a commencé à voir une autre femme. Je crois qu'elle s'appelait Jean Hewett. C'était une jeune actrice d'une beauté à tomber raide. »

A mon corps défendant, je suis aussi bien obligé de me demander si ce très insaisissable Scottie ne pourrait pas être le vrai père de Christine. Celle-ci serait-elle le fruit de l'aventure hollywoodienne que Jean eut avec mon père ? Cette aventure dont Jean reconnaît l'existence en 1943 s'est-elle terminée par une grossesse ? Se pourrait-il que Christine soit ma demi-sœur et que, encore en vie quelque part, elle n'ait que des souvenirs très fragmentaires de sa mère et de sa grand-mère ?

Ou peut-être les choses se sont-elles passées exactement comme elles semblaient être en surface, Jean Spangler ne rencontrant mon père que quelques jours avant son enlèvement-assassinat et s'amusant effectivement « comme une folle » lorsqu'elle le rapporta à l'acteur Robert Cummings. Et si ce mystérieux lieutenant Scott dont elle se donne un mal de chien à cacher l'identité pendant la guerre était un autre amant, quelqu'un qui n'avait aucun rapport avec les événements de 1949 ?

Peut-être le très anonyme « lieutenant Scott » et l'invisible « Dr Scott » ne sont-ils que coïncidences dans la courte vie de Jean Spangler. Cela dit, il est tout aussi possible que ces deux hommes n'en aient fait qu'un et qu'en apprenant l'arrestation de mon père pour inceste le 6 octobre, Jean Spangler l'ait retrouvé après sa remise en liberté sous caution et qu'elle l'ait menacé de révéler certains faits accablants à la police. Deux hommes – Sexton et mon père – se disputent avec elle dans un restaurant d'Hollywood aux premières heures du 8 octobre et la voilà qui disparaît – à jamais.

A ceci près que, comme nous le verrons, Jean Spangler ne disparaît pas « sans laisser de traces » et que, de fait, ce sont des éléments de preuve très importants qu'elle laisse dans son message. Tout se passe en effet comme si elle voulait nous dire ceci d'outre-tombe : « Cherchez du côté de "Kirk" et du "Dr Scott", car ce sont eux qui vous aideront à trouver mon assassin. »

25

Le sergent Stoker, le Gangster Squad du LAPD et le réseau d'avortement

Englué dans les intrigues machiavéliques et la corruption systématique qui régnait dans les plus hautes sphères de la hiérarchie policière et qui devait mettre fin à sa carrière de policier, le sergent Charles Stoker fournit sans le vouloir des renseignements qui, cinquante ans plus tard, permirent de relier les inspecteurs du Gangster Squad du LAPD et leurs supérieurs à l'étouffement délibéré de l'affaire du Dahlia noir et de la série d'assassinats à caractère sexuel dont furent victimes nombre de femmes dans les années 40 et après. Stoker ne devait jamais se douter de l'influence et de l'efficacité qui furent les siennes en sa qualité de flic honnête tentant de combattre la corruption dans la police. Dans son ouvrage *Thicker'n Thieves* [1], il nous raconte son enquête personnelle en des termes tels que je pus enfin démêler le mystère qui entourait la manière dont mon père parvint à échapper à la justice. C'est surtout en lisant le chapitre intitulé « Le réseau d'avortement de la Cité des Anges » que je compris ce qui avait poussé le LAPD à étouffer l'affaire du Dahlia noir et pourquoi, plutôt que de le traîner devant les tribunaux, les grands patrons de la police de l'époque prirent la décision d'aider George Hodel qui, ils le savaient pourtant, était un tueur en série parfaitement identifié, à fuir les États-Unis.

Le sergent Stoker était un policier des Mœurs très réglo, idéaliste et qui ne rigolait pas. Pour lui, le LAPD

---

1. Soit « Comme larrons en foire » *(NdT)*.

était ce qu'il y avait de mieux au monde en matière de police. Malheureusement, au printemps et à l'été 49, sa naïveté lui valut un rappel sévère à la *realpolitik* qui non seulement lui fit perdre confiance en l'efficacité de l'organisme sur lequel il en était venu à compter, mais le priva aussi de son travail et de toute sécurité, ternit à jamais son nom et le laissa tragiquement désillusionné sur les hommes et les institutions de la cité. Il avait raison, mais mourut sans que personne le reconnaisse publiquement.

Entré dans la police en mai 1942, Charles Stoker est brièvement affecté à la patrouille avant d'être transféré aux Mœurs. Intelligent, sensible et honnête, il est entouré de coéquipiers qui se servent au passage et exigent leur part dans un système qui non seulement tolère la corruption, mais l'encourage. Stoker, lui, refuse de se servir, position qui n'est ni populaire ni facile chez les inspecteurs en civil, surtout aux Mœurs où l'argent arrange bien les choses à tous les échelons économiques, et plus particulièrement dans le domaine du sexe illicite tel qu'il est organisé par les cartels du crime de Los Angeles. La probité intransigeante de Stoker inquiète nombre de ses collègues, qui le traitent comme une espèce de curiosité et s'efforcent de ne rien dire ou faire en sa présence qui pourrait l'obliger à écrire un rapport sur leurs activités délictueuses.

Cela étant, ce qu'ignorent ces officiers et le reste du LAPD, c'est que Stoker est bien plus qu'un flic honnête : de fait, c'est un croisé, quelqu'un pour qui le travail de policier – surtout au LAPD – doit être au-dessus de toute considération de basse politique. Ce sont ce zèle et ce respect de l'organisme policier qui, en plus de sa ténacité, le feront aller à l'affrontement avec sa hiérarchie corrompue et ce, jusqu'au plus haut de la chaîne de commandement – soit jusqu'au chef de police adjoint et ses homologues de la mairie. Son refus de baisser les armes fut aussi ce qui fit de lui la cible de nombre de politiciens haut placés à la mairie et dans les bureaux du district attorney.

Les ennuis de Stoker commencent en 1949 avec l'arrestation de la reine du vice, Brenda Allen, celle que les journaux appellent «la mère maquerelle d'Hollywood» ou «la reine de cœur». A la tête d'une écurie de cent quatorze prostituées, elle soudoie aussi bien les policiers des Mœurs que ceux qui les dirigent et supervisent des enquêtes à l'échelon de la ville entière. La division d'Hollywood est celle que Brenda doit absolument corrompre dans la mesure où c'est là qu'elle vit et opère. Ses revenus mensuels lui permettent d'arroser généreusement les amis qu'elle s'est faits à la mairie et de contribuer au fonds de soutien à la police. Tant à la mairie qu'au LAPD, les officiels se sont tellement habitués à ce pactole qu'ils comptent sur des versements réguliers provenant de cette corruption.

Outre l'arrestation de Brenda Allen par Charles Stoker, les journaux révèlent que le LAPD – et ce sans mandat des tribunaux – s'est permis de mettre sur écoute la résidence du gangster Mickey Cohen à Hollywood. Le haut commandement du LAPD est même tellement sans gêne qu'en 1948 un certain nombre d'officiers spécialisés dans l'écoute électronique se sont déguisés en ouvriers du bâtiment et ont installé des micros dans la maison de Cohen au moment de sa construction. Pendant plus d'un an, les officiers du LAPD maintiendront ainsi une surveillance audio de toutes les opérations dirigées par Cohen. Ils enregistreront toutes les allées et venues de ses nervis, mais aussi celles de ses invités, au nombre desquels des agents de l'État, des officiers de police, des enquêteurs et des employés du district attorney. C'est après avoir ainsi rassemblé une année de «renseignements» que plusieurs officiers des Mœurs particulièrement entreprenants iront voir Cohen en 1948 pour lui demander un pot-de-vin sous la forme de vingt mille dollars de contribution «à la campagne électorale». Tout cela devait être dévoilé l'année suivante, cette enquête menaçant de faire tomber tout le LAPD.

En mai 1949, Stoker témoigne en secret devant un jury

d'accusation, auquel il révèle tout ce qu'il a découvert sur la corruption active et passive des plus hautes autorités du LAPD. Dûment averti qu'un tel geste risque de compromettre sa carrière, voire de ruiner sa vie, il tire quand même la sonnette d'alarme et persiste dans ses accusations. Les journaux reniflent le scandale et pendant des mois y consacrent leurs manchettes. Suite au témoignage de Stoker, Clemence Horrall, le chef de police de l'époque, son adjoint Joe Reed, un lieutenant et plusieurs sergents seront inculpés de parjure. On s'attend à ce que bien d'autres le soient à leur tour, la rumeur voulant que Mickey Cohen, le gangster le plus connu de Los Angeles, soit prêt à parler au jury d'accusation de 1949. On pense qu'il dévoilera la corruption qui sévit non seulement dans les plus hautes sphères du LAPD, mais encore au bureau du district attorney et dans les services du shérif, tous organismes chargés avec le LAPD de mettre un terme aux activités de Brenda Allen. Son témoignage devrait confirmer tout ce qu'a déjà déclaré Stoker – et plus encore.

Mais Cohen est contraint de revoir sa position. A 3 heures du matin, le 20 juin 1949, lui et son entourage – dans lequel on trouve son premier nervi, le gangster new-yorkais Neddie Herbert, l'enquêteur en chef du state attorney Harry Cooper (il a reçu pour consigne de protéger Cohen contre lequel, d'après certaines rumeurs, un assassinat serait projeté), la journaliste Florabel Muir et l'actrice Dee David – sortent du Sherry, le grand bar à cocktails de Sunset Boulevard où, c'est de notoriété publique, se retrouvent tous les gangsters du coin. L'établissement est géré par son propriétaire, le très pittoresque ex-inspecteur de police new-yorkais Barney Rudtisky. C'est là qu'au moment où tous sont en train de se souhaiter bonne nuit sur le trottoir des coups de feu sont tirés sur eux. Cohen, Neddie Herbert, Harry Cooper et Mlle David sont touchés. Bien que sérieusement blessés, l'actrice et l'agent Cooper en réchapperont. Herbert, lui, mourra deux jours plus tard. S'il n'a été que légèrement blessé à l'épaule droite, Cohen semble avoir les cordes vocales en mauvais état. Le contrat n'a pas réussi, mais Cohen, qui est d'habitude toujours prêt à parler, refuse de déposer de quelque façon que ce soit sur les agissements de la police, privant ainsi le jury d'accusation de tout renseignement et matière à inculpation.

Cohen se rétractant, tous ceux qui auraient pu vouloir se mouiller gardent brusquement le silence. Et personne ne désirant corroborer ses accusations dans les hautes sphères, Stoker se retrouve seul. C'est maintenant à lui d'être visé. Son ancienne coéquipière s'empresse de témoigner contre lui et dit s'être trouvée avec lui alors qu'il procédait au cambriolage d'un immeuble de bureaux. Elle prétend aussi qu'il aurait dérobé un chèque de remboursement de travaux. Aussitôt arrêté, Stoker est mis en détention et accusé de vol aggravé. Il a heureusement un alibi en béton pour l'heure à laquelle son ancienne coéquipière dit s'être trouvée avec lui et le tribunal a tôt fait de le déclarer innocent.

Mais le LAPD fait corps et l'accuse de « conduite inacceptable pour un officier de police » et d'insubordinations diverses. Le premier chef d'accusation est assez nébuleux pour couvrir à peu près tout ce qu'on veut, véritable fourre-tout qui permet à la hiérarchie de se débarrasser de n'importe qui n'importe quand et pour n'importe quel motif – pour avoir, par exemple, pris une voiture de fonction pour rentrer chez soi à midi et passer trois quarts d'heure à déjeuner avec sa femme. Sauf que le délit de « conduite inacceptable » est passible de renvoi de la police.

La commission d'enquête – composée de capitaines du LAPD et de gradés d'un rang supérieur, elle est présidée par le chef adjoint des inspecteurs Thad Brown – se réunit rapidement, refusant ainsi à l'affaire d'être mise en attente du jugement sur les accusations de vol. La commission déclare Stoker coupable de violations du droit administratif, l'affaire étant alors présentée au tout nouveau chef de police W. A. Worton, qui devra décider de la peine, celle-ci pouvant aller de la suspension de paiement pour une journée à la radiation des cadres. Le chef Worton examine le dossier et radie Stoker dans l'instant. Après son acquittement dans le procès truqué pour vol et parjure – procès dans lequel les trois quarts des jurés ont conclu au coup monté –, Stoker essaiera de réintégrer la police, mais sa requête sera refusée.

Juste avant sa radiation, soit trois mois avant l'arrestation de mon père pour inceste, le sergent Charles Stoker est cité à comparaître devant le jury d'accusation ; il doit lui révéler tous les aspects de la corruption policière dont il a été témoin lorsqu'il travaillait pour les Mœurs d'Hollywood. Les informations qu'il donne alors vont bien plus loin que le scandale de l'affaire Brenda Allen, les écoutes et la tentative d'extorsion de fonds sur la personne de Mickey Cohen.

Dans son témoignage secret – grâce à des fuites une partie s'en retrouvera quand même dans la presse –, Stoker dit ainsi avoir découvert un réseau d'avortements clandestins géré par des médecins qui achètent leur protection auprès de certains membres du Gangster Squad, une unité spécialisée de la brigade des Homicides[1]. D'après Stoker ce réseau d'avorteurs est composé uniquement de médecins qui s'acquittent tous très régulièrement de leurs « cotisations », ce qui leur permet d'opérer en toute liberté et sans craindre de se faire arrêter.

C'est par l'entremise d'un lieutenant du LAPD en retraite – alors inspecteur du service Santé de l'État de Californie – que Stoker a été mis au courant des activités du réseau. Cet inspecteur lui a dit avoir entendu par-

1. La structure organisationnelle et les devoirs et responsabilités de ce Gangster Squad ont été détaillés dans un précédent chapitre. C'est cette unité spéciale qui, en janvier 1947, devait « assister » les inspecteurs chargés de l'enquête sur le meurtre du Dahlia noir et qui discrédita deux témoins clés, les Johnson, qui avaient formellement identifié l'assassin probable – à savoir ce « M. Barnes » qui s'était présenté à leur hôtel de Washington Boulevard en compagnie d'Elizabeth Short (NdA).

ler de son honnêteté et de la qualité de son travail et avoir besoin de lui parler. En se renseignant sur son passé, Stoker apprend qu'étant lui aussi d'une honnêteté scrupuleuse le bonhomme n'est pas du genre à fermer les yeux, marcher dans les combines ou arrondir les angles.

Cet enquêteur informe donc Stoker que, pour lui et quelques autres de son groupe, certains membres du Gangster Squad – l'unité même qui devait arrêter les gens soupçonnés par le conseil des médecins – protègent des avorteurs en les avertissant qu'ils vont être placés sous surveillance ou encore, s'il faut en arriver à l'arrestation, en étouffant l'affaire avant même que des accusations puissent être formulées officiellement au niveau du district attorney. Ces agissements ne sont repérables que pour les médecins qu'on soupçonne d'être en cheville avec leurs protecteurs du Gangster Squad. Les autres – les sages-femmes, chiropracteurs et tous ceux qui ne sont pas médecins – sont arrêtés et poursuivis ainsi qu'il convient.

Cet inspecteur informe encore Charles Stoker que l'individu qu'on soupçonne d'être le chef du réseau est un certain Dr Audrain, dont le cabinet se trouve en centre-ville, au croisement de la 6e Rue et de Saint Paul Street. Les enquêteurs ont une informatrice qui s'est fait avorter par ce médecin et veulent que Stoker monte une opération d'infiltration du réseau en faisant appel aux services d'un policier femme. Stoker est également informé que celui qui dirige les enquêteurs du service Santé – lui aussi se fait graisser la patte – est en vacances. Lui parti, il y a peu de chances pour que le Gangster Squad ait vent de l'enquête et puisse avertir le Dr Audrain. Les inspecteurs du service Santé demandent donc à Stoker d'enquêter en secret sur ce dernier – ce qui aura pour effet de court-circuiter la procédure habituelle qui veut que les inspecteurs du Gangster Squad soient notifiés de l'opération.

Stoker va voir son supérieur aux Mœurs, le lieutenant Ed Blair, pour l'informer de ce qu'il veut faire et lui explique que les enquêteurs du service Santé demandent son aide parce qu'ils soupçonnent les inspecteurs du Gangster Squad de toucher des pots-de-vin pour protéger des médecins qui pratiquent des avortements illégaux. Comprenant tout de suite que cette initiative va bien au-delà des opérations habituellement assignées à l'officier des Mœurs Charles Stoker, le lieutenant Blair n'en accepte pas moins sa requête, mais lui ordonne « d'y aller doucement et de [le] tenir en dehors de tout ça ».

Se faisant passer pour une « demoiselle qui a des ennuis », un policier femme prend donc rendez-vous avec le Dr Audrain à son cabinet du 1052, 6e Rue Ouest. Aussitôt examinée, elle s'entend dire par une infirmière que « le test est positif » et qu'elle est enceinte[1]. Un deuxième rendez-vous est pris pour la semaine suivante. On lui demande d'apporter deux cent cinquante dollars en liquide et de venir à 7 h 30 du matin. Les avorteurs travaillaient en général de minuit à 9 heures du matin.

La veille du rendez-vous, Stoker est contacté par des inspecteurs des services de Santé qui « tirent une gueule pas possible », ceci pour reprendre l'expression de Stoker. Ils l'avertissent que, leur patron étant rentré plus tôt de vacances, ils se sont vus dans l'obligation de l'informer de l'enquête de Stoker. Le chef leur a bien sûr recommandé d'y aller, mais ils sont certains qu'il va passer un coup de fil au Gangster Squad qui s'empressera de mettre le médecin dans la confidence.

Toujours aussi confiant et optimiste, Stoker décide de mettre quand même son plan à exécution, la « cliente » (avec le soutien de Stoker et de son coéquipier, l'officier Ruggles) se présentant dès le lendemain matin au cabinet du Dr Audrain. Les enquêteurs des services de Santé

---

1. Si un échantillon fut bien pris, aucun test véritable ne fut effectué comme il était de procédure habituelle. La demi-heure de travail valant entre 250 et 500 dollars, il était de bonne gestion financière d'informer toutes ces femmes qu'elles étaient enceintes (NdA).

ne s'étaient pas trompés. Le docteur ayant effectivement été averti, le cabinet est fermé et le restera une semaine entière après l'arrestation prévue. L'enquête se soldant par un échec, Stoker reprend son travail habituel et oublie le réseau des avorteurs.

Au printemps 1949, le problème refait surface. Cette fois-ci, l'inspecteur des services de Santé contacte Stoker pour une affaire dans laquelle c'est une femme médecin (dont Stoker ne dira jamais le nom) qui travaille pour le réseau : elle aurait effectué des avortements dans son luxueux cabinet du quartier du cinéma de Ventura Boulevard, à Sherman Oaks.

Les enquêteurs de l'État ont obtenu le nom du médecin par une ancienne cliente dont ils peuvent se servir pour entrer en matière. Cette fois, ils demandent à Stoker de s'en charger sans les mêler à l'intervention, ce qui leur évitera de devoir en référer à leur supérieur – et leur permettra donc de court-circuiter la brigade des Homicides du LAPD et son Gangster Squad.

Stoker ayant accepté, c'est à nouveau l'agent qui a essayé de se faire avorter par le Dr Audrain qui se fait passer pour une femme enceinte qui a besoin d'aide. Elle rencontre le médecin à son cabinet, celle-ci l'avisant alors qu'elle « ne fait pas d'avortements parce qu'elle n'arrive pas à trouver d'assistant qui convienne ». Elle ajoute néanmoins qu'elle va contacter un autre médecin qui pourra le faire à sa place. Puis elle conseille à l'agent de la rappeler le lendemain pour avoir le nom de cet autre médecin. Le lendemain matin, elle l'informe qu'elle s'est effectivement entretenue avec un autre médecin, Eric Kirk, et que celui-ci a accepté de pratiquer l'avortement – et elle lui donne son numéro de téléphone.

Le sergent Stoker contacte aussitôt l'enquêteur des services de Santé, qui lui apprend que, si l'on soupçonne bien cet Eric Kirk d'être un avorteur, il n'est que chiropracteur et ne fait donc pas partie du réseau. La décision est néanmoins prise de procéder comme prévu et de voir si on ne pourrait pas l'arrêter.

Le policier femme prend rendez-vous, se fait examiner au cabinet de Kirk dans Riverside Drive, est encore
une fois déclarée enceinte suite à la procédure habituelle
et se voit autorisée à prendre rendez-vous pour un avortement qui aura lieu le samedi suivant. Là encore, il lui
est demandé d'apporter deux cent cinquante dollars en
liquide. En consultant l'annuaire téléphonique de Los
Angeles pour l'année 1949, j'ai découvert que le cabinet
de cet Eric Kirk se trouvait alors au 2157, Riverside
Drive, dans North Hollywood. Kirk se dit spécialiste en
« obstétrique et gynécologie ».

Le jour du rendez-vous, les billets sont marqués et le
policier femme conduit au cabinet de Kirk par Stoker et
l'officier Ruggles, ces derniers se mettant en planque une
rue plus loin. Le policier entre au cabinet et en ressort
cinq minutes plus tard pour monter dans une grande
conduite intérieure qui vient de se garer devant la porte.
Planqués assez loin de leur voiture banalisée, Stoker et
Ruggles courent la rejoindre et tentent de retrouver la
conduite intérieure – mais en vain. Craignant pour la
sécurité de l'agent, ils pénètrent dans le cabinet, où ils
trouvent une réceptionniste qui commence par nier l'existence de tout rendez-vous qu'aurait pris une femme
enceinte pour se faire avorter. Puis, menacée d'être arrêtée pour complicité, elle avoue être l'épouse d'Eric Kirk
et fond en larmes. « Je le savais ! dit-elle. Il a recom-
mencé. J'espère que vous allez coincer ce fils de pute et
l'expédier en taule jusqu'à la fin de ses jours ! »

Stoker entre en contact avec sa brigade, signale la disparition de l'officier et fait passer un avis de recherche à
toutes les unités : il faut absolument retrouver la
conduite intérieure et l'agent qui a disparu. C'est alors
que celle-ci revient au cabinet avec le Dr Eric Kirk, qui,
apprenant que sa patiente est un officier de police en
civil, raconte l'histoire suivante au sergent Stoker, à
l'officier Ruggles et à la femme policier.

Deux jours avant qu'il donne rendez-vous à cette dernière, leur dit-il, deux officiers du Gangster Squad sont

passés à son cabinet et l'ont arrêté pour incitation à avortement. Stoker lui ayant demandé d'identifier ces deux inspecteurs, Kirk lui donne leurs noms et Stoker note «inspecteurs Joe Small et Bill Ball» dans son carnet – ce qui n'est évidemment pas leurs noms.

Le Dr Kirk n'ayant pas pratiqué d'acte d'avortement sur la femme policier, Stoker se retrouve sans motif suffisant pour l'arrêter et se voit donc contraint d'appeler les inspecteurs du Gangster Squad pour les informer de la situation. Il contacte les deux inspecteurs et les met au courant de son enquête et de ce qui en est sorti ce matin-là. Ceux-ci lui conseillent alors de «ne pas mettre son nez dans leurs affaires et de ne plus mener d'enquêtes non autorisées sur les avorteurs».

Quelques mois plus tard se produit le troisième et dernier incident où seront impliqués Stoker, les enquêteurs des services de Santé de Californie et les inspecteurs du Gangster Squad. Cette fois, l'affaire concerne une infirmière qui organise des avortements pour des jeunes filles en difficulté – moyennant cinq cents dollars. Le médecin qu'on soupçonne de pratiquer l'opération étant protégé par la police, encore une fois les enquêteurs des services de Santé demandent à Stoker d'y aller sans que leur patron en soit averti. Mais ils ajoutent une autre difficulté : Stoker va devoir obtenir les cinq cents dollars de son propre service, afin que rien ne puisse les relier à l'enquête. Stoker va voir son supérieur, le lieutenant Blair, qui lui répète ce qu'il lui a déjà dit : «Je vais essayer de vous trouver l'argent, mais vous ne me mêlez pas à ça.» Blair prélève les cinq cents dollars sur les fonds secrets d'une unité des Mœurs et les passe à Stoker qui lui signe un reçu. Tout est prêt. Mais le lendemain matin à 8 heures, le téléphone sonne chez Stoker. C'est l'inspecteur «Joe Small» de la brigade des Homicides. «Non mais, tu joues à quoi ?» lui demande-t-il avant de lui rappeler qu'on «lui a déjà dit de ne pas se mêler d'enquêter sur des avortements». Après quoi il informe Stoker qu'un de ses collègues va passer lui reprendre les cinq cents dollars et qu'il lui signera le reçu adéquat. Stoker signe, rend l'argent et c'est la fin de son travail sur le réseau d'avorteurs de Los Angeles. Eric Kirk sera déclaré coupable et très rapidement expédié à la prison de San Quentin.

En mai 49, la séance se tenant à huis clos, le sergent Charles Stoker est appelé à témoigner devant le jury d'accusation et rapporte tout ce qu'il sait sur le réseau des avorteurs et la protection que leur accordent les inspecteurs «Joe Small et Bill Ball» du Gangster Squad. Suite à cette déposition, aux renseignements qu'il donne sur le scandale Brenda Allen et à certains témoignages fournis par d'autres officiers du LAPD, des inculpations seront prononcées contre le chef de police Clemence B. Horrall, le chef adjoint Joe Reed, le capitaine Cecil Wisdom, le lieutenant Rudy Wellport et le sergent E. V. Jackson.

Suite à la déposition de Stoker, Kirk, qui se trouve toujours en prison à San Quentin, fait passer par l'intermédiaire de ses avocats une déclaration écrite à la Cour supérieure dans l'espoir d'obtenir un nouveau procès. Dans ce document, il affirme qu'aux dires de trois avocats de Los Angeles «certains politiciens, ou alors le Los Angeles Police Department, se sont mis en tête de m'avoir, mais qu'ils [les avocats] n'ont pas pu identifier ces gens ou donner les raisons pour lesquelles ils veulent me mettre hors course». Kirk dit encore que, tout de suite après sa première arrestation, un de ses co-inculpés (un certain Tulley, sur lequel Stoker ne fournit pas d'autres renseignements) l'aurait informé que deux mille cinq cents dollars «régleraient le problème». Le lundi après son arrestation, Kirk et Tulley, qui ont été libérés sous caution, retrouvent un certain Dan Bechtel – il est âgé de soixante et onze ans – dans son bureau au centre de Los Angeles. L'homme prend les deux mille cinq cents dollars de chacun, téléphone aussitôt à un type qui se fait appeler «Joe», s'entretient un moment avec lui et informe les deux accusés que «les charges qui pèsent sur eux ont été réduites en cendres». Kirk et

Tulley quittent le bureau de Bechtel, mais sont recontactés par ce dernier quelques jours plus tard. Ils retournent le voir et Bechtel leur rend leur argent en leur expliquant «que l'arrangement n'a pas pu se faire car trop de gens sont dans le coup». Plus tard, Bechtel entrera une dernière fois en contact avec Kirk pour lui dire qu'il «peut faire en sorte que les charges soient rejetées, mais que ça lui coûtera seize mille dollars». Incapable de rassembler cette somme, Kirk est condamné et envoyé en prison. D'après Stoker, Dan Bechtel sera inculpé en 1950 pour «avoir accepté de grosses sommes d'avorteurs sous le prétexte que cet argent pourrait payer des policiers dont la tâche est d'arrêter des avorteurs et de les déférer devant la justice».

Dès le moment où il témoignait devant le jury d'accusation, le destin du sergent Charles Stoker était scellé. En plus d'y perdre son travail et sa réputation, il devint la risée de tous. Passant outre aux avertissements et aux menaces de mort dont il était l'objet, il finit par publier un ouvrage sur ce qu'il avait vécu, ouvrage qui se termine ainsi :

> Dans les livres d'histoires, les méchants sont toujours punis comme ils le méritent et nous tous – le jury d'accusation et moi-même – pouvons seulement espérer que la justice et le bien finiront par triompher. Comme l'écrit le poète Young : «Demain est la satire d'aujourd'hui, et en montre les faiblesses.»

Ironie du sort, c'est le jour même où la Cour supérieure écoutait les témoins appelés à la barre dans le procès de mon père – soit le mercredi 14 décembre 1949 – que l'article suivant parut dans le *Los Angeles Evening Herald and Express* :

STOKER EST LA SEULE VICTIME
DE L'ENQUÊTE SUR LA CORRUPTION
DANS LA POLICE DES MŒURS

L'ancien sergent des Mœurs Charles F. Stoker, qui déclencha la longue enquête de la justice sur la corruption dans ses services, est pour finir la seule victime de cette purge spectaculaire.

Il vient d'être exclu de la police par le chef W. A. Worton, qui a accepté les recommandations de la commission de discipline selon lesquelles il se serait rendu coupable d'insubordination et de conduite inacceptable pour un officier de police.

Le journaliste ajoute que si cinq autres officiers de police – dont l'ancien chef de Police C. B. Horrall et l'ex-chef adjoint Joe Reed – ont été eux aussi inculpés de parjure et de corruption, tous ont été exonérés de ces charges.

Vingt-cinq ans plus tard, le 10 mars 1975, l'article suivant était publié dans les dernières pages du *Los Angeles Herald Examiner* :

L'EX OFFICIER DE POLICE STOKER MEURT À 57 ANS

Figure centrale du scandale qui secoua la police de Los Angeles en 1949, l'ancien sergent du LAPD Charles Stoker vient de décéder des suites d'une crise cardiaque.

Stoker, qui avait cinquante-sept ans, est mort hier matin au Glendale Memorial Hospital, où il avait été conduit suite à des douleurs à la poitrine. Stoker travaillait au dépôt de chemin de fer de la Southern Pacific en qualité de chef de train.

Acteur capital dans la mise au jour de la corruption qui régnait à la brigade des Mœurs, Charles Stoker fut plus tard accusé de vol – charge qui lui valut son renvoi de la police. Stoker a toujours affirmé que cette accusation était un coup monté.

Le Dr Francis C. Ballard, le médecin de Beverly Hills auquel mon père paya cinq cents dollars pour faire avorter Tamar, était très vraisemblablement un membre du réseau d'avorteurs sur lequel Charles Stoker essayait de faire la lumière. Malgré la solidité des charges retenues à l'encontre de mon père suite à son arrestation en 1949 pour l'avortement de Tamar – et tout cela est au dossier –, toutes ces accusations furent rejetées en 1950, lorsque les avocats Giesler et Neeb réussirent à faire passer Tamar « pour une menteuse pathologique... une jeune fille qui avait besoin d'un traitement psychologique... quelqu'un qui devrait être dans un hôpital et non pas devant une cour de justice ».

Le Dr Walter A. Bayley

En janvier 1997, le journaliste du *Los Angeles Times* Larry Harnisch écrivit un article intitulé « Un assassinat entouré de mythes et de mystère » pour célébrer le cinquantième anniversaire de l'assassinat du Dahlia noir. Son travail nous offre un très bon panorama de tout ce qu'on sait sur ce meurtre toujours non résolu après un demi-siècle.

Quelques années plus tard, ses recherches devaient le conduire à rédiger un long article publié sur Internet et dans lequel il écrit que pour lui l'assassin du Dahlia noir était un médecin du nom de Walter A. Bayley.

Harnisch fonde sa théorie sur plusieurs faits :

Un, Bayley était un chirurgien éminent – ce qui correspond bien aux hypothèses du LAPD pour qui seul un chirurgien habile pouvait avoir coupé Elizabeth Short en deux après l'avoir assassinée.

Deux, l'épouse de Bayley – épouse dont il était séparé – habitait au 3959, South Norton Avenue, soit à moins d'une rue de la scène de crime.

Trois, la fille de Bayley connaissait la sœur d'Elizabeth Short, Adrian West, et avait même été témoin à son mariage.

Et quatre, Bayley avait quitté sa femme pour vivre avec

une collègue, le Dr Alexandra von Partyka, qui travaillait dans le même cabinet que lui. Harnisch pensait que celle-ci avait découvert son «crime» et le faisait chanter.

En fait, le Dr Walter Bayley n'avait absolument aucun lien avec Elizabeth Short, et encore moins avec son assassinat. D'une part il était atteint de la maladie d'Alzheimer et d'autre part il n'avait pas les qualités requises, tant mentales que physiques, pour commettre pareil crime et narguer la police ensuite. Certes il craignait, et à juste titre, que le Dr Partyka finisse par ruiner sa réputation, mais pour une tout autre raison : elle le faisait indéniablement chanter, mais seulement parce qu'elle savait qu'il faisait partie du réseau d'avorteurs.

En consultant l'annuaire du téléphone de 1946 pour la région de Los Angeles, je m'aperçus en effet que le cabinet du Dr Walter Bayley se trouvait au 1052, 6e Rue Ouest, soit à la même adresse que celui du Dr Audrain, le chef du réseau d'avorteurs protégé par la police, selon Charles Stoker. Il est tout à fait vraisemblable que l'avorteur averti par les inspecteurs du Gangster Squad la veille du jour où Stoker projetait de l'arrêter ait été ce Dr Walter A. Bayley.

Mes recherches me permirent de trouver un lien qui semble avoir échappé à l'attention de la police et de la presse dans les tout premiers jours de l'enquête sur le meurtre du Dahlia noir. Mme Betty Bersinger, qui découvrit le cadavre de la victime, déclare en effet aux journalistes que, pour avertir la police, elle « a couru jusqu'à la première maison », cette « première maison » étant en fait « la deuxième de Norton Avenue en venant de la 39e Rue ». Elle précise même que cette maison appartient à un médecin. Il est tout à fait probable que ç'ait été la résidence du Dr Bayley et de sa femme Ruth, résidence d'où le médecin avait déménagé l'année précédente.

Je pense aussi que mon père connaissait ce médecin – tout comme les Dr Partyka et Audrain. Tous avaient travaillé pour le comté de Los Angeles et leurs cabinets ne se trouvaient qu'à six rues les uns des autres. Si

George Hodel connaissait des membres du réseau d'avorteurs ou travaillait avec eux – ce que je crois –, que tous aient été fortement liés est plus que probable. A mon avis, George Hodel ne pratiquait pas d'avortements parce que c'était contraire à ses principes (l'exception étant celle où il se retrouva dans la position inhabituelle d'y être forcé sous la menace implicite que l'inceste sorte au grand jour), mais il me semble presque certain qu'il avait des relations avec les médecins du réseau, et qu'il les savait tous protégés par les inspecteurs du Gangster Squad.

Parce qu'il savait tout cela et connaissait donc des gens qu'il pouvait incriminer au cas où on l'aurait poursuivi pour ses meurtres, mon père se trouvait lui aussi sous le parapluie de ce Gangster Squad qui protégeait le réseau d'avorteurs pour lequel Charles Stoker sacrifia sa carrière afin de le dénoncer.

Les liens entre Jean Spangler et le réseau des avorteurs

Je maintiens aussi que le billet de Spangler («Kirk, Je ne peux pas attendre plus longtemps. Vais voir le Dr Scott. Ça ira mieux comme ça, pendant que Maman n'est pas là») signifie qu'elle avait besoin de se faire avorter. Pour moi, «Kirk» n'est pas un prénom, comme le chef des inspecteurs du LAPD Thad Brown a essayé de le faire croire en allant poser des questions à l'acteur Kirk Douglas, mais un patronyme. Je pense que ce «Kirk» n'est autre que le Dr Eric Kirk, le chiropracteur, avorteur et informateur du sergent Stoker. Je maintiens en plus que Jean Spangler avait prévu de se faire avorter par lui. Et que c'est à lui que s'adressait son mot. Ce n'est que parce qu'il se fait soudain arrêter et incarcérer par les inspecteurs «Bill Ball et Joe Small» et parce que le temps presse qu'elle se voit contrainte de lui trouver un remplaçant, par l'intermédiaire ou avec l'aide du «Dr Scott».

Le 17 septembre 1949, soit vingt jours avant l'enlèvement et le meurtre de Jean Spangler, un article est publié
dans le *Los Angeles Mirror* sous le titre «L'épouse d'un
avorteur se cache». Y est jointe une photo du Dr Eric
H. Kirk, avec pour légende : «Il témoignera». Le journaliste déclare que l'épouse de Kirk, Mme Marion Kirk,
«témoin clé dans l'enquête sur un réseau d'avorteurs
avec pots-de-vin versés à la police, a décidé de se cacher
après avoir reçu de nombreuses menaces téléphoniques
"pour qu'elle la ferme"». Il affirme encore que le Dr
Kirk dira ce qu'il sait, mais en émettant la réserve suivante : «Il n'est pas question que je donne les noms
d'autres médecins. Je ne suis pas une balance. Si tous
les médecins qui pratiquent des avortements à Los
Angeles devaient être radiés, il n'en resterait plus beaucoup.»

Pure question de procédure, il est tout à fait vraisemblable que les inspecteurs du Gangster Squad mêlés à
l'enquête sur le meurtre de Jean Spangler se soient vu
assigner la tâche d'identifier et de localiser le «Kirk» et
le «Dr Scott» auxquels il est fait référence dans le billet.
Ce ne serait que logique étant donné les liens qui les
unissent aux avorteurs de toute la ville. De fait, cela leur
permit de se protéger eux-mêmes et de sauver leurs tra-
fics en tenant secrètes les identités réelles de ces deux
médecins. Comme nous le savons par la lecture des
journaux, malgré toutes les «recherches approfondies»
dont ils étaient l'objet, ni «Kirk» ni le «Dr Scott» ne
furent identifiés ou même seulement localisés.

Il me paraît inconcevable que le LAPD ait été incapable
de faire le lien évident entre l'avorteur Kirk et le billet
que Jean Spangler lui a écrit à la main. L'identité de Kirk
n'aurait dû poser de problèmes à aucun des enquêteurs,
vu que «Bill Ball et Joe Small» l'avaient déjà arrêté pour
avortement illégal à peine trois semaines avant la découverte de ce message. Qu'ils n'aient pas réussi à identifier
le vrai Kirk est à mettre au compte de leur volonté tenace
d'étouffer le scandale du réseau des avorteurs. Comme

nous le verrons bientôt, ce sont ces inspecteurs du Gangster Squad qui furent sommés de témoigner en secret devant le jury d'accusation en 1949. Leurs dépositions furent alors qualifiées d'«évasives» et de «contradictoires», les jurés et le bureau des enquêtes du district attorney allant jusqu'à les accuser de «masquer» les faits et d'avoir détruit des éléments de preuve ayant trait à l'«homme aisé d'Hollywood» (le Dr George Hodel) qui avait en secret été désigné par-devant les jurés comme étant le suspect numéro un dans l'assassinat du Dahlia noir et le meurtre au Rouge à lèvres.

C'est grâce aux explications détaillées fournies par le sergent Charles Stoker sur la manière dont fonctionnait le réseau des avorteurs de Los Angeles que nous pouvons remonter non seulement jusqu'au Dr Bayley, mais plus important encore jusqu'à «Bill Ball et Joe Small». Elles nous permettent en effet de voir ces deux policiers pour ce qu'ils étaient – des chefs très actifs dans le racket des plus lucratifs argent-contre-protection organisé par le LAPD. En réussissant à faire taire le Dr Eric Kirk et en l'expédiant rapidement en prison, ils ont empêché qu'on fasse le lien entre lui et une Jean Spangler qui, quelques semaines avant sa disparition, l'avait très vraisemblablement contacté pour qu'il la fasse avorter. C'est après l'arrestation de Kirk et son incarcération qu'elle écrit son mot, celui-ci restant alors dans son sac à main et n'y étant découvert que trois semaines plus tard alors qu'elle a déjà été enlevée et assassinée.

Telle est la situation en octobre 1949. Au cours des deux années précédentes, plus d'une douzaine de femmes seules ont été sauvagement assassinées dans les rues d'Hollywood et du centre de Los Angeles. Deux autres femmes de la haute société d'Hollywood ont elles aussi disparu et l'on pense qu'elles ont connu le même sort. Des gangsters se tirent dessus dans Sunset Boulevard, blessant des officiels du gouvernement et tuant presque un membre de la presse. Un chef de police du LAPD, son adjoint, un lieutenant et deux officiers des Mœurs sont officiellement inculpés. Mon père vient de se faire arrêter pour inceste dans un scandale à caractère sexuel qui fait la une de tous les journaux locaux. Après avoir témoigné en secret devant le jury d'accusation et tiré la sonnette d'alarme, le sergent Stoker et son coéquipier, l'officier Ruggles, ont été exclus de la police. La corruption est si répandue dans l'administration municipale qu'il n'est pas jusqu'aux prédateurs sexuels qui ne puissent s'attaquer aux femmes sans craindre de se faire arrêter.

Qui dirigeait vraiment la ville de Los Angeles et pourquoi la police était-elle donc si impuissante à enrayer le crime ?

26

George Hodel
Ses racines dans le milieu : les *hinkies*

« Dernier acte de ton amour pour moi, tu devras faire disparaître tous mes effets. » Tel est, on l'a vu, l'ordre que mon père donne à June après avoir décidé de se suicider suite à son attaque de 1998. Il ne veut pas qu'elle s'occupe de ses effets personnels de son vivant ou après sa mort. Ils renferment certains secrets qu'il veut enterrer avec ses cendres.

S'il désire qu'on détruise son album de photos, c'est parce que celui-ci contient, nous le savons maintenant, la seule chose qui le relie à Elizabeth Short. Mais il a bien précisé : « tous mes effets ». Y avait-il donc d'autres objets qu'il voulait faire disparaître parce qu'eux aussi le reliaient à son passé ? Je sais maintenant que la réponse à cette question est oui.

Au nombre des effets personnels à détruire figurent ses premières photographies, celles que June me montra lors d'une visite que je lui rendis à San Francisco quelques mois après la mort de mon père. Prises au milieu des années 30, ces photos font partie de l'exposition en solo qu'il avait faite dans une galerie d'art de Pasadena. Il y a là des clichés d'architecture représentant les débuts de Los Angeles – des derricks de Long Beach et des immeubles du centre, tout cela d'une belle composition artistique –, et bon nombre de portraits : un Noir, des ouvriers du bâtiment et de l'industrie pétrolière, plus des hommes au visage dur, des voyous aux traits marqués par des années de ruse.

On y trouve aussi les portraits d'un groupe de petites

frappes des années 20. Qui sont ces hommes ? Des amis ? Des gens dont il a fait la connaissance à l'époque où il conduisait des taxis à Los Angeles ? June n'en savait rien. Peut-être ne s'agissait-il que de personnes sans histoires, de gens seulement surgis d'un lointain passé. June garda les originaux, mais m'autorisa à en faire des copies.

Six de ces hommes retenant mon attention, je voulus les identifier. Les flics américains ont un terme pour désigner les individus de ce genre : nous les qualifions de *hinkies*, ce mot signifiant tout à la fois « douteux, fuyant, malhonnête » ou encore « toujours prêt à faire un mauvais coup ». *Hinkies*, tous ces hommes l'étaient et avaient bien trop l'expérience de ce que les flics passent leur vie à contempler : les ténèbres de l'existence. Leurs yeux me disaient : ce type a vu et connu la colère sèche et la brutalité. Ces yeux étaient des yeux de criminels, des yeux de gangsters, des yeux au regard mi-fuyant mi-agressif mais surtout sans aucune pitié – des yeux de durs à cent pour cent. Je voulus donc savoir de qui il s'agissait et pourquoi ces individus avaient fait partie du passé de mon père.

A ce jour, je n'ai toujours pas réussi à les identifier tous, mais la pièce à conviction n° 60 montre trois de ces individus pour qui j'ai des noms possibles.

En se fondant sur le fait que trois de ces six photographies représentent des individus liés à la pègre de Los Angeles, on peut avancer que les trois autres nous montrent des personnes ayant elles aussi des liens avec le milieu. Pour moi, George Hodel et Fred Sexton étaient des hommes de main d'un des premiers gangs de la ville, ou du moins étaient et sont restés grands amis et associés pendant un quart de siècle. Ombres sinistres de son passé, ces photos relient sans doute mon père à certains gangsters et tueurs particulièrement notoires de cette époque.

C'est la photo n° 2 qui me paraît la plus fascinante : on y voit Tom Evans à l'âge de vingt-six ans. Cet individu,

Pièce à conviction n° 60

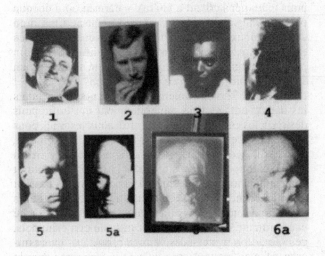

Photos prises par George Hodel aux environs de 1925
Photo n° 1 : Kent Kane Parrot ?
Photo n° 2 : Tom Evans (approx. vingt-six ans) ?
Photo n° 3 : Fred Sexton (approx. dix-neuf ans) ?
Photos 4, 5 et 6 : toujours non identifiés

qui fut condamné pour trafic de drogue et de rhum, était le garde du corps personnel de Tony Cornero et fut, pour reprendre son expression, « coincé » par le LAPD en 1949 – on le soupçonnait d'avoir enlevé, puis assassiné Mimi Boomhower et Jean Spangler. Ces photos nous disent qu'Evans et mon père étaient liés depuis 1925. Que faisait donc mon père, qui se targuait d'être intelligent, érudit et cultivé, à traîner avec des nervis de ce genre ? La réponse est peut-être à trouver dans la photo n° 1 qui, je le pense, est celle d'un des patrons les moins connus mais les plus puissants du crime organisé à Los Angeles, Kent Kane Parrot.

C'est en 1907 que Kent Kane Parrot arrive à Los Angeles pour y étudier le droit à UCLA – l'année où naît mon père. Il est grand (un mètre quatre-vingt-neuf) et doté d'une personnalité proprement magnétique. Sa licence décrochée, il est admis au barreau de Californie.

Parrot est un faiseur de deals à l'habileté phénoménale, son talent principal étant de réunir des gens d'opinions et de styles de vie diamétralement opposés – conservateurs et sociaux-démocrates, prohibitionnistes et trafiquants d'alcool –, ceci afin de les lancer dans des causes pour lesquelles ils pourront s'unir. Il ne le fait pas par bonté de cœur. Négociateur consommé, il empoche de belles commissions en argent liquide ou parvient, Dieu sait comment, à faire en sorte que, usant de leur pouvoir ou de leur influence, ses clients se sentent obligés de lui rendre service plus tard. Cette habileté à se faire des relations lui vaudra d'entrer bientôt en politique, celle-ci n'étant à ses yeux, et selon son expression même, que l'art de mettre « des gens en mouvement ». C'est d'ailleurs très exactement de cette manière qu'il joue le jeu.

Dès 1924, il est l'éminence grise du pouvoir municipal de Los Angeles. Les élections de 1921 le voient sélectionner et faire élire maire un George Cryer qui deviendra vite sa « marionnette ». Il s'acoquine aussitôt avec les grands truands locaux, dont le jeune tsar du trafic d'alcool Tony Cornero. S'il est très discret dans les marchés qu'il conclut avec la pègre, Parrot en régale les membres et abrite leurs rencontres à son domicile privé qui se trouve dans l'hôtel le plus récent et le plus beau de la ville – le Biltmore. De cet établissement, il devait d'ailleurs dire un jour : « Tout le monde en Californie a pu être logé ici à titre officiel. »

Son influence et son pouvoir ne cessant de grandir, Parrot accorde de plus en plus d'intérêt à la police de Los Angeles. Distributions de pots-de-vin, collecteurs de fonds illicites et inspecteurs des Mœurs, il contrôle tout et ne tarde pas à avoir la ville entière dans sa poche et, sans se montrer, devient l'homme le plus puissant de

Los Angeles des années 20 aux années 40. Si ce que dit Citizen Kent Kane Parrot a valeur de loi, c'est parce qu'il en contrôle tous les rouages.

Pour en savoir plus long sur ses premières années à Los Angeles et dans l'espoir d'avoir une photo à laquelle je pourrais comparer un des clichés pris par mon père, je finis par contacter son université. Celle-ci n'avait plus de photo de lui, mais me retrouva une annotation prophétique qu'un de ses camarades avait portée dans l'album de la promotion 1909 de la fac de droit, *Stare Decisis* :

> Nulle pierre ponce ne pourra dans notre faculté jamais
> Effacer la dureté de ce pitre new-yorkais.

Et maintenant, une note personnelle : je n'ai vu mon père bafouiller et chercher ses mots qu'à deux reprises. La première remonte à 1965, le jour où il vit mon épouse Kiyo – qui était aussi son ancienne maîtresse – dans le hall d'entrée du Biltmore. La deuxième date de trois ans avant sa mort. J'étais allé le voir un week-end à San Francisco, c'était dimanche et nous déjeunions ensemble. Sachant qu'il avait choisi nos prénoms pour des raisons précises et ainsi prénommé mon frère aîné Paul à cause de l'amitié entre ma mère et le bactériologue et «chasseur de microbes» Paul de Kruif, et mon frère cadet Kelvin George en honneur de lui-même, je lui demandai d'où me venait mon deuxième prénom, Kent. De qui m'avait-il donc donné le prénom ? J'eus l'impression de l'avoir pris au dépourvu et l'entendis bégayer jusqu'au moment où il me lâcha un très improbable : «Oh, je n'avais pas de raison particulière. C'est juste que c'était un prénom qui sonnait bien.» Cela me surprit, mais je pris sa réponse pour argent comptant. Avec ce que je sais maintenant de sa vie, de leur amitié de vingt années et de l'admiration qu'il vouait à l'homme, à son influence et à son pouvoir, je maintiens que mon père voulait honorer son vieil ami Kent Parrot en me donnant son prénom.

Tony Cornero, alias Tony Canaris ou Tony Cornero Stralla, fit ses débuts californiens pendant la Prohibition. Chauffeur de taxi à San Francisco au commencement des années 20, il se lança dans le trafic d'alcool et supervisa bientôt toute la distribution et le déchargement des alcools de contrebande des navires évoluant dans les eaux côtières de la Californie. C'étaient en effet de petites embarcations qui transportaient le précieux chargement jusqu'à des plages désertes, où Cornero le recevait et en coordonnait la distribution à Los Angeles et dans le sud de la Californie.

Le 11 mars 1911, le *L.A. Record* publia en première page un article intitulé : « Le roi du rhum arrêté avec cinquante mille dollars d'alcool ». C'est à cette époque-là, peu après une descente où les autorités avaient saisi son whisky de première qualité, du bourbon canadien et du champagne français, que les journalistes lui prêtent ces propos : « Je n'ai que des ennuis. Ça fait trois ans que je suis dans les affaires et l'on m'a déjà enlevé, collé des amendes et volé plus de cinq cent mille dollars. J'ai déjà lâché plus de cent mille dollars pour avoir la protection de la police, protection qui ne m'a jamais été accordée. L'histoire d'aujourd'hui va me coûter bonbon. Quel boulot à chier. » La petite amie de Cornero déclare, elle, que celui-ci a « gagné cinq cent mille dollars en deux ans ». Cornero, bien sûr, fit ce qu'il fallait et paya qui de droit et les « charges » retenues contre lui s'évanouirent. Les années 30 arrivant, ses activités de « creusement off shore » (pour reprendre son expression) avaient fait de lui un millionnaire.

En 1937, soit douze ans après son arrestation, Tony fut promu au rang d'« amiral » de plusieurs casinos flottants ancrés à quelques encablures de la limite des eaux territoriales. Pour la somme de vingt-cinq cents, on pouvait ainsi quitter les docks de Santa Monica et, après une traversée de dix minutes, aller boire les meilleurs alcools d'importation et jouer aux dés ou au black jack dans son palace flottant – son casino était en effet trois fois plus

grand que tous ceux de Las Vegas avant que Benny
(Bugsy) Siegel se lance dans la construction du Flamingo. Une nuit après l'autre, des milliers d'Angelenos[1]
tentèrent ainsi leur chance contre ses donneurs de black
jack ou à ses tables de craps. Que le secret des bénéfices
qu'il retirait de ses investissements off-shore soit jalou-
sement gardé n'empêche personne de les évaluer à
quelque trente mille dollars par nuit.

Comme beaucoup d'autres hommes d'affaires qui ont
réussi, Cornero s'acheta une maison à Beverly Hills et
eut pour voisins les très célèbres Benny Siegel et Mickey Cohen. Figure essentielle du crime organisé à Los
Angeles, Cornero devait le rester pendant près d'un
quart de siècle. Jamais il ne se lança dans des activités
dépassant le cadre local et il refusa toujours de s'allier à
la Cosa Nostra de la côte Est ou de Chicago. Il ne fut
donc jamais qu'un outsider et ne parvint pas à ouvrir des
établissements de jeu sur la terre ferme, la police et les
services du shérif les faisant fermer aussitôt qu'il les
ouvrait. Ce sont les gangsters Jack Dragna, Benny Siegel – un des tout premiers à avoir investi dans le Rex, le
casino flottant de Cornero – et Johnnie Rosselli qui,
avec l'aide du maire corrompu Frank Shaw et celle d'officiers de haut rang du LAPD et des services du shérif,
devaient garder la haute main sur les jeux et la prostitution à Los Angeles.

En 1938, c'est Earle Kynette, un capitaine du LAPD,
qui dirige la brigade du Renseignement à L. A. Tâche
qu'il estime faire partie de ses attributions, il met le candidat de l'opposition au poste de maire sur table d'écoute,
ainsi qu'une cinquantaine de citoyens éminents de la ville
et l'ancien inspecteur du LAPD à la retraite Harry Raymond. A l'époque, celui-ci a été engagé par le candidat
réformateur pour avoir des renseignements sur la corruption qui sévit à la mairie et au sein du LAPD. Trouvant
qu'il s'approche un peu trop de la vérité, Kynette et des

1. Nom donné aux habitants de Los Angeles *(NdT)*.

membres de sa brigade posent une bombe dans sa voiture. A peine Raymond a-t-il tourné la clé de contact que l'explosion détruit complètement son véhicule et lui fait rentrer des centaines de morceaux de ferraille dans tout le corps. Expédié à l'hôpital de toute urgence, il y arrive dans un état critique. Sûr et certain qu'il va mourir de ses blessures, il passe un coup de fil à James Richardson, le reporter du *Los Angeles Examiner* chargé de couvrir la lutte contre le crime organisé. Celui-ci s'étant aussitôt précipité à son chevet, Raymond lui murmure le nom de son agresseur à l'oreille et lui fait promettre de tout mettre en œuvre pour que Kynette soit déféré devant la justice.

Miracle, Raymond en réchappera et, malgré une tentative d'étouffement de l'affaire par le patron du LAPD de l'époque, James Davis – il eut le culot de donner l'enquête sur l'attentat au capitaine Kynette en personne –, la vérité finit par être connue. Kynette fut inculpé et, reconnu coupable de tentative de meurtre sur la personne de son collègue, condamné à dix ans de prison. Le maire Frank Shaw, sous les auspices duquel le crime avait été commis, perdit promptement sa réélection en septembre 1938 et fut remplacé par le candidat de la réforme Fletcher Bowron.

Voici ce que dans son livre récemment publié – *The Dream Endures : California Enters the 40's*[1] –, Kevin Starr, le responsable des bibliothèques de l'État, dit des réformateurs Clifford Clinton et Fletcher Bowron et de l'enquête qu'ils menèrent sur l'administration Shaw en 1937 :

> La mairie de Los Angeles, Clinton le découvrit, protégeait un réseau complexe de bordels, maisons de jeu et autres lieux d'arnaques, tous gérés par une pègre bien organisée sous les ordres des joueurs Guy

1. Soit « Le rêve n'est pas mort : la Californie au début des années 40 » *(NdT)*.

McAfee et Bob Gans, ce dernier étant le concession-
naire en chef de toutes les machines à sous de la
ville. C'étaient les avocats Kent Parrot et Charles
Kradick qui leur servaient de porte-parole. Pour que
tous ces commerces illicites puissent prospérer – il y
avait là quelque six cents bordels, trois cents maisons de jeu, dix-huit cents officines de paris clandestins et vingt-trois mille machines à sous –, il est
évident qu'un certain nombre de policiers devaient
pouvoir se servir au passage (p. 168).

Moins de deux mois après son entrée en fonction, le
maire Bowron obligea le chef de police James Davis à
prendre sa retraite, l'enquête sur l'attentat à la voiture
piégée ayant montré que si ledit Davis ne se rappelait
plus très bien les détails, «peut-être» avait-il effectivement donné l'ordre de placer sous surveillance Raymond
et cinquante autres réformateurs – cette surveillance étant
exercée par la brigade du Renseignement de Kynette.
Après quoi Bowron retrouva en secret son bon ami James
Richardson et lui demanda de l'aider à identifier les politiciens corrompus et les policiers ripoux afin de les chasser de la ville.
Comme il l'a écrit dans son livre *For the Life of Me,*
Richardson se contenta de décrocher son téléphone pour
appeler Tony Cornero à sa maison de Beverly Hills et lui
demander s'il serait éventuellement prêt à donner un
coup de main au maire. Toujours entrepreneur dans l'âme
et prompt à flairer la bonne affaire, Cornero fut d'accord
pour participer à une rencontre avec le maire.
Les trois hommes se retrouvèrent en secret au domicile du maire dans les Hollywood Hills, Cornero disant à
ce dernier qu'il savait tout de la corruption au sein du
LAPD. De fait, précisa-t-il, toujours selon le récit de
Richardson : «"J'ai tous leurs noms sur ce papier." Et de
tendre ce dernier à Bowron... qui y découvrit ceux de
vingt-six des plus hauts gradés de la police.»
Bowron engagea un ex-agent du FBI pour enquêter

467

sur ces vingt-six individus, dont la plupart comptaient parmi les chefs les plus puissants des forces de l'ordre. L'enquêteur mit sous surveillance visuelle et audio tous les gens que Cornero avait désignés. Un à un ils furent appelés à comparaître devant le maire, qui exigea leur démission. Il suffisait qu'on proteste ou refuse de démissionner pour que Bowron fasse passer l'enregistrement adéquat. Point à la ligne.

Si l'on en croit le récit qui en est fait dans *Los Angeles Police Department 1869-1984*, une des histoires officielles du LAPD sur la «Purge» et la campagne entreprise par Bowron pour réformer le LAPD…

… c'est le matin du 3 mars 1939 que les membres de la Commission d'enquête passèrent à l'acte. En s'appuyant sur l'alinéa 181 de la Charte, qui permet de procéder à la mise à la retraite de tout officier de police ayant droit à la retraite «pour le bien de la police», le maire, soutenu en cela par le Conseil d'administration de la police, exigea la démission immédiate de 23 *[sic]* officiers de haut rang. Au nombre de ces «démissionnaires forcés» se trouvent l'ancien chef (aujourd'hui chef adjoint) Roy Steckel, le chef des inspecteurs Joe Taylor, le chef adjoint George Allen, onze capitaines et neuf lieutenants. Dans les six mois suivants, quarante-cinq officiers supérieurs connurent le même sort (p. 82).

C'est après cette purge de soixante-huit officiers de haut rang (selon le LAPD) que commencèrent les ennuis de Tony Cornero. La direction du crime organisé avait, quant à elle, mis les réformateurs sous surveillance en introduisant un de ses hommes à la mairie. De fait, le chauffeur de Bowron – en qui celui-ci avait toute confiance – travaillait comme informateur pour le compte des patrons du milieu. Il leur rapporta la rencontre secrète entre Cornero, Richardson et Bowron, une fuite étant aussitôt organisée en direction de la presse qui s'empressa de proclamer que

Bowron « avait conclu un marché avec Cornero et lui avait promis le contrôle de toute la prostitution à travers la ville ».

Parce qu'il n'avait pas d'autre choix et qu'il entendait bien montrer qu'il n'avait jamais été de mèche avec la pègre, Bowron se vit contraint de se retourner contre Cornero et d'ordonner à la police de fermer ses casinos flottants. Si au début il ferrailla pour défendre ses bateaux, arguant qu'ils n'avaient rien d'illégal étant donné qu'ils se trouvaient en dehors des eaux territoriales et donc hors de toute juridiction, Cornero finit par se résigner, avec pas mal d'humour, devant les aléas politiques et philosophiques de la situation.

Comme bon nombre de truands de l'époque, les faits tournant vite à la fiction, Cornero devint alors une sorte d'idole : dans le film de 1943 intitulé *Mr. Lucky*[1], Cary Grant incarne un joueur manœuvrant pour échapper à la conscription, mais plein de charme, profondément patriote dans son cœur, et qui s'emploie à séduire la très mondaine Laraine Day.

En réalité, Cornero ne se différenciait guère de Ben Siegel ou de Mickey Cohen. Sous son argot débonnaire à la Runyon[2] et le soi-disant humour qu'il affichait se cachait un tueur sociopathe d'une froideur glaciale, quelqu'un qui savait se positionner et se faire de solides protections politiques en haut lieu. Dans la Los Angeles des années 30 et 40, le gangstérisme était une affaire qui marchait fort, tous les patrons du crime organisé ayant leurs cliques d'avocats et d'hommes d'affaires par l'intermédiaire desquelles ils tenaient ceux qui dirigeaient la mairie, la police et les services du shérif. Parce qu'ils avaient tout l'argent et tout le pouvoir nécessaires pour arrêter les enquêtes, ils étaient, et avec eux tous ceux qui travaillaient sous leurs ordres, à l'abri des poursuites criminelles.

1. Soit « M. Chance » *(NdT)*.
2. Alfred Damon Runyon, 1884-1946, journaliste américain *(NdT)*.

En regardant les photos que mon père avait prises de Kent Parrot, de Tom Evans et du jeune Fred Sexton, je compris que ces deux derniers individus avaient partie liée avec quelques-uns des plus grands patrons du crime organisé à Los Angeles. Peut-être même avaient-ils commencé leurs propres carrières criminelles en leur servant d'hommes de main ou de chauffeurs pendant la Prohibition. Il est très vraisemblable que George et Fred soient restés en relations avec ces personnages pendant les trois décennies qui suivirent. Je pensai soudain à ce que «Mary Moe», la fille de Sexton, m'avait dit un jour sur la jeunesse de son père :

> Après la mort de mon père, je découvris quelque chose de passablement étrange. Il avait toutes sortes de comptes bancaires ouverts sous des noms différents. Je ne sais pas de quoi il s'agissait... Dans sa jeunesse, il se faisait de l'argent, et beaucoup, en organisant des parties de craps. Je crois qu'il connaissait Tony Cornero, mais je n'en suis pas certaine. Mon grand-père était un joueur et un trafiquant d'alcool. La troisième femme de mon père m'a dit avoir détruit tous les papiers et archives de son mari après sa mort.

A mon avis, les relations de mon père avec la pègre de Los Angeles changèrent de manière radicale lorsqu'il cessa de voiturer des clients en espérant se faire un maximum de pourboires auprès des gens fortunés qui descendaient au Biltmore.

Ce rôle de chauffeur s'arrêta lorsqu'il quitta Los Angeles pour y revenir plus tard en qualité de médecin et d'habile chirurgien. Plus besoin de jouer des coudes avec les petits malfrats, plus besoin de menacer le client de «lui péter le nez» s'il ne «lui crachait pas le prix de la course». Tout ça, c'était du passé.

En 1939 déjà, son poste de contrôleur général des maladies vénériennes du comté de Los Angeles l'avait mis en relations, et à un niveau bien plus élevé, avec les grands patrons du milieu. Médecin respecté, il était lui-même devenu un homme influent, voire leur *consigliere medico* et, en tant que tel, pouvait occuper une place de choix parmi eux.

Nous savons en plus – des documents le prouvent – qu'il avait des liens avec l'élite du California Club et de la Chambre de commerce de Los Angeles, où il fréquenta des millionnaires et partagea avec eux tous les secrets professionnels dont ils voulaient bien lui faire part. De là à procéder à quelques opérations de troc… Le bon docteur pouvait donner des ordonnances pour les prostituées et de la drogue pour les épouses et les filles. Les hommes d'affaires, eux, pouvaient donner argent et protection et partager leurs informations avec lui – toutes ces informations pouvant se traduire en pouvoir et influences diverses.

Je pense aussi qu'une autre source de renseignements directement accessible pour mon père était la somme de dossiers médicaux en sa possession à la 1^{rst} Street Medical Clinic. C'est en effet à cet endroit, dans cette clinique spécialisée dans les maladies vénériennes, qu'il soignait discrètement les maux que contractaient les gens riches, célèbres et puissants suite à leurs frasques privées. Ces renseignements éminemment sensibles lui donnaient une énorme puissance – exiger des services, voire extorquer des fonds, le levier était là. Ces soupçons que j'avais sur lui furent eux aussi confirmés d'une manière aussi dramatique qu'inattendue par le vieil ami de ma mère Joe Barrett. En 2002, après tous nos entretiens, j'en étais venu à voir en lui « ma bonne taupe dans la Franklin House ». Je lui étais reconnaissant de l'amitié qu'il avait témoignée à ma mère et à ses trois fils pendant les dures années de cloche que nous avions vécues. Il me parlait souvent des nombreuses conversations qu'il avait eues avec elle en 1948 et 1949, à l'époque où il avait un studio à la Franklin House. Il se rappelait bien les liens de ma mère avec Walter Huston ;

le travail qu'elle avait fait et les dialogues qu'elle avait écrits pour *Le Trésor de la Sierra Madre,* le film de John Huston qui allait bientôt sortir ; la cruauté de mon père et les corrections qu'il infligeait tant à ma mère qu'à nous trois. Mais revenons à ce qui nous importe : la raison pour laquelle George Hodel se sentait non seulement au-dessus des lois, mais encore, au moins en apparence, à l'abri de toute arrestation. « A la Franklin House, ta mère, Dorothy, et moi parlions des heures entières… », me disait Joe :

> … dans la cour, à la cuisine, dans la salle de séjour et dans mon studio. Dorothy était d'une grande élégance d'esprit. Nous parlions presque toujours lorsque George n'était pas là. Rien que nous deux. Elle me parlait de beaucoup de choses. Voici ce que je me rappelle de ses propos sur la 1^{rst} Street Clinic. Dans cet endroit c'était surtout les gens riches et célèbres qui venaient se faire soigner pour leurs maladies vénériennes. L'élite de l'industrie du cinéma. Des metteurs en scène, des producteurs, des acteurs et aussi des officiels de la police. D'après elle, il y avait beaucoup de passage, surtout à la fin des années 30 et jusqu'au milieu des années 40, avant la découverte de la pénicilline. George avait un associé, un médecin japonais. Celui-ci avait trouvé un traitement particulier qui attirait les célébrités et les gens importants. C'était là que les élites venaient se faire soigner, avec leurs maîtresses et leurs prostituées. D'après Dorothy, George avait des dossiers sur tout le monde et, pour reprendre son expression, « ces dossiers produisaient des revenus intéressants ».

Mes soupçons étaient confirmés. Dans la Los Angeles des années 40, George Hodel savait bien trop de choses sur bien trop de gens haut placés. Il avait tous les noms et détenait tous les dossiers. Il savait tout. Et nous savons maintenant par ce que ma mère disait à Joe Barrett qu'il ne se contentait pas de détenir tous ces renseignements hautement compromettants, il s'en servait au mieux. Il extorquait du liquide aux riches et de l'influence aux puissants. Les dossiers médicaux qu'il avait dans ses coffres étaient son assurance. A n'en pas douter, George Hodel faisait toujours bien comprendre aux puissants que si jamais il lui arrivait quoi que ce soit, arrestation ou brutalités physiques, il rendrait public tout ce qu'il avait en sa possession[1].

En un mot, George Hodel était quelqu'un auquel il valait mieux ne pas se frotter. Ce que sachant, les contraintes ou inquiétudes qu'il éprouva peut-être en se lançant pour la première fois dans ses orgies de meurtre durent vite disparaître. Non seulement c'était un génie, mais ce génie était intouchable.

---

1. Il est clair que son arrestation pour inceste en octobre 1949 est une erreur. Agissant de manière autonome, les inspecteurs de la brigade des Mineurs étaient allés trop vite et sans être au courant des protections que le Dr George Hodel avait au sein du Gangster Squad de la brigade des Homicides. Cela étant, ils ne pouvaient pas ignorer les révélations de Tamar, qui impliquaient non seulement son père, mais seize autres personnes. Encore un autre exemple où l'on voit que la main gauche du LAPD ne savait toujours pas ce que faisait sa main droite. Dès lors, tous les petits copains de mon père au sein du LAPD ne purent faire plus que l'assurer de leur aide en interne afin qu'il «puisse couper à la taule» (NdA).

27

Le Dahliagate :
comment étouffer deux affaires

> « Il y a soixante ans de ça, les politi-
> ciens de Los Angeles avaient la meil-
> leure police qu'on puisse acheter. Le
> LAPD faisait partie de la machine
> politique qui dirigeait la ville. Faisons
> en sorte de ne jamais revenir à cette
> époque. »
>
> Bernard Parks,
> chef de police du LAPD
> Déjeuner au Jonathan Club, 9 avril 2002

La lutte pour le pouvoir entre les deux chefs de police adjoints Thaddeus Finis Brown et William Henry Parker

Il est important de bien comprendre les dynamiques politiques à l'œuvre dans la police de Los Angeles de l'automne 1949 à la fin de l'été 1950. Alors que la presse locale tirait à boulets rouges sur le LAPD en l'accusant d'incompétence et de corruption, au bureau du district attorney on pensait, comme nous venons de le voir, que certains inspecteurs et officiers de police détruisaient des pièces à conviction, masquaient les faits et allaient jusqu'à protéger un suspect de première importance dans les enquêtes sur les assassinats du Dahlia noir et de Jeanne French. On croyait aussi que les hauts gradés du LAPD recevaient de gros pots-de-vin en paiement de la protection qu'ils offraient aux gangsters locaux.

En février 1950, la réputation du LAPD était au plus bas, plus bas encore qu'une décennie plus tôt, à l'époque où les soixante-huit haut gradés avaient fini par démissionner.

En leur qualité d'héritiers présomptifs de la charge de chef de police, Parker et Brown savaient très bien que leurs carrières et, de fait, la survie collective de la police de Los Angeles étaient en jeu. Un scandale de plus aurait frappé le LAPD au cœur. Ni l'un ni l'autre, ils ne pouvaient se le permettre et ce, quel que soit le prix à payer et les scandales à étouffer. L'un comme l'autre, ils devaient aider la police à naviguer entre les écueils du moment, dans l'espoir de pouvoir un jour la soigner comme il fallait.

Brown et Parker : autant jouer à pile ou face pour savoir qui allait l'emporter. Très différents l'un de l'autre, ils faisaient penser à ce qui séparait les généraux Patton et Bradley. Solide buveur comme Patton – ses hommes l'appelaient « Whisky Bill » –, Parker était arrogant, ambitieux et agressif. Il n'aurait pas hésité à gifler un de ses officiers s'il avait pensé qu'il y avait bénéfice à le faire. Brillant stratège, il avait remporté tous ses combats au sein du LAPD. William Worton, le chef du LAPD par intérim, préférait Parker, qui avait obtenu les meilleures notes à l'écrit.

Brown, qui buvait sec lui aussi, était plus diplomate et, comme Omar Bradley, passait pour le « général des GI » auprès de ses hommes. Du lieutenant jusqu'au simple policier, tout le monde l'adorait. S'il n'avait pas les qualités intellectuelles de Parker, il savait beaucoup mieux s'y prendre avec les gens. Au cours de sa longue et brillante carrière il avait mis sur pied un réseau d'informateurs si important qu'il lui suffisait de décrocher son téléphone pour tout savoir sur à peu près n'importe qui. Il était loyal envers ses hommes et les soutenait toujours sans poser de questions. A cette époque-là, beaucoup voyaient en lui le meilleur inspecteur des États-Unis.

Toute sa carrière durant, il s'était trouvé au centre d'innombrables enquêtes de premier plan et avait la réputation d'être efficace et honnête. Les trois quarts des journaux locaux le tenaient en haute estime, Norman Chandler, le propriétaire du *Los Angeles Times*, voulant qu'il devienne « son chef » et le traitant de « maître enquêteur ».

Avant d'entrer au LAPD, Parker avait, comme mon père, fait ses classes comme chauffeur de taxi au centre-ville, guettant les gros pourboires des riches du Biltmore. Qu'ils se soient connus vers 1925 est presque certain : ils faisaient le même travail à la même époque et au même endroit et la compagnie des Yellow Cabs[1] n'avait guère que dix voitures et trente employés. Il se peut qu'ils aient travaillé ensemble de temps en temps, se relayant au volant d'un taxi pour transporter les mêmes clients d'un lieu de fête nocturne à un autre.

C'est en repensant à ses débuts comme chauffeur de taxi que, dans un article du *L.A. Herald Examiner* intitulé « Le boom des taxis à Los Angeles – grosses affaires et grandes bagarres », Parker dit un jour ceci de son premier travail : « Conduire à cette époque-là faisait de n'importe qui un dur capable de tout. En ma qualité de chef de police, j'ai, chaque fois que je le pouvais, accordé tout ce qui était légalement permis à ces hommes. »

Malgré les compétences exceptionnelles de Parker, en juin 1950, le bruit courut que Thad Brown allait être le nouveau chef de police. Les membres de la Commission devaient voter au début du mois de juillet et Brown bénéficiait d'un léger revirement d'opinion, juste assez pour faire pencher la balance en sa faveur. L'issue était tellement certaine que le *L.A. Times* de Chandler sortit un article déclarant que Thad Brown venait d'obtenir le poste, les policiers membres de la Commission lui ayant donné trois de leurs voix.

1. Soit des « Taxis jaunes » *(NdT)*.

Mais, au tout dernier moment, le destin en décida autrement. La veille du scrutin décisif, la victoire que tout le monde accordait à Brown lui fut arrachée par la mort soudaine de Mme Curtis Albro, dont la voix lui aurait assuré la nomination. L'équilibre des forces ayant basculé, en août 1950, ce fut William H. Parker qui obtint le poste de chef de police du LAPD. Il devait y régner en maître absolu pendant seize années, tandis que Brown restait chef des inspecteurs.

A la mort de Parker (il succomba à une crise cardiaque peu après les émeutes de Watts), Thad Brown fut nommé chef de police par intérim en juin 1966. A la même époque, un bleu de la patrouille d'Hollywood, un certain Steve Hodel, recevait l'ordre de son commandant de participer à la cérémonie du serment dans l'immeuble administratif de la police – lequel immeuble devait prendre peu de temps après le nom de Parker Center. A l'issue de la cérémonie, le chef Thad Brown sortit de l'auditorium, s'approcha du jeune officier portant la plaque « Steve Hodel » au-dessus de sa poche de chemise et demanda au bleu qui n'en revenait pas s'il avait envie qu'on les prenne en photo ensemble. Un photographe qui accompagnait le chef nous fit sortir du bâtiment et prit le cliché. Il semble bien que le chef Brown n'ait pu résister à la tentation d'immortaliser l'ironie de cet instant où, l'un et l'autre, nous serions debout côte à côte.

Le chef, le bleu et le photographe devaient vite se séparer et prendre des chemins qui ne devaient plus jamais se croiser. Quelques semaines plus tard, je reçus un tirage de la photo par le courrier interne. Ce souvenir qui, à l'époque, ne voulait rien dire pour moi, m'avait été envoyé par un expéditeur inconnu. Je jetai la photo au fond de mon tiroir de bureau. Rangée dans un carton puis dans un autre au fur et à mesure que je changeais de bureau et montais dans la hiérarchie, elle devait me suivre jusqu'au jour où je l'embarquai avec tous mes autres souvenirs en prenant ma retraite. Jamais je ne la regardai, ni ne me demandai pourquoi elle avait été prise

– jusqu'au jour où, quelque trente-trois années plus tard, enfin j'y vis une empreinte de pensée dans ma propre vie.

Le chef Thad Brown prit sa retraite le 12 janvier 1968, après avoir passé quarante-deux ans au LAPD, les vingt et un derniers en qualité de chef adjoint. Il mourut à peine deux ans plus tard à l'âge de soixante-deux ans, la veille même du soixante et unième anniversaire de George Hodel. Mon père, lui, survécut trente-trois ans à la mort de Parker et vingt-neuf à celle de Brown.

Parker fut le patron le plus respecté du LAPD. On lui doit d'avoir pris en main une police complètement je-m'en-foutiste et corrompue et de l'avoir transformée en «la meilleure force de police du monde», ceci pour reprendre ses propres paroles. Le sort voulut que je sois un de ses hommes dès le premier jour de ma carrière. Pour mes camarades et moi, Parker était une véritable légende. Nous lui prêtions des qualités de commandement, d'intelligence, d'intégrité et d'honnêteté quasiment divines. Il avait mon respect inconditionnel et ma loyauté la plus totale. Il ne fait aucun doute qu'il modela le LAPD en un organisme d'un professionnalisme qu'on ne lui avait jamais connu. Il est tout aussi clair qu'il contribua beaucoup à réduire la corruption qui y avait régné des décennies durant avant qu'il en prenne les rênes.

Mais Bill Parker avait aussi un côté sombre, quelque chose que tous les gens qui ont eu des contacts personnels avec lui décrivent précisément. Toujours dans *Thicker'n Thieves*, le sergent Charles Stoker révèle ainsi qu'à la mi-mai 1949 il eut une entrevue secrète avec celui qui n'était alors que l'*inspector* Bill Parker. A l'époque, l'*inspector* était au-dessus du capitaine, mais au-dessous du chef adjoint. Toujours est-il que Parker flatta beaucoup Stoker et lui rappela tout ce qu'ils avaient en commun : catholiques l'un et l'autre, ils avaient aussi fait tous les deux la Deuxième Guerre mondiale. Après quoi Parker interrogea Stoker sur le scandale Brenda Allen et parut l'écouter lorsque Stoker lui en donna tous les détails. En retour, il alla même jusqu'à lui révéler plusieurs autres cas de corruption dans la police. Stoker lui parla alors d'une affaire précise, à laquelle le chef de police Horrall avait été mêlé :

> D'après Parker, une des sources [de la corruption dans la police] était sous le contrôle du chef de police Clemence H. Horrall. Celui-ci avait en second le sergent Guy Rudolph, sur lequel il raconte cette histoire, dont je n'ai jamais vérifié l'authenticité :
> « Des années durant, sous le règne du maire Bowron, Rudolph avait géré les pots-de-vin payés à la police des Mœurs de Los Angeles et, lorsque Horrall prit le poste de chef, Rudolph resta sous son aile. Un jour, Rudolph battit à mort une prostituée noire dans Central Avenue. Pendant l'enquête qui s'en était suivie, Rudolph et son coéquipier étaient descendus dans hôtel du centre-ville où ils s'étaient saoulés et bagarrés avec deux femmes. Puis, Rudolph étant sorti de la chambre pour aller acheter du whisky, une des prostituées s'était fait tuer » (p. 182).

Parker demanda alors à Stoker s'il avait entendu parler de cette histoire. Stoker lui ayant répondu que non, Parker l'assura qu'il pouvait le prouver. Il lui confia encore que c'était ce même sergent Rudolph qui contrôlait la loterie et les paris clandestins sur les nombres[1] gérés par les Chinois et les Noirs.

Stoker donne tout le détail des explications que lui fournit Parker sur la corruption au sein du LAPD :

> [Parker] venait de décrire les deux cabales qui contrôlaient la corruption dans ce qu'il appelait le « piège des flics ». De fait, il voulait dire qu'aucun patron de la pègre ne contrôlant vraiment le racket à Los Angeles, les racketteurs se faisaient dépouiller

---

1. Sorte de loterie quotidienne illégale dans laquelle on parie de l'argent sur la parution de certains nombres dans des calculs statistiques publiés dans tel ou tel journal *(NdT)*.

par les membres de deux corps de police qui, en réalité, n'étaient eux-mêmes que des racketteurs, comme il est prouvé dans la première partie de ce livre (p. 187).

Le but de cette réunion clandestine avec l'*inspector* ? Parker voulait lui faire une « proposition juste et honnête ». Ne sachant pas que Stoker avait déjà témoigné en secret devant les jurés de la chambre d'accusation une semaine plus tôt, Parker lui demanda de se présenter devant la cour et de lui dire tout ce qu'il savait sur le scandale Brenda Allen et d'y ajouter ce qu'il venait de lui révéler. Cela forcerait le maire à virer Reed et Horral et le mettrait en position de tout commander. Il informa encore Stoker que le LAPD s'était mis en tête de lui faire la peau « d'une façon ou d'une autre » et que si lui, Stoker, acceptait de rentrer dans son jeu, il ferait de lui son assistant et le mettrait à l'abri de tout danger. Comme nous le savons, Stoker dévoila tous les « arrangements » que lui avait proposés l'ambitieux *inspector*, choisit la voie la plus difficile et se fit exclure du LAPD en un rien de temps.

Dans son autobiographie intitulée *In My Own Words,* Mickey Cohen lui aussi décrit ses relations avec Bill Parker, mais cette fois, bien sûr, dans la perspective d'un homme qui ne respecte pas les lois. En 1950, Cohen pensait avoir un certain pouvoir sur la nomination du futur chef de police. Il détenait le vote décisif pour Brown dans la mesure où celui-ci, pensait-il, lui était acquis.

Le seul flic qui me faisait vraiment suer était William Parker, qui accéda au pouvoir en devenant chef de police en 1950. C'est que pour moi, voyez-vous, savoir qui serait le patron était assez important à l'époque. J'avais des salles de jeu dans toute la ville et j'avais besoin de la police pour être sûr que tout ça fonctionne comme il fallait. Vu qu'à Los Angeles le chef de la police est choisi par les membres de la

Commission, *on y avait des types qui allaient s'assurer qu'on fasse nommer encore un des nôtres* [C'est moi qui souligne]. On s'est réunis et on a tous décidé qu'il valait mieux que je quitte la ville pendant qu'ils faisaient leur choix, pour empêcher que ça fasse des vagues après.

… Sauf qu'en arrivant à Chicago, j'apprends que l'individu sur qui on comptait à la Commission – celui qu'avait comme qui dirait ce qu'il fallait, la voix qui décide – clapote vingt-quatre heures avant que la sélection soit faite. Bref, c'est Parker qui l'emporte et si ç'avait été que de moi, j'aurais choisi n'importe qui sauf lui (p. 146-147).

En 1957, après y avoir été fortement encouragé par le commentateur du magazine de télévision Mike Wallace, Cohen accepta d'être interviewé dans ce qui devait devenir l'émission *60 Minutes*. Cohen prit l'avion pour la côte Est et plusieurs jours durant prépara avec Wallace et son équipe le passage en direct. Furent alors abordées diverses questions, dont certaines qui lui seraient posées à l'enregistrement. Wallace lui ayant demandé – hors antenne – ce qu'il pensait du chef de police William Parker, Cohen lui répondit : « C'est un enculé de sadique dégénéré. » Le lendemain, mais cette fois devant des millions de spectateurs, Wallace décida de lui reposer la question. Accommodant comme pas un, le gentil gangster lui fit exactement la même réponse que la veille.

Le chef Parker, qui regardait l'émission, décrocha aussitôt son téléphone et informa la chaîne qu'il allait les poursuivre, elle et Cohen, en diffamation.

Jour après jour, Cohen se concerta avec une équipe d'avocats de la chaîne ABC pour préparer sa défense. Faisant ressortir ce que l'ancien détenu qu'il avait été connaissait de la loi, il déclare dans son livre : « La seule défense contre la diffamation est la vérité et, croyez-moi, Parker, je le tenais par les couilles. » Cohen avait obtenu qu'un certain nombre d'officiers assermentés du

LAPD encore en fonction viennent témoigner que « William Parker était bel et bien le collecteur de fonds du maire Frank Shaw ».

La menace de poursuites en diffamation s'évanouit en 1958, la chaîne ABC ayant accepté de verser quarante-six mille dollars de dédommagement au chef Parker.

Pièce à conviction n° 61

Les chefs de police Thad Brown et William Parker
aux environs de 1950

Le capitaine Jack Donahoe

Le capitaine du LAPD Jack Donahoe et le vrai rôle qu'il joua dans l'enquête sur l'assassinat du Dahlia noir sont devenus une des questions les plus énigmatiques de mon enquête. Il se peut que nous n'arrivions jamais à savoir ce qu'il fit vraiment. Héros ou truand ? Il n'y a pas de réponse simple à la question et il est tout à fait possible que, comme le chef Parker, il ait été l'un et l'autre.

Dès le départ, il contrôle à l'évidence l'enquête sur le meurtre du Dahlia noir, dans la mesure où il en a la charge administrative en tant que capitaine de la brigade des Homicides. Dans les premières semaines, il collabore pleinement avec la presse en lui fournissant des mises à jour régulières sur les progrès de l'investigation. Pour moi, et c'est encore plus vrai d'après les critères d'aujourd'hui, il est même trop ouvert et lui confie trop de détails qui devraient rester secrets. La capacité des journaux à passer la brosse à reluire à tout le monde en page une n'étant pas une tactique de séduction particulièrement subtile, il est possible que le capitaine Jack ait tout simplement beaucoup aimé la célébrité. Mais il ne resta pas longtemps à la tête de l'enquête : dès qu'il crut bon de déclarer publiquement qu'à son avis les assassinats d'Elizabeth Short et de Jeanne French étaient liés, le chef des inspecteurs Thad Brown s'empressa de le virer.

Il me semble évident qu'au début au moins Donahoe ne savait pas qui avait tué Elizabeth Short et qu'il s'employa activement à suivre toutes les pistes. Aurait-il eu une idée du suspect ou été mêlé à l'étouffement de l'affaire qu'il n'aurait pas enquêté de manière aussi agressive ou fait passer des renseignements essentiels à la presse ou au public dans l'espoir de découvrir de nouvelles pistes. Il se vit retirer les deux enquêtes par ses supérieurs, ceux-ci agissant très probablement sur ordre du chef des inspecteurs Thad Brown, à la mi-février 1947.

Les années qu'il avait passées au bureau des inspecteurs et les promotions auxquelles il avait eu droit dans les années 30 et 40 auraient dû lui valoir d'être dans le secret des dieux de la police. Si personne ne sait ce qu'il fit ou ne fit pas et plus particulièrement s'il se servait au passage ou pas, nous pouvons être sûrs qu'ayant survécu à la corruption qui régnait à l'époque du maire Frank Shaw et du chef de police Davis et à « la purge » qui s'ensuivit, il savait parfaitement qui était mouillé et qui ne l'était pas. En tant que bras droit du chef Thad Brown, il devait être au courant de tout ce qui se tramait.

S'il n'était peut-être pas mêlé activement à la corruption, il devait en connaître l'existence. Sa position de capitaine responsable de la brigade des Homicides lui permettait de surveiller directement les agissements de « Bill Ball et Joe Small », dont parle Stoker. Il est difficile de croire qu'il ait pu ou voulu fermer les yeux sur cette opération de première grandeur sans exiger sa part des bénéfices, ou au contraire sans prendre des mesures pour éliminer une corruption qui menaçait directement son pouvoir et son autorité de patron des Homicides. S'il était au courant de l'étouffement des affaires Short, French et Spangler, cela ferait de lui un capitaine de police tout aussi sinistre que son homologue romanesque, le capitaine Dudley Smith, dans le roman de James Ellroy *L.A. Confidential*.

Donahoe prit sa retraite quinze ans après l'assassinat d'Elizabeth Short et, tout comme le capitaine Smith, mourut en héros aux yeux du LAPD et du monde. Voici quelques extraits de ce que le *Los Angeles Herald Examiner* dit de lui et de sa carrière dans sa notice nécrologique du 20 juin 1966[1] :

MORT DU CAPITAINE JACK DONAHOE,
RETRAITÉ DU LAPD APRÈS TRENTE-SEPT ANS
DE SERVICE

Le capitaine Jack Donahoe, soixante-quatre ans, est aujourd'hui pleuré par tous les représentants de l'ordre.

Inspecteur hors pair dans tout le pays, Donahoe est

1. Trois semaines plus tard, le chef Parker devait mourir d'une crise cardiaque alors qu'il faisait un discours en public. C'est à ce moment-là que Thad Brown prit le commandement de la police *(NdA)*.

décédé hier à son domicile d'Hollywood au terme d'une longue maladie (…).

Après trente-sept ans de service au LAPD, celui qu'on connaissait mieux sous le nom de «capitaine Jack» avait pris sa retraite il y a quatre ans. Plus de sept cents hommes et femmes de tous les horizons avaient célébré l'événement lors d'un banquet officiel donné à l'Académie de police (…).

Grand ennemi du crime, ce géant d'un mètre quatre-vingt-cinq et cent kilos souffrait depuis trois ans d'une blessure au dos et a été retrouvé mort dans son fauteuil par son épouse, Ann (…).

Lors de son passage à la retraite, le chef des inspecteurs Thad Brown avait déclaré: «J'ai perdu mon bras droit.»

Ce que ni moi, qui n'avais alors que trois ans de service au commissariat de la division d'Hollywood, ni l'essentiel des autres policiers du LAPD n'eurent jamais le privilège d'apprendre, c'est qu'assis dans son fauteuil dans sa salle à manger à 11 h 21, le 18 juin 1966, le capitaine Donahoe s'était emparé de son revolver de service, s'en était appuyé le canon sur le cœur et avait pressé la détente. Dans son bulletin de décès, accessible à tous, il n'est pas dit qu'il est mort «au terme d'une longue maladie», mais bien plutôt ceci: «John Arthur Donahoe, suicide, cause de la mort: blessure par balle, perforation du cœur et de l'aorte entraînant une hémorragie massive.»

Il est à peu près certain que nous ne saurons jamais pourquoi ce vétéran du commandement, cet officier de haut rang qui fut un jour affecté à l'enquête sur l'assassinat du Dahlia noir, attenta à sa vie. Était-il malade? Souffrait-il d'une dépression? Se sentait-il coupable? S'il laissa une lettre pour expliquer son geste, celle-ci a depuis longtemps été détruite.

Même s'il se peut que nous ne sachions jamais tout ce qui se produisit au sein du LAPD entre 1947 et 1950, il n'est pas difficile d'imaginer ce qui dut se passer alors que les deux candidats au poste de chef de la police, Brown et Parker, se disputaient le pouvoir. Je crois très fermement que, l'un comme l'autre, et sans doute en croyant agir au mieux des intérêts de la police, ils étouffèrent non seulement les agissements du réseau des avorteurs, mais encore les assassinats à caractère sexuel du Dahlia noir, de French, de Spangler et de bien d'autres. Jusqu'à l'enquête menée en 1949 par le jury d'accusation, qui ne parvint pas à faire toute la lumière sur ces affaires !

Il est important de savoir qui était au courant de ces manœuvres d'étouffement et ce qu'on en connaissait. D'après ce que m'en dit Joe Barrett, à l'époque où mon père fut arrêté en 1949, les services du district attorney soupçonnaient fortement celui-ci d'avoir trempé dans l'assassinat du Dahlia noir. Et si le district attorney le pensait, il est clair que la police elle aussi devait le soupçonner – mais qu'elle préféra enterrer tout ce qu'elle savait afin de se protéger.

Bref, qui était dans le secret ? Que les chefs de police William Worton, William Parker et Thad Brown aient connu les éléments de preuve retenus contre George Hodel et Fred Sexton ne fait guère de doute. Et les premiers enquêteurs, Finis Brown – le frère de Thad Brown – et son coéquipier Harry Hansen ne pouvaient pas davantage ne pas savoir. Les inspecteurs du Gangster Squad «Bill Ball et Joe Small» étaient évidemment eux aussi au courant, dans la mesure où, selon moi, ce sont eux qui commencèrent à faire le nécessaire pour protéger les membres du réseau d'avorteurs. Le district attorney Simpson ? Son chef du Bureau des enquêtes, H. Leo Stanley, son premier enquêteur, le lieutenant Frank Jemison, et leurs coéquipiers qui tous témoignèrent devant le jury d'accusation et donnèrent le nom de leur suspect numéro un ? Tous savaient. Et, comme nous le verrons, c'est bien mon père qui fut désigné comme suspect devant les dix-huit membres du jury. Ce qui nous donne un minimum de vingt-huit personnes qui, dès la fin 49, non seulement savaient, mais s'étaient entendu donner le nom du suspect numéro un dans les meurtres d'Elizabeth Short et de Jeanne French.

Cela dit, à l'évidence il y en eut bien d'autres : ce genre de « secrets » circulait au plus vite dans les hautes sphères du pouvoir ! Même si ce ne fut pas tout de suite, lorsque les capitaines Donahoe et Sansing finirent par découvrir la vérité ils furent obligés de la garder pour eux [1]. Il est clair que Sansing voulait savoir si je connaissais la vérité sur mon père lorsque, en 1963, il m'asséna tout de go que je perdais mon temps – et gaspillais l'argent des contribuables – à vouloir entrer à l'Académie de police de Los Angeles. Il est tout à fait possible que bon nombre de grands pontes de la police de l'époque encore vivants soient eux aussi dans le secret et qu'on attende d'eux que, tels les bons petits soldats qu'ils sont, ils l'emportent dans la tombe.

Cela étant, pourquoi avoir permis que cet étouffement perdure ? Il est clair que « Ball and Small » ne faisaient que ce pour quoi on les payait lorsqu'ils lancèrent leurs filets de protection autour des médecins du réseau d'avortement. Si mon père connaissait les noms de ces médecins, il est probable que le Gangster Squad l'ait protégé lui aussi. Mais lorsque ce qu'on savait sur les meurtres liés à celui du Dahlia noir arriva dans les hautes sphères, quelqu'un fut bien obligé de prendre la décision de tout escamoter.

Et maintenant, essayons d'imaginer la situation au mois d'octobre 1949, au moment même où William H. Parker et Thaddeus Finis Brown s'affrontent pour décrocher le poste le plus élevé du LAPD. L'un comme l'autre, ils comprennent que la police et ses officiers se trouvent depuis un an sous un feu roulant de critiques de la part de la presse et du grand public. Le crime est florissant. Pire

1. Dans son autobiographie, *Chief : My Life in the LAPD*, Daryl Gates déclare que Sansing fut le « plus grand capitaine du LAPD de tous les temps » *(NdA)*.

encore, résultat de plus d'une douzaine d'affaires de viols suivis d'assassinats toujours pas résolus, la population féminine de Los Angeles vit dans la terreur. Un tueur fou se balade dans la nature – en 1949 personne ne savait ce qu'était un tueur en série – et personne n'est fichu de l'arrêter. La marque laissée par le meurtre du Dahlia noir – il n'y a jamais rien eu d'aussi horrible et sadique dans le pays – s'est gravée dans l'esprit collectif des habitants de la Cité des Anges et l'affaire est toujours et encore une blessure ouverte qui ne peut pas se cicatriser.

Telle est la situation d'ensemble lorsque Brown ou Parker, voire les deux, sont avisés par leurs subordonnés (suite, je pense, à un mémorandum des Affaires internes[1] de la fin 49) qu'il « y a un autre problème ». Deux ans auparavant, dans les semaines qui ont suivi l'assassinat d'Elizabeth Short, plusieurs inspecteurs du Gangster Squad (division des Homicides) ont reçu l'ordre de prêter main-forte aux enquêteurs dans la mesure où l'on peut penser que ce crime est lié au gangstérisme – il se trouve en effet qu'ami de voyous notoires et amant de la victime, un citoyen de tout premier plan est un suspect possible. Les deux inspecteurs du Gangster Squad (connus et amis dudit suspect) informent donc les inspecteurs chargés de l'enquête qu'après vérification ils peuvent l'éliminer de la liste des suspects. Il est vraisemblable qu'ils aient encore davantage minimisé ses liens avec le crime en affirmant à d'autres inspecteurs qu'il y a eu confusion et qu'on s'est tout simplement trompé de bonhomme. Dans ce mémorandum de 1949, il est de plus possible que les chefs Brown et Parker aient été informés du fait suivant :

---

1. La division des Affaires internes (équivalent US de l'IGS) de Los Angeles fut créée en 1949 par les soins du chef de police intérimaire Worton, qui promut l'inspecteur Parker au rang de chef adjoint et le plaça à la tête de cette nouvelle unité. Les inspecteurs des Affaires internes furent aussitôt (et le sont encore) craints et haïs à cause du rôle qu'ils jouaient dans la traque des policiers véreux *(NdA)*.

deux ans après l'assassinat du Dahlia noir en octobre 1949, le suspect/ami de ces deux inspecteurs, un citoyen aussi éminent qu'aisé d'Hollywood, médecin qui plus est, a été arrêté et accusé par les inspecteurs de la brigade des Mineurs d'inceste sur la personne de sa fille de quatorze ans. Et voilà que ce type va passer en jugement !

Et les mauvaises nouvelles ne s'arrêtent pas là. Une enquête indépendante menée par les Affaires internes vient de faire apparaître que les deux inspecteurs du Gangster Squad qui ont rayé cet homme de la liste des suspects ont probablement détruit des vêtements ensanglantés qui auraient pu le relier à un autre assassinat commis peu de temps après le meurtre du Dahlia noir. De fait, toujours selon les Affaires internes, ces deux inspecteurs ont peut-être même fait tout ce qu'ils pouvaient pour brouiller les pistes permettant de remonter jusqu'au médecin afin qu'il ne soit pas découvert. Quelles étaient leurs motivations ? Obtenir des compensations financières, c'est probable, dans la mesure où il était de notoriété publique que ce médecin avait des liens avec des gangsters connus, mais pouvait aussi avoir versé son écot à la police ou faire partie du réseau de médecins avorteurs sur lequel Charles Stoker avait témoigné devant le jury d'accusation. Voire les deux.

Mais le pire est à venir. Toujours selon les enquêteurs des Affaires internes, il est plus que probable que bien d'autres meurtres commis depuis 1947 aient à voir avec cet homme – qu'il ait été responsable d'une douzaine d'homicides à caractère sexuel. Et cet assassin, dont la police connaît l'identité, est toujours libre.

Aussi bien Parker que Brown – Brown dont c'était le propre frère qui avait enquêté sur le suspect – savent qu'ils ont tout à perdre et absolument rien à gagner à mettre cet individu derrière les barreaux et ainsi risquer d'ouvrir la boîte de Pandore. Avec les élections huit mois plus tard, si la vérité éclate au grand jour les deux candidats et tous les efforts qu'ils ont déployés seront balayés par le scandale. L'humiliation qui s'ensuivra sûrement n'aura pas pour seul résultat de leur faire perdre tout pouvoir sur le LAPD. Elle risque fort de l'engloutir entièrement. Et jamais le LAPD ne pourra s'en remettre.

Parker ou Brown, l'un et l'autre créatures du système, pouvaient-ils reconnaître publiquement que deux de leurs plus anciens inspecteurs étaient membres d'un réseau d'avorteurs, qu'ils se faisaient payer des pots-de-vin pour les protéger et que, pire encore, ils avaient étouffé le meurtre le plus horrible jamais commis à Los Angeles afin de protéger un ami qui avait des liens avérés avec ceux-là mêmes qui leur graissaient la patte ? Et voilà que, résultat direct de leurs manœuvres, ce fou furieux est resté libre de tuer comme il l'entend pendant deux ans encore ?

Tout dire était hors de question. A elles seules les sommes réclamées par les parents des victimes à la ville, si celle-ci était déclarée responsable par un tribunal, risquaient de mettre Los Angeles sur la paille. Et deux policiers véreux ne pouvaient tout simplement pas mettre en péril la carrière de tous les autres. Pas plus qu'ils ne devaient pouvoir détruire la réputation du LAPD. Une seule solution s'imposait : taire tout ce que le Gangster Squad avait fait pour étouffer ces affaires. Pour le bien du LAPD, pour le bien de la ville et pour leur bien à eux, c'est vraisemblable, les deux candidats au poste de chef de police firent ce qu'il fallait pour tout cacher et n'eurent pas grand mal à justifier leurs actions.

Les ordres commencèrent à pleuvoir : toutes les archives concernant le meurtre du Dahlia noir devaient être mises sous scellés et enterrées à la division des Homicides. Un seul inspecteur serait désormais affecté à l'affaire, son coéquipier n'ayant même pas accès au dossier. Rien de ce qui concernait l'affaire ne devait être communiqué à qui que ce soit, des sentinelles en qui l'on pouvait avoir confiance ayant pour tâche de garder les dossiers fermés. Il est même possible que ces archives aient été détruites afin qu'il n'y ait plus aucun moyen de faire la lumière sur ces crimes. Et d'abord, toutes ces femmes n'étaient-elles pas seules au monde ? Et mortes ? Rien ne les ramènerait à la vie. Pourquoi détruire la police alors que cela ne mènerait à rien ? Brown et Parker étaient arrivés à la même conclusion : le LAPD ne pouvait pas se permettre de regarder en arrière. La seule option était d'aller de l'avant. Il ne fait aucun doute que, l'un comme l'autre, ils se soient juré de mettre sur pied des réformes qui empêcheraient un pareil désastre de jamais se reproduire. Et lorsque ce fut lui qui devint chef de la police, Parker entama aussitôt ce programme de redressement qui devait durer dix années.

Telles sont, à mon avis, certaines des raisons – et justifications – qui poussèrent les plus hautes autorités en place à étouffer l'affaire pour protéger le LAPD, l'administration locale et les réserves financières de la ville.

Dans la Los Angeles de 1949, les affaires ne s'arrêtèrent pas pendant la durée des travaux.

28

Le jury d'accusation

«Jusqu'à la vérité qui se dégrade et voyez, dans ses tristes cendres, ce sont la douleur et le mensonge qui prospèrent.»

Herman Melville

Certes, nombre d'informations que vous allez lire sont plus que probantes et contribuent à démontrer que George Hodel, «l'homme aisé d'Hollywood» dont parle le jury d'accusation de 1949, était bel et bien le suspect numéro un dans l'assassinat du Dahlia noir et le meurtre au Rouge à lèvres. Mais des preuves, nous n'en avons plus besoin. Nous avons examiné les pièces à conviction et fait le tour des preuves et savons maintenant et sans l'ombre d'un doute que c'était bel et bien lui le tueur.

Il ne nous en reste pas moins une dernière vérité à établir. Comme moi, nombre de lecteurs la trouveront aussi noire, sinon plus, que la folie de mon père.

Cette vérité est celle qui m'oblige à prouver que le LAPD se rendit coupable d'un Dahliagate. Qu'en faisant consciemment et délibérément obstacle à la justice, les deux personnages les plus hauts placés de la police, Thad Brown et William Parker, furent avec leurs subordonnés directement responsables de laisser courir un assassin psychopathe dans la nature jusqu'au moment où il dut enfin quitter le pays en 1950.

C'est avec la plus grande répugnance et d'un cœur lourd que je lance ces allégations. Ces deux chefs, Parker et Brown, étaient toujours en exercice lorsque je travaillais au LAPD. Pour moi, l'un et l'autre étaient des héros et comptent toujours, et sans qu'on puisse en discuter, parmi les personnages légendaires du LAPD. Mais les faits n'en restent pas moins indéniables.

La violence était tellement répandue dans les rues de Los Angeles qu'en 1949 la population finit par en avoir assez. Jour après jour, les manchettes des journaux signalaient un nouvel enlèvement, un autre viol, un énième assassinat de femme et ce, jusque dans les quartiers les plus chics de la ville. Personne n'était à l'abri et la communauté tout entière était outrée par l'inefficacité de la police. Pire, la police elle-même ne donnait pas l'impression d'être meilleure que les joueurs, voyous et autres nervis dont elle était censée débarrasser les rues.

Il y avait d'abord eu les révélations sur la corruption faites par la brigade des Mœurs lorsque le sergent Stocker avait tout dit du scandale Brenda Allen. Ensuite, juste après qu'on avait ainsi lavé le linge sale du LAPD en public, était survenu le meurtre de Louise Springer, qu'on avait retrouvée étranglée dans sa voiture près du centre-ville. Et encore après ce qu'on avait appelé la « bataille de Sunset Boulevard », qui avait vu le célèbre gangster Mickey Cohen et son entourage se faire descendre en plein Hollywood. Après quoi des gens avaient, l'un après l'autre, commencé à disparaître dans des circonstances mystérieuses. Ainsi Mimi Boomhower le 18 août. Puis, le 2 septembre, Barney Weiner, un journaliste de cinquante ans, responsable de district pour la *Daily Racing Form*[1]. Et encore, le même jour, un grand ami et associé de Mickey Cohen, Frank Niccoli. On avait certes eu vite fait de retrouver leurs voitures, mais pas leurs corps. L'actrice Jean Spangler, elle, disparaissait le 7 octobre, soit trois jours avant « Little Davey » Ogul, encore un nervi de Cohen,

---

1. Journal spécialisé dans les pronostics de courses de chevaux *(NdT)*.

dont, comme pour les autres, la voiture fut promptement retrouvée abandonnée à Los Angeles. Ce qui aurait permis à Cohen de déclarer: «J'ai bien peur qu'ils [Niccoli et Ogul] ne vivent plus. Avalés, qu'ils ont été.»

«Le Port des personnes disparues», tel était le surnom qu'on donnait à Los Angeles en octobre en plaisantant. Sauf que tout cela n'avait rien d'une plaisanterie et que les gens ne riaient plus guère. Car ce n'était pas seulement des gangsters et autres voyous notoires qui disparaissaient, c'était aussi des gens ordinaires. Il était grand temps que le district attorney commence à faire ce pour quoi on l'avait élu et mette un terme à cette situation.

En 1949, des jurés furent donc sélectionnés pour un jury d'accusation. Celui-ci devint rapidement très actif et, conduit par un premier juré plein de feu, Harry Lawson, parut bien décidé à obtenir des réponses à ces questions. En menant ses propres enquêtes et en usant de son droit de citation à comparaître, il commença par s'attaquer à l'affaire Brenda Allen, examina les accusations de corruption systématique proférées par Stoker contre le LAPD et arriva vite au sommet de la hiérarchie policière.

Après les affaires Brenda Allen et Charles Stoker, le programme prévoyait de reprendre l'enquête sur le meurtre du Dahlia noir. Pourquoi celui-ci n'était-il toujours pas résolu et, si étouffement il y avait, qui en était responsable?

En s'appuyant sur le travail de leurs propres employés, sur des interrogatoires de témoins et sur des renseignements trouvés par des détectives privés protégés par l'anonymat et indépendants du LAPD, les enquêteurs du bureau du district attorney fournirent aux jurés des informations très nouvelles et d'une importance capitale.

Comme pour tous les jurys d'accusation, les dépositions se firent en secret et, l'affaire n'étant techniquement pas résolue, la substance de ce qui y fut révélé n'est toujours pas accessible. Mais, à lire les articles publiés dans les quotidiens de l'époque, il est clair que pour les enquêteurs du district attorney ce sont les inspecteurs du LAPD affectés au Gangster Squad qui ont organisé l'étouffe-

ment de l'affaire. Ce qu'ils donnèrent au jury d'accusation ? Le résultat de leurs enquêtes et tous les faits qu'ils
avaient découverts et organisés de manière chronologique dans les trente-quatre mois suivant l'assassinat. Ils
soupçonnaient ainsi le Gangster Squad de protéger « un
homme aisé d'Hollywood », celui-là même en qui ils
voyaient le suspect numéro un. Ils en donnèrent le nom et
l'adresse aux jurés et ajoutèrent qu'ils avaient quelqu'un
qui pouvait déclarer sous serment avoir vu des vêtements
ensanglantés du genre et de la taille de ceux que portait
Elizabeth Short, et des draps, eux aussi pleins de sang,
dans la maison dudit suspect.

Pour ne révéler ni le nom ni l'adresse de ce suspect au
grand public, un article paru dans le *Herald Express* du
13 septembre 1949 sous le titre : « Assassinat du Dahlia
noir : le lieu du crime est retrouvé en plein L. A. » n'en
donna pas moins une partie de ces témoignages. On peut
y lire notamment : « Il a été déclaré que la pièce où s'est
déroulé le meurtre se trouvait à moins d'un quart d'heure
de voiture du terrain vague où le corps dénudé et coupé en
deux de la jeune femme a été découvert le 15 janvier 1947
(…) la maison étant située dans une des rues les plus animées de Los Angeles. »

Dans sa déposition secrète, l'enquêteur du district attorney, le lieutenant Frank Jemison, identifie cet « homme
aisé d'Hollywood » comme étant celui-là même auquel
Elizabeth Short avait téléphoné de San Diego le 8 janvier
1947 ; celui-là même aussi qui, quatre jours plus tard, le
12 janvier, s'était fait passer pour un certain « M. Barnes »
afin de signer avec elle, sa « femme », le registre de l'East
Washington Boulevard Hotel. Les enquêteurs du district
attorney déclarèrent en outre que les propriétaires de cet
hôtel avaient identifié ledit « M. Barnes » en regardant une
photo retrouvée dans les affaires de la victime et que cet
homme « avait des liens avec un gouvernement étranger[1] ».

---

1. Ce commentaire des époux Johnson nous fait penser que la
photo que leur montrèrent le LAPD en 1947, puis les enquêteurs

A cause de ces nouveaux témoignages fournis par les enquêteurs du district attorney, le jury d'accusation cita les inspecteurs du LAPD à comparaître afin que ceux-ci leur expliquent comment ils avaient mené leurs enquêtes et ce qu'ils avaient découvert. Sept membres du Gangster Squad, dont le chef de l'unité, le lieutenant William Burns (le « Bill Ball » de Stoker ?), et un certain inspecteur J. Jones (« Joe Small » ?) furent ainsi sommés de déposer à la barre. Les autres inspecteurs du Gangster Squad étaient les sergents James Ahearne, John O'Mara et Conwell Keller et les officiers Loren K. Waggoner, Archie Case et Donald Ward.

Plus tard, le jury d'accusation cita à comparaître le chef adjoint Thad Brown ainsi que le chef intérimaire de la police William Horton, qui avait remplacé Clemence Horrall. Ce dernier, on s'en souvient, avait démissionné peu après avoir été accusé de parjure suite aux dépositions de Charles Stoker dans l'affaire Brenda Allen. En juin 1949, le maire Bowron avait donc nommé Worton, un général des marines à la retraite, pour le remplacer au poste de chef du LAPD par intérim. Worton ne devait rester en fonction qu'un an au maximum, jusqu'à ce que les membres de la Commission de la police déterminent par leurs votes qui de Brown ou de Parker serait leur nouveau grand patron.

Le jury d'accusation demanda donc au chef Worton de lui parler de l'enquête effectuée après le meurtre du Dahlia noir et de lui dire s'il était possible que l'« homme aisé d'Hollywood » soit protégé par des membres du Gangster Squad. Dans un article du *Los Angeles Examiner* publié le 7 décembre et intitulé « Affaire du Dahlia noir : la question de l'hôtel passée au crible », il est mentionné que Worton

---

du district attorney en 1949, est celle intitulée pièce à conviction 9 ou 10. On pense que ces photos où on le voit en Chine (d'où « les liens avec un gouvernement étranger ») furent envoyées par mon père à Elizabeth Short pendant son séjour de 1946 *(NdA)*.

a personnellement enquêté sur : un) la rencontre de cet homme avec la victime à l'hôtel du centre-ville ; et, deux) sur la protection dont il aurait bénéficié de la part du Gangster Squad et que « le chef Worton ne croit pas qu'on puisse inculper cet homme pour l'un ou l'autre de ces motifs vu les informations dont on dispose à présent ».

Ce sont ces « informations dont on dispose à présent » qui me mirent la puce à l'oreille. Cela voulait dire que Worton s'était ménagé une belle porte de sortie si jamais l'affaire du Dahlia noir devait lui péter au nez.

Après avoir ainsi réexaminé deux mois durant toute l'enquête sur le meurtre du Dahlia noir, le jury d'accusation, dont l'autorité avait cessé le 31 décembre 1949, publia un rapport cinglant sur le LAPD et exigea une révision complète de l'enquête sur le meurtre d'Elizabeth Short et sur bien d'autres assassinats de femmes qui s'étaient produits pendant les cinq ans précédents. Le 12 janvier 1950, la manchette du *Herald Express* proclamait : « Le jury d'accusation malmène les enquêtes du LAPD ». Suivait un article avec les photos de sept victimes de ces crimes non élucidés – Elizabeth Short, Jeanne French, Louise Springer, Gladys Kern, Laura Trelstad, Dorothy Montgomery et Evelyn Winters.

L'article fait état du rapport du jury d'accusation et énumère ses conclusions, dont celles-ci : les officiers du LAPD recevant bien des pots-de-vin en échange de la protection qu'ils leur offraient, gangsters, bookmakers, joueurs et avorteurs, tous pouvaient faire ce qu'ils voulaient sans crainte d'être poursuivis en justice. En guise de commentaire sur ce rapport, l'article fait aussi remarquer que « cela rappelait presque, mais sur une plus petite échelle, le Chicago des pires années du crime organisé ».

Après avoir sévèrement critiqué l'enquête sur le meurtre du Dahlia noir, les jurés laissent entendre qu'il y a peut-être eu étouffement de l'affaire par certains officiers de police. Voici des extraits de ce rapport tel qu'il est résumé dans cet article de l'*Express* :

Pièce à conviction n° 62

Herald Express *du 12 janvier 1950*

Les témoignages de certains officiers ayant enquêté sur cette affaire étaient clairs et bien construits, d'autres officiers s'étant montrés plutôt évasifs. N'ayant pas eu assez de temps pour mener à bien cette enquête, le jury d'accusation recommande de poursuivre cet examen en 1950.

Ce jury a remarqué des faits indiquant qu'il y a eu des pots-de-vin en échange de protections dans des affaires de crimes et de mœurs et des conduites absolument indignes d'officiers responsables du maintien de l'ordre.

Il a également été remarqué des cas de disputes et de

jalousies juridictionnelles entre diverses institutions responsables du maintien de l'ordre. Dans d'autres affaires, surtout celles impliquant le travail d'un ou plusieurs organismes, il semble qu'il y ait eu un manque de coopération dans la façon de présenter les preuves au jury d'accusation, ainsi que de la répugnance à enquêter ou poursuivre en justice.

En plus de ses conclusions et de son rapport plus que critique, le jury d'accusation 1949 prit une décision audacieuse en recommandant que l'enquête sur le meurtre du Dahlia noir soit enlevée au LAPD et reprise par les services du district attorney. Il ordonna aussi que ces enquêteurs contactent et interrogent l'« homme aisé d'Hollywood » suspecté par l'enquêteur Jemison d'être un des tueurs possibles, afin d'examiner tout ce qui pourrait le lier à ce crime.

Le 1er avril 1950, soit quelques mois à peine après que le jury d'accusation eut clos son enquête, le *Los Angeles Times* publiait un article intitulé « Réouvertures d'enquêtes ordonnées par le district attorney ; les enquêteurs reprennent l'enquête sur l'assassinat de l'infirmière et les brutalités infligées au "Black Dahlia" ». Il y est révélé que les enquêteurs du district attorney « recherchent activement un homme en qui ils voient un "suspect de premier plan" dans ces affaires qui remontent à trois ans. Les enquêteurs Frank Jemison et Walter Morgan ont déclaré à des journalistes que leurs services enquêtaient ensemble sur les assassinats du "Dahlia noir" et de Jeanne French ». Un peu plus loin, l'auteur de l'article précise que « selon H. Leo Stanley, l'enquêteur principal du district attorney Simpson, ses enquêteurs ne sont toujours pas convaincus qu'il faille écarter des éléments de preuve une chemise et un pantalon ensanglantés retrouvés chez une connaissance de Mme French ». Les enquêteurs refusent de donner le nom de celui qu'ils considèrent comme le suspect n° 1, mais déclarent que « les vêtements ensanglantés qui ont disparu des scellés du LAPD lui appartiennent ». Les enquêteurs du district attorney prévoient donc « d'inter-

roger longuement les deux amies proches de l'infirmière
assassinée », car le jury d'accusation de 1949 leur a assigné
la tâche d'enquêter sur ces deux meurtres non élucidés.

Les comptes rendus de la police n'ont, eux, jamais été
rendus publics. Cela étant, en se fondant sur des dépositions, des déclarations publiques fournies par les enquêteurs du district attorney et sur les résultats de mes
propres recherches, il semblerait bien que le LAPD ait
récupéré des vêtements ensanglantés chez l'« homme aisé
d'Hollywood », y compris un pantalon et une chemise lui
appartenant, toutes pièces qui furent mises aux scellés,
puis ou bien « perdues » ou bien délibérément détruites
par des membres du Gangster Squad. Tout indique que
pour ces enquêteurs ces vêtements avaient à voir avec
l'enquête sur l'assassinat de Jeanne French, étant donné
que pour plusieurs amies de la victime l'« homme aisé
d'Hollywood » comptait au nombre de ses connaissances.

Les vêtements ensanglantés mis à part, les enquêteurs
indépendants localisèrent un nouveau groupe de témoins
qui, lorsque le lieutenant Jemison les interrogea, lui
dirent avoir vu des vêtements de femme pleins de sang
– ces vêtements étant du genre et de la taille de ceux que
portait Elizabeth Short – et des draps de lit ensanglantés
dans la résidence de l'« homme aisé d'Hollywood ».

Il ne peut donc y avoir aucun doute sur le fait que
l'« homme aisé d'Hollywood » dont parle le lieutenant
Jemison était connu aussi bien du district attorney que
du LAPD et que pour l'un et l'autre il était le suspect
numéro un dans ces deux assassinats.

Comme il est dit plus haut, les services du district attorney avaient déclaré sous serment que le « lieu du crime se
trouvait dans une rue animée, à un quart d'heure de la
scène de crime ». Ma thèse est que le lieu du crime n'est
autre que la Franklin House, celle-ci donnant dans les
avenues Franklin et Normandie, voies des plus animées
de ce qu'on appelle le quartier Los Feliz d'Hollywood.

En octobre 1999, je procédai à une vérification kilo-
métrage-durée de parcours entre Norton et la Franklin

House. Dans des conditions normales de circulation, ce trajet de 12 km 300 me prit dix-sept minutes. Et le garage de la Franklin House donne dans une toute petite allée. Une fois dans ce garage, on a un accès direct à l'intérieur de la résidence et l'on peut donc y enlever facilement un cadavre en pleine nuit sans se faire remarquer.

Dans aucun des documents rendus publics il n'est spécifié quand les inspecteurs du LAPD découvrirent et récupérèrent les vêtements ensanglantés qui, pense-t-on, appartenaient à mon père. A quelle date et en quelle année s'en emparèrent-ils à la Franklin House? Deux possibilités : a) en février ou dans les semaines ou mois qui suivirent le meurtre de Jeanne French en 1947, ou b) dans les jours qui suivirent l'arrestation de George Hodel pour inceste le 6 octobre 1949.

Pour l'instant, les questions relatives aux deux ensembles de vêtements ensanglantés qui relient George Hodel aux assassinats d'Elizabeth Short et de Jeanne French restent sans réponses. Ce qui est certain et avéré, c'est que dans la déposition secrète qu'il fit devant le jury d'accusation de 1949, le lieutenant Frank Jemison, enquêteur du district attorney, mentionne deux faits absolument saisissants : a) les inspecteurs du LAPD s'appliquaient à étouffer les deux affaires du Dahlia noir et du meurtre au Rouge à lèvres et b) le Dr George Hodel était bien le suspect numéro un pour ces deux crimes.

29

Le Dahlia noir : mythes et réalité

Parmi les aspects les plus fascinants, et troublants, de l'assassinat du Dahlia noir, force est de constater l'incroyable quantité de mythes qui se développèrent autour de la victime et de l'assassin au fur et à mesure que le temps passait. Parce qu'elle fit sans arrêt la une des journaux en 1947 et dans les années qui suivirent, cette affaire est devenue matière à d'innombrables livres, films et documentaires télévisés. Écrivains et commentateurs, tous y sont allés de leurs interprétations, leurs opinions étant trop souvent prises pour des faits. C'est ainsi qu'on a théorisé sans fin sur les caractères d'Elizabeth Short et de son agresseur. Et, dans tous les cas, ces théories se sont révélées terriblement erronées. D'où ce que j'appellerai «le mythe du Dahlia noir».

Dans notre enquête, c'est le tragique et la brièveté même de sa vie qui font d'Elizabeth Short une victime à part et ce, pour deux raisons. Un) la manière dont elle fut assassinée et dont le meurtrier disposa de son corps. Deux) ce surnom de «Dahlia noir» qui horrifia et fascina le public et, en identifiant la victime à cette belle fleur, transforma ce meurtre en un acte légendaire. D'autres victimes étaient plus belles et exotiques qu'elle, mais c'est ce surnom qui fit de son assassinat un crime à part.

Comme le dit dans son livre, *Jack Smith's L.A.*[1], le chroniqueur chéri du *Los Angeles Times* Jack Smith :

1. Soit «La Los Angeles de Jack Smith» *(NdT)*.

Je crois depuis toujours avoir été le premier à introduire le terme de «Dahlia noir» dans la presse, même si je ne suis pas celui qui lui trouva ce surnom. Si je me souviens bien, un de nos journalistes avait entendu dire que Mlle Short avait pendant un temps fréquenté un drugstore de Long Beach. J'en recherchai donc aussitôt l'adresse, la trouvai et appelai son patron.

Oui, il se souvenait bien d'Elizabeth Short. «Elle traînait souvent avec des jeunes autour du comptoir à sodas. Ils l'appelaient le *Dahlia noir* à cause de la façon dont elle se coiffait.» *Le Dahlia noir!* On ne pouvait rêver plus belle trouvaille. Les Parques sont avares de tels cadeaux. Je mourus aussitôt d'envie de faire passer ce surnom dans le journal.

C'est donc dès le premier jour qu'avec ce surnom l'identité véritable d'Elizabeth Short disparaît. Peu de gens sont aujourd'hui capables de donner son vrai nom, alors que tout le monde ou presque connaît son histoire. Et ce n'est pas seulement son vrai nom qui disparut – c'est aussi son vrai caractère. La vérité fit place à la fiction de manière quasi instantanée, le blâme en revenant à une presse qui, dès le début, se livra à d'innombrables insinuations et allusions douteuses.

Ce véritable assassinat commença lentement dans les quotidiens, à l'aide de remarques lâchées à droite et à gauche : «Elizabeth a été vue dans un bar d'Hollywood en compagnie d'une femme aux airs masculins.» «Elizabeth a été vue dans une voiture en compagnie d'une blonde imposante et musculeuse.» «D'après certaines sources non identifiées, Elizabeth préférerait la compagnie des femmes.»

Il est à l'honneur des inspecteurs du LAPD affectés à l'enquête de n'avoir jamais confirmé ces rumeurs déshonorantes, dans les premières années tout au moins. Malheureusement, cela devait changer au fil du temps.

Mais ce que la police ne fit pas, les auteurs et «experts criminologues» autoproclamés s'en chargèrent sans hésiter. C'est ainsi que dans son livre *Ten Perfect Murders*[1] publié en 1954, Hank Sterling écrit ceci :

> Il est juste de dire que sa mort découle de la manière déplorable dont elle se conduisait dans la vie. S'y rendit-elle [au Biltmore] dans l'espoir d'y trouver un partenaire d'occasion et, l'ayant trouvé, fut-elle séduite et entraînée à sa mort ? Si c'est bien le cas, nous pouvons dire que la même chose aurait pu arriver à une vierge irréprochable séduite par une personnalité trompeuse. Dans ce cas, sa mort n'aurait rien eu à voir avec son passé plus que scabreux. En fait, on pourrait même dire qu'avec l'expérience qu'elle avait, elle aurait dû être trop avisée pour se faire piéger de la sorte.

Quelques années plus tard, Elizabeth Short est mentionnée dans un autre ouvrage, *The Badge*, dont l'auteur, Jack Webb, porta le personnage de l'inspecteur Joe Friday à l'écran pour la série télévisée *Dragnet*.

> Elle était paresseuse et irresponsable et lorsqu'elle se décida à travailler dériva d'emplois subalternes en boulots serviles… Pour le sociologue, elle est caractéristique des pauvres enfants de la Dépression qui grandirent trop brusquement durant leur adolescence et découvrirent alors l'argent, la vie et les amours faciles de l'Amérique en guerre.

Et pour conclure son chapitre sur elle, il écrit encore :

> Elle traînait autour des stations radio, allait à des auditions – et descendit bien vite dans les abîmes de l'arnaqueuse pour qui se faire offrir un repas, un coup

---

1. Soit «Dix meurtres parfaits» *(NdT)*.

à boire, une robe neuve ou quelques billets de banque était aussi facile que trouver un gars complaisant dans la 6ᵉ Rue. C'est ainsi que pendant quelques mois de l'année 1946 elle devint une habituée des rues d'Hollywood, jolie fille pas très regardante quand il s'agissait de trouver un endroit où coucher et quelqu'un avec qui le faire, demoiselle assez désespérée pour poser nue pour des photographes de magazines cochons, jeune femme qui s'enfonçait dans son enfer personnel.

C'est ainsi qu'en échange de quelque argent de poche et d'un ticket de bus pour San Diego, elle passa une nuit alcoolisée dans un hôtel d'Hollywood avec un représentant de commerce itinérant.

Trois ans plus tard, dans son livre *Torso : The Story of Eliot Ness and the Search for a Psychopathic Killer*[1], Steven Nickel avance une théorie encore plus surprenante :

L'odyssée d'Elizabeth est une histoire tragique et de plus en plus sordide. A l'âge de dix-sept ans, elle quitta son foyer dans le Massachusetts et partit vers l'ouest dans l'espoir de s'y faire un nom dans le cinéma d'Hollywood. Mais jamais elle n'y perça et, dans les cinq années qui suivirent, elle commença à dériver dans le milieu des marchands de sommeil et autres fournisseurs de chair fraîche de Santa Barbara, Long Beach, San Diego et Los Angeles. Son histoire d'amour avec un jeune pilote connut une fin tragique lorsque celui-ci fut tué à la guerre ; la mort de son amant marqua un tournant dans sa courte vie. Pendant un moment, elle travailla comme call-girl de luxe au style de vie clinquant. Au nombre de ses clients on trouve des producteurs d'Hollywood qui

1. Soit « Le torse : l'histoire d'Eliot Ness et la traque d'un tueur psychopathe » *(NdT)*.

lui promirent des rôles, mais avant longtemps elle tomba au niveau de la prostituée de bas étage qui, accrochée à l'alcool et à la drogue et vivant de temps en temps avec une amante lesbienne, posait nue pour se faire un peu d'argent.

… Ainsi que le découvrirent les inspecteurs qui fouillèrent son appartement, ses chemisiers, ses robes, ses bas, ses chaussures et ses sous-vêtements étaient tous et uniquement de couleur noire. Il est facile de voir comment Elizabeth Short hérita de son surnom. Et elle semblait l'avoir compris ; sur sa cuisse gauche elle s'était fait tatouer l'image exotique d'un dahlia noir que son assassin fit vicieusement disparaître à coups de couteau.

En 1993, les éditeurs de Time-Life Books brossent ainsi le portrait du Dahlia noir dans leur livre *True Crime : Unsolved Crimes* [1] :

Short tourna autour d'Hollywood dans l'espoir de s'y faire un nom, mais n'y obtint guère plus qu'une place d'ouvreuse de cinéma. L'essentiel de son travail était la prostitution.

Bien des années après sa mise à la retraite, l'inspecteur du LAPD Harry Hansen lui porta ce dernier coup : « C'était une clocharde et une allumeuse. »

D'un des principaux inspecteurs des Homicides à la vedette de la série télévisée *Dragnet,* les commentateurs de la vie d'Elizabeth Short n'ont pas manqué, l'image générale de la victime n'ayant pour finir absolument rien à voir avec ce qu'elle avait été dans la réalité. Comme s'ils écrivaient un scénario de série B et le faisaient en se basant plus sur leurs fantasmes et préjugés que sur les faits, ces « profilers » font d'Elizabeth Short une sorte de pute de bas étage, une souillon qui faisait

1. Soit « Le crime sans fard : les affaires non résolues » *(NdT).*

des passes dans des contre-allées pour se payer sa drogue et sa bibine. Leurs portraits sont ceux d'une femme qui se servait des hommes et les manipulait, de quelqu'un qui, parce qu'elle était sans grande intelligence et de mœurs légères, était destiné à devenir la proie des forces obscures qui vampirisent les apprenties starlettes.

Sauf que rien de tout cela n'est vrai. Pire encore, tout ce que ces gens ont eu à dire d'elle, d'Hansen aux commentateurs d'aujourd'hui, n'est que ratiocinations sur le thème «enfonçons-la-victime» destinées à expliquer pourquoi l'affaire ne fut jamais résolue. Alors qu'en réalité cette affaire fut bel et bien élucidée, puis étouffée. Elizabeth Short ne mérite pas d'être ainsi vilipendée. C'est quand même elle la victime, et pas l'assassin. Qu'elle ait effectivement recherché l'attention des hommes, voire qu'elle ait vécu dans un univers de fantasmes, ne fait pas d'elle la complice de sa propre mort. Que tous ces écrivains se permettent pareils commentaires sans savoir vraiment, ou si peu, qui était Elizabeth Short et ce qui la conduisit à cette rencontre fatale dit à mon avis un manque de professionnalisme absolu. Les écrivains ont certes le droit d'écrire ce qu'ils veulent, mais que des gens chargés de faire respecter la loi s'en prennent ainsi à une victime constitue, à tout le moins, une violation de leurs responsabilités morales. Quelle qu'elle ait pu être dans la vie, Elizabeth Short ne correspond tout simplement pas au profil qu'inventèrent Hansen, Webb, des dizaines de journalistes et éditeurs de livres sur le crime. Ce sont ceux qui l'ont connue qui nous disent le mieux sa personnalité et c'est de ces gens-là et des lettres qu'elle écrivit qu'il convient de tirer ses conclusions. Ces portraits, nous les avons, brossés par ceux qui la connaissaient dans la vie. Et dans ce qu'ils disent, nous trouvons ceci: «impeccablement habillée», «timide et douce», «une employée modèle qui ne fumait pas et ne buvait pas», «une bonne enfant».

De fait, c'est Elizabeth elle-même qui est son meilleur porte-parole. Ses lettres sont pleines de naïvetés dans lesquelles je lis sa croyance en l'essentielle honnêteté d'autrui. Ainsi partage-t-elle les secrets de son cœur dans les lettres qu'elle écrit en avril et mai 1945 à son fiancé le major Matt Gordon, lettres qui furent publiées dans les journaux après son assassinat. Voici ce qu'elle écrit en attendant le retour de Matt et son mariage proche :

> Mon doux amour,
> Je t'aime, je t'aime, je t'aime, je t'aime. Doux amour de tous mes rêves…
> Non, honnêtement, mon chéri, quand deux personnes s'aiment autant que nous, leurs lettres doivent paraître extraordinaires à un censeur…
> Je rêve et attends une lettre de toi, rien de plus, de toi qui vas bientôt m'appartenir…
> Comme ce sera merveilleux, mon chéri, quand tout ça sera fini. Tu veux partir et te marier. Nous ferons tout ce que tu veux, mon chéri. Tout ce que tu veux, tout ce que je veux. Je t'aime et ne veux que toi…
>
> Beth

Ou cette lettre qu'elle lui écrivit plus tard :

> Matt, mon chéri,
> Je viens de recevoir ta dernière lettre et les coupures de journaux. Mon chéri, je n'arriverai jamais à te dire combien je suis heureuse et fière…
> Je t'aime tellement que je ne vis que pour ton retour et tes belles lettres alors, je t'en prie : écris-moi dès que tu pourras et prends bien soin de toi, Matt, pour moi. J'ai tellement peur ! Je t'aime de tout mon cœur.
>
> Beth

Après la mort de Matt Gordon, elle sortit avec un autre officier, le lieutenant Joseph Gordon Fickling, dans l'espoir de retrouver l'amour. Fickling l'en découragea ; dans une lettre de lui retrouvée dans une valise d'Elizabeth il dit ceci :

> Je ne cesse pas de te dire de m'oublier parce, pour moi, c'est la seule chose à faire pour que tu sois heureuse.

Rendu à la vie civile en 1946, Fickling regagna Charlotte, en Caroline du Nord. Des lettres qu'elle lui avait écrites mais jamais envoyées ont elles aussi été retrouvées dans les bagages de la jeune femme. Le 13 décembre 1946, tous ses espoirs de mariage avec lui quasiment anéantis, elle lui écrivait ces mots, mais ne les lui envoyait pas :

> Franchement, mon amour, si tout le monde attendait que tout aille bien pour prendre la décision de se marier, personne n'épouserait jamais personne.
> Jamais je n'aimerai personne comme toi. Et je crois que tu devrais te demander si une autre femme t'aimera jamais autant que moi.

Dans une autre lettre retrouvée dans ses bagages, le lieutenant Stephen Wolak aborde directement le désir obsessionnel qu'elle a d'épouser un militaire. Il lui écrit :

> Dès que tu as parlé de mariage dans ta lettre, j'ai commencé à me poser des questions. On dirait que tu as toujours besoin d'aimer quelqu'un avant que l'affaire soit sûre. On prend trop souvent l'obsession amoureuse pour de l'amour véritable – ce qu'elle ne saurait jamais être.

Parmi toutes les autres lettres retrouvées dans ses affaires, celle-ci, qui émane d'un quatrième militaire, était entourée de rubans. L'homme, un certain Paul Rosie, répond à ce que nous ne pouvons prendre que pour une énième lettre d'amour d'Elizabeth :

Ta lettre me prend entièrement par surprise. Oui, j'ai toujours eu le sentiment que nous avions beaucoup de choses en commun et que nous aurions pu compter énormément l'un pour l'autre si seulement nous avions pu être ensemble plus longtemps. Recevoir une lettre aussi chaleureusement amicale que la tienne est bien agréable.

Ces lettres, adressées à quatre soldats différents et toutes publiées en première page des grands journaux de Los Angeles, nous donnent une idée assez claire de ses sentiments. Destinées à n'être lues que par ceux à qui elles s'adressaient, elles disent le besoin désespéré qu'elle a de trouver l'amour et de se marier, la joie irrésistible qu'elle éprouve d'être aimée et l'extase qui la prend à l'idée que son fiancé va revenir. Dès qu'elle apprend la nouvelle de la mort de Matt Gordon, elle s'effondre d'avoir ainsi perdu l'homme de ses rêves et revient en Californie dans l'espoir de guérir son cœur brisé.

Si les lettres écrites par le Dahlia noir n'ont jamais été analysées par la presse, la police et tous ceux qui écrivirent des livres sur l'enquête, elles soulèvent, pour moi au moins, de sérieuses questions sur sa santé émotionnelle et psychologique. A nous en tenir aux histoires contradictoires qu'elle racontait à ses amis, nous savons qu'elle était extrêmement secrète, mais très encline à déformer la vérité. Dans un certain nombre d'exemples il est clair qu'elle ment ou fantasme beaucoup. C'est ainsi que :

– elle dit à Elvera et Dorothy French avoir épousé Matt et lui avoir donné un enfant, qui est mort ;

– dans ses premières lettres, elle dit aussi à sa mère avoir tenu des petits rôles dans des films. Dans la dernière lettre qu'elle lui écrit au début du mois de janvier 1947, elle affirme travailler à l'hôpital de Balboa Park de San Diego ;

– elle dit à Robert «Red» Manley avoir été mariée à

un major de l'armée et travailler au bureau de la Western Airlines de San Diego.

Toutes ces inventions ont un lien direct avec l'image qu'elle a d'elle-même et la façon dont elle tente de se faire connaître sous un jour particulier : il lui faut montrer à tous qu'elle est capable de fonctionner normalement dans le monde, de s'y faire des relations, de se marier, d'avoir des enfants et d'y tenir un emploi régulier.

Ce qui pose la question suivante : a-t-elle été vraiment la fiancée du major Matt Gordon ou bien s'agit-il là encore d'un fantasme ? Je penche pour cette dernière réponse. A l'époque où elle vivait chez eux à San Diego, elle montra aux French une coupure de journal annonçant les fiançailles de Matt Gordon. Sauf qu'Elizabeth avait barré le nom de la demoiselle. Selon elle, « au journal, ils s'étaient trompés de nom ».

Interrogée après le meurtre du Dahlia noir, la mère de Matt Gordon ne confirma jamais que son fils s'était fiancé à Elizabeth et devait l'épouser. De fait, elle n'affirma même que ceci : Matt et Elizabeth avaient fait connaissance à Miami en 1944 et elle lui avait, elle, envoyé un télégramme pour lui annoncer la mort de son fils. S'il avait été vraiment fiancé à Elizabeth, pourquoi Matt n'en aurait-il rien dit à sa mère ? Et pourquoi celle-ci ne l'aurait-elle pas confirmé à la police ?

Qui plus est, comment Elizabeth pouvait-elle être encore en possession des lettres qu'elle avait écrites et prétendument envoyées à Matt outremer ? Nous savons qu'elle écrivit cette ou ces lettres le 8 mai 1945 et qu'à cette date Matt était toujours de l'autre côté de l'océan. Il ne nous reste donc que deux possibilités : 1) les lettres ont été retrouvées dans ses effets personnels et retournées à sa mère, qui les aurait fait suivre à Elizabeth ; 2) mais, bien plus vraisemblablement, elles ont été écrites par Elizabeth et, comme celles adressées au lieutenant Fickling et retrouvées dans les valises de la jeune femme, n'ont jamais été mises au courrier.

Aucune lettre émanant du major Matt Gordon n'a été

512

retrouvée dans ses valises. Il est en fait plus que probable que celui-ci ait repoussé les avances d'Elizabeth qui, le cœur brisé, se mit à fantasmer qu'elle avait toujours des relations avec lui. Lorsqu'elle apprit qu'il s'était fiancé à une autre, elle fut obligée de s'inventer des histoires, se mit à écrire des lettres où la fin n'était plus triste mais joyeuse et enveloppa le tout de beaux rubans. Témoins jamais envoyés de ce qui aurait pu être, voilà ce que sont ses missives. Mais aux yeux du monde, cela devient réalité vraie. Pour tous, elle trouve et épouse le major Parfait, ils ont même un enfant jusqu'au jour où, malheureusement, le père et l'enfant périssent.

Le rédacteur en chef de l'*Examiner,* James Richardson, dont les journalistes écumèrent Medford (Massachusetts), Miami, Los Angeles et San Diego pour lui fournir des renseignements sur le passé du Dahlia noir, ne se trompe pas lorsqu'il dit dans ses mémoires de 1954 :

> Elizabeth Short (…) cherchait un bon mari, un foyer et le bonheur. Elle n'était ni mauvaise ni bonne. Seulement perdue et faisant tout son possible pour s'en sortir. Dans toutes les villes du monde, des filles comme elle il y en a des centaines.

En se fondant sur les lettres qu'elle écrivit et les témoignages de ceux qui la connaissaient, il est possible de dire que la jeune femme de vingt-deux ans avait plusieurs visages. Pour moi, elle sera toujours une *ingénue*[1] avec certains traits de la *soubrette*[2].

---

1. En français dans le texte *(NdT)*.
2. En français dans le texte *(NdT)*.

30

L'enquête sur le Dahlia noir
2001-2002

Les deux années et plus que j'ai passées à enquêter sur l'affaire du Dahlia noir m'ont amené à comprendre que l'administration policière a ses priorités et que celles-ci ne coïncident pas forcément toujours avec les besoins des gens qu'elle est censée protéger. Parvenu à cette conclusion, j'eus peur qu'une fois mes révélations rendues publiques le LAPD n'adopte une attitude défensive aussi prévisible que traditionnelle et ne me renvoie une déclaration publique du genre :

> Le Dr George Hill Hodel a toujours été un de nos plus grands suspects au cours de notre enquête. Son nom figure d'ailleurs de façon marquante dans nos dossiers. Il s'est toujours trouvé parmi les premiers de notre liste de suspects. Mais nous n'avions tout simplement pas assez d'éléments de preuve pour déposer plainte contre lui. Et c'est là qu'il a quitté le pays, mettant ainsi effectivement un terme à notre enquête.

L'ancien inspecteur des Homicides que je suis – et j'ai donné presque vingt ans de ma vie au LAPD – savait parfaitement que la possibilité d'accéder ou de voir les dossiers d'enquête était nulle. Je n'avais même pas l'intention d'en formuler la demande dans la mesure où j'avais déjà toutes les preuves dont j'avais besoin et parce que pour moi la cause était entendue. Il n'empêche : je brûlais toujours d'envie de savoir si le nom d'Hodel figurait dans les dossiers officiels du LAPD. Les inspecteurs encore chargés d'enquêter sur l'affaire s'appliquaient-ils toujours à tenir ces archives sous bonne garde pour couvrir les agissements de ceux qui avaient étouffé l'affaire cinquante ans plus tôt ? Je n'avais qu'une manière de procéder pour le savoir, et décidai de me lancer.

Kirk Mellecker avait été mon coéquipier à la brigade des Homicides d'Hollywood au milieu des années 70. Après avoir travaillé avec moi pendant environ un an, il avait suivi la voie habituelle et s'était fait transférer à la division Vols et Homicides du centre-ville. Je savais qu'il était alors devenu le coéquipier et, plus encore, un grand ami de John « Jigsaw » Saint John, leur relation faisant songer à celle d'un fils avec son père pendant une dizaine d'années, jusqu'au moment où, à la fin des années 80, Saint John avait pris sa retraite. Kirk prit la sienne en 1991. Et, parce qu'il avait été le coéquipier de John Saint John, Kirk avait été affecté à l'enquête sur l'assassinat du Dahlia noir quelque seize années de plus que tout autre inspecteur, à l'exception du premier, Harry Hansen.

Je n'avais ni revu ni parlé à Mellecker depuis que j'avais, moi aussi, pris ma retraite en 1986. Nous avions toujours été amis et je le savais intelligent, dévoué et travailleur. Nous avions eu de grands moments de camaraderie à Hollywood. Je lui envoyai une lettre à sa dernière adresse connue, dans l'espoir qu'elle lui parvienne, lettre où je lui demandais de me téléphoner à Los Angeles. Trois semaines plus tard, le 30 juillet 2001, il m'appelait.

Ainsi que je l'appris, l'ironie du sort voulait qu'il soit devenu un des grands spécialistes de l'analyse des dossiers au NCAVC, ou National Center for the Analysis of Violent Crime, près de Quantico, en Virginie. Il avait alors pour tâche d'y former des officiers de police de tout le pays à se servir de la base de données d'un logiciel appelé VICAP[1], celui-ci étant surtout utilisé pour rechercher des schémas récurrents et des éléments de preuve possibles dans les homicides à caractère sexuel perpétrés par des tueurs en série et ainsi identifier des suspects.

Pendant notre conversation, nous parlâmes du bon vieux temps, puis il me demanda ce que je voulais. Je lui répondis que je faisais des recherches sur un certain nombre d'affaires non élucidées, celle du Dahlia noir en particulier, et que je préparais un livre sur ce sujet. Je savais, lui dis-je ensuite, qu'il avait travaillé sur le dossier avec Saint John et lui demandai s'il était prêt à en discuter avec moi, étant bien entendu, et j'insistai sur ce point, que je ne lui demandais aucune révélation d'ordre confidentiel.

Voici un résumé des points marquants de cette conversation extraordinairement éclairante que nous eûmes alors et dans laquelle il fit la lumière sur un certain nombre de mystères :

> On m'a confié le dossier de l'affaire Elizabeth Short dès que je suis entré à la brigade des Vols et Homicides, en 1976. C'est à ce moment-là que je l'ai lu en détail. Après l'avoir lu, je songeais à en vérifier certains points, mais j'eus vite fait de comprendre que l'attitude générale de la police était plutôt de… «enfin… s'occuper de ce qu'on a sur les bras aujourd'hui et ne pas trop se soucier de ce qui appartient au passé». John-John (John Saint John) et moi avons bien travaillé sur cette affaire au fil des ans, mais jamais autant que nous l'aurions souhaité.

– Kirk, le nom d'Hodel apparaît-il dans le dossier ? lui demandai-je.

– De quoi tu parles ?

– As-tu jamais vu ce nom dans l'une quelconque des chemises du dossier ?

---

1. Ou Violent Crime Apprehension Program *(NdT)*.

Lorsqu'il me demanda où je voulais en venir parce qu'il ne comprenait vraiment pas le sens de ma question, je finis par le mettre au courant :

– Mon père s'appelait George Hodel, lui répondis-je. D'après certaines rumeurs qui couraient dans la famille, il aurait connu Elizabeth Short. Il n'est même pas impossible que celle-ci ait été sa petite amie. Es-tu jamais tombé sur le nom de mon père dans tes rapports d'enquête ?

– Putain, mais… tu rigoles ? s'écria-t-il. Ton père ? Non, je n'ai jamais vu son nom nulle part. Il n'apparaît dans aucun dossier. Tu es en train de me dire que ton père pourrait avoir été… un suspect ? Non, je peux t'assurer que je n'ai pas vu ce nom. Hodel n'est pas un patronyme très ordinaire et comme nous avons travaillé ensemble à Hollywood pendant un an ou deux… Bien sûr que je l'aurais reconnu si je l'avais vu. Non, non, je peux t'assurer que son nom ne figure dans aucun des rapports que j'ai ouverts. J'ai étudié le dossier en détail en 1976 et 1977, et après on a eu droit à l'Étrangleur des collines et à tout ce qui s'en est suivi jusqu'à la fin des années 80.

Puis j'en vins au meurtre au Rouge à lèvres et lui demandai :

– Le nom de Jeanne French te dit-il quelque chose ? C'est une infirmière qui a été assassinée trois semaines après Elizabeth Short. Son nom et son dossier ont-ils été jamais liés à l'affaire du Dahlia noir ?

Kirk me fit une longue réponse, qui éclaircit aussitôt un certain nombre de mystères, dont l'identité de l'inspecteur en charge du dossier et la raison pour laquelle l'affaire avait pu être étouffée :

> Non, ce nom ne me dit rien. Je ne me rappelle pas qu'une infirmière aurait été liée à l'affaire. Je n'ai vu aucun rapport là-dessus. Les dossiers et les rapports d'enquête dont j'ai eu connaissance traitaient surtout du passé et du style de vie d'Elizabeth Short. Je crois qu'à l'époque elle sortait avec quatre types. La police a toujours traité l'affaire comme un cas isolé

et c'est pour ça que ton histoire d'infirmière ne m'évoque rien. Mais que je te dise : si j'avais eu à enquêter sur l'affaire en me conformant aux critères d'aujourd'hui, je serais certainement allé voir si l'assassin n'avait pas déjà tué avant. Parce qu'avec ce genre de *modus operandi*, on pense tout de suite à un tueur en série. Même que si ce n'était pas sa première victime, ce n'aurait certainement pas été sa dernière.

… Non, je ne suis jamais tombé sur le nom de Sexton non plus, du moins si je me souviens bien. Mais tout ça remonte à loin. Et non encore, je n'ai jamais entendu parler d'un quelconque jury d'accusation. J'en ignore tout.

… Que j'essaie de me rappeler comment s'appelait le premier inspecteur attaché à l'affaire… Il avait un drôle de nom. Non, ce n'était pas Hansen, c'était autre chose. [Je lui suggère le nom de Finis Brown.] Oui, voilà, c'est ça. Finis. Un jour il est arrivé au bureau… Il était à la retraite et vivait au Texas. C'était lui le vrai inspecteur affecté à l'affaire. C'est lui qui a fait tout le boulot, mais c'est Hansen qui en a tiré toute la gloire. Saint John et moi devions aller parler du dossier avec Hansen à Palm Springs, mais ça ne s'est jamais fait et Hansen est mort. Brown aussi, sans doute… Vraiment ?… Je ne savais pas que Finis Brown et Thad Brown étaient parents. [Ils étaient frères.]

Ils [le LAPD] devraient encore avoir les pièces à conviction. Je n'en ai jamais sorti parce qu'à l'époque je n'en ai jamais eu besoin. D'après moi, tout doit être encore aux scellés… Non, je ne me rappelle pas qu'on ait trouvé une montre. Je ne me rappelle pas non plus que ç'ait figuré au dossier, mais ça fait une paie, tout ça… Non, je ne pense pas qu'ils aient eu des empreintes digitales. Juste ce cadavre qu'on avait balancé…

Non, rien n'a jamais indiqué qu'Elizabeth Short aurait été une prostituée. Je crois que Finis Brown a fait un boulot du tonnerre... Non, je n'ai jamais entendu parler d'une quelconque tentative d'étouffement. Je n'ai pas davantage eu vent d'une quelconque enquête menée par un jury d'accusation et ça, je crois que je m'en souviendrais si j'en avais entendu parler...

Danny Galindo s'est occupé de l'affaire, et Pierce Brooks aussi... Non, le nom de Brian Carr ne me dit rien, mais je ne connais aucun de ces petits jeunes. Ils n'avaient pas grand-chose à voir avec les vieux de la vieille. Quand je m'en suis occupé la première fois, j'ai eu une piste en Oklahoma. Je voulais leur en parler. Mais j'ai vite compris que c'était juste un dossier qu'on me filait comme ça et qu'on ne tenait pas vraiment à ce que je bosse dessus. Enfin je veux dire... à moins qu'il y ait eu un coffre-fort avec des aveux à l'intérieur...

Je raccrochai, complètement abasourdi. Je venais d'avoir un entretien téléphonique avec quelqu'un que je respectais et qui avait personnellement suivi le dossier du Dahlia noir pendant plus de quinze ans. En professionnel hautement qualifié, il s'était montré totalement honnête et ouvert avec moi. Il avait étudié le dossier, avait examiné toutes les preuves, et il me disait n'y avoir rien trouvé – pas un mot sur mon père, pas un mot sur Jeanne French, pas un mot sur le jury d'accusation et ce qu'il avait découvert. Où étaient passées toutes ces informations ?

Cela me démontrait on ne peut plus clairement que les premiers inspecteurs – Finis Brown et son associé Harry Hansen – avaient fait leur travail. Il était évident que Kirk Mellecker, et très vraisemblablement ses prédécesseurs Danny Galindo et Pierce Brooks, avaient hérité d'un dossier d'enquête entièrement expurgé. Aussi incroyable que cela puisse paraître, Kirk Mellecker et John Saint John ne savaient pratiquement rien des faits découverts lors de la première enquête.

Mellecker ignorait tout de la façon dont on avait étouffé l'affaire et n'était pas davantage au courant de l'enquête du district attorney et des conclusions d'un jury d'accusation qui recommandait qu'on enlève l'enquête au LAPD. Il n'avait même pas conscience que George Hodel ait jamais pu être considéré comme suspect ; rien dans ses dossiers ne suggérait un lien quelconque avec « l'homme aisé d'Hollywood ». Plus encore, Mellecker ignorait que, très tôt dans l'enquête, le capitaine Jack Donahoe avait trouvé des liens précis avec l'assassinat de Jeanne French – le meurtre au Rouge à lèvres. En fait, il n'avait même pas entendu nommer cette autre victime ! Il ne savait pas non plus qu'au cours de la seule année 1947, dans les semaines et mois qui avaient précédé et suivi le meurtre d'Elizabeth Short, plus d'une dizaine d'assassinats avec viol et « cadavres balancés » s'étaient produits à Los Angeles et alentour. Toutes affaires que la presse avait pourtant reliées entre elles.

Il ne savait pas davantage qu'une montre d'homme de type militaire avait été trouvée sur la scène de crime. Kirk n'avait pas parlé avec Harry Hansen, l'expert du LAPD sur le meurtre du Dahlia noir, et ignorait que son coéquipier, Finis Brown, était le frère du plus haut gradé de la police, Thaddeus Brown. Cela dit, il me confirmait définitivement que c'était bien l'inspecteur Finis Brown, et pas Harry Hansen, qui avait *de facto* été chargé de l'enquête et que, responsable du dossier, c'était bel et bien lui qui avait mené le bal pendant ces premières années d'une importance capitale.

Kirk Mellecker et ses prédécesseurs Danny Galindo, Pierce Brooks – immortalisé dans le roman de Joseph Wambaugh *La Mort et le Survivant* – et John Saint John faisaient tous partie d'une chaîne construite bien avant qu'ils ne reprennent le dossier et, comme tels, ne sauraient être tenus coupables d'aucune tentative d'étouffement. Ce sont les premiers inspecteurs affectés au dossier, Brown et vraisemblablement Hansen, et leurs patrons qui le sont : ils connaissaient la vérité et l'ont étouffée.

Après ma conversation avec Mellecker, je compris que mes soupçons – savoir que le LAPD était impliqué dans une entreprise de dissimulation – étaient erronés. La vérité n'était pas enterrée dans les dossiers, mais selon toute vraisemblance avait été détruite sur ordre de manière à ce qu'aucun indice ne permette d'y remonter. Cela étant, dans la mesure même où rien, absolument rien, ne disparaît sans qu'il y en ait une trace, la vérité était à trouver quelque part – il suffisait de savoir où chercher.

La seule façon dont ces inspecteurs auraient pu la découvrir derrière pareille dissimulation aurait été de procéder comme moi – c'est-à-dire de remonter dans le temps jusqu'à la Los Angeles des années 47-50 et de rétablir les faits jour après jour en allant les chercher dans quatre journaux différents et des centaines d'articles distincts. La vérité est enfouie dans ce qui a constitué, semaine après semaine, une enquête de trois ans sur les événements tels que la presse de l'époque en faisait état, bribe par bribe. C'est ce que j'ai fait et toutes les étapes de mon travail sont identifiables.

Au moment où j'écris ces lignes, l'inspecteur du LAPD chargé du dossier est Brian Carr. Il a dû prendre le relais de John Saint John il y a six ou sept ans. J'ai retrouvé deux interviews données par lui, la première en juin 1999, la deuxième au mois d'octobre suivant. Elles sont toutes les deux très brèves. La première a été menée par Pamela Hazelton, laquelle a lancé un site web dédié au Dahlia noir (www.bethshort.com) et à tous ceux qui se passionnent pour l'affaire. Sur son site, Hazelton déclare avoir rencontré l'inspecteur Brian Carr au Parker Center, le siège administratif de la brigade des Homicides du LAPD.

L'inspecteur Carr lui aurait déclaré qu'«étant donné son manque d'investissement émotionnel dans l'enquête sur le meurtre du Dahlia noir et parce qu'il n'avait pu connaître la famille de la victime, il lui était difficile de consacrer un temps illimité à l'affaire».

Il lui aurait encore dit : « Quand je m'investis émotionnellement dans une affaire, cela constitue un énorme facteur de motivation. »

Toujours selon Pamela Hazelton, il aurait ajouté « douter que l'affaire soit jamais résolue ». Et de faire cette révélation : « L'affaire du Dahlia noir a tout du meurtre en série, mais bon : personne n'a jamais trouvé de meurtre qui pourrait lui être lié. » L'inspecteur Carr refuse très correctement de répondre à toutes les questions de Pamela Hazelton sur le mode opératoire du suspect, mais il confirme que ce dernier « semblait avoir des connaissances médicales » et, plus surprenant encore, il précise : « Il est probable que l'assassin connaissait sa victime. » Malheureusement, il ne dit ni comment ni pourquoi il en est arrivé à cette conclusion.

Et il termine ainsi : « Toute divulgation de tout ou partie du dossier tant que j'en aurai la charge est impossible. »

La deuxième interview de l'inspecteur Carr fait partie d'un article publié sur le site web de APBnews.com, sous la rubrique « Celebrity News ». Rédigé par la journaliste Valerie Kalfrin, l'article est intitulé : « Un journaliste rouvre l'enquête sur l'assassinat du Dahlia noir ». L'auteur y révèle la « nouvelle théorie » du journaliste du *L.A. Times* Larry Harnisch, tournant autour de son suspect favori, le Dr Walter Bayley. Elle y dit aussi avoir contacté personnellement l'inspecteur Carr et note que le dossier lui a été confié en 1994. Elle lui aurait alors demandé s'il avait l'intention de suivre cette « nouvelle théorie » et se serait entendu répondre : « Je serais très heureux de la vérifier si j'avais le temps et les moyens nécessaires. » Puis il aurait ajouté : « Il y a toutes les chances pour que je transmette ce dossier à quelqu'un d'autre quand je prendrai ma retraite. »

L'inspecteur Carr dit ainsi clairement qu'en sa qualité d'inspecteur chargé de l'affaire, et ayant seul accès au dossier, il n'a comme tous les autres inspecteurs de police ni le temps ni les moyens nécessaires pour enquêter sur un seul suspect – en l'occurrence, le Dr Walter

Bayley. Bien qu'il n'ait aucun lien avec le meurtre d'Elizabeth Short, Bayley était bel et bien, ainsi que l'a révélé le sergent Stoker, membre du réseau d'avorteurs protégé par le Gangster Squad et très vraisemblablement un des associés de mon père.

Outre Kirk Mellecker, j'ai découvert un deuxième officier du LAPD qui a été lié de près à l'enquête – le policier en retraite Myrl McBride. Témoin capital, elle avait, ainsi qu'on s'en souvient, rencontré Elizabeth Short quelques heures avant que celle-ci ne se fasse assassiner. McBride, je l'appris alors, habitait à une heure de Los Angeles. Je l'appelai au téléphone, me présentai et la retrouvai pour un entretien.

Si elle n'a gardé qu'un souvenir vague des faits qu'elle rapporta aux inspecteurs deux jours après le meurtre, ces faits ne font, eux, l'objet d'aucune contestation. Mon entrevue avec elle me confirma deux points importants.

Un – pour elle il ne fait aucun doute que la femme qui se présenta à elle et avec laquelle elle revint au bar de Main Street était Elizabeth Short.

Deux – aucun inspecteur ne lui montra des photos de suspects potentiels dans les semaines, mois et années qui suivirent sa première identification.

Si elle ne se rappelle plus aujourd'hui les signalements qu'elle donna des «deux hommes et de la femme» qui accompagnaient Elizabeth Short lorsque celle-ci sortit du bar qui faisait le coin de Main Street et de la 5e Rue, ces signalements, tout comme ses témoignages sur les agissements de la victime, ont dû être enregistrés. Et, à moins que comme tout ce qui relie George Hodel à l'assassinat du Dahlia noir, ils n'aient été détruits, ils doivent encore figurer au dossier.

Au contraire des témoins civils – les deux propriétaires du motel du centre-ville, M. et Mme Johnson –, l'officier McBride ne pouvait être aisément démentie par les membres du Gangster Squad. Il était peu probable qu'elle se soit «trompée» dans son identification d'Elizabeth Short. De fait, elle avait vendu la mèche et tous les journaux de Los Angeles avaient un peu trop vite repris la nouvelle en première page.

Mais l'identification d'Elizabeth Short par McBride n'est pas sans liens avec d'autres éléments. Son témoignage est très fortement corroboré par ce que lui avait dit Elizabeth Short et qu'on devait plus tard trouver en parfait accord avec le mode de vie de la victime. Son identification le 17 janvier est renforcée par la déposition qu'elle fera plus tard à la police et selon laquelle Elizabeth Short lui aurait dit être terrorisée par un soupirant jaloux qui «menaçait de la tuer si jamais il la surprenait avec un autre homme». Ce sont ces mêmes menaces qui l'avaient poussée à s'enfuir à San Diego parce qu'elle craignait pour sa vie. C'est aussi ce qu'elle dit à Robert Manley et aux French lorsqu'elle se cacha chez eux.

Les inspecteurs du LAPD ne pouvaient pas discréditer l'un des leurs. Sans compter que trop de renseignements avaient déjà été communiqués à la presse. Scénario probable en janvier 1947 : les inspecteurs prennent McBride à part et lui «suggèrent» de bien repenser à sa déposition et à son identification, et de se demander la position dans laquelle ces déclarations mettent ses collègues du LAPD. Il est plus que probable qu'ils lui aient dit : «Êtes-vous absolument sûre que la personne que vous avez relâchée était bien une Elizabeth Short tellement terrifiée qu'elle vous aurait dit craindre qu'on la tue ? N'est-il pas possible que la femme que vous avez vue ait été quelqu'un d'autre ? Réfléchissez bien avant de nous répondre.» Après quoi, afin de contrôler les dégâts, ils auraient pu lâcher à la presse que leur collègue «n'était plus tout à fait sûre que la fille "terrorisée" qui était venue la voir en courant la veille du meurtre soit Elizabeth Short».

Étant devenue un témoin qui pouvait affirmer avoir vu Elizabeth Short en compagnie d'un ou de plusieurs suspects possibles pendant la «semaine manquante», Myrl McBride finit par être transférée à la division Harbor, où elle acheva tranquillement et sans faire de vagues sa carrière dans un coin perdu. Cinquante-quatre ans plus tard, elle me reconfirma de la manière la plus catégorique que la femme qu'elle avait vue sortir du bar de Main Street était bien Elizabeth Short.

Cet entretien compte parmi les plus étranges de ma carrière. En surface, nous étions chez elle à discuter d'une affaire morte et enterrée en buvant une tasse de café comme deux «collègues du LAPD à la retraite», mais en dessous ce qui se passait était quasiment irréel. Le dernier témoin connu à avoir vu et parlé à Elizabeth Short – et ce, en présence de ses assassins – était, cinq décennies plus tard, assis à côté du fils du meurtrier, lequel, devenu inspecteur des Homicides à la retraite, était en train de mettre en place les dernières pièces du puzzle.

Un peu plus de cinquante ans après la mise au frigo de l'affaire du Dahlia noir, trois points au moins restent clairs :

Un, la victime a été à ce point diffamée au fil des ans qu'aux yeux de ceux qui ne connaissent pas les dessous de l'affaire elle donne l'impression d'avoir contribué à sa propre mort.

Deux, profilers, inspecteurs, journalistes et écrivains, tous ont puisé dans le mythe du Dahlia noir plutôt que dans les faits afin de promouvoir leurs théories sur son assassinat. Dit plus simplement : les faits parlent d'eux-mêmes. Elizabeth déclarait constamment, à qui voulait bien l'entendre, avoir peur pour sa vie à cause d'une certaine personne. Elle le disait aux French, elle le disait à Manley, elle le disait à l'officier de police Myrl McBride.

Et trois, il est clair que le dossier qui passe d'enquêteur en enquêteur au fil des ans a été expurgé – très probablement par le propre frère de Thad Brown, Finis. De Galindo à Carr, il est à peu près certain qu'aucun des officiers en charge de l'affaire ait jamais vu le dossier original, voire ait seulement su que pour les enquêteurs du district attorney mon père était le suspect numéro un dans le meurtre du Dahlia noir.

Nous savons qu'après avoir découvert que l'«homme aisé d'Hollywood» était lié aux meurtres d'Elizabeth Short et de Jeanne French, les services du district attorney lancèrent leur propre enquête sur la corruption au sein du LAPD et en présentèrent les conclusions au jury d'accusation de 1949 en s'appuyant sur les «dossiers codifiés» qu'ils avaient établis en deux ans de travail. Cela signifie qu'il existait bel et bien un dossier d'enquête du district attorney, dossier distinct de celui du LAPD.

Le lieutenant Frank Jemison, du service des Enquêtes du district attorney de Los Angeles, et ses inspecteurs savaient, eux, que George Hodel était un suspect capital dans les assassinats d'Elizabeth Short et de Jeanne French. Ils avaient nombre de témoins qui, indépendamment les uns des autres, l'avaient relié aux deux victimes. Ils le soupçonnaient sans doute aussi de l'assassinat particulièrement sauvage de Gladys Kern en 1948.

Le district attorney savait que le LAPD avait enquêté sur une douzaine d'enlèvements et assassinats à caractère sexuel – la plupart après celui du Dahlia noir –, jusqu'au moment où, le Dr Hodel partant pour Hawaï au printemps 1950, les meurtres cessèrent soudainement. Nombre des corps avaient été retrouvés non loin de son bureau au centre-ville. Les révélations du jury d'accusation aidant, nous savons maintenant pourquoi le LAPD ne fit rien pour résoudre ces assassinats évidemment liés et de type tueur en série. Et nous savons aussi que les enquêteurs du district attorney savaient pourquoi. C'est même la raison pour laquelle, mesure draconienne s'il en est, ils contournèrent le LAPD et soumirent en secret leurs observations au jury d'accusation afin de mettre en lumière l'étouffement de ces affaires et de tout faire pour arrêter ces meurtres.

C'est parce qu'elles craignaient pour leur survie que les plus hautes autorités du LAPD orchestrèrent ces manœuvres d'étouffement, espérant que jamais on n'aurait la solution de ces meurtres odieux et que leurs propres crimes seraient enterrés avec.

31

Les victimes très probablement oubliées des années 40

Je n'ai pour l'instant étudié que sept assassinats et une attaque à main armée ayant un lien avec le meurtre du Dahlia noir. Sur la base de tous les éléments que j'ai rassemblés au cours de mes investigations, je crois pouvoir affirmer que ces crimes sont l'œuvre de George Hodel et de Fred Sexton. Leurs huit victimes ont noms : Ora Murray, Georgette Bauerdorf, Armand Robles, Elizabeth Short, Jeanne French, Gladys Kern, Mimi Boomhower et Jean Spangler.

Plus j'étudie la période 43-50, plus je suis convaincu que ces deux hommes furent des tueurs en série. L'histoire dira, j'en suis convaincu, qu'ils dépassèrent, et de loin, leurs homologues de la fin des années 70, les Étrangleurs des collines de Los Angeles Kenneth Bianchi et Angelo Buono, qui furent accusés d'avoir assassiné douze femmes dans la région de Los Angeles. Je ne suis pas seul à le penser : nombre des crimes dont je vais vous parler maintenant ont été qualifiés de « suspects » par une presse qui leur trouva des « liens avec le meurtre du Dahlia noir ».

Comme nous l'avons vu, certains officiers du maintien de l'ordre dans d'autres localités du sud de la Californie – attachés notamment aux services du shérif de Los Angeles, aux polices de Long Beach et de San Diego – pensaient eux aussi qu'il y avait des liens entre les affaires Elizabeth Short et Jeanne French et leurs propres assassinats non résolus. Dans les premiers mois de ces assassinats en série, même certains inspecteurs « traîtres » du LAPD crurent que le meurtre au Rouge à lèvres et les assassinats d'Elizabeth Short et d'une troisième victime, Evelyn Winters, étaient liés. Ils allèrent jusqu'à transmettre leur « onze points de ressemblance » à la presse, qui les publia en mars 1947. Bref, plus j'étudiais ces crimes et leurs modes opératoires, plus j'en trouvais moi-même.

En guise de préface à ce nouveau lot d'assassinats, j'entends vous faire part d'observations personnelles et professionnelles sur les tueurs en série. D'abord les personnelles.

Je n'ai aucune envie d'ajouter des cadavres au total déjà horrible auquel sont arrivés mon père et Fred Sexton. Je ne cherche pas non plus d'autres meurtres à jeter dans la balance « juste au cas où ». Inspecteur des Homicides de la vieille école, j'ai été formé par des maîtres d'une école encore plus ancienne. Au bleu que j'étais, toujours ils disaient : « N'oublie pas, petit, que tu es dans les chaussures de la victime. C'est ton affaire, à toi. Si tu ne trouves pas l'assassin, il y a toutes les chances pour que personne d'autre ne le découvre jamais. Allez ! Attrape-le ! » Je suis fier d'avoir été endoctriné et « programmé » pour croire que c'est à la victime et à sa famille que l'inspecteur des Homicides doit d'abord rendre des comptes. Pareille responsabilité n'a pas de fin. Elle est tout aussi intangible cinquante ans après le meurtre qu'au premier jour de l'enquête. Il s'agit là d'un devoir sacré qui se transmet de génération en génération de policiers. Eux aussi se retrouvent dans les chaussures de la victime. C'est en sachant tout cela, et au risque de lui asséner bien d'autres crimes encore, que je prends ici la responsabilité de faire savoir au lecteur ce que je vois et crois, ce que mes intuitions de professionnel me disent.

D'un point de vue professionnel, je dois d'abord signaler qu'on se fait beaucoup d'idées fausses sur les tueurs en série et leurs modes de fonctionnement. Souvent, ces idées fausses viennent de chez nous, d'inspecteurs des Homicides qui, bien qu'ayant de l'expérience, se trompent du tout au tout. Attitudes rigides, jugements trop rapides et amour-propre mal placé, le mélange est dangereux.

En voici quelques exemples : « Pas possible que ce soit le même assassin – toutes ses victimes sont blanches. » « Non, non, non, il n'aime que les bronzées d'une vingtaine d'années. » « Pas question ! Lui ne les étrangle qu'avec une corde blanche, pas avec un bas. » « Il les poignarde par-devant, pas par-derrière. » « Il ne frappe jamais le samedi. » « Non, la scène de crime est bien trop loin, notre type à nous ne travaille jamais au sud de la 5e Rue. » Les raisons ne manquent pas pour qu'on y aille d'un « C'est pas notre gars » définitif. Cela étant, comme nous l'avons vu dans les affaires ci-dessus, on ne devrait jamais écarter ou éliminer un suspect en se fondant sur les différences dans le mode opératoire. Malgré les contradictions notoires dans les affaires que nous venons d'analyser, les suspects étaient les mêmes. Dans certains cas il y avait viol consommé, dans d'autres non. Côté âges, cela allait de vingt à plus de cinquante ans. Ici, cela se passait à l'intérieur d'une résidence et là, il y avait enlèvement en pleine rue. Étranglement, coups de bâton et de poignard. Connaissances et parfaits inconnus. Messages qu'on envoie ou n'envoie pas à la police. On dispose des corps d'une façon précise ou n'importe comment. George Hodel et Fred Sexton faisaient dans tous les genres. Leur seule constance était de n'en avoir aucune. Tout cela pour dire que dans une enquête sur homicide il faut savoir rester objectif, ne rien exclure, étudier tous les faits et envisager toutes les possibilités.

Voici donc, dans ce chapitre et le suivant, mes conclusions sur neuf assassinats supplémentaires et sur une tentative de meurtre que, pour moi, la police devrait attribuer à ces deux assassins.

Pour diverses raisons, les preuves fournies dans ces dix affaires ne sont pas aussi fortes que celles avancées dans les dossiers précédents. Voilà pourquoi, faute d'informations supplémentaires, je ne parlerai que de victimes « probables ».

Ces assassinats eurent lieu de 1947 à 1959. Les victimes en sont : Evelyn Winters, Laura Trelstad, Rosenda Mondragon, Marian Newton, Viola Norton, Louise Springer, Geneva Ellroy, Bobbie Long, Helene Jerome et une inconnue.

A quelques rares exceptions près, ces crimes furent perpétrés selon des schémas similaires : enlèvement ; coups portés avec sauvagerie et sadisme ; mutilations et lacérations occasionnelles ; le tout suivi par l'étranglement de la victime et le dépôt de son cadavre nu ou partiellement vêtu dans des endroits publics, sans aucun effort de dissimulation. Dans nombre de ces affaires, le ou les suspects ont très cérémonieusement jeté la robe, la cape ou le manteau de la victime sur son corps et, dans au moins un cas, lui ont enfoncé une grosse branche d'arbre dans le vagin. Pour moi tous ces actes ne sont que variations sur le thème d'une mise en scène à laquelle Fred Sexton et mon père s'étaient déjà livrés dans les meurtres du Gardénia blanc, du Dahlia noir et du Rouge à lèvres.

Evelyn Winters (12 mars 1947)

Le matin du 12 mars 1947, soit cinquante-huit jours après l'assassinat d'Elizabeth Short et trente-deux après celui de Jeanne French, un autre cadavre de femme est retrouvé dans le centre de Los Angeles.

Son identité est vite découverte – il s'agit d'Evelyn Winters. Son assassinat présente de fortes ressemblances avec ceux de Jeanne French et d'Elizabeth Short.

Nu et sévèrement battu, le cadavre a été jeté dans un terrain vague sis à la hauteur du 830 Ducommun Street, près d'une voie ferrée, à trois kilomètres du centre-ville. Les chaussures et les sous-vêtements de la victime ont, eux, été retrouvés dans les rues Center et Commercial, soit à une rue de l'endroit où gisait le corps. Agée de quarante-deux ans, la victime a été frappée de façon répétée à la face et à la tête à coups de gourdin ou à l'aide d'un tuyau.

Avant de quitter la scène de crime, le ou les tueurs ont passé la robe de la victime autour de son cou. La police pense qu'Evelyn Winters a été assassinée ailleurs, puis traînée d'une voiture jusque dans le terrain vague. Des traces de pas et de pneus sont visibles aux alentours. La mort est attribuée à «un traumatisme à force ouverte ayant causé une commotion cérébrale et une hémorragie au cerveau».

Le passé de la victime révèle qu'Evelyn Winters est tombée dans la déchéance, l'alcoolisme en étant probablement la cause. De 1929 à 1942, elle a été secrétaire aux Studios Paramount. En 1932 elle a rencontré puis épousé le chef du service juridique des studios, l'avocat Sidney Justin. Divorcée cinq ans plus tard, elle épouse un soldat pendant la guerre, mais eux aussi divorcent à peine quelques années plus tard.

Le casier de la victime montre qu'elle a été arrêtée plusieurs fois pour des délits liés à la consommation d'alcool et tous commis dans le centre-ville.

Elle fréquente les bars de Hill Street et a été vue pour la dernière fois le lundi 10 mars dans la soirée par son ami James Tiernen, au moment où elle quittait son appartement du 912, 6e Rue Ouest[1]. Agé de trente-trois ans et poseur de quilles de bowling de son état, Tiernen est arrêté par la police qui ne voit pas en lui un «bon suspect» et le relâche peu après. Il a eu le temps de dire aux enquêteurs qu'il connaît Winters depuis deux ans et qu'il est «tombé sur elle à la bibliothèque» le samedi 9 mars. Evelyn Winters lui aurait alors avoué n'avoir «aucun endroit où dormir».

Il lui offre de partager une chambre d'hôtel avec lui, elle

1. Le 912, 6e Rue Ouest ne se trouvait qu'à deux rues du cabinet médical de George Hodel dans la 7e Rue (NdA).

accepte et passe la nuit de dimanche avec lui. Tiernen ajoute qu'elle «est partie toute la journée de lundi et n'est revenue que vers huit heures du soir, complètement soûle». «Parle-moi. J'ai envie de parler à quelqu'un», le supplie-t-elle alors. Tiernen lui répond qu'elle est «trop ivre pour parler» – sur quoi elle s'en va. Il ne la reverra plus, le corps d'Evelyn Winters étant retrouvé le lendemain matin.

Un article paru dans le *Los Angeles Examiner* du 14 mars 1947 et intitulé «Des similitudes avec l'affaire du Dahlia noir relevées dans un quatrième assassinat non élucidé» offre au lecteur une liste de onze ressemblances fournies par des inspecteurs du LAPD pour qui les assassinats d'Elizabeth Short, de Jeanne French et d'Evelyn Winters sont apparentés. Cette liste est publiée dans les premiers mois de l'enquête sur le meurtre du Dahlia noir, avant que le LAPD comprenne la nécessité de dissocier et d'isoler ces assassinats. On y trouve ainsi:

> En étudiant la mort de Mlle Winters et les assassinats d'Elizabeth Short et de Jeanne French, la police note les similitudes suivantes:
> – Ces trois femmes fréquentaient des bars et y embarquaient parfois des hommes.
> – Ces trois femmes ont été frappées à la tête (Mme French étant en outre piétinée à mort et Mlle Short torturée et coupée en deux).
> – Ces trois femmes ont été tuées en un lieu, puis apportées en voiture aux endroits où leurs corps ont été retrouvés.
> – Leurs trois cadavres étaient nus ou pratiquement nus.
> – Aucune tentative n'a été faite pour dissimuler les cadavres. Ils ont tout au contraire été laissés dans des endroits où il était sûr qu'on les trouverait.
> – Les trois cadavres ont été traînés sur une certaine distance.
> – Ces trois meurtres sont de type pathologique et sans mobile apparent.

– Dans ces trois meurtres, il semble que l'assassin ait pris soin de ne pas être vu avec la victime.

– Les trois victimes étaient de bonne famille.

– Les trois victimes ont dû être identifiées grâce à leurs empreintes digitales, tout ce qui pouvait donner leur identité ayant disparu.

– Mlle Short et Mlle Winters ont été l'une comme l'autre vues pour la dernière fois dans le secteur de Hill Street.

Comme les autres, le meurtre d'Evelyn Winters ne fut jamais élucidé. Aux archives du LAPD, il fait partie des affaires mystérieuses – à une distinction près. Les inspecteurs affectés au dossier aujourd'hui y voient, ainsi qu'il est dit dans l'article ci-dessus, un crime très probablement relié à d'autres. Parce que nous savons maintenant qu'il assassina Elizabeth Short et Jeanne French, force nous est d'accepter les premières théories du LAPD, selon lesquelles George Hodel était sans aucun doute également coupable du meurtre particulièrement sauvage d'Evelyn Winters – qu'il l'ait commis seul ou avec l'aide de Fred Sexton.

Laura Elizabeth Trelstad (11 mai 1947)

Le 11 mai 1947, le corps de Laura Elizabeth Trelstad, trente-sept ans, est retrouvé aux environs du 3400, Locust Avenue, près des champs pétrolifères de Signal Hill, à Long Beach. La presse déclare qu'« un ouvrier des champs pétrolifères a découvert le corps à 5 heures du matin, en arrivant à son travail ». La victime a été étranglée avec un « morceau de tissu en coton imprimé, sans doute arraché à un pyjama ou à un caleçon d'homme ».

Des signes de lutte sont visibles sur les lieux et la police découvre des traces de pneus et de pas près du cadavre. Des inspecteurs déclarent alors aux journaux que « leur meilleure pièce à conviction et seule piste est un moulage en plâtre d'une empreinte de pied trouvée près du cadavre sur la scène de crime».

Pour le Dr Newbarr, la mort est due à «une asphyxie obtenue par étranglement et [à] une fracture du crâne avec hémorragie et contusions du cerveau». Les services du coroner indiquent que la victime avait bu et a été violée. Les inspecteurs de Long Beach disent encore à la presse que la victime a été assassinée ailleurs, son corps étant ensuite jeté dans le terrain vague près des installations de pompage de pétrole.

Les inspecteurs découvrent alors que Laura Trelstad avait commencé à boire lors d'un dîner qu'elle avait quitté après s'être un peu disputée avec son mari, Ingman. Elle lui aurait dit : «Si tu ne veux même pas sortir avec moi le jour de la fête des mères, moi, je vais aller danser au Crystall Ball Room [au bord de l'autoroute de Long Beach].» En reprenant tous ses faits et gestes, ils s'aperçoivent aussi qu'un barman a refusé de lui servir à boire après une bagarre dans laquelle elle s'est lancée avec d'autres clients. Un marin, qui avait bu avec elle plus tôt dans le même bar, la met alors dans un bus pour qu'elle rentre chez elle.

Le marin étant éliminé de la liste des suspects possibles, la police en vient à penser que Laura Trelstad a loupé son arrêt et continué jusqu'au suivant, où elle est descendue et s'est mise en devoir de rebrousser chemin à pied.

Le 16 mai 1947, soit une semaine ou presque après l'assassinat, les inspecteurs des Homicides de Long Beach retrouvent enfin le chauffeur du bus, Cleve H. Dowdy – il était en vacances à Kansas City avec sa femme –, et l'interrogent. Il se rappelle très clairement que la victime est montée à bord de son bus, le dernier de la soirée, le dimanche 10 mai à 23 h 30. Il dit aux policiers : «Elle s'est disputée avec moi et m'a accusé de ne pas avoir marqué son arrêt, au croisement de la 36e Rue et d'America Avenue.» Il se rappelle aussi que lorsqu'elle est descendue un inconnu, qu'il décrit comme «grand et bien habillé», l'a suivie.

Ce meurtre n'a jamais été résolu. Mais c'est aussi un des rares crimes pour lesquels la police ait fait une déclaration écrite où il est stipulé que « la victime avait été violée ». Pareille déclaration laisse entendre que durant l'autopsie des traces de sperme ont été retrouvées, qui, si on n'en a pas disposé, devraient permettre de déterminer un groupe sanguin et peut-être même une identité par test ADN. D'autre part, si le moulage en plâtre de la trace de pas a été conservé, on devrait pouvoir la comparer avec la pointure de George Hodel qui, elle, est connue.

Rosenda Josephine Mondragon (8 juillet 1947)

Le 8 juillet 1947, une autre victime est découverte au 129, East Elmyra Street, près de la mairie du centre-ville.

Le corps nu de Rosenda Josephine Mondragon est retrouvé avec un bas en soie enroulé autour du cou. Agée de vingt ans, la jeune femme a été étranglée et tailladée au sein droit, son cadavre étant ensuite jeté d'une voiture.

Séparée de son mari en avril, Rosenda Mondragon aurait été ramenée chez elle par un inconnu et, après s'être brièvement disputée avec son mari, lui aurait tendu la demande officielle de divorce à 2 h 30 du matin, le jour de son assassinat. « Elle était très saoule et m'a parlé d'un rendez-vous avec quelqu'un », déclare son mari aux inspecteurs de police. Il l'aurait suivie dehors et l'aurait vue courir jusqu'à un véhicule qui l'attendait et dont le chauffeur, un inconnu, l'aurait alors emmenée ailleurs.

Avant la dispute avec son mari, Rosenda Mondragon a été vue par l'employé d'une épicerie ouverte toute la nuit, au croisement des rues Main et Mission. Selon les déclarations de cet homme, elle a appelé un taxi par téléphone entre 2 et 3 heures du matin, mais pendant qu'elle attendait la voiture un homme au volant d'un coupé de couleur sombre s'est rangé le long du trottoir et lui a parlé. Elle a alors annulé son taxi pour partir avec lui.

Le lendemain du jour où son cadavre nu est découvert, la police retrouve sa robe au coin de Griffin et de la 26ᵉ Rue et déclare à la presse : « Cette robe lui a été arrachée et se trouve maintenant au laboratoire, pour analyse. » Le corps a été jeté à un kilomètre et demi du lieu où l'on a retrouvé le cadavre d'Evelyn Winters, soit à moins de trois kilomètres du cabinet médical de mon père et de l'endroit où Fred Sexton réside en 1947. Le meurtre de Rosenda Mondragon n'a jamais été élucidé, le dossier étant toujours « ouvert » aux archives du LAPD.

Marian Davidson Newton (16 juillet 1947)

Agée de trente-six ans et originaire de Vancouver, en Colombie-Britannique, Marian Newton est une séduisante divorcée venue passer des vacances à San Diego.

Mais, dans l'après-midi du jeudi 17 juillet 1947, son cadavre est découvert par un jeune couple, M. et Mme Ward Robbins, en visite à Torrey Pines Mesa, au nord de San Diego. C'est au cours d'une randonnée qu'ils tombent sur le corps au bord d'une route de terre isolée, près de hauts fourrés.

Les inspecteurs des Homicides de San Diego se rendent sur la scène de crime et y constatent que Marian Newton a été étranglée avec une corde ou un fil de fer.

Son corps est couvert de bleus et il y a eu viol. Des traces de pneus sont visibles non loin de là et, selon le coroner, la mort est survenue entre minuit et 4 heures du matin. Deux mouchoirs d'homme sont retrouvés près de la victime. L'un des deux est couvert de taches [1], au contraire de l'autre.

---

1. Comme nous l'avons déjà signalé à propos d'enquêtes antérieures, cette « carte de visite » inhabituelle correspond aux mouchoirs laissés sur les scènes de crime de Jeanne French et de Gladys Kern (NdA).

Le sac de la victime et ses papiers seront découverts un peu plus tard au croisement des rues University et Albatros, près du centre de San Diego. Il semblerait que le suspect l'ait jeté hors de sa voiture après s'être débarrassé du corps.

En établissant les derniers faits et gestes de la victime, les autorités parviennent à dresser un signalement du suspect et à savoir comment Marian Newton a passé les dernières heures de sa vie. D'une manière passablement incroyable, on retrouve, tant dans ses actes que dans ses paroles, les circonstances qui ont précédé l'assassinat d'Ora Murray en 1943. D'après les archives et les articles parus dans la presse, voici ce que l'on sait de ces derniers instants.

Le mercredi 16 juillet 1947, Marian Newton décide de se rendre au night-club de Sherman en compagnie de Mlle Edna Mitchell, dont elle vient de faire la connaissance à l'hôtel où elle passe ses vacances. Très apprécié des militaires et véritable attraction touristique, le Sherman's Club est célèbre pour ses neuf bars différents et une piste de danse qui est la plus grande du monde.

Pendant la soirée, les deux femmes font la connaissance d'un certain nombre de militaires et dansent avec eux. Mlle Mitchell déclare aux inspecteurs qu'à un moment donné un civil a commencé à danser avec la victime. Elle le dit « grand, plus d'un mètre quatre-vingts, et élancé. Agé d'une trentaine d'années, il a les cheveux foncés et porte une veste de sport, un pantalon marron et une cravate aux couleurs vives ».

La victime le présente à Mlle Mitchell, qui ne se souvient plus de son nom. Le suspect s'étant éloigné un instant, elle dit à Marian Newton « ne pas aimer ses airs » et l'avertit « de ne monter en voiture avec aucun type du club ». Edna quitte le Sherman's à 23 h 45. Des témoins affirmeront plus tard avoir vu Marian Newton sortir du club en compagnie d'un homme dont le signalement correspond à celui donné par Edna Mitchell.

En travaillant avec les agents du FBI de San Diego, les inspecteurs des Homicides s'aperçoivent que le signalement dudit suspect ressemble beaucoup à celui d'un homme qui, ils le savent, a beaucoup fréquenté les salles de bal et les night-clubs de San Diego pendant les semaines qui ont précédé l'assassinat de Marian Newton. L'homme, on le sait, se fait appeler de toutes sortes de noms, dont Michael Vincent Martin. Il se présente dans divers lieux de plaisirs sous les traits d'un agent du FBI ou ceux d'un officier de marine et, ça aussi on le sait, il s'est servi de papiers volés ou falsifiés pour louer une voiture à San Diego. Un avis de recherche le concernant circule dans tous les commissariats de la région.

Les écrivains Janice Knowlton et Michael Newton (aucun rapport avec la victime) parlent d'une interview que Knowlton aurait faite d'un adjoint au shérif à la retraite, Thad Stefan, le 12 juillet 1993 – interview au cours duquel Stefan se serait référé à ses notes de 1947. Ce policier mentionne un incident inhabituel qui s'est produit à Hollywood, au Hub Bar and Café de Santa Monica Boulevard, soit dans sa juridiction, et qui lui a été rapporté le 26 janvier 1947. Selon la déposition d'une serveuse, Dorothy Perfect, un homme se faisant passer pour un certain «George» serait venu au café et lui aurait fait la cour en lui disant notamment qu'il pouvait «lui trouver un appartement dans le Strip».

Le signalement de «George» donné par Mlle Perfect est le suivant: «Caucasien d'environ quarante ans, lunettes et cheveux ondulés.» Elle précise que s'«il n'avait pas l'air saoul, il n'est pas impossible qu'il ait été sous l'emprise de narcotiques». Ce «George» se fait passer pour «un agent du FBI travaillant à l'enquête sur le Dahlia noir» et lui dit «être en mesure de lui dévoiler l'identité de l'homme qui a tué Elizabeth Short». Dans les notes de l'adjoint Stefan, on découvre aussi que ce même «George» est passé pour la première fois au Hub Café le 21 janvier 1947, soit seulement six jours après que le cadavre d'Elizabeth Short a été trouvé. Ce jour-là, il est resté à proximité du bar et s'est montré très bavard, allant jusqu'à dire au barman qu'il est « agent du FBI et travaille sur l'affaire du Dahlia noir ». Le barman lui demandant alors de lui montrer son badge, « George » marmonne qu'il n'a « pas peur des armes » et s'en va. D'autres employés du Hub confirment que « George » est revenu le 25 janvier, mais est reparti au bout de quelques minutes, puis revenu une dernière fois le 26 janvier, date à laquelle Mlle Perfect le reconnaît et appelle aussitôt les services du shérif. Malheureusement, « George » a déjà quitté l'établissement lorsque les policiers arrivent.

Au début, les inspecteurs de San Diego pensent qu'il y a un lien entre leur victime et la vague d'assassinats de femmes seules qui déferle sur Los Angeles – y compris celui d'Elizabeth Short –, mais encore une fois le LAPD rejette leurs hypothèses.

Bien que ce soit le premier du genre à se produire hors du comté de Los Angeles, côté mode opératoire, ce meurtre est identique à celui d'Ora Murray. Si on y ajoute le signalement du suspect, on ne peut que l'inclure dans la liste des assassinats attribués à George Hodel.

Viola Norton (14 février 1948)

La manchette du *Herald Express* du samedi 14 février 1948 au matin proclame : « Une femme rouée de coups près de la scène de crime du Dahlia noir. Originaire d'Alhambra, elle est au bord de la mort après avoir été battue par deux hommes. »

Aux environs de 1 heure du matin ce samedi-là, Mme Viola Norton, trente-six ans, quitte un bar d'Alhambra, commune limitrophe de Los Angeles. « Deux hommes en voiture, qui auraient l'un et l'autre dans les quarante ans, l'abordent et lui demandent de monter.» Elle leur répond qu'«elle a l'intention de rentrer chez elle à pied».

Ils descendent de voiture, l'y font monter de force et s'éloignent. La victime déclare «se souvenir d'une bagarre, mais de rien d'autre».

Viola est alors sauvagement frappée au visage et à la tête. Elle a le crâne défoncé à coups de démonte-pneu, ses deux agresseurs la laissant pour morte dans un endroit isolé, à quatre rues à peine de l'endroit où le cadavre d'Elizabeth Short a été retrouvé treize mois plus tôt. Un voisin la découvre inconsciente et appelle une ambulance. On ne sait que peu de chose sur la suite de l'enquête, mais la victime aurait survécu malgré l'état critique dans lequel elle se trouvait. Cet enlèvement s'est produit à neuf kilomètres de l'endroit où les cadavres de Rosenda Mondragon et d'Evelyn Winters ont été jetés.

Ce crime a eu lieu à peine douze heures avant que les deux suspects n'en commettent un autre à Hollywood, leur victime étant alors l'agent immobilier Gladys Kern.

Louise Margaret Springer (13 juin 1949)

Le 17 juin 1949, l'édition du matin du *Los Angeles Examiner* titre :

Pièce à conviction n° 63

Enlèvement et assassinat d'une mère ;
un homme aux cheveux ondulés est recherché
pour une nouvelle affaire du « Dahlia noir »

Quatre jours plus tôt, le 13 juin, Louise Springer, vingt-huit ans, mariée et mère d'un fils de deux ans, a été déclarée victime d'un enlèvement. C'est son mari qui, fou d'inquiétude, a appelé la police quelques minutes après le kidnapping.

Coiffeur styliste de grand renom, Laurence Springer travaille dans un salon de Wilshire Boulevard. Son épouse, elle, travaille au rayon beauté d'un grand magasin sis au croisement de Santa Barbara et Crenshaw, soit à deux rues de l'endroit où le corps du Dahlia noir a été retrouvé deux ans et demi plus tôt. Originaire de la baie de San Francisco, le couple est descendu à Los Angeles et vit à Hollywood depuis un an.

Le lundi 13 juin à 21 h 05, Springer laisse sa femme assise sur le siège passager de leur Studebaker décapotable flambant neuve. Il s'est garé dans le parking et part en courant chercher les lunettes qu'elle a oubliées au magasin. Dix minutes plus tard il revient, mais sa femme et la voiture ont disparu. Il cherche désespérément dans le parking, puis il appelle le LAPD.

Après avoir cherché dans les environs, les policiers de la patrouille de la division University acceptent à contre-cœur d'enregistrer sa demande de recherche de personne disparue, mais ajoutent que sa femme a sans doute « décidé de prendre le large et qu'elle reviendra probablement dans un jour ou deux ».

Le 16 juin au matin, Mme Lois Harris, 102, 38ᵉ Rue Ouest, appelle la police pour lui signaler un « véhicule abandonné » – une Studebaker verte garée en face de chez elle depuis trois jours. La police appelle le DMV [1], s'aperçoit que la voiture appartient aux Springer et dépêche des inspecteurs sur les lieux.

Le corps de Louise Springer est découvert sur le siège arrière. Il a été recouvert d'une sorte de tablier-cape blanc dont elle se servait dans son cabinet d'esthéticienne pour protéger les habits de ses clientes.

L'autopsie révèle qu'elle a été frappée à la tête, ce qui lui a sans doute fait perdre conscience. Après quoi elle a été étranglée avec une cordelette blanche que, selon la police, le suspect portait sur lui.

Le vol n'est pas le mobile du crime – le sac à main contenant de l'argent et les bijoux de prix de la victime n'ont pas été pris. Les médecins légistes et la police laissent filtrer deux détails sur l'état dans lequel le corps a été retrouvé.

---

1. Department of Motor Vehicles, équivalent américain du service des Immatriculations *(NdT)*.

D'une part, le suspect est d'une force inhabituelle : la corde dont il a entouré le cou de la victime a été serrée si fort que le nœud coulant ne fait plus que six centimètres de diamètre.

Tel qu'on le trouve dans le *Los Angeles Examiner* du 17 juin, le deuxième renseignement est le suivant :

CADAVRE VIOLÉ

C'est avec une branche arrachée à un arbre (épaisse comme le doigt, elle fait trente-cinq centimètres de long) que l'assassin a ensuite violé le cadavre et d'une façon telle qu'on pense aussitôt, sans pouvoir se défaire de cette impression, au meurtre d'Elizabeth Short, le « Dahlia noir ».

La police retrouve des témoins des environs de la 38ᵉ Rue Ouest, qui lui fournissent un signalement partiel du suspect et des renseignements plus précis sur l'heure à laquelle il s'est rendu sur les lieux et y a garé la voiture. La Studebaker des Springer a été garée à quinze cents mètres à peine de l'endroit où l'on a retrouvé la voiture de Georgette Bauerdorf, elle aussi abandonnée près du carrefour de la 25ᵉ et de San Pedro.

Quatre adolescents donneront encore d'autres renseignements à la police : le 13 juin, ils se trouvaient en effet au 126, 38ᵉ Rue Ouest. Aux environs de 20 heures, ils entendent un grand coup de frein et voient une Studebaker décapotable verte entrer dans la rue et s'arrêter le long du trottoir. Le chauffeur éteint aussitôt ses phares.

Quelques secondes plus tard, des policiers montés dans une voiture pie arrêtent leur ami Jack Putney pour infraction au code de la route. Ils descendent de leur véhicule et parlent avec Putney pendant cinq à dix minutes. Tous se trouvent alors à un mètre à peine de la Studebaker. Assis au volant, l'assassin présumé reste immobile dans le noir jusqu'à ce que les policiers s'en aillent. Les adolescents le voient alors se tourner vers la banquette arrière, se pencher au-dessus du dossier et tendre la main. A cause de l'obscurité ambiante, ils ne peuvent affirmer qu'une chose à la police : il s'agit d'un « Blanc aux cheveux ondulés ».

La police étant repartie, les adolescents cessent de s'intéresser à la Studebaker et à son chauffeur et ne le voient donc pas en sortir et quitter les lieux à pied. La Studebaker, elle, restera trois jours à cet endroit.

Le 18 juin 1949, le *Los Angeles Examiner* titre en première page : « La police loupe le tueur fou alors qu'il se trouvait avec sa victime dans une voiture garée près d'un véhicule de patrouille. »

L'*Examiner* publie un schéma indiquant les endroits de la 38ᵉ Rue où se trouvaient le véhicule de police, le jeune homme en infraction au code de la route et l'assassin présumé.

Pièce à conviction n° 64

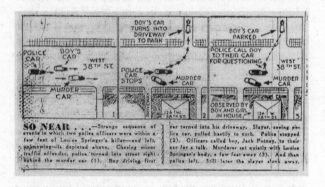

Los Angeles Examiner *du 18 juin 1949*

Les deux officiers de police sont retrouvés et identifiés comme travaillant à la division de la 77ᵉ Rue. Ils se trouvaient alors « hors de leur juridiction » et reconnaissent avoir arrêté et sermonné Putney, qui semblait « conduire de manière dangereuse». L'un comme l'autre, ils nient avoir vu la Studebaker verte, mais admettent «qu'elle aurait effectivement pu se trouver là».

Dans le mois qui suit l'assassinat de Louise Springer, les suspects habituels sont interrogés sans qu'on puisse mettre la main sur le tueur. Le 21 juin, un article paraît sous le titre : «Un inconnu est traqué pour le meurtre de Los Angeles.» On y suggère la piste de la jalousie, le mari de la victime, Laurence Springer, ayant reçu à la cabine téléphonique de son bureau six coups de fil d'un inconnu dans la semaine précédant l'assassinat. A la manière des tabloïds, on laisse entendre que la police aimerait en savoir plus sur «les relations entre le mari et une fille dont on ne connaît toujours pas l'identité».

Le cœur brisé, sans plus d'illusions et rendu très amer par le manque de coopération des autorités locales, Laurence Springer finira par quitter Hollywood avec son fils de deux ans. L'enlèvement et le meurtre de son épouse font toujours partie des «dossiers en cours» archivés à Parker Center.

«Inconnue» (date inconnue, 1947-1949)

En me fondant sur les renseignements donnés par ma mère à ma sœur Tamar et plus tard confirmés sous un jour légèrement différent par la fille de Sexton «Mary Moe», je dois ici inclure une autre victime à la liste des femmes que je pense avoir été assassinées par George Hodel. Je n'ai pas réussi à percer son identité, mais si tout ce que m'a dit Tamar est exact – et j'en suis persuadé –, le LAPD considéra mon père comme suspect de ce crime et le nom de la victime lui est connu.

Je l'appellerai donc «l'Inconnue». Elle a été vraisemblablement assassinée peu de temps après Elizabeth Short, même si je ne puis en être absolument certain dans la mesure où ce que ma mère a révélé à Tamar pourrait s'appliquer à un meurtre plus ancien. On se rappelle que la mort de la jeune femme fut d'abord considérée comme un suicide par absorption de cachets et que, selon le récit que ma mère fit de cette affaire à ma sœur, ce serait mon père qui aurait signé le certificat de décès. Côté procédure, tout cela serait très douteux et hautement suspect. Légalement, en effet, tous les suicides se produisant dans le comté de Los Angeles doivent être authentifiés par le coroner, une autopsie étant alors obligatoire.

C'est en me disant que la « Gloria », la jeune femme aux cheveux bruns dont je trouvai la photo dans l'album de mon père, est peut-être cette « inconnue » amie et employée du Dr Hodel que j'inclus ici un agrandissement du cliché au cas où quelqu'un pourrait l'identifier. Si « Gloria » n'est pas cette employée, un lecteur reconnaîtra peut-être en elle un parent ou une amie. Au dos de la photo, la victime a écrit ces mots : « George... le maître, de la part de Gloria. Trop peu de temps... non ? »

Pièce à conviction n° 65

« *Gloria* »

32

Les victimes très probablement oubliées des années 50

A l'été 1997, après un an de travail, je terminai mes recherches sur une enquête à haute visibilité que m'avait commandée un avocat du nord-ouest des États-Unis. Les résultats en étant positifs, il se montra très reconnaissant pour les longues heures que j'y avais consacrées et, avec mon chèque, me fit présent d'un livre en me disant : « Tenez, ça pourrait vous intéresser : il y est question d'un écrivain et d'un inspecteur de police à la retraite qui travaillent sur une vieille affaire de meurtre toujours pas résolue par le LAPD. » Après avoir passé plusieurs années à enquêter pour défendre un homme accusé d'avoir assassiné un Japonais à Los Angeles, je n'avais que peu d'intérêt et encore moins de curiosité à lire, pour mon plaisir, un livre où on parlait de meurtre. Je jetai un coup d'œil à la couverture – le livre s'intitulait *My Dark Places*[1], l'auteur en étant un certain James Ellroy. Je n'avais, non, décidément aucune envie d'en savoir plus sur les parts d'ombre d'un autre. Sans même l'ouvrir, je jetai le volume dans une caisse de mon garage et l'oubliai.

Trois ans plus tard, le nom de cet auteur refaisait surface au cours de mon enquête sur l'assassinat d'Elizabeth Short : j'avais appris que ce James Ellroy avait écrit un livre intitulé *Le Dahlia noir,* où il raconte sous forme fictionnelle le meurtre de la jeune femme. Certes j'étais tenté de le lire, mais je ne me sentais pas de mélanger fiction et réalité et fis barrage à ma curiosité naturelle. Je

---

1. « Ma part d'ombre » en français *(NdT)*.

me racontai que cet Ellroy était un énième écrivain à sensation désireux de tirer profit du côté noir d'Hollywood et de la sauvagerie de cette histoire. D'ailleurs, les romans policiers n'étaient pas mon genre. Je me flattais de toujours vouloir découvrir les choses telles qu'elles sont et non pas telles qu'on les imagine.

Six mois plus tard – j'avais alors des connaissances précises sur l'affaire –, je me sentis plus confiant et ma curiosité l'emporta. Je m'installai pour lire *Le Dahlia noir*. Je trouvai l'ouvrage tout à la fois répugnant et fascinant, sacrilège et prophétique. Il était clair que l'auteur s'était bien documenté et en savait long sur l'affaire. Il mélangeait noms, dates et lieux exacts avec d'autres qui ne l'étaient pas. J'en vins vite à respecter sa connaissance intime de la vie des rues : les flics n'avaient aucun mystère pour lui. Il savait les faire marcher et parler comme des vrais. Il connaissait leurs points forts et leurs faiblesses. Le temps qu'il avait passé à la prison du comté de Los Angeles, ses années de vagabondage, le fait qu'il ait longtemps dormi dans les parcs de Los Angeles et qu'il ait fait le caddie dans le West Los Angeles des gens riches et célèbres l'avaient bien préparé. Son roman disait on ne peut plus clairement qu'il comprenait bien les gens. Comme un flic, il savait ce qu'ils ont de bon, de méchant et de laid.

Oubliant que j'en avais déjà un – je n'avais pas fait le lien entre Ellroy le romancier et Ellroy le chercheur attaché à la vérité du crime –, je commandai un exemplaire de *My Dark Places* par e-mail.

Et le lus d'une traite. En 1958, Geneva «Jean» Ellroy, quarante-trois ans, la mère du petit James alors âgé de dix ans, avait été violée puis assassinée à El Monte, petite bourgade située à dix-huit kilomètres à l'est de Los Angeles centre. Le crime n'avait jamais été résolu. Trente-quatre ans plus tard, l'écrivain fils de la victime se mettait en équipe avec le sergent Bill Stoner, un ancien inspecteur des Homicides des services du shérif et, tels des «coéquipiers» dans la police, ils tentaient de résoudre le mystère. Parce que Stoner avait travaillé à l'unité des Homicides non résolus du LASD[1], qui avait été le premier à enquêter sur l'affaire, et parce qu'en plus d'être le fils de la victime Ellroy était un auteur respecté, le haut commandement des services du shérif leur donna carte blanche. Tous les dossiers d'enquête de l'année 58 leur furent ouverts ; ils eurent accès aux photos, pièces à conviction et dépositions des témoins. Ensemble, les deux hommes étudièrent tout jusqu'à plus soif. Il semblerait bien que, leur enquête commençant au printemps 1994, ils aient passé pratiquement un an à remonter toutes les pistes possibles et imaginables.

Les résultats de leur travail sont entièrement décrits dans l'ouvrage d'Ellroy. *My Dark Places* est un compte rendu d'enquête impressionnant en même temps que l'hommage d'un fils à sa mère assassinée. Il se pourrait bien que la minutie et le sérieux de leur travail aient payé.

Après avoir étudié leur enquête telle qu'elle est détaillée dans le livre, le professionnel que je suis est d'avis que, comme bien d'autres que j'ai analysés dans ce livre, les viols suivis de meurtres de Geneva Ellroy en juin 1958 et d'Elspeth Long sept mois plus tard sont l'œuvre de Fred Sexton. Voici le résumé des faits et de l'enquête menée par Ellroy et Stoner qui me le font penser.

Geneva Hilliker Ellroy (22 juin 1958)

> « Betty Short devint mon obsession…
> ma remplaçante symbiotique de Geneva
> Hilliker Ellroy.»
>
> James Ellroy

Le 22 juin 1958, à 10 heures du matin, le corps d'une femme est retrouvé près du terrain de sport du lycée Arroyo High d'El Monte, en Californie. Déclarée « incon-

1. Ou Services du shérif de Los Angeles *(NdT)*.

nue » à l'origine étant donné qu'on n'a retrouvé ni sac à main ni papiers d'identité près du corps, la victime a été frappée à la tête à coups répétés, le résultat étant de lui faire perdre conscience afin de pouvoir l'étrangler à l'aide de deux ligatures – la première étant un lien de type corde à linge mince et de couleur blanche (identique à celui utilisé dans le meurtre de Louise Springer) et la deuxième un bas en Nylon de la victime, opération qui, elle, fait penser à l'étranglement perpétré sur la personne de Rosenda Mondragon.

Le tueur a balancé le cadavre dans un lieu isolé connu sous le nom de « sentier des amoureux » et a couvert de son manteau bleu foncé le bas de son corps – exactement comme l'avait ou l'avaient fait les assassins de Jeanne French. Comme cette dernière, Geneva Ellroy, que ses amis appellent plus souvent Jean, était infirmière. L'enquête est confiée au LASD qui, vu l'étendue et la qualité de son personnel en 1958, sous-traite souvent des affaires pour les municipalités moins importantes du comté, dont celle d'El Monte.

Après avoir entendu une émission radio sur cette affaire, un habitant d'El Monte appelle la police et a tôt fait d'identifier la victime : il s'agit de Jean Ellroy, quarante-trois ans, divorcée. Elle vit à El Monte avec son fils de dix ans, James, et n'est pas revenue chez elle la veille au soir. En se fondant sur les déclarations postérieures de certains témoins et les examens qu'il a pratiqués, le coroner déclare que la mort est survenue entre 3 et 5 heures du matin, soit sept heures avant la découverte du corps.

L'étude de l'emploi du temps de la victime fait apparaître qu'elle a quitté son domicile à bord de sa voiture, une Buick modèle 1957, aux environs de 20 h 30, la veille au soir. Deux témoins parviennent à reconnaître Geneva Ellroy et fournissent à la police le signalement de l'homme avec lequel elle a été vue par trois fois et dans deux endroits différents d'El Monte quelques heures à peine avant de se faire assassiner. Ces lieux sont le restaurant drive-in Stan's et le night-club du Desert Inn, l'un et l'autre situés à moins de cinq kilomètres de l'endroit où le cadavre a été retrouvé.

Le premier témoin, Margie Trawick, trente-six ans, serveuse à temps partiel et cliente régulière du Desert Inn, fournit les renseignements suivants aux enquêteurs :

La veille au soir, 21 juin 1958, elle était assise à une table de la salle en qualité de cliente lorsque, à 22 h 45, elle a vu la victime entrer dans l'établissement en compagnie d'une autre femme dont elle donne le signalement suivant : « blonde fadasse avec une queue-de-cheval, lourde de charpente, environ quarante ans ». Les deux femmes s'installent à une table, un homme, apparemment d'ascendance mexicaine, s'approchant aussitôt d'elles et aidant Geneva Ellroy à se débarrasser de son manteau pour danser avec elle. Pour Margie Trawick, les deux femmes connaissent l'individu qu'elle décrit ainsi : air mexicain, quarante-quarante-cinq ans, un mètre soixante-quinze-quatre-vingts, cheveux noirs ramenés en arrière, dégarni sur les côtés mais pointe de cheveux sur le devant, peu de mâchoire (« on aurait dit qu'il n'avait pas de dents jusqu'au moment où il souriait »), teint olivâtre, costume sombre et chemise blanche à col ouvert.

Trawick quitte le Desert Inn avec un ami aux environs de 23 h 30 et remarque que le Mexicain s'est rassis à la table des deux femmes. Lorsqu'elle revient dans l'établissement sur le coup de minuit cinquante, les deux femmes et l'homme ont disparu.

Le deuxième témoin s'appelle Lavonne Chambers. Elle a vingt-neuf ans et travaille comme serveuse au restaurant drive-in Stan's, à six rues du Desert Inn. Elle fait une déposition officielle le 25 juin, soit trois jours après la découverte du cadavre.

Le samedi 21 juin 1958, elle est de service au drive-in. La première fois qu'elle la remarque, vers 10 heures du matin, la victime est assise sur le siège avant de ce qu'elle pense être une Oldsmobile vert foncé modèle 55 ou 56. La peinture est en mauvais état. Le chauffeur lui commande «seulement un café», la victime lui demandant le «sandwich le plus léger qu'elle ait». Chambers l'informe que ce sera «un sandwich grillé au fromage», la victime lui répondant que «ça ira». Après ce petit en-cas, le couple quitte le drive-in. Le signalement que Lavonne Chambers donne du chauffeur est le suivant: d'origine peut-être italienne ou grecque, trente-cinq-quarante ans, visage mince, peau foncée, cheveux noirs dégagés sur les tempes et ramenés en arrière, fournis sur le dessus du crâne.

Lavonne Chambers signale encore aux inspecteurs que l'homme et la femme sont revenus au drive-in le dimanche matin vers 2 h 15, très peu de temps après la fermeture. Là encore, elle les sert, la victime lui passant commande d'«un bol de chili et d'un café», l'homme se contentant d'un autre «café seulement». Ils consomment et s'en vont.

Sur une photo, le témoin reconnaît la victime et les vêtements qu'elle portait. Pour elle, il ne fait aucun doute que Jean Ellroy est la femme qu'elle a servie les 21 et 22 juin 1958.

En se basant sur les déclarations de ces deux témoins, un dessinateur de police fait un portrait-robot du tueur, Lavonne Chambers et Margie Trawick confirmant la ressemblance avec le suspect.

Un troisième témoin qui se trouvait au Desert Inn est alors interrogé et croit se rappeler avoir vu le suspect avec la victime. Pour elle, le suspect avait «le teint basané». D'un bout à l'autre de son ouvrage, James Ellroy appelle l'assassin de sa mère «le basané».

Elspeth «Bobbie» Long (22 janvier 1959)

Au cours des recherches qu'ils mènent pour retrouver l'assassin, Bill Stoner et James Ellroy tombent sur un deuxième meurtre, lui aussi avec mode opératoire similaire. Très exactement sept mois après l'assassinat de

Jean Ellroy, un autre corps est découvert sur une route de terre isolée, dans la ville voisine de La Puente, à cinq kilomètres d'El Monte. La distance qui sépare les deux endroits où les cadavres ont été jetés n'est que de six kilomètres, le deuxième se trouvant à environ quinze cents mètres du Desert Inn et du drive-in Stan's. Les ressemblances avec l'affaire Ellroy ont de quoi incommoder. Elspeth «Bobbie» Long, cinquante-deux ans, a été frappée de nombreuses fois à la tête avec un instrument en forme de croissant avant d'être violée, puis étranglée avec un de ses bas jusqu'à ce que mort s'ensuive.

Comme dans l'assassinat de Geneva Ellroy, l'assassin a jeté le manteau de la victime sur le bas du cadavre. D'après les papiers retrouvés dans son sac à main, Elspeth «Bobbie» Long habite Los Angeles, au 223, 52e Rue Ouest. Son portefeuille contient un ticket de bus qu'elle a acheté la veille, à la station de Los Angeles 6e Rue, pour se rendre au champ de courses de Santa Anita. Interrogés plus tard, des amis de la victime confirmeront qu'elle adorait les courses de chevaux et fréquentait régulièrement les hippodromes.

L'autopsie fait apparaître de nombreuses fractures du crâne et, comme pour Jean Ellroy, des traces de sperme indiquant qu'il y a eu relations sexuelles et très probablement viol. Mais, au contraire de l'affaire Ellroy, les inspecteurs n'arrivent pas à retrouver des témoins qui auraient vu la victime quelques heures avant sa mort. Certains disent bien penser l'avoir vue à l'hippodrome de Santa Anita la veille, mais le renseignement est maigre et peu fiable.

En analysant le dossier Bobbie Long, Ellroy et Stoner penchent pour l'hypothèse du tueur en série. Stoner est d'avis que le suspect est le même; Ellroy, lui, en doute sérieusement. Ils décident de dresser un profil psychologique des victimes dans les deux affaires non résolues et obtiennent les services d'un profiler très respecté du ministère de la Justice. Carlos Avila est un ancien inspecteur des Homicides des services du shérif de Los Angeles. Les deux profils auxquels il aboutit sont reproduits dans le livre d'Ellroy, mais je n'y ai rien trouvé qui renforce ce qui se trouve déjà au dossier de police. Plus importante dans les conclusions du profiler est l'opinion selon laquelle, pour lui, l'assassin est très probablement un tueur en série.

Mon expérience me fait penser qu'au mieux les profils doivent être considérés comme des instruments de travail ; au pire, néanmoins, ils ouvrent dangereusement la porte à toutes les spéculations et, statistiquement surestimés, peuvent être trompeurs et, si on leur fait trop confiance, conduire à des échecs. Comme les horoscopes qu'on lit au quotidien, profils et schémas récurrents permettant d'établir des prévisions ont souvent beaucoup de sens *ex post facto*. Les humains, surtout ceux qui tuent, et encore plus ceux qui tuent et l'emportent en paradis, sont des êtres aux comportements rarement prévisibles. Comme les bêtes sauvages, ils sont malins, prédateurs et se fient à leurs instincts, l'environnement dans lequel ils évoluent leur disant ce qu'il faut faire pour s'en sortir et éviter les chausse-trappes.

C'est ainsi que dans l'affaire du Dahlia noir, John Douglas, l'ancien chef de la division des affaires criminelles du FBI, a publié ces cinq dernières années plusieurs profils psychologiques de l'assassin d'Elizabeth Short. Dans presque tous les domaines, ses remarques sont à mille lieues de la réalité. Pour lui, l'assassin était 1) un Blanc allant vers la trentaine ; 2) un type qui n'avait jamais été plus loin que le lycée ; 3) quelqu'un qui vivait seul et gagnait sa vie en travaillant plutôt avec ses mains qu'avec son cerveau ; et 4) sans avoir jamais consulté les dossiers de police, John Douglas est « certain » que l'assassinat d'Elizabeth Short est du type « mauvaise rencontre », soit encore que le Dahlia noir a été victime du hasard.

Douglas n'est pas le seul profiler à s'être trompé du tout au tout. Plus récemment, en 2002, dans l'affaire du tireur embusqué de Washington D. C., certains profilers s'en sont donné à cœur joie dans les médias. A les entendre, le tireur était, entre autres choses, blanc, sans enfants et originaire de la région. Rien de tout cela ne correspond aux deux suspects présumés, John Allen Muhammad et John Malvo.

Reste néanmoins la question des portraits-robots, cela pour en revenir aux affaires Jean Ellroy et Bobbie Long. Très souvent, les portraits-robots de la police sont faibles ou de type générique ; mais celui qui nous occupe ne l'est pas et ressemble fortement à Fred Sexton. Le signalement du « Basané » correspond en tous points à son aspect extérieur. Comme nous le savons grâce aux déclarations de nombreux autres témoins entre les années 47 et 50, c'est ainsi que beaucoup appelaient le deuxième homme. Ne disposant pas de photos de Sexton aux alentours de 1958, il faut faire preuve d'un peu d'imagination et lui donner une dizaine d'années de plus. Comme on le voit dans cette photo, l'homme peut très bien être pris pour un Hispanique, un Italien ou un Grec.

Pièce à conviction n° 66

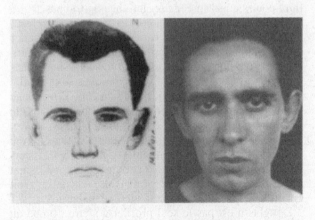

1958 Portrait-robot du LASD
Fred Sexton, aux environs des années 1945-1947

La pièce à conviction n° 66 comporte une photo de Sexton et le portrait-robot de l'homme soupçonné d'avoir tué la mère de James Ellroy, tel qu'il fut publié dans les journaux de l'époque et reproduit dans *My Dark Places*. En y ajoutant ce qu'on sait du mode opératoire de Sexton tel qu'il le pratiqua pendant toutes les années 40, on peut dire qu'il fait un suspect de premier ordre dans les deux assassinats qui se produisirent quelque huit à neuf ans plus tard. Il se peut très bien que des enquêtes prochaines relient Sexton à la ville d'El Monte, voire à une voiture qui corresponde au signalement donné. Dans les années 40, son ami proche et complice dans bien des viols et assassinats George Hodel était le directeur du Ruth Home and Hospital, établissement sis au 831, North Gilman Road, à El Monte. Cet hôpital-foyer de femmes ne se trouvait qu'à quinze cents mètres d'un Desert Inn où mon père devait très vraisemblablement aller boire un verre, danser et s'amuser à la fin de ses journées de travail. A l'heure où j'écris ces lignes, je n'ai pas encore enquêté sur d'autres homicides qui auraient pu se produire entre 1950 et 1957.

Helene Jerome (27 août 1958) [1]

Le 28 août 1958, le *Los Angeles Examiner* titre : « Une actrice retrouvée morte à Hollywood ». Diplômée de la London Royal Academy of Arts, Helene Jerome a consacré l'essentiel de sa carrière au théâtre. Elle a joué avec

---

1. Dans un article publié le 28 août 1958 dans le *Los Angeles Examiner* et dont je me suis servi comme référence, la victime de meurtre est identifiée comme étant Helene Jerome (Eddy), qui fut la vedette de plus de cent films. De fait, Mme Helene Jerome vécut pleinement et longtemps, puisqu'elle ne mourut qu'à l'âge de 92 ans et de causes naturelles. On sait peu de choses sur la vraie victime, Helen Jerome, en dehors du fait qu'elle aussi actrice, elle portait le même nom.

Barbara Stanwyck dans *La Grande Muraille* de Frank Capra en 1933 et, plus tard, en 1936, avec Mae West dans un film intitulé *Klondike Annie* et où elle dit à sa partenaire : « Trop de filles choisissent la solution de facilité. » A quoi Mae West répond, et c'est devenu un classique : « Peut-être, mais comment résister à une solution quand elle est bonne ? »

L'article rapporte que le corps dénudé de l'actrice de cinquante ans a été découvert dans son appartement du 1738, North Las Palmas. Le veilleur de nuit, Orio Janes, est le dernier homme à avoir vu la victime, aux environs de 4 heures du matin, alors qu'il se rendait à son appartement pour lui demander de vérifier son téléphone qui était « décroché » depuis plus d'une heure. A ce moment-là il l'a vue en compagnie d'un homme, mais la description de celui-ci n'est pas donnée aux lecteurs.

On apprend ensuite qu'environ six heures avant le meurtre le mari dont la victime s'est séparée, Edwin Jerome, lui a rendu visite à son appartement. Pendant cette visite, un homme a téléphoné de la réception pour demander Helene. M. Jerome lui a répondu qu'elle dormait. « Dites-lui seulement que *George* (c'est moi qui souligne) a appelé », lui répond l'inconnu. Le réceptionniste donnera aussi le signalement de ce « George », qui ne sera pas, lui non plus, rendu public. Le chef adjoint de la police Thad Brown confie l'enquête à l'inspecteur des Homicides d'Hollywood Henry Kerr.

C'est le Dr. Newbarr qui effectue l'autopsie et constate que la mort a été donnée par étranglement. Pour reprendre ses termes : « La victime a été étranglée avec une force telle qu'elle en a eu la pomme d'Adam brisée. »

Bien que nous n'ayons que peu de renseignements sur ce crime, les faits semblent bien indiquer que la victime connaissait le suspect « George ». Comme beaucoup d'autres victimes, Helene Jerome était liée à Hollywood et à l'industrie cinématographique depuis les années 30. Pour ce qu'on sait de ses agissements, il se pourrait fort que le suspect ne soit autre que Fred Sexton, se faisant appeler «George». Son ex-épouse, qu'il allait voir très régulièrement et chez laquelle il pouvait rester des semaines entières, n'habitait qu'à quelques kilomètres de la scène de crime. Le meurtre s'est produit deux mois après la mort (par étranglement) de Geneva Ellroy, et cinq mois avant celle de Bobbie Long.

Si son corps n'a pas été jeté n'importe où, la victime a été retrouvée nue et étranglée. Pour moi, Fred Sexton est le suspect le plus vraisemblable, mais mon père ne doit pas être écarté de la liste dans la mesure où il lui arrivait de revenir d'Extrême-Orient pour affaires et de «passer en ville de temps en temps[1]».

J'ignore si des éléments de preuve (empreintes digitales et tests ADN) ont été conservés aux scellés, mais pour autant que je sache l'assassinat d'Helene Jerome constitue lui aussi une affaire non résolue par le LAPD.

L'étude statistique des vingt crimes analysés dans cette enquête qui porte sur deux décennies fait apparaître ceci :

– crimes du ressort du LAPD : dix assassinats (Elizabeth Short, Jeanne French, Gladys Kern, Mimi Boomhower, Jean Spangler, Evelyn Winters, Rosenda Mondragon, Louise Springer, Helene Jerome et Inconnue) ; deux viols avec enlèvement (Sylvia Horan et Ica M'Grew) ; un cambriolage (Armand Robles) ;

– crimes du ressort du LASD : quatre assassinats (Ora Murray, Georgette Bauerdorf, Geneva Ellroy et Bobbie Long) ;

– crimes du ressort du Long Beach Police Department : un assassinat (Laura Trelstad) ;

– crimes du ressort du San Diego Police Department : un assassinat (Marian Newton) ;

---

1. Il ne faut pas oublier que c'est au cours d'un de ses voyages, onze ans après ce meurtre (1969), qu'il drogua et prit des photos salaces de sa petite-fille, Fauna.

– crimes du ressort de l'Alhambra Police Department : un enlèvement avec tentative de meurtre (Viola Norton).

Étant donné que je n'ai pas accès à ces dossiers d'enquête, je reconnais que certains de ces crimes ont peut-être été résolus. Tous les services de police concernés pourront facilement aller y voir et confirmer ou infirmer mes allégations.

Quelques chiffres

Une dernière observation sur ces meurtres en série : dans l'article intitulé *« Farewell My Black Dahlia* [1] *»*, l'inspecteur du LAPD Harry Hansen fait remarquer que « la plupart des homicides – environ quatre-vingt-dix-sept pour cent, il me semble – sont résolus. Très peu ne le sont pas. On ne gagne pas tout le temps ».

Les chiffres de Hansen me posent problème. Résoudre quatre-vingt-dix-sept pour cent des homicides dans une métropole aussi énorme que Los Angeles est pratiquement impossible. Avec beaucoup de travail et pas mal de chance, en résoudre aux environs de quatre-vingts pour cent serait déjà beau.

Les dernières statistiques du ministère de la Justice de Californie pour le comté de Los Angeles, portant sur les dix dernières années, font apparaître un taux de résolution en chute libre ! A peine trente-sept pour cent des homicides ont été résolus en l'an 2000. C'est en 1991 qu'on obtient le taux de résolution le plus élevé : soixante et un pour cent, la moyenne sur dix ans étant de cinquante-sept pour cent.

Mais laissons le bénéfice du doute à la police et disons qu'au milieu des années 40 on résolvait soixante-quinze pour cent des affaires de meurtres.

Pour la région de Los Angeles, entre 43 et 49, je relève onze assassinats de « femmes seules », le suicide de l'« In-

1. Soit « Adieu, mon Dahlia noir » *(NdT)*.

connue » et l'assassinat de Marian Newton à San Diego
exclus. Combien de ces meurtres avec enlèvement et viol
furent donc résolus ? En acceptant que le LAPD ait dit la
vérité aux citoyens de Los Angeles (à savoir que ces
affaires n'avaient rien de commun ni entre elles ni avec
l'assassinat du Dahlia noir) et que les chiffres de Harry
Hansen soient justes, dix de ces meurtres sur onze (ou
huit sur onze, pour m'en tenir à mes estimations nettement plus raisonnables) auraient dû être résolus. Or combien le furent ? Aucun.

Ces chiffres, je ne les cite pas pour rabaisser les inspecteurs des Homicides du LAPD et du LASD, mais
pour prouver quelque chose. Cette flambée de meurtres
ne fut pas résolue parce que c'est très probablement le
ou les mêmes individus qui s'en rendirent responsables.
Ces agressions et assassinats ne furent pas l'œuvre de
onze violeurs sadiques différents opérant dans la même
région. Non, j'ai bien plutôt la tristesse de devoir déclarer que tous ces crimes ou presque furent commis par
George Hodel et Fred Sexton, les deux hommes opérant
tantôt seuls, tantôt ensemble. Voilà pourquoi ni le LAPD
ni le LASD ne parvinrent à résoudre ces affaires. Ces
crimes auraient-ils été perpétrés par des individus différents que, statistiquement parlant, la moitié de ces
affaires auraient été résolues.

Pour le professionnel du maintien de l'ordre que je suis,
la réalité la plus pénible est de savoir que le sang de
nombre de ces victimes est sur les mains des officiers
et hautes autorités du LAPD qui voulurent étouffer ces
affaires et y parvinrent. Peut-être avant cette date, mais
certainement après le 21 janvier 1947, jour où George
Hodel fut catégoriquement reconnu sur une photo par les
propriétaires de l'hôtel d'East Washington Boulevard, M.
et Mme Johnson, toutes les existences qui furent ravies
sont à attribuer aux officiers de police qui firent obstruction à la justice et étouffèrent toutes ces affaires.

33

George Hodel – Elizabeth Short :
La chronologie reconstituée

Dans mon introduction, je déclare que pour résoudre le meurtre d'Elizabeth Short et les assassinats sadiques que j'ai analysés dans ce livre, il m'a fallu trouver et ordonner «des centaines d'empreintes de pensée différentes».

Pour raconter cette histoire particulièrement complexe, j'ai commencé par présenter toutes les pièces à conviction propres à l'identification des suspects, après quoi, dans les chapitres suivants, je me suis appliqué à établir les liens et les mobiles qui permettent de comprendre l'étouffement de ces affaires par le LAPD.

Les preuves qui lient George Hodel et Fred Sexton à tous ces meurtres sont disséminées dans de nombreux chapitres. J'ai repris les témoignages de plus de soixante-dix personnes et analysé plus de soixante pièces à conviction. En y incorporant les déclarations de nombre de «témoins fantômes» ayant trait aux faits et gestes d'Elizabeth Short lors de ce que le LAPD appelle «la semaine manquante», nous savons maintenant pourquoi il fallait que ces déclarations soient tues et discréditées. En ajoutant à tout cela ce que nous savons d'Elizabeth Short et de George Hodel vers le milieu des années 40, nous sommes aujourd'hui en mesure de reconstituer une chronologie des faits nettement plus précise, cette tentative ayant ceci d'unique qu'elle nous permet de voir les choses tant du point de vue de la victime que de celui de son assassin.

1944-1945

George et Elizabeth font connaissance et, platonique ou autre, entament une relation. George invite Elizabeth dans les plus beaux restaurants. Ils fréquentent le Biltmore et les night-clubs d'Hollywood et du centre de Los Angeles. Elizabeth obtient de l'argent de George quand elle en a besoin pour payer sa nourriture et son loyer.

Août 1945

Le major Matt Gordon se tue dans un accident d'avion aux Indes. En apprenant que son fiancé est mort, George demande à Elizabeth de l'épouser. Le cœur brisé et très déprimée par la mort de Matt Gordon, Elizabeth accepte – à tout le moins fait croire à George qu'elle va réfléchir à la question.

Octobre-décembre 1945

Pendant qu'Elizabeth travaille comme serveuse au restaurant Princess Whitening de Miami Beach, Floride, George Hodel, qui vient d'intégrer l'UNRRA en décembre, en rejoint le bureau de Washington D. C. et se met au chinois. Il contacte Elizabeth et lui demande de l'épouser à son retour de Chine. Elle lui fait part de ses réserves. Furieux d'être rejeté, George réussit à se contrôler assez longtemps pour lui envoyer un télégramme de Washington et lui rappeler que «pour un homme d'expérience une promesse est une promesse». Et signe seulement: «Bien à toi».

Avril 1946

En garnison en Chine avec le grade honorifique de lieu-tenant-général, George envoie à Elizabeth des photos où on le voit en civil et en uniforme d'«arbitre» des services de Santé.

Elizabeth écrit au lieutenant Gordon Fickling pour lui faire part de son désir de revenir le voir en Californie. Fickling la met en garde : «Pourquoi ne pas marquer une pause et penser à ce que pourrait signifier que tu viennes me voir ici?» Malgré ces avertissements, Elizabeth revient en Californie.

Août 1946

Elizabeth revient à Hollywood, s'installe chez Mark Hansen dans Carlos Street et y séjourne trois semaines avec la petite amie de Mark, Anne Toth. Elle cherche du travail partout où il est possible d'en trouver. Un jour, livrée à elle-même, elle fouille dans un bureau de la maison, y découvre un carnet d'adresses vide avec le nom de Mark Hansen en relief et s'en saisit.

Septembre 1946

Victime d'une crise cardiaque en Chine, George revient à Los Angeles, où il est admis à l'hôpital et libéré de son service à l'UNRRA.

Fin septembre 1946

Elizabeth quitte la maison de Mark Hansen avant la fin septembre et s'installe à l'hôtel Hawthorne, 1611, North Orange Drive, Hollywood. Elle y partage brièvement une chambre avec Lynn Martin, puis une autre avec son amie du Massachusetts, Marjorie Graham.

20-21 septembre 1946

Elizabeth fait la connaissance du «sergent inconnu» au centre de Los Angeles, dîne avec lui, puis, en revenant à l'hôtel avec lui, est vue et poursuivie par une voiture pleine d'«Hispaniques» – dont Sexton, je le pense. Mon père, qui est toujours hospitalisé et sait qu'Elizabeth est de retour à Hollywood, peut très bien avoir demandé à son ami Sexton de la retrouver. Toujours est-il que ces hommes la reconnaissent car le «sergent inconnu» en entend un s'écrier : «La voilà!»

Elizabeth et le «sergent inconnu» passent la nuit ensemble à l'hôtel Figueroa.

Octobre 1946

Elizabeth partage toujours sa chambre avec Marjorie Graham à l'hôtel Hawthorne et dit à celle-ci que son petit ami est «un lieutenant de l'armée de l'air» qu'on a admis à l'hôpital de Los Angeles. Elle espère le voir se remettre assez vite et en sortir à temps pour leur mariage le 1er novembre.

13 novembre - 6 décembre 1946

Elizabeth emménage à l'hôtel Chancellor, 1842, North Cherokee Avenue à Hollywood, et y partage une suite avec sept autres femmes. Sans argent ni emploi, elle est obligée de partir.

6 décembre 1946

Le jour de son départ, Elizabeth, qui est très inquiète, dit à sa colocataire Linda Rohr : « Il faut que je me dépêche. Il m'attend. » Pour moi, ce « il » est le Dr George Hodel.

6-11 décembre 1946

Il est tout à fait vraisemblable qu'après son départ de l'hôtel Chancellor et pendant les cinq jours qui suivirent Elizabeth et George soient restés ensemble. Elle avait la possibilité de dormir à la Franklin House. Il se peut aussi que George l'ait installée dans un hôtel proche et qu'elle lui ait rendu visite de temps en temps. C'est à ce moment-là qu'il la photographie nue, à côté d'objets chinois. C'est aussi à ce moment-là qu'un incident se produit, quelque chose de traumatisant et de déplacé ; peut-être même s'agit-il d'une agression physique qui fait que brusquement Elizabeth commence à craindre pour sa vie. Ce qu'on sait, c'est qu'elle arrive à San Diego quelques jours plus tard, qu'elle est seule, sans amis ni emploi, sans argent ou presque, et qu'elle n'a aucun endroit où dormir. Elle s'est enfuie.

12 décembre 1946

Dorothy French découvre Elizabeth dans un cinéma ouvert toute la nuit. Elizabeth est sans abri ni projets, et Dorothy l'invite à rester chez elle avec sa mère, Elvera, leur maison se trouvant dans la banlieue de San Diego. Les French diront à la police qu'Elizabeth est sortie avec plusieurs hommes pendant qu'elle était chez eux et qu'elle avait très peur d'« un ex-petit ami extrêmement jaloux ». Dorothy et Elvera French diront aussi qu'elle était très agitée, qu'elle s'est montrée très secrète pendant leur séjour chez elles et qu'elle avait «surtout peur lorsqu'on [frappait] à la porte d'entrée». Cela étant, Elizabeth ne se livre pas et refusera jusqu'au bout de dire à Elvera French le nom de l'homme qui la terrorise.

15 décembre 1946

Robert Manley voit Elizabeth assise sur un banc dans un abribus en face du bureau de la Western Airlines de San Diego et lui propose de la ramener chez elle en voiture. Arrivé à destination, il fait la connaissance de Dorothy et Elvera French et repasse plus tard dans la soirée pour emmener Elizabeth dîner et danser.

Mi-décembre 1946

Momentanément de retour à Los Angeles, Elizabeth est vue par «cinq amis non identifiés» dans un night-club d'Hollywood. Ces amis diront aussi à la police l'avoir aperçue dans un autre night-club d'Hollywood dans le courant de l'automne et qu'à ce moment-là elle leur aurait déclaré vouloir «épouser George, un pilote originaire du Texas». Ces témoins qui ne se connaissent pas sont les premiers à indiquer un lien entre le prénom de George Hodel et le pilote dont Elizabeth a parlé à d'autres amis.

24 ou 25 décembre 1946

Mark Hansen voit Elizabeth aux alentours de Noël, soit trois semaines avant son assassinat. Dans une déclaration ultérieure à la police, il ne dira ni où ni avec qui elle était, mais il est vraisemblable que la rencontre ait eu lieu à Hollywood dans une réception, une soirée donnée à l'occasion des fêtes ou à son night-club, les Florentine Gardens.

29 décembre 1946 – 19 h 30

C'est une Elizabeth complètement hystérique et terrifiée qui se précipite sur le dispatcher de la station de taxis du 115, North Garfield Avenue, dans Los Angeles Est. Pieds nus et les genoux en sang, elle lui dit avoir été agressée par « un gentleman bien habillé qu'elle connaît ». Ce signalement correspond à celui de George Hodel qui, très vraisemblablement après s'être disputé avec elle, l'a emmenée dans un coin isolé, puis, pris d'un accès de colère, l'a attaquée et aurait pu la tuer si elle n'avait pas réussi à s'enfuir.

2 janvier 1947

Phoebe Short, la mère d'Elizabeth, reçoit une lettre de sa fille dans laquelle celle-ci lui dit habiter « à San Diego, chez une amie, Vera French ». Elle ajoute, en mentant, qu'elle a trouvé un emploi « au Naval Hospital ».

7 janvier 1947

Robert Manley envoie un télégramme à Elizabeth – qui est toujours chez les French, à San Diego –, pour lui dire qu'il a l'intention de passer le lendemain et qu'il aimerait bien la voir.

7 janvier 1947 – 23 h 30

Ce même jour, dans la soirée, le voisin de Dorothy voit une voiture se garer devant la maison des French un peu avant minuit. Trois individus, deux hommes et une femme, en descendent, gagnent la porte d'entrée, frappent et attendent quelques instants. Elizabeth les observe en cachette, mais ne leur ouvre pas, les trois individus retournant vite à la voiture et repartant aussitôt. Pour moi ces deux hommes sont George Hodel et Fred Sexton qui, Dieu sait comment, ont réussi à savoir où habite Elizabeth.

8 janvier 1947 – 17 h 30

Robert Manley arrive chez les French pour y voir Elizabeth, qui lui demande de la ramener à Los Angeles en voiture. Il lui dit avoir quelques affaires à régler avant, mais être prêt à rester avec elle. Ils pourront rentrer à Los Angeles le lendemain. Il trouve un motel pour la nuit et pour la première fois – ainsi qu'il le dira aux inspecteurs venus le chercher après l'assassinat d'Elizabeth – remarque de grandes écorchures sur les bras de la jeune femme. Elizabeth lui dit avoir été attaquée par « un Italien basané très jaloux originaire de San Diego ». Ces marques visibles sur ses bras correspondent bien à l'agression qu'elle a décrite au dispatcher de la station de taxis dix jours plus tôt. Elizabeth passe un coup de fil à « quelqu'un de Los Angeles » d'un café sis au croisement du Pacific Highway et de Balboa Drive, à l'extérieur de San Diego. Red Manley, qui se tient à côté d'elle, entend des bribes de la conversation – assez pour informer la police que ce quelqu'un est un homme et qu'elle a prévu « de le voir quelque part au centre de Los Angeles le lendemain soir, 9 janvier ». Les enquêteurs du LAPD et des services du district attorney retrouveront effectivement la trace de cet appel et pourront vérifier que cet homme est bien « l'homme aisé d'Hollywood », à savoir le Dr George Hodel.

9-11 janvier 1947

Pendant ces deux jours, des amis et connaissances d'Elizabeth la voient et lui parlent dans divers endroits d'Hollywood et de Los Angeles centre-ville.

C'est aussi entre le 9 et le 11 que George Hodel aborde et agresse Armand Robles, dix-sept ans, qui s'approchait d'un chemin piétonnier dans le centre-ville. George enverra plus tard la photo du jeune homme à la presse en disant qu'il s'agit du «loup-garou assassin».

12 janvier 1947

George et Elizabeth se rendent à l'hôtel sis au 300, East Washington Boulevard, établissement dont les propriétaires, M. et Mme Johnson, voient le couple signer le registre. Après le meurtre, ils les identifieront sans hésitation sur les photos que leur montrera la police.

14 janvier 1947, dans l'après-midi

Elizabeth, en larmes et complètement terrifiée, se précipite sur l'officier de police McBride, dans un dépôt de bus du centre-ville. McBride la raccompagne jusqu'à un bar de Main Street où Elizabeth récupère son sac. Plus tard, McBride la verra ressortir du bar en compagnie de deux hommes et d'une femme. Pour moi, ces trois individus sont les mêmes que ceux qui sont passés chez les French une semaine plus tôt – à savoir George Hodel, Fred Sexton et la même inconnue.

14 janvier 1947 – 15-16 heures

De ce bar du centre-ville, George Hodel emmène Elizabeth Short à la Franklin House. Il la bâillonne, lui attache les mains et les pieds avec de la corde et commence à la battre de manière systématique et la soumet à tout un rituel de tortures sadiques avant de la violer et de la tuer.

14-15 janvier 1947

George Hodel fait sortir le cadavre d'Elizabeth de la Franklin House, le charge dans sa voiture, prend Normandie Avenue vers le sud et se gare près du terrain vague isolé, à deux pas du croisement de la 39e Rue et de Norton Avenue. Il sort les deux parties du corps de son coffre et dépose soigneusement son « chef-d'œuvre » dans le terrain vague. En revenant à la Franklin House, il s'arrête à mi-chemin et pose le sac à main et les chaussures d'Elizabeth Short sur le couvercle d'une poubelle de Crenshaw Boulevard.

15 janvier 1947

Pour ne rien laisser au hasard, et peut-être aussi pour régler la chambre d'hôtel sous la fausse identité de « M. Barnes », George Hodel retourne à l'hôtel du 300, East Washington Boulevard, où il dit à M. Johnson « attendre le retour de sa femme ». Lorsque, en plaisantant, M. Johnson lui renvoie que ne les voyant pas revenir pendant plusieurs jours, il se demandait s'ils n'étaient pas morts, George devient très agité et, visiblement nerveux, s'empresse de quitter l'établissement.

15 janvier 1947 – tard le soir

George Hodel entre dans un bar d'Hollywood et demande au barman si « Sherryl » est de service ce soir-là. Le barman lui ayant répondu que non, il s'en va.

16 janvier 1947 – tard le soir

George retourne à ce même bar le lendemain soir et y rencontre Sherryl Maylong, l'ex-colocataire d'Elizabeth Short à l'hôtel Chancellor, suite 501. Se faisant passer pour un certain « Clement », il lui fait part de son désir de lui « parler de Betty Short ». Mais Sherryl refusant de lui répondre, il quitte le bar.

21, 25 et 26 janvier 1947

George entre à trois reprises au Hub Bar and Café de Santa Monica Boulevard et dit aux femmes qu'il rencontre s'appeler George et travailler sur l'affaire du Dahlia noir pour le compte du FBI. Le dernier soir, il aborde une jolie serveuse du nom de Dorothy Perfect et lui promet un appartement dans Sunset Strip si elle consent à sortir avec lui. Il affirme aussi pouvoir lui « dire qui a tué Elizabeth Short ». Dorothy Perfect, pour qui cet homme est peut-être sous l'emprise de narcotiques, appelle les services du shérif, mais George Hodel s'enfuit et ne remettra plus jamais les pieds dans ce bar.

Dans les jours et les semaines qui suivent la découverte du corps d'Elizabeth Short, George appelle le rédacteur en chef du cahier « Métro » du *Los Angeles Examiner*, James Richardson, lui promet de lui envoyer quelques affaires de la victime – et le fait. Puis, en se parant du titre de «Black Dahlia Avenger», il envoie une douzaine de messages sarcastiques à la presse et aux inspecteurs chargés de l'enquête, leur promet de se rendre puis se rétracte et continue à jouer au chat et à la souris avec la police.

C'est à un rythme accéléré que pendant les mois qui suivent le meurtre du Dahlia noir, George Hodel et Fred Sexton vont se mettre à enlever, violer et tuer des femmes seules dans les rues de Los Angeles, les trois quarts de leurs victimes étant sauvagement battues avant d'être étranglées. Kidnappings et assassinats continueront en 1948 et 1949. Même après l'arrestation de mon père pour inceste le 6 octobre 1949, les deux hommes arriveront à commettre un nouveau crime, l'enlèvement et l'assassinat de l'actrice Jean Spangler le 7 octobre, le lendemain du jour où mon père est libéré sous caution.

Après son acquittement en décembre 1949, les enquêteurs du district attorney viennent à la Franklin House au début de l'année 1950 et informent mon père qu'ils sont au courant de ses crimes et qu'ils sont prêts à l'arrêter et à le déférer devant la justice. Confronté à cette perspective – la protection dont il bénéficie de la part du LAPD ne peut pas le mettre à l'abri des inspecteurs du district attorney –, mon père s'empresse de quitter les États-Unis et restera hors du pays pendant quarante ans.

Après le procès pour inceste, Sexton, lui, s'enfuit à Mexico. Au contraire de George Hodel, il reviendra de temps en temps à Los Angeles dans les années 50 et 60, et continuera de tuer de manière sporadique.

Vers le milieu ou la fin des années 50, Sexton retournera s'établir définitivement au Mexique et, à l'âge de soixante-deux ans, épousera une adolescente qui, comme June, restera son épouse pendant les trente années suivantes. Il mourra à Mexico en 1996, son décès précédant de quatre ans celui de son ami et complice de toujours, George Hodel.

34

Je présente mon dossier au bureau du district attorney

Lorsque j'arrivai au bout de mon enquête, je ne savais pas si les services du district attorney avaient gardé les documents présentés au jury d'accusation de 1949. Il n'empêche : j'avais besoin de savoir si le dossier que j'avais rassemblé serait suffisant pour le persuader qu'il y avait matière à poursuites. Je soumis donc mes résultats à un ancien collègue avec lequel j'avais travaillé à la brigade des Homicides et que je respectais beaucoup. Je lui transmis ce dossier comme je l'aurais fait vingt ans plus tôt en espérant que les éléments de preuve que j'apportais puissent convaincre un procureur d'entamer des poursuites judiciaires.

Toutes les enquêtes au criminel se terminent par la présentation du dossier de police au procureur qui devra statuer. La manière de déposer ce dossier varie d'État à État et de comté à comté. D'après ce que je sais du comté de Los Angeles, l'assistant du procureur doit, après analyse, être convaincu que le ou les suspects ont bien commis le crime et que le dossier est assez fort pour l'emporter devant un tribunal. Sinon, c'est le rejet immédiat ou la « demande de complément d'enquête », le ou les suspects devant être immédiatement relâchés. Telle est la marche à suivre que nous impose la Constitution. Tous les bons inspecteurs le savent et font de leur mieux pour affronter ce moment de vérité.

Cela faisait presque vingt ans que je ne m'étais pas présenté au bureau du district attorney pour lui soumettre un dossier d'enquête et lui demander l'ouverture de poursuites criminelles à l'encontre d'un suspect. Il ne restait plus un seul membre de la vieille garde au bureau, hormis un adjoint. Heureusement pour moi, il comptait parmi les meilleurs.

Au cours de ses trente-cinq ans de service au bureau du district attorney, le chef adjoint Stephen Kay avait poursuivi nombre des plus célèbres assassins de Los Angeles. La liste des individus qu'il avait réussi à faire condamner tenait du *Who's Who* des tueurs de Californie. Dans l'affaire Manson notamment, il avait été co-accusateur avec l'illustre procureur et auteur Vincent Bugliosi. Il avait ensuite poursuivi le reste de la famille Manson – à savoir Tex Watson, Bruce Davis et Leslie Van Houten. Kay était le premier adjoint au district attorney de Californie à avoir assisté à l'audition d'un condamné à perpétuité qui demandait sa libération et fait comprendre aux membres du comité des remises en liberté qu'il ne fallait pas céder. A ce jour, Steve Kay a suivi les auditions de cinquante-huit demandes de libération de la part des membres de la famille Manson et toujours plaidé contre.

Kay a poursuivi des tueurs en série tels que Lawrence Bittaker et Roy Norris, deux criminels qui étaient allés jusqu'à enregistrer sur bande un de leurs viols et assassinats les plus vicieux. Après ce forfait, ces deux individus devaient enlever et tuer quatre autres victimes âgées de treize à dix-huit ans avant d'être appréhendés, poursuivis et condamnés par Stephen Kay.

En 1996, il poursuivit et fit condamner Charles Rathbun pour l'assassinat particulièrement odieux de la pom-pom girl et reine de beauté Linda Sobek, dont le corps avait été retrouvé dans la Forêt nationale de Los Angeles.

Pendant ma carrière j'étais allé présenter une douzaine de dossiers d'homicides à Stephen Kay pour qu'il les analyse et décide de poursuivre ou pas. Je l'avais toujours trouvé très intelligent, consciencieux et, plus important encore, d'une parfaite intégrité. C'est en sachant que je pouvais lui faire confiance pour tout ce qui relevait de la confidentialité et, plus encore, qu'il m'accorderait le bénéfice de l'objectivité, que je décidai de lui soumettre mon dossier sur l'assassinat du Dahlia noir comme si j'entendais lui demander d'entamer des poursuites.

Notre rencontre dura trois heures. Je lui présentai un résumé général de l'enquête, lui fis part de mes soupçons sur ces assassinats en série et lui dis que pour moi, au vu de tout ce que j'avais analysé en deux ans, mon père n'était pas seulement l'assassin d'Elizabeth Short, mais aussi l'«homme aisé d'Hollywood» en qui le lieutenant Jemison avait dès 1949 identifié le principal suspect pour le compte des services du district attorney. Puis je lui confiai tout mon travail, avec photos et pièces à conviction.

De manière assez compréhensible, Steve Kay fut complètement abasourdi par mes révélations, mais il sut se tenir et me renouvela sa confiance en mes qualités d'inspecteur des Homicides. Il me confia ensuite qu'il allait tout analyser pendant ses heures de liberté et qu'il ne le ferait pas en tant que membre officiel des services du district attorney. Il ajouta encore qu'il procéderait comme si je lui soumettais vraiment un dossier pour le convaincre de déférer le suspect devant un tribunal. Il me promit enfin de se montrer aussi rigoureux qu'avec tous les autres inspecteurs des Homicides et de ne me donner sa réponse qu'après avoir tout examiné avec soin.

Un mois plus tard, je recevais cette lettre au courrier:

30 septembre 2001
A qui de droit

L'affaire de meurtre la plus obsédante du XXe siècle vient enfin d'être résolue en ce début de XXIe siècle. Cette affaire, dite du «Dahlia noir», s'est déroulée dans le comté de Los Angeles et vient de trouver sa solution grâce à l'un des meilleurs inspecteurs des Homicides du LAPD, Steve Hodel. Il ne s'agit pourtant pas du résultat d'une enquête tout à fait normale dans la mesure où Steve Hodel a pris sa retraite en 1986 et où le meurtrier n'est autre que son propre père, le docteur George Hill Hodel.

J'ai fait la connaissance de l'inspecteur Steve Hodel en 1973. Après avoir travaillé trois ans pour l'accusation dans les affaires Tate-La Bianca et Gary Hinman-« Shorty » Shea, je venais d'être affecté à la brigade des Plaintes des Opérations centrales. Cette division est la plus importante pour les délits examinés par les services du district attorney de Los Angeles. Steve m'a tout de suite plu. Non seulement il était très aimable et brillant, mais les dossiers qu'il me présentait étaient toujours bien préparés et documentés.

Je n'oublie pas non plus que, s'il pensait ne pas avoir assez de preuves dans un dossier, il était le premier à me le dire !

Et Steve était tenace. Si pour lui X ou Y était coupable, il ne laissait rien au hasard pour tenter de le prouver. A l'inverse, si quelqu'un ne l'était pas, il faisait tout ce qui était en son pouvoir pour établir son innocence. Cette impartialité et cette objectivité lui ont permis de faire un remarquable inspecteur des Homicides, mais aussi, une fois à la retraite, de s'adapter sans difficulté au travail d'enquêteur pour la défense dans les affaires criminelles.

Le lecteur doit savoir que Steve Hodel n'est pas un inspecteur moyen du LAPD ; de fait, il compte parmi les meilleurs que ce service ait jamais eus. C'est ainsi que, pendant bien des années, il a supervisé tous les inspecteurs des Homicides de la division Hollywood du LAPD. Steve a enquêté sur plus de trois cents affaires de meurtre et s'est fait une excellente réputation non seulement parmi ses pairs, mais encore au sein des services du district attorney de Los Angeles.

S'il n'avait pas trouvé les photos que son père avait prises d'Elizabeth Short (alias « le Dahlia noir ») dans l'album de ses clichés préférés, l'idée d'enquêter sur cette célèbre affaire ne l'aurait jamais effleuré. Hautement qualifié comme il l'est, Steve n'a fait dans cette enquête que le travail pour lequel on l'a formé : enquêter objectivement sur un meurtre. Il n'est pas peu ironique que le fils d'un des assassins les plus cruels de l'histoire de Los Angeles soit non seulement devenu inspecteur des Homicides au LAPD, mais celui-là même qui devait établir la culpabilité de son père.

Ce qu'il ne savait pas en entamant son enquête, c'est que son père avait été un des grands suspects dans le meurtre du Dahlia noir. De fait même, au début de l'année 1950, lorsque les services du district attorney de Los Angeles furent mêlés à l'enquête du LAPD sur l'assassinat d'Elizabeth Short, le Dr George Hodel était, pour moi, le suspect numéro un. Si nous avons fini par le laisser filer, c'est uniquement parce que nous n'avions pas assez d'éléments de preuve contre lui. Dans l'entretien qu'il a avec Steve, le témoin Joe Barrett cite ces propos de l'enquêteur de nos services Walter Sullivan (et il n'est pas le seul à l'avoir pensé) : « Bon sang de bon Dieu, il l'a emporté en paradis ! » C'est du procès en inceste qu'il parle alors. Et d'ajouter : « On le veut, ce fils de pute ! Pour nous, c'est lui qui a tué le Dahlia noir. » Le Dr Hodel avait tellement peur de nos services qu'il quitta le pays pendant quarante ans !

En me fondant sur les conclusions de Steve, je n'aurai aucune hésitation à accuser le Dr George Hodel de deux assassinats. Évidemment, ce n'est pas au nom des services du district attorney de Los Angeles que je me prononce et toutes les opinions que vous lirez ici n'appartiennent qu'à moi. Mais elles s'appuient sur quelque trente-quatre années de travail dans ces services et sur les enquêtes que j'effectuai sur certaines des affaires de meurtres les plus tristement célèbres de l'histoire du comté de Los Angeles.

J'ai lu tout ce que Steve a écrit sur la vie et les crimes de son père et pour moi il ne fait absolument aucun doute que ce dernier a assassiné non seulement Elizabeth Short (alias le «Dahlia noir»), mais encore Jeanne French moins d'un mois plus tard.

L'ASSASSINAT DU DAHLIA NOIR

Steve prouve amplement que son père est bien l'homme qui a assassiné Elizabeth Short le 15 janvier 1947. Les preuves qu'il présente sont indirectes, mais à mes yeux celles-ci sont souvent nettement plus prégnantes que les témoignages, dans la mesure où il n'est pas possible de faire erreur sur l'identité de la personne. Pour moi, chaque pièce à conviction de ce type est comme un brin de la corde dont tous les autres brins disent la culpabilité du suspect.

Pour finir, les faits qui incriminent s'accumulant, la corde est assez forte pour que le suspect doive être livré à la justice.

La première démarche de Steve a été d'établir la réalité du lien personnel entre Elizabeth Short et le Dr George Hodel. Il y parvient lorsqu'il découvre les deux photos de la jeune femme prises par son père. La première a été très probablement prise à la Franklin House où il habitait. La deuxième est un nu très suggestif. Rappelons que ces deux clichés ont été trouvés dans la partie de l'album photos que George Hodel réservait aux membres de sa famille et aux «personnes aimées».

L'analyse graphologique dit tout de suite que le Dr Hodel est coupable aussi bien du meurtre d'Elizabeth Short que de celui de Jeanne French, dont je parlerai plus en détail un peu plus tard. Dans les procès au criminel, il est de pratique courante de faire identifier une écriture par un parent, un ami ou un collègue de travail. Connaissant très bien l'écriture de son père, Steve en tire d'importantes remarques d'identification dans ces deux affaires de meurtre.

Il identifie ainsi, et de manière catégorique, les caractères d'imprimerie que son père utilise dans le message envoyé du centre-ville de L. A. au *Los Angeles Examiner* le 26 janvier 1947 – celui où le «Black Dahlia Avenger» promet de se rendre le 29 à 10 heures du matin. Steve reconnaît aussi l'écriture de son père dans ce que celui-ci a écrit au rouge à lèvres sur le corps de Jeanne French – à savoir «Fuck You. B. D.».

Elizabeth Short a été assassinée le 15 janvier 1947 et Jeanne French le 10 février 1947. L'identification par Steve de cette écriture en lettres d'imprimerie employée dans les lettres et sur les cartes postales envoyées à la presse à propos du meurtre du Dahlia noir permet d'établir un lien entre les deux meurtres. Steve a fait ce qu'il fallait en engageant les services d'un expert graphologue impartial de l'État de Washington, Hannah McFarland, pour analyser ces pièces à conviction. Il ne lui a pas dit qui était le suspect, ni non plus que le suspect était son propre père. Et encore moins qui étaient les victimes.

Hannah McFarland conclut que l'homme qui a écrit au rouge à lèvres sur le corps de Jeanne French est aussi celui qui a écrit quatre des cartes postales envoyées au *Los Angeles Herald Express* après le meurtre du Dahlia noir. Nous apprenons ainsi que l'homme que l'on soupçonne d'avoir tué Elizabeth Short aimait bien entrer en contact avec le *Los Angeles Examiner* et le *Los Angeles Herald Examiner*. Le suspect est même allé jusqu'à appeler le responsable du cahier «Métro» du *L.A. Examiner* avant de lui envoyer un paquet adressé à l'«*Examiner* et autres journaux» et contenant certaines affaires personnelles d'Elizabeth Short, dont sa carte de Sécurité sociale, son acte de naissance et un carnet d'adresses (avec soixante-quinze noms et une page arrachée). Parce qu'il a envoyé des affaires que le tueur a pu sortir du sac à main d'Elizabeth Short le jour de son assassinat, nous savons alors que nous allons devoir prendre ces contacts avec la presse pour des pièces à conviction de la première importance.

Que l'assassin de Jeanne French ait signé « B. D. » (Black Dahlia) sur son corps le relie au meurtre d'Elizabeth Short. Que son écriture en lettres d'imprimerie sur le corps de Jeanne French soit reliée par Steve et Hannah McFarland aux cartes postales et aux lettres envoyées au *L.A. Examiner* et au *L.A. Herald Express* établit le lien entre l'assassinat de Jeanne French et celui du Black Dahlia. Or, nous savons par les analyses graphologiques de Steve et de Hannah McFarland que celui qui a écrit tout cela n'est autre que le Dr George Hodel.

Je ne connais pas Hannah McFarland – elle travaille dans l'État de Washington et je défère mes suspects devant les tribunaux de Californie. Cela étant, je trouve sa méthode d'analyse excellente. Lorsqu'elle établit une comparaison, je vois tout de suite de quoi elle parle. Sa déposition serait déterminante devant un jury. Ses « très probable » sont forts si l'on considère qu'elle ne disposait pas des pièces originales écrites par le suspect afin de pouvoir faire ses comparaisons. Elle assure Steve que ses « très probable » sont, de fait, semblables à ses « pratiquement sûr » lorsqu'elle compare ce qui a été écrit sur le corps de Jeanne French et sur les quatre cartes postales envoyées au *L.A. Herald Express* (« pièces de question ») aux pièces que Steve sait avoir été écrites par son père et déclare qu'ils sont l'œuvre de la même personne.

Les analyses effectuées au labo du LAPD relient les enveloppes au papier utilisé, ce qui indique que le suspect qui a envoyé le paquet contenant la carte de Sécurité sociale, l'acte de naissance et le carnet d'adresses d'Elizabeth au *L.A. Examiner* est aussi celui qui a plus tard envoyé un message à l'*Examiner* pour faire savoir qu'il était prêt à se rendre si on ne lui donnait que dix ans de prison. Le criminologue du LAPD Ray Pinker a déterminé que l'un des messages envoyés par l'assassin du Dahlia noir avait été écrit sur du papier à épreuves comme on en trouvait assez communément chez les imprimeurs. Or nous savons par Steve que son père avait une presse à bras dans la cave de la Franklin House et une réserve de papier à épreuves du genre de celui dont Steve s'était servi pour dessiner son «poulet chinois».

Les pièces à conviction suivantes, et toutes établissent le lien entre George Hodel et l'assassinat du Dahlia noir, sont autant de brins supplémentaires de la corde.

La façon dont le corps d'Elizabeth Short a été coupé en deux me pousse à penser que l'assassin était un médecin. Dans une lettre qu'il a envoyée à J. Edgar Hoover, l'agent spécial R. B. Hood de l'antenne de Los Angeles déclare : «Le corps a été sectionné à la taille à l'aide d'un instrument très coupant, la coupure étant très propre, en particulier dans la partie colonne vertébrale. Certains pensent que l'assassin avait des connaissances en dissection. La façon dont le corps d'Elizabeth Short a été coupé en deux laisse entendre que l'assassin aurait des connaissances médicales… » Sur quoi, l'université de Californie du Sud donne trois cents noms d'étudiants en médecine aux fins d'enquête.

Le Dr. Frederic Newbarr, le légiste en chef pour les autopsies du comté de Los Angeles, effectue celle d'Elizabeth Short le 16 janvier 1947. Il détermine alors que c'est un instrument coupant à lame mince et s'apparentant à un scalpel qui a été utilisé pour couper le cadavre en deux. L'incision a été pratiquée dans l'abdomen, la lame passant au travers du disque reliant les deuxième et troisième vertèbres.

Le corps a été lavé et vidé de son sang. Des fibres provenant probablement d'une brosse à récurer ont été retrouvées sur le cadavre.

Dans un article du *L.A. Times* de 1971 intitulé «Adieu, cher Dahlia noir», le premier policier à avoir enquêté sur l'affaire, l'inspecteur Harry Hansen, déclare en prenant sa retraite que pour lui l'assassin était un homme ayant des connaissances médicales. «Il s'agissait là d'un travail propre, écrit-il, d'un véritable boulot de professionnel. Il fallait savoir très exactement où et comment s'y prendre pour réussir. Lorsque je demandai aux autorités médicales quel genre de personne pouvait avoir procédé à cette opération, il me fut répondu : "quelqu'un ayant un grand savoir médical".»

Or nous savons grâce à Steve qu'à l'époque où il suivait les cours de médecine à l'université de Californie, campus de San Francisco, George Hodel avait une réputation de chirurgien hors du commun. Encore un brin dans la corde.

Le cadavre d'Elizabeth Short a été disposé selon une mise en scène. Dans toutes les affaires de meurtres sur lesquelles j'ai enquêté au fil des ans, je n'ai eu droit qu'à une seule mise en scène. Je poursuivais alors le photographe Charles Rathbun pour le meurtre de l'ancienne pom-pom girl et modèle Linda Sobek. Rathbun avait déposé son corps dans une tombe qu'il avait creusée pour elle avant de le recouvrir de terre.

De quelle mise en scène s'agit-il ? Les deux bras d'Elizabeth Short ont été levés au-dessus de sa tête, le droit selon un angle de quarante-cinq degrés et plié au coude de façon à former un angle de quatre-vingt-dix degrés. Le gauche a été lui aussi disposé selon un angle de quarante-cinq degrés et plié au coude de la même manière. Pourquoi s'agit-il d'une mise en scène ? Pour répondre à la question, Steve va très astucieusement voir du côté de l'admiration que son père vouait à son ami et aujourd'hui illustrissime photographe, Man Ray.

Steve fait remarquer que pour Man Ray les femmes n'existent que par «la volonté des hommes et pour leur plaisir, et que ces plaisirs sont souvent renforcés et accrus par l'humiliation, la dégradation et la douleur qu'on leur inflige». Cela pourrait expliquer pourquoi Elizabeth a été torturée avant d'être tuée. Steve montre aussi que la position des bras d'Elizabeth reproduit exactement une photographie de Man Ray intitulée *Le Minotaure* (celui qui détruit les jeunes vierges). Le morceau de chair arraché sous le sein d'Elizabeth Short imite l'ombre qu'on voit sur la photo. Les lacérations de son visage ressemblent aux lèvres reproduites dans la célèbre photographie de Man Ray intitulée *Les Amants*.

Le rapport d'autopsie du Dr Newbarr nous apprend que le Dr Hodel infligea d'horribles douleurs à Elizabeth avant de la tuer. Il commença par la couper en de multiples endroits du corps, en particulier au sexe, les poils pubiens en étant tranchés. Elle fut ensuite battue et reçut des coups de pied absolument partout (comme Jeanne French), puis obligée de manger ses excréments à lui et à elle. De grands morceaux de chair lui furent découpés et enfoncés dans le vagin et le rectum. Que son cadavre ait été jeté sur la voie publique selon une mise en scène précise ne serait donc qu'une coïncidence alors que le visage et les seins de la victime ont été disposés de façon à imiter la célèbre photographie de Man Ray? Encore des brins à ajouter à la corde.

Autre pièce à conviction que j'ai prise en considération pour conclure que le Dr Hodel est bien l'homme qui assassina Elizabeth Short – la montre militaire à fond noir qui a disparu. Sur une photo prise par Man Ray en 1946, on peut voir le docteur porter une montre militaire à fond noir. Sur une photo non datée mais qui, pour Steve, a été prise au printemps ou à l'été 1947, le docteur porte une montre à cadran blanc. Le 20 janvier 1947, le LAPD charge cinquante policiers de ratisser minutieusement le terrain vague proche du croisement de la 39e Rue et de Norton, où le corps d'Elizabeth Short a été découvert le 15 janvier 1947. L'opération permet de trouver une montre militaire dans le terrain vague, très près de l'endroit où le corps d'Elizabeth a été découvert. Encore un brin de plus à la corde.

L'assassin jette ensuite le sac à main vide et les chaussures de la victime dans une poubelle posée devant le 1136, South Crenshaw. Cette maison se trouve entre l'endroit où le cadavre a été découvert et la Franklin House où vit le Dr Hodel. Celui-ci aurait très bien pu jeter ces pièces à conviction loin de l'endroit où il a disposé le corps selon sa mise en scène. Et un brin de plus.

D'après tout ce que Steve Hodel m'a dit de son père, celui-ci me paraît correspondre au genre d'individus capables de commettre pareil forfait. Le Dr Hodel traitait les femmes comme des objets à utiliser puis jeter quand on s'en était servi.

Jusqu'à son dernier mariage, il a usé une femme après l'autre à un rythme effréné. C'était un obsédé sexuel. Égocentrique, il détestait qu'on ne soit pas d'accord avec lui ou, pire encore, qu'on se refuse à lui. Et, d'après la mère de Steve, il aimait le sang. Une de ses petites amies déclare qu'il lui aurait demandé de l'enfermer à clé dans la salle de bains après avoir fumé du haschich parce que «parfois, je fais des choses terribles». Nous savons qu'il avait une relation avec Elizabeth et qu'elle dut dire ou faire quelque chose qui ne lui plaisait pas pour qu'il la torture ainsi de la pire des façons.

JEANNE FRENCH
LE MEURTRE AU ROUGE À LÈVRES

Je suis persuadé que le Dr Hodel a aussi tué Jeanne French. Mon opinion se fonde sur bien des raisons, la moindre n'étant pas celle dont j'ai déjà parlé, à savoir que Steve et Hannah McFarland ont l'un et l'autre reconnu formellement son écriture sur le cadavre de la victime.

Ces deux meurtres ont eu lieu à très peu d'intervalle. Elizabeth Short a été assassinée le 15 janvier 1947 et Jeanne French le 10 février de la même année. Les deux cadavres ont été retrouvés dans des terrains vagues, celui de Jeanne French à 10 kilomètres à l'ouest du corps d'Elizabeth Short, en ligne parallèle directe.

Tout comme celui d'Elizabeth Short, le corps dénudé de Jeanne French avait été piétiné et roué de coups de pied. Des traces de pieds et de talons étaient visibles sur le visage, la poitrine et les mains de Jeanne French. Elle avait la bouche lacérée «à la loup-garou». Même chose pour Elizabeth Short. Jeanne French avait un côté de la bouche ouvert pratiquement jusqu'à l'oreille.

Le capitaine Donahoe du LAPD informe aussitôt la presse que la victime a été sauvagement battue à l'aide d'un gros outil – un démonte-pneu ou une clé à molette, c'est probable –, alors qu'elle était agenouillée nue sur la chaussée. Une grosse flaque de sang a été en effet retrouvée sur la route, près de la scène de crime.

Encore une fois, il y a acharnement à tuer, comme pour Elizabeth Short. Cela dit, Jeanne French n'a pas été torturée comme le Dahlia noir. Peut-être parce que le Dr Hodel avait des relations plus fortes avec Elizabeth Short qu'avec Jeanne French.

Il n'en reste pas moins que le Dr Hodel est la dernière personne vue en compagnie de Jeanne French avant que celle-ci soit assassinée, le témoin étant Toni Manalatos, qui se trouvait au restaurant drive-in de Piccadilly, 3932, Sepulveda Boulevard. Elle aurait servi son «dernier repas» à la victime entre minuit et une heure du matin. Elle dit avoir vu Jeanne French avec «un homme à cheveux noirs et petite moustache». Le couple quitte le restaurant et le corps de Jeanne French est retrouvé quinze rues plus loin. C'est encore une fois le Dr Newbarr qui effectue l'autopsie. Il détermine que Jeanne French a été assassinée entre minuit et 4 heures du matin le 10 février 1947. Que le LAPD ait recherché des hommes d'environ un mètre quatre-vingts à cheveux noirs et petite moustache correspond parfaitement au signalement du Dr Hodel.

Le premier inspecteur chargé de l'affaire du Dahlia noir, le capitaine Jack Donahoe, pensait que les assassinats d'Elizabeth Short et de Jeanne French étaient liés. Il fut malheureusement écarté de l'enquête environ dix jours après avoir établi ce lien. Je n'arrive pas à comprendre pourquoi il fut si difficile de faire ce lien alors que l'assassin avait écrit «B. D.» sur le corps de Jeanne French.

Je n'ai eu à traiter que trois affaires où l'assassin écrivit avec le sang de sa victime. Dans la première, Susan Atkins écrivit avec le sang de Sharon Tate le mot «PIG[1]» sur la porte de la maison de Roman Polanski. Dans la deuxième, c'est Patricia Krenwikel qui écrit les mots «Debout», «Mort aux flics» et «Désordre» avec le sang de Leno La Bianca. Cette même Patricia Krenwikel trace aussi le mot «GUERRE» sur l'abdomen de Leno La Bianca avec les pointes d'une fourchette à découper. Moins de quinze jours plus tôt, Robert Beausoleil, un membre

1. Soit «porc», surnom donné aux policiers dans les années 70-80 (NdT).

de la famille Manson, a écrit les mots « porc politique »
avec le sang du musicien de rock Gary Hinman.

Je n'avais jamais entendu parler d'un assassin écrivant sur le corps de sa victime avec du rouge à
lèvres. C'est en gardant cela à l'esprit que je remar-
quai ce que le demi-frère de Steve, Duncan Hodel,
lui dit un jour en lui parlant des visites qu'il avait
rendues à la Franklin House dans les années 47, 48
et 49. « Je me souviens d'une soirée où tout le
monde riait et s'amusait bien. A un moment donné,
il [le Dr Hodel] a sorti un tube de rouge à lèvres et a
écrit avec sur la poitrine d'une de ces femmes. Elle
avait des seins absolument superbes. Il a pris le tube
et a dessiné de grosses cibles autour ; on a tous
rigolé. On s'amusait bien. » Écrire sur la poitrine
d'une femme avec du rouge à lèvres me paraissant
inhabituel (ce n'est quand même pas la même chose
que de peinturlurer des trucs sur la figure d'un
enfant pour Halloween), je n'aurais pas hésité à parler de cet incident devant un tribunal.

Malheureusement, il n'y aura ni jugement ni peine de
mort pour le Dr George Hodel. On peut affirmer qu'il
l'a emporté en paradis pour au moins deux assassinats.
Cela étant, grâce au magnifique travail d'enquête de
son fils courageux, le nom de George Hodel restera à
jamais marqué au sceau de l'infamie. Et je trouve particulièrement courageux que ce soit son fils qui ait
dévoilé ces crimes, d'autant que le père et le fils entretenaient de bonnes relations lorsque le Dr George
Hodel mourut à l'âge de quatre-vingt-onze ans.

Stephen R. Kay

35

La dernière empreinte de pensée

Mon enquête était finie depuis quatre mois environ et je mettais la dernière main à mon manuscrit lorsque, le 24 avril 2002, mon téléphone sonna. C'était ma sœur, Tamar. « Steven, me dit-elle, j'ai une nouvelle vraiment étonnante à te communiquer. Fauna [sa fille aînée] vient juste de parler avec un certain Walter Morgan. [Je reconnus aussitôt en ce nom celui d'un adjoint aux investigations du district attorney, le collègue du lieutenant Jemison qui enquêta sur l'affaire en 1950, et eus du mal à avaler ma salive en l'entendant parler de cet homme.] Il était détective privé ou quelque chose de ce genre dans les années 40. Et il a été impliqué dans l'enquête sur devine qui ! Le Dr George Hodel ! Il a dit à Fauna qu'ils avaient mis un micro dans la Franklin House pour écouter les conversations de Papa. Ça t'embêterait d'appeler Fauna, qu'elle te dise de quoi il retourne ? »

Je lui promis de vérifier tout de suite. Je contactai Fauna, avec qui je n'avais pas parlé depuis dix ans, et appris qu'elle travaillait dans la San Fernando Valley et avait reçu la visite d'une connaissance, Ethel. Agée de plus de soixante-dix ans, celle-ci était venue avec son petit ami, qui s'était présenté sous le nom de Walter Morgan. Après lui avoir serré la main, il avait dit : « Hodel ? Ce nom est inhabituel. J'ai travaillé sur une affaire de meurtre où était compromis un certain Dr Hodel. C'est quelqu'un de votre famille ? » Fauna et Walter avaient alors comparé ce qu'ils savaient et vite conclu que le suspect de Morgan et le grand-père de Fauna étaient la même personne.

Deux jours plus tard, le 26 avril, je téléphonai à Walter Morgan, lui dis m'appeler Steven Hodel et être l'oncle de Fauna Hodel et le fils du Dr George Hill Hodel, décédé en 1999 à l'âge de quatre-vingt-onze ans. Je l'informai aussi que j'avais pris ma retraite du LAPD après avoir effectué l'essentiel de ma carrière en qualité d'inspecteur des Homicides attaché à la division d'Hollywood. Son accueil fut chaleureux, digne du lien implicite qui unit tous les flics, et il se mit à me parler de l'histoire Hodel.

Morgan, qui avait alors quatre-vingt-sept ans, me raconta qu'il avait travaillé pour les services du shérif de 1939 à 1949. Attaché à une patrouille avec voiture radio, il avait été affecté à la police des Mœurs, aux Cambriolages et à bien d'autres secteurs. Après avoir quitté le LASD, il était passé enquêteur auprès du district attorney en 1949 et n'avait quitté ce poste qu'à sa retraite en 1970. C'est ainsi qu'il avait travaillé quelques mois aux Homicides en 1950. On l'avait envoyé aider le lieutenant Frank Jemison, qui l'avait pris « comme acolyte ».

Il se rappelait très bien le jour où ils avaient installé des micros à la Franklin House qui – il m'en informa avec autorité – avait été « construite par Frank Lloyd Wright[1] ».

Et de continuer ainsi :

> On avait un très bon mec aux écoutes. Il pouvait vous installer des micros n'importe où. Il travaillait au labo du district attorney. C'est comme ça qu'un jour le patron m'a demandé de l'emmener à la Franklin House, pour poser des micros chez les Hodel. Mon patron m'avait donc demandé de le faire et nous sommes tombés sur le LAPD en arrivant à la maison. C'était pendant la journée et il n'y avait personne. Je me rappelle qu'il y avait des gradés du

---

1. On sait qu'en fait l'architecte de la Franklin House est Lloyd Wright, le fils de Frank Lloyd.

LAPD dehors et que personne ne savait comment entrer. Alors j'ai proposé ceci : « Ben, aucun de vous autres, officiers, a-t-il jamais essayé d'ouvrir avec une carte ? » Ils se sont mis à rire, alors j'ai sorti mon portefeuille ou une carte que j'avais, je l'ai glissée entre la serrure et le montant et la porte s'est ouverte tout de suite ! Ils en croyaient pas leurs yeux. Toujours est-il que notre bonhomme est entré dans la maison et qu'il y a posé des micros. C'était notre boulot – poser des micros pour écouter les gens.

Bien qu'il n'ait pas pris part aux séances d'écoute des enregistrements ou de transcription des conversations, Morgan me confirma ensuite que ces pièces et documents existaient. Il savait que d'autres inspecteurs avaient écouté, mais il ne savait pas de quoi il retournait, sauf ceci : ils n'avaient jamais retenu de charges contre le Dr Hodel.

Il me dit encore avoir travaillé sur l'affaire du Dahlia noir, – « s'en être tapé x resucées » pour reprendre son expression –, avec le lieutenant Jemison, jusqu'au jour où ils s'étaient concentrés sur l'assassinat de Jeanne French. « Mais là, on a eu des problèmes avec l'enquête, me précisa-t-il. Pour l'histoire de Jeanne French, Jemison a accusé le LAPD de cacher des vêtements pleins de sang ou de les avoir fait disparaître d'une armoire métallique. La Deuxième Affaire du Dahlia noir, qu'on appelait ça. L'accusation ayant fait la une des journaux le lendemain, le district attorney a retiré l'affaire à Jemison. A ce moment-là il s'en foutait de savoir qui avait assassiné Jeanne French. On croyait avancer et Jemison pensait tenir un bon suspect, mais quand il a dit ça sur le LAPD, ç'a été fini. »

Morgan se rappelait que mon père était soupçonné d'avoir « liquidé une jeunette. Dans les dix-neuf-vingt ans… quelque chose comme ça ».

Il se rappelait aussi qu'à ce moment-là son patron était H. Leo Stanley. Je lui demandai s'il se souvenait d'un certain Walter Sullivan (l'inspecteur qui avait ramassé Joe Barrett et l'avait conduit à son bureau au printemps 1950), il me répondit que « oui, bien sûr » qu'il s'en souvenait.

Il m'informa ensuite qu'il avait pris sa retraite en mars 1970, le lieutenant Jemison restant quelques années de plus au cabinet du district attorney.

Deux articles remontant au printemps 1950 corroborent ses dires : le lieutenant était bien sur le point d'arrêter un suspect de première importance, notre propre enquête nous disant que ce dernier est son « homme aisé d'Hollywood », le Dr George Hill Hodel.

Dans un article du *Los Angeles Times* du 1er avril 1950, il est écrit :

DES AFFAIRES DE MEURTRES RÉOUVERTES
PAR LE DISTRICT ATTORNEY

Des inspecteurs reprennent l'affaire de la tuerie de l'infirmière et du « Dahlia noir »

Les enquêteurs des services du district attorney recherchent activement un homme qu'ils pensent être un « suspect de premier plan » dans le meurtre déjà vieux de trois ans de Mme Jeanne French.

Ces enquêteurs, Frank Jemison et Walter Morgan, ont aussi réouvert le dossier de l'illustre affaire du Dahlia noir et mettent la dernière main à une liste de personnes à interroger.

D'après H. Leo Stanley, leur chef pour le district attorney Simpson, ses enquêteurs ne sont toujours pas convaincus qu'il faille écarter des éléments de preuve une chemise et un pantalon ensanglantés retrouvés chez une connaissance de Mme French.

UN SUSPECT TOUJOURS PAS NOMMÉ

Morgan et Jemison ont refusé de nous donner le nom du suspect qu'ils recherchent, mais déclarent que les vêtements ensanglantés qui ont disparu des scellés du LAPD lui appartiennent.

Le dossier de l'assassinat d'Elizabeth Short, dite le Dahlia noir, vingt et un ans [sic], dont le corps nu a été retrouvé coupé en deux le 15 février 1947 dans un terrain vague de Crenshaw Boulevard est toujours ouvert.

Les enquêteurs Jemison et Morgan ont été désignés pour enquêter sur ces deux meurtres toujours non résolus par le jury d'accusation de 1949.

Dans ses conclusions de l'année dernière, ce jury indique que, pour ses membres, une enquête complète devait être effectuée par la police et que des pièces à conviction et éléments de preuve importants n'avaient peut-être pas été pris en compte.

Un deuxième article publié la veille, 31 mars 1950, par le *Los Angeles Daily News*, laisse entendre que le lieutenant Jemison se serait lancé sur la piste des « assassins qui mutilent leurs victimes », ce qui impliquerait qu'il n'y ait pas qu'un suspect dans cette arrestation qui semble imminente.

L'ADJOINT DU D.A. À LA POURSUITE
DES TUEURS AUX MUTILATIONS

Le district attorney William E. Simpson nous a déclaré aujourd'hui qu'une de ses enquêtes « avançait à grands pas » et qu'elle portait sur les meurtres avec mutilations de Jeanne French et Elizabeth Short, alias le Dahlia noir, ces deux affaires étant toujours non résolues à ce jour.

Simpson nous a révélé que l'inspecteur Frank C. Jemison travaillait sur ces dossiers depuis plusieurs mois indépendamment de la police. C'est le jury d'accusation de 1949 qui lui a assigné cette tâche.

Le district attorney nous a encore dit que son adjoint poursuivra son enquête jusqu'à ce qu'il ait assez d'éléments de preuve contre un ou plusieurs individus et qu'à ce moment-là des inculpations pour meurtre seront demandées officiellement.

Le corps d'Elizabeth Short, vingt-deux ans, a été retrouvé coupé en deux dans un terrain vague du sud-ouest de la ville le 15 janvier 1947.

Un mois plus tard exactement, le cadavre barbouillé de rouge à lèvres de Mme French, quarante-cinq ans, était découvert dans un champ de Los Angeles Ouest. Toujours dans cette affaire, le chef des inspecteurs Thad Brown dément toutes les rumeurs faisant état de la disparition de vêtements ensanglantés du bureau des inspecteurs de Los Angeles Ouest.

D'après lui, ces vêtements qui appartiendraient à un homme vite écarté de la liste des suspects n'ont jamais été mis aux scellés, leur propriétaire s'étant vu absous de tout lien avec le crime quinze jours après celui-ci.

Enfin je tenais, bien cachée dans la dernière phrase de cet article de 1950, la réponse à la question que je m'étais posée trois ans durant. Quand les vêtements ensanglantés avaient-ils été trouvés ? Et où ? Thad Brown déclare que « leur propriétaire » s'est « vu absous de tout lien avec le crime quinze jours après celui-ci ». Cela conforte mon hypothèse selon laquelle le LAPD avait vu en George Hodel l'homme mystérieux qui « partageait une boîte postale avec Jeanne French » et l'avait donc interrogé à la Franklin House en février 1947.

L'article établit clairement la complicité du chef Brown dans l'étouffement de l'affaire en 1950. Brown savait parfaitement qu'à peine deux mois plus tôt George Hodel sortait d'un procès de trois semaines pour inceste et attouchements sexuels, que c'était lui le petit ami chirurgien d'Elizabeth Short et qu'il était l'intime d'une Jeanne French avec laquelle il partageait une boîte postale. Il savait aussi que George Hodel avait été reconnu par le jury d'accusation de 1949 comme le grand suspect de ces deux assassinats ; cela ne l'empêcha pourtant pas d'informer la presse et le public, juste avant que le Dr Hodel s'enfuie des États-Unis, que l'«homme aisé d'Hollywood» avait été absous de ces crimes quinze jours après le meurtre au Rouge à lèvres.

Aussi incroyable que ce soit, mettant en œuvre un scénario normalement impossible, voilà que l'ancien coéquipier du lieutenant Jemison – et il était âgé de quatre-vingt-sept ans – déboulait quelque cinquante-deux ans plus tard dans la famille même de l'homme que son partenaire avait traqué et qu'il nous donnait des informations qui faisaient du Dr George Hodel le suspect principal dans les assassinats d'Elizabeth Short et de Jeanne French. Et qu'en plus il nous disait s'être trouvé à la Franklin House, avec un certain nombre de hauts gradés du LAPD, avoir personnellement «trafiqué» la serrure pour entrer – après quoi un spécialiste du labo du district attorney était allé poser des micros pour écouter les conversations du Dr Hodel dans l'espoir de le coincer.

En 1950, Walter Morgan n'était qu'un bleu avec à peine un an de service derrière lui. En sa qualité d'«acolyte» du lieutenant Jemison, ceci pour reprendre son expression, il ne pouvait pas être au courant de détails précis ayant trait à cette enquête plus que sensible. Mais, d'après ce qu'il m'a dit, nous savons qu'aussi bien le LAPD que les services du district attorney menaient une enquête conjointe et possédaient des enregistrements illégaux des conversations de mon père. La procédure ordinaire aurait voulu qu'on fasse des transcriptions de ces enregistrements et qu'on établisse des suivis d'enquête sur les points soulevés par ces transcriptions. Où

597

sont donc ces transcriptions ? Où sont donc ces suivis d'enquête ? Qu'y trouve-t-on ?

Ce qui avait fait que Walter Morgan, le témoin jusqu'alors inconnu de ces événements et de la vérité, arrive jusqu'à un membre de la famille Hodel et lui raconte cette histoire défie toutes les lois de la probabilité. Je ne savais même pas qu'il était vivant et je ne l'avais certainement pas cherché. Non, c'était lui qui était venu à moi ! Comme nombre de témoins de ces crimes, il ne mesurait pas l'importance véritable de son histoire. Ce n'était qu'une « anecdote de plus » et beaucoup n'y auraient vu qu'une « coïncidence ». Mais ce n'en est pas une. Il n'y a pas d'accidents. Il n'y a pas de coïncidences. De fait, tel le veilleur de nuit découvrant les plombiers du Watergate, Walter Morgan mettait en place les dernières pièces du Dahliagate et démontrait qu'aussi bien la ville que les officiers du comté chargés du maintien de l'ordre avaient conspiré pour étouffer l'affaire et entraver la justice.

Lorsque, après avoir découvert que le Dr George Hodel était bel et bien celui qui avait voulu « se venger » du Dahlia noir et qu'il avait assassiné Elizabeth Short et Jeanne French, Jemison avait voulu le faire savoir, on lui avait promptement retiré l'enquête et l'avait obligé à se taire. Les révélations que sans le savoir Morgan me faisait ainsi, à moi le fils de l'assassin qui enfin résolvais les crimes de son père, bouclaient la boucle laissée volontairement ouverte plus de cinquante ans auparavant. Pour cette enquête sur l'assassinat du Dahlia noir, c'était l'ultime empreinte de pensée.

Épilogue

Au présent je suis revenu et mon esprit, mon intellect, ce qu'il y a d'objectif et d'analytique en moi contemple ce passé récent qui fut le mien. Trente mois ! Tous ces morceaux de puzzle, toutes ces empreintes de pensée qui enfin se sont remis en ordre. Car c'est bien l'essentiel des énigmes qui entourent ce meurtre des plus étranges qui a été résolu. Mon rôle d'inspecteur des Homicides est terminé.

Mais… et cette autre partie de moi-même ? Celle qui éprouve des sentiments ? Je me lançai dans cette enquête bizarre, étrange et pour finir parfaitement horrible comme je l'ai souvent fait dans ma carrière : strictement en professionnel. Mes sentiments personnels auraient tordu la vérité et, la confusion aidant, contaminé les preuves.

En 2000, je vivais encore à Belligham, dans l'État de Washington, dans ma maison au bord du lac. La nuit était froide et pluvieuse et il n'était pas loin de minuit. Des bûches de cèdre brûlaient en craquant dans la cheminée. Assis sur le canapé, j'avais une douzaine d'enveloppes ouvertes sur la table basse devant moi. Toutes ces lettres m'étaient arrivées par le courrier de l'après-midi. A l'intérieur, je le savais, se trouvaient les certificats de décès que j'avais demandés aux services des Archives et de l'État civil du comté de Los Angeles six semaines plus tôt. J'avais alors déjà identifié les détails de nombre de ces crimes et demandé qu'on m'envoie les documents officiels aux fins de comparaison avec ce que j'avais lu et étudié.

Stylo et carnet en main, j'ouvris la première enveloppe et commençai à lire les rapports froids et dénués de tout sentiment sur les causes de la mort de chacune des victimes qui, j'en étais maintenant persuadé, avaient péri sous les coups sadiques et fous de mon père, parfois aidé par son ami et complice Fred Sexton.

Elizabeth Short… Georgette Bauerdorf… Jeanne French… Ora Murray… Je marquai une pause et regardai autour de moi. J'avais cru entendre quelqu'un, ou quelque chose, dans la salle de séjour. Je ne voyais personne, mais je sentais une présence. Non, plusieurs. C'était elles, les victimes qui se tenaient debout les unes à côté des autres, sans rien dire. La douleur et la tristesse me cernaient, comme si ces femmes avaient été rappelées d'outre-tombe, ressuscitées par ce que je savais de leurs morts. J'éprouvai le deuil d'existences brutalement interrompues et, la douleur qui avait frappé leurs parents et leurs proches me prenant, songeai à toutes les générations affectées par leurs assassinats. Là elles étaient, je le sentais, pour m'aider à ressortir du labyrinthe du Minotaure.

Les sentiments qui me vinrent ensuite me submergèrent. Pour la première fois depuis le début de mon enquête, je comprenais que tous ces ravages, que toutes ces douleurs et toutes ces horreurs étaient l'œuvre d'un seul homme : mon père ! Non, pas celle de quelque suspect inconnu comme les centaines d'autres suspects que j'avais traqués dans ma carrière. Non, l'œuvre de mon père, l'homme qui m'avait engendré et donné mon corps et mon âme. C'était son sang qui se mêlait au mien dans mes veines, son sang qu'inlassablement pompait mon cœur. La colère et la haine me prirent.

Ces sentiments se déversant en moi, ce fut comme si on avait brusquement allumé la lumière : toutes ces femmes disparurent. Il n'y avait plus personne ! J'avais rallié le royaume du rationnel. Réelles ou imaginaires, à cet instant je décidai de faire de ces victimes muettes mes muses.

Ce que j'ai appris ? Ce qui m'a été rendu réel depuis

que je me suis lancé dans cette entreprise de découverte personnelle ? Qu'il n'y a pas d'accidents dans la vie. Il n'est pas de décision qui ne soit à la fois significative et dans l'ordre des choses : qu'on les relie ensemble et toutes nos empreintes de pensée disent le puzzle que nous sommes et le destin qui est le nôtre au fur et à mesure que nous avançons dans la vie.

Ma mère m'avait prénommé Steven en l'honneur du héros de l'*Ulysse* de James Joyce, Steven Dedalus. Comme si, dans une manière de prophétie autoréalisée, mon existence avait déjà, comme celle de mon père, été celle d'une moitié de prêtre et d'une moitié de païen. Mes héros à moi étaient le général George S. Patton et le Mahatma Gandhi, deux hommes qui avaient atteint des buts quasiment impossibles aux deux bouts du spectre humain.

Mais il y a plus dans mon odyssée personnelle. Tel Télémaque qui cherche son père, j'avais, moi, enfin trouvé le mien. Cette découverte ne me ramenait pas l'héroïque Ulysse revenu à Ithaque en héros pour les hommes de son clan. Moi, j'avais découvert l'identité véritable d'un monstre, de quelqu'un qui disait vouloir se venger, mais n'était en réalité qu'un tueur psychotique. Au bout de mon voyage, je découvrais un père qui était le mal incarné, tout ce que j'avais passé ma carrière à essayer d'arracher à la société. Égoïsme, sauvagerie extrême et cruauté, il avait été tout cela à la fois, mégalomane sadique mais brillant qui avait tourné sa haine contre une partie de la société et tenté de l'en éradiquer. Chez lui, qui était misogyne et tueur en série, c'était les femmes. Il avait torturé, taillardé et roué de coups ses victimes avant de lentement les étrangler afin de sentir, désir lubrique et pur plaisir que cela lui apportait, la vie s'échapper d'elles.

Je haïs mon père. Je le haïs pour tout ce qu'il nous avait fait, à nous, à sa famille, pour tout ce qu'il avait fait à ma mère et à mes frères Michael et Kelvin. Je le méprisai pour ce qu'il avait fait à Tamar. J'étais maintenant celui qui allait devoir révéler ce qu'il avait fait à notre nom et pour ça aussi je le haïs. J'avais beau m'efforcer de me convaincre moi-même qu'après toutes ces années j'étais encore un flic qui devait dépersonnaliser cette enquête comme n'importe quelle autre, tout mon être s'emplissait du dégoût que j'avais de cet homme.

J'avais envie qu'il souffre aussi fort que ses victimes. Et je voulais être celui qui le ferait souffrir. Qui lui infligerait les mêmes tortures lentes que celles qu'il avait fait subir à ces femmes. Je voulais être le bourreau de mon père au nom d'Elizabeth Short, de Jeanne French, de Georgette Bauerdorf, de Gladys Kern, de Mimi Boomhower, de Jean Spangler, d'Ora Murray et de toutes celles qui jamais ne furent découvertes et dont le nom restera à jamais inconnu. Être la main du châtiment ! Devenir celui qui vengerait le Dahlia noir !

Tout au long de mon enquête, alors que la chaîne des victimes se formait, je ne cessai de me poser la même question : pourquoi ? Quel avait été le déclic ?

Puis je me rappelai l'histoire de Folly.

Pendant plus de cinquante ans, l'existence de Folly n'avait été que rumeur familiale qu'on chuchote. Ma mère m'avait raconté des morceaux de cette histoire lorsque j'avais vingt ans : elle m'avait vaguement dit une aventure sentimentale de mon père alors qu'il n'était encore qu'un adolescent... et comment cette aventure s'était terminée par la naissance d'un enfant. Quelque part une autre Hodel était née, demi-sœur qui avait précédé la venue de Duncan, le premier enfant que mon père avait reconnu en 1928.

Pendant l'été 1997, June et mon père étaient venus me voir à Bellingham pour faire le tour des îles de San Juan en trois jours. Nous venions de rentrer après la traversée en ferry. Nos yeux étaient encore pleins de panoramas spectaculaires et notre estomac d'un repas dans les îles des Orques. Nous étions assis dans mon appartement sur la baie alors que le soleil commençait à se coucher. J'avais remarqué que mon père était particulièrement détendu et là, nous étions tous les trois rassasiés de beauté et nous sentions proches et bien dans notre peau. Il avait commencé à dire combien le temps passait vite et nous faire remarquer qu'il n'était plus qu'à quelques mois de son quatre-vingt-dixième anniversaire !

C'est alors que je l'entrepris sur la rumeur familiale qui tournait autour de Folly.

– C'était vrai, dis-moi ? lui lançai-je. Il y a une Folly quelque part dans la nature ? Une sœur que je n'aurais jamais vue ?

Il s'arrêta un instant et je le vis presque tourner les pages du grand livre du temps en arrière dans sa tête.

– Oui, la rumeur est vraie, me répondit-il enfin. J'étais très jeune, quinze ans, et très amoureux.

Je l'écoutai intensément, il me raconta l'histoire de Folly.

A Los Angeles, alors qu'il suivait les cours de Cal Tech, il avait eu une aventure avec une femme bien plus vieille que lui et mariée. Son mari ayant découvert l'infidélité, le couple s'était séparé. Elle était partie sur la côte Est et y avait donné naissance à l'enfant, une fille qu'elle avait prénommée Folly.

– Je l'ai rejointe dans l'Est, reprit mon père. J'ai découvert qu'elle habitait dans une petite ville et lui ai dit que je voulais l'épouser et élever l'enfant. Elle a refusé. Elle s'est moquée de moi et m'a dit : « Tu n'es qu'un enfant toi-même. Va-t'en, George. Tout ça est une terrible erreur. Laisse-moi. Je ne veux plus jamais te revoir. »

Mon père ajouta qu'il était resté dans l'Est et avait essayé de la convaincre de vivre ensemble, mais en vain. Il avait fini par la quitter, était revenu à Los Angeles et n'avait plus jamais tenté de reprendre contact avec la mère ou la fille.

En guise de suite à cette histoire et pour lui montrer ce que pouvait faire le nouvel ordinateur que je m'étais acheté pour localiser des témoins, ou qui que ce soit, à travers tout le pays, je lui avais proposé d'aller voir si Folly n'était pas sur la toile. Il m'avait donné le nom de famille de la mère et le nom de la petite ville de l'Est où l'on savait qu'elle avait vécu quelques décennies plus tôt. J'avais entré tous ces renseignements dans l'ordinateur et appuyé sur la touche « entrée ». Aussi incroyable que cela paraisse, elle était apparue ! Initiale du prénom « F », nom de famille, adresse et numéro de téléphone ! Mon père avait regardé l'écran sans y croire et pâli. Je lui avais dit qu'il était peut-être temps de prendre contact avec elle. N'aurait-il donc pas aimé voir la fille qu'il avait eue et n'avait jamais connue ? Pour la troisième fois de mon existence, je l'avais alors vu se troubler. D'un ton ferme voisin de la colère, il m'avait lancé :

– Non ! Il faut détruire ce renseignement. Il ne faut pas qu'elle sache. Jamais ! Il ne faut pas qu'il y ait de contacts, jamais ! Tu comprends ?

Je ne comprenais pas, mais j'avais répondu que oui. Plus rien n'avait jamais été dit sur la petite « Folly » de mon père.

Aujourd'hui que quatre ans ont passé et que je sais ses meurtres en série, je me demande si ce n'est pas ça le déclic. L'amour ardent qu'il avait eu pour une femme – son « premier amour », sans doute ? La passion avec laquelle il avait poursuivi cette femme jusque dans l'Est pour se voir ridiculisé et rejeté avec un cinglant : « Tu n'es qu'un enfant toi-même » ?

Était-ce pour cela qu'il avait décidé de se venger ? Cette haine des femmes avait-elle commencé à exister à ce moment-là dans son esprit dérangé ? Chez un fier jeune homme de quinze ans qu'on insultait parce qu'il essayait de devenir un homme ? Toutes les femmes qui oseraient le rejeter par la suite allaient-elles payer de leur vie cet instant ? Elizabeth Short l'avait rejeté et endura la mort la plus cruelle qui soit. Georgette Bauerdorf l'avait elle aussi rejeté et paya. Combien d'autres femmes y eut-il pour lui dire non ? Pour moi, « Folly » était une pièce du puzzle. Et importante, je le subodorais. Mais il y avait plus.

Il est clair que les graines de folie de mon père avaient germé jusqu'à devenir ses *Fleurs du Mal*. Est-ce donc la nature et son éducation qui conspirèrent à détraquer l'es-

prit de l'enfant prodige qu'il était ? Se vengeait-il ainsi
des terribles maux qu'il avait endurés enfant, lui que tous
ses camarades de classe prenaient pour un «monstre d'intelligence»? Était-il arrivé à l'âge adulte avec l'intellect
d'un Einstein en puissance, mais enfermé dans les émotions d'un enfant ? Encore et encore, dans ses crimes,
c'est la voix d'un génie aux sentiments figés qu'on
entend. Ses messages puérils et ses dessins et textes
pleins de fautes d'orthographe envoyés à la police et à la
presse. Brillant dans son métier il l'était, mais à quarante
ans il ne pouvait toujours pas masquer l'enfant psychotique qui en lui affleurait à la surface. «On va à Mexico...
attrapez-nous si vous pouvez.» «L'individu qui vous
envoie ces messages devrait être arrêté pour faux et usage
de faux. Ha ha!» La flèche puérile qu'il pointe vers la
photo d'Armand Robles avant d'écrire «au suivant». Le
bas qu'il lui met sur la tête. Son «Voici la photo du loup-
garou assassin je l'ai vu la tuer».

Comme il a été remarqué plus haut, ces messages
montrent aussi, et clairement, que mon père connaissait
bien l'histoire de Jack l'Éventreur. Il utilise et illustre
cette connaissance non seulement dans le meurtre du
Dahlia noir mais dans bien d'autres encore. Le message
qui suit l'assassinat de Gladys Kern mais que les autorités reçoivent avant la découverte du corps fait appel au
même genre de mots et d'argot bidon qu'on trouve dans
les lettres que l'Éventreur envoie en 1888, là aussi avant
que les corps de ses victimes ne soient retrouvés.

Je pense aussi que George Hodel a repris le terme
d'*Avenger*[1] du film muet d'Alfred Hitchcock *L'Éventreur*, sorti en 1926 et basé sur l'histoire de Jack l'Éventreur. A l'origine, et je suis sûr que George Hodel le
savait, Hitchcock voulait intituler son film *The Avenger*,
mais il fut obligé de le changer avant sa sortie en salle.
Dans ce film Jack l'Éventreur se donne de l'*Avenger*,

1. Soit «celui qui venge ou se venge de quelqu'un ou de
quelque chose» *(NdT)*.

terme qui est à l'évidence resté fiché dans l'esprit encore jeune et de plus en plus pervers de George Hodel jusqu'au jour où, vingt ans plus tard, il est ressorti après l'assassinat du Dahlia noir. A ce moment-là, je le pense, mon père se voyait concurrent du pire tueur en série au monde et, folie oblige, se prenait, selon les termes de James Richardson, pour «un surhomme incapable de commettre une erreur». D'où, sans doute, son désir de surpasser l'Éventreur.

Plus tard, les «experts» proféreront leurs théories sur ce qui, selon eux, poussa George Hodel à tuer. Il n'y a pas de réponse simple à cette question et à elle seule aucune raison ne saurait suffire. Des explications, il n'en manque pas. C'est avec nos yeux à nous que nous voyons et comprenons les autres.

Je vois, moi, plusieurs causes convergentes à ces crimes. Un, et avant tout, son génie – cette espèce d'aberration mentale qui emballait le fonctionnement de son esprit bien au-delà de ce que ses sentiments pouvaient supporter et fit, peut-être, que ses émotions se figèrent lorsqu'il avait onze ou douze ans. La folie congénitale me paraît évidente.

Mais il y a aussi la séparation d'avec ses pairs et les moqueries qu'ils lui infligèrent parce qu'il était «différent». Elles l'enfermèrent dans un monde d'hommes et de femmes plus âgés avant qu'il entre à Cal Tech à l'âge de quinze ans.

Sexuellement parlant, mon père était manifestement précoce et doté d'un appétit pour les femmes qui fait penser à celui des satyres. Dès l'âge de quatorze ou quinze ans, il se retrouve père. C'est à ce moment précis qu'il s'affirme comme «hors normes». Sa revue *Fantasia*, qui voit alors le jour, est dédiée «à l'évocation du beau et du bizarre dans les arts… [que ce soit] dans un temple, un bordel ou une geôle ; dans la prière, la perversité ou le péché». En 1925, l'année même où il est rejeté par la mère de Folly, il fait la critique du *Fantazius Mallare* de Ben Hecht et en exalte l'histoire – celle d'un homme qui bat et étrangle sa maîtresse à cheveux noirs, Rita, afin de se venger des moqueries, rejet et railleries qu'elle lui a infligés en séduisant sous ses yeux son serviteur difforme, Goliath.

A partir de ce moment-là, mon père se met vite à frayer avec les célébrités du demi-monde de Los Angeles, des tueurs sans pitié et des trafiquants de drogue. Il commence à boire, consommer du haschich, de l'opium et très vraisemblablement des drogues plus puissantes. Déjà reconnu dans tout Los Angeles et le sud de la Californie comme un génie musical, il fréquente, d'après les fiches du FBI, le Severance Club, défend des causes communistes et gauchistes et se fait une belle réputation de trousseur de jupons et d'intellectuel audacieux. Redoutable débatteur, il fréquente les cercles de l'élite de Pasadena et ceux, nettement moins policés, du sud de la ville.

C'est à cette époque-là, je pense, que, toutes ces influences convergeant, mon père entre dans la peau de Fantazius Mallare, son copain de classe Frederic Sexton prenant le rôle de Goliath, son serviteur omniprésent. Frederic Sexton devait plus tard devenir en partie indépendant de son maître et apprendre à tuer seul et selon ses propres méthodes.

J'ai été formé à traiter les faits et à analyser ce que l'on sait avec certitude. Mais être le fils de George Hodel m'a donné une autre perspicacité. Entre les tueurs et moi, il y avait toujours une porte de cellule. J'étais dehors et regardais à l'intérieur, j'étais le flic et eux les suspects, l'inspecteur et eux les accusés.

Rien de tout cela dans cette enquête. J'ai porté sur mon père bien des regards au fil de ma vie. Je l'ai vu avec les yeux de l'enfant innocent. Je l'ai vu avec la naïveté de l'adolescent qui va devenir un homme. A l'âge de vingt ans, nous avons bu, couru les femmes et joué au poker ensemble, et gros. Je l'ai vu charmer, manipuler et dominer de nombreuses femmes. A partir de trente ans, je commençai à l'écouter dans des réunions d'affaires et l'ai vu méjuger des hommes et se tromper sur leurs capacités. Pour finir, alors qu'il vieillissait, j'ai vu nos relations changer et lui s'adoucir en s'affaiblissant. Simple évolution. Ce n'est que lorsqu'il eut quatre-vingts ans que je devins plus fort que lui, et plus rapide, car telle était sa force.

Tout au long de ces années, au fil de nos existences séparées jusqu'à des dizaines d'années, jamais je n'ai vu le mal dans ses yeux. Chez Sexton, oui, le mal se voyait. Il marquait son visage et brillait dans ses yeux tel un brasier dans une âme torturée. Rien de semblable chez mon père. Vanité, mégalomanie, course éperdue après les femmes, jusqu'à de l'instabilité émotionnelle, oui, tout cela pouvait se discerner sans peine. Mais jamais le mal. Et c'est justement ça qui le rendait si dangereux.

J'ai passé bien des années à m'occuper du mal que font les hommes, mais jamais je n'ai rencontré un être comme lui. Suite aux enquêtes que je menai jadis à Hollywood, deux hommes «en sursis» attendent leur exécution au couloir de la mort. L'un comme l'autre, ils incarnent le mal, mais ce qu'ils ont fait n'est rien à côté des ravages psychotiques de mon père.

Ne peut-on penser que, jusqu'à un certain point, nous avons tous en nous une certaine capacité à faire le mal? Ce sombre continent n'est-il pas caché en chacun de nous, tenu en laisse par la morale et un sain respect de la loi?

Mon père était un prodige. Un génie. Dans le chaos qui s'empara de l'Asie juste après la guerre, il sauva bien des vies humaines. Il perpétra aussi un des crimes les plus infâmes et sanglants de l'histoire de Los Angeles, et continua de tuer. Je reviens juste des horribles territoires de l'enfer personnel de mon père et je sais maintenant que seul un cheveu sépare le paradis d'un Dr Schweitzer de l'enfer d'un Dr Hodel.

Suites

Arrière-plan

Le 11 avril 2003, une conférence de presse nationale se tint au Hollywood Roosevelt Hotel de Los Angeles, conférence de presse au cours de laquelle mon livre, jusqu'alors tenu secret, fut enfin rendu public. Lors de cet événement, je dévoilai au monde entier les découvertes que j'avais faites pendant les trois années que dura mon enquête sur l'assassinat d'Elizabeth Short, alias le «Dahlia noir». Il fut alors de mon pénible devoir d'informer la presse écrite et télévisée que mon travail m'avait conduit à l'indéniable conclusion que l'assassin n'était autre que mon propre père, le Dr George Hill Hodel. Je pensais aussi que, tueur en série, il était responsable de nombreux autres assassinats de femmes seules à Los Angeles de la moitié à la fin des années 40 – assassinats toujours non résolus.

Pleins de conflits, de découvertes et de récompenses, les semaines et mois qui suivirent ces déclarations comptent parmi les plus éprouvants de mon existence. Mon livre est devenu un best-seller national et ma vie personnelle est plus que remplie de félicitations et de campagnes de dénigrement. Cela ne m'étonne pas. La controverse ne s'habille pas autrement. Je m'attendais bien à ce que ça chauffe.

Ce à quoi je ne m'attendais pas, et ne m'étais donc pas préparé, c'est l'absolue subornation de la vérité et des faits que j'avais découverts qui se fit jour après la publication de mon livre. Malgré la couverture internationale qui fut donnée à mon histoire – et l'on parlait bel et bien de « nouvelle » – dans des revues telles que *Newsweek* et *People Magazine*, l'Associated Press faisant passer des articles dans la plupart des villes américaines, malgré, là encore, l'énorme publicité qui fut accordée à mon ouvrage grâce à mes passages aux émissions *Dateline NBC*, à CNN, au *Early Show* de la chaîne CBS et à *The View* d'ABC, ni le LAPD (mon LAPD à moi) ni aucun des journaux de Los Angeles ne daignèrent se lancer dans les enquêtes qui auraient dû suivre.

Dans les jours qui précédèrent la publication de ce livre, armé de tous les renseignements que j'y donne, le journaliste du *Los Angeles Times* Steve Lopez avait mené sa propre enquête auprès des services du district attorney du comté de Los Angeles. Suite à sa rencontre avec le district attorney Steve Cooley, il avait ainsi obtenu la permission de lire des dossiers d'enquête secrets sur le meurtre du Dahlia noir, dossiers que personne n'avait rouverts depuis plus de cinquante ans. Mon livre étant rendu public, Lopez écrivit deux articles dans sa colonne hebdomadaire et non seulement y confirma que le Dr Hodel avait bel et bien été identifié et désigné comme suspect dans le meurtre d'Elizabeth Short, mais il y révéla encore, pour la première fois, qu'on avait toujours les transcriptions de quelque quarante jours d'écoutes téléphoniques effectuées à la Franklin House en 1950. Ces transcriptions faisaient état de déclarations où George Hodel se reconnaissait coupable du meurtre du Dahlia noir et de bien d'autres crimes encore.

Au même moment, le rédacteur en chef du *Los Angeles Times* demandait son opinion à « l'expert du journal sur l'affaire du Dahlia noir », le correcteur Larry Harnisch[1],

---

1. C'est ce même Larry Harnisch qui est interviewé dans un documentaire télévisé de 1999 – *Le Dahlia noir, reprise de l'enquête* –, avec Joseph Wambaugh. Il y présente sa théorie, Joseph Wambaugh finissant par conclure que le suspect désigné par

celui-ci lui déclarant alors, après avoir passé quarante minutes à lire mon enquête de cinq cents pages, que mes conclusions étaient « grotesques ». Pour lui, et le premier article de Lopez le cite, j'étais du genre « à voir la tête de Jésus dans une tortilla ».

Malgré les découvertes extraordinaires de leur journaliste et la déclaration du chef adjoint du district attorney Stephen Kay pour qui l'affaire du Dahlia noir était enfin résolue, le *L.A. Times* a depuis lors choisi de tout ignorer et n'a mené aucun suivi d'enquête.

Les affaires non résolues du LAPD

En me fiant à mes propres découvertes et aux déclarations de Steve Kay selon lesquelles mon père est bien l'assassin du Dahlia noir, j'étais sûr et certain que le LAPD allait s'empresser de réagir. Lorsqu'on me demandait ce qu'il allait faire, je restais très optimiste et disais m'attendre à ce qu'il annonce la réouverture de l'enquête d'un jour à l'autre. Au moment où j'écris ces lignes, j'attends toujours. On me dit que l'inspecteur Brian Carr, le seul policier à garder le dossier du LAPD depuis neuf ans, n'a toujours pas lu mon livre, ni non plus fait le moindre effort pour rouvrir le dossier. D'après certaines personnes qui le connaissent, il serait toujours « d'une arrogance obstinée » et refuserait de répondre à toutes les demandes de renseignements sur cette affaire en arguant que l'enquête « est toujours ouverte et que les dossiers, eux, sont fermés ». L'attitude et les positions de l'inspecteur Carr sont très troublantes.

L'article de Steve Lopez en date du 13 avril 2003 donnait pourtant de nouvelles informations puisées dans les dossiers du LAPD. Il y indiquait notamment que, d'après une source confidentielle, le Dr Hodel était cité

Harnisch, le Dr Walter Bayley, « n'aurait pas pu commettre ce crime » *(NdA)*.

dans une note secrète comme étant soupçonné d'avoir assassiné sa secrétaire. Ce crime, j'en parle au chapitre 31 de ce livre, je l'avais identifié bien avant que Lopez en ait confirmation en allant mettre son nez dans les dossiers du LAPD. Jusqu'à présent, les plus hautes autorités du LAPD refusent toujours de donner le nom de cette secrétaire et la date du crime.

Le LAPD maintient fermement que, jusqu'à ce qu'on révèle l'existence de cette note secrète retrouvée dans ses dossiers dans le courant du mois d'avril 2003, les inspecteurs aujourd'hui affectés à l'affaire, en particulier Brian Carr, n'avaient jamais eu connaissance du fait que le Dr George Hodel aurait été suspect. La réponse instinctive de la police à cette nouvelle ? Qu'on irait voir ses empreintes digitales.

Les dossiers brûlants du district attorney de Los Angeles

Après un mois ou presque d'absence de réactions de la part des inspecteurs du LAPD, je demandai, et obtins, la permission du district attorney Steve Cooley de consulter les dossiers du Dahlia noir. Je dois à son crédit de dire que Cooley tint parole et, changement de politique majeur par rapport aux pratiques des administrations antérieures, fit en sorte de m'« ouvrir toutes les portes chaque fois que c'était possible ».

A la mi-mai 2003, je passai une journée entière au bureau du district attorney du comté de Los Angeles et y consultai tous les dossiers de l'affaire. Qui plus est, on me donna l'autorisation de photocopier ces documents, que je peux maintenant mettre dans le domaine public. Ce que j'y trouvai ne fait que confirmer, et pratiquement à tout point de vue, ce que j'avais déjà avancé, à savoir que mon père était bel et bien le suspect principal dans les assassinats d'Elizabeth Short et de Jeanne French (meurtre dit « au Rouge à lèvres ») et qu'on le soupçonnait d'avoir commis bien d'autres assassinats de femmes seules à cette époque. Ces documents corroborent en outre, ainsi que je l'avais avancé, que de 1947 à 1950 le LAPD se rendit coupable d'entrave à la justice en « nettoyant » ses dossiers et procéda ainsi à un étouffement de l'affaire qui n'a toujours pas cessé aujourd'hui.

Les documents d'enquête du district attorney

Les documents qui suivent ne sont qu'une partie de tous les dossiers constitués par les services du district attorney en 1949 et 1950. Il ne s'agit pas des fichiers du LAPD, mais de ceux établis par le district attorney pour faire apparaître ce que le jury d'accusation de 1949 pensait être une tentative d'étouffement des affaires Elizabeth Short et Jeanne French par certains officiers du LAPD.

A la fin 1949, sur ordre spécifique du jury d'accusation, le lieutenant Frank Jemison, l'enquêteur du district attorney, est chargé de réenquêter sur le meurtre du Dahlia noir. Certains inspecteurs des Homicides du LAPD, qui connaissent cette affaire éteinte depuis maintenant presque trois ans, reçoivent l'ordre de l'aider, de lui fournir tous les renseignements nécessaires et de le mettre au courant des conclusions de l'enquête de 1947-1949.

Ces documents étaient enfermés dans un coffre des services du district attorney depuis plus de cinquante ans, coffre où ils avaient été déposés en 1951 par le lieutenant Jemison sur ordre de son chef des enquêtes H. Leo Stanley. On pense que personne ne les avait vus ou consultés depuis lors et que la première personne à y avoir eu accès et à les avoir consultés – aussi brièvement que ç'ait été – est Steve Lopez. Il y a des centaines de pièces dans ce dossier ; je n'étudierai ici que celles qui concernent directement mon père en tant que suspect ou qui contiennent des renseignements importants pour la compréhension de ces meurtres.

Surveillance électronique de la résidence Hodel

Cette note d'enquête du district attorney en date du 27 février 1950 donne des preuves supplémentaires de ce qu'à la mi-février de cette année-là le Dr George Hodel était le suspect numéro un dans le meurtre d'Elizabeth Short.

Pièce à conviction n° 67

Le rapport manuscrit ci-dessus stipule ceci (orthographe et ponctuation telles qu'elles apparaissent dans le document original).

Affaire n° :	30-1268	Date : 27 fév. 50	
Intitulé :	Short, Eliz	Date du dernier rapport :	
Suspects :	Dr. Geo. Hill	Chargé d'enquête : Jemison	
Accusation :	meurtre		
L'ENQUÊTE EST :	en cours		

(indiquer statut si affaire présentement déférée devant tribunaux)

Le 15 fév. 1950, l'enquêteur soussigné, en collaboration avec les sergents Stanton et Guinnis du laboratoire des Homicides du LAPD, a installé deux microfones dans la maison du Dr. Geo. Hodel. Les microfones ont été reliés à un magnétofone dans la cave du commissariat d'Hollywood par des lignes téléfoniques louées à la Pac. Tel. & Tel. C°. Des problèmes ont été remarqués avec l'équipement installé dans la maison de Hodel et avec les lignes téléfoniques. Ces problèmes n'ont pas été réglés avant environ 2 heures, le 18 fév. Aucune conversation intelligible n'a été entendue jusqu'à ce moment-là.

Signé,
David E. Bronson

Ce formulaire ne signifie pas seulement que les enquêteurs du district attorney pratiquaient des écoutes dans une camionnette en stationnement devant la maison, mais qu'ils étaient aussi entrés en douce dans le bâtiment, avaient caché des micros dans la chambre de mon père, loué des lignes à la compagnie du téléphone et les avaient connectées de la cave du 5121, Franklin Avenue à celle du commissariat de la division d'Hollywood – soit à environ trois kilomètres huit cents de là. Il montre également que des enquêteurs du district attorney ont écouté les conversations de mon père avec ses invités pendant presque six semaines, jusqu'à ce que celui-ci s'enfuie des États-Unis vers la fin mars 1950.

Le «dossier Hodel» des services du district attorney

Mille heures d'enregistrement ont été effectuées par les enquêteurs du district attorney. Écoutes vingt-quatre heures sur vingt-quatre, le tout occupant «quarante et une bandes» et couvrant une durée de quarante jours. Seuls les «moments importants» de ces conversations sont résumés dans les rapports des inspecteurs. Ce registre, intitulé «Dossier Hodel», comporte cent quarante-six pages dactylographiées et ne contient que des entrées choisies par l'inspecteur chargé de la supervision des écoutes et annotées par ses soins – il y recommande notamment de se «référer à l'enregistrement pour avoir les déclarations en leur entier».

Les extraits suivants sont tirés du «Dossier Hodel» tel qu'il fut préparé en 1950. Aucun de ces extraits n'a été modifié ou altéré en quelque manière que ce soit. Orthographe et ponctuation, ces notes sont la reproduction fidèle du registre original.

Pièce à conviction n° 68

*Transcription des écoutes effectuées en 1950
à la maison des Hodel (146 pages)*

DOSSIER HODEL

18 FÉVRIER 1950

HEURE	BANDE Nº 1	OFFICIERS DE SERVICE
		CROWLEY - LAPD

24 h 30   Radio allumer. Femme sanglotant. Hodel demandait : « Tu connais Charles Smith. Tu connaissais M. Usher ? » Hodel parlait de quelque chose pendant le procès. Parlait de ce que savait la femme de ménage. « Tu savais ? suicidé ? » « Ton mari sait que t'es ici ? Où tu allais ? » (Il la questionnait et on aurait dit qu'il répétait ses réponses comme s'il les écrivait.)

01 h 15   Femme qui récite de la poésie. Hodel parle d'une aventure avec le Dr Hodel. « Du calme. Finissons ces deux-là... »

14 h 00	BANDE Nº 2	OFFICIERS DE SERVICE
		F. HRONEK - BUREAU D.A.
16 h 00		J. McGRATH - BUREAU D.A.

16 h 20   Bruits dans la maison. Une femme demande plusieurs fois l'opératrice. On dirait qu'elle pleure.

19 h 35   Conversation entre deux hommes. Enregistrée. Hodel et un homme à l'accent allemand ont une longue conversation ; la réception était mau-

vaise et la conversation difficile à comprendre. Mais on a
entendu ces bribes.

Hodel à l'Allemand : « C'est le
meilleur règlement entre forces
du maintien de l'ordre que
j'aie jamais vu. Tu n'as pas
les relations qu'il faut. »

Hodel déclare : « J'aimerais bien
avoir quelqu'un au bureau du
district attorney. »

Conversation d'ordre général
entre les deux hommes. « Toutes
les imperfections seront repé-
rées. Il faudra qu'ils soient
faits à la perfection. Ne jamais
avouer. Deux et deux ne font
pas quatre. » Grands rires. « On
est deux mecs intelligents. »
Ils rient encore plus.

Hodel décrit alors, en détail,
à l'Allemand comment sa femme a
été interpellée mercredi matin
par McGrath et Morgan du bureau
du district attorney quand ils
montaient les marches de la
Franklin House. Il faut noter
que toutes les questions posées
à Mme Hodel ont été répétées verbatim à l'Allemand par Hodel.
Après, il parle à l'Allemand de
son procès récent et fait ce
genre de déclarations : « Y veulent ma peau. Deux types du
bureau du D.A. ont été mutés et
rétrogradés à cause de mon procès. » Hodel raconte alors comme
il a été interrogé au bureau du

D.A. mercredi matin et explique les questions qu'on y a posées à ce moment-là. Une de ces déclarations à l'Allemand: «A supposer que j'aie tué le Dahlia noir. Ils ne pourraient plus le prouver maintenant. Ils peuvent plus parler à ma secrétaire parce qu'elle est morte…»

Autre point de la conversation: «As-tu des nouvelles de Powers?»

20 h 20	On dirait que les deux hommes descendent des marches, entrent à la cave et se mettent à creuser. Ils parlent de «pas de traces». On dirait aussi qu'un tuyau a été heurté.
20 h 25	Hurlement de femme.
20 h 27	Deuxième hurlement. Il faut remarquer qu'aucune femme n'a été entendue depuis 18 h 50 jusqu'à ces hurlements. On ne l'a entendue dans aucune conversation et on ne l'entend que quand elle pousse ces deux hurlements.

NOTE: L'officier Crowley, du LAPD, arrive pour prendre son service à 19 h 45, au moment même où se déroule cette conversation. Il note:

19 h 45	Hodel qui parle à un homme avec un accent, peut-être allemand. «Des types du téléphone sont passés. Opératrice? Compris que je ne pouvais rien faire que

mettre un oreiller sur sa tête et la recouvrir d'une couverture. Appeler un taxi. Appeler tout de suite la réception de l'hôpital de Georgia Street. A expiré à 12 h 39. Ils ont cru qu'il y avait quelque chose de louche. De toute façon, il est possible qu'ils aient compris maintenant. L'ai tuée. Peut-être bien que j'ai tué ma secrétaire[1].

19 FÉVRIER 1950 BANDE N° 5
12 h 00   JEMISON BUREAU D.A.

[N.B. Ce rapport fait état d'une conversation entre George Hodel et «Kenneth Rexerall». On pense généralement qu'il s'agit plutôt de Kenneth Rexroth, un ami de mon père et de ma mère. Rexroth est un poète qui a eu une certaine réputation dans les milieux de la génération montante des «beatniks» de San Francisco (NdA).]

1. Cette insertion, pour moi après coup, du rapport de l'officier Crowley a peut-être donné lieu à une mauvaise interprétation des faits. Je pense que la conversation de 19 h 45 n'est très vraisemblablement que la poursuite de celle de 19 h 35 dans laquelle il raconte son histoire à l'Allemand et pourrait bien avoir pour thème l'assassinat de sa secrétaire à une autre date, heure et lieu. (Mais cela n'explique pas les hurlements de femme entendus en temps réel quelque quarante minutes plus tard et ne permet pas de savoir ce qu'elle est devenue) (NdA).

15 h 30   Hodel: «Lis ça d'un bout à l'autre. On pourra en discuter plus intelligemment après. (Il rit.) Ça couvre certaines choses. Je vends ma collection d'objets d'art lundi et mardi et je décolle pour l'Asie.»
Kenny: «Ça fait quinze ans que j'essaie de rompre avec ma femme. Il n'y a pas d'enfants.»
Hodel: «Moi, j'en ai trois. Tu les verras plus tard. Dorothy restera un peu ici avant de partir…»

22 FÉVRIER 1950 BANDE N° 9
2 h 00   BRECHEL, LAPD DE SERVICE

---

2 h 10   Hodel et Ellen entrent dans la pièce. [N.B.: Ellen était notre femme de ménage à demeure *(NdA)*.]
2 h 12   Hodel: «Tu veux bien laisser cette lampe allumée? Je suis un peu nerveux…»
          Hodel parle avec Ellen - lui demande si quelque chose est trop difficile. Il lui dit être inquiet.
2 h 25   Ellen admire un coffret chinois. Hodel lui dit que c'est une princesse de Mandchourie qui lui en a fait cadeau. Il ajoute
2 h 27   qu'il va le vendre…
2 h 29   Ellen demande à rester avec lui, il lui dit d'aller se coucher, qu'elle pourra rester avec lui demain.

2 h 32	Mouvements dans la pièce. Conversation à voix basse. Inaudible.
2 h 35	Respirations lourdes. Hodel et Ellen probablement en train de faire l'amour.
2 h 40	Elle dit vouloir partir. Hodel dit qu'elle aurait dû retourner dans sa chambre. Il est très fatigué. Bruits indiquant des mouvements sur un lit.
2 h 45	Respirations lourdes. Mouvements sur un lit. Bruits évidents d'orgasme. Hodel soupire fort et passionnément.
2 h 49	Hodel et Ellen parlent. Elle veut qu'il reste avec elle toute la nuit. Elle le supplie. Il refuse, dit qu'il est fatigué.

22 FÉVRIER	1950
10 h 30	ENCLENCHER BANDE N° 10
12 h 00	MORGAN DE SERVICE

12 h 30	Téléphone qui sonne. Hodel : «Ah oui, Power… vous êtes en ville… bon… on va être un peu occupés pendant une dizaine de jours… on est toujours sur écoutes… c'est-à-dire qu'il y a beaucoup de choses sur vous et moi… on m'a interrogé sur vous, etc.… peut-être que vous pourrez savoir… vous ne connaissez personne dans ces sphères ? Peut-être que vous pourriez savoir ce qui se passe ici, bon sang ! J'aimerais bien vous voir en

personne dès que possible…
c'est quoi, votre numéro de
téléphone ? C'est le nouveau ?
(Fin) O.K. Allez, au revoir. »

---

24 FÉVRIER 1950 BANDE N° 14
16 h 00   HRONEK, BUREAU DU D.A. DE SERVICE

---

16 h 25   Sonnerie du téléphone. Hodel
           répond. C'est Ellen qui a
           repris… toujours à parler de la
           citoyenneté, Ellen, je t'ai dit
           de ne pas dire des trucs au
           téléphone.
           Il lui ordonne de ne répondre à
           aucune question par téléphone…
           Ellen lui dit que le FBI enquête
           sur eux.

26 FÉVRIER 1950
20 h 00   CROWLEY, LAPD DE SERVICE
20 h 45   BANDE N° 19
21 h 20   De l'eau qui coule dans la
           salle de bains. Femme qui parle
           de la baignoire.
21 h 30   Hodel - plaisanteries. Hodel :
           un peuple étrange, les Perses,
           c'est un pays qui ne produit
           pas de vierges. Ils passent
           leurs journées à baiser violem-
           ment et la nuit ils font dans
           la perversion sexuelle.
21 h 55   Enclenchement de la bande n° 20
27 FÉVRIER 1950
24 h 00   On sonne à la porte. Ellen va
           ouvrir. Hodel dit : « Entrez… »
24 h 10   Hodel : T'as fait la une aujour-
           d'hui ou demain.

623

24 h 10   Homme : J'ai fait la une ?
24 h 11   Hodel : Comme le disait Hitler.
24 h 11   Hodel : T'es quelque chose, toi !
           Hodel : Je te vois bien la
           battre… Homme (en riant) : Soup-
           çons. Ah ! D'un côté j'écris de
           la poésie ou compose des opé-
           ras, femme au tempérament
           chaud, folle… Faut qu'on sorte
           d'ici et qu'on aille s'amuser
           un peu, ça changerait.
24 h 25 : Hodel : Oui, bon, de toute façon
           elle n'a pas dit qu'elle avait
           commis un inceste ou tué le
           Dahlia noir (autre homme avec
           accent… parle de ce pays)…

(BANDE 21, ENCLENCHÉE ENTRE 24 h 30 ET 24 h 35)
01 H 57 BRECHEL, LAPD DE SERVICE

---

04 h 15   … Elle (Ellen) l'aide à se
           déshabiller. Elle veut qu'il
           lui fasse l'amour, mais il
           refuse. Il veut dormir seul.
04 h 22   Hodel dit à Ellen de ne pas se
           disputer avec lui quand Dorothy
           est dans les parages. Lui dit
           comment se conduire avec Doro-
           thy. Ellen regagne sa chambre,
           elle semble en colère parce
           qu'il l'a renvoyée sans lui
           faire l'amour.

28 FÉVRIER 1950
16 h 00   Snyder chez McGrath, bureau du
           D.A.
17 h 40   Passage à bande n° 24
18 h 10   Coup de téléphone du lieutenant
           Frank Jaminson. A dit qu'Hodel

déménageait ses meubles… si les micros sont trouvés ou tous les meubles déménagés, lui téléphoner à CR 1 49 17. Son nom se prononce Jaminson. Appeler à toute heure du jour ou de la nuit.

1ᴱᴿ MARS 1950 (BANDE Nº 25)

8 h 00   MORGAN RELÈVE BRECHEL

10 h 30   Le contenu de cette bande (25) devrait faire l'œuvre d'une vérification de l'inspection des impôts dans la mesure où ceux-ci sont calculés avec cet homme et on dirait qu'ils vont «piquer» quelques dollars à l'Oncle Sam.

10 h 35   Conversation tourne autour d'une vente aux enchères… quelque chose sur le FBI.

Hodel   «J'ai une offre à Hawaï»… Conversation sur Mme Hodel, sa pension alimentaire et celle des enfants…

BANDE Nº 26 11 h 22 ÉCOUTE PASSÉE SUR BANDE 26

11 h 30   Morgan demande à Bimson de vérifier les voitures garées devant la résidence des Hodel.

12 h 00 : Walter Sullivan relève Morgan

12 h 05   (Les bandes 25, 26 et 27 devraient beaucoup intéresser l'inspection des impôts)

14 h 30   Début de la bande nº 28…

20 h 00   Meyer, LAPD, de service

23 h 37   Sonnerie du téléphone. Hodel répond… Il dit à son interlocu-

teur : «Ne dis rien par téléphone… on est sur écoutes…» Dit
qu'il a leur numéro de téléphone et qu'il appellera
demain… dit qu'il va devoir
sortir pour téléphoner… vérifie
mais refuse de répéter le
numéro au téléphone. Dit que
c'est WE 1670 et qu'il connaît
le numéro de la rue. Fera vérifier par les gens de la compagnie du téléphone… dit que s'il
disait le numéro, «Ils» viendraient l'enquiquiner… c'est
toujours ce qu'«Ils» font.
Quand Hodel raccroche, Ellen
lui demande comment il savait…
Hodel répond qu'ils faisaient
que causer… [Ces commentaires
indiquent que, même s'il croit
être sur table d'écoute, il ne
pense pas un seul instant que
des micros ont été installés
dans toute sa maison *(NdA)*.]

2 MARS 1950
BANDE N° 29 - 24 h 30. BANDE N° 29 ENCLENCHÉE
3 MARS 1950 (BANDE 29)

01 H 30	BRECHEL, LAPD, DE SERVICE
04 h 10	Conversation Hodel - Ellen en espagnol. Ils sont dans la chambre et font l'amour ou autre. Probablement trucs pervers. On dirait qu'il se fait encore tailler une pipe.

3 MARS 1950
BANDE N° 30 – 12 H 00 CHANGEMENT DE BANDE – SUL-
      LIVAN, BUREAU DU D.A. DE SERVICE

12 h 00   Sonnerie du téléphone, Hodel
           qui répond : «Faut que je
           voie.»

12 h 07   Femme (enregistrée) : «Je dois
           quatre fois 75 dollars. Ça fait
           300. (Peut-être sa femme.) Il
           faut que je paie le loyer ou
           ils me foutent à la porte.»

12 h 15   La conversation avec la femme
           continue. Parle de ses dépenses
           et des enfants.

12 h 28   Suite de la conversation (enre-
           gistrée) Hodel : «Je perds de
           l'argent chaque année.» Parle
           des sommes qu'elle a gagnées.
           Parle de ses pertes. «6 000 dol-
           lars en 1946. J'ai dû vendre la
           clinique pour éponger les
           pertes de cette année-là. Main-
           tenant, il faut que je vende la
           maison.» Hodel : quelque chose
           sur un pénitencier.

13 h 11   Enregistrement commencé. Elle
           parle des enfants… Beaucoup de
           bruit. Hodel parle de reprendre
           femme et enfants avec lui.

3 MARS 1950 (BANDE N° 31)
12 h 00   SULLIVAN RELÈVE MORGAN
13 h 21   téléfone sonne. Hodel décroche
           (enregistré) : «Tu causes dans
           un téléphone sur écoutes. Oh
           oui, ça fait longtemps que ça
           dure. Je serai ici encore une
           heure. Fais tout pour passer.»

14 h 45   Homme qui parle encore (enre-
                gistré) parle à Hodel d'une
                femme. Mentionne Barbara Sher-
                man. Dorothy Black (?)…
14 h 55   Fin de la bande 31.
15 h 26   Hodel à homme : « Dans quinze
                jours-trois semaines je serai
                sans doute parti à l'étranger.

6 MARS 1950
12 h 00 MIDI SNYDER, BUREAU DU D.A. DE SERVICE
PAS D'ÉCOUTE
PAS D'ENREGISTREMENT
15 h 10   (Belle et Bimson se repassent
                des enregistrements)
20 h 00   WEAN, LAPD, DE SERVICE.
20 h 25   Femme qui s'en va… homme qui
                entre… parle avec Hodel de la
                morale des Espagnoles. Hodel
                lui dit qu'il aurait dû voir sa
                collection chinoise qui valait
                100 000 dollars.

10 MARS 1950 (MEYER, LAPD, DE SERVICE À 20 h
                00, 9 MARS 50. BANDE N° ?)
12 h 15   Un ou deux hommes et à peu près
                le même nombre de femmes. Par-
                lent avec Hodel. Difficile à
                comprendre. Parlent d'un
                endroit au Mexique, pas très
                loin de l'Arizona. Bonnes
                routes. Bordel, ou sanatorium.
                Un des hommes semble être un
                médecin. Parle d'elle à Cama-
                rillo. Hodel – « Elle allait
                m'abattre et se suicider.
                « Tamara » (on dirait).

08 h 00   J. McGRATH, BUREAU DU D.A. DE SERVICE
24 h 25   Sergent Belle… dit avoir décou-
           vert que l'homme à l'accent
           allemand est un certain baron
           Herringer… censément ex-Alle-
           mand… baron. Les deux nouvelles
           sont Vilma (19 ans) et Sonia
           (15 ans)…

14 MARS 1950 (BANDE N° 37)
08 h 00 J. McGRATH, BUREAU DU D.A. DE SERVICE
08 h 15   Se sert d'un prétexte… déter-
           miné que Hodel est de retour du
           Mexique.

17 MARS 1950 (BANDE N° 37)
19 h 55 MEYER, LAPD, DE SERVICE
23 h 30   … Hodel et homme avec accent
           - conversation enregistrée -
           difficile d'entendre. Hodel dit
           qu'ils sont sans doute en train
           de le surveiller, parle de
           vendre des trucs aux enchères…
           dit que quelqu'un ne sait rien
           de ce qu'il faut dire. Parle de
           se remarier… parle d'un endroit
           au Mexique…

18 MARS 1950 (BANDE N° 37)
12 h 40   Hodel : « Tu crois que ces
           "salauds" vont essayer de m'at-
           taquer parce que je loue un
           appartement. » Hodel dit : « Tu
           crois qu'on pourrait embaucher
           une fille pour savoir ce qu'ils
           fabriquent. »
13 h 00   L'homme à l'accent est parti…

21 MARS 1950 (BANDE N° 38)
08 h 00   J. McGRATH, BUREAU DU D.A. DE SERVICE
10 h 55   Hodel téléphone à quelqu'un à
           propos d'une somme de cinquante
           dollars qu'il paie chaque mois
           à une femme «A dit que j'avais
           des ennuis…»

22 MARS 1950 (BANDE N° 38)
12 h 00   SULLIVAN, BUREAU DU D.A. DE SERVICE
12 h 00…
16 h 00   Bimson, Belle et Sullivan écou-
           tent des enregistrements vu que
           Hodel est parti pour la jour-
           née.
[N.B. *(NdA)* Les policiers récapitulent le
           contenu de conversations enre-
           gistrées sur plusieurs bandes,
           ainsi que suit:]

Bande 26
5 – 9   parle du procès
9- 40   parle beaucoup de trafiquer des
           chiffres

Bande 27
13-15   parle de déduire de l'argent au
           titre de remboursement d'em-
           prunts au père et au fils
18 – 22 (mauvaise écoute) – écoute de 40 à
           46 et 48 – très intéressant
           (couper la bande à 50, fin de
           bande)

Bande 37
3-5   Conversation sur affaire fis-
           cale et Dahlia

5-17   Conversation sur code postal et envois postaux – doivent faire attention… problème d'impôts à partir de 50 sur bande 25

25 MARS 1950 (BANDE 38)
20 h 00   MEYER, LAPD, DE SERVICE
23 h 10   Hodel et baron (homme avec accent) entrent en parlant tout bas… pas moyen d'entendre (enregistrement)… Hodel semble dire quelque chose sur le Dahlia noir. Baron dit quelque chose sur le FBI. Puis parlent du Tibet… on dirait que Hodel a envie de quitter le pays. Parle de passeport. Dit au baron comment écrire au Tibet. Parle du Mexique… A l'air de craindre quelque chose. Dit que son sanatorium – s'il démarrait du Mexique – serait «un lieu sûr».

26 MARS 1950 (BANDE Nº 39)
24 h 00   Plus de bande. Changée. Parlent de femmes.
24 h 07   Ne parle pas beaucoup – toujours enregistré. Hodel dit qu'il a besoin d'argent et de pouvoir – parle de Chine – parle de vendre des tableaux ou autre. Parle de photos que la police aurait de lui et d'une fille – pensait les avoir toutes détruites – arrêt de l'écoute à 50 – nouvelle bande – pas grande conversation.

```
Bande 40
01 h 50    On  dirait  que  le  baron  est
           parti. Ne sait pas s'il y a
           quelque chose sur ces bandes ou
           pas.
[(NdA) La dernière entrée du DOSSIER HODEL
           est celle-ci :]
27 mars 01 h 00 Tout le monde est parti.
02 h 00    Tout est calme. Bonne nuit.
```

C'est à cette date que se termine l'énorme «Dossier Hodel» des services du district attorney du comté de Los Angeles. On pense que George Hodel s'est enfui des États-Unis dans les deux ou trois jours qui suivirent cette dernière entrée.

Ces notes font clairement comprendre qu'il ne s'agit là que d'un résumé assez général des conversations de George Hodel. Cela étant, même sans pouvoir bénéficier de tous les détails enregistrés dans ces «quarante et une bandes», on trouve déjà dans ces transcriptions des preuves importantes, jusques et y compris des déclarations et des aveux, qui impliquent mon père dans le meurtre d'Elizabeth Short et dans l'empoisonnement de sa propre secrétaire (jamais nommée).

En plus, les déclarations consignées dans ces transcriptions nous confirment les liens qu'il avait avec les représentants de la loi, l'influence qu'il exerçait sur eux – et ce qu'il leur versait. («C'est le meilleur règlement entre forces du maintien de l'ordre que j'aie jamais vu. Tu n'as pas les relations qu'il faut. Deux types du bureau du D. A. ont été mutés et rétrogradés à cause de mon procès.»)

Pendant ces quarante jours qui précèdent sa fuite, nous l'entendons devenir de plus en plus craintif et désespéré. Il est évident que, le lieutenant Jemison ayant pris le contrôle des opérations, le filet du district attorney commence à se refermer sur lui. Nous apprenons aussi que pendant cette période ma mère, Dorothy Hodel, a été interrogée par des enquêteurs du district attorney et que les questions qu'elle leur a posées lui sont revenues aux oreilles. Lui aussi est interrogé, autant par les enquêteurs du district attorney que par le FBI. (Aucun renseignement n'est donné sur ces interrogatoires dans le dossier.) Mon père dit à tous ses correspondants que son téléphone est « sur écoutes » et fait ce qu'il faut pour continuer la conversation sur une ligne sûre ou en allant les rencontrer en personne. Il parle aussi d'ouvrir un sanatorium au Mexique (dans le triple but, c'est plus que vraisemblable, d'y installer un bordel et une clinique où soigner les maladies vénériennes et de pratiquer des avortements). Il informe ses amis qu'il aura quitté le pays à la fin mars en disant : « J'ai des ennuis. » Dans les dernières heures du dernier jour de ces écoutes il fait à son ami allemand, le baron Herringer [1], des déclarations qui l'incriminent encore plus – il parle du Dahlia noir, des photos que la police aurait de lui avec une fille (probablement le Dahlia noir), photos qu'il pensait avoir détruites, et du FBI.

En plus de cette surveillance électronique et de ces transcriptions, ce que j'ai trouvé dans les dossiers du district attorney me fournit des preuves encore plus troublantes des liens que mon père avait avec d'autres victimes. Photographies et rapports d'enquêtes criminelles, ces dossiers montrent que les enquêteurs du district attorney ne s'intéressaient pas uniquement à George Hodel pour le meurtre du Dahlia noir, mais encore pour les assassinats de Jeanne French, de l'agent immobilier Gladys Kern et de l'actrice Jean Spangler. J'avais moi-même établi ces liens dans ce livre bien avant d'avoir accès à ces fichiers.

---

1. Ce baron Herringer était manifestement un ami très proche et un confident de mon père. Mais je n'ai toujours pas réussi à trouver des renseignements sur son identité ou ses liens avec ma famille (NdA).

La chaîne Unkefer-Short-Hodel-Lenorak

Le 16 janvier 1947, le jour où « l'inconnue n° 1 » est identifiée par le FBI comme étant Elizabeth Short, l'officier de police de Santa Barbara Mary Unkefer est un des premiers témoins contacté par le LAPD dans l'enquête sur l'assassinat du Dahlia noir. Pourquoi ? Parce que l'officier Unkefer a eu des contacts directs et suivis avec Elizabeth Short après que celle-ci a été arrêtée en septembre 1943 pour « possession d'une petite quantité de drogue ». Sous le titre « La police identifie la victime : elle résidait à Hollywood », le *L.A. Daily News* du 17 janvier 1947 détaille ainsi les déclarations de l'officier Unkefer :

> Elle (Elizabeth Short) avait travaillé comme employée à la poste militaire de Camp Cooke, près de Santa Barbara, et avait été ramassée par la police pour avoir bu avec un soldat dans un café de l'endroit.
> L'officier Mary Unkefer, de la police de Santa Barbara, avait alors emmené la jeune femme chez elle, Elizabeth Short finissant par y rester neuf jours (…).
> « Nous l'avons remise dans le train pour qu'elle rentre chez elle, d'où elle m'a écrit plusieurs fois », se rappelle Mlle Unkefer. Dans une de ces lettres Elizabeth Short lui disait : « Je ne vous oublierai jamais Dieu merci c'est vous qui m'avez ramassée à ce moment-là ! »

Aussi incroyable que ce soit, ce n'est qu'aujourd'hui que nous découvrons, grâce aux renseignements donnés dans les dossiers du district attorney, qu'en janvier 1950 Mary Unkefer – qui en 1943 avait, et directement, sauvé Elizabeth Short d'un environnement dangereux – partit de Santa Barbara en voiture pour se rendre à la Franklin House et y prendre une autre jeune fille en danger. Après avoir ramené la victime à Santa Barbara – elle s'appelait Lillian Lenorak –, Unkefer écrivit en effet une lettre aux enquêteurs du district attorney, lettre où elle parlait des soupçons qu'elle avait sur un Dr Hodel pour elle impliqué dans de nombreux délits, dont le parjure et l'agression. Voici cette lettre remarquable, publiée en son entier et telle quelle :

30 janvier 1950

Bureau du District Attorney
Los Angeles, Calif.

209 W. Valerio St.
Santa Barbara, Calif.

Cher Monsieur,

Je suis navrée d'avoir raté l'Employé de votre Bureau mercredi. Je travaille à des heures bizarres et je suis arrivée chez moi dix minutes après son départ pour le travail à Los Angeles.

Je pensais aller à Los Angeles en début de semaine parce que j'avais des affaires à y régler, mais pour moi ce n'est pas la peine de faire le voyage sauf pour vous donner tous les renseignements que je peux sur la Femme que j'ai ramenée à Santa Barbara de la demeure du Dr Hodel dans Franklin Avenue.

Mme Hamilton (la mère de la jeune Femme) m'avait demandé d'aller à Los Angeles pour aller la chercher, elle et son Bébé. J'ai appelé le Dr Hodel avant de quitter Santa Barbara pour être sûre que la Patiente était bien chez lui et que je ne risquais pas de tomber sur porte close quand j'y arriverais vu que c'était le soir et que je n'étais pas prête à être obligée de la chercher. Le Dr Hodel m'a dit qu'il fallait absolument enlever cette fille de chez lui le soir même étant donné qu'il avait l'intention de la placer dans un Asile de Los Angeles si on ne la ramenait pas tout de suite à Santa Barbara. Il m'a aussi informé que deux de ses Amies étaient avec elle et qu'elles rentreraient à Santa Barbara avec

Lilian pour l'empêcher de faire trop d'ennuis en chemin.

Quand je suis arrivée à l'adresse de Franklin (j'avais emmené une jeune Femme avec moi), j'ai senti que quelque chose n'allait pas dès que je suis entrée dans le bâtiment. Le Dr semblait très désireux de me dire que la Fille était dans un très mauvais état mental & qu'elle avait tenté de se suicider. Je lui ai demandé où étaient les Gens qui devaient revenir à Santa Barbara avec moi & il m'a dit qu'il ne pouvait pas les contacter à cette heure-là, mais quand je lui ai fait comprendre que je ne m'emmènerais pas la Fille avec moi à moins que ses Amies l'accompagnent, il a appelé la Femme (Karoun Tootikian) qui est venue chez lui & a dit qu'elle viendrait avec moi. Deux jeunes gens se sont portés volontaires pour prendre une autre voiture & me suivre pour s'assurer que j'arrivais bien à ramener la Fille chez elle sans problème – Joseph Barrett, qui vit à la même adresse & un autre jeune homme qui ne s'intéressait pas à l'affaire, sauf qu'il a proposé de conduire Barrett jusqu'ici & et de ramener la Femme & et l'autre homme (Joe Barrett) à Los Angeles.

Quand j'ai demandé à voir Lilian, le Dr Hodel m'a expliqué que je n'avais pas besoin de m'inquiéter qu'elle me pose des problèmes en revenant à Santa Barbara. Il a déclaré lui avoir donné une dose suffisante pour qu'elle dorme pendant trois heures. Avec l'aide de la bonne mexicaine[1] (qui a l'air à moitié demeurée ou opiomane), nous avons rassemblé les affaires de Lilian & il était environ dix heures du soir avant qu'on puisse partir de la maison. Le Dr Hodel & Joe Barrett ont conduit Lilian jusqu'à ma voiture, en la tenant par les deux bras. Ça l'a réveillée & elle a commencé à nous parler du Dr. Elle a beaucoup parlé des relations qu'elle avait avec lui & a déclaré qu'elle

---

1. Soit Ellen *(NdA)*.

avait très peur de lui. Elle a dit qu'elle l'avait vu pratiquer un avortement sur sa propre Fille & elle a
déclaré qu'il l'avait menacée de lui faire enlever sa
Fille si elle ne témoignait pas en sa faveur au Tribunal. Elle a dit qu'il était au courant des bêtises qu'elle
avait faites avec un Certain Charles & que lui (le Dr)
la tenait avec ça. Elle a dit qu'elle n'avait jamais
essayé de se suicider & qu'elle ne s'était jamais
tailladé les poignets ou coupé aux mains. Elle a
déclaré que le Dr lui donnait constamment des
drogues & que quand elle s'est réveillée les coupures
étaient faites. Pendant que j'étais dans la salle de
séjour du Dr en attendant la Femme qui allait nous
accompagner, j'ai demandé au Dr ce qui avait fait que
la Fille avait perdu la tête aussi brutalement. Il m'a
répondu que ç'avait beaucoup à voir avec un procès
qu'elle avait au tribunal. Ce n'est qu'au moment où
Lilian s'est réveillée & nous a dit comment elle s'était
parjurée devant la Cour pour le Dr que j'ai compris
quel était ce procès qui l'inquiétait autant. Elle avait
des égratignures et des bleus au front & aux bras. Son
bébé (de trois ans) a dit que le Dr avait jeté sa Maman
par terre & avait fait pleurer Maman très fort.

En partant vers le nord, la voiture avec les jeunes
gens nous a suivies et ce n'est qu'après avoir laissé
Lilian au Service Phyco de l'Hôpital Général que
j'ai pu parler avec Joe Barrett. Il a déclaré catégoriquement que Lilian n'avait absolument rien et
qu'elle ne devait son état qu'aux mauvais traitements que lui avait infligés le Dr Hodel. Il a ajouté
qu'il savait que Lilian s'était parjurée au procès
parce que le Dr Hodel la tenait en son pouvoir. Il a
dit que les relations entre le Dr et son Enfant étaient
horribles & pires que ce que je pouvais imaginer. Il a
dit que le Dr se vantait que les 15 000 dollars qu'il
avait versés à Jerry Geisler avaient servi à influencer le district attorney & que c'était comme ça que le
Dr avait été lavé de l'accusation portée contre lui. Il

a déclaré que Lillian était tombée amoureuse de Charles & que Charles était l'assistant d'un autre médecin, un Ami d'Hodel. Quand je lui ai demandé où vivait ce Charles, Barrett a déclaré qu'il « avait filé » après le procès du Dr & qu'il était à San Francisco. Lillian a déclaré qu'elle se sentait très coupable après le procès & avait dit à Hodel qu'elle allait dire au district attorney qu'elle avait menti à la barre & que le Dr Hodel lui avait répondu que si elle caftait, il dirait que c'était Charles & l'autre Dr qui avaient fait l'opération. Joe Barrett parlait du Dr Hodel comme d'« UN BON À RIEN ».

Je suis allée voir Lillian à l'hôpital dimanche (hier). Elle a eu l'air contente de me voir & a déclaré qu'elle aimerait bien me dire toute la vérité sur les activités du Dr Hodel & sur le procès, mais elle a aussi dit qu'elle savait qu'il la ferait disparaître elle et son Bébé. Elle a dit qu'elle aurait bien aimé tout dire aux employés de votre bureau, mais qu'elle n'était pas sûre que vous soyez ses Amis & et qu'elle avait UNE TROUILLE BLEUE de parler par peur qu'il mette ses menaces à exécution de lui enlever son Bébé et de la faire enfermer dans un Asile de fous.

Ce matin je suis allée à l'audience du Service de Phyco & il a été déterminé que Lillian était mentalement perturbée. Le Dr a dit qu'une grande partie de son état était dû à la pression du procès. Les deux Drs Ont Déclaré qu'à leur avis elle avait besoin de soins médicaux. Elle doit donc être emmenée à l'Hôpital d'État de Camarillo pour un traitement.

Mon opinion personnelle est que si la situation entre elle & sa Mère n'était pas aussi tendue, on aurait pu lui donner une chance de rentrer chez elle & que sa Mère s'occupe d'elle. On ne dirait pas qu'il y ait jamais eu beaucoup d'amour entre elles deux. L'attitude de la Mère est qu'elle va FORCER Lillian à faire les choses comme elle (la Mère) veut qu'elle les fasse & la Fille semble tout aussi décidée à ne pas être toujours traitée comme une Enfant. D'où les étincelles entre elles.

Joe Barrett & Karoun Tootikian étaient venus de Los Angeles pour assister à l'audience. Joe a eu souvent l'occasion de parler au Dr Hodel & il sait que le Bureau du district attorney s'intéresse à l'affaire. Il donne l'impression d'avoir peur qu'on l'interroge sur le procès parce qu'il a changé entièrement d'attitude. Maintenant il parle du Dr comme d'«un type pas si mauvais que ça et qui a plein de soucis à lui». Ses actes et ses paroles font penser qu'il regrette de l'avoir ouvert le soir où j'ai ramené Lillian chez moi de Los Angeles. Karoun Tootikian habite au 2211, S. Highland. Elle est Professeur de Danse.

Je ne sais pas si ces renseignements pourront vous être d'une aide quelconque. C'est à peu près tout ce que je pourrais vous dire si je descendais vous voir en personne. Mais si je peux faire quoi que ce soit pour vous aider pour le bien et la sincérité, je suis à votre service.

Bien à vous,

Mary H. Unkefer

George Hodel et l'avorteur Charles Smith

Parmi d'autres documents retrouvés dans le dossier du Dahlia figure une note dactylographiée préparée par Walter Morgan et envoyée à son supérieur, le lieutenant Frank B. Jemison. A la page 5, les allégations de Lillian Lenorak sont confirmées de manière indépendante. Les notes de Morgan y résument l'interrogatoire qu'il a fait subir au témoin Mildred Bray Colby avec le lieutenant Jemison, interrogatoire pendant lequel Mildred Colby a confirmé que l'ami et collègue de George Hodel, Charles Smith, était directement impliqué dans l'avortement de ma demi-sœur Tamar et que mon père avait bien payé un pot-de-vin. La note dit ceci :

NOTE INTERNE

AU : Lieutenant Frank B. Jemison
Re. Notes sur les assassinats de Jeanne
French et du Dahlia noir
De : L'enquêteur Walter Morgan
Date : 30 août 1950

Page 5

20/03/50, n° 30-1268, enquête de terrain
avec Lieut. Jemison 4629 Vista del Monte
(Mildred Bray Colby) — 7x6316 chez Dr.
Ventura Blvd. (Lincoln Continental,
verte) — 42R966 (femme signalée à soirée
7x6316).

Jemison : (à Colby)	Saviez-vous que Charlie Smith était un ami du Dr Hodel ?
Réponse :	Oui. Smith se rendait souvent à San Francisco pour de la marijuana.
Jemison :	Saviez-vous qu'il a opéré des avortements sur des filles de San Francisco ?
Réponse :	Non. Mais ça ne m'étonnerait pas.
Jemison :	Est-ce une photo de lui ?
Réponse :	Oui. C'est bien lui. Smith a dit qu'un jour il s'occuperait de Tamar. Il lui couperait un morceau de mollet, le ferait frire, le mangerait devant elle et le lui dégueulerait dans la figure.
Jemison :	Avez-vous jamais entendu Smith parler du Dahlia noir ?

Réponse : Non.

Jemison : Avez-vous jamais entendu Hodel parler du Dahlia noir ?

Réponse : Non. La dernière soirée que j'ai passée avec Charlie Smith, nous sommes allés à un spectacle. Nous sommes arrivés à Hollywood aux environs de 2 heures du matin, quelque part dans Franklin Avenue, près de Normandie Avenue. [N.B. *(NdA)*. La Franklin House se trouvait trente mètres à l'ouest du croisement des avenues Franklin et Normandie.] Il est entré dans une maison. Quand il en est ressorti, nous nous sommes arrêtés quelque part pour manger et, pendant que nous mangions, il a sorti une enveloppe qui contenait au moins 1 000 dollars en liquide. Je sais qu'avant d'entrer dans cette maison, il ne les avait pas.

Jemison : Quel jour était-ce ?

Réponse : Le 29 décembre 1949. [N.B. *(NdA)*. Cela s'est donc produit à peine cinq jours après que les jurés eurent acquitté le Dr Hodel dans son procès pour inceste.] Son anniversaire était le 28. C'est comme ça que je le sais. Il ne savait pas combien il y avait dans l'enveloppe. Quand il est sorti, il m'a demandé s'il y avait des voitures qui passaient, j'ai dit qu'il y en avait, il est devenu drôlement nerveux et m'a dit : «Fichons le

camp d'ici.» Une autre fois, il
s'est garé dans Wilshire Boulevard et il est ressorti d'une
maison avec plus de cent dollars
en billets neufs. La dernière
fois que j'étais avec lui, il
s'est mis en colère, a menacé de
me frapper et m'a dit que la
seule raison qui l'empêchait de
le faire était que ça me tuerait
si jamais il s'y mettait. - Pièce
État 4526.

Le télégramme de l'enquêteur du D.A.
au sujet de Charles Smith

Ce télégramme de la Western Union a été envoyé à
l'enquêteur du district attorney du comté de Los
Angeles Bill Snyder le 14 mars 1950 par le district attorney de San Francisco Edmund G. Brown (qui devait être
élu gouverneur de Californie huit ans plus tard). La note
manuscrite portée dessus dit ceci : « au sujet de l'ami de
Hodel, l'avorteur Smith ».

Voici le texte du télégramme :

AU SUJET CHARLES W SMITH AVEZ-VOUS VÉRIFIÉ À
SACRAMENTO CARTE GRISE ET PERMIS DE CONDUIRE SI
OUI QUE RÉVÈLENT-ILS SUR ÂGE COULEUR ETC =
EDMUND G BROWN DISTRICT ATTORNEY =

Pièce à conviction n° 69

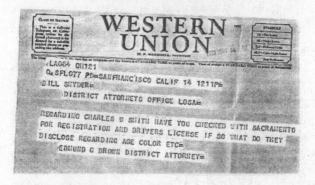

Ce télégramme est la preuve qu'à peine treize jours avant que George Hodel s'enfuie des États-Unis, les enquêteurs du district attorney essayaient d'identifier et de localiser son «ami et avorteur connu» Charles Smith. Il semble douteux que leurs recherches aient abouti, dans la mesure où l'on ne trouve aucune trace d'un quelconque interrogatoire de Smith dans le dossier du district attorney.

L'enquêteur du district attorney, le lieutenant Frank Jemison, et les enquêtes sur les meurtres d'Elizabeth Short et de Jeanne French

Les dossiers du district attorney sur le meurtre du Dahlia noir m'ont appris que le lieutenant Jemison avait reçu l'ordre du jury d'accusation de 1949 de reprendre l'enquête sur les assassinats de Short et de French le 13 octobre 1949 – soit une semaine après l'arrestation du Dr George Hodel pour inceste. Le chef de police du LAPD W. A. Worton avait donné ordre aux inspecteurs des Homicides Ed Barrett et Finis A. Brown de prêter main-forte au lieutenant Jemison – même chose pour l'officier Jack Smyre de la division des Affaires internes [1].

L'enquête que mena le lieutenant Jemison sur les meurtres de Short et de French est énorme et sa connaissance des faits extrêmement précise. Pendant les premiers mois de l'enquête (d'octobre 1949 à janvier 1950), on le voit se familiariser avec l'« ancienne » enquête du LAPD (1947-1949) et passer des heures entières avec ses subordonnés afin de savoir s'il faut garder comme suspect un dénommé Leslie Dillon que le Gangster Squad du LAPD avait arrêté comme « suspect numéro un dans l'affaire du Dahlia ». Pour finir, et ce malgré les protestations répétées des inspecteurs du Gangster Squad, Jemison devait réussir à établir que Dillon se trouvait à San Francisco à l'époque du meurtre

---

1. Il est tout à fait inhabituel de mettre un officier des Affaires internes sur une enquête pour homicide et cela renforce mon soupçon que quelqu'un du haut commandement du LAPD, peut-être même le chef adjoint William Parker, qui commandait les Affaires internes à l'époque, ait eut vent de malversations de la part de certains officiers. Cette mesure aurait eu aussi l'avantage de permettre au chef adjoint Parker d'être tenu au courant de tout et de « rester dans la confidence » sur tout ce qui touchait à l'enquête du district attorney *(NdA)*.

d'Elizabeth Short et l'écarter définitivement en tant que suspect.

En février et mars 1950, ainsi qu'on peut le constater dans les transcriptions des bandes de surveillance de la Franklin House, le lieutenant Jemison se concentre entièrement sur le Dr George Hodel en tant que «suspect n° 1» pour le meurtre d'Elizabeth Short. Ces documents nouvellement rendus publics confirment ce que je disais dans mon livre, à savoir que le Dr Hodel était de fait «l'homme aisé d'Hollywood» décrit dans l'article du *Los Angeles Examiner* du 7 décembre 1949 qui s'intitulait: «Affaire du Dahlia noir: la question de l'hôtel passée au crible». (Cet article dit qu'il s'est rendu à l'hôtel d'East Washington Boulevard avec Elizabeth Short quelques jours avant la mort de cette dernière, et établit la relation avec les vêtements ensanglantés découverts à la Franklin House.) Son identité sera confirmée par un autre article intitulé «Réouvertures d'enquêtes ordonnées par le district attorney» publié dans le même *Los Angeles Times* en date du 1er avril 1950 et un autre article du *Los Angeles Daily News* du 31 mars 1950, intitulé «L'adjoint du D. A. à la poursuite des tueurs aux mutilations». Ces articles, analysés dans les chapitres précédents, montrent que pour le lieutenant Jemison le signalement de l'assassin présumé de Jeanne French est bien celui de l'«homme aisé d'Hollywood» et que l'enquêteur du district attorney fait le lien entre George Hodel et la disparition en 1947 des vêtements ensanglantés des scellés du LAPD. Pour le contrer, le chef adjoint du LAPD Thad Brown devait aussitôt informer la presse que «ces vêtements qui appartiendraient à un homme vite écarté de la liste des suspects n'ont jamais été mis aux scellés, leur propriétaire s'étant vu absous de tout lien avec le crime quinze jours après sa perpétration».

Étant donné la fin abrupte et inattendue, le 27 mars 1950, de la surveillance électronique exercée sur la Franklin House et la déclaration enregistrée où mon père dit «avoir des ennuis» à un visiteur, sans même parler des allusions qu'il fait plus tard au «Dahlia Noir», au «FBI» et à son «passeport», on peut affirmer que ce jour-là George Hodel s'enfuyait, ou s'apprêtait à s'enfuir des États-Unis.

Quatre jours plus tard, l'article du *Times* du 1er avril 1950 semble confirmer la disparition soudaine de mon père. Il commence en effet par cette phrase : «Les enquêteurs des services du district attorney *recherchent activement* [c'est moi qui souligne] un homme qu'ils pensent être un "suspect de premier plan" dans le meurtre déjà vieux de trois ans de Mme Jeanne French.»

L'interrogatoire de Dorothy Hodel par le lieutenant Frank Jemison

Dans les dossiers du district attorney, on trouve aussi la transcription de l'interrogatoire que le lieutenant Jemison fit subir à ma mère, Dorothy Harvey Hodel, au domicile de cette dernière à la jetée de Santa Monica le 22 mars 1950, à peine cinq jours avant que mon père quitte le pays.

A ce moment-là ma mère, qui était au chômage, allait se faire expulser de chez elle pour un arriéré de loyer de trois cents dollars, la pension alimentaire de deux cents dollars que lui versait mon père étant la seule ressource sur laquelle elle pouvait compter. Comme on le verra, elle refusa de coopérer et s'opposa à tous les efforts de Jemison pour impliquer mon père. L'importance de cet interrogatoire réside moins dans les révélations de ma mère que dans ce que nous apprennent les questions du lieutenant Jemison, à savoir que George Hodel et Elizabeth se connaissaient, qu'on les avait vus ensemble à la Franklin House avant l'assassinat de la jeune femme et que «dans un état d'ébriété au moment du meurtre ou environ», George Hodel déclara : «Ils ne pourront jamais prouver que j'ai commis ce meurtre-là.»

Pièce à conviction n° 70

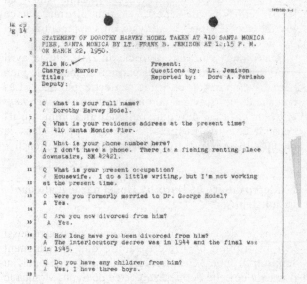

STATEMENT OF DOROTHY HARVEY HODEL TAKEN AT 410 SANTA MONICA
PIER, SANTA MONICA BY LT. FRANK B. JEMISON AT 12:15 P. M.
ON MARCH 22, 1950.

File No.
Charge: Murder
Title:
Deputy:

Present:
Questions by: Lt. Jemison
Reported by: Dore A. Parisho

Q What is your full name?
A Dorothy Harvey Hodel.

Q What is your residence address at the present time?
A 410 Santa Monica Pier.

Q What is your phone number here?
A I don't have a phone. There is a fishing renting place
downstairs, SM 42421.

Q What is your present occupation?
A Housewife. I do a little writing, but I'm not working
at the present time.

Q Were you formerly married to Dr. George Hodel?
A Yes.

Q Are you now divorced from him?
A Yes.

Q How long have you been divorced from him?
A The interlocutory decree was in 1944 and the final was
in 1945.

Q Do you have any children from him?
A Yes, I have three boys.

Transcription de l'interrogatoire de Dorothy Hodel

Voici quelques extraits de cette transcription :

Lieut. Jemison :   Je vais vous montrer une
                   photographie de Beth
                   Short, Santa Barbara
                   n° 11419, et vous deman-
                   der si oui ou non vous
                   avez jamais vu cette
                   jeune femme de votre vie.
Dorothy Hodel :   Non, je ne l'ai jamais
                   vue.
Lieut. Jemison :   Avez-vous parlé du meur-
                   tre de Beth Short avec
                   le Dr Hodel ?

Dorothy Hodel :	Non. A moins qu'on l'ait mentionné quand on en parlait partout dans les journaux, mais je n'aime pas lire des articles sur ce genre de choses. Je ne peux pas affirmer que je ne lui aurais pas dit ce nom, mais ce n'aurait été qu'en passant.
Lieut. Jemison :	Vous a-t-il jamais dit : «Ce meurtre-là, ils ne pourront pas me le coller sur le dos»?
Dorothy Hodel :	Non et pour ce que j'en sais, il ne la connaissait pas et ne la connaît toujours pas.
Lieut. Jemison :	Le jour du meurtre ou aux environs de ce jour-là, soit le 15 janvier 1947, vous rappelez-vous être sortie jusqu'à 4 heures du matin avec George Hodel et être rentrée un peu pompette? C'est vrai que ça remonte à trois ans.
Dorothy Hodel :	Eh bien… je crois avoir déjà expliqué que nous n'allions jamais à des soirées arrosées parce que je ne bois pas étant donné que j'ai tendance à boire trop et surtout quand j'étais avec lui je refusais de boire parce

que d'un point de vue médical il n'approuve pas que je boive et je ne sais pas si j'ai bien compris la question.

Lieut. Jemison : C'est que d'après mes informations, il était passablement éméché lui-même et qu'à ce moment-là il aurait déclaré qu'on ne pourrait pas lui coller le meurtre du Dahlia noir sur le dos.

Dorothy Hodel : Non, non, ce n'est pas vrai.

Lieut. Jemison : Vous rappelez-vous l'avoir jamais dit à Tamar ?

Dorothy Hodel : Non.

Lieut. Jemison : Avez-vous jamais dit à Tamar que le Dr George Hodel était allé à une soirée avec Beth Short le soir du meurtre ?

Dorothy Hodel : Non, à cette époque-là, je vivais chez mon frère. Nous n'habitions plus ensemble. Je n'aurais pas pu savoir ce qu'il faisait.

Lieut. Jemison : Quelle était l'adresse de votre frère à l'époque ?

Dorothy Hodel : 2121 Loma Vista Place.

Lieut. Jemison : Vous a-t-on jamais dit que le Dr George Hodel avait amené Beth Short chez lui ?

Dorothy Hodel : Non.

Lieut. Jemison : Personne ?

Dorothy Hodel : Non, personne ne m'a jamais dit ça.

Lieut. Jemison : Pour votre information, sachez que sa photographie a été identifiée par certaines personnes comme ressemblant à la jeune femme qui est allée chez lui avant le meurtre. Vous n'avez jamais entendu parler de ça ?

Dorothy Hodel : Non, jamais.

Lieut. Jemison : En fait, vous êtes plutôt en bons termes avec le Dr George Hodel, n'est-ce pas ?

Dorothy Hodel : Nous sommes amis.

...

Lieut. Jemison : Je vous montre la photographie B 119364 prise par le shérif et je vous demande si vous reconnaissez cet homme.

Dorothy Hodel : Oui.

Lieut. Jemison : Qui est-ce ?

Dorothy Hodel : Le Dr George Hodel.

Lieut. Jemison : Et maintenant, vu que les Services du district attorney aimeraient entrer en contact avec toutes les personnes susceptibles de savoir si oui ou non le Dr Hodel a jamais eu à voir avec ce meurtre, je

Pièce à conviction n° 71

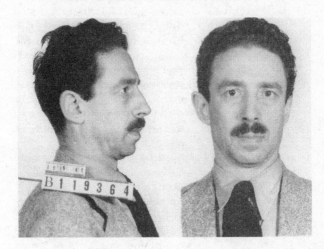

vais vous montrer la photo d'une fille nue et vous demander si vous la reconnaissez. En d'autres termes, nous voulons savoir son nom et où nous pouvons la contacter.

Dorothy Hodel : Son visage me dit quelque chose. Il n'est pas impossible qu'elle ait été modèle.

Lieut. Jemison : Avez-vous jamais entendu le Dr Hodel dire autre chose sur les détails du meurtre de Beth Short, sur le cadavre ou autre ?

Dorothy Hodel : Non, je ne l'ai jamais entendu en parler.

651

Lieut. Jemison : Bien. Repensez aux événe-
                ments qui se sont dérou-
                lés aux environs de la
                date du meurtre et
                dites-moi si vous avez
                des raisons de soupçon-
                ner le Dr Hodel d'avoir
                eu à voir avec cette
                affaire.

Dorothy Hodel : Je n'en ai absolument
                aucune.

Lieut. Jemison : Je vous informe que,
                selon nos renseigne-
                ments, il a fréquenté
                Beth Short et, comme
                vous le savez, le der-
                nier endroit où elle a
                été vue vivante est
                l'Hôtel Biltmore, le
                soir du 9 janvier 1947.

Dorothy Hodel : Je l'ignorais.

Le véhicule suspect

En analysant les crimes en série, y compris les enlèvements, viols et meurtres qui se sont produits avant la
fin mars 1950, date à laquelle George Hodel s'est enfui
à l'étranger, nous voyons que dans nombre d'entre eux
des témoins affirment de façon répétée que le véhicule
du suspect était une «conduite intérieure noire».

Le 16 janvier 1947, le *Los Angeles Examiner* publia le
plan ci-dessous, où l'on voit l'endroit où le corps d'Elizabeth Short a été déposé, l'article mentionnant par
ailleurs que des témoins ont vu une conduite intérieure
noire garée près du cadavre pendant environ quatre
minutes.

Pièce à conviction n° 72

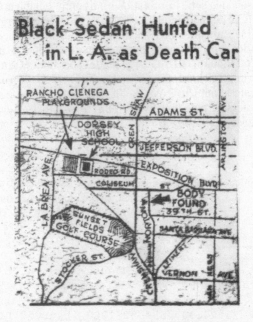

Plus haut dans ce livre, j'ai raconté comment, âgé de huit ans – c'était en 1949 –, j'accompagnais mon père quand il allait «faire ses visites» avec sa Jeep de l'armée. Même après toutes ces années, ce souvenir est resté profondément ancré en moi et ne fait aucun doute. Par mes souvenirs d'enfance et grâce à des conversations familiales plus tardives, je sais qu'il avait aussi une autre voiture, qu'il avait baptisée : «mon bébé goudron[1]» parce qu'elle était noire. Mais comme je ne savais pas et ne me rappelais pas son modèle et son année de sortie des

---

1. Nom donné à une poupée servant à piéger Brer le Lapin dans une histoire d'Oncle Rémus (1881) de Joel Chandler Harris *(NdT)*.

usines, j'avais décidé de ne pas en parler dans ce livre. Je pensais que cette information serait préjudiciable à l'objectivité de mon enquête.

Grâce aux documents détaillés extraits des dossiers du district attorney, nous pouvons maintenant confirmer qu'à l'époque, le Dr George Hodel possédait et conduisait une Packard noire immatriculée en Californie et portant le numéro 3 W 49 38.

Voici une note du suivi de surveillance de l'enquêteur du district attorney Walter Morgan :

NOTE INTERNE

```
Au : Lieutenant Frank B. Jemison
re : Notes concernant les meurtres de
     Jeanne French et du Dahlia noir
de : l'enquêteur Walter Morgan

…

(page 3)

23.02.50 n° 30-1268, surveillance
d'Hodel. Véhicule immatriculé 3 W 49
38, la Packard noire d'Hodel, conduite
intérieure. Suivi jusqu'aux croise-
ments de Western et Wilshire, Glen-
dale et Temple, Hollywood et Gower,
Hollywood et Sycamore. Pris sa femme
au coin de la rue, a regardé vieille
Pierce Arrow garée au coin. Suivi
jusqu'au 8482 Wilshire Blvd, Galories
[sic] de ventes aux enchères d'objets
d'art orientaux où Hodel est entré à
16 h 55. Suivi jusqu'aux croisements
de Wilshire et Hamilton, Wilshire et
Camden ; Hodel s'est arrêté dans Cam-
den pendant quelques minutes. Suivi jus-
```

qu'au croisement de Warner et Wilshire. Puis retour jusque chez lui.

03.03.50 n° 30-1268, 3W 49 38 dans
garage Hodel.

Ce véhicule, déclaré au nom de George Hodel, correspond non seulement à la voiture qu'on voit quitter la scène
de crime le matin du 15 janvier 1947[1], mais aussi à celle
que décrivent fréquemment témoins et victimes qui ont
réchappé de nombreux autres crimes décrits dans cet
ouvrage. Pour n'en citer que quelques-uns : le viol/enlè-
vement de Sylvia Horan « par un aimable inconnu qui
conduisait une voiture noire » ; la voiture décrite par des
amis de Jean Spangler, qu'ils ont vue à peine quelques
heures avant sa disparition avec « un homme bien habillé
âgé d'une trentaine d'années » dans une conduite intérieure noire garée dans le parking du Ranch Market (juste
en face de la résidence de Man Ray) ; Rosenda Mondragon, vue en train de monter dans une voiture « de couleur
sombre » à 2 heures du matin, au croisement des rues Mission et Main, quelques heures avant de se faire assassiner.

Le meurtre de Gladys Kern

Les dossiers et registres du district attorney révèlent
que tout en travaillant sur les assassinats de Short et de

---

1. Le témoin de l'enquête de 1947 informa les inspecteurs que
le 15 janvier 1947, aux environs de 6 h 30 du matin, il vit la
berline noire s'arrêter quatre minutes à l'endroit même où le
corps d'Elizabeth Short devait être retrouvé. Après examen des
conclusions de l'autopsie du D. A., je suis d'avis qu'Elizabeth
Short avait été assassinée à peine quelques heures plus tôt (sur le
coup de 4 heures). Je fonde mon opinion sur la remarque du
coroner selon laquelle la rigidité cadavérique n'avait pas encore
commencé lorsque la police était arrivée sur les lieux, soit à
10 h 50 *(NdA)*.

French, certains enquêteurs s'appliquaient activement à relier un suspect aux meurtres de Gladys Kern (1948) et de Jean Spangler (1949).

Sur la page suivante est reproduite la photocopie d'un de ces documents, à savoir une note manuscrite traitant d'un lien avec le meurtre de Gladys Kern à Hollywood.

Note sur le meurtre de Kern, 17 février 1948

Ce message écrit en lettres d'imprimerie a été envoyé à la police et à la presse par l'assassin de Gladys Kern, qui, ainsi qu'il est dit au chapitre 31 de cet ouvrage, fut poignardée à mort à Hollywood.

Écrit avant que le corps de la victime soit découvert, le 17 février 1948, ce mot avait été déposé *dans la même boîte aux lettres du centre-ville* que celui envoyé par le «Black Dahlia Avenger» le 24 janvier 1947. (Cette boîte aux lettres se trouvait à deux rues du cabinet médical du Dr Hodel, au croisement de la 7e Rue et de Flower Street.)

Je reconnais ici formellement l'écriture de mon père. L'expert graphologue Hannah McFarland a déjà examiné cette pièce. En la rapprochant d'autres pièces de comparaison, elle a déterminé qu'il était «hautement probable» que ce mot ait été écrit par le Dr George Hill Hodel. (On ne peut pas être plus affirmatif à moins d'avoir affaire à un document d'origine.) Ajouté à toutes les preuves circonstancielles écrasantes déjà accumulées lors de l'enquête (portrait-robot, identification de l'arme du crime, déclarations des témoins, etc.), cet élément ne devrait permettre à personne de douter que c'est bien George Hodel qui, là encore, commit ce crime.

Pièce à conviction n° 73

I made aquaintance of man three weeks ago while in Gardena Poker
seemed a great sport we got friendly friday night asked me if I
wanted to make about $300. He said he wanted to buy a home for his fa…
but he was a racketteer and no real estate would d…
with him he suggested I buy a home for him in my name
then he would go with person to look at propesty to make sure he
liked and lucas to tell real estates that he was lending me
the cash so he had to inspect property after looking at house
she drove me to pick him up and he followed us his car then went
in house alone to inspect and I waited outside after while
I went in to investigate, there I found her lying on floor, him trying to
take ring off fingers he pulled gun on me. and told me he
just hacked her out he knew I carried money so he took my
wallet with all my money tied my hands with my belt let me
lie down on sink and attached belt to faucet. after he left I
got free and tried to revive her when I turned her over, I was
covered with blood pulled knife out then suddenly scene to I washed my
hands and knife. then I looked in her bag for her home phone and
address then left and ran out while outside I found he put small
pocket book in my coat pockets and threw it away also in my pocket
was an old leather strap. I know this man as Lewis Frazier he has a
31 or 37 Pontiac fordor very dark number plates look like 46 plates out with
48 stickers and 50-51 Jewish only hair, wears blue or tan gabardine
suit told me he was a fighter and looks it. I won't rest till I find him
I know every place we went together I know that man is my only alibi and
without him I feel equally guilty

Clore le dossier

Quelques jours avant la publication de ce livre, je
déjeunai avec l'ancien enquêteur du district attorney
Walter Morgan, celui-là même qui avait été le coéquipier du lieutenant Frank Jemison en 1950. Je lui donnai
un exemplaire du livre et le remerciai de m'avoir mis au
courant des « écoutes » pratiquées sur la Franklin House.

Après notre dernière conversation, j'avais le sentiment que le lieutenant Jemison avait déclaré à la presse que le LAPD avait détruit les vêtements ensanglantés appartenant à l'«homme aisé d'Hollywood» (le Dr Hodel). En réalité, c'était un journaliste qui se trouvait dans les bureaux du district attorney qui avait entendu Jemison se mettre en colère et parler haut et fort avec ses collègues enquêteurs de la destruction de ces vêtements par le LAPD, vêtements qui, comme on l'a vu plus haut, avaient à voir avec le meurtre de Jeanne French. Dès le lendemain, la nouvelle passait dans le journal. Voici ce que m'en dit alors Walter Morgan :

> Il y avait là un type, un certain Emerson, un journaliste. Nous étions au bureau. Jemison s'était mis à parler et avait haussé la voix ; de fait, il en disait trop. Et l'Emerson en question avait les oreilles qui traînaient. Il a entendu ce que disait Frank et c'est passé dans les journaux. J'essayais toujours de calmer Frank, mais il était du genre excité.

C'est après cette fuite que le patron de Jemison, le Capitaine H. Leo Stanley, avait déclaré soutenir entièrement son lieutenant. D'après lui, et c'était reproduit dans le journal, «ses enquêteurs [n'étaient] toujours pas convaincus qu'il faille écarter une chemise et un pantalon ensanglantés retrouvés chez une connaissance de Mme French des éléments de preuve».

Lors de mon premier entretien avec lui, soit avant la publication de ce livre, Walter Morgan avait catégoriquement déclaré que, pour lui, c'était cette fuite qui avait valu à Jemison d'être écarté du dossier. Selon ses propres termes :

> Pour l'histoire de Jeanne French, Jemison a accusé le LAPD de cacher des vêtements pleins de sang ou de les avoir fait disparaître d'une armoire métallique. La Deuxième Affaire du Dahlia noir, qu'on

appelait ça. L'accusation ayant fait la une des journaux le lendemain, le district attorney a retiré l'affaire à Jemison. A ce moment-là il s'en foutait de savoir qui avait assassiné Jeanne French. On croyait avancer et Jemison pensait tenir un bon suspect, mais quand il a dit ça sur le LAPD, ç'a été fini.

Il est clair que les ordres venaient « de haut » : bouclez les dossiers du Dahlia noir et du meurtre au Rouge à lèvres et rendez-les au LAPD ! Alors qu'il avait un motif « plus que raisonnable » d'arrêter le Dr George Hodel et qu'il était sur le point de le faire, le lieutenant Jemison recevait l'ordre de mettre un terme à l'enquête. Comment ? Comment le chargé d'enquête qui a plus qu'il n'en faut pour arrêter quelqu'un qu'il soupçonne de deux meurtres peut-il passer de l'arrestation imminente au dossier clos ? En ignorant et omettant les preuves à charge, en écrivant dans son rapport final quatre petits paragraphes sur le suspect pour le disculper et en essayant, à l'aide d'un démenti, de se laver les mains (et celles de ses collègues) de toute responsabilité dans cette affaire.

Voici, tapés par ses soins, quelques extraits du rapport final de douze pages qu'il rédigea alors. S'il y parle de vingt-deux suspects différents, nous savons qu'en février 1950 les services du district attorney ne s'occupaient plus que du dixième, le Dr George Hill Hodel. Bien qu'il ait résolu l'assassinat du Dahlia noir et le meurtre au Rouge à lèvres – et prouvé que des inspecteurs du LAPD avaient détruit des pièces à conviction (les vêtements ensanglantés) –, le lieutenant Jemison n'en « obéit pas moins aux consignes ». Parce qu'il sait dans son esprit et dans son cœur que l'assassin est le Dr Hodel, sa conscience ne lui permet pas de coucher des mensonges purs et simples sur le papier en l'exonérant. Le mieux qu'il puisse faire, en bon petit soldat qu'il est, est donc d'y aller de déclarations « tendant à l'éliminer de la liste des suspects ». Il suffit de lire entre les lignes – surtout celles du dernier paragraphe – pour sentir son dégoût et sa frustration.

Le suspect n° 10, le docteur George Hodel, diplômé en médecine, 5121, Fountain Avenue[1], dirigeait à l'époque du meurtre une clinique dans la 1re Rue Est, près d'Alameda. Lillian La Norak *[sic]*, qui vivait avec ce docteur, a déclaré qu'il avait passé un certain temps à l'Hôtel Biltmore et a identifié la photo de la victime Short comme étant celle d'une des petites amies du docteur. Tamara Hodel, sa fille de quinze ans, a déclaré que sa mère, Dorothy Hodel, lui avait dit que son père avait passé toute la nuit dehors à une réception le soir du meurtre et qu'il avait ajouté : « Ils n'arriveront jamais à prouver que j'ai commis ce meurtre-là. » Deux microphones ont été placés dans la maison de ce suspect (cf. les registres et enregistrements effectués pendant à peu près trois semaines et qui tendent à prouver son innocence. Cf. la déclaration de son ex-femme, Dorothy Hodel). L'informatrice Lillian LeNorak a été placée à l'Institut de santé mentale d'État de Camarillo. Joe Barratt *[sic]*, locataire chez les Hodel, a coopéré avec nous en qualité d'informateur. Une photographie du suspect nu, en compagnie d'un modèle de couleur elle aussi nue, a été saisie dans ses effets personnels. Le sous signé a identifié ce modèle comme étant Mattie Comfort[2], 3423 1/2, South Arlington, Republic 4953. Celle-ci déclare s'être trouvée avec le Docteur Hodel quelque temps avant le meurtre et savoir [le mot a été remplacé par *ignorer* par un

1. L'erreur est de Jemison : il aurait dû écrire 5121, Franklin Avenue *(NdA)*.
2. Aux environs de 1966, je me suis rendu avec ma mère dans un appartement de Sunset Boulevard, où elle m'a présenté à « sa bonne amie Mattie », une belle « actrice/modèle » qui, à l'époque, m'a fait l'effet d'avoir une cinquantaine d'années. Il était clair qu'elle et ma mère se connaissaient depuis l'époque de la Franklin House *(NdA)*.

scripteur inconnu après la préparation du document,
ce qui inverse complètement le sens de la phrase. Cf.
document *(NdA)*] qu'il sortait avec la victime.
Rudolph Walthers, dont on sait qu'il connaissait la
victime et le suspect Hodel, déclare, lui, ne pas avoir
vu la victime en présence d'Hodel et penser que le
docteur ne l'avait même jamais rencontrée. Les
connaissances suivantes du Dr Hodel ont été interro-
gées, aucune d'entre elles n'arrivant à relier ce suspect à ce meurtre : Fred Sexton, 1020, White Knoll
Drive ; Nita Moladoro, 1617-1/2, North Normandy ;
Ellen Taylor, 5121, Franklin Avenue ; Finley Thomas,
616-1/2, South Normandy ; Mildred B. Colby, 4629,
Vista Del Monte Street, Sherman Oaks, ce témoin
étant une petite amie de Charles Smith, l'ami avorteur
d'Hodel ; Tarin Gilkey, 1025, North Wilcox ; Irene
Summerset, 1236-1/4, North Edgement ; Norman
Beckett, 1025, North Wilcox ; Ethel Kane, 1033,
North Wilcox ; Annette Chase, 1039, North Wilcox ;
Dorothy Royer, 1636, North Beverly Glen. Cf. rap-
ports additionnels, résumés d'enquête et écoutes enre-
gistrées, tout tendant à éliminer ce suspect.

Pièce à conviction n° 74

Camarillo. Joe Barrati, a roomer at the Hodel residence cooperated as
an informant. A photograph of the suspect in the nude with a nude
identified colored model was secured from his personal effects. Under-
signed identified this model as Mattie Comfort, 3423-1/2 South Arlington,
Republic 4953. She said that she was with Doctor Hodel sometime prior
to the murder and that she knew about his being associated with victim.
Rudolph Walthers, known to have been acquainted with victim and also
with suspect Hodel, claimed that he had not seen victim in the presence
of Hodel and did not believe that the doctor had ever met the victim.

1950 : Conclusions dactylographiées de Jemison
telles qu'elles apparaissent aujourd'hui
dans le dossier du district attorney

[Dernier paragraphe]

Le meurtre de Beth Short est depuis toujours du ressort de la division Homicides du Los Angeles Police Department. Après que le soussigné eut témoigné devant le jury d'accusation de 1949, celui-ci a ordonné au jury d'accusation de 1950 de poursuivre son enquête sur le meurtre et sur l'assassinat de Jeanne French. Le district attorney adjoint Fred Henderson, conseiller auprès du jury d'accusation de 1950, a avisé le soussigné qu'un état d'avancement de l'enquête sur ces meurtres lui serait demandé de temps en temps. Le soussigné a avisé le chef de police adjoint Thad Brown de cet état de fait et *il a été décidé que l'affaire ne serait jamais du ressort des Services du district attorney* [c'est moi qui souligne], que tous les dossiers et pièces à conviction resteraient en la possession de la division Homicides du Los Angeles Police Department et que le soussigné aiderait dans l'enquête. Interrogé, le chef de police Worton a approuvé ces mesures. *Des copies de tous les rapports et déclarations ont été transmises au Los Angeles Police Department pour archivage* [c'est moi qui souligne]. Cf. rapports et déclarations pour les noms des divers officiers qui ont travaillé avec le soussigné. A la date du 3 octobre 1950, le jury d'accusation semble avoir perdu tout intérêt pour ces meurtres, dans la mesure où aucun rapport sur l'état d'avancement de l'enquête n'a été demandé au soussigné. Le chef du bureau des Enquêtes H. Leo Stanley a donc recommandé de clore cette enquête.

ENQUÊTE CLOSE

Lieut. Frank B. Jemison, enquêteur

Le dernier paragraphe ne laisse aucun doute : il est la preuve tangible que tout ce qui peut montrer que le Dr George Hill Hodel était le suspect numéro un dans les assassinats d'Elizabeth Short et de Jeanne French a été « nettoyé » et ôté des dossiers du LAPD.

Avec ce document, le lieutenant Jemison créait son dossier CNA (Couvrons nos arrières), tout en faisant comprendre que c'était son supérieur, H. Leo Stanley, qui lui ordonnait de clore l'affaire et de renvoyer *tous les rapports et interrogatoires* aux chefs de police Thad Brown et W. A. Worton.

Le legs du lieutenant Jemison à la ville de Los Angeles ? Avoir déposé un exemplaire du « dossier Hodel » au coffre du district attorney, dossier que, l'esprit juste et ouvert, le district attorney Steve Cooley devait rouvrir et rendre public quelque cinquante-trois ans plus tard.

Les photos d'Elizabeth Short et de George Hodel

Depuis la publication de ce livre, la plupart de mes lecteurs ont trouvé les preuves indirectes que j'y donne contre le Dr George Hodel passablement irréfutables et ce, avant même la découverte du dossier du Dahlia qui confirme qu'il était effectivement le suspect n° 1 dans cette affaire.

Quelques personnes (la plupart d'entre elles étant des « théoriciens » de l'affaire qui ont ou bien écrit des livres sur le sujet ou bien dénoncé publiquement d'autres suspects) ont violemment attaqué mon enquête en se fondant sur le fait que, pour eux, les photos prises par mon père et plus tard retrouvées dans son album d'« êtres chers » ne sont pas celles d'Elizabeth Short.

J'avais décidé dès le début de ne pas aller chipoter avec ces théoriciens et ne le ferai pas. Je préfère comparer la photo de son album (en haut à gauche) avec celle prise lors de l'arrestation de Beth Short à Santa Barbara (en haut à droite). Celle en bas à droite est extraite du dossier photographique de la scène de crime, la seule modification que j'y ai apportée étant de passer à l'aérographe les lacérations qu'elle avait au visage, cela afin d'épargner cette vision d'horreur à la famille de la victime et à mes lecteurs. C'est de manière assez incroyable que la pose (angle de la tête, du visage et du bras gauche tendu) y est pratiquement identique à celle de la photo prise par mon père.

Pièce à conviction n° 75

Album de photos de mon père,
Elizabeth Short

Elizabeth Short à dix-neuf ans
photo de la police – 1943

Album de photos de mon père,
Elizabeth Short

Photo de la scène du crime, 1947
Lacérations passées à l'aérographe

Les photos ci-dessus et celles retrouvées dans l'album de mon père sont-elles de la même femme ? Pour moi, oui, absolument. Je laisse mes lecteurs se faire leur opinion.

Grâce aux dossiers que le district attorney a rendus publics en avril 2003, nous avons la confirmation indépendante que George Hodel et Elizabeth Short étaient amants. Ces documents nous apprennent aussi que des témoins n'ayant aucun lien entre eux ont vu Elizabeth Short et George Hodel signer le registre de l'hôtel d'East Washington Boulevard et qu'ils les ont rencontrés à diverses reprises tant à la Franklin House qu'à l'hôtel Biltmore.

Le public et moi

Ce qui m'a poussé à écrire ce livre a toujours été de dire la vérité et de la rendre publique. J'avais – et j'ai toujours – pour but d'informer. Grâce à la grande attention médiatique dont cet ouvrage a été l'objet, le public y a très généreusement réagi en envoyant des e-mails sur mon site web (Blackdahliaavenger.com) et des lettres à mon éditeur et en venant à mes lectures et à mes signatures. Environ quatre-vingt-quinze pour cent de ces réactions ont été extraordinairement positives, non seulement en ce qui concerne mes découvertes, mais encore à mon endroit et à celui de ma famille, ma demi-sœur Tamar en particulier. J'espérais qu'une fois le public informé des renseignements nouveaux et importants viendraient au grand jour. Cela s'est souvent produit, mais je n'en présenterai que six exemples, sept personnes y étant impliquées. Ces sept personnes sont toutes venues me voir sans que je le leur demande et m'ont apporté des informations nouvelles et incontestables.

Je pense que d'ici quelques mois d'autres personnes se manifesteront pour apporter de nouvelles preuves à ce dossier. De fait, cela veut tout simplement dire que l'« énigme au cœur d'un mystère » a été découverte et restera pour toujours visible aux yeux de tous.

- 1 -

Nous savons grâce aux rapports du LAPD, à l'examen des tissus étudiés par le Dr Lemoyne Snyder et le criminologue du LAPD Ray Pinker, et grâce aux dossiers du FBI, que tous les experts sont d'accord pour dire que l'assassinat du Dahlia noir est l'œuvre d'un chirurgien compétent. Cela étant, par le passé ces allégations ont toujours été présentées comme des généralisations assez vagues et ne reposant sur rien de médicalement prouvé. En juillet 2003, après avoir lu mon livre et examiné les photos de la scène de crime, le chirurgien et professeur de chirurgie Michael Keller m'a contacté pour me faire part de ses vues, qui sont nettement plus précises et détaillées. Voici son opinion de professionnel – à ajouter à tout ce qui prouve que le crime fut commis par un chirurgien :

24 juillet 2003

Steve,
D'après les informations données dans votre livre, je pense que l'assassin de Mlle Short avait effectivement reçu une formation médicale et qu'il n'avait pas que de vagues connaissances en la matière.
Pour plusieurs raisons :
1 – Rester assez calme pour couper un torse humain en deux, avec tout ce que cela implique de sang, de selles, de contenu gastro-intestinal et d'urine inévitablement répandus, implique de l'avoir déjà vu faire. Cet individu savait ce qu'il faisait.
2 – Les photos de la scène de crime et celles prises à la morgue, telles que j'ai pu les voir sur le Net, semblent indiquer une intervention chirurgicale très propre. Les chirurgiens font des incisions nettes et

audacieuses dans les tissus et ce, avec juste assez de force pour ne séparer que les tissus dont ils s'occupent. Ceux qui ne savent pas – les amateurs – ont tendance à sous-estimer la pression qu'il faut appliquer pour seulement ouvrir la peau – sans même parler d'un disque intervertébral. Leur façon de procéder a souvent pour résultat de donner des incisions en dents de scie à force de revenir sur le tissu. Pour se moquer on appelle ça les « laparotomies en étages – ou traverser la peau par étapes ». En plus, ces amateurs ont tendance à raser le tissu. Leurs incisions traversent la peau de biais, une face en paraissant en biseau, l'autre comme épluchée.

3 – Notre assassin en savait assez pour ne pas tenter de traverser les os de la colonne vertébrale au niveau lombaire. Il avait assez de connaissances pour repérer le disque et inciser à cet endroit. Mais, même ainsi, il faut une énorme volonté et un instrument très coupant pour séparer les ligaments épineux d'avec les muscles para-vertébraux. Un amateur aurait très vraisemblablement laissé des marques de coupures sur les corps vertébraux en cherchant l'interstice.

4 – On a l'impression qu'il y a eu tentative délibérée de procéder à une hystérectomie, ou de la simuler, ce qui à l'époque aurait été accompli selon une médiane verticale plus basse, ainsi que les photos semblent le montrer. Et ça, c'est une décision de médecin.

5 – Nous n'avons aucune raison de mettre en doute le rapport du légiste dans la mesure où ses conclusions accusent un membre de la profession médicale et précèdent l'étouffement de l'affaire.

6 – Je crois qu'il fallait aussi avoir des connaissances médicales pour prolonger les tortures et ne pas tuer la victime prématurément. Cela dit, Dahmer semble avoir réussi à trépaner certaines de ses victimes sans les faire mourir. Il n'en reste pas moins

que la « danse » infligée au Dahlia fut de longue durée – d'où d'autres connaissances nécessaires.

7 – Je crois enfin qu'il fallait la main d'un chirurgien pour remodeler le corps de façon à reproduire le *Minotaure* de Man Ray – il fallait savoir où couper et combien. Cela est moins important, mais conforte mon opinion.

En gros, je ne vois aucune raison de mettre en doute vos conclusions. De fait même, si l'assassin n'est pas le Dr Hodel, c'est certainement quelqu'un d'autre dans la profession.

En outre, en ma qualité d'enseignant en chirurgie et en médecine générale, je sais que lorsqu'on s'essaie pour la première fois à des incisions, on obtient les résultats décrits dans le point n° 2. Il faut entre un et deux ans de pratique régulière pour savoir sentir la résistance de tel ou tel type de tissus au scalpel. Les gens qui ont un don inné pour la chirurgie sont rares. La plupart d'entre nous doivent répéter l'expérience de ces sensations tactiles pour avoir le « toucher » qu'il faut.

Ce que je viens de vous dire est le résultat de vingt ans de pratique chirurgicale et de cours donnés à de jeunes médecins. Pour moi, néanmoins, vos assertions ne me posent aucun problème et je suis convaincu que l'assassinat du Dahlia noir est l'œuvre d'un professionnel.

Bien à vous,
Michael Keller, docteur en médecine

Pièce à conviction n° 76

*Diplôme de 1942 par lequel
le président Franklin D. Roosevelt
élève le Dr. George Hill Hodel à la fonction
de chirurgien de la Santé publique*

-2-

Lors d'une signature dans une librairie de Torrance, en Californie, une femme me demanda : « Pensez-vous que Fred Sexton ait pris part à ces crimes ? »

Je lui répondis par un « oui, c'est possible ». Je lui expliquai ensuite que si les preuves indirectes le reliant à certains de ces crimes étaient insuffisantes pour que le district attorney puisse le mettre en accusation avec

George Hodel, les signatures des scènes de crime, portraits-robots et signalements donnés par des témoins m'avaient convaincu qu'il y avait participé. La réponse qu'elle me fit choqua tout le monde et imposa un silence immédiat. «Moi aussi, me dit-elle. Fred Sexton était mon beau-père et il m'a violée quand j'avais onze ans.»

Depuis ce soir-là, j'ai revu cette femme et sa mère, qui avait été l'épouse de Fred Sexton du milieu à la fin des années 60 (je ne donnerai pas leurs noms pour préserver leur vie privée). Elles habitaient au Mexique et à Los Angeles et la mère, une femme sensible et une artiste réputée, me raconta ce qu'elle avait vécu avec Sexton. Après avoir violé leur fille, celui-ci s'était enfui au Mexique, où il avait vidé leur compte joint (la somme étant très substantielle puisqu'il s'agissait de toutes les économies qu'elle avait accumulées en une vie). Cette femme, sa deuxième, avait alors obtenu le divorce aux États-Unis, Sexton restant intouchable au Mexique. A l'âge de soixante ans, il devait épouser une adolescente et continuer à vivre dans le confort et la sécurité en puisant dans les ressources de son ex-épouse. D'un courage extraordinaire, celle-ci devait rester aux États-Unis, essayer de recoller les morceaux de sa vie, de donner amour et réconfort à sa fille traumatisée et tenter d'aller de l'avant et d'oublier du mieux qu'elle pouvait les horreurs perpétrées par Fred Sexton. Parce qu'elles viennent de deux personnes parfaitement fiables et victimes de Fred Sexton, ces déclarations démontrent encore plus la nature criminelle de cet homme qui abusait aussi bien des femmes que des fillettes.

– 3 –

Après une signature dans une librairie du comté d'Orange, en Californie, je fus abordé par un homme qui me dit être (et m'en montra les preuves) un ancien commandant (trente-huit ans de service) attaché aux services du shérif de Los Angeles. Thomas M. Vetter avait lu mon livre, me fit des compliments sur mon enquête et me dit avoir assisté en 1962 à une conversation sur le meurtre du Dahlia noir entre le sous-shérif James Downey et le célèbre capitaine des inspecteurs du shérif de Los Angeles, J. Gordon Bowers. Dans le cours de la discussion, Downey avait informé Bowers que l'« affaire du Dahlia noir était résolue, le coupable étant un médecin d'Hollywood impliqué dans des avortements ».

– 4 –

Juste après une interview pour une station de radio bien connue de Los Angeles, la KNX, je fus approché par l'ingénieur et producteur de l'émission, Raul Moreno. Il me dit avoir lu mon livre, être convaincu de sa justesse et vouloir me parler depuis longtemps parce qu'il avait des renseignements importants à me communiquer, renseignements qui confirmeraient mes conclusions. Afin de me prouver sa crédibilité, il me dit être officier de réserve du LAPD et historien de Los Angeles et avoir travaillé à la documentation et à la rédaction de plusieurs ouvrages sur l'histoire du LAPD. Puis il poursuivit en me disant être un ami personnel de l'acteur Jack Webb, qui avait joué des décennies durant le rôle du sergent Joe Friday dans la série télévisée *Dragnet*. Enfant, il y avait d'ailleurs tenu des rôles dans divers épisodes et, devenu adulte, était resté ami avec l'acteur. Pour me le prouver, il sortit de son portefeuille une carte d'identité du LAPD avec la photo de Webb et de son célèbre « écusson 714 », photo que lui avait donnée Jack Webb en personne. Puis il me lâcha :

– En 1982, j'ai eu un entretien avec mon ami de longue date, Jack Webb[1]. Dieu sait comment, nous nous mîmes à parler du meurtre du Dahlia noir. Et Webb me

---

1. Jack Webb devait mourir en décembre de cette année-là, à l'âge relativement jeune de soixante-deux ans *(NdA)*.

dit : « Tu sais que l'affaire a été résolue. » Je lui demandai ce qu'il voulait dire et il me répondit que son bon
ami le chef du LAPD Thad Brown lui avait dit que « le
suspect était un médecin d'Hollywood qui habitait dans
Franklin Avenue ».

– Vous êtes sûr ? Thad Brown lui a dit que le suspect
« habitait dans Franklin Avenue » ?

– Absolument, me répondit-il. C'est pour ça que je sais
que vous ne vous trompez pas. Jack Webb m'a bien dit que
le chef Brown lui avait dit : « Le suspect était un médecin
d'Hollywood qui habitait dans Franklin Avenue. »

– 5 –

Le sergent du LAPD Harry Hansen, le premier officier
de police assigné à l'enquête avec Finis Brown (le frère
du chef adjoint Thad Brown) finit par devenir l'inspecteur le plus célèbre attaché à l'affaire lorsque Efrem
Zimbalist Jr joua son personnage dans l'adaptation télévisée qui passa sur NBC en 1975, *Who Is the Black
Dahlia ?* [1]

Après la publication de mon livre, je fus contacté par
la petite-fille d'Harry Hansen, Judy May, qui m'informa
qu'elle avait lu mon ouvrage. Après avoir échangé
quelques lettres, nous décidâmes de nous rencontrer.
Elle et son mari m'invitèrent à déjeuner dans leur maison de la San Fernando Valley, à quelques kilomètres de
Los Angeles. Après le repas, Judy May m'apporta une
boîte pleine de papiers et de dossiers ayant appartenu à
son grand-père et me donna l'autorisation de fouiller
dedans afin de voir s'il ne s'y trouverait pas des renseignements supplémentaires sur l'affaire.

Je fis alors deux découvertes d'importance. Première-
ment, j'appris qu'Harry Hansen avait travaillé au LAPD
bien plus longtemps que je pensais. Il avait suivi les
cours de l'Académie de police en 1926, ce qui faisait de

1. Soit « Qui est le Dahlia noir » ? *(NdT).*

lui un policier «de la vieille garde», et n'avait pris sa retraite qu'en 1968, après quarante-deux ans de service. Ma deuxième découverte fut plus importante encore : dans ses effets personnels, Hansen avait en effet conservé un paquet de photographies. Mélangées dans ce seul et unique paquet se trouvaient des photos d'autopsies et de scènes de crimes des trois homicides suivants : ceux d'Elizabeth Short, de Jeanne French et de Louise Springer. Comme nous le savons, mon enquête m'avait fait découvrir bien des éléments prouvant que mon père avait commis ces trois crimes. Ces photos vieilles de cinquante-quatre ans et conservées dans le grenier d'Harry Hansen ne nous disent-elles pas d'outre-tombe que, pour lui aussi, ces crimes étaient l'œuvre d'un seul et même individu ?

– 6 –

Profilage géographique

En août 2003, je fus contacté par le Dr Evan R. Harrington, professeur de psychologie au John Jay College de justice criminelle de New York. Il m'informa qu'il s'était lancé dans des recherches sur le profil géographique des meurtres non résolus analysés dans mon livre et que, pour ce faire, il se servait du logiciel «Dragnet» inventé par le Dr David Canter[1].

1. Le Dr Canter est l'inventeur du profilage géographique et directeur de l'Institut de psychologie de l'enquête à l'université de Liverpool. Son dernier ouvrage, *Mapping Murder : Secrets of Geographical Profiling* (Cartographie du crime : les secrets du profilage géographique) a été publié aux États-Unis en novembre 2003 *(NdA)*.

Pièce à conviction n° 77

*Efrem Zimbalist Jr et le lieutenant à la retraite Harry
Hansen pendant le tournage de l'émission
de la télévision NBC. L'inscription est la suivante :
« Harry,
C'est génial d'être vous, et avec vous.
Meilleurs vœux à vous deux,
Cordialement, Efrem ».*

Voici un extrait de ses explications sur le fonctionnement de ce logiciel :

> Le logiciel Dragnet utilise une formule géométrique relativement simple pour trouver où habite un suspect, l'observation de base tirée de nombreuses études publiées étant que la plupart des crimes (y compris l'homicide et le viol) se produisent à proximité du lieu de résidence du suspect. Le logiciel fait appel à une fonction de distance décroissante qui localise la région la plus proche de plusieurs crimes entrés comme données dans le logiciel et déclare que c'est à l'intérieur de ce périmètre que réside le plus vraisemblablement le suspect. Le logiciel est équipé d'un jeu de bandes concentriques avec codes couleurs autour du point repéré, celles-ci donnant les probabilités d'habitation pour le criminel.

Les données utilisées dans son analyse étaient celles des lieux où s'étaient déroulés les crimes de mes catégories 1 (assurés) et 2 (probables). Au moment où j'écris ces lignes (mi-octobre 2003), le professeur Harrington a présenté ses résultats aux enseignants du John Jay College de justice criminelle et se prépare à les rendre publics.

Voici ses premières conclusions :

> 1 – L'analyse par profilage géographique, et ce en ne se basant que sur les scènes de crimes de la catégorie 1 (affaires Murray, Bauerdorf, Short, French, Kern, Boomhower, Spangler (sac à main) et Armand Robles (agression et vol)), place la *Franklin House, 5121, Franklin Avenue dans la zone de très haute probabilité.*
>
> 2 – L'analyse par profilage géographique, et ce en se basant sur les scènes de crimes des catégories 1 et 2 (4 lieux de dépôt des victimes plus affaires Winters, Trelstad, Mondragon et Springer et les enlèvements de Norton, M'Grew et Horan) écarte la Franklin

House de la zone de très haute probabilité, *mais place dans le périmètre de haute probabilité la zone du centre de Los Angeles où se trouvait le cabinet médical du Dr Hodel, 727, 7ᵉ Rue Ouest*. Exclus de ces données sont les meurtres de San Diego (Newton) et El Monte (Ellroy et Long) ainsi que l'assassinat de l'Inconnue (empoisonnement de la secrétaire d'Hodel – manque d'informations sur le lieu du crime).

Dans son rapport préliminaire, le Dr Harrington ajoute :

En conclusion, le logiciel Dragnet identifie avec succès aussi bien la résidence d'Hodel que son cabinet médical comme se trouvant dans des zones de très hautes possibilités pour servir de base au(x) tueur(s).

Elizabeth Short – photos supplémentaires

En février 2003, quatre photos originales d'Elizabeth Short furent mises aux enchères sur Internet. Ces clichés faisaient partie des effets personnels d'Elizabeth, effets qui, comme je l'ai noté, avaient été retrouvés par des journalistes de l'*Examiner* dans les bagages qu'elle avait déposés à la consigne de la gare routière de Los Angeles le 9 janvier, juste avant que Robert Manley ne la conduise à l'hôtel Biltmore. Suite à un accord passé entre le capitaine du LAPD Jack Donahoe et le rédacteur en chef du cahier «Métro» James Richardson, ces bagages avaient été ouverts au siège du journal.

Ces photographies récemment découvertes laissent entendre que la police et la presse se seraient partagé le pactole, l'*Examiner* héritant de ces quatre clichés. Plusieurs de ces photos ont été reproduites dans des articles biographiques sur Elizabeth dans les semaines qui suivirent son assassinat. L'importance historique de ces tirages, et le simple fait que ce soit des photos d'elle, ayant été oubliés pendant des décennies, ces clichés faisaient partie d'un lot d'objets vendus par le journal lorsqu'il avait fermé ses portes dans les années 70.

Avec des centaines d'autres de la morgue, ces quatre clichés appartenant au journal avaient alors été achetés par un collectionneur de vieilles photos au détail. Longtemps restées perdues, celles-ci devaient être réidentifiées et acquises par un acheteur privé au début des années 90.

Connaissant la valeur historique et judiciaire de ces photos – sans parler de mon fort intérêt personnel –, je me mis en devoir de les acquérir. Les enchères furent féroces, mais, le sort étant de mon côté, je finis par réussir à la dernière seconde. L'examen de ces photos nécessite encore d'autres tests. En attendant leurs résultats, je souhaite quand même partager ces clichés avec mes lecteurs. Ce sont là des photos sans apprêt prises en des temps meilleurs, essentiellement par des petits amis de la jeune femme.

Pièce à conviction n° 78

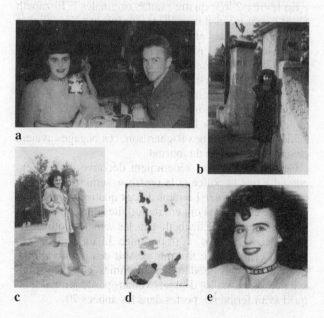

677

Sur ces tirages n'apparaissent pas les noms écrits à la main (et celui d'un lieu écrit à l'encre bleue) avant 1947[1] qui se trouvent au bas de chaque cliché. Ces inscriptions sont les suivantes :

a – « Beth Short – Tim »
b – « Jax. Fla »
c – « Beth Short – Paul Morris »
d – Dos de la photo c, avec des restes de colle et de papier noir de la feuille d'album dont les journalistes l'ont retirée. (Les photos a, b, et c comportent elles aussi ce genre de marques.)
e – « Beth Short »

En examinant les dossiers du district attorney, je tombai sur le court interrogatoire d'un jeune homme qui déclarait avoir fait la connaissance d'Elizabeth Short à Hollywood, à la fin du mois d'octobre 1945. D'après le compte rendu, il lui aurait dit être photographe et suggéré de poser pour lui. Elle avait accepté, ils s'étaient rendus à l'est d'Hollywood, où il avait pris ces clichés sur les marches du lycée John Marshall. (N. B. : Seules deux photos de mauvaise qualité sur les six qu'il prit ont été retrouvées dans les dossiers du district attorney.)

1. Cette date a été établie par l'auteur en consultant les photos archivées au centre de recherches de UCLA. Ces archives contiennent les mêmes photos avant qu'on les ôte de l'album d'Elizabeth Short *(NdA)*.

Pièce à conviction n° 79

Elizabeth Short, octobre 1946,
Hollywood, Californie

Ces six photos – toutes d'origine, semble-t-il – ont été
découvertes lors d'une deuxième visite que je rendis à
la petite-fille d'Harry Hansen, Judy, à la fin septembre
2003. (Comme il est dit plus haut, cette boîte de photos
du Dahlia noir était tombée en sa possession à la mort de
son grand-père. Elle me les avait montrées pour m'aider
à étayer mes allégations.)

Pièce à conviction n° 80

Photographies 1, 3 et 4 : Elizabeth Short,
octobre 1946, Hollywood, Californie
Photographies 2 et 5 prises
par George Hodel – 1945-1946
Photographie 6 : Elizabeth Short, 1946, cliché orienté
et mis en vis-à-vis pour comparaison avec la photo
prise par le Dr George Hodel

Plus haut dans ce chapitre, j'ai fait remarquer que l'inspecteur Hansen avait regroupé dans cette même boîte (sa collection personnelle d'objets du Dahlia noir) les photos des meurtres d'Elizabeth Short, de Jeanne French et de Louise Springer. Lors de cette deuxième visite, toujours en fouillant dans les affaires d'Hansen, je découvris ces photos inconnues d'Elizabeth Short. Pour moi, et j'en suis fermement convaincu, elles contiennent la preuve ultime, l'empreinte de pensée même que je cherchais depuis le début de mon enquête !

Ce lien, je l'avais cherché dans toutes les photos d'Elizabeth Short que je regardais, mais je ne l'avais jamais trouvé. Il semblerait bien que l'inspecteur Hansen me l'ait enfin fourni, sans doute à regret. La preuve ? Les boucles d'oreilles d'Elizabeth Short. Celle qu'elle porte sur la photo du lycée Marshall semble bien être la même que celle qu'elle portait sur la photo prise par George Hodel !

D'accord, le cliché est de mauvaise qualité et vu les variations d'angle de prise de vue (oreille droite au lieu d'oreille gauche), de lumière, de distance et de mise au point, on ne peut pas en être absolument sûr. Cela étant, mon opinion de professionnel est bien que ces boucles d'oreilles sont les mêmes. Sur les deux photos on voit très clairement de petites perles prises dans un motif en forme de cercle. On dirait qu'elles s'attachent à l'aide d'un clip, ce qui rappelle le détail inhabituel du signalement consigné aux procès-verbaux, selon lequel « Elizabeth Short n'avait pas de lobes aux oreilles ». Faute de pouvoir améliorer la qualité du tirage et en sachant parfaitement que les interprétations visuelles sont subjectives, je me contente donc de présenter ici cette nouvelle pièce à conviction – pour examen.

Pour vérifier (comme il est dit dans les dossiers de district attorney) que ces photos de 1946 ont bien été prises sur les marches du lycée Marshall, je m'y suis rendu pour examiner les lieux. Heureusement, bien peu de choses y avaient changé en cinquante- sept ans.

Pièce à conviction n° 81

*Photographies 1 et 2 : d'après les déclarations
du témoin consignées dans le dossier
du district attorney, ces photos d'Elizabeth Short
furent prises par lui au lycée John Marshall
en octobre 1946
Photographies 3 et 4 : prises par l'auteur
en octobre 2003 au lycée John Marshall.
Dans la photographie 3, on voit le même nombre
de briques et le petit sceau en cuivre
sur la première marche.
Dans la photo 4, on peut faire correspondre
le motif plutôt inhabituel de la fenêtre.*

Les conclusions du LAPD

Le 13 août 2003, l'adjointe au chef de police du LAPD Sharon Papa et le chef adjoint des inspecteurs James McMurray m'invitèrent à leur faire, à eux et aux anciens de la division des Vols et Homicides (dont l'inspecteur Brian Carr, gardien du dossier d'enquête), une présentation de mon travail. Les membres du LAPD présents à cette séance comptaient un assistant chef, un chef adjoint, un commandant, deux capitaines, trois inspecteurs de la division des Vols et Homicides (Carr, qui travaillait aux Crimes majeurs, et deux inspecteurs de l'Unité spéciale des affaires non résolues) et un consultant civil non identifié. Le chef adjoint du district attorney Stephen Kay avait lui aussi été invité à venir. Il nous donna des opinions et avis juridiques d'une grande valeur en même temps qu'il confirma devant les plus hautes autorités du LAPD que, si George Hodel avait toujours été vivant, avec les éléments de preuve que je lui apportais, il l'aurait inculpé de deux meurtres (ceux d'Elizabeth Short et de Jeanne French). Dans cet exposé de deux heures, je fis un résumé complet de mes trois ans d'enquête et y ajoutai les découvertes que j'avais faites dans les dossiers du district attorney après la parution de mon ouvrage. En conclusion, je fournis au LAPD une liste de trente-deux crimes toujours non résolus. Mon opinion de professionnel est en effet que George Hodel et Fred Sexton sont coupables sinon de tous ces crimes, au moins de leur grande majorité. La plupart des assassinats ayant eu lieu après 1950 sont très vraisemblablement à attribuer à Fred Sexton ; cela dit, comme je l'ai indiqué dans mes analyses cas par cas, on ne peut pas exclure entièrement que George Hodel n'en ait pas commis certains dans la mesure où, au fil des ans, il ne cessa de revenir d'Asie à Los Angeles en voyage d'affaires. J'ai donc classé tous ces crimes en trois catégories et par ordre chronologique.

Catégories des crimes

1 – Certains ou très forts éléments de preuves
2 – Liens probables, nécessité de rouvrir les dossiers d'enquête
3 – Liens vraisemblables, nécessité de rouvrir les dossiers d'enquête

1re catégorie
01 – Ora Murray	27-07-43	(LASD)[1]
02 – Georgette Bauerdorf	12-10-44	(LASD)
03 – Armand Robles	10-01-47	(LAPD)
04 – Elizabeth Short	15-01-47	(LAPD)
05 – Jeanne French	10-02-47	(LAPD)
06 – Gladys Kern	14-02-48	(LAPD)
07 – Mimi Boomhower	18-08-49	(LAPD)
08 – Jean Spangler	07-10-49	(LAPD)

2e catégorie
01 – Sylvia Horan	03-02-47	(LAPD)
02 – Ica M'Grew	12-02-47	(LAPD)
03 – Evelyn Winters	11-03-47	(LAPD)
04 – Laura Trelstad	11-05-47	(Long Beach PD)
05 – Rosenda Mondragon	08-07-47	(LAPD)
06 – Maria Newton	17-07-47	(San Diego PD)
07 – Viola Norton	14-02-48	(Alhambra PD)
08 – Louise Springer	13-06-49	(LAPD)
09 – Inconnue (secrétaire de Hodel)	1947-49	(LAPD)
10 – Geneva Ellroy	22-06-58	(LASD)
11 – Bobbie Long	22-01-59	(LASD)

3e catégorie
01 – Loretta Robinson	05-08-43	(LAPD)
02 – Diane Sparkes (épouse LAPD)	29-01-46	(LAPD)

1. Los Angeles Sherif Department *(NdT)*.

03 – Irene Weeks	17-06-46	(San Bernadino SO)[1]
04 – Gertrude Landon	10-07-46	(LASD)
05 – Naomi Cook	11-12-46	(LAPD)
06 – Mary Tate	18-01-47	(LAPD)
07 – Dorothy Montgomery	02-05-47	(LASD)
08 – Anna Diresio	12-05-47	(LAPD)
09 – Helene Jerome	27-08-58	(LAPD)
10 – Thora Rose	04-10-63	(LAPD)
11-12 – William Dorr		
& Ellen Criss	19-11-63	(LAPD)
13 – Karyn Kupcinet	28-11-63	(LASD)

Forces de l'ordre
impliquées dans les enquêtes

LAPD	21
LASD	7
Long Beach	1
San Bernardino SO	1
San Diego PD	1
Alhambra PD	1
Total des crimes	32

Crimes classés par ordre chronologique

01 – Ora Murray	27-07-43	(LASD)
02 – Loretta Robinson	05-08-43	(LAPD)
03 – Georgette Bauerdorf	12-10-44	(LASD)
04 – Diane Sparks	29-01-46	(LAPD)
05 – Irene Weeks	17-06-46	(SBSO)
06 – Gertrude Landon	10-07-46	(LASD)
07 – Naomi Cook	11-12-46	(LAPD)

1. Sherif's Office *(NdT)*.

08 – Armand Robles	10-01-47	(LAPD)
09 – Elizabeth Short	14-01-47	(LAPD)
10 – Mary Tate	18-01-47	(LAPD)
11 – Sylvia Horan	03-02-47	(LAPD)
12 – Jeanne French	10-02-47	(LAPD)
13 – Ica M'Grew	12-02-47	(LAPD)
14 – Evelyn Winters	11-03-47	(LAPD)
15 – Dorothy Montgomery	02-05-47	(LASD)
16 – Laura Trelstad	11-05-47	(LONG BEACH PD)
17 – Anna Diresio	12-05-47	(LAPD)
18 – Rosenda Mondragon	08-07-47	(LAPD)
19 – Marian Newton	17-07-47	(SAN DIEGO PD)
20 – Viola Norton	14-02-48	(ALHAMBRA PD)
21 – Gladys Kern	14-02-48	(LAPD)
22 – Louise Springer	13-06-49	(LAPD)
23 – Mimi Boomhower	18-08-49	(LAPD)
24 – Jean Spangler	07-10-49	(LAPD)
25 – Inconnue	47-49	(LAPD)
26 – Geneva Ellroy	22-06-58	(LASD)
27 – Helene Jerome	27-08-58	(LAPD)
28 – Bobbie Long	22-01-59	(LASD)
29 – Thora Rose	04-10-63	(LAPD)
30-31 – Ellen Criss et Wm Dorr	19-11-63	(LAPD)
32 – Karyn Kupcinet	28-11-63	(LASD)

Pendant cette séance avec le LAPD, je donnai tout et ne reçus rien en échange et par là je veux dire aucun «renseignement d'initié» ayant trait au meurtre du Dahlia noir ou à aucun autre crime. Les inspecteurs ne voulurent même pas me confirmer l'existence (ou l'absence) d'éléments de preuves dans aucun de ces dossiers en cours.

Je leur donnai une liste d'éléments de preuves dans nombre d'affaires et plus particulièrement les mis au courant de liens ADN possibles dans les follicules capillaires et au dos des timbres (salive) dont on sait qu'ils avaient été retenus comme éléments de preuves dans les meurtres de Short, French et Kern. Je les informai aussi de l'existence de «feuilles de papier à épreuves» (en ma possession – mon dessin de «poulet chinois» de 1949) très vraisemblablement en provenance du même stock (de mon père) que celles ayant servi aux messages envoyés à la police et à la presse par le «Black Dahlia Avenger». Avec d'autres spécimens, ils étaient à leur disposition aux fins de comparaisons et d'analyses spectrographiques. Je les informai enfin d'un message nouvellement découvert dans l'affaire Kern, message écrit de la main de mon père, et leur fournis un dessin en couleurs du seul et unique «poignard de combat». Les nouveaux renseignements présents dans ce chapitre, y compris les photographies, furent également fournis à chaque officier du LAPD – parce que je ne les avais eues en ma possession qu'en octobre 2003, seules les «dernières» photos d'Elizabeth Short et les comparaisons entre boucles d'oreilles ne leur furent pas données.

L'unique renseignement qui me fut donné par le LAPD au cours de cette réunion fut qu'à cette date l'inspecteur Brian Carr n'avait pas lu mon livre (il reconnut néanmoins l'«avoir feuilleté») et qu'il n'avait pas davantage fait le moindre effort pour lire le dossier du Dahlia noir conservé aux services du district attorney et ce, quatre mois après que son existence eut été dévoilée. Au bout de la présentation de deux heures que j'avais faite avec l'aide du district attorney Stephen Kay, il me parut clair que l'essentiel des officiers et du commandement présents dans la salle étaient acquis à mes arguments et auraient bien aimé qu'une enquête soit entreprise suite à mes découvertes. D'après ce que je vis, les deux seules personnes à ne pas être d'accord avec moi et à le montrer en restant sur la défensive d'un bout à l'autre de la réunion furent le patron de la division des Vols et Homicides, le capitaine Michelena, et son inspecteur, Brian Carr.

Aujourd'hui, soit bien des mois plus tard, je sais de bonne source que ni Carr ni aucun autre inspecteur du

LAPD n'a ouvert le dossier du district attorney. Ce refus délibéré des inspecteurs des Vols et Homicides de procéder à un supplément d'enquête et ce, bien qu'à cette réunion du mois d'août l'inspecteur Carr ait, en ma présence, reçu l'ordre d'un adjoint du chef de police d'« aller voir ces dossiers dans l'instant » me semble surprenant, voire incompréhensible. Pourquoi des inspecteurs de la division des Vols et Homicides pourraient-ils donc choisir d'ignorer des pièces à conviction plus que convaincantes à eux présentées par un ancien inspecteur des Homicides et par un des procureurs les plus respectés des services du district attorney, l'un comme l'autre pratiquement à leurs pieds ?

Il se pourrait bien que la réponse à cette question troublante soit aussi troublante que la question. Je tiens de source très sûre que les trois quarts des pièces à conviction, sinon toutes, ont disparu des scellés. A leur nombre le carnet d'adresses de Mark Hansen, la bonne douzaine de messages et d'enveloppes timbrées, les follicules capillaires, le sac à main, les chaussures de la victime et ses papiers d'identité envoyés à l'*Examiner* par le Black Dahlia Avenger. Qui plus est, on ne sait toujours pas ce qu'il est advenu des pièces à conviction retenues dans les affaires Jeanne French et Gladys Kern.

Toujours selon ces sources, toutes les cartes d'empreintes digitales du Dr George Hodel ont elles aussi disparu. Il semblerait bien que ni le LAPD, ni le LASD, ni le FBI ni les archives de l'Ordre des médecins (tous organismes qui devraient les avoir) ne les aient en leur possession !

Si cela est vrai, cela expliquerait pourquoi aujourd'hui encore les inspecteurs du LAPD refusent d'ouvrir un supplément d'enquête. Ce genre d'initiative amenant inévitablement des réponses, le LAPD serait obligé de faire enfin la lumière sur ses agissements passés[1].

1. Au cours d'un entretien donné à l'émission *Court TV* le 15 novembre 2003, l'inspecteur du LAPD Brian Carr a confirmé

Règles de clôture des dossiers du LAPD

En tant qu'ancien chef des inspecteurs des Homicides du LAPD, je connais parfaitement les conditions requises pour qu'un crime soit dit résolu par le Département. Il y a deux possibilités : 1) un crime peut être résolu par arrestation. 2) En cas de mort du coupable présumé, la résolution doit être «autre». Comment procède-t-on dans ce cas ?

Dans le premier cas, l'inspecteur en charge de l'enquête, après avoir déposé son dossier auprès du district attorney, rédige un suivi de rapport dans lequel il résume son travail et le clôt en déclarant qu'il y a eu dépôt d'accusation de meurtre, ce qui lui permet de déclarer le «crime résolu par arrestation». (La réalité statistique indique qu'aucun verdict n'est exigé. Ce qui signifie que même si l'accusé est déclaré «non coupable», le crime, lui, reste «résolu».) En cas de décès du meurtrier, le règlement du LAPD stipule que le crime doit être déclaré «résolu autrement». Ce type de «résolution» n'oblige pas le district attorney à engager des poursuites. C'est à l'inspecteur en charge du dossier qu'il revient d'établir s'il est nécessaire de clore l'affaire dans son suivi de rapport. Suivi de rapport et demande de fermeture du dossier sont alors soumis à l'examen de son supérieur qui approuve ou rejette la requête. Quelle que soit la méthode choisie, le résultat est toujours que le crime est officiellement déclaré RÉSOLU.

être incapable de mettre la main sur les empreintes digitales du Dr George Hodel et a encore informé le présentateur que les pièces du dossier du Dahlia noir qui auraient pu servir à une analyse ADN avaient «disparu». Alors que j'assistais à une signature du LAPD le 22 novembre 2003, la criminologue du LAPD Elma Duke m'informa qu'elle avait elle-même revu toutes les pièces à conviction du dossier, y compris les lettres et les envois d'origine. Bref, ou Carr se trompe et ces pièces existent bel et bien ou bien elles ont «disparu» Dieu sait comment entre 2001 et aujourd'hui *(NdA)*.

En s'appuyant sur les preuves fournies dans ce livre, il y a trois affaires qui, selon toutes les normes et règlements reconnus du LAPD, peuvent être closes et déclarées « RÉSOLUES ». Ce sont les assassinats d'Elizabeth Short (Black Dahlia) et de Jeanne French (meurtre au Rouge à lèvres) en 1947 et celui de l'agent immobilier d'Hollywood Gladys Kern en 1948.

Vu l'inactivité manifeste du LAPD ces derniers mois et craignant que les autorités constituées de la division des Vols et Homicides ne finissent par prévaloir et qu'il n'y ait plus jamais d'enquête sur ces affaires, je me trouve dans l'obligation de transgresser le règlement.

Guidé par ma conscience et soutenu par mon expérience, ma formation et ma qualité d'ancien chef des inspecteurs des Homicides du LAPD, vu que pour moi tous les objectifs nécessaires ont été atteints, à la lumière de tous les éléments de preuves et pièces à conviction publiés dans ce livre, je requalifie donc les meurtres d'Elizabeth Short, Jeanne French et Gladys Kern comme affaires « RÉSOLUES AUTREMENT, DOSSIERS CLOS ».

> Inspecteur du LAPD, classe III, Steve Hodel
> Matricule 11394 (en retraite)
> Novembre 2003

Post-scriptum

Je viens de finir les corrections de ce manuscrit. Ces derniers mois m'ont apporté de nouvelles pièces à conviction, de nouvelles informations et de nouvelles empreintes de pensée. J'ai décidé de suivre ces pistes de l'extérieur, mais en continuant d'être mû de l'intérieur.

Steve Hodel
Décembre 2003
Hollywood, Californie

Complément d'enquête :
Les Nouvelles preuves

« Toute vérité passe par trois étapes.
Elle est d'abord ridiculisée. Puis vio-
lemment attaquée.
Et enfin acceptée comme une évidence. »

Arthur Schopenhauer

Nous sommes aujourd'hui le 15 janvier 2005. Cette date marque le 58e anniversaire du meurtre sadique d'Elizabeth Short. Comme il est ironique, mais approprié aussi, que ce soit précisément le jour où je me retrouve à énumérer les dernières preuves du crime de mon père, preuves que je découvris dans les derniers mois de l'année 2004 et qui, plus que solides, confirment encore la réalité de son mode opératoire surréaliste.

L'arme du crime dans l'assassinat
de Georgette Bauerdorf

Un des meurtres de première catégorie répertoriés dans ce livre nous donne la preuve formelle que mon père, George Hodel, est bien l'homme qui tua Georgette Bauerdorf, alors âgée de vingt ans. C'est en octobre 1944 que cette jeune femme séduisante, qui travaillait comme « hôtesse d'accueil junior » à la Hollywood Canteen, fut suivie, puis assassinée dans son appartement de West Hollywood.

Dans les conclusions de ma première enquête de 2001, je signale la nature tout à fait particulière de l'arme que l'assassin avait sur lui, à savoir un rouleau de pansement élastique de vingt-trois centimètres de long. Après avoir battu sa victime, le meurtrier lui enfonça ce pansement dans la bouche, provoquant ainsi l'asphyxie.

Dans les conclusions de l'autopsie effectuée le 20 octobre 1944, les enquêteurs du shérif chargés du dossier déclarent que « ce type de pansement élastique de vingt-trois centimètres de long n'est plus vendu dans cette ville depuis vingt-deux ans [1] ».

Au chapitre 23 de cet ouvrage, je pose la question de savoir qui, en dehors d'un professionnel de la médecine, pouvait être en possession d'une « arme » pareille. Je réponds que, cette « arme », mon père l'avait peut-être dans sa trousse noire et j'ajoute qu'elle n'aurait pas été achetée à Los Angeles, mais mise dans cette trousse lorsqu'il était médecin dans les réserves indiennes, voire plus tôt, lorsqu'il faisait son internat au San Francisco General Hospital en 1936.

Pièce à conviction n° 82

---

1. En 2001, j'ai tenté de retrouver des pansements de cette taille, mais n'ai pas réussi à en trouver de fabriqués en série. Voilà pourquoi je l'ai recréé et photographié sous le titre *Pièce à conviction n° 55 (NdA)*.

C'est en décembre 2004 que ma sœur Tamar m'a envoyé la photo ci-dessus. On y voit mon père en plein travail dans une petite clinique – sans doute à Santa Fe, Nouveau-Mexique –, aux environs de 1937. Il est assez incroyable d'y découvrir, posé sur l'étagère *(ab)*, un rouleau de pansement élastique de vingt-trois centimètres de long. Inutile désormais de se demander si le Dr George Hodel pouvait avoir accès à cette arme aussi rare qu'inhabituelle. Il l'avait en sa possession !

« C'est l'œuvre d'un médecin »

Dans les chapitres précédents, j'ai présenté des éléments de preuve provenant d'un certain nombre de sources autorisées (y compris de Ray Pinker, le très respecté criminologue du LAPD qui, après avoir étudié les tissus avec le Dr Lemoyne Snyder, confirma que la séparation du corps en deux était l'œuvre d'un médecin).

En octobre 2004, les producteurs de l'émission « 48 Hours », qui préparaient une spéciale d'une heure, décidèrent de tester cette théorie de manière indépendante. Ils allèrent voir le Dr Mark Wallack, patron de chirurgie au Saint Vincent's Hospital de New York, et lui demandèrent d'examiner les photos de la scène de crime, de prendre connaissance des résultats de l'autopsie d'Elizabeth Short et de leur donner son opinion. Le Dr Wallack confirma aussi bien les conclusions du LAPD que les miennes. Voici la déclaration qu'il fit en public lors de l'émission spéciale intitulée « Black Dahlia Confidential » :

> Dr WALLACK : Il n'est pas possible de savoir comment procéder dans ce genre d'opération à moins d'avoir des connaissances en médecine.
> ENQUÊTEUR DE LA CHAÎNE, ERIN MORIARTY : Vous êtes donc en train de nous dire que ce devait être l'œuvre d'un médecin ?
> Dr WALLACK : Pour moi, oui !

Au début de l'année 2005, j'ai été contacté par le fils d'un célèbre médecin de Los Angeles, dont je ne parlerai que sous l'appellation «Dr G.». Ce fils, qui est chirurgien et professeur d'anatomie[1], m'informa que son père avait été le médecin personnel du légendaire chef de police William H. Parker. Il me précisa que j'avais, à tort, attribué la mort de ce dernier en 1966 à une crise cardiaque, ce décès étant en fait survenu suite «à une rupture d'anévrisme aortique abdominal alors qu'il se préparait à faire un discours à l'occasion d'un dîner». Selon lui, le Dr G. avait précédemment envoyé le chef Parker se faire soigner à la Mayo Clinic, où les médecins avaient jugé trop risqué de tenter la pose d'un pacemaker.

Ce fils m'informa aussi que, quelque temps après la mort du chef Parker, il regardait une émission de télévision consacrée au Dahlia noir avec son père, lorsque celui-ci lui rapporta que le LAPD avait bel et bien identifié l'assassin et que ce dernier était un médecin. Je trouve que, venant du médecin personnel du chef Parker, cette information est tout à la fois digne de foi et hautement significative.

Je n'ai par ailleurs aucune raison de mettre en doute la véracité de ce témoignage. Comme son père, ce médecin est très respecté. Son renseignement s'accorde avec les faits connus et corrobore de manière indépendante ce que nous tenions déjà de la bouche de plusieurs hauts représentants des forces de l'ordre. Alors que je clos cette enquête, je trouve très réconfortant que la voix du chef William H. Parker, un homme que j'adorais lorsque je

---

1. Selon ce professeur, la séparation en deux du corps d'Elizabeth Short est une «hémicorporectomie». Il m'informe aussi que cette opération était enseignée dans les facultés de médecine à l'époque où mon père faisait ses études (soit dans les années 30) et que cette opération peut être pratiquée par n'importe quel médecin ayant reçu une formation médicale et anatomique *(NdA)*.

n'étais encore qu'un bleu, qui sut inverser le cours des choses et faire passer le LAPD de la corruption au professionnalisme, traverse ainsi le temps et l'espace pour s'ajouter à toutes celles qui confirment mon propos.

Identification de la secrétaire inconnue

En avril 2003, le journaliste du *Los Angeles Times* Steve Lopez écrivit deux articles confirmant mes découvertes au sujet des rapports du LAPD, lesquels démontraient clairement que le Dr George Hodel était :

1) suspect dans l'assassinat du Dahlia noir et

2) suspect dans la mort de sa secrétaire suite à une possible overdose.

Sans savoir si le nom de George Hodel avait jamais été lié à l'enquête sur l'assassinat du Dahlia noir, l'inspecteur du LAPD Brian Carr fit aussitôt une recherche de nom dans les archives du LAPD concernant le Dahlia noir et y découvrit effectivement un dossier sur le Dr George Hodel. Il en fit publiquement part, précisant aussitôt que lors de cette recherche il n'avait trouvé «qu'une seule note d'une page où l'on mentionnait ce nom[1]». Il ajouta que, suite à

---

1. Cette déclaration apparemment inoffensive de l'inspecteur Carr devient importante pour l'enquête de 2004, dans la mesure où elle souligne le fait que les inspecteurs du LAPD d'aujourd'hui *ignoraient absolument que le nom de George Hodel apparaissait dans les dossiers*. Comme son prédécesseur, l'inspecteur Kirk Mellecker, Carr ignorait le lien avec Hodel. Pour moi c'était d'une importance capitale, puisque cela confirmait mes doutes selon lesquels les dossiers du district attorney sur George Hodel, qui avaient censément été rendus au LAPD – et il y avait là, avec les enregistrements des écoutes, des centaines de pages de leurs transcriptions –, ne se trouvaient pas aux archives du LAPD. Cela confirmait que tout, rapports capitaux et interrogatoires de témoins parlant de George Hodel, avait été soigneusement expurgé. Une année entière (printemps 2004) devait s'écouler avant que l'inspecteur Carr ne se rende au bureau du district attorney, pour

cette découverte, le LAPD «comparerait ses empreintes avec des relevés effectués sur des éléments de preuve». Au même moment, le LAPD refusait d'identifier la secrétaire du Dr Hodel (on ne parlait alors que d'une «victime inconnue») par son nom ou par la date de sa mort.

Dans le courant de l'été 2004, une femme me contacta et me demanda de la rappeler au sujet de la mort de la secrétaire de mon père. Afin de protéger sa vie privée, j'appellerai cette dame Florence X. Il s'avéra que Florence avait travaillé pour mon père en 1942-43. Épidémiologiste de formation, elle était alors employée par les Services de santé du comté de Los Angeles et avait directement affaire au Dr Hodel. Ils partageaient un bureau en centre-ville, au croisement de Broadway et de la 8e Rue. Florence X était proche des deux secrétaires de mon père aux Services de santé. Elle identifia la première comme étant Ruth Spaulding et m'indiqua que celle-ci était morte peu avant la fin de la Deuxième Guerre mondiale. Elle m'informa aussi que la deuxième s'appelait Marion Herwood Keyes [1] et précisa que, toutes les deux «d'une beauté exceptionnelle», Ruth et Marion étaient aussi fort proches. Florence, qui travailla dix-huit mois pour mon père, se rappelle qu'il donna «une belle soirée» en l'honneur de son départ en 1943. Pendant tous ces mois, Florence assista à nombre de fêtes données par le Dr Hodel, mais ni elle ni son mari «ne s'y sentaient à l'aise». Elle se rappelle y avoir rencontré plusieurs fois ma mère – et mes frères et moi à deux ou trois reprises. D'autres membres du personnel lui avaient dit que le Dr Hodel avait un appartement en ville, assez près du bureau, et qu'il y

---

y photocopier ces centaines de documents et commencer à découvrir tout ce qui relie George Hodel à ces meurtres *(NdA)*.

1. A l'époque où elle travaillait pour les Services de santé, Marion Herwood Keyes était aussi une dessinatrice de costumes fort prisée. Elle a ainsi travaillé dans de nombreux films célèbres de l'époque tels que : *Hantise, Le Portrait de Dorian Gray, Le facteur sonne toujours deux fois* et bien d'autres encore *(NdA)*.

emmenait ses amantes. Elle se rappelle encore avoir entendu mon père dire à Ruth et à Marion qu'il « aimerait bien avoir des enfants de toutes les nationalités ».

Dès qu'elle apprit la mort de Ruth Spaulding en 1945, Florence contacta George Hodel pour lui demander ce qui s'était passé et comment elle était morte. Elle fut mise en attente pendant trois quarts d'heure, mais jamais le Dr Hodel ne vint lui parler au téléphone. Plus tard, elle rencontra bien la sœur de Ruth à San Francisco, mais celle-ci refusa de parler de ce décès et de lui en donner le moindre détail. Cela étant, la sœur de Ruth l'interrogea sur le Dr Hodel. Elle voulait savoir « ce qui se passait là-bas ». Florence ignorait l'aventure de Ruth avec mon père, mais pense que celle-ci aurait pu débuter après son départ, dans le courant de l'année 1943. C'est en avril 1944 qu'elle vit Ruth Spaulding pour la dernière fois, lorsque celle-ci vint lui rendre visite à San Francisco. Florence se souvient de Ruth comme d'« une personne grande et mince. D'une nature compréhensive, elle brûlait du désir de devenir écrivain ». A la fin de notre entretien, Florence me répéta à quel point Ruth avait été une amie précieuse et « combien elle l'avait aimée et combien celle-ci lui manquait ».

Dans un article du *Los Angeles Evening Herald Express* du 10 mai 1945, Ruth Spaulding est mentionnée comme comptant au nombre des dix personnes, voire plus, qui se donnèrent la mort en moins de trois jours. Voici un extrait de cet article :

3 SUICIDES DE PLUS
LA POLICE EST INQUIÈTE

Trois autres personnes ont mis fin à leurs jours dans la région de Los Angeles, poussant ainsi la police à enquêter sur les mobiles qui pourraient se cacher derrière ce nombre inhabituel de suicides qui touchent la ville depuis le jour de la victoire en Europe. (…)
Ruth Spaulding, 25 ans, demeurant 1206, 2e Rue

Ouest, est morte hier soir à l'hôpital de Georgia Street, suite à une overdose de somnifères, selon la police.

Enfin en possession du nom et de la date de décès de la secrétaire de mon père, je procédai aussitôt à un suivi d'enquête aux Archives du comté de Los Angeles et au bureau du coroner de L. A., où je fus en mesure d'obtenir une copie du certificat de décès de Ruth Spaulding et de la première page du rapport du coroner. Tous les autres rapports du bureau du coroner, y compris celui de l'autopsie, avaient disparu. Cela étant, il restait encore assez de pièces pour établir les liens nécessaires. Voici les renseignements que j'ai retrouvés dans les documents officiels :

REGISTRE DU CORONER N° 21234

En 1945, Ruth Spaulding, 27 ans, célibataire, habitait au 1206 de la 2e Rue Ouest, au centre-ville de Los Angeles. [Soit tout près du cabinet médical du Dr Hodel dans la 7e Rue et de son bureau aux Services de santé du comté de Los Angeles]. Les PV, qui ne donnent pas le nom de son employeur, la décrivent comme travaillant «dans une clinique en qualité de secrétaire». Le 9 mai 1945 à 23 h 45, elle a été amenée à l'hôpital de Georgia Street par une personne non identifiée. Inconsciente et plongée dans un coma profond, elle est morte moins d'une heure plus tard. Le premier diagnostic fait état de l'«ingestion probable d'une dose mortelle de barbituriques». Aucune heure précise n'est donnée pour son décès, mais le rapport du coroner indique que ses services ont été notifiés par l'équipe médicale de Georgia Street le 10 mai 1945 à «1 heure moins le quart du matin».
Appelé à l'hôpital, le LAPD a établi un rapport de décès sous le numéro 72-408 [1].

---

1. J'ai aussitôt fait une demande de renseignements officielle auprès du LAPD, auquel j'ai aussi demandé le rapport de décès

Dans le chapitre intitulé « Suites », je laisse entendre que la conversation du 18 février 1950 entre George Hodel et le baron Herringer, dans laquelle mon père parle du meurtre de sa secrétaire, pourrait renvoyer à une date et à un lieu différents. (Cf. note p. 620 édition française.) D'après ce que nous savons maintenant, c'est évidemment le cas. Réexaminons ces propos à la lumière de l'enquête sur la mort de Spaulding en 1945.

TRANSCRIPTION D'ÉCOUTE, FRANKLIN HOUSE,
5121 FRANKLIN AVENUE.

(Les notes, la ponctuation et l'orthographe sont identiques à l'original.)

18/02/50 Hodel au baron Herringer

19 h 35
« A supposer que j'aie tué le Dahlia noir. Ils ne pourraient plus le prouver maintenant. Ils peuvent plus parler à ma secrétaire parce qu'elle est morte… »

19 h 45
Suite de la conversation avec le baron Herringer
« Compris que je ne pouvais rien faire que mettre un oreiller sur sa tête et la recouvrir d'une couverture. Appeler un taxi. Appeler tout de suite la réception de l'hôpital de Georgia Street. A expiré à 00 h 39. Ils ont cru qu'il y avait quelque chose de louche. De toute façon, il est possible qu'ils aient compris maintenant. L'ai tuée. Peut-être bien que j'ai tué ma secrétaire. »

---

de Ruth Spaulding et les documents ayant trait à l'enquête portant sur mon père. La recherche s'est révélée négative : « rien dans les dossiers ». On m'a alors informé que la plupart des procès-verbaux de l'époque concernant les décès n'impliquant pas la possibilité d'un homicide ont été détruits par mesure administrative (NdA).

Au vu de ce que nous savons maintenant, les déclarations de mon père ne laissent aucun doute. Au contraire de ce que pensent certains critiques, George Hodel n'était pas simplement en train de jouer avec la police pour la ridiculiser. Cette conversation enregistrée en 1950 a très clairement pour sujet l'overdose de Ruth Spaulding en 1945. Ce sont là des aveux on ne peut plus réels pour un crime également on ne peut plus réel. Avec ces éléments nouveaux, nous pouvons maintenant très facilement établir le scénario.

En 1944-45, George Hodel, qui avait divorcé d'avec ma mère, sortait avec sa secrétaire des Services de santé du comté de Los Angeles, Ruth Spaulding, mais aussi avec d'autres femmes, dont Elizabeth Short[1]. Nous savons que c'est à cette époque-là qu'il rompit avec Ruth. Puis, en mai 1945, voilà que celle-ci menace de révéler des choses très compromettantes sur son ancien amant à l'aide de documents en sa possession. George Hodel descend à son appartement, la drogue, appelle Dorero, lui donne les pièces qui l'incriminent et lui ordonne de «les brûler». Ma mère fait ce qu'on lui demande et laisse son ex-époux avec la victime inconsciente, mais qui «respire encore[2]».

---

1. Sur la foi de certains documents découverts depuis peu dans le dossier d'autopsie d'Elizabeth Short conservé au bureau du district attorney, nous savons maintenant qu'elle avait un kyste de la glande de Bartholin. Cette glande est un organe minuscule placé sur chacune des lèvres, près de l'entrée du vagin. Une fois infectés, ces kystes deviennent vite douloureux. Cette infection provient souvent de microbes transmis sexuellement. Plusieurs partenaires sexuels d'Elizabeth Short – pas tous – déclarent qu'elle ne semblait pas prendre plaisir à l'acte sexuel. Ce diagnostic pourrait très bien en donner la raison. Il induit aussi la possibilité qu'Elizabeth Short ait fait la connaissance du Dr Hodel à sa clinique spécialisée dans les maladies vénériennes, où elle aurait pu chercher à se faire soigner *(NdA)*.
2. Par ce seul acte, elle se rendait vulnérable à une accusation de complicité de meurtre et je suis certain que mon père s'en

Dès que Ruth glisse dans le coma, mon père appelle un taxi et la conduit à l'hôpital de Georgia Street. Elle y meurt moins d'une heure plus tard. Dans les transcriptions d'écoute, il se rappelle exactement l'heure de sa mort. « A expiré à 00 h 39. » Le règlement obligeait l'hôpital à appeler le bureau du coroner dès que possible après la mort. Le personnel le fit à *minuit quarante-cinq, soit six minutes après son décès.*

Dans l'aveu qu'il fait de son crime en 1950, non seulement mon père reconnaît sa culpabilité dans l'overdose[1] de Ruth Spaulding, mais il fait aussi le lien avec l'assassinat d'Elizabeth Short. Le sens de ce « A supposer que j'aie tué le Dahlia noir. Ils ne pourraient plus le prouver maintenant. Ils peuvent plus parler à ma secrétaire parce qu'elle est morte… » devient on ne peut plus clair. S'il ne l'avait pas droguée, Ruth Spaulding aurait été vivante vingt mois plus tard et *la police aurait pu lui parler*. Témoin vivant et, qui plus est, femme rejetée et donc plus que prête à parler, elle aurait révélé que George Hodel et Elizabeth Short sortaient effectivement ensemble, mais peut-être aussi qu'ils avaient des relations de médecin à patient.

servit au maximum. C'était par là qu'il la tenait et l'empêchait de dire quoi que ce soit sur ce qu'elle savait. La menace du « Si je vais en prison, tu iras aussi » suffit à la faire taire et à expliquer son silence face aux enquêteurs du district attorney *(NdA)*.

1. Que George Hodel ait drogué Ruth Spaulding en 1945 est le premier de trois soupçons reconnus sur lesquels porte cette enquête. Le second porte sur un rapport de la police selon lequel son amie Lillian Lenorak serait, elle aussi, morte droguée en 1950. Le troisième a à voir avec la drogue qui mit K. O. sa petite-fille Deborah, alors âgée de quatorze ans, dans un hôtel de Beverly Hills en 1969. Il la conduisit alors dans sa chambre pour qu'elle puisse y « retrouver ses esprits » et la déshabilla pour prendre des photos salaces pendant qu'elle dormait *(NdA)*.

Le Washington Hotel Boulevard et « M. Barnes »

Dans un chapitre précédent[1], j'identifie deux témoins clés et un lieu précis comme jouant un rôle de premier plan dans les premiers jours éminemment critiques de l'enquête sur le meurtre du Dahlia noir : M. et Mme Johnson, les propriétaires d'un hôtel du centre-ville de Los Angeles sis au 300, East Washington Boulevard.

Le 12 janvier 1947, soit trois jours avant la découverte du cadavre d'Elizabeth Short, ils la reconnaissent et affirment qu'elle a pris une chambre chez eux avec un homme qui disait être son mari. C'est sous le nom de « M. Barnes » que ce dernier les informe que « sa femme et lui sont d'Hollywood ». M. et Mme Johnson n'ont vu Elizabeth qu'à ce moment-là. Cela dit, « M. Barnes » revient trois jours plus tard, soit le 15 janvier, date à laquelle le cadavre d'Elizabeth a été découvert dans la matinée. En plaisantant, M. Johnson lui fait remarquer qu'il ne l'a pas revu depuis trois jours et qu'il commençait à se demander s'il n'était pas mort. « M. Barnes » se montre aussitôt très nerveux et s'enfuit. Les Johnson, auxquels on montre des photos retrouvées dans les bagages de la victime, identifient formellement et celle-ci et « M. Barnes ». [Plus tard, ils devaient déclarer à la presse que l'homme qu'ils identifiaient ainsi « avait des liens avec un gouvernement étranger ».]

La frénésie des journaux de Los Angeles à l'affût d'un scoop introduit un certain degré de confusion dans ces identifications d'après photos.

---

1. Chapitre 12 *(NdA)*.

Pièce à conviction n°83

La pièce à conviction n° 83 montre la manchette que le *Los Angeles Examiner* consacre à l'affaire le 22 janvier 1947. En page 2, on voit les Johnson en train de regarder une planche contact (cf. à droite) agrandie par les soins du journal. La légende dit ceci : « M. et Mme Johnson, les deux personnes qui reconnurent dans les photos de Beth Short et de l'homme qui l'accompagnait le couple qui prit une chambre dans leur hôtel le 12 janvier. » De fait, les Johnson ne reconnurent qu'Elizabeth Short. « M. Barnes », lui, a été reconnu sur une photo différente, sortie des bagages d'Elizabeth. Vu le risque de confusion, l'*Examiner* la reproduisit dès le lendemain avec une légende attestant que l'identification ne portait que sur Elizabeth. Elle disait : « Le *Los Angeles Examiner* s'est servi de cette photo pour permettre aux propriétaires d'un hôtel de l'East Washington Boulevard d'identifier Elizabeth Short comme ayant pris une chambre chez eux. L'homme, lui, n'est toujours pas identifié. » L'auteur de l'article précise d'ailleurs que la police était toujours à la recherche de « M. Barnes ».

Il est clair que dès le début les Johnson ne reconnurent pas M. Barnes dans la planche contact représentant le jeune homme. Et d'ailleurs ni la presse ni la police ne croyaient qu'il s'agissait de lui. Les Johnson auraient-ils identifié le jeune homme que celui-ci serait aussitôt devenu Ennemi public n° 1. Pour moi, la photo qu'identifièrent les Johnson est celle de ma pièce à conviction n° 10[1], soit le cliché représentant le Dr George Hodel. Très vraisemblablement expédié de Chine par ce dernier à Elizabeth en 1946, il avait été retrouvé plus tard dans les bagages de la jeune femme. On y voit mon père en civil entre des généraux chinois, ce qui expliquerait la remarque des Johnson sur les liens de mon père avec un gouvernement étranger[2].

---

1. Page 111 *(NdA)*.
2. La remarque des Johnson sur le fait que « l'homme a des liens avec un gouvernement étranger » fait très probablement

L'«homme non identifié»

Parce que le LAPD l'a tenue secrète pendant presque soixante ans, l'identité du jeune homme photographié avec Elizabeth Short sur la planche contact fait aujourd'hui partie du folklore mystérieux qui entoure l'affaire du Dahlia noir. Pour certains, «c'est bel et bien M. Barnes, le véritable tueur». Pour d'autres il s'agirait de l'individu qui, croulant sous la culpabilité, rédigea en mars 1947 une note pour annoncer son intention de se suicider, la laissa sur la plage à côté d'un pantalon et de chaussures d'homme et aurait ensuite marché droit dans les vagues de l'océan où il se noya. D'autres encore pensent qu'il s'agit de l'amant caché d'Elizabeth. De fait, il n'est rien de tout cela. Ma dernière enquête m'a permis de découvrir son identité. C'est à la mi-novembre 2004 que j'ai réussi à retrouver cet homme et que j'ai pu l'interroger. Originaire du Middle West, il est tout ce qu'il y a de plus respectable et m'a parlé sans chercher à se cacher. Voici donc pour la première fois son histoire – celle dans laquelle il raconte sa brève rencontre avec Elizabeth Short qui, en route vers la Californie, passait par sa ville. Pour protéger sa vie privée, nous l'appellerons «Gerald Moss». Il est aujourd'hui âgé de quatre-vingt-trois ans. C'est en 1945 [1], à la fin de la

---

suite à leur identification d'après la photo. Les inspecteurs du LAPD ne donnant pas ce renseignement à des témoins, ils avaient dû faire ce lien par eux-mêmes, et c'est la pièce à conviction n° 10 qui le leur avait permis. Il est aussi intéressant de noter que, dans les transcriptions du district attorney, soit quelques jours à peine avant qu'il s'enfuie des États-Unis, George Hodel parle du Dahlia noir au baron Herringer et mentionne que la police aurait une photo de lui avec une fille alors qu'il «pensait les avoir toutes détruites». Cela fait-il référence à la pièce à conviction n° 10, photo qu'il avait envoyée à Elizabeth Short et qui se trouvait alors en possession de la police ? *(NdA)*.

1. Il est possible que sa mémoire lui ait joué des tours, ma source me disant qu'en fait ils ne se rencontrèrent qu'en 1946 *(NdA)*.

Deuxième Guerre mondiale, qu'il rencontra Elizabeth à Indianapolis, Indiana. Il avait alors vingt-quatre ans et elle vingt-deux. Fasciné par sa beauté, il engagea la conversation avec elle :

> J'ai rencontré Elizabeth Short au Circle, qui se trouve au centre-ville. Elle était belle. Nous avons commencé à parler et nous nous sommes bien plu, disons. Tout le monde fêtait la fin de la guerre. Nous sommes entrés dans une cabine photo et nous nous sommes photographiés ensemble. Vous savez… ces cabines où on met quinze *cents* et la photo sort. Elizabeth portait une robe noire et moi une veste de sport marron clair, mais pas de cravate. Cette photo de nous deux, je la lui ai donnée.

Du centre-ville le couple prit un bus pour rejoindre un restaurant populaire. Dans le souvenir de Gerald :

> Nous nous arrêtâmes, mangeâmes un morceau et restâmes ensemble à peu près deux heures avant qu'elle ne reparte toute seule. Je lui donnai mon numéro de téléphone et lui demandai de m'appeler avant qu'elle arrive en Californie, mais elle ne le fit pas. Je n'ai jamais servi dans l'armée. J'étais si sujet au rhume des foins qu'on me réforma. Les militaires craignaient que, s'ils me laissaient y aller, je réveille l'ennemi. A l'époque je travaillais comme machiniste pour la General Motors.

Gerald me dit ensuite que, l'ayant vu en photo avec Elizabeth Short dans le journal et ayant lu l'article relatant la mort de cette dernière, une de ses amies l'avait appelé. Gerald avait aussitôt téléphoné à la police de Los Angeles. Comme il le raconte :

> Après que ma meilleure amie, Tracy, m'eut parlé de la photo de moi qu'on avait retrouvée dans son portefeuille, je téléphonai tout de suite à la police et

déclarai que la personne que les journaux traitaient d'«individu non identifié» n'était autre que moi, mais que je ne m'étais jamais rendu à Los Angeles. Je leur racontai alors comment Elizabeth et moi nous étions rencontrés pendant ces quelques heures à Indianapolis, et ce fut tout.

Gerald Moss n'a pas souvenir d'avoir jamais été recontacté par la police depuis sa déclaration de 1947. Le mythe qui dura presque soixante ans et le mystère qui entoure «l'homme non identifié» sont ici réduits à leur plus simple expression – celle d'une rencontre de hasard qui dura deux heures, tout se résumant à une conversation amicale et «à un morceau mangé ensemble» alors qu'Elizabeth Short traversait une ville du Middle West.

LAPD : le vacarme du silence

«Le livre de Hodel était tout à fait convaincant. Et après, quand toutes les transcriptions et autres sont sorties des bureaux du district attorney, pour moi, c'était plus qu'il n'en fallait. Avec ça, j'en aurais eu assez pour monter un dossier contre le Dr Hodel.»
Le chef adjoint du LAPD et chef des inspecteurs James S. McMurray (en retraite).

Los Angeles Times Magazine, 21 novembre 2004

Octobre 2004 est un des mois les plus importants dans l'enquête sur l'assassinat du Dahlia noir. C'est à ce moment-là que la pression de plus en plus forte des médias eut enfin raison d'un LAPD qui, cinquante-sept ans durant, s'était retranché derrière un mur de silence, le mantra étant : «L'assassinat du Dahlia demeurant une affaire non résolue, le dossier est toujours ouvert. Et, comme il est toujours ouvert, nous ne pouvons divulguer aucun renseignement.» Le silence absolu prévalait.

Conséquence immédiate de deux enquêtes d'importance devant sortir sur la chaîne CBS et dans le *Los Angeles Times,* le chef du LAPD William Bratton recommanda à ses inspecteurs des Vols et Homicides de se préparer à rencontrer la presse et à répondre à ses questions. Le 28 octobre, cette rencontre historique eut lieu au Parker Center, le bâtiment administratif de la police. Les inspecteurs des Vols et Homicides Brian Carr et David Lambkin (classe 3, en charge de l'unité des Affaires non résolues) refusèrent d'être filmés, mais acceptèrent de répondre aux questions des journalistes. La spécialiste des documents de question du LAPD Karen Chiarodit était elle aussi présente [1]. Les trois journalistes étaient Paul Teetor, du *L.A. Times Magazine,* et Erin Moriarty et David Browning pour l'émission «CBS 48 Hours». La séance dura deux heures.

Voici un résumé de ce que l'on y apprit [2].

Le LAPD confirma que toutes les pièces à conviction concernant l'assassinat d'Elizabeth Short, alias «le Dahlia noir», en 1947, avaient pour reprendre leur terme «disparu». Qui plus est, les pièces à conviction concernant les assassinats de Jeanne French en 1947 et de Gladys Kern en 1948 avaient, elles aussi, «disparu». Les inspecteurs nous firent alors savoir que, ces pièces ayant disparu, il était impossible d'établir des comparaisons ADN avec le Dr George Hodel.

1. Mlle Chiarodit mit en cause la méthodologie de l'experte graphologue Hannah McFarland et déclara qu'à son avis ses analyses étaient «pleines de trous», mais ne fit part d'aucune de ses opinions personnelles. Lorsqu'on lui demanda si elle pouvait exclure la possibilité que le Dr Hodel soit l'auteur des billets envoyés à la police, elle se contenta de répondre: «Non» *(NdA).*
2. Ceci grâce aux questions que me reposèrent Erin Moriarty et Paul Teetor dans leur suivi de préparation pour l'émission de télé et l'article qui devaient sortir le mois suivant.

Ces pièces à conviction disparues dans l'affaire du Dahlia noir comprendraient :
– le carnet d'adresses de la victime envoyé à la presse par le suspect,
– les pièces d'identité et photographies personnelles de la victime envoyées par celui qui voulait se « venger » du Dahlia noir,
– le sac à main et les chaussures d'Elizabeth Short,
– les douze billets manuscrits envoyés à la police par le « Black Dahlia Avenger » (ADN possible),
– les follicules de cheveux noirs trouvés sur la victime et soupçonnés d'appartenir au suspect (les cheveux de la victime ayant été éliminés) (ADN possible),
– la « montre militaire » trouvée près du corps de la victime sur la scène de crime,
– le télégramme « une promesse est une promesse » et les recherches d'identité de l'expéditeur qui s'en suivirent.

Les pièces à conviction manquantes dans l'enquête sur le meurtre de Gladys Kern en 1948 comprendraient :
– le poignard de combat aux caractéristiques uniques identifié par Joe Barrett et saisi à la résidence des Hodel,
– un mouchoir blanc laissé par le suspect sur la scène de crime (ADN possible),
– la note manuscrite envoyée à la presse par le suspect, note expédiée de la boîte aux lettres même d'où fut envoyé le billet du Dahlia noir en 1947 (ADN possible),
– la photo d'un inconnu retrouvée dans le bureau de la victime.

Les pièces à conviction manquantes dans l'enquête sur le meurtre de Jeanne French en 1947, dit « meurtre au Rouge à lèvres », comprendraient :
– des follicules de cheveux noirs appartenant au suspect (retrouvés sous les ongles de la victime) (ADN possible),
– un mouchoir blanc laissé par le suspect sur la scène de crime (ADN possible),

– le sac, les chaussures et des vêtements appartenant à la victime.

Lorsqu'on leur demanda d'expliquer comment des pièces à conviction de cette importance dans la solution du meurtre le plus célèbre de Los Angeles pouvaient avoir «tout simplement disparu», les inspecteurs du LAPD répondirent que c'étaient «des choses qui arrivaient». En ma qualité d'ancien patron des inspecteurs des homicides du LAPD, je devrais en être d'accord avec eux – en temps normal. Il arrive effectivement que des pièces à conviction soient détruites et introuvables alors qu'elles ne devraient pas l'être. Cela étant, il n'y avait rien de «normal» dans cette affaire et seuls quelques inspecteurs bien choisis avaient accès aux pièces à conviction et *aux dossiers*. Disposer de ces pièces ne pouvait résulter de la pagaille ordinaire. Mais admettons même un instant que, dans ces *trois affaires de meurtre*, toutes les pièces à conviction aient été accidentellement perdues. Les questions posées aux inspecteurs révèlent un problème autrement plus sérieux. Dans le courant de cette séance de questions-réponses, Carr confirma aussi que le LAPD n'était pas en possession de certains documents essentiels concernant le Dr George Hodel. Tous les *procès-verbaux d'interrogatoires ayant trait au Dr Hodel*, identifiés dans les dossiers du district attorney et rendus au LAPD, ont eux aussi «disparu» des dossiers du Dahlia.

Ils comprennent :

– les déclarations et aveux du Dr George Hodel enregistrés sur écoutes,

– les PV d'interrogatoires officiels et les déclarations écrites faites par le Dr George Hodel aux inspecteurs du LAPD et aux enquêteurs du district attorney en février 1950,

– le PV d'interrogatoire officiel du témoin Lillian Lenorak,

– la photo et l'interrogatoire officiel dans lequel M. et

Mme Johnson identifient « M. Barnes » comme ayant pris une chambre dans leur hôtel avec la victime, Elizabeth Short, deux jours avant le meurtre,

– l'interrogatoire officiel de Tamar et les déclarations que lui fit ma mère « Dorero », qui établissent le lien entre George et Elizabeth,

– les interrogatoires supplémentaires des associés de George Hodel, Fred Sexton, Nita Moladoro, Ellen Taylor, Tarin Gilkey, Ethel Kane, Dorothy Royer et Rudolph Walthers,

– les cartes d'empreintes digitales de George Hodel suite à son arrestation pour inceste,

– les cartes d'empreintes digitales de George Hodel exigées pour l'obtention de sa licence de médecin.

A mon avis, tout cela est essentiel quand, comme moi, on entend prouver que les dossiers du LAPD furent expurgés il y a longtemps. A l'exception de cette « seule note d'une page » dont parle Carr, il n'y avait plus rien sur George Hodel dans les dossiers du LAPD *avant même que Carr les obtienne au printemps 2004*. Carr déclara aussi que si l'on trouvait bien dans les dossiers d'enquête sur le meurtre du Dahlia noir des tests scientifiques menés sur d'autres suspects (comparaison d'empreintes digitales, analyses graphologiques, comparaison de pointures de chaussures, tests au détecteur de mensonges, photographies, tapissages devant témoins, etc.), rien n'y avait trait au Dr George Hodel. Comment se fait-il donc qu'après avoir été considéré comme « un suspect de première importance » il ait pu être éliminé sans qu'aucun autre test ne soit pratiqué ?

C'est alors que les journalistes poussèrent les feux avec une question capitale : « Qu'est-ce qui a innocenté Hodel ? » L'inspecteur Carr répondit qu'il ne le savait pas précisément et que Hodel avait été innocenté par le lieutenant Jemison et les services du district attorney après l'interrogatoire de divers témoins et associés. L'inspecteur Carr et le LAPD n'avaient pas d'autres renseignements sur la manière dont cela s'était passé[1]. Et lorsque les reporters lui firent remarquer que les dossiers du district attorney donnaient matière à plus de questions que de réponses, il déclara : « Je dois reconnaître que je suis un peu d'accord avec vous. C'est de l'année 1950 que nous parlons. On faisait les choses bien différemment à cette époque. »

A la fin de la rencontre, des inspecteurs indiquèrent qu'étant donné qu'il n'y avait plus de pièces à conviction aux Scellés, il n'y avait pas moyen de faire des comparaisons d'ADN pour George Hodel et, partant, aucun moyen de résoudre l'affaire.

Plusieurs semaines après cette rencontre entre la presse et les inspecteurs Carr et Lambkin, le chef du LAPD William Bratton fit son apparition à une signature à la librairie Book Soup de West Hollywood. A la fin de son petit exposé, il accepta de répondre aux questions des lecteurs. Voici un de ces échanges – transcription *verbatim* :

> VOIX DANS L'ASSISTANCE : N'est-il pas temps que tous les renseignements sur l'affaire du Dahlia noir soient enfin divulgués au public ? *(Applaudissements.)*

> LE CHEF BRATTON : Je viens de dire aux inspecteurs de notre unité des Affaires non résolues de laisser tomber [l'enquête]. Je m'intéresse plus aux neuf assassinats

---

1. Cette réponse de l'inspecteur Carr est capitale. Avant cet aveu, Carr a toujours maintenu que c'était le *« LAPD qui avait innocenté le Dr Hodel »*, et toujours refusé de faire le moindre commentaire sur ce point. Il nous apprend maintenant que non seulement le LAPD n'a pas d'autres rapports sur Hodel, mais qu'en plus le LAPD ne prit part à aucun interrogatoire du suspect, ne contacta aucun de ses associés et ne sait absolument pas pourquoi et comment le lieutenant Jemison l'innocenta. De fait, Jemison n'« innocenta » jamais le Dr Hodel. Précis, il déclare seulement que les éléments d'enquête « tendent à l'éliminer » de la liste des suspects *(NdA)*.

de la semaine dernière qu'à un meurtre qui remonte à tant d'années...

Je sais que cela pose problème à un certain nombre de gens qui aimeraient voir cette affaire résolue. Mais qu'auriez-vous à écrire si elle l'était ? Non, il vaut mieux qu'elle reste sans solution. De plus en plus de livres sont constamment écrits sur cette affaire.

(Silence absolu de dix secondes dans l'assistance.)

Blow-up

Au moment où mon enquête sur le Dahlia noir arrive à sa fin, une fois encore je trouve que la mort imite l'art. Le film du metteur en scène italien Michelangelo Antonioni *Blow-up* – qui fut d'une importance capitale dans les années 60 – nous contraignait à considérer les styles de vie, les mœurs, l'art et la subjectivité de toute perception à travers l'optique d'un appareil photo. Mystère existentialiste du « qui a fait ça ? » ou du « cela fut-il fait ? ». Dans ce film, David Hemming joue le rôle d'un photographe de mode qui, se promenant dans un parc de Londres et tombant sur un couple qui s'enlace, décide de le prendre en photo. En développant ses clichés, il découvre que son appareil photo a peut-être saisi une scène de meurtre. Y a-t-il là une main qui montre un homme tenant une arme dans un buisson ? Un cadavre ? Il commence à agrandir de petites sections de ces clichés – d'où le titre de *Blow-up*[1] –, et s'aperçoit que, telles les pièces séparées d'un puzzle, elles ne font qu'approfondir le mystère. Quelque quarante ans après avoir vu ce film fascinant, je me retrouve dans le rôle même du protagoniste. La seule et unique différence ? Nous sommes en 2005, et j'ai échangé le Leica 35 mm d'Hemming contre un ordinateur Hewlett-Packard et Adobe Photoshop !

1. En termes photographiques, *blow up* signifie agrandir *(NdT)*.

Ce que mon enquête a révélé m'oblige à rendre publiques des photographies particulièrement horribles. Dans les éditions précédentes de ce livre, j'avais réussi à m'en tenir à des descriptions qui certes étaient choquantes, mais dont la violence se trouvait réduite de manière significative. Cela étant, j'ai bien peur que la vérité, et plus encore le besoin de prouver ce que j'avance, ne m'obligent à aller fouiller dans ces ténèbres. Je vous demande donc, chers lecteurs, de vous mettre dans la peau d'un juré lors d'un procès pour homicide. Avant de vous montrer ces pièces à conviction, je ferai donc ce que font la plupart des avocats de l'accusation : je vous prie de m'excuser de devoir vous montrer des images d'une violence qui ne pourra que vous choquer, mais ces pièces supplémentaires, irréfutables, doivent être ajoutées au dossier.

Agrandissements 1 et 2
Identification d'Elizabeth Short

Nombre de mes lecteurs n'eurent pas de problème avec l'identification que je fis des deux photographies dans l'album de mon père. Ils y virent la même chose que moi : des portraits artistiques d'une Elizabeth Short aussi belle que jeune. D'autres furent moins sûrs, certains, pour appuyer leurs propres thèses, clamant haut et fort que ce n'était pas elle qu'on voyait sur ces photos, que celles-ci ne lui ressemblaient même pas. Jusqu'au romancier James Ellroy qui fut d'avis que les photos dans l'album de mon père n'étaient pas d'Elizabeth, mais que j'avais quand même résolu l'affaire grâce à mes autres découvertes.

Comme nous le savons, Elizabeth Short avait plus d'un visage. Elle n'a jamais tout à fait le même dans les clichés que nous connaissons d'elle. Au cours de l'émission du 28 novembre intitulée « Black Dahlia Confidential », la chaîne CBS fit passer une photo d'elle que je n'avais jamais vue. Le cliché donnait l'impression d'avoir été pris par un professionnel. On y voyait Elizabeth Short coiffée d'un béret écossais bleu. Le lendemain de l'émission, je demandai aux producteurs s'ils pouvaient m'en envoyer un tirage – ce qu'ils firent. Comme dans *Blow-up,* je fis alors plusieurs scans en haute résolution du visage d'Elizabeth.

Pièce à conviction n°84

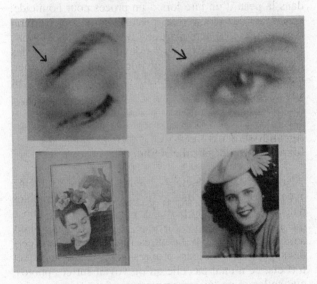

Un de ces agrandissements montre un seul et tout petit grain de beauté placé à un endroit inhabituel, juste au-dessus du sourcil gauche. L'examen de la photo dans l'album de George Hodel montre un grain de beauté exactement similaire, placé au même endroit. Cette particularité anatomique est aussi caractéristique qu'un tatouage et prouve sans le moindre doute que ces deux photos sont de la même femme.

Pièce à conviction n°85

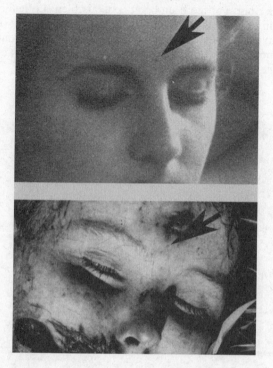

Cela m'a poussé à examiner la deuxième photo de nu prise par mon père, celle où l'on voit un grain de beauté au milieu du front de la jeune femme, juste au-dessus de la ligne des sourcils. Dans la plupart des photos d'Elizabeth Short, ce grain de beauté est couvert de maquillage. Mais nous savons que le corps représenté dans la photo de la scène de crime a été lavé. Le grain de beauté s'y trouve-t-il? Oui. Même taille, même forme et même endroit. Tel est le lien avec la deuxième photo de mon père.

Pièce à conviction n° 85a

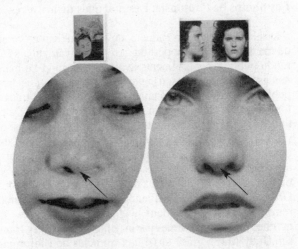

Légende photo de gauche
Photo prise par George Hodel aux environs de 1946
(cliché incliné pour positionnement identique)

Légende photo de droite
Elizabeth Short. Photo d'arrestation prise par la police
de Santa Barbara en 1943 (19 ans)

La pièce à conviction n° 85a permet de comparer les
traits principaux du visage d'Elizabeth Short (nez et
bouche) tels qu'on peut les voir sur la photo prise par
George Hodel et sur celle prise par les services de police
de Santa Barbara quelque trois ans plus tôt. A cette
époque, Elizabeth Short était encore mineure et avait été
arrêtée parce qu'elle se trouvait dans un bar où l'on servait de l'alcool. Malgré la mauvaise qualité du cliché pris
par la police, on y voit un troisième signe distinctif : un
petit grain de beauté sur le bout de son nez.

Agrandissement 3
Les photos de l'autopsie. Les marques de brûlures

Dès le début de mon enquête, un fait troublant ne cessa de me tracasser. Le rapport du coroner n'avait jamais été rendu public. Des fragments avaient paru ici et là, mais jamais le document en son entier. L'inspecteur Carr déclara publiquement ne l'avoir jamais vu « parce qu'il se trouve toujours sous clé au bureau du coroner ». Étrange ! Dans toutes les affaires d'homicide sur lesquelles j'ai enquêté, j'ai toujours été en possession d'une copie du rapport du coroner. Cette pièce est d'une importance capitale dans toute enquête. Même dans les dossiers du district attorney, on ne parle que de fragments de ce document. Pourquoi ? Grâce à certaines photos d'autopsie et de scène de crime retrouvées depuis peu (dans le chapitre « Suites », je dis qu'elles me furent fournies par la petite-fille d'Harry Hansen, Judy May), grâce aussi aux miracles de l'informatique, je suis aujourd'hui en mesure de proposer quatre pièces supplémentaires qui relient mon père au meurtre du Dahlia noir.

Les marques de brûlures
Lorsque le Dr Paul De River, le psychiatre criminologue du LAPD, se porta volontaire pour témoigner devant le jury d'accusation de 1949 sur ses propres recherches dans l'affaire du Dahlia noir, la police de Los Angeles ne fut pas des plus heureuses. Il s'en moqua et témoigna. Il informa alors les membres du jury d'accusation que pour lui il y avait peut-être eu des malversations, voire étouffement [1] de l'affaire et qu'il était au

---

1. De fait cela n'avait pas à voir avec le Dr George Hodel, mais bien plutôt avec son suspect préféré, Leslie Dillon, qui avait été arrêté pratiquement un an avant, en janvier 1949. Dillon devait être innocenté plus tard, après qu'on eut établi qu'au moment du meurtre il se trouvait à San Francisco *(NdA)*.

courant de la guerre incessante que se livraient le Gang-ster Squad et les inspecteurs des Homicides. Dans son témoignage secret, il informa aussi les jurés qu'Elizabeth Short avait été torturée avec sadisme et de multiples façons, y compris par brûlures de cigarette ou de cigare.

Vous trouverez ci-dessous les photocopies de deux extraits du rapport officiel du lieutenant Jemison soumis aux jurés de la chambre d'accusation en 1949. Dans deux pages distinctes, il informe, et formellement, les jurés qu'il *« n'y a pas de marques de brûlures de ciga-rette sur le corps d'Elizabeth Short*[1]*»*.

Pièce à conviction n°86 [2]

page 7

There were no cigarette burns and no tattoo marks on the body.

Mr. Ray Pinker of the Crime Laboratory was only able to acquire a few drops of blood from this body and typed it as "A B", which is a rare type of blood appearing in less than six per cent of the human bodies.

The officers requested that the Coroner and the County Chemist analyze the vital organs chemically to deter-mine for one thing whether or not her body contained narcotics. At a later date when the officers requested the results they were informed that these vital organs had been misplaced and had probably been thrown out at the time they were cleaning up the laboratory and further that they had made no analysis.

page 13

On January 12th at 11:30 a.m. Leslie Dillon was released.

Upon examination of the reports of the officers in Homicide it was found that the body of Elizabeth Short had not been shaved as maintained by Dr. DeRiver.

It was found that there were no cigarette burns or other burns on her body as he had maintained.

---

1. Nous apprenons aussi que le Dr De River informa les jurés que le corps avait été «rasé». De fait, quelques poils pubiens ayant été coupés, ou «rasés», cela aurait pu poser un problème sémantique. Il note ensuite qu'il n'a été procédé à aucun dépis-tage de drogue, «certains organes vitaux ayant été perdus ou accidentellement jetés» *(NdA)*.

2. «Page 7

Il n'y avait ni marques de cigarette ni tatouages sur le corps.

M. Ray Pinker du laboratoire de criminologie n'a pu recueillir que quelques gouttes de sang de ce corps. Il est de type "AB", que l'on ne trouve que dans moins de 6 % des corps humains.

Les officiers ont demandé que le coroner et le chimiste du comté procèdent à une analyse chimique des organes vitaux afin

Ce témoignage est faux. Ou bien le lieutenant Jemison a menti en toute connaissance de cause, ou bien il a été tenu dans le noir par des inspecteurs du LAPD.

En fait il y avait bien, d'après moi, huit ou neuf marques de brûlures de cigarette ou de cigare[1] clairement visibles sur le corps. La pièce à conviction n° 87 est une photographie prise pendant l'autopsie et n'a encore jamais été divulguée. Les marques de brûlures sont clairement visibles au bas du dos[2].

---

de déterminer si, entre autres choses, le corps contenait oui ou non des narcotiques. Plus tard, lorsqu'ils ont demandé les résultats, ces officiers ont été informés que ces organes vitaux avaient été égarés, et probablement jetés lors du nettoyage du laboratoire, et que de plus il n'avait été procédé à aucune analyse.

Page 13

Le 12 janvier à 11 h 30 du matin, Leslie Dillon a été relâché.

Après examen des rapports des officiers des Homicides, il a été établi que le corps d'Elizabeth Short n'avait pas été rasé comme le maintenait le Dr De River.

Il a été établi que, contrairement à ce qui avait été affirmé, il n'y avait aucune marque de brûlure, de cigarette ou autre, sur le corps de la victime. »

1. Sur ma demande, le Dr Lyle a examiné ces photos d'autopsie et m'a dit ceci : « Les lésions qui se trouvent en haut du dos semblent être des grains de beauté, celles qui apparaissent au milieu du dos étant très vraisemblablement de nature traumatique. On dirait des marques de brûlures de cigarette et elles semblent en partie cicatrisées. Elles pourraient remonter à quelques heures, mais plus vraisemblablement à un, deux ou trois jours : elles laissent voir en effet qu'il y a un début de cicatrisation au milieu de chaque marque. » Cardiologue en exercice, le Dr Lyle est aussi un expert en médecine légale respecté dans tout le pays, ainsi qu'un auteur de romans policiers. Consultant pour l'émission « CSI », il a écrit de nombreux ouvrages sur la médecine légale, son dernier s'intitulant *Forensics For Dummies* (« La médecine légale pour les nuls ») et publié en 2004 *(NdA)*.

2. Ces nombres se rapportent à l'identification des grains de beauté et ne correspondent pas à des marques de brûlures de cigarette *(NdA)*.

Pièce à conviction n° 87

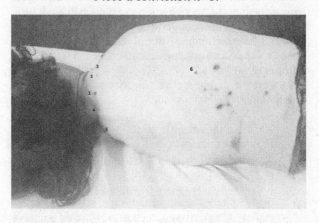

Ci-dessous les marques de brûlures agrandies

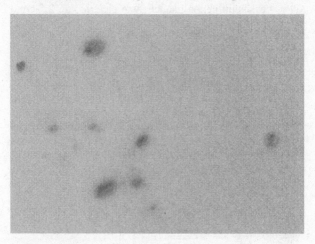

Dans les dossiers du district attorney, on trouve aussi les conclusions d'un premier rapport d'enquête du LAPD écrit juste après la découverte du corps. Elizabeth y étant encore «une inconnue», une description détaillée de toutes les cicatrices et signes distinctifs de la victime y est fournie.

Ceci est tiré de la page 2 de ce document et retranscrit exactement[1] :

> A 7 h 25 du matin, le 15 janvier 1947, un signalement a été mis en circulation aux fins d'identification de la femme, avec les caractéristiques suivantes : âge indéterminé, mais jeune ; taille 1,62 m ; poids 53 kg ; tous les ongles rongés au sang ; pas d'oignons aux pieds ; jambes rasées à partir du genou ; aisselles rasées ; yeux gris-vert ; nez petit, fin et légèrement retroussé ; cicatrice de vaccination sur la jambe gauche entre le genou et la cuisse ; petite cicatrice au-dessus du genou gauche ; une cicatrice de 2,5 cm à environ 2,5 cm à droite du nombril ; cheveux bruns, traces de henné ; naissance des cheveux ou front très haut ; oreilles sans lobes et non percées ; un gros grain de beauté au milieu de la nuque, à peu près à la hauteur des épaules [1] ; deux petits grains de beauté à environ 2,5 cm à droite de celui-ci [2 et 3] ; un petit grain de beauté dans le dos, au milieu de l'épaule [4] ; un gros grain de beauté sur l'épaule gauche [5] ; un grain de beauté dans le dos, au milieu, à environ 2,5 cm à gauche du plan médian [6] ; une cicatrice d'opération de 10 cm de long, côté droit du dos, à la hauteur de la quatrième côte en partant du bas, semblable à celles que l'on fait pour curer un poumon dans la tuberculose.

1. Les nombres entre crochets (de 1 à 6) qui apparaissent dans le texte ont été insérés par moi pour montrer l'emplacement des grains de beauté *(NdA)*.

Cette description minutieuse interdit de supposer que les marques de brûlures aient pu être prises pour des taches de naissance, et démontre clairement que leur existence a été intentionnellement cachée dans tous les PV.

A la page 3 de son rapport, le lieutenant fait les recommandations suivantes au jury d'accusation :

> A la date de rédaction de ce rapport, il reste 107 suspects possibles, ceci après élimination définitive de 209 autres. Dix-neuf suspects ont avoué le meurtre d'Elizabeth Short.
> Après examen des dossiers et des éléments de preuve, il apparaît que les efforts d'enquête devraient se poursuivre et se concentrer sur les suspects suivants :
> Leslie Dillon, Mark Hanson, Carl Balsiger, Glen Wolfe, Henry Hubert Hoffman, *le Dr George Hodel* [souligné par moi].
> Et aussi le médecin de la victime, qui est suspect et dont on ignore l'identité. (Peu de temps avant sa mort, la victime a déclaré à plusieurs personnes avoir subi un traitement chez un médecin de Los Angeles pour de l'asthme et des ennuis féminins[1].)

A la fin de son rapport au jury d'accusation de 1949, Jemison fait très honnêtement les remarques suivantes :

1. Comme il est indiqué plus haut, je pense que le « médecin non identifié du centre-ville » et mon père ne sont qu'une seule et même personne. Nous savons que l'euphémisme du lieutenant Jemison (les « ennuis féminins ») fait référence au kyste de la glande de Bartholin. Cette maladie aurait pu lui être transmise sexuellement. L'endroit où aller se faire soigner ? La clinique pour les maladies vénériennes que tenait mon père dans la 1re Rue. Notons aussi que, sur les cinq suspects énumérés par le lieutenant Jemison, seul mon père avait les connaissances et habileté médicales pour commettre le crime *(NdT)*.

Ces archives et rapports confiés par les officiers du LAPD et le chef de police font comprendre au sous-signé que, pour les administrateurs actuels du LAPD, une erreur a été commise par les précédents administrateurs lorsqu'ils ont affecté le Gangster Squad et le psychiatre Paul De River à l'enquête sur le meurtre d'Elizabeth Short. Ils semblent penser que les officiers des Homicides auraient dû en avoir la direction tout au long de l'enquête.

Les archives et rapports du LAPD témoignent d'une certaine bêtise et de désinvolture de la part de certains des officiers les moins expérimentés qui travaillaient de temps en temps sur ce dossier, mais à la date d'aujourd'hui, 28 octobre 1949[1], rien n'indique qu'il y aurait eu pots-de-vin, conduite indigne d'un officier de police ou tentative de celer les faits. Les officiers Ed Barrett, Jack Smyre, F. A. Brown et le soussigné s'accordent sur le fait qu'il n'y a à ce jour, 28 octobre 1949, pas assez de preuves pour inculper quiconque du meurtre d'Elizabeth Short.

Respectueusement soumis à la cour,

Frank B. Jemison

1. Trois semaines avant que ce rapport ne soit soumis au jury d'accusation, mon père était arrêté par le LAPD pour inceste et « maintenu en détention pour répondre aux questions » lors d'une audience préliminaire, le procès devant la Cour supérieure devant se tenir quinze jours plus tard. Dans les trois mois qui suivirent, le lieutenant Jemison devait identifier George Hodel comme étant le suspect n° 1 dans le meurtre du Dahlia noir, lancer sa surveillance et faire installer ses micros pour mettre notre maison sur écoutes. Celles-ci étaient encore en vigueur lorsque George Hodel s'enfuit des États-Unis pour plus de quarante ans *(NdA)*.

Agrandissement 4
Traces laissées sur la scène de crime

D'après les rapports de 1947, nous savons que des follicules de cheveux noirs ont été trouvés *sur le corps nu d'Elizabeth Short tel qu'il fut découvert sur la scène de crime* et que le criminologue du LAPD Ray Pinker procéda à un examen microscopique des cheveux de la victime et les trouva différents. Les inspecteurs firent alors l'hypothèse qu'ils provenaient de son assassin. Nous avons également appris par certains inspecteurs que ces follicules avaient «disparu» des scellés et qu'il n'y avait donc accès à aucun ADN. De fait, ils n'ont que partiellement raison. J'ai fait plusieurs scans haute résolution des photos de la scène de crime à moi confiées par Harry Hansen/Judy May et j'ai pu ainsi en localiser un.

Pièce à conviction n°88

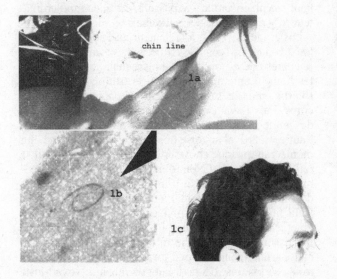

La pièce à conviction 88 (1a) montre le follicule sur le haut de la poitrine d'Elizabeth Short, juste au-dessous de la ligne du menton. La photo 1b en est un agrandissement et montre qu'il est noir et bouclé. Le cliché 1c montre les cheveux de George Hodel tels qu'ils apparaissent sur sa photo d'arrestation pour inceste, en octobre 1949. Même si le LAPD a perdu cet élément de preuve, et ainsi empêché toute analyse ADN, nous pouvons quand même observer qu'il y a correspondance entre le follicule trouvé sur le corps de la victime et les cheveux de mon père.

Agrandissement 5
La montre

Encouragé par mes découvertes, je poursuivis ma quête macabre et eus recours à un logiciel du XXIe siècle pour me pixéliser dans le passé. L'écran de mon ordinateur m'y envoya aussi sec. J'y étais !

Los Angeles, 1947, à la hauteur du 3800, South Norton Avenue. La scène de crime. Je la voyais mieux et de plus près que n'importe quel inspecteur alors appelé sur les lieux. Lentement je quittai le trottoir pour gagner l'herbe, puis le sac de ciment en papier. Au sud du corps. Puis j'avançai, en commençant par la tête, quart de cercle après quart de cercle, un centimètre après l'autre. Et arrivai au torse très proprement sectionné. Sur mon écran quelque chose brilla. La lumière du soleil se reflétant sur un os ? Non, il ne me semblait pas. Je zoomai dessus. Il s'agissait d'un objet, mais flou. J'allais devoir rescanner l'original à une résolution supérieure. Cela fait, je zoomai à nouveau. Oui, c'était bien un objet. Mécanique, semblait-il. Si ce n'était ni de l'os ni des tissus, qu'était-ce ? Je m'approchai encore. L'objet était parfaitement rond et d'un diamètre approximatif de trois centimètres. Un petit bout de ruban se voyait juste à sa droite et partait selon un angle de cinquante degrés. C'était une montre. Une montre-bracelet d'homme, très soigneusement placée… dans la cavité thoracique de la victime. Encore de l'art à la façon paternelle. Daddy le Dadaïste. Une juxtaposition surréaliste de plus pour choquer le spectateur.

Pièce à conviction n° 89

*En haut : la photo de la scène de crime fait apparaître un objet qui ressemble à une montre d'homme.
En bas : photo prise dans les locaux du coroner
– l'objet a disparu*

Cela étant, pourquoi n'y a-t-il rien là-dessus dans les rapports ? S'agirait-il d'un autre secret du LAPD ? Peut-être pas. Nous nous rappelons qu'une montre d'homme de la marque Croton (modèle militaire) avait été retrouvée sur la scène de crime. Était-ce bien la montre Croton trouvée par les jeunes recrues de la police qui firent l'enquête de proximité après l'enlèvement du cadavre ? La montre n'avait-elle pas été remarquée ou serait-elle tombée dans l'herbe lorsque le corps fut transporté jusqu'au fourgon du coroner ? Je repris les photos du coroner. De manière plutôt extraordinaire, elles étaient prises dans l'angle adéquat pour que je puisse faire une comparaison. L'agrandissement montrait que la montre avait bel et bien disparu. Elle ne se trouvait plus dans la cavité thoracique. A cela il n'y a que deux explications possibles. La Croton était une autre montre, une montre qui n'avait rien à voir avec le meurtre et se trouvait là par hasard. Sinon, c'était bien la même montre. Je trouve assez difficile de croire que les inspecteurs dépêchés sur la scène de crime ne l'aient pas remarquée. Je me rappelle certains clichés où on les voit en train de regarder à l'intérieur du corps. Ils ne peuvent pas ne pas l'avoir vue.

Le fait que mon père ait placé une montre à l'intérieur du cadavre n'a rien d'une impulsion après coup. En réalité, il s'agit de sa signature – et d'un énième hommage à Man Ray. C'est la troisième preuve reliant son «œuvre» au *Minotaure* et aux *Amoureux* de Man Ray. Le titre original complet des *Amoureux* est en effet *A l'heure de l'Observatoire, les Amoureux.* Les lèvres de la femme que l'on découvre en travers de l'horizon dans le tableau de Man Ray sont celles de son ancienne amante, Lee Miller, qui le quitta en 1932 après une aventure de trois ans. Dans ce tableau, Man Ray recrée quelque chose qui lui rappelle douloureusement son amour perdu. «Le titre de cette œuvre est une illustration de l'insistance de Gertrude Stein à incarner "le temps dans la composition"[1].» Man Ray incarne effectivement le temps en incluant l'Observatoire de Paris dans son tableau, Observatoire où passe le méridien. Dans une autre œuvre fort célèbre, Man Ray fragmente encore une fois des parties du corps de Lee Miller. Il attache ainsi une photo de son œil à un métronome (là encore représentation du temps) et intitule le tout : *Objet de destruction.*

1. Neil Baldwin, *Man Ray : American Artist*, p. 172 *(NdA).*

Dans le «tableau» de George Hodel, nous découvrons maintenant que le temps a été littéralement incarné par l'insertion choquante d'une montre d'homme dans le cadavre de l'aimée qu'il a perdue – son… objet de destruction. Il est assez ironique qu'un des gestes les plus théâtraux de mon père n'ait pas été remarqué et qu'il soit ainsi resté inconnu du grand public. Cette perte dut être bien pénible pour l'artiste vengeur assoiffé de publicité qu'il était.

Agrandissement 6
La boucle d'oreille

J'avais trouvé la trace d'un follicule sur le cadavre en réexaminant la scène de crime. Afin de m'assurer que je n'avais rien laissé passer, je décidai de revoir les autres photos prises chez le coroner. Je recommençai donc à scanner les clichés, cette fois-ci des pieds à la tête. Je remontai très lentement et m'obligeai à supporter *en agrandissement* toutes les preuves visibles de l'horrible sadisme de mon père. Je terminai mon examen par la tête. J'en avais vu assez. Je tendais la main pour éteindre mon écran lorsque, une fois de plus, quelque chose retint mon attention. Était-ce une petite marque blanche que je voyais sur l'épreuve qui datait de presque soixante ans? Je zoomai dessus. Il y avait bien quelque chose. Là, dans l'oreille gauche de la victime. Trop flou pour qu'on puisse voir. Encore une fois, je scannai en montant la résolution. Encore un agrandissement. Enfin j'arrivai à discerner ce que c'était. Une boucle d'oreille. Et pas n'importe laquelle. La sienne. *La boucle d'oreille qu'Elizabeth Short porte sur le nu de mon père*. Des petites perles rondes. Soit un lien de plus avec la deuxième photographie [1] de l'album.

---

1. Étant donné que la clarté et la définition d'un écran d'ordinateur perdent beaucoup à la reproduction photo, j'ai décidé de poster certaines de ces preuves sur mon site web – blackdahlia-avenger.com –, pour que le lecteur puisse mieux les voir *(NdA)*.

Pièce à conviction n° 90

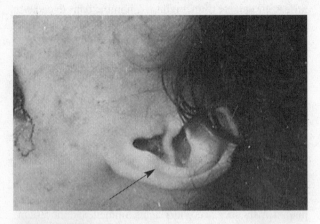

Photo d'autopsie rotation à 90°
Photo n° 1 prise par George Hodel
Photo d'autopsie

Ce lien referme la boucle. Nous voyons maintenant que les deux photos de l'album de mon père le relient à Elizabeth – ceci par identification et preuve matérielle. Nous avons vu et comparé le follicule préservé photographiquement et trouvé sur le cadavre nu d'Elizabeth Short : il est identique aux cheveux noirs et frisés de George Hodel. Il y a aussi le fait que, de manière sardoniquement surréaliste, mon père a placé une montre et la boucle d'oreille d'Elizabeth – celle-là même qu'elle porte sur la photo de mon père – dans son cadavre. Et la preuve que les forces du maintien de l'ordre ont volontairement perdu et falsifié des éléments de preuve (« pas de marques de brûlures sur le corps de la victime ») présentés à un jury d'accusation en session.

Il ne nous reste plus maintenant qu'une question à résoudre : le rapport du coroner. Ce rapport fut mis sous clé et jamais divulgué. Que pourrait-il révéler d'autre ? Contient-il les preuves montrées dans ces photos ? La montre et la boucle d'oreille d'Elizabeth Short existent-elles encore ? Ou bien ce rapport sous sa forme complète a-t-il, comme les autres pièces à conviction, lui aussi tout simplement « disparu » ? Le chef du LAPD Bratton nous dit avoir renoncé à enquêter. « Je viens de dire aux inspecteurs de notre unité des Affaires non résolues de laisser tomber [l'enquête]. » Tous les éléments de preuve ont disparu. Il n'y a pas d'enquête en cours et il n'y a plus de secrets. Les ombres s'en sont allées et le silence est rompu. Cela devrait suffire à écarter toute objection à la divulgation de ce dernier document. Le rapport du coroner ne se trouve dans aucun dossier du LAPD. Il est entre les mains du comté, qui le garde sous clé. Il y a deux ans, le district attorney Steve Cooley ouvrait le coffre du comté et me laissait enfin – moi et le public – consulter le « Dossier Hodel ». Peut-être prendra-t-il la décision suivante – ordonner l'ouverture des archives du coroner.

Nous verrons bien.

Steve Hodel
Los Angeles, Californie
Mars 2005

Remerciements

La préparation de ce livre a été très difficile, non seulement à cause des conflits personnels évidents que suscitait la découverte de chaque nouveau meurtre – chacun étant comme un autre phare dans un océan d'assassinats –, mais aussi à cause de mon rôle tout nouveau et totalement inattendu de narrateur et de la nature *sub rosa* d'une enquête qui exigeait le secret le plus absolu.

Un certain nombre de personnes doivent être ici remerciées pour l'aide qu'elles m'ont apportée dans la rédaction de cet ouvrage. La plupart d'entre elles ne se rendaient pas compte qu'elles m'aidaient, mais toutes devraient savoir que, petits ou grands, leurs apports m'ont beaucoup aidé à mettre en relation bien des empreintes de pensée.

La première est Roberta McCreary qui, amie, confidente et documentaliste fut à mes côtés et dans le coup dès le début. Elle a partagé mes chocs émotionnels et ma douleur, la diligence et le soin qu'elle mit à visionner des centaines de microfilms à UCLA et dans d'autres bibliothèques de Los Angeles ayant pour résultat indéniable la découverte d'autres crimes qui, sans cela, seraient passés inaperçus. Aucun inspecteur ne pourrait souhaiter meilleure « coéquipière ».

A Sydney, Australie, je dois la plus profonde gratitude à l'amitié constante et véritable de Murray et Jodi Rose, qui surent m'envoyer leur amour et leur force de « là-bas en bas ».

A Bellingham, État de Washington, des remerciements tout particuliers à mes bons amis Dennis, Dave, Debra,

Ruth, Barbara et Joanie du cabinet d'avocats Anderson, Connell et Murphy pour leur aide. Le rôle double d'ami personnel et de conseiller objectif m'a donné beaucoup du grand équilibre dont j'avais besoin. Un grand merci affectueux à l'avocate Jill Bernstein qui sut me soutenir et m'encourager tout au long de ce chemin cahoteux. Merci aussi, et de tout cœur, à mon ex-épouse, Marsha, la mère de mes enfants qui toujours tint parole et respecta mon besoin de confidentialité. Un grand merci également à mon ami de longue date et auteur de romans policiers Mark Schorr de Portland pour les petits coups de jus nécessaires. Félicitations professionnelles à mon expert graphologue de Seattle, Hannah McFarland, qui, en plus de ses analyses, me permit de mieux comprendre sa spécialité.

A Los Angeles, un grand merci au district attorney adjoint Stephen Kay que je connais et dont je respecte les qualités professionnelles depuis trente ans. Je lui dis ceci : Stephen, ce que vous avez apporté à mon dossier est inestimable. Merci de m'avoir donné de votre temps, de vous être montré objectif et d'une haute tenue éthique pendant toutes les décennies de travail que vous avez données à la ville pour le bien de tous.

A mon ex-ex-épouse Carole Hodel et à Ron Wong : merci à tous les deux de votre aide et de vos encouragements. Gracias à mon ex-associé Bill Everheart et à sa femme, Judy : merci pour ces « moments de retraite » que vous m'avez offerts dans votre belle demeure de Big Bear.

A mon agent littéraire, Bill Birnes, et à son épouse, Nancy, un grand merci également : c'est tout de suite que vous avez compris l'importance de ce livre, alors même que toutes les preuves étaient loin d'être rassemblées, et Bill... merci de la persévérance que vous avez mise à trouver le bon éditeur.

Un merci tout particulier à mes éditeurs Dick et Jeannette Seaver d'Arcade Publishing. Le travail proprement herculéen de Dick, la qualité de ses corrections et révisions, de ses substitutions de mots, tout cela pour obtenir une structure plus propre, et la traduction du « jargon policier » en une langue plus agréable sont d'une valeur inestimable. Que Greg Comer soit ici aussi remercié pour la diligence et le soin qu'il a apportés au long travail de correction du manuscrit.

Toute ma gratitude va encore à tous ceux qui m'ont tant aidé sans le savoir : « Mary Moe », « Bill Buck », Kirk Mellecker, Myrl McBride et le vieil ami de ma mère – et le mien tout nouveau –, Joe Barrett.

Merci, Tamar. Sache, ma sœur, que mon cœur est plein de joie maintenant que ta vérité est enfin dite. Duncan, je sais que ces révélations t'apporteront à toi et à ta famille bien de la peine. Essaie de trouver consolation dans le fait que toujours la lumière disperse les ténèbres. A Kelvin : je peux maintenant te dire, cher frère, et comprendre, que ce n'était pas toi : c'était notre père qui était incapable d'aimer qui que ce soit. A mes deux fils et à tous mes enfants et petits-enfants, je dis ceci : portez le nom de Hodel avec courage et fierté. Croyez en la lumière qui vous guide et sachez que les bons motifs et les actes qui conviennent sont la clé du bonheur et de la compréhension des mystères de la vie. A mon frère et à mes sœurs philippins Teresa, Diane et Mark, et à leur mère, Hortensia, je dis : si nos contacts ont été rares et nombreuses nos séparations, nous n'en sommes pas moins unis par un destin commun.

A vous tous les victimes et les nombreux héros et héroïnes de cette histoire, ma gratitude posthume. Au sergent du LAPD Charles Stoker : merci, officier. Bien que cela vous ait tout coûté – votre nom, votre profession et votre tranquillité –, vous vous êtes dressé et seul avez dit haut et fort les abus innombrables et la corruption de votre époque. Merci aussi aux jurés rebelles du jury d'accusation de 1949 et au premier d'entre eux, Harry Lawson, de vous être courageusement dressés contre la corruption de ces temps-là. Comme Stoker, vous aviez vu et connaissiez la vérité, mais pour cela vous fûtes réduits au silence et marqués au fer rouge.

Je dois aussi remercier le «Quatrième Pouvoir» et ses voix innombrables, celles en particulier des responsables du cahier «Métro» James Richardson et Agness Underwood, dont les éditos courageux furent écrits pour que triomphe la vérité et que soit protégé l'intérêt public. Merci à tous les journalistes sans nom dont les recherches têtues devaient aider à donner les solutions en éclaircissant ce qui reliait les coupables à leurs meurtres en série. L'histoire connaît nombre de ces héros jamais chantés, les hommes et les femmes dont jamais ne fut, n'est et ne sera reconnu le rôle de guide des vérités à venir.

De temps à autre, il arrive quelque chose qui ressemble à une curiosité. Cela peut être aussi simple et peu douteux qu'une photo vieille de cinquante ans. Un petit tirage dans un album de famille secret. La photo jamais vue ou depuis longtemps oubliée d'une jeune femme séduisante aux cheveux d'un noir de jais. D'une innocence toute naturelle, elle attend qu'un peu de poussière mentale tombe sur l'argent qui retient son visage : alors la photo latente commence à monter, potentiel qui dormait et se transforme en empreinte de pensée. Celle-là même qui est la réponse à l'énigme au cœur du mystère.

Remerciements supplémentaires

En plus de celles déjà signalées dans le chapitre intitulé « Suites », je me dois de remercier un certain nombre de personnes qui ont beaucoup contribué aux découvertes que j'y détaille.

Au district attorney du comté de Los Angeles Steve Cooley et à son officier des relations publiques, Sandi Gibbons, un grand merci pour vos innombrables contributions et pour la façon dont vous avez bien voulu partager des documents essentiels avec moi.

Au chef adjoint du LAPD Sharon Papa, au chef des Inspecteurs James McMurray et au commandant Jim Tatreau, merci de m'avoir autorisé à vous présenter les faits et de m'avoir écouté avec un esprit ouvert.

Au producteur de télévision et journaliste d'investigation David Browning et à sa femme Suzanne, merci de m'avoir fait partager vos pensées et de m'avoir ouvert votre cœur pour m'aider à traquer la vérité.

Et pour finir, tout mon respect et toute ma gratitude aux représentants d'aujourd'hui du Quatrième Pouvoir tels que Steve Lopez du *Los Angeles Times,* Andy Murr de *Newsweek,* Linda Deutsch de l'Associated Press, Emily Weiner du *Bellingham Herald* et Josh Mankiewicz de *Dateline NBC*, qui, par leurs reportages dans la presse écrite et télévisée, m'aidèrent tous à faire connaître mon histoire au public.

Remerciements pour les illustrations

L'auteur tient à remercier tous ceux qui l'ont aidé au Département des Collections spéciales d'UCLA, à la Los Angeles Public Library, au Man Ray Trust et à l'Artists Rights Society.

Collections spéciales de UCLA :
Les images du fonds des Collections spéciales d'UCLA, et de la Bibliothèque de recherches Charles E. Young, UCLA, par aimable permission : photographie de Grant Terry/Roger Gardner, p. 395. Photographie de Jeanette Walser, p. 396.

Man Ray Trust/Artists Rights Society :
Toutes les images de Man Ray, copyright © 2003 Fonds Man Ray (Man Ray Trust) / Société des droits artistiques (Artists Rights Society, ARS) New York/ ADAGP, Paris : Man Ray, *Portrait de Dorothy Hodel*, 1944, p. 62. Man Ray, *George Hodel*, 1946, p. 114. Man Ray, *Autoportrait*, p. 127. Man Ray, *Le Minotaure*, p. 325. Man Ray, *Les Amoureux*, p. 325 et 329. Man Ray, *Juliet*, p. 327. Man Ray, *L'Énigme d'Isidore Ducasse*, p. 337. Man Ray, *George Hodel et Yamantaka*, p. 340 et 355. Man Ray, *Dorothy Hodel*, Hollywood, 1944, p. 396.

Los Angeles Public Library :
Toutes les images de la Bibliothèque municipale de Los Angeles, par aimable permission de la Herald Examiner Collection/Bibliothèque municipale de Los Angeles :

Bibliographie

Anger, Kenneth, *Hollywood Babylon,* San Francisco : Stonehill Publishing, 1975.
–, *Hollywood Babylon II,* New York : NAL Penguin, 1984.

Bonelli, William G., *Billion Dollar Blackjack,* Beverly Hills : Civic Research Press, 1954.

Blanche, Tony et Schreiber, Brad, *Death in Paradise : An Illustrated History of the Los Angeles County Department of Coroner,* Los Angeles : General Publishing Group, 1998.

Breton, André, *Manifeste du surréalisme,* Paris : Gallimard.

Bruccoli, Matthew J., et Richard Layman, *A Matter of Crime,* vol. 1, San Diego : Harcourt Brace Jovanovich, 1987.

Carter, Vincent A., *LAPD's Rogue Cops,* Lucerne Valley, Calif. : Desert View Books, 1993.

Chandler, Raymond, *The Blue Dahlia : A Screenplay,* Chicago : Southern Illinois University Press, 1976.

Cohen, Mickey, *In My Own Words,* Englewood Cliffs, N. J. : Prentice Hall, 1975.

Demaris, Ovid, *The Last Mafioso,* New York : Times Books, 1981.

DeRivers, J. Paul, M. D., *The Sexual Criminal : A Psychoanalytical Study,* Burbank, Calif. : Bloat, 1949, édition révisée 2000.

Domanick, Joe, *To Protect and to Serve : The LAPD's Century of War in the City of Dreams,* New York : Pocket Books, 1994.

Douglas, John et Mark Olshaker, *The Cases That Haunt Us,* New York : Lisa Drew Books/Scribner, 2000.
–, *Mind Hunter,* New York ; Lisa Drew Books/Scribner, 1995.

Ellroy, James, *The Black Dahlia,* New York : Mysterious Press, 1987.
My Dark Places. New York : Alfred A. Knopf, 1996.
Crime Wave, New York : Vintage Crime/Black Lizard Vintage Books, 1999.

Fetherling, Doug, *The Five Lives of Ben Hecht,* Toronto : Lester & Orpen, 1977.

Finney, Guy W., *Angel City in Turmoil,* Los Angeles : Amer Press, 1945.

Fowler, Will, *The Young Man from Denver,* Garden City, N. Y. : Doubleday & Company, 1962.
–, *Reporters : Memoirs of a Young Newspaperman,* Malibu, Calif. : Roundtable, 1991.

Giesler, Jerry et Pete Martin, *The Jerry Giesler Story,* New York : Simon & Schuster, 1960.

Gilmore, John, *Severed : The True Story of the Black Dahlia Murder,* San Francisco : Zanja Press, 1994.

Goodman, Jonathan, *Acts of Murder,* New York : Lyle Stuart Books, Carol Publishing Group, 1986.

Granlund, Nils T., *Blondes, Brunettes and Bullets,* New York : David McKay, 1957.

Gribble, Leonard, *They Had a Way with Women,* Londres : Arrow Books, 1967.

Grobel, Lawrence, *The Hustons,* New York : Charles Scribners's Sons, 1989.

Halberstam, David, *The Powers That Be,* New York: Alfred A. Knopf, 1979.

Hall, Angus, *Crimes of Horror,* New York: Phoebus, 1976.

Halleck, Seymour L., M. D., *Psychiatry and the Dilemmas of Crime,* New York: Harper & Row, 1967.

Harris, Martha, *Angelica Huston : The Lady and the Legacy,* New York: St. Martin's Press, 1989.

Hecht, Ben, *Fantazius Mallare : A Mysterious Oath,* Chicago: Pascal Covici, 1922.
–, *The Kingdom of Evil : A Continuation of the Journal of Fantazius Mallare,* Chicago: Pascal Covici, 1924.

Heimann, Jim, *Sins of the City : The Real L.A. Noir,* San Francisco: Chronicle Books, 1999.

Henderson, Bruce, et Sam Summerlin, *The Super Sleuths,* New York: Macmillan, 1976.

Hodel, George Hill, *The New Far East : Seven Nations of Asia,* Hong Kong: Reader's Digest Far East, 1966.

Huston, John, *An Open Book,* New York: Alfred A. Knopf, 1980.
–, *Frankie and Johnny,* New York: Albert and Charles Boni, 1930.

Jeffers, Robinson, *Roan Stallion, Tamar and Other Poems,* New York: Boni & Liveright, 1925.

Jennings, Dean, *We Only Kill Each Other : The Life and Bad Times of Bugsy Siegel,* Englewood Cliffs, N. J.: Prentice Hall, 1967.

Kennedy, Ludovic, *The Airman and the Carpenter,* New York: Viking Penguin, 1985.

Keppel, Robert D., *Signature Killers,* New York: Pocket Books, 1997.

Klein, Norman M., et Schiesl, Martin J., *XXth Century Los Angeles : Power, Promotion and Social Conflict,* Claremont, Calif. : Regina Books, 1990.

Knowlton, Janice, et Newton, Michael, *Daddy Was the Black Dahlia Killer,* New York : Pocket Books, 1995.

Lane, Brian et Wilfred, Gregg, *The Encyclopedia of Serial Killers,* New York : Diamond Books, 1992.

Martinez, Al, *Jigsaw John,* Los Angeles : J. P. Tarcher, 1975.

Morton, James, *Gangland International : An Informal History of the Mafia and Other Mobs in the XXth Century,* Londres : Little, Brown & Company, 1998.

Nickel, Steven, *Torso : The Story of Eliot Ness and the Search for a Psychopathic Killer,* Winston-Salem, N. C. : John F. Blair, 1989.

Pacios, Mary, *Childhood Shadows : The Hidden Story of the Black Dahlia Murder.* Téléchargé et imprimé par distribution électronique du World Wide Web, ISBN 1-58500-484-7, 1999.

Parrish, Michael, *For the People,* Los Angeles : Angel City Press, 2001.

Phillips, Michelle, *California Dreamin' : The True Story of the Mamas and Papas,* New York : Warner, 1986.

Rappleye, Charles et Becker, Ed, *All American Mafioso : The Johnny Rosselli Story,* New York : Doubleday, 1991.

Reid, David, *Sex, Death and God in L.A.,* New York : Random House, 1992.

Reid, Ed, *The Grim Reapers : The Anatomy of Organized Crime in America,* Chicago : Henry Regnery, 1969.

Richardson, James H., *For the Life of Me : Memoirs of a City Editor,* New York : G. P. Putnam's Sons, 1954.

Roeburt, John, *Get me Giesler,* New York : Belmont Books, 1962.

Rothmiller, Mike et Goldman, Ivan G., *L.A. Secret Police : Inside the LAPD. Elite Spy Network,* New York : Pocket Books, 1992.

Rowan, David, *Famous American Crimes,* Londres : Frederick Muller, 1957.

Sade, Donatien-Alphonse-François de, *Œuvres complètes,* Paris : J.-J. Pauvert.

Sakol, Jeannie, *The Birth of Marilyn : The Lost Photographs of Norma Jean by Joseph Jasgur,* New York : St. Martin's Press, 1991.

Seaver, Richard, Terry Southern et Alexander Trocchi, éds., *Writers in Revolt : An Anthology,* New York : Frederick Fell, 1963.

Sjoquist, Arthur W., *Captain : Los Angeles Police Department 1869-1984,* Dallas : Taylor, 1984.

Smith, Jack, *Jack Smith's L.A,* New York : McGraw-Hill, 1980.

Starr, Kevin, *Inventing the Dream : California through the Progressive Era,* New York : Oxford University Press, 1985.
–, *The Dream Endures : California Enters the 1940's,* New York : Oxford University Press, 1997.

Sterling, Hank, *Ten Perfect Crimes,* New York : Stravon, 1954.

Stevenson, Robert Louis, *The Strange Case of Dr. Jekyll and Mr. Hyde and Other Stories,* New York : Barnes & Noble, 1995.

Stoker, Charles, *Thicker' n Thieves,* Santa Monica : Sidereal, 1951.

Tejaratchi, Sean, éd., *Death Scenes: A Homicide Detective's Scrapbook,* Portland: Feral House, 1996.

Terman, Lewis M., *Genetic Studies of Genius,* vol. 1, Stanford: Stanford University Press, 1925.

Terman, Lewis M., et Oden, Melita H., *The Gifted Group at Mid-Life: Thirty-Five Years' Follow-Up of the Superior Child,* Stanfor: Stanford University Press, 1959.

True Crime – Unsolved Crimes, Alexandria, Va: Time-Life Books, 1993.

Tygiel, Jules, *The Great Los Angeles Swindle,* New York: Oxford University Press, 1994.

Viertel, Peter, *Dangerous Friends: At Large with Huston and Hemigway in the Fifties,* New York: Nan A. Talese/Bantam Doubleday Dell, 1992.

Underwood, Agness, *Newspaperwoman,* New York: Harper & Brothers, 1949.

Waldberg, Patrick, *Surrealism,* New York: Thames & Hudson, 1997.

Walker, Clifford James, *One Eye Closed the Other Red: The California Bootlegging Years,* Barstow, Calif: Back Door Publishing, 1990.

Webb, Jack, *The Badge,* Greewich, Conn.: Fawcett, 1958.

Weintraub, Alan, *Lloyd Wright: The Architecture of Frank Lloyd Wright Jr,* New York: Harry N. Abrams, 1998.

White, Leslie T., *Me, Detective,* New York: Harcourt, Brace & Company, 1936.

Wilson, Colin, *Murder in the 1940s,* New York: Carroll & Graf, 1993.

Wolf, Marvin J., et Mader, Katherine, *Fallen Angels: Chronicles of L.A. Crime and Mystery,* New York: Facts on File, 1986.

LIVRES AYANT TRAIT À MAN RAY

Butterfield and Dunning, *Fine Photographs,* catalogue, 17 novembre 1999.
–, *Fine Photographs,* catalogue, 27 mai 1999.

Foresta, Merry, *Perpetual Motif : The Art of Man Ray,* New York : Abbeville Press and the National Museum of American Art, 1988.

Man Ray, *Self Portrait,* Boston : Little, Brown & Company, 1963.
–, *Man Ray Photographs,* New York : Thames & Hudson, 1991.

Penrose, Roland, *Man Ray,* New York : Thames & Hudson, 1975.

Robert Berman Gallery, *Man Ray : Paris-L.A,* New York : Smart Art Press Art Catalog, 1996.

ARTICLES DE REVUES

Woodward, James, « Murder Casebook, Investigations into the Ultimate Crimes, "Death for the Dahlia" », *Marshall Cavendish Weekly,* vol. 1., 15, Graphological insert analysis, Londres, 1990.

Journaux,
sources Freedom of Information Act et Internet

Journaux

Los Angeles Daily News

« Woman Beaten to Death in Trip to "See Hollywood" », 28 juillet 1943.

« Hot New Suspect in Murder of Girl », 17 janvier 1947.

« Jail One in L. A. Murder, Hunt Another Man », 18 janvier 1947.

« Vivid Women in Girl's Life », 21 janvier 1947.

« All Citizens Urged to Aid in Dahlia Case », 22 janvier 1947.

« Clues Break Fast in Dahlia Murder Case », 23 janvier 1947.

« Black Purse, Shoes, Hot Dahlia Leads », 24 janvier 1947.

« Shoe Clue, Black Book Aid Hunt », 25 janvier 1947.

« New Note Taunts Police », 27 janvier 1947.

« Police Ask Meeting with Dahlia Killer », 27 janvier 1947.

« 4ᵗʰ Dahlia Case Note », 28 janvier 1947.

« Afraid to Surrender Slayer Writes Police », 29 janvier 1947.

« Woman Slain in New L. A. "Dahlia Murder" », 10 février 1947.

« Note Found », 11 février 1947.

« Lie Test Demanded by Mate of Slain Nurse », 11 février 1947.

« Body of Sixth Horror Murder Victim Found », 12 mai 1947.

« Girl Accused of Trying to Pin Dahlia Murder on Dad », 17 février 1949.

« Tamar's Ma Calls Her an Awful Liar », 22 février 1949.

« Jury Resumes Deliberation in Hodel Sex Trial », 23 février 1949.

« Gambler Tired of Jailing Whenever a Girl Vanishes », 13 octobre 1949.

Los Angeles Examiner

« Dancer Sought in Death Hunt », 28 juillet 1943.

« Gardenia Death Suspect Named », 5 août 1943.

« Jury Puzzled by Slaying », 6 août 1943.

« U. S. Joins Hunt for Gardenia Slayer Suspect », 8 août 1943.

« Oil Heiress Found Dead in Tub Mystery », 13 octobre 1944.

« Heiress Slain After Attack ; Seek Soldier », 14 octobre 1944.

« Wife of Police Officer Found Shot to Death », 11 mars 1946.

« Suspect Denies Knowledge of crime, Admits Seeing Her », 12 mars 1946.

« Police Get New Clew in Canyon Death », 13 mars 1946.

« Slain Woman's Mate Gets Lie Detector Test », 14 mars 1946.

« Quiz Sparls on Death Day », 15 mars 1946.

« Woman's Nude Body Found in "Lovers' Lane" », 15 juillet 1946.

« Dead Woman's Identity Believed Established », 16 juillet 1946.

« Police Jail Mate in "Lipstick" Killing of Film Actress », 11 janvier 1947.

« Girl Torture Slaying Victim Identified by Examiner, FBI », 17 janvier 1947.

« Fiend Tortures, Kills Girl ; Leaves Body in L. A. Lot », 17 janvier 1947.

« Death Victim Looked Worried Says Landlady », 18 janvier 1947.

« Miss Short Sought Help in Earlier Plight, Says Taxi Stand Manager », 18 janvier, 1947.

« Red and Car Described in Black Dahlia Death », 19 janvier 1947.

« Elizabeth Short's Letters Told Feelings about Love and Marriage », 19 janvier 1947.

« Letters Tell of Lost Loves », 20 janvier 1947.

« Former Air Force Musician Tells of Trip from San Diego », 20 janvier 1947.

« Dahlia Phone Call Tracked », 20 janvier 1947.

« Elizabeth Short's Letters Reveal Hopes for Service Marriage », 21 janvier 1947.

« Night Spots Yield New Clews on Slain Girl », 22 janvier 1947.

« Black Dahlia, Man Traces to Hotel : Pictures Identified », 22 janvier 1947.

« 2 Women Sought in "Dahlia" Slaying : New Clews Found », 23 janvier 1947.

« To Motel », 24 janvier 1947.

« Jealous Blonde Pal of "Dahlia" Sought on ex-Jockey's Tip », 24 janvier 1947.

« Hot New Suspect in Murder of Girl », 24 janvier 1947.

« Dahlia Killer Mails Contents of Missing Purse to Examiner », 25 janvier 1947.

« Police Await Black Dahlia Slayer's Pledged Surrender », 28 janvier 1947.

« Ex-Employer Tells Seeing Short Girl with Blonde, Brunette Women », 29 janvier 1947.

« Werewolf May Be Musician Says Handwriting Expert », 29 janvier 1947.

« Man Confesses Black Dahlia Slaying; Surrenders to Police », 29 janvier 1947.

« Identify Mystery Picture in Black Dahlia Poison Pen Note », 31 janvier 1947.

« Photo Taken From L. A. Boy by Footpad », 31 janvier 1947.

« Police Seek Dahlia Killer's Hideaway Outside of City », 1er février 1947.

« Soldier Tale of "Dahlia" Killing Falling Apart », 10 février 1947.

« Black Dahlia Note Studied », 11 février 1947.

« Lipstick Slaying Victim's Supper Companion Sought », 13 février 1947.

« "Date" by Phone Revealed in Lipstick Case », 14 février 1947.

« Dark-Haired Man Sought As Key to Killing Mysteries », 16 février 1947.

« New L. A. Slaying May Yield Clew to Dahlia Killing »,
17 février, 1947.

« Women May Link Dahlia Slaying to Print Shop Killing »,
18 février 1947.

« "Dream Killer" to Face Women », 18 février 1947.

« New Clue », 20 février 1947.

« 2 Women Brutally Slain ; Bludgeon Death Follows Pattern of Dahlia Killer », 12 mars 1947.

« New Horror Killing », 13 mai 1947.

« Police Find Trelstad Clew », 15 mai 1947.

« L. A. Real Estate Woman Slain in Vacant Building », 17
février 1948.

« Note May Be Slaying Clew », 17 février 1948.

« New Clew to Woman's Slayer », 18 février 1948.

« Jury to Quiz Seven Officers in Black Dahlia Slaying », 7
février 1949.

« Mother Kidnaped, Slain ; Seek Curly-Haired Man in New
"Black Dahlia" Case », 17 juin 1949.

« Rope, Other New Clews Spur Hunt for Mad Slayer », 20
juin 1949.

« Glamour Girl Body Hunted : Parallel to "Dahlia" Case
Seen », 12 octobre 1949.

« Man in Jail Faces Quiz on Glamour Girl », 13 octobre 1949.

Los Angeles Herald Examiner

« Capt. Jack Donahoe Dies », 20 juin 1966.

« Big Brawls Bump Business in Taxi Heyday », 21 mars
1976.

Los Angeles Herald Express

« Find Heiress Car in Tub Death Mystery », 13 octobre 1944.

« Three More Suicides, L. A. Police Startled By Wave », 10 mai 1945.

« Lover's Lane Murder », 15 juillet 1946.

« Find Car in Murder Mystery », 18 juillet 1946.

« Girl Brutally Slain by Fiend in Vacant Lot », 20 juillet 1946.

« L. A. Doctor Tells Mind of Killerr », 17 janvier 1947.

« Hunt Boy Friends in Torture Killing », 17 janvier 1947.

« Girl's Friend Tells Plans for Marriage », 17 janvier 1947.

« Policewoman Tells Seeing Girl "Scared of Boy Friend" », 17 janvier 1947.

« Dahlia's Love Missives in Romance with Flier », 18 janvier 1947.

« Boy Friend's Love Letters to "Black Dahlia" Bared" », 18 janvier 1947.

« Taxi Manager Tells Attack Episode », 18 janvier 1947.

« Dahlia in Love, Slain Girl's Letters Found Un-mailed », 20 janvier 1947.

« Red Tells Own Story of Romance with Dahlia », 20 janvier 1947.

« Find Dahlia Trail in Night Spots », 21 janvier 1947.

« Dahlia's Letters, Bare Slain Girl's Desire to Wed », 21 janvier 1947.

« Check Women Pals in Torture Murder », 21 janvier 1947.

« Pastor Seized at "Dahlia" Inquest ; Mother Testifies », 22 janvier 1947.

« Search City Dump », 24 janvier 1947.

« Bossy Blonde Friend of "Black Dahlia" Sought », 24 janvier 1947.

« Check Names in Dahlia Book », 25 janvier 1947.

« Red Identifies Shoes of Werewolf Victim », 25 janvier 1947.

« Dahlia Killer Offers Surrender », 27 janvier 1947.

« Convict-Artist Tells Painting "Dahlia" As Model », 27 janvier 1947.

« Dahlia Work of Same Man, Tests Show », 28 janvier 1947.

« Poison Pen Enters "Dahlia" Murder », 30 janvier 1947.

« Identify Mystery Picture in "Black Dahlia" Poison Pen Note », 31 janvier 1947.

« Hunt Murder Den », 1er février 1947.

« Dahlia Seen in Lost Week », 1er février 1947.

« Noted Author Sees Arrest of "Dahlia" Killer Soon », 3 février 1947.

« Attacker Subdues Woman Near "Dahlia" Murder Spot », 3 février 1947.

« Latin Suspect Sought in San Diego », 4 février 1947.

« Kills L. A. Woman, Writes B. D. on Body », 10 février 1947.

« Mystery Note Left in Cab Offers New "Dahlia" Clue », 11 février 1947.

« Werewolf Mysteries Deepen : Killer Footprint Is Not Husband's », 11 février 1947.

« Quiz Mystery Man Sharing P. O. Box of "Lipstick" Victim », 12 février 1947.

« Attack Victim – Woman Threatened with "Dahlia" Fate », 12 février 1947.

« Man in Print Shop KillingTells "Murder in a Dream" », 17 février 1947.

« New Dahlia Clue », 20 février 1947.

« Body Found on Lot, Strangled with Pajamas », 12 mai 1947.

« Hunt Suspect in So. Cal. Divorcee Murder », 18 juillet 1947.

« Police Missed Mad Killer, in Auto with Slain Victim, Parked Near Squad Car », 18 juin 1949.

« Doctor Nabbed on Hollywood Incest Charge », 7 octobre 1949.

« Cryptic Note Clue to Missing Actress Mystery », 10 octobre 1949.

« Spangler Mystery Deepens », 11 octobre 1949.

« Probe Dancer's "Secret Date" with Death », 12 octobre 1949.

« Spangler Mystery Recalls Grim List of Atrocities », 12 octobre 1949.

« Sift Old Romances of Missing Dancer », 13 octobre 1949.

« Weird L. A. Mystery in 5 Missing Persons », 14 octobre 1949.

« Unsolved L. A. Crimes Ripped by Grand Jury », 12 janvier 1950.

Los Angeles Mirror

« Murder Victims' Bodies Found at These Spots », 12 juin 1949.

« Sex Death Quiz Turns to Husband », 29 juin 1949.

« Bel-Air Socialite Missing in Mystery », 24 août 1949.

« Purse Clouds Widow's Fate », 25 août 1949.

« Public Aid Asked in Missing Widow Hunt », 27 août 1949.

« Wife of LA. Abortionist in Hiding », 17 septembre 1949.

« L. A.'s Missing Mimi Ruled Legally Dead », 30 septembre 1949.

« TV Actress Feared Sex Murder Victim », 12 octobre 1949.

« Grandma Calls Tamar Hodel "Untruthful" », 22 décembre 1949.

Los Angeles Times

« Body of Beaten Woman Found on Golf Course », 28 juillet 1943.

« Woman Gives Clue to Killing on Golf Course », 5 août 1943.

« Sister's "Hunch" Failed to Deter Murder Victim », 6 août 1943.

« Sex Fiend Slaying », 17 janvier 1947.

« Father Located Here », 18 janvier 1947.

« Actress Questioned », 18 janvier 1947.

« Airline Pilot Found in South Denies Betrothal », 18 janvier 1947.

« Girlfiiends Questioned », 18 janvier 1947.

« Lived in Hollywood », 18 janvier 1947.

« Daughter just Quiet, Home Girl, Mother Asserts », 19 janvier 1947.

« Woman Slain in Hollywood Mystery ; Police Seek Ano-
nymous Note Writer », 17 février 1948.

« Mystery Man Aids Hunt for Slayer of Mrs. Kern »,
19 février 1948.

« Doctor Faces Accusation in Morals Case », 7 octobre
1949.

« Lost Actress Jovial as She Left Home », 12 octobre 1949.

« A Slaying Cloaked in Mystery and Myths », 6 janvier 1997.

New York Times

« President Truman's UNRRA Message to Congress »,
13 novembre 1945.

The San Diego Union

« Divorcee Victim of Mystery Slaying », 18 juillet 1947.

« One Man Cleared in Murder Case », 20 juillet 1947.

« Woman Quizzed Again in Divorcee's Slaying », 23 juillet
1947.

Washington News

« Cops Seeking Female Sadist », 21 janvier 1947.

RÉFÉRENCES DIVERSES

FBI File, Elizabeth Aim Short, FOIA.

FBI File, George Hill Hodel, FOIA.

FBI Office Memorandum from Elizabeth Short file, 8 pages dactylographiées, 27 mars 1947, FOIA.

Los Angeles Library Photo Database, information printed on JPEG, n° 73 of 84.

Los Angeles County Certificate of Death, n° 7097-029628, in name of John Arthur Donahoe.

RÉFÉRENCES INTERNET

Noter que les références sur Internet sont peu stables et que la liste des sites web donnée ici pourrait ne plus être à jour.

www.bethshort.com, site éditorial, Pamela Hazelton, interview de l'inspecteur du LAPD, Brian Carr.

http://www.apbnews.com/, Valerie Kalfrin, « Writer Reopens Black Dahlia Murder Case ».

http://www. Larryhamisch, Black Dahlia and Dr. Walter Bayley references.

http://www.latimes.com, Archives du *Los Angeles Times*.

http://www.lapl.org, Los Angeles Public Library.

Table

RÉALISATION : PAO ÉDITIONS DU SEUIL
NORMANDIE ROTO IMPRESSION S.A.S À LONRAI
DÉPÔT LÉGAL : SEPTEMBRE 2005. N° 82608 (05-1930)
IMPRIMÉ EN FRANCE

Collection Points

SÉRIE POLICIERS